John Forster
Mein Freund Charles Dickens
(Charles Dickens' Leben)

Dritter Band

EVERUS Verlag

Forster, John: Mein Freund Charles Dickens (Charles Dickens' Leben). Dritter Band. 2014
Orthographie und Interpunktion wurden behutsam modernisiert, grammatikalische Eigenheiten bleiben gewahrt.
ISBN: 978-3-86347-876-6

Umschlaggestaltung: SEVERUS Verlag

Bibliografische Information der Deutschen Nationalbibliothek: Die Deutsche Nationalbibliothek verzeichnet diese Publikation in der Deutschen Nationalbibliografie; detaillierte bibliografische Daten sind im Internet über https://dnb.de abrufbar.

Der SEVERUS Verlag ist ein Imprint der Bedey & Thoms Media GmbH,
Hermannstal 119k, 22119 Hamburg
_____
SEVERUS Verlag, 2014
http://www.severus-verlag.de
Gedruckt in Deutschland
Der SEVERUS Verlag übernimmt keine juristische Verantwortung oder irgendeine Haftung für evtl. fehlerhafte Angaben und deren Folgen.

John Forster

Mein Freund Charles Dickens

(Charles Dickens' Leben)

Ins Deutsche übertragen von
Friedrich Althaus

Dritter Band

1850–1870

Erstes Kapitel

David Copperfield und Bleak House
1850–1853

Dickens' Ruhm stand nie so hoch als zur Zeit der Vollendung von *David Copperfield*. Die Popularität, welche dies Werk von Anfang an errang, wuchs in einem Maße, wie bei keinem vorhergehenden Buche, mit Ausnahme *Pickwicks*. „Sie erfreuen mich mehr, als ich sagen kann," schrieb er im Juli 1850 an Bulwer Lytton, „durch das, was Sie über Copperfield sagen, weil ich selbst hoffe, daß einige bisher fehlende Eigenschaften darin zum Vorschein gekommen sind." Wenn das Talent nicht größer war als in *Chuzzlewit*, so übte der Gegenstand eine größere Anziehungskraft aus; die Begebenheiten waren mannigfaltiger, das Spiel der Charaktere freier und außerdem herrschte eine, allerdings allgemeine und unbestimmte, Vermutung, welche das Interesse nicht wenig verschärft hatte, daß nämlich der Dichtung etwas aus dem Leben des Autors zugrunde liege. Wieviel, erfuhr die Welt erst nach seinem Tode.

Wer mit der englischen Literatur bekannt ist, weiß, daß in ihre berühmtesten Prosadichtungen die Selbstbiographie in Verkleidung einen beträchtlichen Eingang gefunden hat, und daß diejenigen Charaktere, welche uns in dem englischen Roman am geläufigsten sind, Originale hatten im wirklichen Leben. Smollett schrieb keine Geschichte, die nicht bis zu einem gewissen Grade eine Erinnerung an seine eigenen Abenteuer war; und Fielding, der auf alle seine Heldinnen etwas von seiner Frau übertrug, war glücklich genug gewesen, nicht bloß Trulliber, sondern den Pastor Adams selbst unter seinen lebendigen Erfahrungen zu finden. Um auf eine spätere Zeit zu kommen, so hatte Scott kaum je einen Bekannten, von dem sein Gedächtnis nicht etwas aufbewahrte, wodurch er den Gestalten seiner Phantasie größere Wirklichkeit verlieh, und wir wissen ganz genau, wen wir in Dandie Dinmont und Jonathan Oldbuck, in dem Büro Alan Fairfords und in dem Krankenzimmer von Crystal Croftangry zu suchen haben. Wir müssen die Bemerkung hinzufügen, daß es nie etwas Vollständiges ist, was so von einem echten Dichter aus dem Leben genommen wird, sondern nur Haupt-Charakterzüge oder Züge, welche eine größere Vollendung geben; daß der wahre Künstler in seinem

Bilde von einer Person seine Erfahrungen von fünfzig Personen verkörpert, und daß dies Fieldings Antwort an Trulliber gewesen sein würde, hätte dieser Einwendungen gemacht gegen den Schweinestall, und an Adams, hätte derselbe in dem Vorgang in Mrs. Slipslop's Schlafzimmer eine Verunglimpfung entdecken wollen. Auf solche Weise wurde Dickens während seiner Schriftstellerlaufbahn wiederholt zur Rede gestellt, wenn er, wie wir gesehen, die den Meistern seiner Kunst gemeinsame Methode frei befolgte; aber während er an *Copperfield* schrieb, kam ein Fall angeblichen Unrechts vor, wo seine Rechtfertigung ihm nicht ganz vollständig erschien, und was er hierauf tat, war für ihn charakteristisch.

„Ich habe heute Morgen das seltsamste Abenteuer gehabt," schrieb er am Vorabend seines zehnten Heftes (28. Dezember 1849) – „den Empfang der Einlage von Miss Moucher! Es ist tragikomisch, aber ohne Zweifel hat man Unrecht, wenn man versucht wird, von seinem Talente einen solchen Gebrauch zu machen." In der Meinung, eine groteske kleine Wunderlichkeit unter seinen Bekanntschaften werde vor dem Erkanntwerden sicher sein, hatte er getan, was Smollett zuweilen tat, aber Fielding nie; und in dem ersten Ausbruch der Heiterkeit, welchen der Gedanke in ihm hervorrief, der Versuchung nachgegeben, Eigentümlichkeiten der Gestalt und des Gesichtes, die in Wahrheit auf eine Mißgestalt hinausliefen, zu genau zu kopieren. Er war betroffen, als er entdeckte, welche Schmerzen er verursacht hatte, und vor mir liegt eine Abschrift der Versicherungen, die er sofort als Antwort an die Beschwerdeführerin schickte: daß er über alle Maßen betrübt und überrascht sei; daß er sie gar nicht im Sinne gehabt habe; daß alle seine Charaktere aus vielen Leuten zusammengesetzt und nie persönlich seien; daß der Stuhl (statt des Tisches) und andere Dinge unzweifelhaft von ihr hergenommen, aber andere Züge durchaus nicht auf sie anwendbar seien, und daß in Miss Moucher's „Bin ich nicht lebhaft?" seine Freunde ganz richtig den Lieblingsausdruck einer andern Person erkannt hätten; daß er nichtsdestoweniger sein Unrecht empfinde und alles tun wolle, es gut zu machen; daß es seine Absicht gewesen, den Charakter auf unangenehme Weise anzuwenden, jetzt aber wolle er ihn, trotz alles Wagnisses und aller Unbequemlichkeit, völlig verändern, so daß nichts als ein angenehmer Eindruck übrig bleibe. Der Leser wird sich erinnern, wie dies zu Wege gebracht wurde und wie weit das zweiunddreißigste Kapitel gut machte, was das zweiundzwanzigste verschuldet hatte. Einer viel früheren Zeit gehört der einzige mir bekannte Fall an, in welchem ein als gehässig beabsichtigter Charakter eines seiner Bücher ganz nach einem lebenden

Original gezeichnet wurde. Die Benutzung eines solchen Materials, obgleich nie ohne Gefahr, hätte sich hier, wenn irgendwo, rechtfertigen lassen, und es war für Dickens selbst immer eine Befriedigung, die Identität Mr. Fang's in *„Oliver Twist"* mit Mr. Laing von Hatton-Garden zuzugeben. Aber das Bekenntnis seiner Absicht in diesem Falle und die Art und Weise, wie er dieselbe zur Ausführung brachte, bezeichnen deutlich den Unterschied seines Verfahrens von demjenigen, welches er, großen Vorbildern folgend, in seinen späteren Werken anwandte. Eine Anspielung in einem Briefe aus jener Zeit an einen gemeinsamen Freund – „Ein schrecklicher Gedanke kommt mir! wie glänzend in einem Buche!" – drückt sowohl die fortdauernde Stärke seiner Versuchungen als die Scheu aus, die er schon damals davor empfand, diesen Versuchungen sofort nachzugeben; aber in den Tagen „Oliver Twist's" quälten ihn keine solche Zweifel. Da er einen unverschämten und barschen Polizeirichter nötig hatte, suchte er nach einem bequem zugänglichen Original in einem der Londoner Büros, und statt seine spätere Methode zu befolgen, indem er ein persönliches Äußere gab, welches die Identifikation der geistigen Eigentümlichkeiten einigermaßen erschwerte, war er nur zu begierig, den ganzen Menschen, Gestalt und Gesicht ebensowohl als Geist und Wesen, vollständig zur Erscheinung zu bringen.

Er schrieb demnach (von Doughty Street, am 3. Juni 1837) an Mr. Haines, einen Herrn, der damals die allgemeine Oberaufsicht über die Polizeiberichte für die Tagesblätter hatte. „In dem nächsten Hefte von „Oliver Twist" gebrauche ich eine Magistratsperson, und als ich mich nach einer Person umsah, deren Barschheit und Unverschämtheit sie zu einem geeigneten Gegenstand öffentlicher Züchtigung machen würde, verfiel ich notwendigerweise auf Mr. Laing, Hatton-Garden'schen Angedenkens. Ich bin vollkommen mit dem Charakter des Mannes bekannt; aber da auch seine persönliche Erscheinung beschrieben werden muß, sollte ich ihn vorher gesehen haben, was (zu meinem Glück oder Unglück, je nachdem man es nimmt) bis jetzt nicht der Fall gewesen ist. In diesem Dilemma kam mir der Gedanke, daß ich vielleicht unter Ihrem Schutze eines Morgens auf einige Augenblicke in das Büro in Hatton-Garden eingeschmuggelt werden könnte. Wenn Sie mir für meinen Zweck behilflich sein können, würden Sie mich wirklich recht sehr verbinden." Die Gelegenheit fand sich; der Polizeirichter wurde dem Novellisten vorgeführt und kurz darauf, nach einem frischen Ausbruch unerträglicher Laune, war es für den Minister des Innern ein leichter und populärer Schritt, Mr. Laing von dem Richterstuhl zu entfernen.

Dies war eine Genugtuung für jedermann, mit der alleinigen Ausnahme der Hauptperson; aber es war ein seltener Ausnahmefall und höchst selten kommt es vor, daß die in allen solchen Fällen natürlichen persönlichen Einwände keine Berücksichtigung fordern. In dem Buche, welches „*Copperfield*" folgte, schienen zwei Charaktere in Wesen und Sprache mit zwei berühmten Schriftstellern eine zu lebendige Ähnlichkeit zu haben, als daß ihre persönlichen Freunde sich darüber hätten täuschen können. Gegen Lawrence Boythorn, unter welchem Namen Landor figurierte, wurde keine Einwendung gemacht; aber Harold Skimpole, in dem Leigh Hunt sich erkennen ließ, rief viele Bemerkungen hervor; denn der Unterschied war, daß bei dem Ersteren lächerliche Charakterzüge benutzt wurden, um eine anziehende Persönlichkeit des Romans zu bereichern, ohne ihr Eintracht zu tun, während dem Letzteren eine Rolle zugewiesen wurde, welche keine liebenswürdigen Schwächen oder heitren Reden vor Verachtung retten konnten. Obgleich so dem Freunde, dessen Charakter vermutlich vielen Lesern dadurch in Erinnerung gebracht wurde, ein Mangel an Achtung widerfuhr, so ist es nichtsdestoweniger gewiß, daß Dickens' Absicht weder zuerst noch später eine unfreundliche war. Er irrte lediglich aus Gedankenlosigkeit. Was ihn überhaupt dazu veranlaßte, hat er selbst erklärt. Hunt's Philosophie der Geldverpflichtung, von diesem immer, obschon laut, doch nur halb scherzhaft bekannt, und sein zur Schau getragener Eigensinn in der Behandlung dieses und jedes andern Gegenstandes, über den es ihm grade gefiel sich auszulassen, waren Dickens so oft grillenhaft und anziehend erschienen, daß diese Eigentümlichkeiten Hunt's ihm in's Gedächtnis kamen, als er eine „luftige Eigenschaft" für den Mann seiner Erfindung brauchte;[1] und teils aus diesem Grunde, teils, wie er seitdem oft

---

[1] Hier sind zwei Stellen aus Artikeln von Hunt im Tatler (einer allerliebsten kleinen Zeitschrift, welche die Firma Chapman und Hall 1830 für Hunt herzustellen suchte), auf welche der Zufall unglücklicherweise Dickens' Aufmerksamkeit gelenkt hatte: „Angenommen, wir bedürften eines Gönners, und besäßen Talent genug, um die Anerkennung desselben zu einer Ehre zu machen, so würden wir viel lieber einen großen und verhältnismäßig privaten Freund haben, der reich genug wäre, uns zu helfen und liebenswürdig genug, die Verpflichtung gegen ihn zur Freude zu machen, als das öffentliche Eigentum irgendeines Menschen, oder irgendeiner Regierung werden. ... Wenn eine Gottheit uns die Wahl gegeben hätte, würden wir gesagt haben, mache uns wie Lafontaine, der hingeht und, arglos wie ein Kind, zwanzig Jahre bei einem reichen Freunde lebt, und, den ganzen Tag unter einem Baume sitzend, Verse schreibt, die er für schön hält." Solche Aussprüche können vor einem ernsten Lesen und Durchdenken nicht

zu seinem Bedauern empfunden, wegen des Vergnügens, das es ihm gewährte, eine liebenswürdige Manier sich unter seiner Hand reproduzieren zu sehen, gab er der Versuchung nach, den Romancharakter zu oft wie seinen alten Freund sprechen zu lassen." Diese Verteidigung wurde nach Hunt's Tode in einem Artikel in *All the year round* gemacht und Dickens erwähnte darin zugleich eine Umarbeitung der ersten Skizze, auf Veranlassung zweier anderen Freunde Hunt's, mit dem Zweck, die Ähnlichkeit zu verringern. Die Freunde waren Procter (Barry Cornwall) und ich; denn mir hatte es von Anfang an geschienen, daß die Ähnlichkeit zu groß sei. Procter war nicht sofort derselben Meinung, aber einige Überlegung brachte auch ihn zu dieser Ansicht. „Du wirst aus der Einlage sehen," schrieb mir Dickens am 17. März 1852, „daß Procter mir im Wesentlichen beistimmt. Nichtsdestoweniger will ich im Laufe des Nachmittags den Charakter noch einmal wieder durchsehen und hier und da Ausdrücke mildern." Aber vor dem Ende des Tages hatte Procter ihm noch einmal geschrieben und am nächsten Morgen war das Resultat wie folgt: „Ich habe das Ganze wieder sehr sorgfältig durchgesehen und glaube, daß es nun weit weniger ähnlich ist. Ich habe auch Leonhard in Harold verwandelt. Ich habe kein Recht, Hunt zu kränken, und es ist so sehr mein Wunsch, dies nicht zu tun, daß ich Dich bitte, noch einmal sämtliche Korrekturbögen durchzusehen und mir alle Stellen anzudeuten, wo die Ähnlichkeit Dir besonders auffällt. Worauf ich solche Stellen abändern will."

Alles in allem waren die Abänderungen beträchtlich, aber der Grundfehler blieb. Die heitre, glänzende, luftige Redeweise, welche nicht mißzuverstehen war, identifizierte einen Freund, der dem Autor

---

standhalten, aber alle möglichen Extravaganzen und Seltsamkeiten flossen mit einem eigentümlichen Zauber von Hunt's Lippen. Gewiß gab es nie einen Menschen von so sonniger Natur, der aus gewöhnlichen Dingen so viel Genuß schöpfen konnte, oder dem Bücher eine so wirkliche, so unerschöpfliche, so entzückende Welt waren. Ich war nicht mehr als siebzehn Jahre alt, als er in mir die Neigungen entdeckte, die seitdem der Trost meines ganzen späteren Lebens gewesen sind, und ich erinnere mich noch sehr wohl meines letzten Zusammenseins mit ihm in Hammersmith, nicht lange vor seinem Tode im Jahre 1859, als er mit seinem zarten, abgezehrten aber geisterfüllten Gesichte, seinen großen, glänzenden Augen, seiner dichten Masse stahlgrauer Haare und einem Mäntelchen von verblaßter schwarzer Seide über den Schultern, aussah wie ein alter französischer Abbé. Er war lebhaft und angenehm wie immer und arbeitete an einer Ehrenrettung Chaucer's und Spencer's gegen Cardinal Wiseman, der sie wegen ihrer vorgeblich sinnlichen und wollüstigen Eigenschaften angegriffen hatte.

nur durch anziehende Eigenschaften bekannt war, mit gehässigen Eigenschaften, und hierfür gab es keine Entschuldigung. Vielleicht die einzige mit dem Original bekannte Person, welche die Kopie zu erkennen verfehlte, war das Original selbst (ein gewöhnliches Vorkommnis); aber gutherzige Freunde ließen Hunt zu rechter Zeit alles wissen, und peinliche Erklärungen folgten, wobei Dickens nichts weiter tun konnte, als was einer freundschaftlichen Vermeidung der wirklich in Frage stehenden Punkte gleichkam. Die Zeit zur Abhilfe war vorüber. Ich erinnere mich noch sehr wohl, mit welch' eifrigem Ernst er bei einer dieser Gelegenheiten bemüht war, Hunt in seiner eigenen Achtung herzustellen. „Trennen Sie," sagte er zu ihm, „in Ihrem eigenen Geiste das, was Sie selbst von sich sehen, von dem, was die Leute sehen wollen. Da es Ihnen so viel Schmerz verursacht hat, so will ich es von der schlimmsten Seite nehmen und sagen, daß ich es auf's Tiefste bedauere und fühle, daß ich Unrecht hatte, es zu tun. Sonst würde ich es im besten Sinne genommen und mich im Gefühle dessen beruhigt haben, was ich lebhaft als Wahrheit empfinde, daß nämlich nichts darin ist, was Ihnen Schmerz verursacht haben sollte. Jeder Autor muß nach seiner Erfahrung schreiben und so auch ich nach meiner Erfahrung von Ihnen; aber so oft ich fühlte, daß ich darin zu weit ging, tat ich mir Einhalt, und die am meisten durchstrichenen Stellen meines Manuskript's sind diejenigen, wo ich eifrig bemüht war, die Eindrücke, nach denen ich schrieb, Ihnen ungleich zu machen. Das mit dem Tagebuchschreiben nahm ich von Haydon, nicht von Ihnen. Ich höre jetzt zum ersten Male, daß Sie je Lieder komponiert haben, das konnte ich daher nicht von Ihnen nachahmen. Der Charakter ist nicht der Ihrige, denn es sind Züge darin, welche auch fünfzigtausend andern Leuten gemeinsam sind, und ich dachte nicht, daß Sie ihn je erkennen würden. Unter ähnlichen Verkleidungen sind auch mein Vater und meine Mutter in meinen Büchern und Sie hätten ihr Bild ebenso gut erkennen können in Micawber." Der Unterschied liegt darin, daß die Schwächen Mr. Micawber's und Mrs. Nickleby's, so lächerlich sie auch sind, doch keine dieser beiden Personen in Rede oder Charakter weniger liebenswürdig machen, und daß dies von den Schwächen Skimpole's nicht gesagt werden kann. Der freundliche oder unfreundliche Eindruck macht den wesentlichen Unterschied aus, wenn man sich mit einem Freunde Freiheiten nimmt, und sogar dieser völlig günstige Umstand wird, wenn es sich um nahe Verwandte handelt, bei vielen die Praxis nicht entschuldigen.

Wegen der schon früher angedeuteten Ähnlichkeiten in Micawber ist Dickens scharf getadelt worden, und auf ähnliche Weise machte man Scott einen Vorwurf daraus, daß er für die Schlußszenen von Crystal Croftangry das Original seines reizbaren Patienten an dem Totenbette seines eigenen Vaters gefunden hatte. Lockhart, der uns dies erzählt, fügt mit trauriger Bedeutsamkeit hinzu, daß er selbst es erlebt, den Vorhang in Abbotsford über noch eine solche Szene fallen zu sehen. Aber es ist nutzlos, solche Einwendungen zu machen. Alle großen Novellisten werden fortfahren, ihre Erfahrungen über Natur und Tatsachen zu benutzen, einerlei, woher sie dieselben gewinnen, und eine Bemerkung Scott's selbst gegen Lockhart deutet ihre Rechtfertigung an. „Wer nach der Natur zeichnet, wird die meiste Aussicht haben, diejenigen zu interessieren und zu belustigen, welche sie täglich anschauen."

Das Vergehen mit Micawber war übrigens nicht von ernster Art. Wir haben gesehen, auf welche Weise Dickens durch die rauhen Lehren seiner Kindheit bewegt und beeinflußt wurde und die Grundlage des Charakters wurde unzweifelhaft damals gelegt, aber seine rhetorische Fülle übte erst später ihren Einfluß auf ihn aus; der Hauptreiz der lebensgroßen Gestalt lag eben darin, wie jene Eigenschaft auf tausendfach belustigende Art erweitert und entwickelt wurde. Eine bessere Erläuterung derselben konnte wohl kaum gegeben werden, als durch Stellen aus Briefen von Dickens, lange vor der Zeit, ehe er an Micawber dachte, worin diese Eigentümlichkeit seines Vaters einen häufigen und immer angenehmen Ausdruck fand. Mehrere solche Stellen wurden in diesem Werke von Zeit zu Zeit mitgeteilt und einige andere mögen hier hinzugefügt werden. Zur Einleitung ist es nur recht zu bemerken, daß niemand den älteren Dickens kennen konnte, ohne ihn wegen jener Redefloskeln umso lieber leiden zu mögen. Sie paßten sich seinen düstern wie seinen heitern Stimmungen so bequem an, daß man kaum umhin konnte zu denken, sie seien ihm in beiden von beträchtlichem Nutzen gewesen und hätten ihm den Schatten und den Sonnenschein seines wechselvollen Lebens wenn möglicher, so auch erträglicher gemacht. „Ich habe einen Brief von meinem Vater," schrieb Dickens im Mai 1841, „worin er sich über das schöne Wetter beklagt, sinnverwandte Stürme herbeibeschwört und mich benachrichtigt, daß es ihm nicht möglich sein wird, noch länger als ein Jahr in Devonshire zu bleiben, weil er sich dann nach Paris begeben müsse, um Augustus" (Dickens' jüngsten Bruder) „im Französischen zu befestigen." „Es ist," schreibt Dickens im September 1844 aus dem Palazzo Peschiere, „ein charakteristischer Brief von meinem Vater an Kate angekommen. Er datiert denselben aus Manchester und sagt, er habe Grund zu glauben, daß er mit den Fasanen, am oder gegen den ersten Oktober, in London ankommen werde. Er ist fast zwei Monate mit Fanny auf der Insel Man gewesen und hat dort, wie er weiter bemerkt, Haufen von Freunden und allen möglichen festländischen Luxus zu billigen Preisen gefunden." In der Beschreibung der Abreise eines englischen Arztes und Bekannten aus Genua während desselben Jahres fügt er hinzu: „Wir bedauern sehr, seinen Beistand zu verlieren, – oder, wie mein Vater sagen würde, bis zu einem gewissen Grade der begleitenden Vorteile beraubt zu werden, worin dieselben immer bestehen mögen, welche aus seiner ärztlichen Geschicklichkeit entspringen, soweit dieselbe reicht, und aus seinen professionellen Besuchen, insofern dieselben als solche betrachtet werden können." So freute es Dickens auch, sich zu erinnern, daß sein Vater von einem seiner Verwandten einen berühmten Satz geschrieben: „Und ich muß meine Neigung zu der Annahme ausdrücken, daß seine Langlebigkeit (um das Mindeste zu sagen) äußerst problematisch ist;" und daß er an einen andern, der etwas zudringlich auf der Vortrefflichkeit von Dissentern und Nonkonformisten bestand, Worte gerichtet hatte, die nicht weniger berühmt zu sein verdienen: „Das höchste Wesen muß ganz verschieden sein von dem, wofür ich allen Grund habe es zu halten, wenn ihm das Geringste gelegen ist an der Gesellschaft Ihrer Sippe." In dem Genuß aller dieser Dinge war ohne Frage ein Lachen, aber auch viel persönliche Neigung und das Gefühl des Schöpfers von Micawber, wenn er so an den Schwächen seines Originals Gefallen fand, fand ihren Widerpart in dem Gefühl der Leser für die Schöpfung selbst, während ihre Rolle in dem Roman ausgespielt wurde. Niemand mag Micawber weniger gern wegen seiner Torheiten, und Dickens liebte seinen Vater umso mehr, je mehr er sich an dessen wunderliche Eigenschaften erinnerte. „Je länger ich lebe, für einen umso bessern Menschen halte ich ihn," rief er später aus. Wirklichkeit und Phantasie hatten alles vereinigt, was ihm in beiden am erfreulichsten war.

Es darf als ein Beweis für den durchweg gesunden und männlichen Ton des Romans *Copperfield* gelten, daß dies das Endresultat der Exzentrizitäten eines ihrer Hauptcharaktere ist, und die Überlegenheit Micawber's in dieser Hinsicht über Skimpole gehört zu den vielen Anzeichen des untergeordneten Ranges, welchen „Bleak House" seinem Vorgänger gegenüber einnimmt. Trotz gewisser auffallender Ähnlichkeiten, die es schwer machen zu sagen, welcher Charakter den Grundsatz oder Nicht-Grundsatz der Geldlosigkeit am besten repräsentiert, kann kein Zweifel darüber bestehen, welcher den andern übertrifft in moralischer und intellektueller Entwickelung. Es ist der Gegensatz echten Humors und persönlicher Satire. Zwischen den weltlichen Umständen beider ist keine Wahl; aber in Bezug auf alles andere zeigen sie den Gegensatz zwischen Schäbigkeit und Größe. Man sollte denken, Skimpole's sonnige Rede müsse ebenso sehr gefallen als Micawber's prächtige Sprache, da der Zweck beider ist, die Bitterkeit der Armut abzustumpfen. Aber bei dem einen erfahren wir keine Befreiung von der begleitenden Niedrigkeit und Not und sinken aus den luftigsten Phantasien wieder in Schmutz und Schmerz herab, während bei dem andern nichts Jammervolles oder bloß Selbstsüchtiges uns je berührt. In der tiefsten Tiefe dessen, was bei ihm das Schlimmste ist, zweifeln wir nie, daß etwas Besseres auftauchen muß, und von einem Manne, der seine Bettstelle verkauft, um seinen Freund bewirten zu können, weigern wir uns vollständig, nur übel zu denken. Das ist durchweg der freie und heitre Stil *Copperfield's*. Die Meisterstücke von Dickens' Humor sind nicht darin; aber nirgends hat er seiner Erfindungsgabe so mannigfachen Spielraum gegeben und keines seiner Werke kommt diesem an Vollständigkeit der Wirkung und gleichmäßiger Heiterkeit des Tones nahe.

Was später im Allgemeinen über seine Werke gesagt werden muß, beschränkt, wie auch in früheren Fällen, das hier Gesagte wesentlich auf persönliche Erläuterungen. Die früher über *Copperfield* gemachten Enthüllungen werden dies Werk auf immer mit der persönlichen Geschichte des Autors verknüpfen; aber in der Annahme einer vollständigen Identität Dickens' mit seinem Helden und einer vorausgesetzten Absicht, sowohl seinen eigenen Charakter als Teile seiner Laufbahn in der Erzählung darzustellen, ist man in Folge jener Enthüllungen zu weit gegangen. Es ist nötig, den Leser hierauf aufmerksam zu machen. Er kann für sich selbst urteilen, inwiefern die Erlebnisse seiner Kindheit den Genius Dickens' gebildet haben mögen, ob ihre Bitterkeit seine Natur tief genug durchdrungen hatte, um sich in dem Hasse gegen Unterdrückung, in der Empörung gegen Mißbrauch der Macht und in dem Krieg gegen die Ungerechtigkeit in allen ihren Formen, wie seine frühsten Bücher dieselben zeigen, nur selbst zu reproduzieren, und in welchem Maße bloßes Mitgefühl für seine eigene Kindheit den seltsamen Zauber, welchen die Leiden und Schmerzen der Kindheit immer auf ihn ausübten, erklären kann. Aber so viele Ähnlichkeiten Copperfield's Abenteuer mit Teilen von Dickens' Abenteuern darbieten und so oft David sich in Reflexionen ergeht, in denen niemand, der Dickens genau kannte, die Reproduktion seiner eigenen verkennen kann, so würde man doch den größten Irrtum begehen, wollte man, mit Ausnahme der Szenen im Hungerford-Markt, eine vollständige Identität des erdichteten Novellisten mit dem wirklichen annehmen, oder voraussetzen, daß der Jüngling, welcher damals seine erste harte Schule im Leben durchmachte, sie so wenig verhärtet oder verletzt verlassen habe, wie David. Die Sprache der Dichtung spiegelt die Erzählung der wirklichen Begebenheiten nur schwach wider und der Mann, dessen Charakter unter dem Einfluß dieser gebildet wurde, fand einen nicht weniger schwachen Ausdruck in dem lebhaften, empfänglichen Jüngling, der unfähig war, der Führung anderer zu widerstehen und erst durch die späteren Schmerzen seines Eintritts in's Mannesalter zur Selbstbeherrschung erzogen wurde. Dies war nur ein anderer Beweis dafür, wie gründlich Dickens seinen Beruf verstand, und daß eine ungeschickte Verwebung von Wahrheit und Dichtung die Wahrheit nur weniger wahr machen würde.

In der Tat findet der Charakter des Helden dieses Romans seinen richtigen Platz in der angeblich von ihm erzählten Geschichte mehr durch seine Unähnlichkeit als durch seine Ähnlichkeit mit Dickens, selbst da, wo eine absichtliche Ähnlichkeit hervorzutreten scheint. Wenn eine Selbstbiographie mit dem Zwecke unternommen wird, zu zeigen, daß das Leben eines jeden Menschen als Spiegel des Daseins aller Menschen gelten kann, so tritt die persönliche Laufbahn vor der Mannigfaltigkeit der von ihr empfangenen und reflektierten Erlebnisse in den Hintergrund. Diese besondere Form der Romanliteratur hat nur zu oft eine übertriebene Hingabe an geistige Analyse, Metaphysik und Gefühlsschwärmerei veranlaßt; aber Dickens wurde durch ein gesundes Urteil und eine schlaflose schöpferische Einbildungskraft sicher über alle diese Lockungen emporgehoben, und selbst die Methode seiner Darstellung ist hier einfacher, als gewöhnlich in seinen Büchern der Fall ist. Die Gewächse seiner Phantasie haben weniger üppiges Unterholz, und das Gedränge äußerer Bilder, das immer so lebendig vor ihm aufsteigt, bleibt mehr unter seiner Herrschaft.

Wenn man Copperfield so den ihm gebührenden Platz in dem Roman anweist, so treten die mannigfachen Abenteuer seiner Kindheit in folgerichtigen Zusammenhang. Das erste warme Nest der Liebe, in welchem seine eitle, zärtliche Mutter und ihre wunderliche, freundliche Magd ihn hegen, der schnell folgende Gegensatz harter Abhängigkeit und knechtischer Behandlung, das Entrinnen aus dieser vorzeitigen, zwerghaften Reise durch einen natürlichen Rückfall in eine vollkommenere Kindheit, das dann folgende gemächliche Wachstum der Gefühle und der Fähigkeiten in's Mannesalter hinein – dies alles sind zusammenhängende Teile eines klar gezeichneten Charakters. Die Summe seiner Errungenschaften soll eine erfolgreiche schriftstellerische Tätigkeit sein, und so oft eine solche geistige Erziehung auch zum Gegenstande des Romans gemacht worden ist, so gibt es doch nicht viele glücklichere Auffassungen derselben. Die idealen und die realen Teile in der Natur des Knaben werden in Verhältnissen entwickelt, welche am besten zu dem erstrebten Ziele hinführen; der Hang zu leidenschaftlichen Zuneigungen, der ihn unter fremde Leitung bringt, hat eine Grundlage von Wahrhaftigkeit, worauf er zuletzt sicher ruht; der praktische Mann ist das Resultat des phantasievollen Jünglings; und für die Armut seiner träumerischen Tage bieten die tätigen Sympathien, welche das Leben ihm eröffnet hat, mehr als Ersatz. Viele Erfahrungen sind in den Umkreis desselben eingetreten und sein Herz hat für alle Raum gefunden. Das Bewußtsein, wieviel er von dem ausdrückt, was der Autor selbst durchgemacht hatte, muß unser Interesse an ihm vermehren, aber David schließt weit weniger ein als dies, und unendlich viel mehr.

Daß die Begebenheiten sich leicht entwickeln und bis an's Ende mit den Charakteren, von denen sie einen Teil ausmachen, in natürlichem und anspruchslosem Zusammenhange stehen, kann wohl mit größerer Wahrheit von „*David Copperfield*" behauptet werden, als von irgendeinem anderen Romane von Dickens. Es ist ein Überfluß von eigentümlichen und deutlich erkennbaren Personen darin und ein verschwenderischer Reichtum an Detail; aber die Einheit des Planes und Zweckes ist immer klar, und der Ton ist durchweg der richtige. Durch den Gang der Ereignisse lernen wir den Wert der Entsagung und der Geduld, des ruhigen Ertragens unvermeidlicher Übel, des andauernden Kampfes gegen zu beseitigende Übel kennen, und alles in den Schicksalen der handelnden Personen fordert uns auf, unsere edeln Triebe zu stärken und die Reinheit des häuslichen Lebens zu wahren. Es ist daher leicht, die außerordentliche Popularität „*Copperfield's*" zu erklären, auch wenn man nicht das hinzufügt, daß der Roman wohl kaum einen Leser, Mann oder Knaben, gehabt haben kann, der nicht entdeckte, daß er selbst etwas von einem Copperfield war. Kindheit und Jugend leben für uns alle von neuem in seinen wunderbaren Knabenerfahrungen. Mr. Micawber's Anwesenheit darf mich nicht verhindern zu sagen, daß Copperfield, in Bezug auf humoristische Schöpfungen, den anderen Romanen nicht voransteht; aber in der Benutzung des Humors, um das Lächerliche in allen Dingen oder Vorfällen zur Anschauung zu bringen, ohne seine bezauberndste Empfindung auszuschließen oder zu schwächen, steht er entschieden in erster Reihe. Er zeigt die höchste Vollendung englischer Heiterkeit. Wir sind geneigt, die Darstellung von zu viel Güte übel aufzunehmen, aber hier ist sie so gemäßigt durch Seltsamkeiten, daß sie nicht bloß schmackhaft, sondern anziehend wird, und selbst das Pathos wird erhöht durch das, wodurch es in andern Händen nur komisch werden würde. Daß das Buch auch seine Fehler hat, ist gewiß, aber keine, die mit den meisterhaftesten Eigenschaften unverträglich sind; und ein Buch wird unsterblich nicht durch den Umstand, daß keine Fehler darin sind, sondern dadurch, daß trotz alledem Genie darin ist.

Über seine Methode und die Methode seines Verfassers im Allgemeinen, hinsichtlich der Zeichnung der Charaktere, wird in einem späteren Kapitel die Rede sein. Des Verfassers eigne Lieblingspersonen in „*Copperfield*" waren die zu der Gruppe der Peggottys gehörenden; und vielleicht hatte er damit nicht ganz unrecht. Es ist ihr Schicksal, wie das aller Hauptgestalten seiner Phantasie, gewesen, ihre Namen auf die Sprache zu übertragen und typisch zu werden und er hat nirgends jene Reinheit einfacher Herzensgüte, welche durch den freundlichen und allversöhnenden Einfluß des Humors die plumpsten Formen der Menschheit zur Anmut, ja zur Größe veredeln kann, auf glücklichere Weise verkörpert. Was als Hauptreiz in dem Stil des Buches angedeutet wurde, wird hier am lebhaftesten empfunden. Das Lächerliche fördert das Pathos so, und der Humor erhebt und veredelt die Empfindung so, daß bloße rauhe Neigung und einfache Männlichkeit bei den Bootsleuten von Yarmouth, geläutert durch das Feuer unverdienter Leiden und heroischer Ausdauer, halb ritterliche, halb erhabene Formen annehmen. Es gehört zu dem Gewäsch kritischer Überlegenheit, wegwerfende Bemerkungen zu machen über die ernsten Stellen in diesem großen Schriftsteller; aber der Sturm und der Schiffbruch am Schlusse „*Copperfield's*", wo der Leichnam des Verführers tot in die Trümmer des Hauses geschleudert wird, das er verödet, und an die Seite des Mannes, dessen Herz er gebrochen hat, während der eine ebenso wenig weiß, was ihm mißlungen war zu erreichen, als der andre, was er durch seinen Untergang gerettet, ist eine Beschreibung, die sich den ergreifendsten Schilderungen in unsrer Sprache vergleichen kann. Es werden andre Personen in diese Katastrophe hineingezogen, die in Bezug auf Natürlichkeit der Darstellung zu den mißlungenen Teilen des Romans gehören. Aber obgleich Miss Dartle eigentümlich unangenehm ist, so hat doch auch sie (wie Dickens' am wenigsten natürliche Charaktere überhaupt) einige echt natürliche Züge, und ihre Eigentümlichkeit, nie etwas grade heraus zu sagen, sondern es bloß anzudeuten und so mehr daraus zu machen, entlehnte er von einer ihm sehr wohl bekannten, befreundeten Dame. Was Mrs. Steerforth betrifft, so verdient es Erwähnung, daß Thackeray eine Art Zuneigung für sie fühlte. „Ich wußte, wie es kommen würde, als ich zu lesen anfing," sagt er in einem ganz von ihm selbst handelnden Briefe, den er gleich nach Mrs. Steerforth's Auftreten in dem Romane schrieb. „Meine Briefe an meine Mutter sind grade so; aber sie hat sie gern, grade wie Mrs. Steerforth; gefällt Mrs. Steerforth Ihnen nicht?"

In einer andern Gruppe finden wir eine andere ältliche Dame, die man ohne jeden Schatten von Verdacht lieben kann: rauh, eckig, überspannt, aber die Großmut und Rechtschaffenheit selbst, ein in allen seinen Teilen gründlich durchgeführter Charakter, ein knorriges Stück weibliches Holz, gesund bis in's Mark, eine Frau, welche Kapitän Shandy wegen ihrer auffallenden Wunderlichkeiten geliebt haben würde und die doch durch vollkommene Weiblichkeit den zartesten ihres Geschlechts angehört. Dickens hat an durchgreifender Echtheit und Wahrheit nichts Besseres geschaffen als Betsey Trotwood. Es ist eine ihrer Wunderlichkeiten, einen Narren zum Gefährten zu haben, aber es ist auch eine Wunderlichkeit, in welcher die größte Angemessenheit und Weisheit liegt. Durch eine in „Wilhelm Meister" hingeworfene Zeile: daß die wahre und zugleich vollkommen mögliche Art, Wahnsinnige zu behandeln, darin bestehe, mit ihnen zu verfahren, als ob sie gesund wären, antizipierte Goethe ein Mittel gegen das furchtbarste Leiden der Menschheit, das erst ein Jahrhundert später zur Anwendung gebracht wurde; und was Mrs. Trotwood für Mr. Dick tut, geht noch einen Schritt weiter, indem es zeigt, wie oft man ohne Irrenhäuser fertig werden und wie groß die Zahl schwachsinniger Menschen sein könnte, die sich, mit einiger Geduld, in ihren eigenen Häusern behandeln ließen. Andere, sowohl durch Wahrheit als durch Wunderlichkeit kaum weniger bemerkenswerte Charaktere sind die freundliche alte Pflegefrau und ihr Mann, der Fuhrmann, dessen Erlebnisse von Liebe wie von Sterblichkeit zusammengedrängt sind in die drei seitdem in die allgemeine Verkehrssprache übergegangenen Worte: ‚Barkis ist bereit'. In der Verwandlung des brutalen Schulmeisters der früheren Kapitel in die milde Obrigkeitsperson von Middlesex am Schlusse liegt eine gesunde und sehr wirksame Satire. Auch begegnet man nirgends einem feineren Humor, als bei dem provinziellen Leichenbesorger, der die Kürze seines Atems durch die Fülle seines Herzens ersetzt und so wenig von dem Vampirhange des städtischen Leichenbesorgers in „*Chuzzlewit*" hat, daß er sich nicht einmal nach kranken Freunden erkundigen mag, aus Furcht vor unfreundlicher Deutung. Nach Hazlitt liegt der Prüfstein eines schaffenden Meisters auf dem Gebiete des Romans weniger in der Gegenüberstellung von Charakteren, die einander ungleich, als in der Unterscheidung solcher, die einander gleich sind, und vielen andern Beispielen von Dickens' Kunst, wie dem Schäfer und Chadband, Creakle und Squeers, Charley Bates und dem Dodger, den Guppy's und den Wemmick's, Mr. Jaggers und Mr. Vholes, Sampson Braß und Conversation Kenge, Jack Bunsby, Kapitän Cuttle und Bill Barley, den Perker's und Pell's, den Dodson's und Fog's, Sarah Gamp und Betsy Prig und einem Haufen anderer, muß die Feinheit der Unterscheidung zwischen jenen angesehenen Leichenbesorgern, Mr. Mould und den Herren Omer und Joram, hinzugefügt werden. Die ganze den Roman durchdringende Mischung von Heiterkeit und Trauer wird geschickt in die Behandlung dieses Teils desselben aufgenommen, und unter Heiratswerbungen und Vorbereitungen zu Hochzeiten und dem Läuten der Kirchenglocken zur Taufe hört man das beständige Rat-tat des Hammers auf dem Sarge.

Von den Heldinnen, welche die lebhafte, leicht gelenkte, nicht treulose, aber arg verwirrte Neigung des Helden teilen, ist die verzogene Torheit und Zärtlichkeit der liebenden kleinen kindlichen Frau Dora anziehender, als die zu unfehlbare Weisheit und selbstaufopfernde Güte der engelgleichen Frau Agnes. Die Szenen, welche die Liebeswerbung und den Haushalt darstellen, sind unvergleichlich, und die Einblicke in Doktors-Commons, welche jene Ansichten Mr. Spenlow's über die Eitelkeit der menschlichen Erwartungen und die Inkonsequenz seiner Handlungsweise, wenn er es vernachlässigte ein Testament zu machen, einleiten (– Ansichten, über die er an dem Tage, wo er, ohne ein Testament gemacht zu haben, stirbt, ausführlich moralisiert), bilden einen höchst angemessenen Hintergrund zu David's häuslichem Leben. Dies gehörte unter die in den Roman aufgenommenen persönlichen Erlebnisse; aber eine traurigere Erkenntnis stellte sich einige Jahre später mit der Überzeugung ein, daß David's Vergleiche, während der ersten Zeit seines ehelichen Lebens, zwischen dem Glück, das er genoß, und dem Glück, das er einst erwartete, „der unbestimmte unglückliche Verlust oder Mangel von etwas," worüber er so oft klagte, auch eine persönliche Erfahrung abspiegelten, die in der Wirklichkeit nicht so erfolgreich ersetzt wurde als in der Dichtung. Schließlich sei noch erwähnt, daß „*David Copperfield*" das letzte Werk von Dickens war, das er in Devonshire Terrace schrieb. Auf der nächsten Seite geben wir ein Bild des Hauses, wo so viele seiner Meisterwerke entstanden, nach einer Zeichnung von Maclise, welche dieser an dem ersten Geburtstage von Dickens' ältester Tochter (29. Oktober 1840) entwarf.

„Bleak House" folgte „Copperfield" und ahmte diesem, mit Bezug auf die autobiographische Form der Auszüge aus der persönlichen Erzählung seiner Heldin, einigermaßen nach. Aber der Unterschied zwischen der Erzählung David's und dem Tagebuche Esther's bezeichnet, ebenso wie der zwischen Micawber und Skimpole, die Überlegenheit des ersteren Werkes über seinen Nachfolger. Eine Erzählerin vorzuführen, welche Sitten, Beweggründe und Charaktere mit der staunenswertesten Lebendigkeit darstellt, und die man doch für kunstlos unbewußt dabei halten soll, grade wie sie auch von ihren eigenen guten Eigenschaften, die sie naiv in ihrer Erzählung enthüllt, nichts weiß, war ein schwieriges Unternehmen, mißlich in jedem Falle, des Erfolges nicht wert, und hier jedenfalls nicht erfolgreich. Es kommt mehr Scharfsinn dabei zum Vorschein als Frische, die Erfindung ist weder leicht noch zwanglos, und obgleich die alte wunderbare Macht über das Wirkliche wieder reichlich offenbar wird, fehlt es doch nicht an einer künstlichen Beimischung. Auch kann dies nicht von Esther's Erzählung gesagt werden, ohne eine allgemeinere Anwendung auf das Buch, von welchem jene einen so großen Teil ausmacht. Nichtsdestoweniger ist der Roman, in Bezug auf den äußerst wichtigen Punkt der Anlage, wohl das Beste, was Dickens geschrieben hat.

In seinen späteren Schriften hatte er dies wesentliche Element seiner Kunst fleißig ausgebildet, und hier brachte er es beinahe zur Vollkommenheit. Der Tendenz einer stückweisen Abfassung eines Romans, größere Sorgfalt in Bezug auf die Teile hervorzurufen als in Bezug auf das Ganze, war er sich immer bewußt gewesen; aber ich erinnere mich auch einer Bemerkung von ihm des Inhalts, daß das Lesen eines Romans in Teilen nicht minder die Tendenz habe zu verhindern, daß der Leser wahrnehme, wie vollständig ein auf solche Weise dargebotenes Werk geeignet sein könne, als Ganzes durchgelesen zu werden. Man blicke von der letzten auf die erste Seite des vorliegenden Romans zurück, und selbst in den höchsten Beispielen dieser Art sorgfältiger Ausarbeitung wird man nicht finden, daß ein Ereignis folgerichtiger aus dem andern hervorgeht, oder daß die einzelnen Vorgänge mit einer berechnenderen Rücksicht auf den Einfluß angelegt sind, den sie auf das allgemeine Resultat ausüben. Nichts wird auf's Geratewohl vorgebracht, alles trägt zu der Katastrophe bei, die verschiedenen Linien des Planes laufen nach dem Mittelpunkt zusammen, und alles andere wird unwiderstehlich auf das Hauptinteresse hingelenkt. Das Herz der Geschichte ist ein Prozess in dem Kanzleigerichtshof. Um diesen dreht sich der Plan, und Leidenschaft und Leiden entspringen ausschließlich aus den damit zusammenhängenden wichtigen oder unwichtigen Ereignissen. Zufällige anscheinend bedeutungslose Worte oder Handlungen zufälliger Personen beeinflussen überall den Gang einer Reihe von Begebenheiten, deren Ausgang Leben oder Tod, Glück oder Elend ist für Männer und Frauen, welche sie nicht kennen und denen sie selbst unbekannt sind. Advokaten aller möglichen Grade, Advokatenschreiber jeder erdenklichen Art, der Kopist, der Gerichtsmaterialienhändler, der Wucherer, sämtliche Sorten von Geldverleihern, Beschwerdeführende jeder Art, Habitués des Kanzleigerichtshofs und deren Opfer bewegen sich ohne Ende um das Leben der Hauptpersonen des Romans und ziehen sie unvermerkt, aber sicher, dem Ausgang zu, der sie erwartet. Selbst die Anfälle der Magd des kleinen Gerichtsmaterialienhändlers befördern unmittelbar die Entwickelung der kleinen Dinge, welche mittelbar Lady Dedlock's Tod herbeiführen. Eine starke Kette des Interesses hält Chesney Wold und dessen Insassen, Bleak House und die Gruppe der Jarndyce, den Kanzleigerichtshof mit seiner traurigen und schmutzigen Nachbarschaft zusammen. Die Charaktere vervielfältigen sich mit dem Fortschritt der Erzählung, aber das Ziel ist bei allen dasselbe. „Ist kein großer Unterschied zwischen meinem hochgelehrten Bruder und mir," sagt der groteske Eigentümer des Flaschen- und Lumpenladens unter der Mauer von Lincolns-Inn; „sie nennen mich Lordkanzler und meinen Laden Kanzleigerichtshof, und wir beide wühlen umher im Schlamme." *Edax rerum* das Motto beider, aber mit einem Unterschiede. Aus dem Gerümpel des Ladens tauchen langsam Bruchstücke von Tatsachen auf, durch welche die Hauptpersonen des Romans wesentlich beeinflußt werden und denen der Kanzleigerichtshof selbst hätte unterliegen können, wäre seine verschlingende Fähigkeit weniger vollständig gewesen. Aber zu der Zeit, als in dem Gerümpel das Testament gefunden wird, das den ganzen Prozess Jarndyce in Ordnung bringt, findet sich, daß es zu spät ist, irgendetwas in Ordnung zu bringen. Die Kosten haben die Substanz verschlungen, und damit ist die Sache erledigt.

Was aber in einem Sinne ein Verdienst ist, kann in anderm ein Mangel sein, und dies Buch hat grade durch die Vollständigkeit gelitten, mit welcher seine Kanzleimoral ausgearbeitet ist. Das lehrhafte Element in Dickens' früheren Romanen gewann seine Stärke dadurch, daß es nur beiläufig mit Interessen von höherer und dauernderer Art in Zusammenhang gebracht wurde, und in nicht geringem Maße auch durch das heitre Spiel der Phantasie, welches seine ernsteren Darstellungen aufhellte. Hier ist es von zu unvermischt und alldurchdringend ernsterem Stoffe. Der in dem Eröffnungskapitel so wunderbar gemalte Nebel hat sich kaum verzogen, als in dem Prozess Jarndyce versus Jarndyce eine Atmosphäre aufsteigt, in der sich ebenso schlecht atmen läßt, und von da bis an's Ende haftet sie den Leuten der Geschichte, wie sie kommen und gehen, als trüber Nebel oder schwere Wolke an und ist selten abwesend. Dickens selbst hat erklärt, es sei seine Absicht gewesen, bei der romantischen Seite bekannter Dinge zu verweilen. Aber es ist die Romantik der Unzufriedenheit und des Elends, mit einer sehr rastlosen unbefriedigten Moral, und sie wird zu sehr herbeigeführt durch unangenehme und schmutzige Einflüsse. Die Guppy's, Weevle's, Snagsby's, Chadband's, Krook's und Smallweed's, selbst die Kenge's, Vhole's und Tulkinghorn's sind viel zu wirklich, um angenehm zu sein; und die Notwendigkeit von Gegensätzen und Gegenwirkungen einer schöneren Menschlichkeit wird dringend empfunden. Es fehlt an diesen nicht; dennoch muß gesagt werden, daß wir selbst mit ihnen kaum in die alte Freiheit und Frische der Phantasiewelten des Autors entrinnen, und daß die zu bewußte Unbewußtheit Esther's sogar auf die strahlende Güte John Jarndyce's etwas wie einen Schatten wirft. Nichtsdestoweniger enthält der Roman schöne Charakterzeichnungen. Die schwachsinnige kleine Kanzlei-Irre, Miss Flite; das lautstimmige, zartfühlende Kanzlei-Opfer, Gridley; der arme, gutherzige, junge Mann Richard, dessen Leben und Charakter durch die Hinschleppung des Kanzleiprozesses, dessen Erfolg ihm den Weg in die Welt öffnen soll, gebrochen werden, der meint, er spare Geld, wenn er verhindert wird, es zu verschwenden und denkt, weil er es gespart habe, sei er berechtigt, es fortzuschleudern; Reitersmann George nebst den Bagnets und ihrem Haushalt, wo die lächerlichsten Dinge größern Eindruck hervorbringen durch die pathetischen Züge, welche ihnen zugrunde liegen; das Familienleben der Jellyby's und dessen philanthropische, starkgeistige Herrin, ruhig und lächelnd inmitten eines Haushalts, der den Kanzleigerichtshof selbst an Verworrenheit überbietet; jenes Muster von Haltung, Turveydrop der Ältere, dessen Beziehungen zu den jungen Leuten, die er so prächtig patronisiert, während er in allen Dingen auf ihren Beistand angewiesen ist, ebenso seine als wahre Beobachtungen hervortreten lassen; der unerforschliche Tulkinghorn und der unsterbliche Bucket – diese alle, und ganz besonders die letzten, sind durch dieses Buch der Liste der Personen hinzugefügt worden, mit denen wir genauer und dauernder bekannt sind, als mit der Menge wirklicher vertrauter Bekannten, die wir um uns her leben und sterben sehen.

Aber wie kennen wir sie? Viele wollen uns glauben machen: es sei mehr durch die Lebhaftigkeit äußerer Beobachtung, als durch die Tiefe phantasievoller Einsicht, mehr durch Kunstgriffe der Manier und des Ausdrucks, als durch die Wahrheit der Charakterschilderung, mehr durch äußerliche Darstellung als durch das, was dahinter liegt. Es wird sich uns eine andere Gelegenheit zu einigen Bemerkungen über diese Art von Kritik darbieten, eine Kritik, deren besonderer Stolz es immer gewesen ist, die spitzfindigen Verschiedenheiten ihrer Ansichten von dem geltend zu machen, was die Welt geneigt gewesen ist zu bewundern. „In meines Vaters Bibliothek," schrieb Landor an Southey's Tochter Edith, „war die ‚Critical Review' von ihrem ersten Erscheinen an; und sie würde mich gelehrt haben, hätte ich mich selbst schon in einem sehr frühen Lebensalter nicht besser lehren können, daß Fielding, Sterne und Goldsmith im Grunde nichts wert seien." Diese Art von Kritik wird nie ohne Vertreter sein, und wie häufig sie gegen Dickens angewandt wurde, wird sich später zeigen. Aber wenn wir von einem Buche sprechen, in dem zuerst ein Mangel der ganzen Frische seines Genies offenbar wurde, würde es unrecht sein, nicht auch hinzuzufügen, daß seine Methode der Charakterdarstellung in den bessern Teilen mit ebenso großer Kraft zum Vorschein kommt, als in seinen besten Schriften. Es ist schwer zu sagen, wann eine Eigentümlichkeit zu grotesk, oder eine Ausgelassenheit zu possenhaft wird, um innerhalb der Grenzen der Kunst zu bleiben; denn es ist sowohl in Bezug hierauf als in Bezug auf ernstere Dinge wahr, daß sie in der Welt in ganz denselben Verhältnissen und demselben Grade vorhanden sind, in welchen das Genie sie entdecken kann. Aber kein

Mensch besaß je eine so überraschende Fähigkeit wie Dickens, selbst das zu werden, was er darstellte, und unter den verschiedensten Lebensverhältnissen so vollkommen in geistige Phasen und Entwicklungen einzugehen, daß er sie, ohne eines erklärenden Wortes zu bedürfen, im Dialog vollständig reproduzierte. Nur einmal wich er von dieser Methode ab, mit einem Resultat, von welchem später die Rede sein wird. Als wir bei einer früheren Gelegenheit von dem erstaunlichen Eindruck von Wirklichkeit sprachen, den er hervorbringe, wurde bemerkt, daß, wo die Charaktere sich so selbst enthüllten, die Arbeit des Autors an ihnen getan sei; und in dem vorliegenden Buche ist keiner, auch die am wenigsten anziehendsten, die anscheinend nur hervorstechende oder auffallende Eigenschaften darstellen, nicht ausgenommen, bei dem man nicht finden wird, daß der darin verkörperte eigentümliche Charakterzug, oder die darin personifizierte Hauptidee, nicht auch ebenso gewiß eine allgemein anwendbare menschliche Wahrheit enthält. Seine Schöpfungen zu erklären oder zu erörtern, sie psychologisch offen zu legen, ihre Organismen zu analysieren, ihre Fasern und sonstigen Gewebe einer genauen Darstellung zu unterwerfen, war durchaus nicht Dickens' Sache. Sein Genie war sein Gemeingefühl mit seinem Geschlecht; seine bloße Persönlichkeit war nie die Grenze seiner Vorstellungen, so stark sie dieselben auch mitunter färben mochte; er hielt sich nie damit auf, seine Arbeit anatomisch zu sezieren; aber niemand verstand es besser, die äußern und sichtbaren Sonderbarkeiten eines Charakters seiner innern und unveränderlichen Wahrheit anzupassen. Die allgemeinen Urteile, welche wir uns über Charaktere bilden, sind, wenn wir nur einige Schärfe der Auffassung besitzen, im Ganzen richtig; aber die Menschen wirken auch durch die Berührung ihrer Extreme aufeinander ein und sehr oft kann es notwendigerweise das Hauptgeschäft eines Novellisten werden, bloß die hervorspringenden Punkte und die scharfen Winkel zu Tage treten zu lassen.

Die pathetischen Teile von „*Bleak House*" leben nicht stark in der Erinnerung, aber der Tod Richard's und der Tod Gridley's, die schwärmenden Phantasien Miss Flite's und die äußerst rührende Art, wie die gentlemännische Natur des pomphaften alten Baronet Dedlock sich unter Leiden behauptet, nehmen als schriftstellerische Leistungen einen hohen Rang ein. Ein andres höchst rührendes Beispiel, das an der Spitze der übrigen steht, ist der arme Straßenfeger Jo, der wohl einen ebenso tiefen Eindruck hervorgebracht hat als irgendetwas anderes in Dickens. „Wir haben „*Bleak House*" laut gelesen," schrieb mir der gute Dekan Ramsay ganz kurz vor seinem Tode. „Gewiß ist es eins seiner talentvollsten und erfolgreichsten Werke! Was für ein Triumph ist Jo! Wir haben hier eine ungebildete Natur mit Andeutungen wahrer und tiefer Gefühle, mit der Ahnung eines höheren Gefühls, aber doch alles folgerichtig und in Harmonie. Wunderbar ist das Genie, welches dies alles zeigen und es dabei wirklich innerhalb der Grenzen des Charakters halten kann, so niedrig oder gewöhnlich dieser auch ist, und keine krankhafte oder falsche Färbung dabei gebraucht. Meiner Ansicht nach gibt es auf dem Gebiete des Romans nichts in der englischen Literatur, was den Tod Jo's übertrifft." Was bei und nach der Totenschau vorfällt, ist ebenso sehr der Erinnerung wert. Jo's Zeugen-Aussage wird zurückgewiesen, weil er nicht genau erklären kann, was ihm nach seinem Tode widerfahren wird, falls er eine Lüge sagt; aber es gelingt ihm nachher sehr genau zu erklären, was der Verstorbene ihm tat, während er lebte. Daß in einer kalten Winternacht, als er in einem Türwege, nahe bei seinem Straßenübergang, vor Kälte zitterte, ein Mann sich nach ihm umdrehte und zurück kam und sagte, nachdem er ihn befragt und gehört, daß er keinen Freund in der Welt habe: „Auch ich habe keinen, nicht einen!" und ihm Geld für ein Abendessen und ein Nachtquartier gab; daß der Mann seitdem oft mit ihm gesprochen und ihn gefragt habe, ob er des Nachts schlafe und wie er Kälte und Hunger ertrage, oder ob er je zu sterben wünsche, und im Vorbeigehen bemerkt habe: „Ich bin heute so arm als Du, Jo!" wenn er kein Geld hatte, aber wenn er etwas hatte, ihm immer welches gegeben. „Er war sehr gut zu mir," sagt der Junge, indem er sich die Augen mit seinem zerrissenen Ärmel wischt. „Wenn ich ihn nun so da ausgestreckt liegen seh', möcht' ich, er könnte hören, daß ich ihm dies sage. Er war sehr gut zu mir, sehr gut." Nachdem die Totenschau vorüber ist, wird der Körper in einen pestatmenden Kirchhof in der nächsten Straße geworfen, den auf beiden Seiten Häuser überblicken, und zu dessen eisernem Tore ein dumpfiger kleiner Tunnel von einem Hofe hinführt. „Bei Anbruch der Nacht kommt eine schlotternde Gestalt durch den Tunnelhof auf das eiserne Tor zu. Sie hält das Tor mit den Händen und blickt durch die Eisenstäbe hindurch, steht da und blickt eine Weile hinein. Dann fegt sie mit einem alten Besen, den sie trägt, leise die Stufen und fegt den Eingang rein. Sie tut dies sehr geschäftig und nett, blickt wieder eine Weile hinein und entfernt sich dann;" das gehört zu den Sachen in Dickens, die nicht vergessen werden können; und hätte „*Bleak House*" noch viel mehr Fehler als man darin gefunden hat, solches Salz und solcher Geschmack werden es für einige Generationen frisch erhalten.

Dickens' erste Absicht war, Jo in dem Roman eine hervorragendere Rolle spielen zu lassen, und sein frühester Titel war von den unter dem Kanzleigerichtshof stehenden verfallenden Mietwohnungen „Tom-all-Alone" hergenommen, wo Jo seine elende Wohnung findet; aber dies wurde aufgegeben. andrerseits wurde Dickens in seiner Absicht, die Mißbräuche und Verschleppungen des Kanzleigerichtshofs anzugreifen, ermutigt und bestärkt, indem er wenige Tage vor dem Erscheinen seines ersten Heftes eine merkwürdige Brochüre über diesen Gegenstand empfing, welche so zweckentsprechende Details enthielt, daß er, ohne in irgendeinem wesentlichen Punkte etwas zu ändern, den denkwürdigen Fall daraus entnahm, den er in seinem fünfzehnten Kapitel erzählte. Wer die Brochüre[2] liest, kann sich überzeugen, wie genau wahr Dickens' Hinweis auf dieselbe in dem Vorworte ist. „Die Geschichte Gridley's entspricht, ohne wesentliche Abänderung, einer wirklichen Begebenheit, welche durch eine mit dem ganzen abscheulichen Unrecht von Anfang bis zu Ende professionell bekannte unparteiische Person veröffentlicht wurde." Der Prozess, der in allen seinen Einzelnheiten mitgeteilt wird, bezog sich auf ein Pachtgut von einem Werte von nicht mehr als 1 200 Pfd. St., aber es war alles, was der Eigentümer in der Welt hatte, und gegen dies Pachtgut war eine Klage auf ein Vermächtnis von 300 Pfd. St. anhängig gemacht, welches in dem das Gut vermachenden Testamente ausgesetzt war. In Wahrheit war nur ein Beklagter da, aber in der Klageschrift waren kraft eines Erlasses des Gerichtshofes siebenzehn; und nachdem zwei Jahre über dem Vernehmen der siebenzehn Antworten hingegangen waren, mußte alles noch einmal wieder von vorne anfangen, weil zufällig eine achtzehnte ausgelassen worden war. „Welch' ein Hohn auf die Gerechtigkeit dies ist," sagt Mr. Challinor, „tun die Tatsachen genügend dar, und für ihre Richtigkeit kann ich mich persönlich verbürgen. Die in Bezug auf dies Vermächtnis von 300 Pfd. St. bereits getragenen Kosten belaufen sich auf nicht weniger als 8–900 Pfd. St. und die streitenden Parteien sind dadurch nicht weiter gekommen. Schon fast fünf Jahre sind verflossen und der Kläger würde mit Freuden seine Aussicht auf das Vermächtnis fahren lassen, könnte er dadurch seiner Haftbarkeit für die Kosten entgehen, während die Beklagten, denen das kleine von dem Erblasser vermachte Pachtgut gehört, kaum eine andere Aussicht vor sich haben, als völlige Verarmung."

---

[2] Von W. H. Challinor in Leek, in Staffordshire, der die Freundlichkeit hatte, sie mir, nebst einer Abschrift von Dickens' Brief, worin dieser dem Verfasser den Empfang (11. März 1852) anzeigt, zu überschicken. Am 1. März 1852 war das erste Heft von „*Bleak House*" erschienen; aber zwei Hefte waren damals bereits geschrieben.

Zweites Kapitel

Häusliche Vorgänge und Harte Zeiten
1853–1855

„*David Copperfield*" wurde größtenteils in Devonshire Terrace geschrieben und erschien zwischen dem Anfang des Jahres 1849 und dem Oktober 1850; sein Verkauf, welcher seitdem denjenigen aller andern Romane von Dickens, mit Ausnahme „*Pickwick's*", übertroffen hat, ging damals nie über zwanzigtausend Exemplare hinaus. Aber obgleich es vorläufig bei dieser Zahl blieb, vermehrte die Popularität des Buches den Verkauf seines Nachfolgers beträchtlich. „*Bleak House*" wurde in Tavistock House, Dickens' neuer Wohnung, zu Ende November 1851 begonnen, inmitten der aufgeregten Zeit der Vorstellungen der Gilde der Literatur und Kunst, während des folgenden Jahres fortgesetzt, im August 1853 in Boulogne beendet und „seinen Freunden und Genossen von der Gilde der Literatur und Kunst" gewidmet.

Im März 1852 erschien das erste Heft, und sein Verkauf wurde in demselben Briefe aus Tavistock House (7. März) gemeldet, der von seinen Mühen beim Beginn des Romans und von andern, dem gewöhnlichen Menschenlos anhaftenden, und von seinen Freuden wie von seinen Leiden unzertrennlichen Aufregungen erzählte, die er damals durchzumachen hatte. „Meine Fahrt gestern nach dem Kirchhof in Highgate war eine traurige. Traurig zu denken, wie alle Fahrten derselben Richtung zustreben. Ich ging den Kirchhof hinauf, mich nach einem Stück Erde umzusehen. Ohne Hoffnung auf eine Regierungsbill[3] und mit einer törichten Abneigung, das kleine Kind dort in ein Gewölbe einzuschließen, denke ich daran, ein Zelt unter freiem Himmel aufzuschlagen … Nichts hat sich hier ereignet; aber ich glaube jede Stunde, daß es in der nächsten Stunde kommen muß. Ich habe wilde Pläne, nach Paris, Rouen, der Schweiz, irgendwohin zu gehen und die übrigen zwei Drittel des nächsten Heftes hoch oben in irgendeinem seltsamen Gasthauszimmer zu beendigen. Ich habe darüber gebrütet und bin unruhig geworden. Brauche, wie mir scheint, eine Veränderung. Einfältig. Der Verkauf stand auf 30 000 als ich zuletzt

---

[3] Dickens interessierte sich sehr für die Bewegung gegen den ferneren Gebrauch von Kirchhöfen innerhalb der Stadtgrenzen, und für die Herstellung von Begräbnisstätten unter der Aufsicht des Staates.

davon hörte … Ich bedaure, Dir mitzuteilen, daß ich, nach allen möglichen Ausflüchten, gezwungen bin, morgen in Lansdowne House zu dinieren. Doch vielleicht findet die Sache schon heute Abend statt, so daß ich eine Entschuldigung habe! Ich lege die Korrekturbögen des zweiten Heftes bei. Browne hat Skimpole gezeichnet und dazu beigetragen, ihn seinem großen Original auffallend unähnlich zu machen. Sieh' es durch und sage mir, was Du darüber denkst. Findest Du Mrs. Gaskell nicht reizend? Mit Ausnahme eines schlecht bedachten Punktes, der wie ein Mangel an natürlicher Auffassung erscheint, halte ich es für meisterhaft." Seine letzte Anspielung bezieht sich auf die damals in ‚Household Word' erscheinende Erzählung einer vortrefflichen Schriftstellerin und von den andern braucht nur bemerkt zu werden, daß das Familienereignis, welches seine Abwesenheit bei dem Dîner in Lansdowne House hätte entschuldigen können, erst vier Tage später stattfand. Am 13. März wurde sein letztes Kind geboren, und der Knabe, sein siebenter Sohn, trägt den berühmten Namen seines Taufvaters, Edward Bulwer Lytton.

Da die Unfähigkeit, „Funken zu schleifen aus seiner stumpfen Klinge", wie er seine damalige Arbeit an „*Bleak House*" beschrieb, ihn noch quälte, faßte er den Plan zu einem Ausfluge nach Paris. „Ich könnte um diese Jahreszeit nicht sehr gut in die Schweiz gehen. Der Jura würde mit Schnee bedeckt sein. Und ginge ich nach Genf, so weiß ich nicht, wohin ich nicht gehen könnte." Das Ende war schließlich eine Flucht nach Dover; aber ehe er abreiste, fand er inmitten vieler Beschäftigungen und einiger Besorgnisse noch Zeit zu einer gutmütigen Fahrt nach Walworth, um einen jungen Mann, der Talente für die Bühne haben sollte, eine Rolle vortragen zu hören, und er war imstande, die Freunde desselben (es war der seitdem allgemein bekannt gewordene Komiker Toole) zu erfreuen, indem er sich günstig über seine Aussichten auf Erfolg aussprach. „Ich erinnere mich, was ich selbst einmal in dieser Beziehung wünschte," sagte er, „und möchte ihm gern behilflich sein."

Tavistock House

Bei einem der letzten Dîners in Tavistock House vor seiner Abreise war Mr. Watson von Rockingham zugegen und Dickens war kaum in Dover zur Ruhe gekommen, als er die Nachricht von dem Tode dieses vortrefflichen Freundes erhielt. „Armer lieber Watson! Es war heute vor zwei Wochen, als Du mit uns ausrittest und er bei uns speiste. Wir alle bemerkten, als er fort war, wie glücklich er scheine, die Wahlkampagne hinter sich zu haben, und wie heiter er sei. Er war voller Weihnachtspläne für Rockingham, und wünschte sehr, wir sollten ein französisches Stück aufführen, dessen Plan ich ihm erzählt hatte. Den folgenden Tag verließ er England, um seine Frau und die Kinder in Homburg zu treffen und dann nach Lausanne zu gehen, wo sie ein Haus auf einen Monat genommen hatten. In Homburg wurde er von einer heftigen innern Entzündung ergriffen und starb – ohne viel Schmerz – in vier Tagen ... Ich hatte ihn so lieb, daß ich bedaure, daß Du ihn nicht besser gekannt hast. Ich glaube, er war ein so durch und durch guter und wahrhaftiger Mensch, als je einer lebte, und ich bin gewiß, daß ich keine größere Neigung für ihn fühlen konnte, als er für mich fühlte. Wenn ich an sein helles Haus und an sein schönes, einfaches, ehrliches Herz denke, die beide so offen für mich waren, sind die Leere und der Verlust mir wie ein Traum." Andre Todesfälle folgten. „Der arme D'Orsay!" schrieb er nur sieben Tage später, am 8. August; „es ist ein furchtbarer Gedanke, daß die Freunde um uns her in so schrecklicher Zahl fallen, wenn wir die Mitte des Lebens erreichen. Was für ein Schlachtfeld ist es!" Und kaum war ein neuer Monat ganz vorüber gegangen, als er in Mrs. Macready eine sehr liebe Freundin seiner Familie verlor. „Ach Himmel!" schrieb er, „diese furchtbare Sichel schneidet wahrhaftig tief in das umgebende Korn, wenn unser eigener kleiner Halm reif geworden ist. Aber vielleicht ist dies alles nur ein Traum und der Tod wird uns erwecken."

Endlich imstande, sich fest an die Arbeit zu setzen, blieb er drei Monate in Dover, und fuhr, nachdem er seine Familienkarawane heimgeschickt, zu Anfang Oktober nach Boulogne hinüber, um diesen Ort als Ferienaufenthalt am Meere zu versuchen. „Ich habe," schrieb er, „nie eine bessere Probe von der Art und Weise unserer Landsleute gesehen als diesen Ort. Weil er zugänglich ist, ist es gentil zu sagen, er habe keinen Charakter, sei ganz englisch, es sei nichts Kontinentales daran – und so weiter. Es ist ein so eigentümlicher, malerischer, guter Ort als irgendeiner, der mir bekannt ist; die Bootsleute und Fischerleute eine Rasse für sich und einige von ihren Dörfern so gut als die Fischerdörfer am mittelländischen Meere. Die obere Stadt, nebst dem Spaziergang um sie herum auf den Wällen, reizend. Die Landwege köstlich. Es ist die beste Mischung von Stadt und Land (mit Seeluft in den Kauf) die ich je gesehen; Alles billig, alles gut, und wenn es Gott gefällt, werde ich im nächsten Juli auf besagten Wällen schreiben."

Vor dem Schlusse des Jahres war die Zeit, auf welche sein buchhändlerischer Vertrag mit Bradbury und Evans beschränkt war, abgelaufen; aber auf seinen Vorschlag sollten sie das Viertel des Ertrages seiner Bücher, das sie jetzt seit acht Jahren empfangen hatten, fortbeziehen, unter der Bedingung, daß die Berechnung ihrer Prozente als Verleger aufhöre und daß es ihm selbst freistehen solle, den Kontrakt zu lösen, wann es ihm beliebe. Die erste Begebenheit des neuen Jahres war für ihn eine Festfeier in Birmingham, wo ein silberner Teller und ein Diamantring ihm überreicht wurden, teils für die besondern Dienste, welche er durch seine Beredtsamkeit dem literarischen Institut geleistet, teils als allgemeine Anerkennung „seiner umfassenden literarischen Talente, seiner wohlwollenden Philosophie und seiner edeln moralischen Lehren". Ein dann folgendes großes Bankett am Dreikönigstage war denkwürdig wegen des bei demselben gemachten Anerbietens, nächsten Weihnachten ein paar Vorlesungen aus seinen Büchern zu halten, zum Besten des neuen Midland-Instituts in Birmingham. Es konnte scheinen, als sei dies ein durch den begeisterten Empfang seiner Wirte veranlaßter Akt der Dankbarkeit, aber er hatte schon daran gedacht, ehe er London verließ. Es war sein erstes förmliches Unternehmen öffentlicher Vorlesungen.

Sein ältester Sohn hatte damals Eton verlassen, und da die Wünsche des Knaben um diese Zeit auf eine kaufmännische Laufbahn hinwiesen, wurde er zur Vollendung seiner Erziehung nach Leipzig geschickt.[4] Damals war es als die Überanstrengung des Zuvielversuchens, welche ihm durch die Erfordernisse seiner Wochenschrift auferlegt wurde, mir zuerst bei Dickens bemerkbar wurde. Nicht selten hörte ich von ihm Klagen, die seinen Lippen sonst fremd waren. „Ein hypochondrisches Flüstern sagt mir, daß ich überarbeitet bin. Die Feder schnellt nicht sofort wieder zurück, wie sie sonst immer tat, wenn ich meine eigne Arbeit bei Seite legte und sonst nichts zu tun hatte. Und doch habe ich alles, was mich mit einem tapfern Herzen im Gange hält, Gott weiß!" Mut und Hoffnung konnte er freilich aus dem immer zunehmenden Verkaufe von *„Bleak House"* schöpfen, der auf fast vierzigtausend Exemplare gestiegen war; aber er konnte nicht mehr leicht tragen, was er früher so leicht trug, und die Vereinigung von Genüssen mit Arbeiten wurde zu viel für ihn. „In Anspruch genommen wie ich bin, durch *„Bleak House"* und ‚Household Words' und die ‚Child's History of England'" (er diktierte von Woche zu Woche die Artikel, aus welchen das letztere kleine Buch entstand, und man kann nicht sagen, daß er ganz den richtigen Ton damit traf) „und Miss Coutts wohltätige Anstalt und die Einladungen zu Gastmälern und Festlichkeiten, ist mir wirklich zu Mut, als müßte mein Kopf wie

---

[4] Baron Tauchnitz bemerkt in einer an mich gerichteten Beschreibung seines langen und ununterbrochen freundschaftlichen Verkehrs mit Dickens: „Ich teile auch eine Stelle aus einem der Briefe mit, die er mir schrieb, als er seinen Sohn Charles, durch meine Vermittlung, nach Leipzig schickte. Er sagt darin, was er für seinen Sohn wünscht. ‚Ich wünsche, daß er an dem ihn umgebenden Leben Interesse nimmt und sich eine Bekanntschaft mit demselben erwirbt, und daß er als Gentleman behandelt wird, ohne doch mit Genüssen überfüllt zu werden. Auf Pünktlichkeit in allen Dingen, großen und kleinen, lege ich großes Gewicht.'"

eine brennende Bombe zerspringen, wenn ich hier bliebe." Er versuchte Brighton zuerst, fand aber daß es ihm nichts nützte und kehrte zurück. Einige Tage ungetrübter Freude wurden dann dem Besuche seines vortrefflichen amerikanischen Freundes Felton gewidmet, und am 13. Juni war er wieder in Boulogne und dankte dem Himmel, daß er einem Zusammenbruch seiner Kräfte entronnen war. „Hätte ich die Kenntnis, welche ein anderer von mir hat, meiner eigenen substituiert, und wäre ich in London geblieben, ich hätte nie durchkommen können."

Was ihm in Boulogne begegnete, wird zusammen mit den Vorgängen seines zweiten und dritten Sommeraufenthalts an diesem Orte in einem späteren Kapitel erzählt werden. Er beendete dort in der dritten Augustwoche seinen Roman „*Bleak House*" und es wurde beschlossen, dies Ereignis durch einen in Gemeinschaft mit Wilkie Collins und Augustus Egg unternommenen Ausflug nach Italien zu feiern. Man wollte Mitte Oktober, nachdem Dickens' Familie nach London zurückgekehrt war, von Boulogne aufbrechen, und er beschrieb die dazwischen liegenden Wochen als eine furchtbare „Reaktion und Niedergeschlagenheit des Müßigganges", nur unterbrochen durch die *Child's History*. Zu Ende September schrieb er: „Ich beendete die kleine *Child's History* gestern und versuche an etwas für das Weihnachtsfest zu denken. Hierauf werde ich mich auf und davon machen, denn so gering es mir zu jeder andern Zeit erschienen wäre, so habe ich doch ganz genug zu tun gehabt, seit ich „*Bleak House*" beendete." Eine Woche vor seiner Abreise fügte er hinzu: „Ich bekomme Briefe aus Genua und Lausanne, als wollte ich an jedem dieser Orte mindestens einen Monat bleiben. Wollte ich meine Verdienste an der Teilnahme der Leute für mich messen, so würde ich ein Wunder von Unerträglichkeit sein. Ich habe mich des Italienischen, das ich so gut wie vergessen hatte, wieder bemeistert, und bin ein gänzlicher und vollständiger Chrysolith von Trägheit."

Von diesem Ausflug, dessen Vorgänge ein von meiner Erzählung unabhängiges Interesse haben, kehrte Dickens Mitte Dezember nach London zurück und hielt seinen Freunden in Birmingham sein Versprechen, indem er am 27. sein „Weihnachtslied" und am 29. sein „Heimchen auf dem Herde" in ihrer Stadthalle vorlas. Die Begeisterung war groß und er willigte ein, das „Weihnachtslied" am Freitag, den 30., noch einmal zu lesen, wenn Sitze zu billigen Preisen für die arbeitenden Klassen vorbehalten würden. Das Resultat war eine Zugabe von 4–500 Pfd. St. zu dem Fonds für die Gründung eines neuen Instituts; und ein hübsch gearbeiteter silberner Blumenkorb für Mrs. Dickens erhielt das Andenken an diese ersten öffentlichen Vorlesungen „vor fast sechstausend Personen" und an den Zweck, den sie großmütig gefördert hatten. Andre Gesuche folgten dann in solchem Umfange, daß der Bewilligung derselben Grenzen gesetzt werden mußten, und ein Brief vom 16. Mai 1854 ist einer von vielen, die sowohl der Schwierigkeit, worin er sich befand, als seinem vielersehnten Auskunftsmittel dieselbe zu lösen, Worte verleihen. „Dein Einwand gegen bezahlte öffentliche Vorlesungen leuchtet mir gar nicht ein. Er verdient Berücksichtigung, ist aber meiner Ansicht nach nicht von Bedeutung. Im Gegenteil, wenn das Vorlesungen-halten irgendeine bewegende Kraft hätte (das klingt grade wie mein Vater), so würde, glaube ich, dieselbe nach der andern Seite wirken. Was die Sache in Colchester betrifft, so hatte ich schon einen Brief von einem Magnaten von Colchester erhalten, dem ich ehrlich antwortete, daß ich bereits zu Weihnachtsvorlesungen in Bradford und Reading verpflichtet sei, und auf diese öffentliche Weise unter keinen Umständen mehr tun könne." Das Versprechen an die Leute von Reading hatte er um Talfourds[5] willen gemacht, das andere gab er nach den Vorlesungen in Birmingham, als ein Institut in Bradford ihn um eine ähnliche Hilfeleistung ersuchte und ihm ein Honorar von 50 Pfd. St. anbot. Zuerst ging er hierauf ein, gab es aber dann mit einigem Widerstreben wieder auf, als ich ihm vorstellte, daß es seine öffentliche Stellung als Schriftsteller ändern müsse, ohne dieselbe zu verbessern, wenn er ein öffentlicher Vorleser werde, und daß eine solche Änderung nur dann zu rechtfertigen sein werde, wenn es seinem höheren Beruf an dem alten Erfolge fehle. Obgleich er jedoch für den Augenblick diesen Gründen nachgab, tauchte doch die Frage bald wieder mit demselben Ungestüm auf; denn sein eigenes Verhältnis dazu war immer dasjenige eines Mannes, der gegen seinen Willen sich dazu verstand, sie unentschieden zu lassen. Aber ein weiterer Entschluß wurde noch nicht gefaßt. Die erwähnten Vorlesungen fanden, dem gegebenen Versprechen gemäß, zum Besten öffentlicher Zwecke statt,[6] und außer

---

[5] Talfourd, der so oft in diesen Bänden erwähnte, vieljährige Freund Dickens', war Parlamentsmitglied für Reading. – D. Übers.

[6] Am 28. Dezember 1854 schrieb er aus Bradford: „Die Halle ist von gewaltigem Umfang und man erwartet, daß heute Abend 3 700 Leute darin Platz finden werden. Nichtsdestoweniger scheint sie mir ganz gemütlich – ausgenommen, daß die Plattform dem Auge anfangs so sehr breit vorkommt." Aus Folkestone, auf dem Wege nach Paris, schrieb er am 16. September 1855: „Ich werde hier am 5. des nächsten Monats vorlesen und habe während der letzten vierzehn Tage dreißig Schreiben beantwortet, worin ich ersucht wurde, in ganz England, Irland und Schottland dasselbe zu tun. Stelle Dir vor, daß ich zu diesem Zwecke im Dezem-

andern zwei Jahre später für die Familie eines Freundes gehaltenen Vorlesungen, hatte er auch Instituten in Folkestone, Chatham und dann wieder in Birmingham, Peterborough, Sheffield, Coventry und Edinburgh einen ähnlichen liberalen Beistand zu leisten, ehe die Frage schließlich durch die Ankündigung öffentlicher bezahlter Vorlesungen im Jahre 1858 entschieden wurde.

Wenn ich an sein Haus während der ersten Hälfte des Jahres 1854 zurückdenke, so tauchen wenige Dinge erfreulicher in der Erinnerung auf, als die theatralischen Aufführungen der Kinder. Diese fingen an mit dem ersten in Tavistock House verlebten Dreikönigstage und wurden wiederholt, bis die Hauptdarsteller aufgehört hatten Kinder zu sein. Die besten Vorstellungen waren *Tom Thumb* und *Fortunio*, in den Jahren 1854 und 1855. Dickens selbst nahm damals zuerst an diesen Belustigungen teil, und Mark Lemon führte seine talentvollen Kinder dabei ein und brachte sich selber als einen wahren Berg kindererfreuenden Scherzes dazu mit. Dickens war sehr intim mit Lemon geworden und seine heitere, fröhliche Art und Weise hatte ihm eine unbegrenzte Popularität verschafft bei dem jungen Volk, das keinen solchen Liebling hatte wie „Onkel Mark". In Fielding's Posse spielte er die Riesin Glumdalka und Dickens das Gespenst Gaffer Thumb's; die Schauspielernamen, unter denen sie auftraten, waren: das Wunderkind und der moderne Garrick. Aber die jüngeren Schauspieler trugen die Palme davon. Da war ein Lord Grizzle, bei dessen auf allgemeines Verlangen gesungener Ballade: ‚Miss Villikins', Thackeray in einem Ausbruch von Gelächter, der absurd ansteckend wurde, von seinem Stuhl herunterfiel. Selbst dies aber, nebst den kaum geringeren Späßen der Nudels, Dudels und König Arthurs, kam der hübschen, phantastischen, komischen Grazie Dollalolla's, Hunkamunka's und Tom's nicht gleich. Die Mädchen bewahrten beständig jenen ernsten Ausdruck, der unwiderstehlich ist, wenn kleine Kinder ihn annehmen; und ein noch nicht über sein viertes Lebensjahr hinausgeschrittener

---

ber von Paris herüberkommen muß, um in Peterborough, Birmingham und Sheffield Vorlesungen zu halten – alte Versprechungen." Dann am 23 September: „Ich werde hier Freitag über acht Tage lesen. Es gibt hier (wie überall sonst) ein Literarisches Institut und einen Handwerkerverein, die nicht die mindeste Sympathie oder Verbindung untereinander haben. Die Sperrsitze kosten fünf Schillinge; aber ich habe darauf bestanden, daß das Eintrittsgeld für die Arbeiter auf drei Pence herabgesetzt wird und hoffe, daß es so gelingen wird, sie zusammen zu bringen. Die Sache findet in einem Zimmermannsladen statt, als der größten Räumlichkeit, deren man habhaft werden konnte." 1857 las er, auf Sir Joseph Paxton's Bitte, das „Weihnachtslied" zum Besten des dortigen Instituts.

Schauspieler, der seine komischen Gesänge und seine tragischen Heldentaten ohne eine falsche Note und ein unerschlagenes Opfer fertig brachte, stellte den kleinen behelmten Helden dar. Er erschien auf dem Theaterzettel als Mr. H–, trug aber in Wahrheit den Namen des berühmten Autors, dessen Ideen er verkörperte (Henry Fielding Dickens) und der ihn gewiß für Tom's erstes in den Armen Hunkamunka's gesungenes Lied geherzt haben würde, hätte er dem späteren Meister in seiner Kunst es vergeben können, daß er das Lied nach einer damals sehr populären Melodie neu komponiert hatte. Die Dacapos waren häufig, und meistens entsprach der kleine Kerl ihnen; aber die schlecht angebrachte Begeisterung, welche bei der heroischen Tiefe des Gefühls, womit er Dollalolla erstach, eine ähnliche Form annahm, bestrafte er, indem er ernsthaft bis zum Schlusse weiter fortspielte. Sein Fortunio an dem nächsten Dreikönigstage war nicht so groß; als er jedoch, als Vorspiel zur Überwindung des Drachen (Lemon spielte den Drachen), dessen Getränk mit Sherry mischte, war das schlaue Behagen, womit er die dadurch bewirkte Entartung seines furchtbaren Gegners zu einer hilflosen Schwachheit beobachtete, vollkommen. In diesem Stücke spielte Dickens den trotzköpfigen alten Baron und benutzte die Aufregung, welche im Jahre 1855 gegen den Zaren herrschte, um diesen in einem Liede als den richtigen Vetter eben desjenigen Bären darzustellen, zu dessen Fang Fortunio ausgezogen war. Er schilderte ihn in seiner Einöde der Autokratie, als den Robinson Crusoe des absoluten Staates, der an seinem Hofe manchen Galatag und manchen Festtag habe, aber in allen seinen Reichen nicht einen Freitag. Der Theaterzettel, der diese Einschaltungen „dem Theaterdichter des Hauses" zuschrieb, verdient auch Erwähnung wegen des Spaßes der sechs mit fetten Lettern gedruckten Ankündigungen, die an der Spitze standen und von Crummles selbst nicht hätten verbessert werden können. „Neues Engagement des unwiderstehlichen Komikers" (des Darstellers von Lord Grizzle) „Mr. Ainger!" – „Wiederauftreten Mr. H's, der voriges Jahr einen so gewaltigen Eindruck hervorbrachte!" – „Rückkehr Mr. Charles Dickens' jun. von seiner deutschen Tour!" – „Engagement Miss Kate Dickens', welche die freigiebigen Anerbietungen der Direktion während der verflossenen Theatersaison ablehnte!" – „Mr. Passé, Mr. Mudperiod, Mr. Measly Servile und Mr. Wilkini Collini!" – „Allererstes Auftreten Mr. Plornischmaroontigoonter's (der mit einem ungeheuren Kostenaufwand außer Bette gehalten wird)." Der letzterwähnte Darsteller[7] befand sich noch in

---

[7] Er ging mit den andern im Sommer nach Boulogne und eine Anekdote, die sein

einiger Entfernung von dem dritten Jahre seines Alters. Dickens war Mr. Passé.

Ernste Dinge waren mit diesen Belustigungen vermischt. „Ich möchte," schrieb er am 20. Januar 1854, „daß Du Dir die beiliegenden Titel für die Geschichte in *Household Words* ansähest, wo möglich vor zwei Uhr, um welche Zeit ich zu Dir kommen werde. Es ist, wie Du bemerken wirst, mein gewöhnlicher Tag, an dem ich sie niedergeschrieben habe: Freitag! Mir scheint, daß drei sehr gute darunter sind. Ich möchte wissen, ob Du dieselben herausfindest." Auf dem beiliegenden Papier war geschrieben: 1. Cocker zufolge, 2. Beweist es, 3. Halsstarrige Dinge, 4. Mr. Gradgrind's Tatsachen, 5. Der Schleifstein, 6. Harte Zeiten, 7. Zwei und zwei sind vier, 8. Etwas Greifbares, 9. Unser hartköpfiger Freund, 10. Rost und Staub, 11. Einfache Rechenkunst, 12. Eine Sache der Kalkulation, 13. Eine bloße Frage der Zahl, 14. Gradgrind's Philosophie. Die drei Titel, die ich auswählte, waren 2, 6, 11; seine eigenen drei Lieblingstitel 6, 13 und 14, und da 6 von uns beiden gewählt war, wurde dieser Titel genommen.

Es war der erste Roman, den er für *Household Words* schrieb, und im Fortgange desselben kehrten die alten Mühen der „Wanduhr" wieder, mit dem Unterschied, daß die größere Kürze der Wochenhefte es leichter machte, sie zu rechter Zeit fertig zu haben, aber viel schwerer, jedem Abschnitt ein genügendes Interesse zu verleihen. „Die Schwierigkeit des Raumes," schrieb er nach einem mehrwöchentlichen Versuche, „ist überwältigend, niemand kann sich eine Vorstellung davon machen, der nicht erfahren hat was es ist, wenn man geduldig an einem Roman arbeitet und dabei immer etwas freien Raum und freie Aussicht in die Ferne hat. In dieser Form ist davon, bei einiger Rück-

---

Vater in einem seiner Briefe von ihm erzählt, zeigt, daß er den Ruhm eines Komikers, welchen sein erstes Auftreten ihm errungen, behauptete. „Originalanekdote von dem Plornischghenter. Dieser ausgezeichnete Schöngeist machte, als er mit seiner Familie in Boulogne war, genaue Bekanntschaft mit seinem Wirt, der Beaucourt hieß – das einzige französische Wort, womit er damals bekannt war. Es geschah eines Tages, daß er, während die Flut herankam, mit seinen zwei kleinen Brüdern und einem jungen englischen Kindermädchen ungewöhnlich lange in dem Badekarren gelassen wurde, ohne daß man denselben an's Land zog. Das kleine Kindermädchen, das ängstlich zu werden anfing, rief: Muschö! Muschö! Die beiden kleinen Brüder, die ebenfalls bange wurden, riefen: Joi! Joi! Unser Schöngeist, der sofort erkannte, daß sein Englisch ihm unter diesen fremden Verhältnissen nichts nützen könne, fing an zu schreien: Beaucourt! Beaucourt! und fuhr so lange fort, dies so laut er konnte und mit großem Ernst auszurufen, bis er gerettet wurde. – Neues Boulogner Witzbuch, S. 578."

sichtnahme auf das laufende Heft, gar keine Rede." Er schrieb jedoch weiter und führte von den zwei Plänen, mit welchen er anfing, den einen sehr vollkommen und den anderen wenigstens teilweise aus. Er erweiterte die Zirkulation seiner Zeitschrift um mehr als das Doppelte und schrieb einen Roman, der, wenn er auch nicht zu seinen besten gehört, doch Sachen enthält, welche ebenso charakteristisch sind, als irgendetwas anderes in seinen Werken. Ich gehe nicht so weit als Ruskin, der ihm einen hohen Platz anweist; aber allem, was von diesem Autor kommt, so verschiedener Meinung man auch sein mag, gebührt ernste Beachtung und jedes Wort, das er hier über Dickens' Absicht sagt, ist im strengsten Sinne gerecht.[8] „Der wesentliche Wert und die Wahrheit von Dickens' Schriften," sagt Ruskin, „werden durch manche denkende Menschen unweise genug nur deshalb aus den Augen verloren, weil er seine Wahrheit mit einer Färbung von Karikatur darstellt. Unweise, weil Dickens' Karikatur, obgleich stark aufgetragen, doch nie irrtümlich ist. Wenn man von seiner eigentümlichen Darstellungsweise absieht, sind die Dinge, die er darstellt, immer wahr. Ich wünschte, er könnte sich bewogen fühlen, seine glänzenden Übertreibungen auf Werke zu beschränken, welche nur für die öffentliche Unterhaltung geschrieben werden, und wenn er sich mit einem Gegenstande von hoher nationaler Wichtigkeit, wie dem in „*Harte Zeiten*" behandelten, befaßt, eine strengere und genauere Analyse zur Anwendung zu bringen. Der Nutzen dieses Werkes (meiner Meinung nach in mehrfacher Hinsicht des größesten, das er geschrieben) wird in den Augen mancher ernstlich vermindert, weil Mr. Bounderby ein dramatisches Ungeheuer ist, statt ein charakteristisches Exemplar eines weltlich gesinnten Meisters, und Stephen Blackpool eine dramatische Vollkommenheit, statt ein ehrlicher Arbeiter. Aber verlieren wir den Nutzen von Dickens' Witz und Einsicht nicht, weil er es für gut findet, inmitten eines Kreises von Bühnenfeuer zu reden. In der Hauptrichtung und dem Hauptzweck aller seiner Bücher hat er voll-

---

[8] Man muß sich auch an das erinnern, was Dickens selbst über diesen Roman an Charles Knight schrieb. „Sein Zweck sei nicht," sagte er, „den wirklich nützlichen Wahrheiten der Politischen Ökonomie Abbruch zu tun, er sei vielmehr nur gegen diejenigen gerichtet, die Zahlen und Durchschnittsberechnungen sehen und weiter nichts, die aus der durchschnittlichen Jahreskälte in der Krim den Grund hernehmen, die Soldaten in Nächten, wenn sie in Pelzkleidung erfrieren würden, in Nanking zu kleiden und die den Arbeiter, der täglich drittehalb Meilen weit zu und von seiner Arbeit zu wandern hat, mit der Bemerkung trösten möchten, daß die Durchschnittsentfernung von einem bewohnten Orte zum andern auf der ganzen Bodenfläche von England nicht mehr als dreiviertel Meilen beträgt."

kommen recht und alle, besonders aber „*Harte Zeiten*", sollten von denen, die sich für gesellschaftliche Fragen interessieren, ernst und sorgfältig studiert werden. Sie werden vieles finden, was parteiisch, und weil parteiisch, anscheinend ungerecht ist; aber wenn sie alle auf der anderen Seite angeführten, von Dickens scheinbar übersehenen Beweisgründe prüfen, werden sie nach allen ihren Bemühungen finden, daß seine Ansicht die schließlich richtige ist, stark und scharf aufgetragen wie sie sein mag."[9] Das beste in dem Roman außerhalb des Kreises von Bühnenfeuer (ein Ausdruck der in weiterem Sinne auf diese Epoche in Dickens' Leben anwendbar ist als sein Erfinder dachte) waren die Kunstreiter-Skizzen und der Haushalt Bounderby's; aber es ist eine weise Bemerkung Ruskin's, daß in der allgemeinen Tendenz eines Romans Wahrheiten liegen können, die von hinreichender Bedeutung sind, um die Mängel der Darstellung aufzuwiegen, und hier nahmen dieselben eine umfassende Aufmerksamkeit in Anspruch. Eine gute Erziehung ist unmöglich, ohne die Ausbildung der Phantasie und ohne daß den Gemütsbewegungen ein genügender Spielraum gegeben wird. Es ist unmöglich, die Menschen nach dem Grundsatz von Durchschnittsresultaten zu regieren; und auf dem billigsten Markt zu kaufen, und auf dem teuersten zu verkaufen, ist nicht das summum bonum des Lebens. Es ist unmöglich, den Arbeiter gerecht zu behandeln, wenn man nicht zugleich mit seinen Beschwerden und seinen Täuschungen auch die Einfachheit und die Zähigkeit seiner Natur berücksichtigt, welche teilweise aus mangelhafter Erkenntnis, aber

---

[9] Es ist merkwürdig, daß Taine mit einer ebenso entschiedenen Ansicht nach der entgegengesetzten Seite und einer ebenso irrtümlichen Erhebung eines Werkes, das im Ganzen unzweifelhaft dem gewöhnlichen Niveau des Autors steht, über dasselbe, von „*Harte Zeiten*" als demjenigen Romane Dickens' spricht, welcher ein Inbegriff aller übrigen sei: insofern er den Instinkt über die Vernunft und die Anschauungen des Herzens über die praktische Erkenntnis erhebe, alle auf statistische Zahlen und Tatsachen gegründete Bildung angreife, Schmach und Spott auf das praktische Volk der Kaufleute häufe, gegen den Stolz, die Härte und die Selbstsucht des Kaufmanns und des Adeligen kämpfe, die Fabrikstädte verfluche, weil sie die Körper in Rauch und Schmutz und die Seelen in Falschheit und Unnatur einkerkern, – während er dieser Satire auf die gesellschaftliche Tyrannei eine erhabene Lobrede auf die Unterdrückten gegenübersetzt und arme Arbeiter, Taschenspieler, Findelkinder und Kunstreiter aufstellt als Typen des gesunden Menschenverstandes, des Wohlwollens, der Großherzigkeit, der Zartheit und des Mutes, zur ewigen Schande der vorgeblichen Erkenntnis, des vorgeblichen Glückes, der vorgeblichen Tugend der Reichen und Mächtigen, welche sie zu Boden treten. Dies ist ein gutes Beispiel der Übertreibungen, womit andere Übertreibungen getadelt werden, in Taine's Kritik und in der Kritik vieler anderen.

noch mehr aus Ehrlichkeit und Aufrichtigkeit der Absichten entspringt. Eine Dichtung kann eine Sache nicht beweisen, aber sie kann einer gerechten Empfindung einen kraftvollen Ausdruck geben, und dies geschieht hier auf schonungslose Weise, in Bezug auf Gegenstände von allgemeinem Interesse. Das Buch wurde Mitte Juli in Boulogne beendet und ist Carlyle gewidmet.

Ein amerikanischer Bewunderer erklärte sich die Lebhaftigkeit der Kunstreiterszenen, indem er bemerkte, „Dickens habe mit dem Besitzer von Astley's Zirkus ein Übereinkommen getroffen, viele Stunden bei den Kunstreitern und unter den Pferden hinter der Szene zubringen zu dürfen" – was grade so wahrscheinlich ist, als daß er einen Kursus als wandernder Schauspieler durchmachte, um sich für die Rolle Mr. Crummles in „*Nicholas Nickleby*" zu qualifizieren. Solche Erfolge gehörten den Erfahrungen seiner Jugend an; er brauchte demjenigen, womit seine wunderbare Beobachtungsgabe ihn seit seinen Kindertagen vertraut gemacht hatte, nichts hinzuzufügen, und die Einblicke, welche die „Skizzen von Boz" uns in dieser Hinsicht gewähren, sind so vollkommen als irgendetwas, was seine spätere Erfahrung ihm zuführen konnte. Ein Vorkommnis jedoch ließ die Wahl seines Gegenstandes ihm nichtsdestoweniger wünschenswert erscheinen zu bewahrheiten, während er an „*Harte Zeiten*" arbeitete; und das war ein Streik in einer Fabrikstadt. Er ging Ende Januar nach Preston, um einen zu sehen und wurde etwas enttäuscht. „Ich fürchte, ich werde hier nicht viel Stoff sammeln können. Mit Ausnahme der Menschenhaufen an den Straßenecken, die die Plakate *pro* und *contra* lesen, und der kalten Abwesenheit des Rauches aus den Fabrikschornsteinen ist sehr wenig in den Straßen, was die Stadt merkwürdig macht. Man sagt mir, daß die Leute zu Hause sitzen und die Zeit verträumen. Die Abgeordneten mit dem Geld von den benachbarten Orten kommen heute hierher, um Bericht zu erstatten, wieviel sie bringen, und morgen soll das Volk bezahlt werden. Wenn ich diese beiden Zeremonien gesehen habe, werde ich abreisen. Es ist ein häßlicher Ort (ich dachte, es wäre eine Musterstadt), und ich wohne in dem Bull-Hotel, vor dem das Volk sich vor einiger Zeit versammelte, in der Meinung, die Meister seien dort, und von der Wirtin zurechtgewiesen wurde, als es verlangte, die Meister sollten herauskommen. Ich sah einen Bericht darüber in einer italienischen Zeitung, wo bemerkt wurde, ‚das Volk umstellte dann den Palazzo Bull, bis die Padrona des Palazzo heroisch an einem der oberen Fenster erschien und eine Ansprache hielt!' Man kann sich kaum denken, daß einem italienischen Geiste durch diese Beschreibung irgendetwas weniger zur Anschauung gebracht wird, als das alte, niedrige, rauchige, gemeine, entsetzlich steife, alte rote Haus von Ziegelsteinen, mit einem engen Torwege und einem schmutzigen Hofe, worauf sie sich bezieht. Im Theater sah ich gestern Abend *Hamlet*, und würde besser getan haben, ‚zu Hause zu sitzen und die Zeit zu verträumen', wie die müßigen Arbeiter. In der letzten Szene antwortete Laertes, als er gefragt wurde, wie er sich fühle, wörtlich: ‚Nun, wie eine Schnepfe, wegen meiner Verräterei'." (29. Januar.)

Die häuslichen Vorgänge im Herbst und Sommer des Jahres 1855 mögen kurz erwähnt werden. Es war für ihn ein Jahr ruheloser Unzufriedenheit, und bei seiner Rückkehr von einem kurzen Ausfluge nach Paris mit Wilkie Collins warf er sich mit einiger Leidenschaft in die zum Zwecke der Verwaltungsreform begonnene Agitation und hielt bei einem der großen Meetings im Drurylane-Theater eine Rede. Im folgenden Monat (April) nahm er sogar als Vorsitzender des Allgemeinen Theaterfonds Veranlassung, seiner politischen Unzufriedenheit von neuem Ausdruck zu geben. Während des Sommers öffnete er vielen seiner Freunde das Theater in Tavistock-House, nachdem es ihm gelungen war, Mr. Crummles als Direktor, Wilkie Collins als Dichter, „in einem vollständig neuen und originalen häuslichen Melodrama" und den „königlichen Akademiker Stanfield als Dekorationsmaler" zu gewinnen. „*Der Leuchturm*" von Wilkie Collins wurde dann aufgeführt, unter Beteiligung des Direktors Mr. Crummles' (in andern Worten Dickens'), des Verfassers des Stückes, Lemon's und Egg's, und der Schwägerin und der ältesten Tochter des Direktors. Hierauf folgte die von der Gilde gespielte Posse „*Mr. Nightingale's Tagebuch*", woran außer den schon genannten Darstellern die jüngste Tochter des Direktors und Mr. Frank Stone teilnahmen. Der Erfolg war wunderbar, und unter den drei entzückten Zuhörerschaften, die sich dem zudrängten, was die Theaterzettel als „das kleinste Theater in der Welt" schilderten, befanden sich nicht wenige der Berühmtheiten Londons. Carlyle verglich Dickens' wild malerische Darstellung des alten Leuchtturmwärters mit der berühmten Gestalt in Nicolaus Poussin's Bacchantentanz in der Nationalgalerie, und bei einem der heiteren Abendessen, welche an jedem Abend auf die Vorstellung folgten, erklärte Lord Campbell der Gesellschaft, er möchte viel lieber „*Pickwick*" geschrieben haben, als Oberrichter von England und ein Pair des Parlaments sein.[10]

---

[10] Bei einer nicht lange vorher stattgehabten Sitzung in einem der Londoner Gerichtshöfe hatte der Oberrichter, mit derselben exzentrischen Liebe zur Literatur, sich zu Schulden kommen lassen, was man damals ein Vergehen gegen den rich-

Dann kam der Anfang von „*Niemandes Schuld*", wie Dickens bis zum Vorabend der Veröffentlichung fortfuhr „*Klein Dorrit*" zu nennen; eine Flucht nach Folkestone, um seiner trägen Phantasie zu Hilfe zu kommen, und seine Rückkehr nach London im Oktober, wo er bei einem Festessen den Vorsitz führte, das für Thackeray veranstaltet wurde, als dieser England verließ, um in Amerika Vorlesungen zu halten. Mehr als sechzig bewundernde Freunde waren bei dieser Gelegenheit versammelt, und Dickens' Rede gab dem Geiste, welcher alle beseelte, einen glücklichen Ausdruck, indem er Thackeray nicht allein versicherte, wie hoch seine Freundschaft von den Anwesenden geschätzt werde, sondern ihm im Namen der Zehntausende von Abwesenden, die nie seine Hand berührt oder sein Gesicht gesehen, lebenslangen Dank darbrachte für die in „*Pendennis*" und „*Vanity Fair*" niedergelegten Schätze der Heiterkeit, des Witzes und der Weisheit. Peter Cunningham, einer der Söhne Allan Cunningham's, fungierte als Sekretär bei dem Festmahl, und wegen der vielen Freuden, die er dem Gegenstande dieser Lebensbeschreibung, der eine herzliche Achtung für ihn empfand, bereitete, dürfen hier seinem Andenken einige erinnernde Worte nicht fehlen.

Seine Gegenwart war Dickens und in der Tat allen, die ihn kannten, immer willkommen, denn sein Geschmack an gesellschaftlichem Verkehr war groß und etwas von seinem eignen lebhaften Behagen ging unwillkürlich auf seine Gefährten über. Sein heiteres Temperament würde auch dann eine frohe Empfindung hervorgebracht haben, hätte es für sich allein gestanden, aber es wurde getragen durch sehr bedeutende Kenntnisse. Er kannte die Werke der großen Schriftsteller und Künstler und hatte ein lebhaftes Interesse für ihr Leben und für die Orte, wo sie gelebt, die er zum Gegenstande genauer und selbstständiger Forschungen gemacht hatte. Dieser Schatz von Kenntnissen verlieh seiner Unterredung Gehalt, störte aber nie seinen Frohsinn und seine Lustigkeit, weil er nur bei passenden Gelegenheiten davon Gebrauch machte und ihn nicht auskramte, um damit zu prunken. Aber die glückliche Verbindung von Fähigkeiten, die ihn zu einem angenehmen Gesellschafter machte und viele Freunde erwarb, erwies sich

---

terlichen Anstand nannte. „Der Name," sagte er, „des berühmten Charles Dickens' ist in der Reihe der Geschworenen verlesen worden, aber er hat nicht darauf geantwortet. Wenn sein großer Prozess im Kanzleigerichte noch im Gange wäre, würde ich ihn gewiß entschuldigt haben; aber da der zu Ende ist, hätte er uns die Ehre erweisen können, hier zu erscheinen, um zu sehen, wie wir nach dem gemeinen Recht verfahren."

endlich nachteilig für ihn selbst. Er hatte in seiner Jugend auf gewissen Gebieten der Forschung viel gearbeitet, ja, sich dieselben fast zu eigen gemacht und es war alle Aussicht vorhanden, daß er auf dem Felde biographischer und literarischer Untersuchungen mit vorrückenden Jahren weit bedeutendere Werke schaffen würde. Diese Hoffnung sollte jedoch nicht erfüllt werden. Die Freuden guter Kameradschaft beschränkten seine literarischen Arbeiten mehr und mehr, bis er seine frühern Lieblingsstudien fast ganz fallen ließ und alle höheren Lebenszwecke der gegenwärtigen Versuchung einer festlichen Stunde opferte. Dann brach seine Gesundheit zusammen und er ging sowohl seinen Freunden als der Literatur verloren. Aber der Eindruck des heitern und liebenswürdigen Wesens seiner besseren Zeit überlebte diesen Verfall und seine alten Genossen hörten nie auf, mit Bedauern und Wohlwollen an Peter Cunningham zu denken.[11]

Dickens ging zu Anfang Oktober nach Paris und wurde am Ende des Monats wieder nach London zurückgerufen durch den plötzlichen Tod eines Freundes, ein Ereignis, welches er selbst sehr beklagte, und das noch mehr beklagt wurde durch eine ausgezeichnete Dame, der jener Freund zu allen Zeiten treue Dienste geleistet hatte. Ein Vorfall vor seiner Rückkehr nach Frankreich ist einer kurzen Erwähnung wert. Er war an einem regnerischen Herbstabend (8. November), voll von Gedanken an seinen Roman, zu einem seiner nächtlichen Spaziergänge hinausgeeilt, und „tat sich Einhalt" vor der Tür des Arbeitshauses in Whitechapel, wo ein fremdartiger Anblick ihn fesselte. Gegen die dunkle Umfassungsmauer des Hauses lehnte, inmitten des niederströmenden Regens und Sturmes, was er für sieben Haufen von Lumpen hielt: „stumme, nasse, schweigende Schreckbilder", so beschrieb er sie, „Sphinxe an jene tote Mauer hingestellt und niemand da, der sich die Mühe geben mochte, sie zu lösen vor dem allgemeinen Umsturz." Er schickte seine Karte an den Vorsteher des Arbeitshauses. Gegen diesen lag kein Grund zur Klage vor. Er nahm die Sache sofort persönlich in die Hand, aber die für obdachlose Arme bestimmte Abteilung war voll und keine Abhilfe möglich. Die Lumpenhaufen waren Mädchen und Dickens gab jedem einen Schilling. Ein Mädchen „von zwanzig Jahren oder so", hatte einen Tag und eine Nacht nichts zu essen gehabt. „Seht mich an", sagte sie, indem sie den Schilling ergriff

---

[11] Er wurde 1816 geboren und starb 1869. Seine bekanntesten Schriften sind die Handbücher für die Westminster-Abtei und für London und das *Life of Inigo Jones*. Außerdem veranstaltete er neue Ausgaben der Werke Goldsmith's und der Briefe Horace Walpole's. – D. Übers.

und ohne Dank fortwatschelte. Gerade so die übrigen. Nicht eine einzige bedankte sich. Inzwischen hatte sich ein Menschenhaufen, der nur etwas weniger arm war als diese Gegenstände des Elends, um die Szene gesammelt; aber obgleich sie sahen, daß sieben Schillinge fortgegeben wurden, baten sie für sich nicht um Almosen; sie erkannten in ihrer traurigen wilden Weise das andere größere Elend an und machten Dickens schweigend zum Weitergehen Platz.

Nicht toleranter gegen die Art und Weise wie Gesetze, die menschlich gemeint sind, nur zu oft in England zur Ausführung gebracht werden, reiste er einige Tage später ab, um „*Klein Dorrit*" in Paris wieder aufzunehmen. Aber ehe sein Leben dort beschrieben wird, nehmen einige Skizzen aus seiner Ferienreise nach Italien mit Wilkie Collins und Augustus Egg und aus seinen drei Sommeraufenthalten in Boulogne zwei Kapitel für sich in Anspruch.

Drittes Kapitel

Neuer Aufenthalt in der Schweiz und in Italien
1853

Die erste Nachricht von den drei Reisenden war vom 20. Oktober, aus Chamounix, und enthielt wenig von den Beschwerden und viel von dem Genuß ihrer Schweizerreise. Große Aufmerksamkeit und Reinlichkeit in den Gasthöfen, sehr kleine Fenster und sehr düstre Gänge, Türen, die sich den Winterstürmen öffnen, überhängende Dächer und äußre Galerien, eine Menge Milch, Honig, Kühe und Ziegen, viel Singen beim Sonnenuntergang an den Berghängen, Berge, fast zu feierlich zum Anschauen – das war das Bild, das er davon entwarf, während die Natur beim Kommen des Winters überall einen ihrer schönsten Anblicke darbot. Sie waren an dem vorhergehenden Morgen um vier Uhr von Genf aufgebrochen und Dickens hatte auf der Reise wieder das häßliche Äußre der Leute in den Tälern bemerkt, das ihm schon früher aufgefallen war und das von ihrem rauhen finstern Klima herrührt. „Alle Frauen sahen aus wie abgelebte Männer und alle Männer wie eine Art abgearbeiteter Hunde. Aber die gute, aufrichtige, dankbare Schweizer Anerkennung des gewöhnlichsten freundlichen Wortes – was ihnen nicht zu oft von unsern Landsleuten hingeworfen wird – machte sie ganz strahlend. Ich ging den größten Teil des Weges zu Fuße, was ungefähr war, wie wenn man die Feuersäule hinaufsteigt." An dem Tage, an welchem dieser Brief geschrieben wurde, waren sie das Mer de Glace hinauf gewesen, das sie in Bezug auf die Farbe nicht so schön fanden als im Sommer, aber großartiger in seiner Öde, da das grüne Eis sowie der größte Teil des Abhangs mit Schnee bedeckt war. „Wir waren einem entsetzlichen Unfall erschreckend nahe. Wir bewegten uns in einem Zuge von vier Mauleseln und zwei Führern auf einer gewaltigen kaminsimsartigen Höhe hin, einen Abgrund zur Seite, als von oben her mit furchtbarer Schnelligkeit ein Steinblock von ungefähr der Größe einer der Fontänen in Trafalgar-Square heruntergerollt kam, grade als Egg, der letzte in unsrer Gesellschaft, ihm etwa einen Meter vorausgekommen war, über den Vorsprung hinfegte, einen Baum umriß und in das Tal hinunterdonnerte. Er war durch die heftigen Regengüsse, oder durch einige Holzschläger, die, wie wir später hörten, dort oben arbeiteten, losgelöst worden." Der einzige Ort, welcher Dickens neu war, war Bern, „eine überraschend malerische alte Schweizerstadt mit einer Aussicht auf die Alpen draußen, welche im Morgenlicht eigentümlich schön ist." Alles andre war ihm bekannt, obgleich in jener Winterzeit, wo die Gasthöfe geschlossen wurden und alle, die es konnten, nach Genf eilten, das meiste in dem Tale ihm unter einem neuen Gesichtspunkte auffiel. Von den alten Freunden, die er in Lausanne fand, wo ein paar Tage gerastet wurde, empfing er die froheste Begrüßung „und die wunderbare Art, wie sie an dem nassesten Morgen, den man je sah, herauskamen, um mir für die Fahrt den See hinunter glückliche Reise zu wünschen, war wirklich ganz pathetisch."

Er hatte Zeit gefunden, den taubstummen und blinden jungen Mann in Haldimand's Institut wieder zu sehen, der vor sieben Jahren ein so tiefes Interesse in ihm erweckt hatte, aber bei seinem damaligen kurzen Besuch wollten die alten Ideenassoziationen nicht wieder erwachen. „Hertzel machte ungeheure Anstrengungen, ihm eine Vorstellung von mir und von dem, was zu mir gehörte, beizubringen; aber wie mir schien, mißlang dies vollständig und ich zweifle sehr, ob die geringste Erinnerung an seinen alten Bekannten bei ihm auftauchte. Seiner Gewohnheit gemäß stieß er seltsame Töne hervor, wie Taun und Daun und Maun, aber weiter nichts. Ich ließ zehn Franken zurück, zum Ankauf von Zigarren für meinen alten Freund. Hätte ich eine bei mir gehabt, so hätte ich, meiner Meinung nach, erfolgreicher als sein Lehrer meine Identität feststellen können." Das auf ähnliche Weise affizierte Kind, das kleine Mädchen, das er während derselben alten Zeit gesehen, war nach einigen Versuchen als blödsinnig entlassen worden.

Ehe der Oktober zu Ende ging, hatten die Reisenden Genua erreicht, nachdem sie einunddreißig Stunden hintereinander von Mailand her gefahren waren. Sie kamen einigermaßen erschöpft an und nahmen ihr Quartier in den oberen Zimmern des Croce di Malta, „von wo man den Hafen und das Meer angenehm und luftig genug überblickte; aber es war kein Spaß, so hoch hinaufzusteigen, und die Zimmer sind etwas umfänglich und verblichen." Die Wärme der persönlichen Begrüßung, welche Dickens hier erwartete, erstreckte sich nicht minder auf die ihn begleitenden Freunde, und wenn auch der Leser an vertrauten Mitteilungen, welche die durch sein Wiedererscheinen veranlaßte Aufregung und die unter alten Genossen verlebten heitern Stunden schildern, keinen großen Anteil nimmt, so wird es doch vielleicht von Interesse für ihn sein, zu erfahren, inwiefern die dazwischen liegenden Jahre das Aussehen der Dinge und der Orte, mit denen er durch seine frühern Briefe eine angenehme Bekanntschaft gemacht, verändert hatten. Wie er seiner Schwägerin schrieb, waren die alten Spaziergänge dieselben wie einst, ausgenommen, daß man hinter dem Palazzo Peschiere an dem Hügel von San Bartolomeo hinaus gebaut hatte und die ganze Stadt nach San Pietro d'Arena zu völlig verwandelt war. Der Bisagno sah damals grade so steinig und wasserarm aus wie sonst; die Vicoli hatten denselben alten Duft von „äußerst verfaultem, in äußerst heißen wollenen Decken aufbewahrtem Käse", und überall sah er den Mezzaro wie ehemals. Das Jesuitenkollegium in der Strada Nuova war unter der veränderten Regierung zum Hotel de Ville geworden und ein prächtiges Café mit einem Terrassengarten war zwischen ihm und dem alten Palast Pallavicini emporgestiegen. „Pallavicini selbst war zum Henker gegangen." Ein andres neues und schönes Café war auf der Piazza Carlo Felice, zwischen dem alten delle Belle Arti und der Strada Carlo Felice erbaut und das Teatro diurno hatte jetzt steinerne Galerien und Sitze wie ein antikes Amphitheater. „Das schauderhafte Tor und Wachhaus in der Albaro-Straße befinden sich noch in ihrem lieben, alten, schauderhaften Zustaude, und die ganze Straße ist wie sie früher war. Der Mann ohne Beine ist noch in der Strada Nuova; aber die Bettler im Allgemeinen sind sämtlich ausgefegt und unser alter einarmiger Belisario verdunstete plötzlich vor einem oder zwei Jahren. Ich gehe nach dem Palazzo Peschiere." Mir selbst beschrieb er seinen frühern Lieblingsaufenthalt als in eine Mädchenschule verwandelt, alle Bilder der Götter und Göttinnen mit linnenen Vorhängen bedeckt und der Garten verfallen; „Aber o! welch' wunderbarer Ort!« Er bemerkte überall sonst eine außerordentliche Zunahme „von Leben, Wachstum und Unternehmungsgeist", seit er zuletzt in der glänzenden Stadt gewesen, und fand seine alte Überzeugung bestätigt, daß in Bezug auf malerische Schönheit und Eigentümlichkeit, mit Ausnahme Venedig's, nichts in Italien „dem prächtigen alten Genua" nahe komme. Die Beschreibung der Reise von dort nach Neapel ist zu köstlich, als daß sie verloren gehen dürfte. Das Dampfschiff, in dem sie sich einschifften, war „das neue englische Schnellschiff"; aber sie fanden, daß es schon von Marseille her von Passagieren mehr als voll war (unter ihnen ein alter Freund, Sir Emerson Tennent, nebst seiner Familie) und alles in Konfusion. An dem Tische des Kapitäns waren keine Plätze mehr zu haben, man mußte auf dem Verdeck speisen; keine Koje oder sonstige Schlafstelle stand zu Gebot und doch mußte der volle Preis für Passagiere erster Klasse gezahlt werden. So machten sie ihren Weg nach Livorno, wo noch Schlimmeres sie erwartete. Es stellte sich heraus, daß die dortigen Behörden dem von Engländern bemannten Schnellschiff (dasselbe war grade für die indische Post in Gang gebracht) nicht freundlich gesinnt waren; und da die Papiere nicht zu rechter Zeit untersucht waren, wurde es zu spät, noch an demselben Tage weiter zu fahren, und das Schiff mußte die ganze Nacht bei dem Leuchtturm vor Anker liegen. „Die Szene an Bord war unbeschreiblich. Damen auf den Tischen, Herren unter den Tischen, Schlafzimmer-Geräte, die man für gewöhnlich nicht öffentlich ausstellt, an Orten sichtbar, wo kurz vorher Suppenschalen sich entwickelt hatten, und Damen und Herren durcheinander auf dem offenen Deck umherliegend, wie Löffel auf einem Büffet. Keine Matratzen, keine Decken, nichts. Gegen Mitternacht wurden Versuche gemacht, eine entfernte Ähnlichkeit zwischen dieser letzteren Szene und einem Australischen Lager hervorzubringen und wir drei (Collins, Egg und ich selbst) lagen zusammen auf den bloßen Planken, mit unsern Röcken bedeckt. Wir waren alle grade im Einschlafen begriffen, als ein vollkommen tropischer Regen fiel und in einem Augenblick das ganze Schiff überschwemmte. Den Rest der Nacht brachten wir inmitten eines entsetzlichen Gewirres von Männern und Frauen auf der Treppe zu. Wenn jemand zu irgendeinem Zwecke hinaufkam, fielen wir alle nieder, und wenn jemand hinunter kam, fielen wir alle wieder hinauf. Dennoch war der gute Humor der englischen Passagiere ganz außerordentlich … Es waren vortreffliche Offiziere an Bord, und am Morgen lieh der erste Maat mir seine Kajüte, mich darin zu waschen, – die ich dann an Egg und Collins lieh. Dann machten wir, die Emerson Tennent's, der Kapitän, der Doktor und der Lieutenant, uns zu einem Ausflug nach Pisa auf, da das Schiff den ganzen Tag bei Livorno liegen bleiben sollte. Der Kapitän war ein famoser Kerl, aber ich machte ihm den Tag über durch meine Scherzreden so viel zu schaffen, daß ich für die Nacht fast alle wünschenswerten Veränderungen durchsetzte. Emerson Tennent's Sohn bestand mit der größten Liebenswürdigkeit darauf, nur seine Kajüte einzuräumen, und ich bekam dort ein Bett. Die Speisekammer unten im Kielraum wurde für Collins und Egg geöffnet und sie schliefen bei dem Zucker, dem geschnittenen Käse, den Gewürzen, den Platmenagen, den Äpfeln und den Birnen, in einem wahren Krämerladen – in Gesellschaft mit einem alten Herrn, der während der Nacht so entsetzlich durchnäßt war, daß sein Zustand die Behörden mit Schrecken erfüllte, mit einer Katze und dem Proviantmeister, der in einem Armstuhl schlummerte und die ganze Nacht hindurch alle fünf Minuten mit dem Kopfe voran auf Egg fiel, der auf dem Laden- oder Anrichtetisch schlief. Gestern Abend hatte ich des Proviantmeisters eigne Kajüte, die sich nach dem Verdeck zu öffnet, ganz für mich. Sie war vorher im Besitz einer verfallenen alten Dame gewesen, die in Civita Vecchia landete. Glücklicherweise war das Meer während der ganzen Fahrt wenig oder gar nicht bewegt; aber der Regen war heftiger, als ich je welchen gesehen, und das Blitzen anhaltend und lebhaft. Wir beliefen uns, die Bemannung eingeschlossen, auf etwa zwei hundert Leute – und hatten Rettungsböte für allerhöchstens hundert. Ich konnte nicht umhin zu denken, was geschehen würde, wenn uns ein Unfall zustieße. Denn die Mannschaft bestand hauptsächlich aus Maltesern und offenbar Kerlen, die bei der geringsten Gefahr das größte Boot für sich allein in Beschlag genommen haben würden; das Schiff fuhr sehr schnell und dabei ging es durch alle die engen, klippenumgebenen Kanäle. Allein, Gott sei Dank, sind wir hier richtig angelangt."

Eine launige Nachschrift schloß diese belustigende Erzählung: „Wir nahmen von Civita Vecchia aus, glaube ich, die ganze griechische Flotte in's Schlepptau. Sie bestand aus einer kleinen Brigantine, mit keinen Kanonen, ausgerüstet wie ein Dampfschiff, aber untauglich gemacht durch das Verbrennen des Bodens ihrer Kessel, auf der ersten Fahrt. Sie war grade groß genug, um den Kapitän und sechs oder sieben Matrosen aufzunehmen; aber der Kapitän war so mit Knöpfen und Gold bedeckt, daß kein Raum an Bord gewesen sein würde, diese Wertsachen zu verwahren, wenn er sie nicht getragen hätte, – was er demnach die ganze Nacht durch tat. So oft etwas getan werden mußte, wie z. B. das Lockern des Tauseils, oder dergleichen, brüllten unsre Offiziere es diesem elenden Potentaten in heftigem Englisch durch das Sprachrohr zu, obgleich er auch unter den günstigsten Umständen kein Wort davon verstanden hätte. So tat er denn alles Falsche zuerst und das Rechte immer zuletzt. Die Abwesenheit jeder Kenntnis irgendeiner andern Sprache als der englischen, seitens der Offiziere und Kellner, war äußerst lächerlich. Gestern Morgen traf ich auf der Kajütentreppe einen italienischen Herrn, der sich umsonst bemühte zu erklären, daß er für seine kranke Frau eine Tasse Tee haben wolle. Und als wir aus dem Hafen von Genua hinausfuhren und es nötig war, jenes Musikschiffchen, dessen Du Dich erinnerst, aus dem Wege zu schaffen, richtete der erste Offizier (der zu diesem Zweck nach hinten gerufen wurde, weil er etwas Italienisch verstand) sich in folgendem deutlichen und klaren Italienisch an die Hauptmusikantin: ‚Nun Signora, wenn Ihr Euch nicht fortschert, werden wir Euch in den Grund fahren, hißt daher lieber Eure Guitarre auf und geht Eures Weges.'"

In Neapel verlebten sie einige sehr heitre Tage, besuchten den Vesuv und durchwanderten mit Layard, der sich ihnen angeschlossen hatte, und mit den Tennent's die begrabenen Städte. Hier erlebte Dickens speziell ein kleines Abenteuer, äußerst unbedeutend an sich, aber mit köstlichem Humor in einem Briefe an seine Schwägerin von ihm erzählt. Der alte müßige Franzose, dem alle Dinge möglich sind, mit seiner Schnupftabaksdose und seinem bestaubten Regenschirm und die ganze feine und wohlwollende Beobachtung würde Leigh Hunt entzückt und ihren Weg in Charles Lamb's Herz gefunden haben. Nachdem er Mr. Lowther, damaligen englischen Geschäftsträger in Neapel, als einen sehr angenehmen Mann erwähnt, der bei den theatralischen Vorstellungen in Rockingham zugegen gewesen, geht er auf eine Zusammenkunft in seinem Hause über. „Wir hatten eine äußerst angenehme Tischgesellschaft von acht Personen, als Einleitung zu welcher mir beinahe das lächerliche Abenteuer zustieß, das Haus nicht finden zu können, und ohne Dîner heimzukehren. Ich fuhr von dem Hotel feierlich in offenem Wagen hin und zu meinem Erstaunen hielt der Kutscher am Ende der Chiaja still. ‚Sehen Sie da das Haus,' sagt er, ‚des Signor Larthoor!' – wobei er mit der Peitsche in den siebenten Himmel deutete, wo die frühen Sterne schienen. ‚Aber der Signor Larthoor,' sage ich, ‚wohnt am Posilipp.' – ‚Das ist wahr,' sagt der Kutscher (indem er noch auf den Abendstern hindeutet), ‚aber er wohnt hoch an der Salita Sant' Antonio hinauf, wo noch kein Wagen je hinaufgefahren ist, und das ist das Haus' (Abendstern wie vorher) ‚und man muß zu Fuße hingehen. Sehen Sie da die Salita Sant' Antonio!' Ich ging hinauf, etwa eine Viertel-Meile. Ich kam in die seltsamsten Orte, zu den wildesten Neapolitanern, Küchen, Waschplätze, Torwege, Ställe, Weinberge, wurde von Hunden gehetzt und erhielt in tief unverständlicher Sprache Antworten aus einsamen verschlossenen Türen heraus, von gebrochenen Frauenstimmen, die vor Furcht zitterten; aber ich konnte von keinem solchen Engländer, noch überhaupt von einem Engländer hören. Allmählich stieß ich auf einen Polenta-Laden in den Wolken, wo ein alter Franzose mit einem Regenschirm, der wie ein verwittertes tropisches Blatt aussah, (es hatte in Neapel seit sechs Wochen nicht geregnet) in's Blaue starrte, eine Schnupftabaksdose in der Hand. An ihn wendete ich mich, in Bezug auf Signor Larthoor. ‚Sir,' sagte er mit der größten Höflichkeit, ‚sprechen Sie Französisch?' – ‚Sir,' sagte ich, ‚ein wenig.' – ‚Sir,' sagte er, ‚ich setze voraus, der Signor Loothere' – er veränderte den Namen nach der Gewohnheit seiner Landsleute, wie Du bemerken wirst – ‚ist ein Engländer?' – Ich gab zu, daß er das Opfer der Verhältnisse sei und dies Unglück habe. ‚Sir,' sagte er, ‚noch ein Wort. Hat er einen Bedienten mit einem hölzernen Beine?' – ‚Großer Gott, Sir,' sagte ich, ‚wie kann ich das wissen? Wahrscheinlich ist es nicht, aber es ist möglich.' – ‚Es ist,' sagte der Franzose, ‚immer möglich. Fast alle Dinge in der Welt sind immer möglich.' – ‚Sir,' sagte ich – Du kannst Dir meinen Zustand und die niederdrückende Empfindung meiner Dummheit in diesem Augenblicke vorstellen – ‚das ist wahr.' Er nahm dann eine ungeheure Prise Schnupftabak, wischte den Staub von seinem Regenschirm, führte mich an einen Bogen, von wo man eine wunderbare Aussicht über den Golf von Neapel hatte, und deutete tief hinab in die Erde, von wo ich heraufgestiegen war. ‚Dort unten findet man einen Engländer mit einem Diener, mit einem hölzernen Bein. Es ist immer möglich, daß es der Signor Loothore ist.' Ich war zu sechs Uhr eingeladen, und es ging jetzt auf sieben. Ich ging in einem unbeschreiblichen Zustande von Perspiration und Elend, und ohne die leiseste Hoffnung den Ort zu finden, zurück. Als ich eben weiter hinab auf die Lampe zuging, erblickte ich die seltsamste, eine dunkle Ecke hinaufführende Treppe, und auf der obersten Stufe derselben, einen (offenbar gemieteten) Mann in weißer Weste, der rauchte. Ich stürzte aufs Geratewohl hinauf, fand, daß es das Haus war, machte so viel als möglich aus der ganzen Geschichte und wurde sehr populär. Das Beste dabei war, daß, da noch niemand den Ort von selbst gefunden hat, Lowther unten an der Salita einen Diener aufgestellt hatte, mit Befehl, auf einen englischen Herrn zu warten; aber der Diener hatte (wie er sogleich zu seiner Entschuldigung bemerkte), getäuscht durch den Schnurrbart, den englischen Herrn vorbeigehen lassen, ohne ihn anzureden."

Von Neapel gingen sie nach Rom, wo sie Lockhart fanden, „furchtbar schwach und gebrochen, aber trotzdem hoffnungsvoll in Bezug auf sich selbst" (er starb im folgenden Jahre); rauchten und tranken Punsch mit David Roberts, der damals jeden Tag mit Louis Haghe in der Peterskirche malte, und wanderten die alten Wege. Das Kolosseum, die Via Appia und die Gräberstraße erschienen so großartig wie je, aber im Allgemeinen, fügt Dickens hinzu, „fand ich, daß die römischen Altertümer kleiner waren als meine Phantasie sie in neun Jahren gemacht hatte. Der elektrische Telegraph geht jetzt wie ein Sonnenstrahl durch das grausame alte Herz des Kolosseums hindurch – ein fruchtbarer Gegenstand des Nachdenkens, wie mir schien. Das Pantheon fand ich schöner sogar als ehemals." Die öffentlichen Vergnügungen bildeten natürlich Anziehungspunkte und in der Oper belustigte nichts die Gesellschaft von drei Engländern mehr, als eine andre Gesellschaft von vier Amerikanern, die im Parterre hinter ihnen saßen. „Alle Sitze sind numerierte Sperrsitze und man kauft seine Nummer an dem Zahlbüro und geht hin mit der bequemsten Weisung auf dem Billete selbst. Wir kamen früh und die vier Plätze der Amerikaner waren in der nächsten Reihe hinter uns – alle zusammen. Nachdem sie sich eine Zeitlang umgeschaut und den größten Teil der Sitze leer gesehen hatten (weil die Zuhörerschaft gewöhnlich in einem zum Theater gehörenden Café wartet), sagte einer von ihnen: ‚Wahrhaftig ich weiß nicht – ich vermute, wir haben keinen Beruf, so nahe an einander zu sitzen – wollen Sie sich zerstreuen, Kernel,[12] wollen Sie sich zerstreuen, Sir?' Hierauf ‚zerstreute' Kernel sich einige zwanzig Bänke davon und sie verteilten sich (wie es schien aus keinem erdenklichen Grunde als um einander los zu werden) über das ganze Parterre. Sobald die Ouvertüre anfing, kamen die Zuhörer in Masse herein. Dann mußten die Leute die Nummern, nach welchen sie sich ‚zerstreut' hatten, produzieren, und da sie nichts von allem, was man ihnen sagte, verstanden, und keine andre Antwort geben konnten als Americani, kannst Du Dir vorstellen, was für eine Zahl von dreieckigen Hüten erforderlich war, sie von ihren Sitzen zu vertreiben. Endlich waren sie alle an ihre richtigen Plätze zurückgebracht, einen ausgenommen. Etwa eine Stunde nachher, als Moses (*Moses in Ägypten* war die Oper) die Finsternis anrief und in dem ganzen Theater ein Todesschweigen herrschte, brachen unerwartete Klänge der Störung aus einer fernen Ecke des Parterres hervor und hie und da stand ein Bart auf, um hinzusehen. ‚Was ist das, Sir?' sagte einer der Amerikaner zum andern; – ‚es scheint da jemand gegen den Strom zu schwimmen.' – ‚O, Sir,' antwortete er, ‚ich weiß nicht; aber ich denke mir, 's ist Kernel, der auf seinem Rechte besteht.' Und so war es. Kernel wurde schimpflicher Weise an seinen rechten Platz zurück eskortiert, nicht im mindesten verwirrt und vollkommen guter Laune." Die Oper wurde ausgezeichnet aufgeführt, und der Preis der Sperrsitze betrug ein dreiviertel Pence Englisch. In Mailand dagegen war die Scala von ihrer alten Höhe gesunken – schmutzig, düster, öde und die Aufführung schauderhaft.

Ein anderes Theater von den kleinsten Ansprüchen suchte Dickens in Rom mit Eifer auf und empfand dabei das lebhafteste Vergnügen. Er hatte in seiner alten Zeit in Genua sagen hören, dort seien die schönsten Marionetten und jetzt entdeckte er mit großer Mühe die Gesellschaft, in einer Art von Stall, neben einem verfallenen Palaste. „Es war eine regnerische Nacht und keine Zuhörer da, außer einer Gesellschaft französischer Offiziere und uns. Wir saßen alle zusam-

---

[12] Die amerikanische Aussprache von Colonel, i. e. Oberst. – D. Übers.

men. Ich sah nie etwas Erstaunenswürdigeres als die Aufführung – im Ganzen nur eine Stunde lang, aber von nicht weniger als zehn Leuten geleitet, denn wir sahen sie alle bei dem Schellen einer Glocke hinter die Szene gehen. Die Errettung einer jungen Dame von den Künsten eines Zauberers durch eine gute Fee, verknüpft mit dem komischen Geschäft ihres Dieners Pulcinella (dem römischen Punch) bildete den Gegenstand des ersten Stückes. Eine zänkische alte Bauerfrau, die sich immer vorwärts neigte, um zu schelten und ihre Hände in ihre Schürzentaschen zu stecken, war unglaublich natürlich. Pulcinella, so luftig, so lustig, so lebendig, so anmutig, war unwiderstehlich. Ihn zu sehen, wie er bei einem Gewitter über dem Haupte seiner Herrin einen Regenschirm hielt, wie er mit einem ungeheuern Riesen sprach, dem er im Walde begegnete, und wie er mit einem Pony zu Bette ging, waren Dinge, die man nicht wieder vergißt. Und so geschickt sind die Hände der Leute, welche die Marionetten bewegen, daß jede Puppe ein Italiener war und genau tat, was ein Italiener tut. Wenn er auf etwas hinwies, wenn er jemanden grüßte, wenn er lachte, wenn er weinte, tat er es wie ein Engländer es nie tat, seit Britannien zuerst auf des Himmels Geheiß aufstieg – aufstieg – aufstieg &c. Nachher kam ein Ballet, in demselben Maßstabe, und wir gingen wirklich ganz entzückt über die feine Komik des Ganzen fort. Die französischen Offiziere mehr als dito."

Über den großen Feind der Gesundheit der Hauptstadt des gegenwärtigen Königreichs Italien bemerkte Dickens in demselben Briefe: „Ich bin durch die Anwesenheit und den Fortschritt der Malaria in der Umgegend von Rom zu einigen merkwürdigen Betrachtungen veranlaßt worden. Ist es nicht höchst außerordentlich, denken zu müssen, daß diese schlechte Luft sich der ewigen Stadt mehr und mehr bemächtigt, als wäre sie beauftragt, dieselbe zu verschlingen? Dieses Jahr ist sie ganz besonders schlimm gewesen und hat weit über ihre gewöhnliche Zeit gedauert. Rom ist sehr ungesund gewesen und ist noch jetzt nicht frei davon. Wenige Leute mögen zu den bösen Zeiten des Sonnenaufgangs und des Sonnenuntergangs ausgehen, und nachts sind die Straßen wie eine Wüste. In einer geringen Entfernung außerhalb der Mauern ist eine Kirche, die vor 16 oder 18 Jahren durch Feuer zerstört wurde und jetzt mit ungeheuern Kosten wieder hergestellt ist. Sie steht in einer Wildnis. Ein menschliches Geschöpf, das ihr nach Sonnenuntergang nahe kommt oder in der Nähe schlafen kann, könnte ebenso gut auf dem Grunde der obersten Katarakte des Nils liegen. In dem ganzen Umfang der Pontinischen Sümpfe (die wir neulich durchfuhren) lebt kein Geschöpf nach Adam's Bilde, mit Ausnahme der fahlen Leute an den einsamen Poststationen. Ich gehe vom Kolosseum durch die Gräberstraße nach den Ruinen an der alten Via Appia hinaus – begegne keinem menschlichen Wesen und sehe keine menschliche Wohnung als zerfallene Häuser, aus denen die Menschen geflohen sind, und wo es Tod ist, zu schlafen; und diese Häuser sind nur etwas mehr als eine halbe Meile von dem entlegensten Tore Rom's entfernt. Rom an der gegenüberliegenden Seite verlassend, fahren wir viele, viele Stunden durch die öde Campagna, die von allen, außer von den elenden Schäfern, geflohen und gemieden wird. Eine Postfahrt von dreizehn Stunden bringt uns nach Bolsena (ich schlief dort früher schon einmal), am Rande eines stagnierenden See's, den die Arbeiter fliehen, sobald die Sonne untergeht – wohin zu gehen gefährlich ist; wo wir aus der Ferne einen Nebel über dem Orte lagern sahen, wo in dem unglaublich schlechten Gasthofe kein Fenster geöffnet werden kann, wo unser Mittagsessen aus dem blassen Gespenst eines Fisches nebst einer öligen Omelette bestand und wir in großen, modrigen, durch zertrümmerte Bögen und Dunghaufen verpesteten Zimmern schliefen – und wo wir, nachdem wir sie verlassen, noch vier oder fünf Meilen weiter keinen Mann, keine Frau, kein Kind mit roten Backen sahen. Stelle Dir vor, wie dies Gespenst an die Tore Rom's klopft, sie durchschreitet, die Straßen entlang kriecht, um die Schiffe und Säulen der Kirchen spukt, Jahr auf Jahr sein Gebiet erweitert und immer schwerer zu vermeiden ist."

Von Rom fuhren sie nach Florenz, das sie in viertehalb Tagen, am Morgen des 20sten November, erreichten. Sie waren nun im Ganzen sechs Wochen auf Reisen gewesen und hatten nur drei Tage Regen gehabt. Eine Woche nachher waren sie in Venedig. „Das schöne Wetter hat uns," schrieb Dickens am 28sten November, „hierher begleitet, an den Ort, wo es vor allen andern notwendig ist; und die Stadt ist ein Glanz von Sonnenlicht und blauem Himmel (bei einer äußerst klaren kalten Luft) gewesen, so lange wir hier gewesen sind. Könntest Du sie in diesem Augenblicke sehen, Du würdest sie nie vergessen. Wir wohnen in demselben Hause, wo ich vor neun Jahren wohnte und haben dasselbe Wohnzimmer – dicht an der Seufzerbrücke und dem Dogenpalast. Das Zimmer liegt an der Ecke des Hauses, und eine enge Wasserstraße läuft seitwärts herum, so daß wir den Großen Kanal vor den zwei Vorderfenstern haben und am Eckfenster diese wilde kleine Straße, nach welcher auch unsere drei Schlafzimmer hinaus liegen. Wir setzten uns gleich nach unsrer Ankunft in Besitz einer Gondel und gleiten zwanzigmal des Tages aus der Halle auf das Wasser hinaus. Die Gondoliere haben wunderliche alte Gewohnheiten, die ihnen als Stand angehören, und einige sind verwirrend genug ... Es ist ein Ehrenpunkt bei ihnen, so lange sie engagiert sind, immer zu Deiner Verfügung zu stehen. Daher nützt es nichts, wenn man ihnen sagt, daß sie ein paar Stunden nach Hause gehen können – denn sie wollen nicht gehen. Sie hüllen sich ein in zottige Überröcke mit Kapuzen und legen sich auf dem Stein- oder Marmorpflaster hin, bis man sie wieder braucht. So daß ich, wenn ich hereinkomme, oder zu Fuß ausgehe, was man von diesem Hause aus über kleine Brücken und enge Gassen auf einige Entfernung tun kann, gewöhnlich dahinschreite über meine Hauptvasallen, deren Gewohnheit es ist, quer über den Eingang hin zu schnarchen. Die Seltsamkeit auch der gewöhnlichsten Dinge an diesem Orte stelle Dir an einem Beispiel vor. Gestern Abend steigen wir um halb neun die Treppe hinab, steigen in eine Gondel, gleiten auf dem schwarzen Wasser fort, plätschern und rauschen etwa eine halbe Stunde dahin, landen an einer breiten Treppe und treten unmittelbar in das glänzendste und schönste Theater, das man sich denken kann – alles Silber und Blau, mit kostbaren kleinen Frangen von Glasprismen. Da sitzen wir bis halb zwölf, kommen wieder hinaus (der Gondolier schläft außerhalb der Logentür) und sind in einem Augenblick auf dem schwarzen schweigenden Wasser und fluten dahin, als gäbe es kein trockenes Gebäude in der Welt. Es hält an und in einem Augenblick sind wir wieder draußen auf dem breiten soliden Markusplatz, der glänzend mit Gas erleuchtet ist, sehr ähnlich wie das Palais Royal in Paris, nur viel schöner und strahlend von endlosen Café's. Die beiden alten Säulen und der gewaltige Glockenturm heben sich so schroff und solide gegen den herrlichen Sternenhimmel ab, als wären sie tausend Meilen vom Meere oder irgendwelchem aushöhlenden Wasser entfernt, und die mit goldenen Mosaiken und schönen Farben bedeckte Vorderseite der Kathedrale strahlt wie tausend Regenbogen auch mitten in der Nacht."

Seine früheren Ansichten über Kunst und Gemälde in Italien wurden durch diesen Besuch bestärkt. „Ich bin mehr als je von der Überzeugung durchdrungen, daß ein Hauptnutzen des Reisens darin besteht, daß es uns ermutigt, für uns selbst zu denken, immer offen herauszusagen, daß man für sich selbst denkt und die schändliche Gemeinheit zu überwinden, die sich zu dem bekennt, wozu andre Leute sich bekannt haben, auch wenn man weiß (wenn man die Fähigkeit besitzt, sich selbst eine Meinung zu bilden), daß dies Bekenntnis unwahr ist. Der unerträgliche Unsinn, gegen welchen wohlgesitteter Geschmack und wohlgesittete Unterwürfigkeit in Bezug auf die Kunst sich fürchten aufzutreten, ist staunenerregend. Egg's ehrliche Verwunderung und Bestürzung, als er einige der am meisten ausposaunten Sachen sah, war, was die Amerikaner ‚eine Warnung' nennen. In derselben Stunde und Minute fielen Haufen von Leuten in konventionelle Entzückungen über jenen sehr kläglichen Apollo und übergingen die schönsten kleinen Figuren und Köpfe im ganzen Vatikan, weil sie nicht als besonders anbetenswürdig bemerkt waren. Ebenso hier. Es gibt Gemälde von Tintoretto in Venedig, die schöner und meisterhafter sind, als sich in Worten sagen läßt. Seine Versammlung der Seligen halte ich alles in allem für das wunderbarste und entzückendste Bild, das je gemalt wurde. Der Verfasser des Fremdenführers, als Vertreter des großen Schwarms der Humbugs, patronisiert Tintoretto als einen Menschen von einigem Verdienst, und (genötigt, Eustace, Forsyth und allen andern zu folgen) befiehlt er seinen Lesern, bei Strafe eines Mangels an wohlgesitteter Würdigung, in Ekstase zu geraten über Dinge, die weder Phantasie, Natur, Verhältnis, Möglichkeit noch irgendetwas anderes an sich haben. Man gehorcht sofort und gebietet seinem Sohne zu gehorchen. Dieser sagt dasselbe seinem Sohne und dieser wieder seinem und so kommt die Welt zu Dreivierteln ihrer Betrügereien und ihres Elends."

Der letzte Ort, den er besuchte, war Turin, wo die Reisenden am 5. Dezember ankamen, und das sie bei einer hell scheinenden Sonne äußerst kalt und frostig fanden. „Alle Zimmer haben doppelte Fenster, aber die Alpenluft weht hernieder und macht meine Füße erstarren, während ich (in Mütze und Shawl) sechs Fuß vom Feuer schreibe." Doch gab es noch etwas Besseres über diese frische Alpenluft zu berichten. Zu Dickens' Bemerkungen über das sardinische Volk und zu dem, was er über die Verbannung der edelsten Italiener sagt, lieferten die bedeutungsvollen Ereignisse der folgenden Jahre einen merkwürdigen Kommentar; auch konnte es keinen besseren Beweis geben für die Schärfe des Urteils, womit er das, was um ihn her vorging, beobachtete. Sein Brief bot in jeder Beziehung viel Interessantes und Anziehendes. „Dies ist ein merkwürdig angenehmer Ort. Eine schöne Stadt, wohlhabend, blühend, erstaunlich rasch wachsend, wie Genua, voll von geschäftigen Leuten, voll von schönen Straßen und Plätzen. Die Alpen, jetzt tief mit Schnee bedeckt, sind nahe dabei und scheinen hier und dort fast bereit, auf die Häuser herabzufallen. Der Gegensatz dieses Teils von Italien gegen den andern ist wunderbar. Schön gemachte, vortrefflich verwaltete Eisenbahnen, ein heiteres tätiges Volk, Unternehmungsgeist, Energie, Leben, Fortschritt. In Mailand ist in jeder Straße der edle Palast eines Verbannten eine Kaserne, und schmutzige Soldaten glotzen aus den prächtigen Fenstern hervor – es scheint als sollte der ganze Ort allmählich in Soldaten aufgehen. In Neapel etwa hunderttausend Truppen. ‚Ich kannte,' sagte ich zu einem gewissen neapolitanischen Marchese dort, den ich vorher gekannt hatte, und der mich den Abend nach meiner Ankunft besuchte, ‚ich kannte einen sehr merkwürdigen Menschen, als ich zuletzt hier war, der sein Vaterland nie verlassen hatte, aber vollkommen vertraut war mit der englischen Literatur und sich selbst auf so wunderbare Weise Englisch zu sprechen gelehrt hatte, daß niemand ihn für einen Ausländer gehalten haben würde; ich möchte ihn sehr gern wieder sehen, aber ich vergesse seinen Namen.' – Er nannte ihn und ein trauriger Ausdruck verbreitete sich über seine Züge. ‚Tot?' sagte ich. – ‚In der Verbannung.' – ‚O Himmel!' sagte ich; ‚ich hatte mich mehr darauf gefreut, ihn wieder zu sehen, als irgendeinen andern, den ich in Italien kannte.' – ‚Was wollen Sie?' sagt der Marchese mit leiser Stimme. ‚Er war ein merkwürdiger Mann – voller Kenntnisse, voller Geist, voll hochherziger Gesinnung. Wo sollte er sein als in der Verbannung! Wo könnte er sein!' Wir sprachen kein weiteres Wort darüber, aber an die kurze Unterredung werde ich mich immer erinnern."

Andrerseits gab es Umstände bei der österreichischen Okkupation, hinsichtlich deren Dickens die gemeinhin gemachten Bemerkungen für unbillig hielt, und seine Schlußbemerkung über ihre Polizei verdient wohl, aufbewahrt zu werden. „Ich bin entschieden der Ansicht, daß unsre Landsleute in Bezug auf die österreichischen Belästigungen von Reisenden, über die man sich beklagt hat, Tadel verdienen. Ihre Manieren sind so schlecht, sie sind so außerordentlich argwöhnisch, so entschlossen, von jedermann betrogen zu werden, und machen sich so anstößig. Nun ist allerdings die österreichische Polizei sehr strikt, aber sie versteht ihr Geschäft und sie tut es. Und wenn man sie wie Gentlemen behandelt, vergelten sie immer Gleiches mit Gleichem. Als wir die österreichische Grenze zuerst überschritten und auf das Polizeiamt geführt wurden, nahm ich meinen Hut ab. Der Beamte nahm sofort den seinen ab und war – während er unverrückt seine Pflicht tat – so höflich als irgend möglich. Als wir nach Venedig kamen, waren die Anordnungen sehr strenge, aber so geschäftsmäßig, daß sie nicht mehr als die geringste mit Strenge verträgliche Unbequemlichkeit zur Folge hatten. Hier ist die Szene. Ein Soldat ist, ungefähr eine Meile von Venedig, in den Eisenbahnwagen (einen Salon nach amerikanischem Muster) gekommen, hat gegrüßt und mir meinen Paß abgefordert. Ich habe denselben abgegeben. Der Soldat hat wieder gegrüßt und sich von mir entfernt, wie er sich von einem Offizier entfernen würde. Aus dem Waggon ausgestiegen, begeben wir uns an einen Ort wie ein Backhaus, der mit Gas erleuchtet ist. Niemand poltert oder treibt uns dorthin, aber wir müssen hingehen, weil die Straße dort endet. Mehrere soldatische Schreiber. Ein sehr wachsamer Chef. Mein Paß wird aus einem innern Zimmer hereingebracht, mit der Bemerkung, daß er *en règle* ist. Der sehr wachsame Chef nimmt ihn, besieht ihn (er ist jetzt etwas länger als *Hamlet*), ruft aus: ‚S'gnor Carlo Dickens!' – ‚Hier bin ich, Sir.' ‚– Beabsichtigen Sie lange in Venedig zu bleiben, Sir?' – ‚Vermutlich vier Tage, Sir.' – ‚Sie verstehen Italienisch. Sind Sie schon einmal in Venedig gewesen, Sir.' – ‚Schon einmal, Sir.' – ‚Damals waren Sie dann wohl längere Zeit hier, Sir?' – ‚Nein; ich kam bloß, um es zu sehen, und ging wie ich kam.' – ‚Wirklich, Sir? Darf ich annehmen, daß Sie über Triest gehen?' – ‚Nein, ich gehe nach Parma und Turin und über Paris nach Hause.' – ‚Eine kalte Reise, Sir, ich hoffe, daß sie angenehm ablaufen wird.' – ‚Danke Ihnen.' – Er blickt mich von oben bis unten scharf an und wünscht mir eine gute Nacht. Ich wünsche ihm eine gute Nacht und alles ist in Ordnung. Wenn diese Dinge überhaupt getan werden müssen, könnten sie nicht besser oder höflicher getan werden – obgleich ich zugebe, daß es, hätte ich die ganze Zeit über an einem Spazierstock gesogen, oder mit meinen Landsleuten Englisch gesprochen, es nicht unnatürlicherweise anders hätte sein können. In Turin und in Genua findet überhaupt kein solches Anhalten statt, aber in jedem andern Teile Italiens will ich lieber mit einem österreichischen Beamten zu tun haben, als mit einem einheimischen. In Neapel geschieht es auf eine bettelhafte, linkische, stümperhafte, träge, gemeine Art; ich bin aber auch in meinem alten Eindruck bestärkt, daß Neapel einer der abscheulichsten Orte auf der Erde ist. Die allgemeine Degradation beklemmt mich wie verpestete Luft."

Viertes Kapitel

Drei Sommer in Boulogne
1853, 1854 und 1856

Dickens war im Jahre 1853 von Mitte Juni bis Ende Dezember in Boulogne und während der drei nächsten Monate war er, wie wir sahen, in der Schweiz und in Italien. In dem folgenden Jahre ging er wieder im Juni nach Boulogne und blieb, nachdem er „Harte Zeiten" beendigt, bis spät in den Oktober hinein dort. Im Februar 1855 war er mit Wilkie Collins vierzehn Tage in Paris, wo er erst den Winter darauf einen längeren Aufenthalt machte. Von November 1855 bis Ende April 1856 schlug er seine Wohnung in der französischen Hauptstadt auf und arbeitete während dieser ganzen Zeit an „*Klein Dorrit*". Dann nach einer Zwischenzeit von einem Monat in Dover und London, begab er sich zum drittenmal für den Sommer nach Boulogne, wohin seine Kinder direkt von Paris gegangen waren, und blieb bis zum September dort, während er „*Klein Dorrit*" erst im Frühling 1857 in London vollendete.

Die Geschichte des ersten dieser Besuche wird durch einige humoristische und charakteristische Auszüge aus seinen Briefen hinlänglich erzählt werden. Der zweite und der dritte boten größere Anziehungspunkte dar. Es waren die Jahre der französisch-englischen Allianz, der großen Ausstellung englischer Gemälde, der Rückkehr der Truppen aus der Krim und des Besuches des Prinzgemahls bei dem Kaiser Napoleon; und sowohl das Interesse, welches Dickens an diesen verschiedenen Begebenheiten empfand, als die Geschichte seines Lebens auf dem Festlande, tritt in seinen Briefen mit der gewöhnlichen Lebendigkeit hervor. Ein Kapitel für sich wird Paris gewidmet werden. Dieses beschäftigt sich nur mit Boulogne.

Während seines ersten Sommeraufenthalts, im Juni 1853, hatte er ein Haus in dem hochgelegenen Teile an der Straße nach Calais genommen, ein wunderliches französisches Gebäude, mit den seltsamsten kleinen Zimmern und Gängen, aber gelegen in der Mitte eines großen Gartens, mit Gehölz und Wasserfall, einem Gewächshause, das sich nach einem Rosenhügel zu öffnete, und Toren, die auf einer Seite den Wällen, auf der andern der See zuführten. Vor allem war ein trefflicher Eigentümer und Hauswirt da, der die Kosten für die Instandhaltung des Gartens und des Gehölzes (das er einen Wald nannte) selbst trug, während er seinem Mieter beide in ihrem ganzen Umfang zur Verfügung stellte, ihm die Blumen umsonst gab, die Gartenfrüchte je nach Bedürfnis verkaufte und eine Kuh auf dem Gute hielt, um die Familie mit Milch zu versorgen. „Wäre dieser Ort nur sechzig Meilen weiter entfernt," schrieb Dickens, „wie würden die Engländer dafür schwärmen! Ich versichere Dir, daß es hier herum malerisches Volk und Stadt und Land gibt, die Auge und Phantasie ganz erfüllen. Was die Fischerleute (deren Kleidung sich seit vielen vielen Jahren weder in Farbe noch in Form geändert haben kann) und ihr mit großen bequemen Netzen quer über die engen hügeligen Straßen spinnewebbehangenes Stadtviertel angeht, so sind sie so gut wie Neapel, Stück für Stück." Seine Beschreibung von dem Hause und dem Hauswirt, deren Genauigkeit ich erprobte, als ich ihn besuchte, war in dem alten angenehmen Tone gehalten und erfordert, um Interesse zu erwecken, keinen Zusammenhang mit ihm persönlich, sondern wird durch den Zauber und die Leichtigkeit, womit alles Malerische oder Charakteristische zur Anschauung gebracht wird, in das Gebiet der Kunst erhoben.

„*Villa des Moulineaux*, 26. Juni. O, wie es gestern hier regnete! Ein großer Seenebel wogte herein, ein starker Wind blies und der Regen goß den ganzen Tag in Strömen nieder ... Dies Haus steht an einem weiten Hügelabhang, vor einem Hintergrund von Gehölzen mit jungem Baumschlag. Es liegt der *Haute Ville* mit ihren Wällen und der unbeendeten Kathedrale grade gegenüber. An dem Abhange vor uns, der zur Rechten steil absinkt, ist ganz Boulogne auf sehr malerische Weise angehäuft und durcheinander geworfen. Die Aussicht, welche endlich von den Gipfeln schwellender Hügel geschlossen wird, ist entzückend und die Türe ist nur zehn Minuten vom Postamt und eine Viertelstunde vom Meere entfernt. Der Garten ist in Terrassen am Abhang des Hügels angelegt, wie ein italienischer Garten, so daß die obersten Gänge sich in den erwähnten Gehölzen befinden. Der schönste Teil fängt auf dem Niveau des Hauses an und steigt nach hinten ungefähr zweihundert Fuß aufwärts. Gegenwärtig umgeben Tausende von Rosen und zahllose andere Blumen das Haus nach allen Seiten. Es sind fünf große Gartenhäuser da und, ich glaube, fünfzehn Fontänen – von denen jedoch (nach der unveränderlichen französischen Gewohnheit) keine je springt. Das Haus ist ein Puppenhaus mit vielen Zimmern. Es ist ein Stock hoch und achtunddreißig Stufen führen tribünenartig auf und ab, nach der Vordertür – die schönste französische Demonstration, die mir je vorgekommen ist. Es ist ein doppeltes Haus, und da man an der Vorderseite nur vier Fenster und einen Taubenschlag erblickt, sollte man denken, es enthalte etwa vier Zimmer. Da es am Abhange des Hügels gebaut ist, öffnet das oberste Stockwerk des Hauses nach der Rückseite (wo zwei Stockwerke sind) sich auf das Niveau eines andern Gartens. Im untersten Stockwerk befindet sich eine sehr hübsche Halle, fast ganz aus Glas, ein kleines Esszimmer, das an ein schönes Gewächshaus stößt, ein Fremdenschlafzimmer, zwei kleine ineinander gehende Gesellschaftszimmer, die Schlafzimmer der Familie, ein Badezimmer, ein gläserner Korridor, ein offener Hof und eine Art Küche, mit einer Maschinerie von Öfen und Kochkesseln. Oben sind acht kleine Schlafzimmer, die sich sämtlich nach einem großen Dachzimmer öffnen, das ursprünglich zu einem Billardzimmer bestimmt war. Im Erdgeschoß ist eine vorzügliche Küche, mit allem erdenklichen Zubehör, einem famosen Keller, einer ausgezeichneten Bedientenstube und Speisekammer, Wagenremise, Stall, Kohlen- und Holzbehälter; und im Garten ist ein Pavillon, mit einem vortrefflichen Schlafzimmer zu ebener Erde. Die Möblierung dieser Räumlichkeiten, die Spiegel, die Uhren, die kleinen Öfen, die ganze Einrichtung muß man sehen, um sie zu würdigen. Das Gewächshaus ist voll von seltenen Blumen von vollendeter Schönheit."

Dann kam der schönste Teil des Briefes, seine Beschreibung des Hauswirtes, die er mit den anziehendsten Zügen, welche seine liebende Hand geben konnte, ausführte. „Aber der Hauswirt, Monsieur Beaucourt, ist wundervoll. Jedermann hat hier, ich weiß nicht weshalb, zwei Familiennamen, und M. Beaucourt, wie er immer genannt wird, heißt eigentlich M. Beaucourt-Mütüel. Er ist ein stattlicher jovialer Mensch, mit einem schönen offenen Gesichte, wohnt auf dem Hügel hinten, grade oberhalb des höchsten Punktes des Gartens, und war ein Leinwandhändler in der Stadt, wo er noch einen Laden hat, aber wo man meint, sein Geschäft sei mit Hypotheken belastet und er befinde sich in schlechten Vermögensumständen – trotz dieses Grundbesitzes, den er mit eigner Hand bepflanzt hat, den er tagtäglich pflegt und von dem er nie anders spricht als von ‚dem Besitztum'. Er ist außerordentlich populär in Boulogne (die Leute in den Läden werden bei Erwähnung seines Namens immer freundlich und wünschen uns Glück, daß wir seine Mietswohner sind) und scheint es wirklich zu verdienen. Er ist ein so liberaler Mensch, daß ich ihn um nichts bitten mag, da er es sofort herbeischafft, was es auch sein mag. Ich erröte, wenn ich bedenke, was er in Bezug auf unbrauchbare Bettstellen und Waschtische getan hat. Ich bemerkte neulich in einem der Seitengärten – es sind auch Gärten an jeder Seite des Hauses – eine

Stelle, wo ich dachte, der komische Landsmann" (ein Namen, welchen Dickens damals seinem jüngsten Sohne beilegte) „müsse dort unfehlbar sein Gleichgewicht verlieren, und etwa ein Dutzend Fuß hinabstürzen. Ich sagte daher: ‚M. Beaucourt' – der sofort seine Mütze abnahm und in bloßem Kopfe vor mir stand – ‚es liegen einige unbenutzte Stücke Holz beim Kuhstall; wenn Sie die Güte haben wollten, eins hier querüber befestigen zu lassen, so würde es, glaube ich, sicherer sein.' – ‚*Ah, mon dieu, Sir,*' sagte M. Beaucourt; ‚es muß von Eisen gemacht werden. Dies ist kein Teil des Besitztums, wo Sie Holz gern sehen würden.' – ‚Aber Eisen ist so teuer,' sagte ich, ‚und es ist wirklich nicht der Mühe wert.' – ‚Sir, bitte tausendmal um Verzeihung,' sagt M. Beaucourt, ‚es soll von Eisen gemacht werden. Ganz sicher und gewiß, es soll von Eisen gemacht werden.' – ‚Dann, M. Beaucourt,' sagte ich, ‚wird es mir Vergnügen machen, die Hälfte der Kosten zu bezahlen.' – ‚Sir,' sagte M. Beaucourt, ‚unter keinen Umständen.' – Dann, um auf einen andern Gegenstand zu kommen, ging er aus seiner Festigkeit und Ernsthaftigkeit zu einem anmutigen Unterhaltungston über und sagte: ‚In dem Mondlicht gestern Abend schienen die Blumen auf dem Besitztum, o Gott, sich in dem Himmel zu baden. Gefällt Ihnen das Besitztum?' – ‚M. Beaucourt,' sagte ich, ‚ich bin davon entzückt, ich bin mit allem mehr als zufrieden.' – ‚Und ich, Sir,' sagte M. Beaucourt, seine Mütze an die Brust drückend und seine Hand küssend, – ‚ich gleichfalls!' – Gestern kamen zwei Schmiede und setzten ein gutes solides schönes Stück eisernes Geländer in die steinerne Brustwehr ein ... Wenn die außerordentlichen Sachen im Hause sich nicht beschreiben lassen, so hätte niemand an die erstaunlichen Phänomene in den Gärten denken können, ausgenommen ein Franzose, der sich eine Idee in den Kopf gesetzt hat. Außer einem Bilde des Hauses in dem Esszimmer, befindet sich ein Plan des Besitztums in der Halle. Derselbe sieht ungefähr so groß aus wie Irland, und für jeden der außerordentlichen Gegenstände ist ein Nachweis da, mit einem schrecklichen Namen. Im Ganzen belaufen diese Nachweise sich auf einundfünfzig, darunter das Landhaus Tom Thumbs, die Austerlitz-Brücke, die Jena-Brücke, die Einsiedelei, die Laube der Alten Garde, das Labyrinth (ich habe keine Ahnung, was das eine oder das andere ist); und dann sind Wegweiser da nach jedem Zimmer im Hause, als wäre es ein Gebäude von so kolossalen Verhältnissen, daß man ohne einen solchen Aufschluß unfehlbar seinen Weg verlieren und vielleicht zwischen Schlafzimmer und Schlafzimmer vor Hunger sterben müßte."

Am 3. Juli eine neue Mitteilung über das Ideal von einem Hauswirt. „Denke Dir, was Beaucourt mir gestern Abend sagte. Als er vor zehn Jahren ‚den Gedanken faßte', das Besitztum anzupflanzen, ging er nach England hinüber, um Bäume zu kaufen, mietete ein kleines Haus in den Gemüsegärten bei Putney, wohnte dort drei Monate, gab jeden Abend ein von den Hauptgärtnern von Fulham, Putney, Kew und Hammersmith (welches letztere er Hamsterdam nennt) besuchtes Gastmahl und beschloß seinen Aufenthalt mit einem Souper, bei dem die Gemüsegärtner aufstanden, ihre Gläser erklingen ließen und aus freien Stücken (ich zitiere ihn genau) ausriefen: *Vive Beaucourt!* Er war früher Kapitän in der Nationalgarde und Cavaignac war sein General. Braver Kapitän Beaucourt! sagte Cavaignac, Sie müssen einen Orden bekommen. Mein General! sagte Beaucourt, nein! Es ist genug für mich, daß ich meine Pflicht getan habe. Ich gehe, den Grundstein zu einem Hause auf einem mir gehörigen Besitztum zu legen – dies Haus soll mein Orden sein. (Bemerke dies Haus!)" Ein Zusatz zu diesem Bilde kam in einem Briefe vom 29. Juli, zugleich mit einem drolligen Hinweis auf Shakespeare im Theater und auf den sonnabendlichen Schweinemarkt.

„Ich muß erwähnen, daß der große Beaucourt die Orthographie dieses Ortes täglich verändert. Er hat sie jetzt festgestellt, indem er außen an das Gartentor angemalt hat: *Entrée particulière de la Villa des Moulineaux.* An einem andern Tore höher hinauf hat er anmalen lassen: *Entrée des Écuries de la Villa des Moulineaux.* An einem andern Tore etwas weiter unten (was auf jedes der unzähligen Gebäude im Garten anwendbar ist) *Entrée du Tom Pouce.* An dem höchsten Tore von allen, das zu seinem eignen Hause führt: *Entrée du Château Napoléonienne.* Alle diese Inschriften wirst Du schwarz und weiß sehen, wenn Du kommst. Ich sehe jetzt wenig von ihm, da er, nun alles *bien arrangé* ist, eine zarte Scheu zeigt, sich sehen zu lassen. Seine Frau hat während der letzten drei Wochen einen Ausflug durch Frankreich gemacht, aber (wie er mit dem Hut in der Hand gegen mich bemerkte) es war notwendig, daß er hier blieb, um dem Mieter des Besitztums beständig zur Disposition zu stehen. (Um dies umso besser zu tun, hat er jeden Tag große Tischgesellschaften von fünfzehn Personen gegeben und die alte Frau, welche die Kühe melkt, ist unter ungeheuern Lasten von Champagner den Hügel hinauf gekeucht.)

„Wir gingen gestern Abend in's Theater, um den Sommernachtstraum in der *Opéra Comique* zu sehen. Es ist jetzt ein schönes kleines Theater, mit einer sehr guten Gesellschaft, und der Unsinn des Stückes kam mit einem, in diesem Zusammenhang ganz verwirrenden Verständnis zur Darstellung. Willy Am Shay Kes Peer, Sirzhon Foll Stayffe, Lor Lattimer und jene berühmte Ehrendame der Königin Elisabeth Miss Olivier[13] waren die Hauptcharaktere.

„Außerhalb der alten Stadt ist eine Armee von Arbeitern (und zwar schon seit ungefähr einer Woche) an einem ungeheuern Gebäude beschäftigt, das ich für ein Fort oder ein Kloster, oder eine Kaserne oder für sonst etwas ansah, dem man eine jahrhundertelange Dauer zu geben wünschte. Wie ich jedoch höre, ist es für den Jahrmarkt bestimmt, der am 5. August anfängt und vierzehn Tage dauert. Fast jeden Sonntag haben wir eine Fête, wo man unter freiem Himmel tanzt und wo ungeheure Männer mit gewaltigen Bärten auf kleinen hölzernen Pferden stundenlang Karussell reiten. Aber der gute Humor und die Heiterkeit sind wirklich allerliebst. Zu den andern Sehenswürdigkeiten der Stadt gehört ein sonnabendlicher Schweinemarkt, dessen Absurdität vollkommen unerträglich ist. Ein aufgeregter französischer Bauer (Bauer oder Bäuerin) mit einem determinierten jungen Schwein ist das erstaunenswürdigste Schauspiel. Ich sah gestern vor acht Tagen ein kleines Drama von vollendeter Komik. *Dramatis personae.* 1. Eine hübsche junge Frau, mit kurzen Unterröcken und zierlichen blauen Strümpfen, auf einem Esel mit zwei Körben, in deren jedem ein Schwein. 2. Ein alter Bauer in einer Blouse, der vier Schweine mit einer ungeheuern Peitsche vor sich hertreibt und von jedem der vier bald gegen Mauern, bald in dampfende Läden fortgezogen wird. 3. Ein Karren mit einem alten festgebundenen Schweine, das heraussieht und durch sein entsetzliches Grunzen sechshundertfünfzig Schweine auf dem Schweinemarkt in Schrecken setzt. 4. Ein Steuerbeamter in ungeheuerm dreieckigen Hut, zwischen dessen Kanonenstiefeln Tag und Nacht ein Strom junger Schweine durchläuft und jede Berechnung unmöglich macht. 5. Der Unnachahmliche, gegenüber einem Kreise älterer Schweine, die alle mit einem Beine an, in die Erde eingerammten Stöcken befestigt sind. 6. John Edmund Reade, Dichter, der ewige Liebe und Bewunderung für Landor ausdrückt, ohne zu wissen, daß ein Schwein, welches soeben aus dem Karren entwischt ist, sich ihm nähert. 7. Priester, Bauern, Soldaten &c."

Er hatte inzwischen befreundete Gesichter um sich versammelt. Frank Stone bezog mit seiner Familie ein Haus an der Straße nach St. Omer, das Dickens für ihn gemietet hatte, während Dickens selbst

---

[13] Die hier in übertrieben französierender Weise entstellten Namen sind: William Shakespeare, Sir John Fallstaff, Lord Latimer, Miss Oliver. – D. Übers.

in seiner Villa den Besuch von Mr. und Mrs. Leech und von Wilkie Collins empfing. „Leech sagt, als er nach der stürmischen Überfahrt aus dem Schiffe trat, sei er von den versammelten Zuschauern mit lauten Beifallsrufen begrüßt worden, als das am intensivsten und unaussprechlichsten elend aussehende Individuum, das bis dahin zum Vorschein gekommen war. Das Gelächter war tumultuarisch und er möchte, daß seine Freunde wüßten, daß er überhaupt einen ungeheuern Eindruck hervorgebracht hat." So gingen die Sommermonate hin. Zur Erholung von seiner Arbeit an dem Roman unternahm Dickens mit den genannten Freunden Ausflüge nach Amiens und Beauvais, während die bereits beschriebene Reise nach Italien der Vollendung des Romans folgte.

Im Juni 1854 hatte M. Beaucourt seinen berühmten Mietwohner wieder empfangen, aber in einem andern Landhause oder Château (für ihn umkehrbare Ausdrücke) auf dem viel geliebten Besitzthum, oben auf der höchsten Spitze des Hügels gelegen – eine wirklich hübsche Wohnung, mit größeren Zimmern als in dem andern Hause, einer herrlichen Aussicht auf's Meer, hübschen Ausblicken nach allen Seiten, einem guten Garten und reichlichen Rasenhängen. Es hieß *Villa du Camp de Droite* – und hier blieb Dickens, wie bereits angedeutet, bis zum Vorabend seines Winteraufenthalts in Paris.[14]

Die Bildung des Lagers von Boulogne fing an in der Woche, nachdem er „*Harte Zeiten*" beendet hatte, und er verfolgte seine Fortschritte, indem es anwuchs und sich längs der Klippen nach Calais zu ausdehnte, mit dem lebhaftesten Interesse. Zuerst war er unangenehm überrascht über die Plötzlichkeit, womit die Soldaten die Straßen besetzten, in allen Häusern einquartiert wurden, die Brücken mit ihren Hosen rot machten „und auf dem Pier phantastisch umhersprangen, wenn die Dampfschiffe ankamen, da viele von ihnen das Meer noch nie gesehen hatten". Aber das gute Benehmen der Leute übte eine versöhnende Wirkung aus und ihr Genie entzückte ihn. Die Schnelligkeit, mit der sie ganze Massen von Lehmhütten errichteten, die allerdings weniger malerisch waren als die Zelte, aber (wie die meisten

---

[14] Außer den schon genannten alten Freunden waren auch Thackeray und seine Familie während der ersten Wochen dort. Sie „wohnten in einem melancholischen, aber sehr guten Château an der Pariser Straße, wo ihr Wirt (ein Baron) sie, wie Thackeray mir sagt, mit einem Milchtopf, als dem einzigen Porzellangeschirr des Etablissements, versehen hat." Unser Freund wurde dies bald müde, ging nach Spa und dann, nachdem er auf der Rückreise oben auf dem Hügel mit Dickens eine Lebewohl-Zigarre geraucht, im Oktober nach London und nach Schottland.

unmalerischen Dinge) bequemer, war wie eine Erzählung aus Tausend und Einer Nacht. „Jede kleine Straße hält 144 Mann und jede Ecktür wird mit der Straßennummer versehen, sobald sie eingesetzt wird, und Briefboten können ihre Arbeit so leicht besorgen wie in der *Rue de Rivoli* in Paris." Seine Geduld wurde wieder etwas auf die Probe gestellt, als er fand, daß die Bagagewagen seine Lieblings-Spaziergänge aufpflügten und Trompeter zu zweien und dreien neu angeworbene Trompeter an allen waldigen Stellen unterrichteten und ein widerwärtiges Echo hervorriefen. Aber auch dies hatte seine heitere Seite. „Ich begegnete heute einem sonnverbrannten Jüngling aus dem Süden, mit einem so ungeheuern Tschako auf dem Kopfe, daß er aussah wie eine Schachtel mit Schwefelhölzchen, die offenbar ihr Leben schnell ausbläst, inmitten zweier ganz aus Haar und Lunge bestehenden Geschöpfe, von solcher Breite zwischen den Schultern, daß ich die Knöpfe auf ihrer Brust nicht sehen konnte, als ich vor ihnen stand."

Das Interesse erreichte seinen Höhepunkt, als der Besuch des Prinzgemahls mit seinem begleitenden Glanz von Illuminationen und Revuen herankam. Beaucourt geriet in die höchste Aufregung. Die *Villa du Camp de Droite* sollte am Abend der Ankunft in vollem Freudenfeuer strahlen; Dickens, der eine große englische Fahne mit herübergebracht und auf einem Heuschober in seinem Felde aufgepflanzt hatte, von wo sie zum Ruhme Englands und zur Freude Beaucourt's meilenweit sichtbar war, hißte jetzt daneben die französischen Farben auf, zu Ehren der Allianz beider Völker, und in dem offenen Lande bei Wimereux sollte eine Revue stattfinden, „wo in einem Augenblick des Manövers (ich bin zu aufgeregt, um das Wort richtig zu buchstabieren, aber Du weißt was ich meine) die gesamten in dem großen nördlichen Lager versammelten hunderttausend Mann vor den Augen des Prinzen erscheinen sollen, um ihm zu zeigen, was eine französische Heeresabteilung sein kann. Ich glaube alles, was ich höre." Er befand sich in demselben Zustande wie Hood's Landedelmann, nach dem Feuer in den Parlamentshäusern. „Beaucourt, als Mitglied des Stadtrats, erhält alle fünf Minuten Aufforderungen, hinauszueilen und über etwas zu debattieren, oder jemanden zu empfangen. So oft ich aus dem Fenster blicke, oder an die Tür gehe, sehe ich an Beaucourt's Portal einen gewaltigen schwarzen Gegenstand, wie ein der Länge nach in die Luft gehobenes Boot, mit einem paar weißer Hosen darunter. Dies ist der dreieckige Hut eines mit einer neuen Vorladung angekommenen Huissiers, der den Kopf zurückwirft, indem er Beaucourt's Wein trinkt." Endlich kam der Tag heran und ganz Boulogne eilte zu den Festlichkeiten hinaus; „aber ich," schrieb Dickens, „war um diese Zeit schon etwas abgekühlt, ließ, meine Kräfte für die Illumination aufsparend, die großen Männer laufen und trat meinen gewöhnlichen ländlichen Spaziergang an. Denke Dir, wie ich dafür belohnt wurde. Als ich, von Staub bedeckt, auf der nach Calais führenden Straße zurückkehre, finde ich mich plötzlich Albert und Napoleon grade gegenüber, wie sie auf's gemütlichste daher geritten kamen, in äußerst lauter Unterhaltung über die Aussicht und geleitet von einem glänzenden Stabe von sechzig oder siebenzig Reitern, in deren Mitte ein paar unserer königlichen Reitknechte mit ihren roten Röcken sich seltsam genug ausnahmen. Ich nahm meinen Filzhut ab, ohne zum Angaffen stehen zu bleiben, worauf der Kaiser seinen Federhut abnahm und Albert (der vermutlich sah, daß ich ein Engländer war) den seinigen. Dann gingen wir unserer Wege. Der Kaiser ist breiter in der Brust, als in den alten Zeiten, wo wir ihn so oft in Gore-House sahen, und neigt sich mit den Schultern mehr vor. In der Tat ist seine Haltung da herum wie die Fonblanque's."[15] Die Stadt schilderte er, während des weiteren Verlaufs des Besuches, als „eine große Flagge"; und zu dem Erfolg der Illumination trug er selbst bedeutend bei, indem er seine siebzehn Vorderfenster glänzend erleuchtete mit hundertzwanzig Wachslichtern, die von jener großen Höhe in dem ganzen Orte sichtbar waren. „Bei dem ersten Aufflammen der Lichter tanzte und schrie Beaucourt auf dem Grase vor der Tür umher, und als er etwas beruhigt war, machte er sich mit Madame Beaucourt auf, um das Haus von allen möglichen Seiten zu betrachten und, wie er sagte, den Beifall seiner Landsleute in Empfang zu nehmen."

Ihr Beifall scheint jedoch wesentlich eine andere Richtung genommen zu haben. „Es war wunderbar," schrieb Dickens, „in den Straßen die kleinen französischen Liniensoldaten unsre Garden bei der Hand fassen und umarmen zu sehen. Es war auch wundersam, die englischen Matrosen in der Stadt zu sehen, wie sie jedermann die Hände schüttelten und im Allgemeinen alles patronisierten. Wenn das Volk weder eines Soldaten noch eines Matrosen habhaft werden konnte, fand es Vergnügen an den königlichen Stallknechten und umarmte

---

[15] Das Bild hatte sich auf traurige Weise verändert in weniger als anderthalb Jahren, als (17. Febr. 1856) Dickens folgendermaßen aus Paris schrieb. „Mir scheint, als könne kein Sterblicher außer Bette so krank und abgemattet aussehen wie der Kaiser jetzt tut. Er kam zu Pferde dicht an mir vorbei, als ich am Freitag in's Haus trat, und nie sah ich ein so hageres Gesicht. Einige Engländer grüßten ihn und er hob die Hand so langsam, schmerzlich und mühevoll an den Hut, als wäre sein Arm aus Blei gemacht. Ich glaube, er muß Schmerzen haben."

diese. Nichts setzte, wie mir schien, das Volk von Boulogne in größeres Erstaunen als die von der Bemannung der Yacht gegebenen drei Cheers, als der Kaiser zum Gabelfrühstück an Bord ging. Die gewaltige Masse des Klanges und die Regelmäßigkeit und der Umstand, daß weder vorher noch nachher kein Mann sich auf seine eigne Weise dabei umhertrieb, schien den allgemeinen Geist mit Staunen zu füllen. Beaucourt sagte, es wäre grade wie Boxen." Dies wurde am 10. September geschrieben; aber nur wenige Tage später wurde Dickens gegen seinen Willen überzeugt, daß, so freundschaftlich man auch gegen England gesinnt war, der Krieg mit Rußland entschieden unpopulär sei. Er war zugegen als der falsche Bericht über die Einnahme von Sewastopol den Kaiser und die Kaiserin erreichte. „Ich war bei der Revue (8. Okt.) gestern vor acht Tagen, sehr nahe bei dem Kaiser und der Kaiserin, als die Einnahme von Sewastopol gemeldet wurde. Es war ein prachtvolles Schauspiel, an einem prachtvollen Tage; und wenn irgendetwas ihm besondere Bedeutung hätte verleihen können, so hätte man meinen sollen, die Ankunft der telegraphischen Depesche müßte der Kulminationspunkt gewesen sein. Es verstimmte und kränkte mich zu sehen, wie matt, schwach und kläglich die Soldaten der Aufforderung der Offiziere, Beifall zu rufen, Folge leisteten, indem jedes Regiment vorbei marschierte. Fünfzig aufgeregte Engländer würden mehr Leben und Lärm machen als tausend von diesen Menschen. Die Kaiserin war sehr hübsch und ihre schlanke Gestalt nahm sich vortrefflich auf ihrem Schimmel aus. Als der Kaiser ihr die Depesche zu lesen gab, errötete sie in sehr angenehmer Aufregung und küßte die Depesche mit einem Impuls, der nicht natürlicher hätte sein können."

Am Abend jenes Tages ging Dickens in ein Stück, das in einem Café im Lager aufgeführt wurde, und fand sich hier unter einer Zuhörerschaft, die, mit Ausnahme von vier Damen, Offiziersfrauen, ganz aus Offizieren und Soldaten bestand. Die ernsten, bewegten, verständigen Gesichter um ihn her erzählten ihre eigene Geschichte; und was die Freundlichkeit und Rücksicht gegen die armen Schauspieler anging, so war sie wahrhaftes Wohlwollen." Einen andren Anziehungspunkt im Lager bildete ein Zauberer, der sich zweimal vor dem kaiserlichen Hofe hatte sehen lassen und den Dickens später immer als den vollendetsten Meister der Taschenspielerkunst erwähnte, der ihm je vorgekommen. Und er war in Bezug auf diesen Punkt keine geringe Autorität; denn wenn er seine Gerätschaften zur Hand hatte, war er selbst ein vorzüglicher Zauberer.[16] Einige der in Aussicht gestellten Wunder wurden folgendermaßen beschrieben:

Das Springende Karten-Wunder

Zwei Karten, die von zwei Personen aus dem Publikum aus dem Pack gezogen und mit dem Pack in den Kasten des Zauberers gelegt werden, werden auf das Geheiß irgendeiner Dame von nicht weniger als acht und nicht mehr als achtzig Jahren herausspringen.

> Dies Wunder ist das Resultat neunjähriger Zurückgezogenheit in den Bergwerken von Rußland.

Das Pyramiden-Wunder

Ein Schilling, der dem Zauberer von irgendeinem Herrn von nicht weniger als zwölf Monaten und nicht mehr als hundert Jahren geliehen und von besagtem Herrn sorgfältig markiert wird, wird auf das Befehlswort aus einem eisernen Kasten verschwinden und durch die Herzen einer endlosen Zahl von Kästen hindurch passieren, die sich später zu Pyramiden zusammenfügen und auf Geheiß des Zauberers in einen kleinen Mahagonikasten hineinfallen.

> Fünftausend Guineen wurden für den Ankauf dieses Wunders an einen chinesischen Mandarin bezahlt, der unmittelbar nach Mitteilung des Geheimnisses aus Gram starb.

Das Verbrennungs-Wunder

Eine Karte, die von einer Dame, welche nicht direkt und positiv verlobt ist, aus dem Pack gezogen wird, wird sofort von dem Zauberer genannt, durch Feuer verzehrt und aus ihrer Asche wieder hergestellt.

> Eine Leibrente von tausend Pfund wurde dem Zauberer von den Direktoren der Sun-Feuerversicherungsgesellschaft für das Geheimnis dieses Wunders angeboten – und abgelehnt!!!

Das Laib-Brot-Wunder

Die Uhr irgendeiner wahrhaft anziehenden Dame, von irgendwelchem Alter, unverheiratet oder verheiratet, wird, nachdem sie von dem Zau-

---

[16] Ich erlaube mir, aus der Ankündigung einer seiner Vorstellungen in den alten heitern Tagen von Bonchurch einiges mitzuteilen. Dieselbe war natürlich von ihm selbst verfaßt und er sprach darin von sich als „dem unvergleichlichen Zauberer Rhia Rhama Rhoos, der in den Orangenhainen von Salamanka und den Meeresgrotten von Alum Bay eine kabbalistische Erziehung empfangen."

berer in einen eisernen Kasten verschlossen worden, auf sein Geheiß aus diesem Kasten hinaus in das Herz eines gewöhnlichen zweipfündigen Laibes Brot fliegen, aus dem sie, in Gegenwart der ganzen Gesellschaft, deren Ausrufe des Erstaunens in einer Entfernung von mehreren Meilen hörbar sind, herausgeschnitten werden wird.

    Zehn Jahre auf den Hochebenen der Tartarai wurden dem Studium dieses Wunders gewidmet.

Das Reisende-Puppen-Wunder

Die Reisende Puppe besteht ganz aus solidem Holz, wenn man ihr aber ein Reisekleid von der einfachsten Zusammensetzung anzieht, wird sie unsichtbar, macht in einer halben Minute ungeheuere Reisen und geht mit so staunenswürdiger Schnelle von der Sichtbarkeit zur Unsichtbarkeit über, daß kein Auge ihren Wandlungen folgen kann.

    Der Gehilfe des Zauberers fällt gewöhnlich in Ohnmacht, wenn er dieses Wunder sieht, und kann nur durch die Einflößung von Brandy und Wasser wieder zum Bewußtsein gebracht werden.

Das Pudding-Wunder

Nachdem die Gesellschaft unter sich übereingekommen ist, dem Zauberer den Hut irgendeines Herrn, dessen Kopf seine volle Größe erreicht hat, als Darlehn anzubieten, wird der Zauberer, ohne jenen Hut auch nur einen Augenblick den Augen der entzückten Gesellschaft zu entziehen, ein Feuer darin anzünden, in seinem Zauberkessel einen Plum-Pudding machen, denselben über besagtem Feuer kochen, ihn in zwei Minuten vollständig gar machen, ihn zerschneiden und in Scheiben zu unmittelbarem Genuß, an die ganze Gesellschaft verteilen, endlich aber den Hut, vom Feuer völlig unverletzt, seinem rechtmäßigen Eigentümer zurückerstatten.

    Die außerordentliche Freigiebigkeit dieses Wunders erregte, als es in Mailand gezeigt wurde, die Eifersucht der wohlwollenden österreichischen Regierung, so daß der Zauberer die Ehre hatte, verhaftet und fünf Jahre lang in der Festung jener Stadt gefangen gehalten zu werden.

Aber der Franzose verschmähte jede äußere Hilfe, stand vor der Gesellschaft ohne jeden Apparat da und führte lediglich durch mechanische Gewandtheit und ein staunenswertes Gedächtnis Dinge aus, derengleichen Dickens nie gesehen und die seinem wachsamsten Nachdenken völlig unerklärlich waren. „So weit ich sehen kann, ein völlig eigentümliches Genie, das allen Kenntnissen von der Taschenspielerei, insofern ich solche zu besitzen meinte, Trotz bietet." Der Bericht, den er gab, erzählte von nur zwei und zwar den am leichtesten zu beschreibenden Kunststücken, die, da keine Karten dabei zur Anwendung kamen, nicht die merkwürdigsten waren; denn Dickens pflegte auch von diesem Franzosen zu sagen, er habe Karten in wahre Dämonen verwandelt. Er habe nie eine menschliche Hand Karten auf dieselbe Weise berühren, sie so wunderbar umherwerfen, oder sie in seiner, seiner eigenen, oder eines andern Hand vertauschen sehen, mit einem Geschick, dem zu folgen unmöglich gewesen sei.

„Du mußt bedenken, daß er in der Gesellschaft war, nicht im Mindesten von ihr entfernt, und daß wir die vorderste Reihe Sitze einnahmen. Als er herein kam, brachte er Schreibpapier und einen schwarzen Bleistift mit und schrieb einige Worte auf halbe Bogen Papier. Einen dieser Bogen faltete er zweimal und gab ihn Katharinen zu halten. Madame, sagte er laut, wollen Sie an irgendeine Art von Gegenständen denken? – Ich habe es getan. – An was für eine Art, Madame? – Tiere. – Wollen Sie an ein bestimmtes Tier denken, Madame? – Ich habe es getan. – An welches Tier? – An den Löwen. – Wollen Sie an eine andere Art von Gegenständen denken, Madame? – Ich habe es getan. – An welche Art? – Blumen. – Die besondere Blume? – Die Rose. – Wollen Sie das Papier öffnen, das Sie in der Hand haben? – Sie öffnete es und es stand hübsch und deutlich mit Bleistift darauf geschrieben: *Der Löwe. Die Rose.* Kein Umstand irgendwelcher Art hatte den Gedanken an diese Worte hervorgerufen und sie lagen Katharinens Gedanken so fern als möglich, als sie das Zimmer betrat. Er hatte mehrere gewöhnliche Schul-Schiefertafeln, von etwa einem Quadratfuß Umfang. Er ging mit einer derselben zu einem Stabs-Offizier aus dem Lager, dekoriert und was sonst noch, der an der Seite eines ernsten finstern Freundes, etwa sechs Schritt von uns entfernt saß. Mein General, sagt er, wollen Sie einen Namen auf diese Tafel schreiben, nachdem Ihr Freund dasselbe getan hat? Zeigen Sie es mir nicht. Der Freund schrieb einen Namen und der General schrieb einen Namen. Der Zauberer nahm dem Offizier die Tafel schnell weg, warf sie mit der beschriebenen Seite heftig zu Boden und bat den Offizier, seinen Fuß darauf zu stellen und darauf zu halten, was er tat. Der Zauberer bedachte sich ungefähr eine Minute, während er den General verteufelt scharf ansah. – Mein General, sagt er, Ihr Freund hat Dagobert auf die Tafel unter Ihrem Fuße geschrieben. Der Freund gibt dies zu. – Und Sie, mein General, haben Nikolaus geschrieben. Der General gibt es zu und alle lachen und klatschen Beifall. – Mein General, wollen Sie mir verzeihen, wenn ich jenen Namen in einen Namen verwandle, welcher die Macht eines großen Volkes ausdrückt, das in glücklichem Bunde mit der Tapferkeit und dem Geiste Frankreichs, jenen Namen ins Innerste erschüttern wird? – Gewiß will ich es verzeihen. – Mein General, nehmen Sie die Tafel auf und lesen Sie. – Der General liest: *Dagobert, Victoria*. Das erste in seines Freundes Schrift, das zweite in einer neuen Hand. Ich habe nie etwas gesehen, was diesem im Mindesten gleichkam, oder auch nur annähernd die absolute Sicherheit, die Vertraulichkeit, die Schnelligkeit, die Abwesenheit aller Maschinerie, die offene unmittelbare Billigkeit zwischen dem Zauberer und der Zuhörerschaft erreicht, womit dies durchgeführt wurde. Ich habe nicht die leiseste Ahnung von dem Geheimnis. – Noch ein anderes. Die Augen wurden ihm mit mehreren Servietten verbunden und dann über diese und auch über seinen Kopf ein großes Tuch geworfen, so daß seine Stimme klang, als läge er unter einem Bette. Ungefähr ein halbes Dutzend Daten wurde auf eine Schiefertafel geschrieben. Er nimmt die Schiefertafel in die Hand und wirft sie wie vorher heftig zu Boden, bleibt eine Minute still, scheint in Aufregung zu geraten und bricht folgendermaßen aus: ‚Was sehe ich da? Eine große Stadt mit engen Straßen und altmodischen Häusern, von denen viele aus Holz sind, die in Trümmer fällt. Wie fällt sie in Trümmer? Horch! Ich höre das Prasseln des großen Brandes und indem ich emporblicke, sehe ich eine ungeheure Feuer- und Rauch-Wolke. Der Boden ist auch mit heißer Asche bedeckt und die Leute fliehen in die Felder und suchen ihren Besitz zu retten. Dies große Feuer, dieser große Wind, dieser brüllende Lärm! Es ist das große Feuer von London und das erste Datum auf der Tafel muß sein eins, sechs, sechs, sechs – das Jahr worin dies stattfand.' – Und so mit allen andern Daten. Wenn Du nun eine Droschke nehmen und diese Mysterien an Rogers mitteilen willst, so wird es mich sehr freuen, seine Meinung darüber zu hören." Rogers hatte unsere Leichtgläubigkeit mit einigen seiner eigenen *Clairvoyant*-Erfahrungen in Paris belastet und hier war endlich eine Parallele dazu gefunden.

Als er zu Anfang Juni 1856 zu seinem dritten Aufenthalt in Boulogne von Paris abreiste, hatte er von dem neunten Hefte seines neuen Buches noch kein Wort geschrieben und erwartete nicht vor dem Ablauf noch eines Monats „von der hohen See *Klein-Dorrit's* Land zu erblicken". Er hatte wieder das Haus gemietet, das er zuerst bewohnt hatte, die *Villa des Moulineaux*, und nachdem er einige Tage in der blauen Blouse, dem Ledergürtel und der Militärmütze eines französischen Farmers mit überraschendem Fleiß im Garten vertändelt hatte, schrieb er mir, daß er „jetzt wieder an die Arbeit komme – an die Arbeit! Die Geschichte liegt, wie ich hoffe, fest und klar vor mir. Nicht leicht zu erzählen; aber nichts der Art läßt sich, soviel ich weiß, leicht tun." Es wurde seine Gewohnheit, lange bei der Arbeit sitzen zu bleiben, dann seinen gewöhnlichen Spaziergang bis zum Abend aufzuschieben und bis nach dem Tee lesend zwischen den Rosen zu liegen („ein Liebesgott von mittleren Jahren in Blouse und Gürtel"), worauf er nach dem Pier hinunter ging. „Besagter Pier ist am Abend eine Phase des Ortes, die wir nie sehen und mit der ich kaum bekannt war. Aber nie erblickte ich solche Exemplare der Jugend meines Vaterlandes, männliche und weibliche, wie sie diesen Ort durchwandern. Ihre Gemeinheit und Unverschämtheit macht einen wirklich ganz verzagt. Man schämt sich ihrer so furchtbar und sie bilden einen so unvorteilhaften Gegensatz zu den Eingeborenen." Wilkie Collins war wieder sein Gefährte während der Sommerwochen und Jerrold's Anwesenheit während des größeren Teiles der Zeit trug viel zu ihrem Genusse bei.

Das Lager war damals seinem Ende nahe. Es war nur noch ein Bataillon Soldaten darin und in wenigen Tagen sollten auch diese abmarschieren. Zuerst war das Wetter entsetzlich: „Stürme, Regengüsse, heftige Windstöße, rauhe Luft, Seenebel, zuschlagende Fensterläden, klappernde Türen und umgewehte Rosenbäume zu Hunderten." Aber dann kam eine köstliche Woche zwischen den Kornfeldern und den Bohnenfeldern und hierauf das Ende. „Das Lager sieht sehr eigentümlich und sehr traurig aus. Da der Boden aus Sand besteht und das Gras während dieser beiden Jahre weggetreten ist, treibt der Seewind den Sand in die Ritzen und Vorsprünge aller Türen und Fenster, und verstopft sie – grade als ob sie zu arabischen Hütten in der Wüste gehörten. Eine Anzahl von Unteroffizieren hatte vor ihren Hütten Rasenbänke angelegt und es waren Rasen-Orchester da, in denen die Militärmusik spielte; aber alle diese versanden nun schnell, auf die ägyptischste Weise. Unter den Wällen der Obern Stadt drüben ist ein Jahrmarkt. In einer Schaubude wird der Malakoff jede halbe Stunde zwischen 4 und 11 Uhr genommen. Heftige Explosionen künden jeden Erfolg der französischen Waffen an (die Engländer haben nichts damit zu tun) und in den Zwischenakten bläst ein Mann draußen auf einer Eisenbahnpfeife grade in das Esszimmer hinein. Weißt Du, daß die französischen Soldaten die englische Medaille ‚die Rettungsmedaille' nennen – was bedeutet, daß sie sie bekommen, weil sie die englische Armee gerettet haben? Ich glaube nicht, daß es tausend Leute in Frankreich gibt, die glauben, daß wir irgendetwas anderes getan haben als uns von den Franzosen retten lassen. Und ich bin überzeugt, daß die Resultatlosigkeit unsrer herrlichen Untersuchungskommission in Chelsea diesen Glauben wunderbar gestärkt hat. Niemand bei uns in England, das ist für mich eine traurige Gewißheit, hat eine nur einigermaßen genügende Vorstellung von dem, was die Barnacles und das ‚Amt der Umschweife'[17] an uns gesündigt haben. Aber wenn wir wieder in den Krieg ziehen, wird man anfangen, es zu entdecken."

Sein eigner Haushalt war schon in einen kleinen Krieg hineingeraten, dessen Oberbefehlshaber sein Diener French war, während die Hauptmasse der kämpfenden Streitkräfte aus seinen Kindern bestand und die Angreifer aus zwei Katzen. Geschäfte führten ihn beim Ausbruch der Feindseligkeiten nach London, und als er einige Tage später zurückkehrte, wurde ihm die Geschichte des Krieges erzählt. ‚*Dick*', muß im Voraus bemerkt werden, war ein Kanarienvogel, den Dickens und seine älteste Tochter sehr liebten und dessen wildes kleines Herz ihre liebende Hand so gezähmt hatte, daß er der gelehrigste Gefährte geworden war.[18] „Die einzige Neuigkeit in diesem Garten ist, daß ein Krieg wütet gegen zwei ganz besonders tigerhafte und furchtbare Katzen (wahrscheinlich sind sie aus der Mühle), die unsern wunderbaren kleinen Dick fortwährend aus dunkeln Ecken anglotzen. Da das Haus nach allen Seiten offen steht, ist es unmöglich, sie auszuschließen, und sie verstecken sich auf die schrecklichste Weise, indem sie sich wie Fledermäuse hinter Vorhängen anhängen und mitten in der Nacht mit furchtbarem Miauen hervorstürzen. Hierauf leiht French sich Beaucourt's Flinte, lädt dieselbe bis an die Mündung, schießt sie zweimal vergeblich ab und fällt durch den Rückschlag wie ein Hanswurst hinten über. Aber endlich (während ich in London war) zielt er auf die liebenswürdigere der beiden Katzen und schießt dies Tier tot. Durch seinen Sieg unerträglich aufgeblasen, ist er jetzt von morgens bis abends damit beschäftigt, sich hinter Büschen zu verstecken, um die andere Katze in seine Schußlinie zu bekommen. Weiter tut er nichts. Sämtliche Jungen ermutigen ihn und lauern dem Feinde auf, bei dessen Erscheinen sie einen Lärm machen, der dem Geschöpfe sofort zur Warnung dient, so daß es wegläuft. In diesem Augenblicke liegen sie alle (für die Kirche angezogen) in verschiedenen Teilen des Gartens auf dem Leibe. Entsetzliches Pfeifen deutet der Flinte an, auf welchen Punkt sie sich richten soll. Ich fürchte mich auszugehen, um nicht

---

[17] Anspielung auf die berühmte Darstellung des englischen Beamten- und Verwaltungswesens in „*Klein-Dorrit*". – D. Übers.
[18] Dick starb 1866 in Gad's Hill, im sechzehnten Jahre seines Alters, und wurde durch ein kleines Grab und eine Grabschrift geehrt.

etwa erschossen zu werden. Mr. Plornisch sagt abends sein Gebet mit flüsternder Stimme, damit die Katze ihn nicht etwa hört und sich beleidigt fühlt. Die Händler schreien, wenn sie die Allee heraufkommen: ‚Me voici! C'est moi - boulanger - ne tirez pas, Monsieur Franche!' Wir leben wie in einem Belagerungszustande, und die wunderbare Art, wie die Katze sich den Ruhm bewahrt, die einzige Person zu sein, welche durch die Heftigkeit dieser Monomanie nicht sehr beunruhigt wird, ist höchst lächerlich." (6. Juli.) ... „Ungefähr vier Pfund Pulver und eine halbe Tonne Schrot sind (13. Juli) während der letzten Woche auf die Katze (und das Publikum im Allgemeinen) abgefeuert worden. Das schönste ist, daß, sowie ich den edlen Jäger im Vordergarten nach ihr habe schießen hören, ich aus der Tür meines Zimmers in den Drawing-Room hineinblicke und ziemlich gewiß bin, die Katze in der ruhigsten Weise durch das Hinterfenster zur Vogeljagd hereinkommen zu sehen. Aus einer Quelle, auf die ich mich verlassen kann, ist mir die Nachricht zugegangen, daß French neuerdings den schändlichen Gedanken gefaßt hat, sie durch Fleisch und Freundlichkeit in die Wagenremise zu locken und ihr dort von einem großen Koffer aus den Kopf abzuschießen. Es ist meine Absicht, dies strenge zu verbieten, und zwar soll dies heute geschehen, als Werk der Frömmigkeit."

Außer den ernsteren Arbeiten, welche ihn selbst und Wilkie Collins während dieser Monate beschäftigten und die besonders den ‚Household Words' zu gute kommen sollten, füllten auch leichtere Angelegenheiten die Muße beider aus. Zu Weihnachten sollten wieder theatralische Aufführungen in Tavistock-House stattfinden, bei denen die Kinder, unter dem Beistande ihres Vaters und anderer Freunde, den Erfolg des *Leuchtturms* erneuern sollten, indem sie sich wieder als erwachsene Schauspieler bewährten; und Collins war damit beschäftigt, ein neues Drama für sie zu schreiben, das den Titel „*Die gefrorene Tiefe*" führen sollte, während Dickens den Plan zu einer Posse entwarf, dessen Ausführung Lemon vorbehalten blieb. Aber diese angenehme Tätigkeit erfuhr eine plötzliche und traurige Unterbrechung.

Es brach eine Epidemie in der Stadt aus, von welcher die Kinder mehrerer mit Dickens bekannten Familien befallen wurden, darunter auch die seines Freundes Gilbert A'Becket, welcher, als er bei seiner Ankunft von Paris einen kleinen Lieblingssohn gefährlich krank fand, selbst einer Krankheit erlag, an der er gelitten, und zwei Tage nach dem Knaben starb. „Während dreier Tage hatten die Symptome sich gebessert und wir hatten einige Hoffnung auf seine Genesung; aber dann wurde es schlimmer und schlimmer und er starb, ohne zu wissen, daß das Kind ihm vorangegangen war. Eine traurige, traurige Geschichte." Dickens hatte inzwischen seine eignen Kinder mit seiner Frau nach England geschickt und die übrigen folgten bald. Der arme Beaucourt war untröstlich. „Die Verödung unsrer Villa ist kläglich. Als Mamey und Katey fortgingen, kam Beaucourt herein und weinte. Das Herz scheint ihm wirklich fast gebrochen. Er hatte für den nächsten Monat alle möglichen Blumen gepflanzt und hat nun den Spaten hingeworfen und mit dem Ausjäten des Gartens aufgehört, so daß er aussieht wie ein wüster Vogelkäfig, aus dessen Gitter alle möglichen Gräser und Unkraut herausstecken und im Sande liegen. ‚Auch für Monsieur Dickens,' sagt er, ‚ist es ein solcher Verlust.' Dann blickt er (was sein einziger Trost zu sein scheint) in das Küchenfenster hinein und seufzt sich nach seinem Hause auf dem Hügel hinauf."[19]

Ich komme nun zu der Beschreibung seines Aufenthalts in Paris, während der Zeit zwischen diesen beiden letzten Besuchen in Boulogne.

---

[19] Ich kann von Beaucourt nicht Abschied nehmen, ohne zu sagen, daß ich genötigt bin, über die rührendsten von Dickens mitgeteilten Charakterzüge zu schweigen, weil sie sich auf den Großmut beziehen, die er einer englischen Familie bewies, welche ein andres Haus von ihm bewohnte und ihm beträchtliche Verluste verursacht haben mußte, für die er aber trotzdem nichts als Hilfe und Sympathie zeigte. Auf Fragen, welche Dickens eines Tages über diese Familie an ihn richtete, hatte er sich nur über ihre Leiden und selbstauferlegten Entbehrungen ausgelassen. „‚Ach die unglückliche Familie!' Und Sie, Monsieur Beaucourt, sagte ich zu ihm, sind auch unglücklich, Gott weiß! – Worauf er in der angenehmsten Weise von der Welt sagte. ‚Ach, Monsieur Dickens, ich danke Ihnen, sprechen Sie nicht davon!' Und damit entfernte er sich, die Mütze in der Hand, mit dem Rücken voran, die Allee hinunter, als wolle er sich gradesweges in den Abendstern hinein entfernen, ohne die vorhergängige Zeremonie des Sterbens. Nie sah ich ein so mildes freundliches Herz."

Fünftes Kapitel

Aufenthalt in Paris
1855–1856

In Paris brachte Dickens sein Leben unter Künstlern und mit der Ausübung seiner eigenen Kunst hin. Seine Genossen waren Schriftsteller, Maler, Schauspieler und Musiker, und wenn er von der Anspannung der Arbeit Erholung suchte, fand er dieselbe im Theater. Die seit seinem ersten Aufenthalt in der großen Stadt verflossenen Jahre hatten ihn berühmter gemacht und die ihm erwiesenen vermehrten Aufmerksamkeiten gefielen ihm. Er hatte bei der Vorbereitung einer Übersetzung seiner Bücher in's Französische zu helfen und dies, nebst der fortgesetzten Arbeit an dem Roman, den er in Händen hatte, beschäftigte ihn so lange er in Paris blieb. Alles dies wird am besten erzählt werden durch Auszüge aus seinen Briefen, worin die Leute, mit welchen er in Berührung kam, die Theater, die er besuchte, und die öffentlichen oder privaten Vorgänge, welche ihm bemerkenswert schienen, mit der alten Kraft und Lebhaftigkeit zur Anschauung kommen.

Und nichts verdient mehr daraus aufbewahrt zu werden als ausgewählte Beschreibungen von Schauspielern oder Dramen; denn nur so viel von diesem vergänglichen Genuß, als in solchen Erinnerungen lebendig bleibt, vermag einem andern Geschlecht sein Dasein zu bezeugen, und was in diesen Briefen über theatralische Gegenstände gesagt wird, wenn der Schreiber durch einen Darsteller oder durch ein Stück besonders angezogen wurde, darf an Feinheit und Zartheit eine ungewöhnlich hohe Stelle beanspruchen. Nie empfing Frédéric Lemaitre einen höheren Zoll der Bewunderung als denjenigen, welchen Dickens ihm während der wenigen Tage seines frühern Aufenthalts in Paris, im Frühling 1855, darbrachte.

„Ohne jeden Vergleich die schönste schauspielerische Leistung, die ich je gesehen, sah ich gestern Abend im Ambigü. Man hat hier das alte Stück, das früher unter dem Titel ‚Dreißig Jahre aus dem Leben eines Spielers' in London so ungeheuer populär war, von neuem auf die Bühne gebracht. Der alte Lemaître spielt seine berühmte Rolle, und nie habe ich in der Kunst etwas so erhaben Schreckliches und Furchtbares gesehen. In den ersten Akten war sein ganzer Aufzug so gelungen, sein Wesen so lebhaft und behende, daß er wirklich jung genug aussah. Aber in den beiden letzten, wo er alt und elend geworden ist, spielte er so schön, wie meiner Überzeugung nach überhaupt nur gespielt werden kann. Zwei- oder dreimal ging ein erschütternder Schrei des Entsetzens durch das ganze Haus. Als er in dem Hofe des Gasthauses dem Reisenden begegnete, den er ermordet, und zuerst sein Geld sah, war die Art, wie das Verbrechen ihm in den Kopf kam – und die Augen – ebenso wahr als schrecklich. Dieser Reisende ist ein guter Kerl und gibt ihm Wein. Du solltest sehen, wie die dunkle Erinnerung an seine besseren Tage über ihn kommt, indem er das Glas nimmt und auf eine seltsame verworrene Weise tut, als wolle er mit dem andern Manne anstoßen oder irgendetwas Leichtes, Lustiges damit machen und dann einhält und den Inhalt seine heiße Kehle hinunterstürzt, als gösse er ihn in eine Kalkgrube. Aber das war nichts im Vergleich mit dem was folgt, nachdem er den Mord vollführt hat und nach Hause kommt mit einem Korb mit Lebensmitteln, einer zerlumpten Tasche voll Geld und einer schlecht gewaschenen blutigen rechten Hand – die sein kleines Mädchen bemerkt. Sein beiseite Gehen, sich rund Umdrehen und an seinem ganzen Anzuge nach Flecken Suchen, nachdem das Kind ihn gefragt hat, ob er sich die Hand verletzt habe, war so unaussprechlich furchtbar, daß es einem wirklich Schrecken einjagte. Er forderte Wein, und der Schauer, der über ihn kam, als er die Farbe erblickte, war eins von den Dingen, welche jenen seltsamen Schrei in der Zuhörerschaft hervorriefen, von dem ich gesprochen habe. Dann versank er in eine Art blutigen Nebel und ging bis an's Ende tappend umher, ohne Verlangen nach irgendetwas, außer durch Einsetzen seines Geldes sein Glück zu machen und eine matte dumpfe Liebe für das Kind. Es ist ganz unmöglich, sich Genüge zu leisten, so viel man auch von einer so großartigen Darstellung sagt. Ich habe ihn nie in irgendetwas anderm den schönsten Punkten derselben nahe kommen sehen. Er sagte zwei Sachen auf eine Weise, die ihn allein weit über alle andern Schauspieler erheben würde. Eine zu seiner Frau, nachdem er ihr triumphierend das Geld gezeigt und sie ihn gefragt hat, wie er es bekommen – ‚Ich habe es gefunden' – und die andre zu seinem alten Genossen und Versucher, wenn dieser ihn beschuldigt, den Reisenden ermordet zu haben und er in plötzlichen Wahnsinn fällt, ihn bei der Kehle packt und heult: ‚Nicht ich – das Elend hat ihn gemordet!' Und dieser Anzug, dies Gesicht und vor allem dies wunderbar schuldige böse Ding, das er aus einem knotigen Baumast machte, der ihm als Spazierstock dient, von dem Augenblicke an, wenn der Gedanke des Mordes ihm in den Kopf kommt! Ich könnte ganze Seiten über ihn schreiben. Es ist ein ganz unauslöschlicher Eindruck. Er wurde in Bezug auf jenen Stock halb ruhmredig gegen sich selbst, halb fürchtete er sich davor und wußte nicht, ob er eine grimmige Freude empfinden sollte über sein zackiges Ende, oder ihn hassen und sich davor entsetzen. Er saß, mit dem Reisenden trinkend, an einem kleinen Tisch im Hofe des Gasthauses, und dieser entsetzliche Stock kam wie der Teufel zwischen sie, während er sich an seinen Fingern den mannigfachen Nutzen herzählte, den er von dem Gelde haben werde."

Dies war zu Ende Februar 1855. Im Oktober fing Dickens' längerer Aufenthalt an. Er begab sich mit seiner Familie, nach zwei erfolglosen Versuchen in der neuen Gegend der *Rue Balzac* und *Rue Lord Byron*, in eine Wohnung in der *Avenue des Champs Elysées*. Neben ihm wohnte ein englischer Junggesell mit einem Haushalt, der aus einem englischen Reitknecht und fünf englischen Pferden bestand. „Der Türhüter und dessen Frau sagten uns, sein Name sei Six, was mich fast zur Verzweiflung brachte, bis wir entdeckten, daß er *Sykes* heißt." Die Lage war gut, sehr angenehm für ihn selbst und unterhaltend für seine Kinder. Es war etwa fünf Minuten oberhalb Franconi's und nur ein oder zwei Häuser vom *Jardin d'Hiver*. Die Ausstellung war ganz in der Nähe, die *Barrière de L'Etoile* fünf bis zehn Minuten entfernt, und ganz Paris mit Einschluß des Kaisers und der Kaiserin, wenn sie nach St. Cloud gingen und von dort zurückkehrten, drängte sich den ganzen Tag in offenem Wagen oder zu Pferde an den Fenstern vorbei. Nun fand er auch, daß er eine größere Berühmtheit geworden war, als da er neun Jahre früher in der Stadt überwinterte.[20] Das Feuilleton des *Moniteur* war täglich mit einer Übersetzung „Chuzzlewit's" angefüllt, und er mußte bald den schon erwähnten Vorschlag einer französischen Ausgabe seiner gesammelten Romane und Erzählungen in Erwägung

---

[20] „Es ist überraschend, was für eine Veränderung neun Jahre in meinem Bekanntsein hier gemacht haben. So viele von dem heranwachsenden französischen Geschlecht lesen jetzt englisch (und eine Übersetzung von Chuzzlewit erscheint jetzt täglich im ‚Moniteur', daß ich in keinen Laden gehen und meine Karte überreichen kann, ohne auf die angenehmste Weise erkannt zu werden. Ein Kuriositätenhändler brachte mir einige Kleinigkeiten, die ich neulich abends bei ihm gekauft hatte, und kannte alle meine Bücher, von Anfang bis zu Ende. Meine Leser hier erweisen mir viel von jener persönlichen Freundlichkeit, die in England so angenehm ist, und ich bin ebenso überrascht als erfreut über diese unerwartete Entdeckung." Diesen Mitteilungen will ich noch eine Zeile aus einem sechs Jahre später geschriebenen Briefe hinzufügen: „Ich sehe meine Bücher in französischer Sprache an allen Eisenbahnstationen, großen und kleinen." (13. Okt. 1862.)

ziehen.[21] Ehe er eine Woche in seiner neuen Wohnung gewesen war, hatte Ary Scheffer, ‚ein offener und edler Mensch', seine Bekanntschaft gemacht, ihn bei mehreren berühmten Franzosen eingeführt und den Wunsch ausgesprochen, ihn zu malen. Scheffer war auch ein Vorzug zu danken, den er den beiden kleinen Töchtern meines Freundes verschaffte und an den sie sich immer mit Stolz erinnern mögen. „Mamey und Katey lernen Italienisch und ihr Lehrer ist Manin, venetianischen Ruhmes, der beste und edelste jener unglücklichen Männer. Er kam mit seiner Frau und einer geliebten Tochter hierher, und beide sind jetzt tot. Scheffer machte mich mit ihm bekannt und ist, wie ich höre, wunderbar großmütig und gut gegen ihn gewesen." Auch will ich nicht unterlassen, die Freude zu erwähnen, welche ihm nicht bloß durch die Anwesenheit von Wilkie Collins und Mr. und Mrs. White aus Bonchurch, während des Winters in Paris bereitet wurde,

---

[21] „Ich vergesse" (6. Jan. 1856) „ob ich Dir schon schrieb, daß eine ansehnliche Buchhandlung mir Vorschläge gemacht hat zu einer vollständigen, von mir autorisierten französischen Übersetzung meiner sämtlichen Bücher. Die Bedingungen hängen von Fragen des Raumes und der Masse ab – aber nach einem allgemeinen Überschlage denke ich etwa 300 Pfd. St. dafür zu bekommen – vielleicht 50 Pfd. St. mehr." – „Ich bin" (30. Jan.) „mit der französischen Verlagshandlung übereingekommen, daß mir in monatlichen Raten von 40 Pfd. St. die Summe von 440 Pfd. St. für das Übersetzungsrecht aller meiner Bücher ausgezahlt wird, – d. h. der Bücher, welche sie meine Romane und ich meine Geschichten nenne. Dies schließt die ‚Weihnachtsbücher', die ‚Amerikanischen Noten', die ‚Reisebilder aus Italien' und die ‚Skizzen' nicht ein; aber sie sollen das Recht haben, dieselben für Extrazahlungen zu übersetzen, wenn sie wollen. In Anbetracht dieses Unternehmens mit meinem unbeschützten Besitz trete ich ihnen das Recht ab, alle meine künftigen Romane für tausend Franken das Stück zu übersetzen. Wenn man bedenkt, daß ich soviel bekomme für etwas, was sonst nichts wert ist, und meine Bücher vor ein so gescheites und bedeutendes Volk bringe, so ist dies, wie mir scheint, kein schlechtes Geschäft." Ich muß noch erwähnen, daß der erste Freund, mit dem er sich darüber beriet, der berühmte Leipziger Verleger Baron Tauchnitz war, auf dessen Urteil und Ehrenhaftigkeit er unbeschränktes Vertrauen setzte und der die Anerbietung für billig hielt. Am 17. April schrieb er: „Am Montage werde ich mit allen meinen Übersetzern bei Hachette, dem Buchhändler, welcher den Kontrakt für die vollständige Ausgabe mit mir gemacht und diese Woche angefangen hat, seine monatliche Rate von 40 Pfd. St. zu bezahlen, dinieren. Es ist meine Absicht, gar nicht mehr in Gesellschaft zu gehen. Stelle Dir mich inmitten meiner französischen Ankleider vor." Er schrieb einen Prospektus für die Ausgabe, worin er die Freigiebigkeit seiner Verleger rühmte und seinen Stolz kund gab, bei dem französischen Volke, das er aufrichtig liebe und ehre, auf solche Weise eingeführt zu werden. Noch ein Wort sei hinzugefügt. „Es ist ganz hübsch, daß die französische Übersetzung mir meine Hausmiete für das ganze Jahr, und die Reisekosten obendrein, bezahlen wird." – 24. Febr. 1856.

sondern durch die vielen Freunde aus England, welche die Kunstausstellung hinüberführte. Sir Alexander Cockburn war einer von diesen; Edwin Landseer, Charles Robert Leslie und William Boxall waren Andere. Macready verließ seine Zurückgezogenheit in Sherborne, um ihm einen mehrtägigen Besuch zu machen. Thackeray reiste während der ganzen Zeit hin und her zwischen London und dem ebenfalls in den Champs Elysées gelegenen Hause seiner Mutter, wo seine Töchter sich aufhielten. Und Paris war damals die Heimat Robert Lytton's, der bei der englischen Gesandtschaft war, der Sartoris, der Browning und anderer, die Dickens lieb hatte und gerne sah.

Bei dem ersten von ihm besuchten Theaterstück wurde die Aufführung unterbrochen, während der Bericht über das letzte Gefecht in der Krim, der grade in einem Beiblatt des *Moniteur* veröffentlicht war, von der Bühne vorgelesen wurde. „Er machte nicht den mindesten Eindruck auf die Zuhörer und selbst die gemieteten Claqueurs, die während des Stückes abgeschmackt laut gewesen waren, schienen zu denken, daß der Krieg nicht in ihrem Vertrage sei und verhielten sich so ruhig wie Grabenwasser. Das Theater war voll. Es ist unmöglich, eine solche Apathie zu sehen und den Krieg für populär zu halten, was auch über das Gegenteil behauptet werden mag." Am Tage vorher war Dickens dem Kaiser und dem Könige von Sardinien in den Straßen begegnet „und wie gewöhnlich hatte kein Mensch an den Hut gefaßt und sehr wenige sich auch nur umgesehen."

Der Erfolg eines sehr hübschen kleinen Stückes von unserm alten Freunde Regnier führte ihn zunächst in's Theatre Français, wo Plessy's Spiel ihn entzückte. „Das Interesse dreht sich natürlich um ein fehlerhaftes Stück lebendigen Porzellans (das scheint geradezu wesentlich), aber wenn man, wie in den meisten dieser Fälle, die Lage der Leute nimmt wie sie eben ist, so braucht man über nichts weiter moralische Bedenken zu hegen." Das Theater in der *Rue Richelieu* war jedoch nicht im Allgemeinen sein Lieblingsvergnügen. Er pflegte in launiger Weise davon zu sprechen, als von einer Art Grab, wohin man gehe, wie die Leute in den orientalischen Erzählungen, um an verschmähte Liebe und tote Verwandte zu denken. „Es herrscht in dieser Anstalt ein öder Klassizismus, der ganz dazu geeignet ist, einem das Mark erfrieren zu machen. Unter uns gesagt, erregen zu Zeiten selbst unsre besten Freunde dort unsern Verdruß. Man wird es müde, durch zahllose Akte hindurch einen Mann zu sehen, der sich an alles erinnert, indem er sich mit der flachen Hand vor die Stirne schlägt, der Sätze herausstößt, indem er sich schüttelt und sie mit seinem rechten Vorderfinger über seinem Kopfe zu Pyramiden aufhäuft. Und dann haben sie ein charakteristisches kleines Lustspiel, wo man zwei Sofas und drei kleine Tische sieht, zu denen ein Mann mit dem Hute auf dem Kopf hereinkommt, um mit einem andern Manne zu sprechen – und wo man ganz genau weiß, wann er von dem einen Sofa aufstehen wird, um sich auf den andern zu setzen und seinen Hut von dem einen Tisch abnehmen wird, um ihn auf den andern zu stellen – was einen ebenso komischen Eindruck hervorbringt, als eine gute Posse ... In dem Vaudeville scheint man ein gutes Stück zu geben, nach dem Plane der „Stadt- und Landmaus". Es ist heute Abend für mich zu respektabel und harmlos, aber ich hoffe es noch zu sehen, ehe ich fortgehe ... Ich habe den entsetzlichen Gedanken, mich mit Franconi zu befreunden, und wenn ich an der Arbeit bin, in ihr mit Hobelspänen bestreutes Foyer hineinzuschlendern."

In einem Theater aus noch schwererer Schule als das Français machte er eine noch unerfreulichere Erfahrung. „Am Mittwoch gingen wir in das *Odéon*, um ein neues Stück in vier Akten und in Versen, namens *Michel Cervantes*, zu sehen. Solch' eine höllische Dose von Grabenwasser wurde wohl nie vorher zusammengebraut. Aber einige Stellen, welche die Unterdrückung der öffentlichen Meinung in Madrid schilderten, wurden mit einem Beifallsrufe wilder Anwendung auf Frankreich aufgenommen, das mein Staunen erregte. Und noch einmal, hier wieder, in jeder Pause, fest, geschlossen, regelmäßig wie Trommelwirbel, das „*Ça ira!*" An einem andern Abend wurde ihm sogar in der *Porte St. Martin*, wohin er ohne Zweifel von der Anziehungskraft des Widerstrebens geführt worden war, ein Gastmahl voll von den Schrecken des Klassizismus vorgesetzt, in einer von Alexander Dumas versifizierten Darstellung des *Orest*. „Nie habe ich etwas so Feierliches und so Lächerliches gesehen. Hätte ich nicht schon gelernt, bei dem Anblick klassischer Draperie an einer menschlichen Gestalt zu zittern, so würde ich in diesem Werke die äußersten Tiefen entsetzter Langeweile ergründet haben. Der Chor kommt auf keine andre Weise zur Geltung, als daß einzelne Stücke daraus durch verschiedene Personen vorgetragen werden. Es ist wirklich so schlecht, daß es beinahe gut ist. Einige der französierten Ausdrücke klassischer Leiden machten mir einen so unaussprechlich lächerlichen Eindruck, daß ich unwillkürlich grinse, indem ich davon schreibe."

In demselben Theater hatte er zu Anfang des Frühlings eine etwas lebhaftere Unterhaltung. „Ich war gestern Abend in der *Porte St. Martin*, wo ein ganz hübsches Melodrama, mit dem Titel *Sang Melé*, gespielt wird. Einer der Charaktere ist ein englischer Lord – Lord William Falkland – der durch das ganze Stück hindurch Milor

Williams Fack Lore genannt und von andern sowohl als von sich selbst hundertmal erwähnt wird als Williams. Er wird vortrefflich gespielt; aber zwei reisende Engländerinnen sind über alle Maßen lächerlich und es ist etwas positiv Lasterhaftes in ihrem vollständigen Mangel an Wahrheit. Eine Dekoration, wo die Handlung eines ganzen Aktes auf der großen hölzernen Veranda eines eine Bergschlucht überragenden Schweizer-Hotels stattfindet, ist das gelungenste Stück Theaterzimmerei, das ich in Frankreich gesehen habe. In der nächsten Woche sollen wir im Ambigü *Paradise Lost* haben, mit dem Morde Abels und der Sindflut. Die wildesten Gerüchte fliegen umher in Bezug auf die Kostümierung unsrer Stammeltern." Die Erwartung geht in solchen Dingen weit über die Wirklichkeit hinaus und bei der Fieberhöhe, zu welcher jene Gerüchte sie hier gesteigert hatten, hätte Dickens umsonst versuchen mögen, bei der ersten Vorstellung Zutritt zu erlangen, hätte nicht Webster, der englische Theaterdirektor und Schauspieler, ihm ein Billet verschafft. Er ging mit Wilkie Collins hin. „Wir wurden um 8 Uhr aus dem Café unter dem Ambigü hineingeläutet und das Stück war vorüber um halb Zwei; die Zwischenakte waren indes viel länger als die Akte selbst. Das Theater war überall gedrängt voll und die Galerien furchtbar von Blousen, welche letzteren wieder während der ganzen Zwischenakte mit der Regelmäßigkeit kriegerischer Trommeln die revolutionäre Melodie berühmten Angedenkens „*Ça ira*" anstimmten. – Das Stück ist ein Gemisch aus Milton's *Paradise Lost* und Byron's *Kain* und einige Streitreden zwischen dem Erzengel und dem Teufel, wo die himmlische Macht in dem gewöhnlichen französischen Konversationstone mit der höllischen disputirt, wie: *Eh bien, Satan, crois-tu donc que notre Seigneur t'aurait exposé aux tourments que tu endures à présent, sans aviur prévu &c.* sind höchst lächerlich. Alle übernatürlichen Personen sind schreckenerregend natürlich, soweit auf dem Theater von Natur die Rede sein kann, und wandern in der dümmsten Weise umher. Was Collins und mich veranlaßt hat, eine Untersuchung anzustellen, ob die Franzosen je einen Begriff von dem Übernatürlichen gehabt haben, und dies eigentlich verneinend zu entscheiden. Die Leute sind sehr gut gekleidet und Eva sehr anständig. Man hatte ganz Paris und die Provinzen durchsucht nach einer Frau mit braunen Haaren, die bis auf die Waden herabfallen – und man fand sie endlich im *Odéon*. Es kam nichts Anziehendes vor bis zum vierten Akte, wo eine ganz hübsche Szene hervorgerufen wird, indem die Kinder Kain's hineintanzen und einen Tempel entweihen, während Abel und seine Familie in allen Pausen der Lustbarkeit eifrig an der Arche draußen hämmern. Die Sindflut im fünften

Akte stand ungefähr auf dem Niveau einer Ertrinkungsszene in dem Adelphitheater; aber sie hatte eine neue Eigentümlichkeit. Als der Regen aufhörte und die Arche auf der großen, nun wellenlos daliegenden Wasserfläche heranfuhr, und der Nebel sich aufhellte und die Sonne hervorbrach, trieb eine Menge von Körpern darin auf und nieder. Es waren dies sämtlich wirkliche Männer und Knaben, ein jeder abgesondert, an einer neuen Art horizontalem Gestell. Sie sahen entsetzlich wirklich aus. Im Ganzen ist es eine höchst langweilige Geschichte; aber trotzdem ist es ganz möglich, daß sie sich lange Zeit hält."

Eine ehrliche Posse ist eine Erlösung von solchen profanen Albernheiten. „Ein ungemein drolliges Stück mit einer originellen komischen Idee ist hier in Aufführung begriffen. Es heißt *Les cheveux de ma Femme*. Ein Mann, der seine Frau schwärmerisch liebt und zu wissen wünscht, ob sie vor ihrer Verheiratung mit ihm schon einen andern geliebt, schneidet ihr heimlich eine Locke ab und geht damit zu einem großen Mesmeristen, der sie einer Hellseherin vorlegt, welche nie unrichtige Aussagen getan hat. Es ergibt sich, daß die Eigentümerin dieses Haares den entsetzlichsten Ausschweifungen gefröhnt hat, so daß die Hellseherin nicht die Hälfte derselben erwähnen kann. Der außer sich geratene Gemahl geht nach Hause, um seiner Frau Vorwürfe zu machen, und sie enthüllt ihm dann, daß sie eine Perücke trägt und nimmt dieselbe ab."

Das letzte Stück, in welches Dickens ging, ehe er Paris verließ, war eine französische Bearbeitung von „*Wie Ihr wollt*", aber er fand zwei Akte davon mehr als hinreichend. „*In Comme il vous plaira* hatte niemand etwas anderes zu tun, als sich so oft als möglich auf so viele Baumstämme als möglich hinzusetzen. Als ich gesehen hatte, wie Jacques sich auf 17 Baumwurzeln und 25 graue Steine gesetzt hatte, (was am Ende des zweiten Aktes war), ging ich fort." Nur noch eine Theaterskizze, und vielleicht die beste von allen, will ich aus diesen Briefen mitteilen. Sie erzählt uns einfach, was nötig ist, um ein besonderes Anhängsel zu einem Stücke zu verstehen, aber die Erzählung ist so hübsch, daß der Gegenstand, den sie feiert, keine angenehmere Wirkung hervorbringen könnte, als diejenige, welche durch diesen Bericht darüber hervorgebracht wird. Das in Frage stehende Stück *Mémoires du Diable* und ein anderes Stück von bezauberndem Interesse, der *Médecin des Enfants* waren von allen Stücken, die er um diese Zeit sah, seine Lieblingsstücke. „Da ich keine Neuigkeiten habe, kann ich Dir eben sowohl von dem Anhängsel erzählen, das ich bei den *Mémoires du Diable* so hübsch fand, in welchem Stücke beiläufig gesagt eine höchst bewunderungswürdige Rolle ist, bewunderungswürdig gespielt, worin ein Mann bloß ‚Ja' oder ‚Nein' sagt, das ganze Stück hindurch, bis zur letzten Szene. Ein gewisser M. Robin hat die Papiere eines verstorbenen Advokaten, betreffend ein gewisses Landgut, das seiner rechtmäßigen Besitzerin, der Witwe eines Barons, zu Gunsten eines andern abgeschwindelt ist, in seine Hände bekommen. Sie enthüllten so viel Schurkerei, daß er sie in einen Band zusammenbindet, den er *Mémoires du Diable* betitelt. Die aus diesen Papieren gewonnenen Aufschlüsse setzen ihn nicht bloß in den Stand, die Heuchler in dem ganzen Stück zu entlarven (und zwar auf treffliche Weise), sondern veranlassen ihn, der Baronin den Vorschlag zu machen, daß, wenn er ihr ihr Besitztum und ihren guten Namen (denn selbst ihre Verheiratung mit dem verstorbenen Baron wird geleugnet) zurückerwirbt, sie ihm die Hand ihrer Tochter geben soll. Die Tochter selbst nimmt, als sie von dem Anerbieten hört, dasselbe an; und ein Teil des Planes ist, daß sie auf einen Maskenball geht, auf den er selbst als Teufel geht, um zu sehen, wie er ihr gefällt (worauf sie natürlich findet, daß er ihr sehr gefällt). Die Landleute in der Nachbarschaft des in Rede stehenden Schlosses halten ihn für den wirklichen Teufel, wegen seiner seltsamen Kenntnisse und seines seltsamen Kommens und Gehens; und er, wenn er zu Anfang des dritten Aktes mit diesem Mädchen in einem alten Zimmer des Schlosses ist, zeigt ihr auf dem Tische einen kleinen Koffer, mit einer darin befindlichen Glocke. ‚Man meint,' sagt er ihr, ‚daß ich, so oft diese Glocke ertönt, erscheine und dem Rufe gehorche. Sehr unwissend, nicht wahr? Aber wenn Du meiner je besonders – ganz besonders – bedarfst, so zieh' die kleine Glocke und versuche es.' Die Entwicklung des Stückes schreitet dann weiter fort. Die Übeltäter werden entlarvt; das verlorene Dokument, welches die Heirat beweist, wird gefunden; alles wird erledigt, alle sind auf der Bühne und M. Robin überreicht der Baronin das Papier. ‚Sie sind von veuem in Ihre Rechte eingesetzt, Madame; Sie sind glücklich; ich will Sie nicht bei einem Vertrage festhalten, der gemacht wurde, als Sie mich nicht kannten; ich gebe Sie und Ihre schöne Tochter frei; die Freude getan zu haben was ich getan, ist mir eine hinlängliche Belohnung; ich küsse Ihnen die Hand und empfehle mich. Leben Sie wohl!' Er zieht sich höflich zurück, das Stück scheint zu Ende, jedermann ist erstaunt, das Mädchen (die kleine Mlle. Luther) steht bestürzt da, als sie sich plötzlich an die kleine Glocke erinnert. Auf die hübscheste Art, die man sich denken kann, läuft sie nach dem Koffer auf dem Tische, nimmt die kleine Glocke heraus, läutet sie, und er kommt zurückgeeilt und preßt sie an sein Herz. Nie in meinem Leben habe ich etwas Hübscheres gesehen. Ich lachte jenes schönste Lachen, bei dem einen die Tränen in den Augen stehen, so daß ich es nie vergessen kann und hingehen und es noch einmal sehen muß."

Aber so viel Vergnügen das Theater ihm bereitete, so verdankte er, in Bezug auf geselligen Verkehr, den ausgezeichneten Männern, welche als Schriftsteller oder Schauspieler mit dem Theater in Verbindung standen, noch mehr. Scribe lud ihn häufig ein und sehr schön und angenehm war sein Bericht über die Dîners und über den ganzen Zubehör des fruchtbaren Dramatikers – ein reizendes Haus in Paris, ein schönes Landgut, einen eleganten Wagen, ein schönes Paar Pferde, „Alles, wie er sagt, durch seine Feder gemacht". Einer der Gäste des ersten Abends war Auber, „ein uninteressanter ältlicher Mann, etwas naseweis in seinen Manieren", der Dickens erzählte, er habe einmal in Stock Stornton (Stoke Newington) gewohnt, um Englisch zu studieren, habe es aber alles vergessen. „Louis Philipp habe ihn eingeladen, um die Königin von England bei ihm zu treffen, und als L. P. ihn vorstellte, habe die Königin gesagt: ‚Wie sind so alte Bekannte durch Herrn Auber's Werke, daß eine Vorstellung ganz unnötig ist.'" Sie begegneten sich wieder einige Abende später mit dem Verfasser der *Histoire des Girondins* an dem gastlichen Tische Mr. Pichot's, dem Lamartine seinen lebhaften Wunsch ausgedrückt hatte, Dickens wieder zu sehen, als *un des grands amis de son imagination*. „Er ist noch grade so wie wir ihn früher kannten, in seinem Äußeren wie in seinem Wesen, sehr einnehmend und mit einer Art von ruhiger Leidenschaft, die sehr anziehend ist. Wir sprachen über de Foe[22] und Richardson

---

[22] Ich füge aus einem anderen dieser französischen Briefe von späterem Datum eine Bemerkung über Robinson Crusoe bei. „Du erinnerst Dich wohl, daß ich vor einiger Zeit zu Dir sagte, wie sonderbar es mir scheine, daß Robinson Crusoe das einzige allgemein populäre Buch sei, das niemanden zum Lachen und niemanden zum Weinen bringen könne. Ich habe es jetzt, im Verlaufe meiner zahlreichen Erfrischungen an jenen englischen Quellen, wieder einmal gelesen und ich bin kühn genug zu behaupten, daß es in der ganzen Literatur kein erstaunlicheres Beispiel eines vollständigen Mangels an Zartheit und Gefühl gibt, als den Tod Freitags. Er ist auf eine sehr verschiedene und ernsthaftere Art ebenso herzlos wie Gil Blas. Aber der zweite Teil hält vor einer Untersuchung gar nicht Stand. Im zweiten Teile des Don Quichotte kommen einige der schönsten Sachen vor. Aber der zweite Teil von Robinson Crusoe ist gradezu verächtlich durch den grellen Mangel, daß er einen Menschen, der dreißig Jahre auf einer wüsten Insel zugebracht hat, darstellt ohne jeden sichtbaren Einfluß dieser Erfahrung auf seinen Charakter. Auch de Foe's Frauen – Robinson Crusoe's Frau zum Beispiel – sind schrecklich langweilige alltägliche Kerle ohne Hosen, und ich bezweifle nicht, daß er selbst ein gewaltig trockner und unangenehmer Gesell war – ich meine de

und über jenes wunderbare Genie für die kleinsten Details einer Erzählung, das ihnen eine so große Berühmtheit in Frankreich verschafft hat. Ich fand ihn offen und natürlich und voll merkwürdiger Kenntnis des französischen Volkscharakters. Er kündete der Gesellschaft beim Dîner an, es sei ihm selten ein Fremder begegnet, der das Französische so gut spreche wie Dein unnachahmlicher Korrespondent, worüber Dein Korrespondent bescheiden errötete und unmittelbar darauf so große Gefahr lief, an einem Hühnerknochen (der noch in seiner Kehle sitzt) zu ersticken, daß er zehn Minuten lang voll Qual da saß, mit der lebhaften Besorgnis, er werde den guten Pichot berühmt machen, indem er, wie der kleine Bucklige, an seinem Tische sterbe. Scribe und seine Frau waren unter den Anwesenden, mußten aber zur Eiszeit fortgehen, weil in der *Opéra comique* die erste Darstellung einer neuen Oper von Auber und ihm selbst stattfand, von der man sehr hohe Erwartungen hegt. Es war sehr merkwürdig, ihn, den Verfasser von 400 Stücken, zu sehen, wie er, als die Zeit heran kam, nervös wurde und jeden Augenblick die Uhr herauszog. Endlich stürzte er hinaus, als wolle er das nehmen, was einer meiner Freunde ein Sturzbad nennt. Worauf auch sie sich erhob und ihm folgte. Sie ist die außerordentlichste Frau, die mir je vorgekommen ist; denn ihr ältester Sohn muß dreißig sein, und sie hat eine Figur von fünfundzwanzig und ist auffallend schön. Dabei so anmutig, daß ihre Art aufzustehen, zu grüßen, zu lachen und nach ihm hinauszugehen, hübscher war als das Hübscheste was ich je davon auf der Bühne gesehen habe." Die Oper sah Dickens selbst eine Woche später und beschrieb sie als „allerliebst. Köstliche Musik, ein vortreffliches Buch, ungeheurer Bühnentakt, ausgezeichnete szenische Anordnungen und die entzückendste kleine Primadonna, die man je gesehen oder gehört, in der Person Marie Cabel's. Die Oper heißt *Manon Lescaut*, nach dem alten Roman, und ist hübsch von Anfang bis zu Ende. Sie singt ein lachendes Lied darin, das mit Begeisterung aufgenommen wird und das einzige wirklich lachende Lied ist, das geschrieben wurde. Auber erzählte mir, bei der ersten Probe habe es auf das Orchester einen großen Eindruck hervorgebracht und man hätte ihm über seine Frische kein besseres Kompliment machen können als das, welches der Musikdirektor ihm machte, indem er auf ihn zukam und ihm auf die Schulter klopfte, mit den Worten: *Bravo, jeune homme! Cela promet bien!*

Foe, nicht Robinson. Dem armen lieben Goldsmith (ich erinnere mich daran, indem ich dies schreibe) machte es denselben Eindruck."

Beim Dîner bei Regnier traf er Legouvet, in dessen Tragödie, nachdem dieselbe zur Aufführung angenommen war, Rachel sich geweigert hatte, die Medea zu spielen; eine Laune, welche nicht bloß ihre Verurteilung zu so und so viel Strafgeld per Abend, bis sie spielen würde, zur Folge hatte, sondern auch eine Art Rivalität zwischen ihr und Ristori hervorrief, welche letztere sich damals auf dem Wege nach Paris befand, um das Stück auf Italienisch zur Darstellung zu bringen. In diese Aufführung gingen später Dickens und Macready zusammen und erklärten sie für hoffnungslos schlecht. „In den täglichen Unterhaltungen und den kleinen melodramatischen Theatern Italiens habe ich ganz dasselbe fünfzigmal gesehen, nur nicht zugleich so konventionell und so übertrieben. Die Zeitungen haben alle in Krämpfen gelegen über die Erhabenheit der Darstellung und die Echtheit des Beifalls – besonders der Bouquets, die in den unpassendsten Augenblicken, inmitten qualvoller Szenen auf die Bühne geworfen wurden, so daß die Schauspieler sich ihren Weg dazwischen suchen und ein gewisser starker Herr, der den Kleon spielte, den ganzen Abend die Proszeniumslogen vorsichtig im Auge behalten mußte, um den Bouquets auszuweichen, wenn sie hinunterflogen. Scribe, der am folgenden Tage hier dinierte (und der auf Seiten Ristori's steht, weil er; wie jedermann hier, sich durch Rachels Unverschämtheit beleidigt fühlt), konnte der Versuchung nicht widerstehen, uns zu sagen, daß er, als er am Ende des ersten Aktes herumgegangen, um seine Glückwünsche darzubringen, allen Bouquets begegnet sei, wie sie in den Armen von Männern zurückkamen, um im zweiten Akt noch einmal geworfen zu werden ... Beiläufig gesagt, finde ich, daß an Scribe ein guter Schauspieler verloren ist. In allen seinen Stücken läßt er alles auf seine eigne Weise tun und an eben jenem Abend zeigte er das, was Rachel in der letzten Szene von Adrienne Lecouvreur nicht tat und tun wollte, mit außerordentlicher Kraft und Energie."

In dem Hause einer andern großen Künstlerin, Madame Viardot[23], der Schwester Malibran's, dinierte Dickens mit George Sand, nachdem

---

[23] Als Dickens sechs Jahre später in Paris war, sah er diese ausgezeichnete Sängerin in einer Gluck'schen Oper, und der Leser wird es nicht bedauern, wenn ich eine Beschreibung derselben mitteile. „Gestern Abend sah ich Madame Viardot Gluck's Orpheus spielen. Es ist eine außerordentliche Darstellung, pathetisch im höchsten Grade und voll von wahrhaft erhabenem Spiel. Obgleich von Anfang bis zu Ende unvergleichlich schön, ist doch der Anfang, am Grabe der Eurydice, etwas, woran ich noch jetzt, indem ich dies schreibe, nicht ohne Bewegung denken kann. Es ist die schönste Darstellung des Schmerzes, die man sich vorstellen kann. Und nachdem die Götter sie mit Hoffnung erfüllt haben und mit Mut in die

diese Dame Tag und Stunde für dies interessante Fest bestimmt hatte, das am 10. Januar stattfand. „Es scheint mir unmöglich, mir irgendjemand meinen Erwartungen unähnlicher vorzustellen als die berühmte Sand. In ihrem Äußeren ganz die Sorte von Frau, wie man sich etwa die Kinderfrau der Königin denkt. Dick, matronenhaft, dunkel, schwarzäugig. Nichts vom Blaustrumpf an ihr, außer einer kleinen endgültigen Art und Weise, alle Deine Ansichten durch die ihrigen zu entscheiden, die sie, wie mir scheint, in dem Lande wo sie wohnt und durch ihre Herrschaft über einen kleinen Kreis erworben hat. Eine auffallend gewöhnliche Frau in Erscheinung und Wesen. Das Dîner war sehr gut und merkwürdig anspruchslos. Wir, Madame und ihr Sohn, die Sartoris und irgendeine Lady (jüngst aus der Krim angekommen), die eine Art Paletot trug und rauchte. Die Viardot's haben ein Haus drüben in dem neuen Teile von Paris, das grade aussieht, als wären sie vorige Woche eingezogen und wollten die nächste wieder ausziehen. Nichtsdestoweniger haben sie acht Jahre darin gewohnt. Die Oper ist das Letzte, was man mit der Familie in Zusammenhang bringen würde. Das Klavier wurde nicht einmal geöffnet. Ihr Mann ist ein herzensguter Mensch und sie ist so natürlich als irgend möglich."

Dickens war nicht der Mann, Madame Dudevant nach einem solchen Zusammentreffen richtig zu beurteilen. Er war nicht mit ihren Schriften vertraut und was er davon kannte, hatte ihn nicht besonders angezogen. Aber keine Enttäuschung, nichts als Staunen erwartete ihn bei einem Dîner, welches bald darauf folgte. Emile de Girardin gab ihm zu Ehren ein Festmahl. Seine Beschreibung desselben, die er für streng prosaisch erklärt, klingt etwas orientalisch, aber den Umständen nicht unangemessen. „Niemand, der mit meinem Vorsatz, solche Berichte nie zu verschönern oder auszuschmücken, unbekannt ist, wird die Beschreibung des Dîners bei Emile de Girardin glauben, die ich loslassen werde, wenn wir uns wieder sehen – die drei prachtvollen Salons, mit zehntausend Wachskerzen in goldenen Wandleuchtern,

---

andere Welt zu gehen und Eurydice zu suchen, ist die Art, wie Viardot die vergessene Leyer von dem Grabe nimmt und wieder strahlend wird, unendlich edel. Auch Eurydice's Berührung, wenn die Hand sich endlich von hinten in die ihrige legt, erkennt sie wie ein großer Genius. Und nachdem sie, dem Flehen Eurydice's nachgebend, sich umgewandt und sie mit einem Blicke getötet hat, ist ihre Verzweiflung über der Leiche überwältigend großartig. Es zu sehen, ist eine Reise nach Paris wert, denn es gibt sonst keine Kunst wie diese. Ihr Mann traf mich ganz zufällig und führte mich in ihr Ankleidezimmer. Als echter Tribut für ihr Spiel hätte nichts Besseres sich zutragen können, denn ich war entstellt von Weinen." – 30. November, 1862.

auslaufend in einen Esssaal von nie dagewesenem Glanze mit zwei ungeheuern transparenten Spiegelglastüren, durch die man (durch ein mit reinen Tellern angefülltes Vorzimmer) grade in die Küche blickt, wo die Köche in ihren weißen Papiermützen das Dîner anrichten. Von seinem Sitz in der Mitte des Tisches sieht der Wirt (wie ein Riese in einem Märchen) die Küche und die schneeweißen Tische und die dort herrschende tiefe Ordnung und Ruhe. Hervor aus den Spiegelglastüren kommt das Bankett – das wunderbarste Mahl, das je von Sterblichen gekostet wurde: denn nach dem gegenwärtigen Preise der Trüffeln kostete dieser Artikel allein (für acht Personen) mindestens 5 Pfd. St. Auf dem Tische stehen eigentümlich geformte Krüge von geschliffenem Glas, beladen mit dem feinsten Champagner und dem kühlsten Eis. Bei dem dritten Gange wird Portwein geschenkt (ein früher auf diesem Kontinent in gutem Zustande gar nicht zu habender Wein), der bei jeder Auktion zwei Guineen die Flasche einbringen würde. Nachdem das Dîner vorüber ist, werden orientalische Blumen in Vasen von goldenem Spinnegewebe auf die Tafel gestellt. Zu dem Eis gibt es Cognac, der hundert Jahre vergraben gelegen hat. Hierauf folgt Kaffee, im fernsten Osten von dem Bruder eines der Gäste für eine gleiche Quantität kalifornischen Goldstaubes eingehandelt. Nachdem die Gesellschaft in den Salon zurückgekehrt ist, rollen, durch eine ungesehene Maschinerie bewegt, Tische herein, beladen mit Zigaretten aus dem Harem des Sultans und mit kühlen Getränken, in denen der Duft der gestern aus Algier angekommenen Zitrone wollüstig kämpft mit dem der zarten Orange, die heute Morgen aus Lissabon eingetroffen ist. Nachdem diese Periode vorüber ist und während die Gäste auf Divans ruhen, welche mit bunten Blumen durchwirkt sind, rollen große Tische hinein, belastet mit massivem Silbergeschirr, und Weihrauch ausatmend in Gestalt einer kleinen, direkt aus China erhaltenen Gabe Tee – Tisch und alles, glaube ich, aber ich kann nicht darauf schwören, und bin entschlossen, prosaisch zu sein. Während dieser ganzen Zeit wiederholt der Wirt beständig: *Ce petit dîner-ci n'est que pour faire la connaissance de Monsieur Dickens; il ne compte pas; ce n'est rien.* Und selbst jetzt habe ich vergessen, die Hälfte der Gerichte zu nennen – ganz besonders das Item eines weit größeren Plumpuddings, als solcher je zu Weihnachten in England gesehen wurde, zubereitet mit einer himmlischen Sauce, an Farbe der Orangenblüte gleich und an Inhalt gleich der pulverisierten und in Tau gebadeten Blüte und auf der Speisekarte (einer Karte in einem goldenen Rahmen, die wie ein kleines Stück Fisch umhergereicht wird) genannt *Hommage à l'illustre écrivain d'Angleterre.* Dieser illustre Mann taumelte schließlich, sprachlos vor Staunen, aus der letzten Salontüre hinaus, und auch in diesem Augenblick bemerkte sein Wirt, indem er einen mit kostbaren Steinen besetzten Kelch voll Nektar, (destilliert aus der Luft, welche über Bohnenfelder hingeweht war, die fünfzehn Sommer geblüht hatten,) an die Lippen hielt: *Le dîner que nous avons eu, mon cher, n'est rien - il ne compte pas - il a été tout-à-fait en famille - il faut dîner (en vérité, dîner) bientôt. Au plaisir! Au revoir! Au dîner!"*

Das zweite Dîner kam, wunderbar wie das erste; unter der Gesellschaft waren Regnier, Jules Sandeau und der neue Direktor des Theatre Français; und sein Wirt spielte wieder den Lucullus in demselben Stile, mit noch vollendeterem Erfolg. Der einzige absolut neue Zwischenfall war, daß er mich nach dem Essen fragte, ob ich in ein anderes Zimmer kommen und eine Zigarre rauchen wolle? Und als ich Ja sagte, öffnete er gelassen eine Schublade, die etwa fünftausend unschätzbare Zigarren in gewaltigen Bündeln enthielt – grade wie der Kapitän der Räuber in ‚Ali Baba' in eine Ecke der Grotte gehen mochte, um Ballen von Goldbrokat hervorzuholen. Ein kleiner Mann dinierte dort, der noch vor acht Jahren Stiefel wichste und jetzt ungeheuer reich ist, – der reichste Mann in Paris – nachdem er die gewöhnliche Börsenleiter mit Schnelligkeit emporgestiegen. Durch die bloße Bemerkung: er könne vielleicht wieder herunter kommen, bewölkte ich so viele Gesichter, daß es mir sehr klar wurde, daß sämtliche Anwesende um einen oder den andern Gewinn dasselbe Spiel spielen."

Er kam in einem einige Tage später geschriebenen Briefe auf diesen Gegenstand zurück. Wenn Du die Stufen der Börse um vier Uhr nachmittags sähest und den Haufen von Blousen und Flicken unter den dort versammelten Spekulanten, alle heulend und hager von Spekulation, würdest Du in Gedanken an das, was hier vorgehen muß, erschrocken dastehen. Türhüter und ähnliches Volk schießen sich beständig tot oder stürzen sich in die Seine ‚*à cause des pertes sur la Bourse*'. Ich nehme selten eine französische Zeitung zur Hand, ohne daß mir ein solcher Paragraph in die Augen fällt. Auf der andern Seite ziehen Vollblutpferde ohne Ende und rote Samtwagen, mit Geschirr von weißem Ziegenleder auf kohlschwarzen Pferden, den ganzen Tag hier vorüber und die Fußgänger wenden sich um, um sie zu betrachten und lachen und sagen: *C'est la Bourse!* Es müssen hier jede Woche Katastrophen abgewandt werden, derengleichen man seit Law's Zeiten nicht gesehen hat."

Ein anderes Bild schließt sich an dieses an und wirft Licht auf die damals herrschende Spekulationswut. Die mit dem Kriege verbundenen französischen Anlehen, welche in England wegen des Eifers, womit dafür subskribiert wurde, so viele Angreifer und Lobredner fanden, hatten in der Tat nur dem gewöhnlichsten und gemeinsten Hazardspiel gedient und der Krieg war nie im Mindesten populär gewesen. „Emile Girardin," schrieb Dickens am 23. März, „war gestern hier und er sagt, daß der Frieden morgen, feierlich, unter allgemeiner Gleichgültigkeit, in Paris verkündet werden wird." Aber die Franzosen sind nie ganz gleichgültig gegen ihre eigenen Taten; und einige Monate vorher hatte ein Schauspiel mit einem Anfluge von Aufregung stattgefunden, als die aus der Krim zurückkehrenden Truppen ihren Einzug hielten, bei welcher Gelegenheit der Vorbeimarsch der Zuaven Dickens am besten gefiel. „Ein merkwürdiger Truppenkörper," schrieb er, „wild, gefährlich und malerisch. Kurz abgeschnittenes Haar, roter Fez, griechische Jacke, volle kurze Unterrock-Hosen mit Gelb gefüttert und hohe weiße Gamaschen – das Vernünftigste, Zweckgemäßeste, was ich kenne und was auch bei den Linientruppen in Anwendung kommt. Ein Mensch mit solchen Dingern an den Beinen ist dort immer frei und bereit für einen kotigen Marsch, und könnte durch Wege waten, die zwei Fuß tief mit Schmutz bedeckt sind, und indem er einfach die Gamaschen wechselt (er hat ein andres Paar im Tornister), sofort wieder rein und behaglich und gesund werden. Ein Gutteil Backenbart und Schnurrbart und die Flinte umgekehrt mit dem Kolben über die Schulter getragen, machen den sonnverbrannten Zuaven fertig. Er schreitet dahin wie Bobadil, raucht während er marschiert, und wenn er lacht (sie waren eine halbe Stunde oder so unter meinem Fenster), wirft er sich in der wildesten Weise zurück, als wollte er einen Purzelbaum schlagen. Sie haben einen schwarzen Hund, der zum Regimente gehört, und als sie nun mit ihren Medaillen vorbeimarschierten, marschierte dieser Hund hinter dem einen Unteroffizier her, dem er immer folgt, mit dem Ausdruck tiefer Überzeugung, daß auch er dekoriert sei. Ich konnte nicht sehen, ob er eine Medaille trug, weil sein Haar so lang war; aber er war vollständig mit der Geschichte seines Regiments vertraut, und ich habe nie etwas so Köstliches gesehen als die Art, wie er das Publikum anblickte. Was das Regiment auch tut, er ist immer an seinem Platze, und es war unmöglich den Ausdruck bescheidenen Triumphes zu verkennen, der bei dieser Gelegenheit auf seinen Zügen lag. Körperlich ist er ein kleiner Hund, aber ein großer Geist." An jenem Abend fand eine Illumination zu Ehren der Armee statt, wobei „ganz Paris, Nebenstraßen und Gassen und alle möglichen abgelegenen Orte, auf's Glänzendste erleuchtet waren. Es sah im Dunkeln aus wie ein zusammengerolltes Venedig und Genua, in der Mitte durchschnitten von dem römischen Corso zur

Karnevalszeit. Das französische Volk versteht es wirklich, seine Landsleute auf wunderbare Weise zu ehren." Es war die Festzeit des Neujahrs und Dickens verlor sich in dem Mysterium des Staunens, woher das Geld komme, das ein jeder für die Neujahrsgeschenke ausgab, die er jedem andern machte. Alle berühmten Läden der Boulevards waren seit mehr als einer Woche belagert gewesen. „Es steht jetzt eine Reihe von hölzernen Buden, mehr als eine halbe Meile lang, auf beiden Seiten jener gewaltigen Verkehrsstraße, und überall, wo ein zurückliegendes Haus eine doppelte Reihe zuläßt, befindet sich eine solche. Alle möglichen Dinge, von Stiefeln und Holzschuhen, durch Porzellan und Kristall hindurch, bis zu lebendigen Hühnern und Kaninchen, um die man mit einer Art zwerghaftem Kegelspiel spielt (gar sehr zur Beunruhigung jener Tiere, da der Ball unter sie rollt und sie von ihren Brettern und Stöcken herunterschüttelt, so oft er von einer starken Hand geworfen wird), sind auf diesem großen Markt zu verkaufen. Und was man an Schmucksachen für zwei Pence kaufen kann, ist staunenerregend." Unglücklicherweise trat dunkles und regnerisches Wetter ein und eine der Verbesserungen des Kaiserreichs endete wie so manche andere, in Kot und Elend.[24]

Einige Skizzen, welche mit der Kunstausstellung vom Winter 1855 und mit der Ausführung von Ary Scheffers Plan, Dickens zu malen, in Zusammenhang stehen, mögen diese Pariser Bilder beschließen. Seiner Meinung nach zeigte sich die englische Kunst neben der französischen nicht zu ihrem Vorteil. Sie schien ihm klein, verschrumpft,

---

[24] „Es ist schwer," schrieb er am 26. Januar, „sich die Veränderung vorzustellen, welche an diesem Orte durch die Beseitigung der für Barrikaden zu handlichen Pflastersteine und durch Macadamisation bewirkt worden ist. Dieselbe paßt weder für das Klima noch für den Boden. Wir befinden uns wieder in einem Schlammozean. Man kann die Straße der Elyséeischen Felder hier nicht überschreiten, ohne daß die Stiefel bis zur Hälfte beschmutzt werden." Einige Tage darauf fand ein willkommener Witterungswechsel statt. „Vor drei Tagen änderte sich das Wetter hier innerhalb einer Stunde, und seitdem haben wir helles Wetter und starken Frost gehabt. Aller Kot verschwand mit wunderbarer Schnelligkeit und der Himmel wurde italienisch. Mir eine so glückliche Veränderung zu Nutze machend, begann ich gestern Morgen (zum Zwecke körperlicher Bewegung und des Nachdenkens) die Ausführung eines Planes, den ich mir in den Kopf gesetzt habe: einen Spaziergang um die Wälle von Paris. Es ist ein eigentümlicher Spaziergang und es wird sich eine gute Beschreibung davon machen lassen. Gestern wendete ich mich rechts, als ich aus der *Barrière de L'Etoile* herauskam, ging um die Wälle herum, bis ich an den Fluß gelangte, und betrat dann Paris wieder jenseits des Bastilleplatzes. Heute beabsichtige ich, mich links zu wenden, wenn ich aus der Barrière hinauskomme, und zu sehen, was daraus wird."

unbedeutend, armselig. Die allgemeine Abwesenheit von Ideen schien ihm zu entsetzlich offenbar; „und selbst wenn man zu Mulready kommt, und zwei alte Männer über einem viel zu scharf hervorstechenden Tischtuch reden sieht und die französische Erklärung der Szene liest, *La discussion sur les principes du Docteur Whiston*, bleibt man unbefriedigt. Aus irgendeinem Grunde machen sie keinen Eindruck. Selbst dem Sancho von Leslie fehlt es an Leben und Stanfield ist zuerst wie eine Dekoration. Es nützt nichts, sich die Tatsache zu verhehlen, daß das, was, wie wir wissen, den Menschen fehlt, auch ihren Werken fehlt: Charakter, Feuer, ein Ziel und die Fähigkeit, das Vehikel und das Modell nur als Mittel zum Zweck zu gebrauchen. Den Meisten, auch den Besten unter ihnen, hängt eine schreckliche Respektabilität an – eine kleine, beschränkte, systematische Routine, die in meinen Augen für den Zustand von England selbst seltsam charakteristisch ist. Tatsache ist, daß Frith, Ward und Egg sich unter den Bildern, die hier sind, am besten ausnehmen und die größte Anziehungskraft ausüben. Der erste in dem Bilde vom Gutmütigen Menschen; der zweite in der Königlichen Familie im Tempel; der dritte in Peter dem Großen, wie er Katharina zuerst sieht. Dies letztere hielt ich immer für ein gutes Bild, und die Fremden entdecken offenbar einen lebhaften dramatischen Zug darin, der ihnen gefällt. Auch unter den französischen Bildern sind zahllose schlechte, aber o Himmel! – wie vortrefflich sind sie auch, wie furchtlos, wie kühn gezeichnet; welch' kräftige Auffassung, welche Leidenschaft und Handlung! Die belgische Abteilung ist sehr gut. Sie enthält die beste Landschaft, das beste Porträt und das beste Stück häusliches Stillleben in dem ganzen Gebäude. Halte es nicht für einen Teil meiner Niedergeschlagenheit in Bezug auf die öffentlichen Angelegenheiten und meiner Furcht, daß unser nationaler Ruhm im Abnehmen begriffen ist, wenn ich sage, daß bloße Form und bloßes Herkommen in der englischen Kunst, wie in der englischen Regierung und den gesellschaftlichen Verhältnissen, die Stelle lebendiger Kraft und Wahrheit usurpieren. Ich versuchte, diesem Eindruck gestern zu widerstehen, und ging zuerst in die englische Galerie und lobte und bewunderte mit großem Fleiße; aber es nützte nichts. Ich konnte zu keinem andern Resultate kommen als dem oben erwähnten. Dies ist natürlich unter uns. Freundschaft ist besser als Kritik und ich werde standhaft den Mund halten. Eine Diskussion ist schlimmer als nutzlos, wenn man sich nicht über das verständigen kann, was man diskutieren will." Die französische Natur ist grundfalsch, sagten die englischen Künstler, mit denen Dickens redete; aber gewiß doch nicht, weil sie französisch ist, war seine Antwort. Der englische Standpunkt ist nicht der einzige, von dem aus man Männer und Frauen auffassen kann. Die französischen Bilder sind theatralisch, war die Erwiderung. Aber die Franzosen selbst sind ein demonstratives und gestikulierendes Volk, bemerkte Dickens, und was so durch ihre Künstler dargestellt wird, ist für einen großen Teil der Welt Wahrheit. „Nie ist mir etwas so Wunderliches vorgekommen. Sie scheinen es sich fast in den Kopf gesetzt zu haben, daß es kein andres natürliches Benehmen gibt als das englische (das doch an sich so ausnahmsweiser Art ist, daß es in allen Ländern für absonderlich gilt), und daß ein Franzose – der z. B. auf dem Wege zur Guillotine dargestellt wird – wenn er nicht so ruhig ist wie Clapham, oder so respektabel wie der Hügel von Richmond, überhaupt nicht richtig sein kann."

Die Sitzungen bei Ary Scheffer brachten einige Unbequemlichkeiten und manches Angenehme mit sich und von beiden war in seinen Briefen die Rede. „Du wirst Dir einigermaßen vorstellen können, was ich durch die täglichen Sitzungen bei Scheffer seit meiner Rückkehr gelitten habe. Er ist ein höchst edler Mensch und ich finde das größte Vergnügen an seiner Gesellschaft und habe in seinem Hause alle möglichen Bekanntschaften gemacht. Aber ich kann kaum ausdrücken, wie unruhig und unbehaglich es mich macht, sitzen, sitzen, sitzen zu müssen, während ‚Klein Dorrit' mir auf der Seele liegt und die Weihnachtsarbeit dazu – obgleich diese jetzt glücklicherweise abgetan ist. Am Montagnachmittag und den ganzen Mittwoch soll ich wieder sitzen. Und das Schönste dabei ist – daß ich nicht die leiseste Ähnlichkeit entdecke, weder in seinem Porträt, noch in dem seines Bruders. Sie malen beide zu gleicher Zeit an mir los." Die Sitzungen wurden variiert durch eine besondere Unterhaltung, als Scheffer in seinem langen Atelier einige sechzig Leute empfing – „mit Einschluß einer Anzahl Franzosen, die sagen (aber ich glaube es nicht), daß sie englisch verstehen" – denen Dickens, auf besonderen Wunsch, sein *Heimchen am Herde* vorlas.

Dies war zu Ende November. Der Januar kam und es schien, als nahe das Ende der Sitzungen heran. „Das Nachtstück meines Porträts ist beinahe fertig und Scheffer verspricht, daß eine endlose Sitzung am nächsten Sonnabend, die um 10 Uhr morgens anfängt, es beenden soll. Es ist ein schöner geistreicher Kopf, in seinem besten Stil gemalt und von sehr leichtem und natürlichem Ausdruck. Aber es sieht mir durchaus nicht ähnlich und ich glaube nicht, daß ich, wenn ich es in einer Galerie sähe, mich selbst für das Original halten würde. Es ist immerhin möglich, daß ich mein eigenes Gesicht nicht kenne. Das Bild soll hier in Kupfer gestochen werden, in zwei Größen und auf zwei Weisen – der bloße Kopf und das Ganze." Vierzehn Tage später kam die endlose Sitzung."»Stelle Dir gefälligst vor, daß ich, mit Nr. 5 von ‚*Klein Dorrit*' im Kopf und auf den Händen, gestern vier Stunden bei Scheffer saß. Niemand kann sich denken, wie peinlich dies in dem Stadium, worin die Erzählung sich grade befindet, für mich ist." Dennoch war dies nicht die letzte Sitzung. Es wurde März ehe das Porträt fertig war. „Scheffer kam gestern zum Abschluß und Collins, der ein gutes Auge für Bilder hat, sagt, kein anderer lebender Maler könne die Stelle um die Augen herum malen, wie Scheffer sie gemalt hat. Als Kunstwerk vereinigt es Geist mit vollkommener Natürlichkeit, und doch erkenne ich mich selbst nicht darin. Ich bin sehr neugierig, was für einen Eindruck es auf Dich machen wird." Der März hatte damals angefangen und zu Ende des Monats schrieb Dickens, der unterdessen in England gewesen war, wie folgt: „Ich habe Scheffer seit meiner Rückkehr noch nicht gesehen, aber gegen Katharine hat er vor einigen Tagen geäußert, er sei schließlich doch durch die Ähnlichkeit nicht befriedigt und müsse noch etwas daran tun. Meines eigenen Eindrucks erinnerst Du Dich wohl?« In diesen wenigen Worten antizipierte er den Eindruck, den es auf mich machte. Es genügte mir nicht. Das Bild hatte große Verdienste, aber nicht als Porträt. Grade aus seiner Ähnlichkeit in Augen und Mund gewann man das Gefühl einer allgemeinen Unähnlichkeit. Aber die Arbeit des Bruders des Künstlers, Henri Scheffer, die während derselben Sitzungen gemalt wurde, stand in jeder Hinsicht weit hinter jener zurück.

Ehe Dickens Paris im Mai verließ, schickte er noch zwei Beschreibungen herüber, welche auch der Leser, der am lebhaftesten wünscht, ihm zu neuen Szenen zu folgen, wohl ungern verlieren würde. Es wurde eine Herzogin in den Champs Elysées ermordet. „Der Mord auf der gegenüberliegenden Seite der Straße (das dritte oder vierte Ereigniß dieser Art in den Champs Elysées, seit wir hier gewesen sind) scheint die seltsamsten Zustände zu enthüllen. Die ermordete Herzogin wohnte allein in einem großen Hause, das immer verschlossen war, und brachte ihr Leben ganz im Dunkeln hin. In einem kleinen außen liegenden Häuschen wohnte ein Kutscher (der Mörder), und es war eine lange Reihe von Kutschern da gewesen, die es dort nicht hatten aushalten können und auf die die Herzogin, so oft sie ihren Lohn forderten, zum Zweck der unmittelbaren Befriedigung ihrer Ansprüche, mit einem gewaltigen Messer losstürzte. Der Kutscher hatte nie etwas zu tun, denn die Kutsche war seit Jahren nicht ausgefahren; auch wollte sie nie erlauben, daß die Pferde ausgefahren würden, um sich Bewegung zu machen. Zwischen der Wohnung des Kutschers und dem Hause liegt ein elendes Stückchen Garten, ganz überwachsen mit langem üppigen Grase, Unkraut und Nesseln; und hier wurden die Pferde in die Schwemme geführt – in einer toten grünen Pflanzenlache, bis an ihre Lenden. An dem Tage des Mordes versammelte sich natürlich eine große Menschenmenge und durch sie hindurch drängt sich auch der Herzog, ihr Gemahl (von dem sie getrennt war), und schellt am Tore. Die Polizei öffnet das Tor. ‚*C'est vrai donc,*‘ sagt der Herzog, ‚*que Madame la Duchesse n'est plus?*‘ – ‚*C'est trop vrai, Monseigneur.*‘ – ‚*Tant mieux*‘, sagt der Herzog und geht, zur großen Befriedigung der versammelten Menge, langsam davon."

Die zweite Beschreibung bezieht sich auf einen Vorfall, der sich drei Jahre vorher in England zugetragen hatte, und zu jener wild unwahrscheinlichen Klasse von Realitäten gehörte, welche, nach Dickens' wie nach Fielding's Ansicht, von dem Gebiete der Dichtung ausgeschlossen bleiben sollten. Nur, pflegte er hinzuzufügen, sollten die Kritiker nie so rasch mit der Annahme bereit sein, daß dasjenige, was ihnen selbst nie begegnet ist, nicht möglicherweise irgendeinem andern begegnet sein könne. „B. besuchte mich neulich und beschrieb mir, unter andern Dingen, von denen er erzählte, ein außerordentliches Abenteuer, das ihm vor drei Jahren, an einem keine tausend Meilen von meinem ‚Besitztum‘ Gadshill entfernten Orte, zugestoßen war. Er wohnte im Wirtshause und war eines Tages mit einer Skizze beschäftigt, als ein offener Wagen mit einem Herrn und einer Dame vorbeifuhr. Er saß am folgenden Tage an demselben Orte und an derselben Skizze, als der Wagen wieder vorbeifuhr. Und so noch einmal an einem andern Tage, als der Herr ausstieg und sich vorstellte. Er liebe die Kunst, wohne in dem großen Hause drüben, das ihm vielleicht bekannt sei, habe in Oxford studiert und sei ein Gutsbesitzer in Devonshire, wohne aber aus Familiengründen nicht auf seinem Gute, werde sich freuen, ihn morgen zum Dîner bei sich zu sehen. Er ging hin und fand unter anderm eine sehr schöne Bibliothek dort. ‚Steht zu Ihrer Verfügung,‘ sagte der Gutsbesitzer, der inzwischen von sich selbst und seinen Arbeiten erzählt hatte. ‚Benutzen Sie sie zum Schreiben und Zeichnen. Niemand sonst benutzt sie.‘ Er blieb sechs Monate in dem Hause. Die Dame war eine Maitresse, fünfundzwanzigjährig und sehr schön, die ihr Leben vertrank. Der Gutsbesitzer war ein Trunkenbold, und von Grund aus verdorben und schlecht; aber ein ausgezeichneter Gelehrter, ein vorzüglicher Sprachkenner und ein großer Theologe. Zwei andere tolle Besucher blieben sechs Monate dort. Einer, ein Mann, der hier in Paris sehr bekannt ist, und in der Welt umhergeht mit einem feuerroten seidenen Strumpf in der Brusttasche, der eine Zahnbürste und eine gewaltige Menge bares Geld enthält. Der andere, ein jetzt zugrunde gegangener Universitätsfreund des Gutsbesitzers, mit einem unersättlichen Durst nach Getränken, der immer mitten in der Nacht aufstand, sich in das Esszimmer hinunterschlich und sämtliche Weinflaschen leerte ... B. verlängerte seinen Aufenthalt unter dem Einfluß einer Art von teuflischem Zauber, um zu sehen, was daraus werde. Tee oder Kaffee sah man nie in dem Hause und sehr selten Wasser. Bier, Champagner und Brandy waren die drei Getränke. Frühstück: Hammelkeule, Champagner, Bier und Brandy. Gabelfrühstück: Hammelschulter, Champagner, Bier und Brandy. Dîner: alle erdenkbaren Speisen (das jährliche Einkommen des Gutsbesitzers betrug 7 000 Pfd. St.), Champagner, Bier und Brandy. Der Gutsbesitzer hatte ein öffentliches Mädchen geheiratet, von der er damals geschieden war, aber von der er eine Tochter hatte. Die Mutter hatte aus Groll gegen den Vater die Tochter in allen möglichen Lastern erzogen. Die Tochter, damals dreizehn Jahre alt, kam einmal jeden Monat aus der Schule dorthin. Äußerst roh in ihren Reden und immer betrunken. Wenn sie in zwei offen Wagen ausfuhren, taumelte die betrunkene Maitresse fortwährend aus dem einen hinaus und die betrunkene Tochter aus dem andern. Endlich trank die betrunkene Maitresse ihren Magen weg und fing an auf dem Sofa zu sterben. Wurde kränker und kränker und phantasierte immer über jemanden, bei dem sie einmal gewohnt hatte, und schrie beständig, daß sie einem andern das Herz ausschneiden wolle. Endlich starb sie auf dem Sofa und nach dem Begräbnis trennte sich die Gesellschaft. Vor einigen Monaten traf B. den Mann mit dem feuerroten seidenen Strumpf in Brighton und hörte von ihm, daß der Gutsbesitzer ‚an gebrochenem Herzen' gestorben sei, der Universitätsfreund an *Delirium tremens* und daß die Tochter die Erbin des Vermögens sei. Er erzählte mir dies alles, was ich für vollständig wahr halte, ohne jede Ausschmückung – ganz auf dieselbe leicht hingeworfene Weise, wie ich es Dir erzählt habe."

Dickens verließ Paris zu Ende April und brachte, nach dem schon beschriebenen Sommer in Boulogne, den Winter in London zu, wo er seinem theatralischen Unternehmen fast die ganze Zeit widmete, welche *Klein Dorrit* nicht in Anspruch nahm. Das Buch wurde im folgenden Frühling fertig, wurde Clarkson Stanfield gewidmet und erfordert jetzt einige eingehendere Bemerkungen.

Sechstes Kapitel

Klein Dorrit und eine müßige Tour
1855–1857

Zwischen *Harte Zeiten* und *Klein Dorrit* waren Dickens' hauptsächliche literarische Arbeiten die beiden für ‚Household Words' geschriebenen Weihnachtserzählungen von 1854 und 1855: „*Geschichte Richard Doubledick's*"[25] und „*Der Hausknecht im Gasthof zum Holly-Tree*" gewesen, welche später durch seine Vorlesungen in den weitesten Kreisen populär wurden. In der letzteren Geschichte wurde mit reizender Natürlichkeit und Lebendigkeit die Entlaufung zweier Kinder von dem reifen Alter von sieben und acht Jahren erzählt, die sich in Gretna Green vermählen wollten. Zu Weihnachten 1855 kam das erste Heft von *Klein Dorrit* heraus und im April 1857 das letzte.

Das Buch hatte seinen Ursprung in Dickens' Vorstellung von der Hauptperson einer Geschichte, die alles Mißgeschick darin herbeiführen, aber alles der Vorsehung aufbürden und bei jedem neuen Unglück sagen sollte: „Nun, es ist eben eine Schickung, es kann niemanden zur Last gelegt werden." Der erste, aus vielen andern gewählte Titel war: „*Niemandes Schuld*" und vier Hefte waren geschrieben und das erste am Vorabend der Veröffentlichung, ehe dieser Titel abgeändert wurde. Als er im Begriffe stand, an die Arbeit zu gehen, entschuldigte er sich in Bezug auf eine früher eingegangene Verbindlichkeit mit dem Umstande, daß „die Geschichte rings um ihn her hervorbreche und

---

[25] Den Grundriß dieser Skizze bildete eine ebenfalls von Dickens gegebene malerische Beschreibung der berühmten wohltätigen Stiftung in Rochester, welche im sechzehnten Jahrhundert von Richard Watts gemacht wurde, „für sechs arme Reisende, ausgenommen Spitzbuben und geistliche Anwälte, die für eine Nacht gratis Logis, Beköstigung und vier Pence à Person empfangen können." Ein für Watts errichtetes originelles Denkmal ist der hervorragendste Gegenstand an der Mauer des südwestlichen Querschiffs der Kathedrale und darunter befindet sich jetzt eine Bronzetafel, mit folgender Inschrift: „Charles Dickens. Geboren in Portsmouth, 7. Februar 1812. Gestorben in Gadshill bei Rochester, 9. Juni 1870. Begraben in der Westminster-Abtei. Um sein Gedächtnis mit dem Schauplatz zu verknüpfen, auf dem er seine frühesten und seine spätesten Jahre verlebte, und mit den Erinnerungen an die Kathedrale von Rochester und deren Umgebung, welche sein ganzes Leben erfüllten, wurde, mit der Bewilligung des Dekans und des Kapitels, diese Gedenktafel von seinen Testamentsvollstreckern aufgestellt."

daß er eine Eisenbahnfahrt machen wolle, um sie in guter Laune zu halten". Doch das in-guter-Laune-Halten war etwas schwer und die Anzeichen eines Nachlassens seiner Erfindungsgabe, die sich zuerst bei *Bleak House* kundgaben, machten sich von neuem bemerkbar. „Was die Geschichte betrifft," schrieb er im August 1855, „so bin ich beim zweiten Hefte, und gestern Abend und heute Morgen war ich halb Willens, von neuem anzufangen und das, was schon fertig ist, später hinein zu verarbeiten." Es war ihm vorgekommen, als habe er einen Effekt verloren, indem er, wie der Anfang der Geschichte jetzt steht, die Reisegefährten sofort mit einander bekannt gemacht hatte. „Mir schien, es würde etwas neues sein, wenn ich zeigte, wie Menschen auf zufällige Weise als Reisegefährten zusammen kommen und ohne einander zu kennen, an dem selben Orte sind, grade wie es im Leben geschieht, und sie dann nachher mit einander in Verbindung zu bringen und das Warten auf diese Verbindung zu einem Teile des Interesses zu machen." Er führte diese Veränderung nicht aus; aber der Umstand, daß er daran dachte, war für mich eine von mehreren Andeutungen der veränderten Voraussetzungen, unter welchen er damals schrieb, und daß der alte, volle, unwiderstehliche Fluß seiner Phantasie eine zeitweilige Abnahme erfahren habe. Im Hinblick hierauf war es von vielem Interesse für mich, die ursprünglichen Notizen, die er, wie gewöhnlich, für jedes Heft der Erzählung zusammenstellte und die sich, wie alle andern, in meinem Besitz befinden, mit denen zu *Chuzzlewit* oder *Copperfield* zu vergleichen, und dabei in den ersteren die Arbeit und die Mühe, in den letzteren die Leichtigkeit und Sicherheit der Behandlung wahrzunehmen.[26]

---

[26] Es schien mir angemessen, einen so merkwürdigen Kontrast, mit Herbeiziehung Copperfield's, im Faksimile darzustellen und ich kann dem Leser versichern, daß die umstehend gegebenen Beispiele den allgemeinen Charakter der Notizen zu den beiden Büchern sehr treu ausdrücken.

Faksimile des Entwurfs für das erste Heft von *David Copperfield*

Faksimile des Entwurfs für das erste Heft von *Klein Dorrit*

„Ich habe jetzt grade die Arbeit an dem dritten Heft angefangen, zuweilen begeistert, öfter unmutig genug. Es ist eine ungeheure Auslage in dem Kapitel über den Vater des Marshalsea-Gefängnisses, weil dabei eine große Menge Stoff in einen kleinen Raum zusammengedrängt wird. Ich bin noch nicht ganz entschlossen, aber ich habe stark im Sinne, diese Familie mit Reichtum zu überhäufen. Ihre Lage würde sehr merkwürdig sein. Ich kann Dorrit, wie ich hoffe, in der Geschichte sehr bedeutend machen." Der Teil der Erzählung, welcher von dem Marshalsea-Gefängnis handelt, ist ohne Frage vortrefflich und der Gegensatz in den Charakteren der Brüder Dorrit wird meisterhaft dargestellt; aber von der Familie im Allgemeinen kann man sagen, daß ihre unwichtigsten Mitglieder am meisten von seinem Genie zeigten. Der jüngere der Brüder, der ungeratene Sohn und „lieb Fanny" sind vollkommen wirkliche Menschen in dem, was sie nicht anziehend macht, aber was in der Heldin für anziehend gelten soll, ist oft ermüdend aus Mangel an Wirklichkeit.

Das erste Heft erschien am 1. Dezember 1855 und am 2ten schrieb er mir ein triumphierendes Billet. *Klein Dorrit* hat selbst *Bleak House* aus dem Felde geschlagen. Es ist ein höchst glänzender Anfang und ich bin außer mir vor Freude." Am 6. des folgenden Monats schrieb er aus Paris: Du weißt wohl, daß am Neujahrstage 35 000 Exemplare des zweiten Heftes verkauft sind." Er war noch in Paris bei dem Erscheinen desjenigen Teiles der Erzählung, wegen dessen man sich ihrer immer am lebhaftesten erinnern wird, und schrieb am 30. Januar wie folgt: „Ich fühle heute Abend ein grimmiges Vergnügen in dem Gedanken, daß das ‚Amt der Umschweife' das Licht der Welt erblickt und bin neugierig zu hören, was für einen Eindruck es machen wird. Aber mein Kopf ist wirklich gepeinigt durch Visionen des Buches und ich will ihn, wie wir Franzosen sagen, von seiner Last befreien, indem ich mich in einige der wunderlichen Orte stürze, in welche ich nachts in diesen Breiten hineingleite." Die Helden des Amts der Umschweife führten zu den Gesellschaftsszenen, zu den Skizzen über die verwitweten Damen in Hampton-Court und zu Mr. Gowan – alles Teile einer und derselben gegen die herrschenden politischen und sozialen Laster gerichteten Satire. Er hatte dabei auf einige lebende Originale gezielt, die hinreichend vor dem Erkanntwerden gesichert waren, um ihn in den Stand zu setzen, seinen Stoß umso treffender zu führen; aber es war eine selbstenthüllte Ausnahme da. „Ich hatte," schrieb er mir, während er an dem sechsten Heft arbeitete, „den allgemeinen Gedanken zu den Gesellschaftsszenen vor der Sadleir'schen Geschichte, aber Mr. Merdle formte ich nach dem Muster jener herrlichen Spitzbüberei.

Die Gesellschaft, das Amt der Umschweife, und Mr. Gowan sind natürlich drei Teile eines und desselben Gedankens und Planes. Merdle's Leiden, das, wie Du schließlich finden wirst, in Betrug und Fälschung besteht, kam mir in den Sinn bei dem letzten Tropfen in dem silbernen Rahmtopf auf Hampstead-Heath. Ich werde Dich, wenn Du das gegenwärtige Heft gelesen hast, bitten, zu untersuchen, ob ‚Bar' in Bezug auf K. F. als Probe einer angedeuteten Ähnlichkeit in nicht vielen Zügen gelten kann." Die Ähnlichkeit war nicht zu verkennen, und obgleich dieser spezielle Mann der Barre seitdem in eine höhere und glücklichere Sphäre aufgestiegen ist, so laufen die Gerichtshöfe in Westminster doch keine Gefahr, „die einschmeichelnde Verbeugung gegen die Jury und die überredende Lorgnette" zu verlieren, wodurch dieser scharfe Beobachter in einem halben Dutzend Worten eine Charaktergestalt malen konnte.

Von andern Teilen des Buches, die ein starkes persönliches Interesse für ihn hatten, habe ich schon früher gesprochen und ich will jetzt nur noch eine Anspielung darauf von ihm selbst hinzufügen. „Es kommt im siebenten Heft mehreres von Flora vor, was mir außerordentlich drollig scheint, und dennoch liegt etwas Ernstes dabei zugrunde. Ah, nun! hatte es nicht auch einmal eine sehr ernste Bedeutung? Es freut mich zu denken, daß ich bei der Annäherung von Heft zehn, in dem ich endgültig beschlossen habe, Dorrit reich zu machen, die langen Sommermorgen auf dem Lande haben werde. Es sollte ein sehr schöner Punkt in der Geschichte sein ... Nichts reizte mich bei Flora so sehr zum Lachen als die Ideenverwirrung, zwischen Gicht, die sich nach oben erstreckt und Gicht, die mit Mr. F. in eine andre Sphäre empor fliegt." Er selbst fand auch kein unbeträchtliches Vergnügen an Mr. F's. Tante; und in dem alten Schurken von einem Patriarchen, dem oberflächlich glatten Casby und andern Umgebungen der armen Flora war Komik genug, um eine ganze Schiffsladung von Charakteren zweiten Ranges über Wasser zu halten, angenommen, daß solche den Stapel des Romans gebildet hätten. Dies zu behaupten, würde jedoch nichts weniger als billig sein. Der Mangel des Buches lag weniger in der Abwesenheit ausgezeichneter Charaktere oder scharfer Beobachtung, als in der fehlenden Natürlichkeit und dem Zusammenhang zwischen den Gestalten des Romans und einem zentralen Interesse in der Anlage. Außerdem sind die Einflüsse, welche die Katastrophe herbeiführen, noch weniger erfreulich als selbst in *Bleak House* und, (worin *Klein Dorrit* diesem gutangelegten Romane sehr unähnlich ist,) mehrere der am tiefsten durchdachten Dinge darin haben wirklich mit der eigentlichen Geschichte wenig zu tun. So ist, um ein Beispiel anzuführen, die äußere Beschreibung von Miss Wade und Tattycoram nichts weniger als anziehend; dennoch liegt in der Unähnlichkeit zwischen beiden eine seltene Macht der Ähnlichkeit, in der eine große Feinheit der Auffassung sich offenbart; und beide, ebenso wie Gowan, hätten einen bedeutenden Effekt in dem Romane machen müssen, wenn sie wesentlicher zu seinem Interesse oder seiner Entwicklung beigetragen hätten. Das Mißlingen war nichtsdestoweniger keinem Mangel an Sorgfalt und Nachdenken, weder in Bezug auf seine eigenen Pläne, noch in Bezug auf die von Meistern seiner Kunst geschaffenen Muster zuzuschreiben. „Ich zweifle nicht," schrieb er, „daß ein Hauptteil von Fielding's und auch von Smollet's Gründen für die Einschaltung von Episoden der war, daß es wirklich mitunter unmöglich ist, in einem vollen Buche die Idee, welche dasselbe enthält, zur Anschauung zu bringen, ohne bei dem Leser ein ebenso großes Maß von Phantasie vorauszusetzen als bei dem Autor. Bei Miss Wade hatte ich, was ich für neu hielt, den Gedanken, die Episode Umständen, welche unmöglich von der Hauptgeschichte zu trennen sind, auf eine Weise anzupassen, daß das Blut des Buches durch beide zirculieren müßte. Aber nach dem, was Du sagst, kann ich nur annehmen, daß mir dies nicht ganz gelungen ist."

Kurze Zeit nach dem Datum dieses Briefes kam er in Geschäften, welche mit dem Ankauf von Gadshill Place zusammenhingen, nach London und ging in den Borough,[27] um zu sehen, welche Spuren noch von dem Gefängnis vorhanden waren, dessen erste Eindrücke sich aus seiner Kindheit herschrieben, das in diesem letzten Roman eine so wichtige Rolle gespielt hatte, und von dem er, lediglich durch die Lebendigkeit seines wunderbaren Gedächtnisses, in seinem Buche jeden Ziegel und jeden Stein wieder aufgebaut hatte. „Ich ging gestern, ehe ich nach Gadshill fuhr, in den Borough, um zu sehen, ob ich noch Trümmer von dem Marshalsea finden könne. Ich fand einen großen Teil des ursprünglichen Gebäudes, jetzt Marshalsea-Place genannt. Ich fand die Zimmer, die mir in dem Romane vorschwebten. Ich fand einen sehr kleinen Jungen, der einen sehr großen Jungen wartete und der, da er mich auf dem Marshalsea-Pflaster stehen und mich umschauen sah, mir sagte, wie alles früher war. Gott weiß, wie er es erfahren hat (denn er war eine Welt zu jung, um etwas davon zu wissen), aber er hatte Recht genug ... Zu meinem Erstaunen steht noch ein Zimmer da, das ich mir vielleicht mieten werde. Es ist das Zimmer, durch welches die ewig denkwürdigen Unterzeichner von

---

[27] Ein am Südufer der Themse gelegenes Stadtviertel. – D. Übers.

Kapitän Porter's Bittschrift in meiner Kindheit abzogen. Die Eisenzinken sind fort und die Mauer ist niedriger gemacht, und jeder kann jetzt hinausgehen, der will, und nicht bettlägerig ist; und ich sagte zu dem Jungen: Wer wohnt dort? und er sagte: ‚Jack Pithick'. – Wer ist Jack Pithick? fragte ich ihn. Und er sagte: ‚Joe Pithick's Onkel'."

Dieser Besuch wurde erwähnt in der Vorrede, welche mit dem letzten Hefte erschien, und alles, was über das vollendete Buch noch zu bemerken bleibt, ist, daß es, obgleich in dem Humor und der Satire seiner besten Teile Dickens' nicht unwürdig, und obgleich geschrieben mit dem klaren, seiner besonders würdigen Zwecke, den Gegensatz zwischen der Erfüllung der Pflicht und der Nichterfüllung der Pflicht, im Privatleben wie öffentlichen Leben, in Armut und in Reichtum, zur Darstellung zu bringen, doch seinen Ruhm nicht vermehrte. In der ungeheuern Zahl seines Publikums war dagegen keine Abnahme erkennbar und eine charakteristische Bemerkung in einem seiner Briefe zeigt, wie besorgt er war, die Gegenwirkung zu vermeiden, welche die aus kritischen Unhöflichkeiten für ihn entspringende Unruhe hervorbringen konnte. „Neulich abends wurde mir ein Entschluß, an dem ich nun schon 20 Jahre festgehalten, nämlich von Angriffen auf mich keine Kenntnis zu nehmen, auf lächerliche Weise vereitelt, indem ich, ehe ich mich aufraffen konnte, über einen kurzen Auszug aus ‚Blackwood's Magazin' im ‚Globe' stolperte, worin ich benachrichtigt wurde, daß *Klein Dorrit* leeres Geschwätz sei. Ich wurde hinlänglich dadurch aufgeregt, um mich über mich selbst zu ärgern, daß ich ein solcher Narr bin und war; dann wieder mit mir zufrieden, weil ich einem guten Entschlusse so lange treu geblieben war." Kaum vier Monate nach seinem Tode fand eine historisch gewordene Szene statt, die, hätte er noch gelebt, um davon zu hören, ihn hätte mehr als trösten können ... Es war die Zusammenkunft von Bismarck und Jules Favre unter den Mauern von Paris. Der Preuße war bereit, sein Feuer auf die Stadt zu eröffnen; der Franzose war mit der schwierigen Aufgabe beschäftigt, zu zeigen, daß es weise sein werde, dies nicht zu tun; und „wir hören," sagen die Zeitungen von diesem Tage, „daß, während die beiden berühmten Staatsmänner sich bemühten, eine Basis für Unterhandlungen zu finden, Moltke in einer Ecke saß und *Klein Dorrit* las."[28] Wer möchte zweifeln, daß das Kapitel „Darüber wie man es nicht machen muß" die Aufmerksamkeit des alten Soldaten fesselte?

---

[28] Brief aus Paris vom 25. September 1870 in der „Pall-Mall-Gazette" vom 3. Oktober.

*

Vorbereitungen zu den Aufführungen in Tavistock House waren bis zur Weihnachtszeit unablässig betrieben worden. Das Schulzimmer wurde in ein Theater verwandelt und ein Babel's würdiges Sägen und Hammern dauerte wochenlang fort. Stanfield's unschätzbare Hilfe war wieder gewonnen und ich erinnere mich, daß ich ihn eines Tages damit beschäftigt fand, einige sehr kunstreiche Anordnungen von Dickens über den Haufen zu werfen, wobei er ein aus Stühlen gebildetes Proszenium vor sich hatte und die Szenerie mit Spazierstöcken entwarf. Aber Dickens verstand in derartigen Dingen die Kunst, Rat anzunehmen, und wenn die Vorschläge, die man ihm machte, nur im Mindesten zweckmäßig waren, war er immer bereit, danach zu handeln. In einer seiner großen Schwierigkeiten, für die Zuhörer wie für die Schauspieler mehr Raum zu gewinnen, sagte man ihm, Mr. Cooke von Astley's Amphitheater sei ein Mann, der hierin großes Geschick besitze; und an Mr. Cooke wendete er sich daher, mit folgendem Resultat. „Eins der hübschesten Dinge in seiner Art, das ich je gesehen" (18. Oktober 1856), „war die Ankunft meines Freundes Cook, an einem Morgen dieser Woche, in einem offenen Phaeton, gezogen von zwei weißen, ganz mit schwarzen (offenbar gedruckten) Flecken bedeckten Ponys, die zum Tore hereinkamen mit einem kleinen Stoßen und Rasseln, grade wie sie in den Zirkus kommen, wenn sie etwas ziehen, und um das mittlere Blumenbeet im Vorhofe rund herumliefen, als sähen sie sich nach dem Hanswurst um. Eine Menge Jungen, die merkten, daß dies keine gewöhnlichen Ponys seien, stürzten in atemloser Aufregung herbei – wanden sich wie Efeu um das eiserne Geländer und wurden nur durch das zürnende Auge des Unnachahmlichen abgeschreckt, den Hofraum zu stürmen. Einige dieser Jungen waren ihnen offenbar vom Zirkus her gefolgt. Ich bedaure hinzuzufügen, daß mein Freund, als unsre Verlegenheiten ihm erklärt wurden, keinerlei Vorschläge zur Überwindung derselben machen konnte, nicht die leiseste Idee davon hatte und ebenso gut der populäre Geistliche aus dem Tabernakel in Tottenham Court-Road hätte sein können. Alles was er mir antworten konnte – als ich im Garten vor ihm stand, in ganz derselben Position als wäre ich der Hanswurst, der ihm Abends ein Rätsel aufgibt – war: daß zwei von ihren Stallzelten im November zurückkommen würden, und daß sie einen Umfang von zwanzig Quadratfuß hätten, und daß man sie mir mit dem größten Vergnügen überlassen wolle. Dann sagte er auch: ‚Sie könnten ein halbes Dutzend von meinen Trapezen oder meinen Mittleren-Entfernungs-Tischen haben, aber sie messen alle sechs Fuß und sind alle zu niedrig, Sir.' Seitdem habe ich beschlossen, es alles auf meine eigene Weise zu machen, und mit meinem eigenen Zimmermann. Das Aussehn des Zimmers wird Dich überraschen. Es gleicht dem Schulzimmer ebenso wenig als dem Wirtshausschild zu Ambelside in Westmoreland. Die Töne im Hause erinnern mich, in Bezug auf die Gegenwart, an den Dockyard in Chatham – in Bezug auf eine ferne Vergangenheit, an den Bau von Noah's Arche. Die Tischler kommen nie aus dem Hause und der Zimmermann scheint auf Lebenszeit heimatlos (oder ansässig)."

Die Zeit brachte natürlich keine Besserung und als Weihnachten herankam, befand das Haus sich in Belagerungszustand. „Den ganzen Tag über macht ein Arbeiter Kleister in einem großen Topfe über dem Feuer heiß. Wir essen ihn, trinken ihn, atmen ihn und riechen ihn. Siebenzig Malertöpfe (die in einem Frachtwagen ankamen) schmücken die Bühne; und darauf sind zu sehen Stanny und drei Dansons (aus dem Zoologischen Garten in Surrey), die alle zugleich malen!! Inzwischen ist Telbin in einem einsamen Zimmer in Brewerstreet, Golden-Square, mit seinem Anteil an dem kleinen Unternehmen beschäftigt." Wie ausgezeichnet dasselbe endlich gelang, die Vortrefflichkeit der Aufführungen und das Entzücken der Zuhörerschaften, wurde in ganz London bekannt, und die Bemühungen um Einlaß nahmen endlich die Form einer aus lächerlichen Notbehelfen und düstern Enttäuschungen zusammengesetzten Tragikomödie an, der selbst Dickens' Hilfsquellen nicht gewachsen waren. „Mein Publikum beträgt jetzt 93," schrieb er eines Tages in Verzweiflung, „und wenigstens 10 werden weder hören noch sehen." Es blieb weiter nichts übrig, als die Zahl der Vorstellungen zu vermehren und erst am 20. Januar schilderte er „die Zertrümmerung der letzten Atome des Theaters durch die Arbeiter."

Sein Buch brachte er bald nachher zum Abschluß in Gadshill Place, das er im vorigen Jahre gekauft hatte und im Februar bezog; und in dem Briefe, welcher diese Tatsache ankündigte, unterschrieb er sich als „den kentischen Freisassen, auf seiner heimatlichen Haide, sein Name Protektion«. Sein neuer Aufenthalt beschäftigte ihn während des Frühsommers auf verschiedene Weise, und der Däne Hans Andersen war grade zu einem Besuche bei ihm dort angekommen, als ein unerwarteter Tod Douglas Jerrold dahinraffte. Es war ein Stoß für alle und ein besonderer Schmerz für Dickens. Jerrold's Witz und sein glänzender scharfsinniger Geist, der so viele Triumphe errang, bedürfen keines Lobes von mir; aber der schärfste der Satiriker war zugleich einer der liebenswürdigsten Menschen, und Dickens empfand für Jerrold eine Neigung, welche ebenso aufrichtig war als seine Bewunderung für ihn. „Zufällig weiß ich ziemlich viel über die Krankheit des armen Menschen, denn ich traf den letzten Tag, als er ausging mit ihm zusammen. Es war vor zehn Tagen, auf dem Wege zu einem von Russell[29] in Greenwich gegebenen Dîner. Er klagte sehr über sein Befinden, sagte, er sei drei Tage krank gewesen und schrieb es dem Einatmen weißer Ölfarbe vom Fenster seines Studierzimmers zu. Für den Augenblick machte dies keinen besondern Eindruck auf mich; aber als wir durch Leicester-Square gingen, fiel er plötzlich in einen weißen, heißen, kranken Schweiß und mußte sich an das eiserne Geländer anlehnen. Dann sollte er auf meine dringende Bitte in eine Droschke steigen und nach Hause fahren; aber bald nachher erholte er sich und beschloß, als wir Russell begegneten, mit uns zu kommen. Wir drei fuhren mit dem Dampfboote den Fluß hinunter, um das große Schiff[30] zu sehen; und nahmen dann einen offenen Wagen und fuhren auf Blackheath umher, wo der arme Douglas die frische Luft gewaltig genoß und fortwährend sagte, sie mache ihn gesund. Bei dem Dîner war er ziemlich still – saß neben Delane[31] – war aber sehr humoristisch und in guter Stimmung, obgleich er kaum irgendetwas genoß. Wir nahmen unter Verabredungen in Bezug auf seinen Besuch in Gadshill Abschied und ich sah ihn nicht wieder. Am folgenden Morgen wurde er sehr krank, als er versuchte aufzustehen. Am Mittwoch und Donnerstag befand er sich sehr schlecht, erholte sich aber am Freitag und war überzeugt, daß er wieder besser werden würde. Am Sonntag war er wieder sehr krank und Montagvormittag starb er, ‚in Frieden mit aller Welt', wie er sagte, und mit Abschiedsgrüßen an seine Freunde. Erst wenige Minuten vor dem Ende war er unverständlich und bewußtlos geworden. Ich wußte nichts davon, außer daß er krank gewesen und in Besserung war, bis, als ich gestern Morgen mit der Eisenbahn in die Stadt fuhr, ein Mann in dem Waggon seine Zeitung öffnete und zu einem andern sagte: ‚Douglas Jerrold ist tot'. Ich ging sofort hin und dann nach Whitefriars. – Ich schlage vor, daß eine Aufführung in einem Theater stattfindet, wo die Schauspieler den *Rend Day* und *Black-ey'd Susan*[32] spielen sollen; daß an einem andern Abend Thackeray eine Vorlesung hält; dann eine Tagesvorlesung von

---

[29] Dem bekannten Times-Korrespondenten. – D. Übers.
[30] Den Great Eastern, der damals in einem der Themsedocks gebaut wurde. – D. Übers.
[31] Redakteur der Times. – D. Übers.
[32] Zwei der populärsten Dramen von Douglas Jerrold. – D. Übers.

mir, eine Abendvorlesung von mir, eine Vorlesung von Russell und eine Subskriptionsvorstellung der Frozen Deep in Tavistock-House. Ich beabsichtige nicht, dies bittweise zu tun, sondern nur, den Tag nach dem Begräbnisse die ganze Serie anzukündigen: ‚Zum Gedächtnis Douglas Jerrold's', oder einem Ausdruck der Art. Ich habe Arthur Smith als den besten mir bekannten Geschäftsmann dafür gewonnen und werde morgen früh mit ihm an die Arbeit gehen. Unterdessen werden schon Nachfragen angestellt über die passendsten Lokale, die für diese verschiedenen Zwecke zu haben sind. Ich hoffe zuversichtlich, daß beinahe 2 000 Pfund dabei herauskommen werden."

Die freundschaftliche Unternehmung wurde mit einer Kraft, einer Schnelligkeit und einem Erfolge durchgeführt, welche diesem Anfange vollkommen entsprachen. Außer den erwähnten Aufführungen fanden andre, ebenfalls von Dickens organisiert, auf dem Lande statt, an denen er tätigen persönlichen Anteil nahm, und das Resultat blieb nicht hinter seinen Erwartungen zurück. Die Summe wurde schließlich für unsres Freundes unverheiratete Tochter angelegt, welche das Einkommen noch jetzt von mir, dem letzten überlebenden Administrator, empfängt.

So ging der größere Teil des Sommers dahin und als die Aufführungen in den Provinzen zu Ende August vorüber waren, empfing ich folgende Nachricht. „Ich habe mit Collins verabredet, daß er und ich am nächsten Montag zu einer Expedition von zehn oder zwölf Tagen nach abgelegenen Orten aufbrechen, in Gasthäusern und Küstenwinkeln eine kleine Tour machen, zur Aufsuchung eines Artikels und mit Vermeidung der Eisenbahnen. Ich muß einen guten Namen dafür finden und es sollen fünf Artikel werden, einer für den Anfang jeder Nummer in dem Oktoberheft." Tags darauf: „Wir haben uns für einen Streifzug in die Felsenberge von Cumberland entschieden, da ich in den Büchern einige vielversprechende Moore und Einöden dortherum entdeckt habe." So gingen sie denn in das Land der Seen und „*Die müßige Tour zweier müßigen Gesellen*", die in den ‚Household Words' erschien, war eine Erzählung dieses Ausflugs. Aber Dickens' Briefe enthielten beschreibende Züge und einige launige persönliche Erlebnisse, welche in dem veröffentlichten Bericht nicht enthalten sind.

Indem er vor seiner Abreise von London die „*Schönheiten von England und Wales*" durchblätterte, hatte die Erwähnung des Carrick Fell, „eines finstern alten Berges von 1 500 Fuß Höhe", seinen Ehrgeiz entflammt, und er beschloß insgeheim, den Berg zu ersteigen. „Wir stiegen gestern (9. September) hinauf. Niemand besteigt ihn. Die Führer haben ihn vergessen. Der Besitzer eines kleinen Wirtshauses, ein vortrefflicher Nordländer, bot sich uns als Führer an. Wir gingen hinauf in einem furchtbaren Regen. C. D. schlug Mr. Porter (Name des Wirts) in 15 Minuten. Mr. P. ermattete, ehe man sich's versah. Drei marschierten nichtsdestoweniger vorwärts. Mr. P. wieder als Führer. C. D. und C. (Wilkie Collins) folgten. Schrecklicher Regen, schwarze Nebel, nächtige Finsternis. Mr. P. in Aufregung. C. D. zuversichtlich. C. (eine lange Strecke abwärts in Perspektive) ergeben. Alle durch und durch nass. Keine Bergstöcke. Nicht einmal ein Spazierstock in der Gesellschaft. Erreichen den Gipfel um ein Uhr am Tage. Undurchdringliche Finsternis, wie in der Nacht. Mr. P. (bis zuletzt ein vortrefflicher Kerl) unruhig. C. D. holt einen Kompass aus der Tasche hervor. Mr. P. beruhigt sich. Das Bauernhaus, wo wir unsern Wagen gelassen hatten, Nordnordwestlich. Mr. P. ergeht sich in Komplimenten. Das Hinabsteigen beginnt. C. D. mit seinem Kompass triumphiert, bis der Kompass durch die Hitze und Nässe von C. D's Tasche zerbricht. Mr. P. (der nie einen Kompass hatte) untröstlich, gesteht, daß er in zwanzig Jahren nicht auf Carrick Fell gewesen ist und den Weg hinunter nicht kennt. Finsterer und finsterer, keiner in Entfernung von zwei Schritten durch die beiden andern zu erkennen. Mr. P. macht Vorschläge, aber keinen Fortschritt. Es wird C. D. und C. klar, daß Mr. P. rund um den Berg herumgeht und nicht hinunterkommt. Mr. P. setzt sich auf einen eckigen Granitblock und sagt: „er kann nicht weiter". C. D. belebt Mr. P. durch Gelächter, dem einzigen in der Gesellschaft vorhandenen Belebungsmittel. Mr. P. ergeht sich wieder in Komplimenten. Man versucht von neuem hinabzusteigen. Mr. P. fühlt sich schlechter und schlechter. Kriegsrat. Vorschlag C. D's, grade der Nase nach hinunter zu gehn. Unterstützt von C. Mr. P. macht Einwände wegen eines ‚die schwarzen Bögen' genannten Abgrundes und wegen der Gefahren des Landes. Mehr Umherwandern. Mr. P. von Schrecken erfüllt, aber ausdauernd. Man erreicht ein donnernd hinunterrauschendes Bergwasser. C. D. erlaubt sich die Bemerkung, daß dasselbe in den Fluß fließen muß, und daß es am besten sein würde, ihm zu folgen, trotz aller gymnastischen Zufälle. Mr. P. widersetzt sich, gibt aber nach. Man folgt daher dem Laufe des Bergwassers. Sprünge, Platschen und Stürze zwei Stunden lang. C. geht verloren. C. D. erhebt ein lautes Geschrei. Hilferufe von hinten. C. D. kehrt zurück. C. mit entsetzlich verrenktem Knöchel liegt im Flusse."

Alle Gefahr war vorüber, als Dickens seine Beschreibung schickte; aber es hatte viele Mühe gekostet, den Knöchel des Leidenden zu verbinden und ihn unter Schmerzen, wechselsweise schiebend, stützend und tragend, von der Stelle zu bringen, bis *terra firma* erreicht wurde. „Wir kamen endlich an der wildesten Stelle hinunter, unsinnig weit vom rechten Wege, und schickten, nachdem C. an aufgeschichteten Steinen eine Stütze gefunden, Mr. P. an die gegenüberliegende Seite von Cumberland nach dem Wagen, gelangten so nach seinem Gasthause zurück und zogen uns um, Schuh oder Strümpfe auf dem verletzten Fuß außer der Frage. Der Fuß in ein Flanellhemd eingewickelt. C. D. trägt C. melodramatisch (ein lebendiges Bild von Wardour)[33] überall hin: in und aus dem Wagen, auf und ab die Treppen, in's Bett, jeden Schritt. Und so nach Wigton, ließen einen Arzt kommen, und hier sind wir nun!! Eine allerliebste Affäre, wie wir uns schmeicheln."

Wigton beschrieb Dickens als einen Ort voll kleiner Häuser, alle in halber Trauer, von gelben oder weißen Steinen und schwarzen, mit der wunderbaren Eigentümlichkeit, daß es, obgleich ohne der Rede werte Bevölkerung, Geschäft und Straßen, doch bloß von dem Fenster der Reisenden aus fünf Leinwandläden aufwies, noch einen Leinwandladen im anstoßenden Hause und fünf andere Leinwandläden um die Ecke herum. „Ich bestellte ein Nachtlicht für mein Schlafzimmer. Eine sonderbare kleine alte Frau brachte mir eins der gewöhnlichen Child'schen Nachtlichter und sagte, offenbar in der Meinung, daß ich es mit Interesse betrachte: ,S'ist grade ein sehr kurioses Ding, Sir, und grade neu hierher gekomen. Es brennt immer acht Stunden zu Ende und ohne Rinnen und ohne Verschwendung oder irgendwas der Art, wenn Sie den Artikel ansehen und glauben können, was ich sage.'" In diesen primitiven Gegenden ergab sich eine Schwierigkeit in Bezug auf Briefe, die Dickens auf eine ihm ganz besonders eigene Weise löste. „Den Tag nach Carrick kamen wir mit unsern Briefen in Verlegenheit, weil wir nicht nach einem Orte Namens Mayport gegangen waren. So machte ich mich denn, während der Wirt noch überlegte, wie man sie bekommen könne (sie waren nur drittehalb Meilen entfernt), zu seinem großen Erstaunen auf den Weg und brachte sie her." Den Abend, nachdem sie Wigton verlassen, waren sie in dem Ship-Hotel in Allonby.

Allonby schilderten seine Briefe als einen kleinen unreinlichen ausländischen Ort, unbehauene Steine in halber Trauer, einige grobe Logierhäuser von gelben Steinen, mit schwarzen Dächern (Anschlagszettel in allen Fenstern), fünf Badekarren, fünf Mädchen in Strohhüten, fünf Männern in Strohhüten (die wünschten, sie wären nicht gekom-

---

[33] Es war eine Situation in der Frozen Deep, wo Richard Wardour, den Dickens spielte, Frank Aldersley in der Person von Wilkie Collins so umhertragen mußte.

men), ungefähr grade so wie Broadstairs gewesen sein würde, wäre es in Irland geboren und hätte es keine Klippe geerbt. „Aber dies ist ein vortrefflicher, gemütlicher kleiner Gasthof, mit der Aussicht auf's Meer, die gebirgige und romantische Küste von Schottland unsern Fenstern gegenüber, und obgleich ich in meinem Schlafzimmer nur so eben aufrecht stehen kann, sind wir doch wirklich gut einquartiert. Es ist ein reinliches nettes Haus in einem rauhen wilden Lande, und wir haben eine zuvorkommende und angenehme Wirtin." In der Tat hatte er in der Letzteren eine Bekannte von altem Datum gefunden. „Die Wirtin in dem kleinen Gasthof in Allonby wohnte in Greta-Bridge in Yorkshire, als ich vor *Nickleby* dorthin ging, und wurde in's Zimmer hineingeschmuggelt, um mich zu sehen, nachdem man insgeheim entdeckt hatte, wer ich war. Sie ist jetzt eine ungeheuer fette Frau. ‚Aber damals konnte ich meinen Arm um ihre Taille legen, Mr. Dickens,' sagte der Wirt, als sie mir die Geschichte erzählte, als ich vorgestern Abend zu Bette ging. ‚Und können Sie es jetzt denn nicht?' sagte ich. ‚Sie unempfindlicher Mensch! Sehen Sie mich an! Das ist ein Bild.' So umspannte ich denn so viel von ihr, als ich konnte, und diese galante Tat war so ziemlich die erfolgreichste, die mir je gelungen ist."

Auf ihrem Heimwege gingen die Freunde nach Doncaster, bei welcher Gelegenheit Dickens die erste Bekanntschaft mit dem St. Leger-Rennen und dessen Saturnalien machte. Sein Gefährte hatte sich damals so weit erholt, um vorsichtig mit einem dicken Stocke gehen zu können, „in welchem Zustande er genau dem gichtischen Admiral in einer Komödie glich, dessen Namen ich ihm daher gegeben habe." Die Eindrücke, die er von der Woche des Wettrennens empfing, waren nicht günstig. Es war Lärm und Getümmel den ganzen Tag und eine Zusammenkunft von Vagabunden aus allen Teilen der wettrennenden Erde. Jedes schlechte Gesicht, das je durch ein unschuldiges Pferd schlecht geworden war, hatte seinen Repräsentanten in den Straßen, und indem Dickens, wie Gulliver, als er aus dem Pferdelande kam und auf seine Mitmenschen herabblickte, von seinem Gasthausfenster in die Hochstraße von Doncaster niedersah, glaubte er überall eine damals berüchtigte Person zu erblicken, die grade ihren Wettgefährten vergiftet hatte. „Überall sehe ich den verstorbenen Mr. Palmer mit seinem Wettbuche in der Hand. Mr. Palmer sitzt mir zunächst im Theater. Mr. Palmer geht vor mir die Straße hinunter; Mr. Palmer folgt mir in den Apothekerladen, wohin ich nach dem Frühstück gehe, um Rosenwasser zu kaufen, und sagt zu dem Apotheker: ‚Gebt mir etwas *Sal Volatile* oder sonst ein verdammtes Ding der Art in Wasser – ich habe Kopfschmerz.' Und ich sehe mir seinen leidenden Kopf, der sich in langen, langen Reihen auf der Rennbahn und auf dem Wettplatz und außerhalb der Wettzimmer in der Stadt wiederholt, von hinten an, und schwöre zu Gott, daß ich in diesem ganzen Treiben nichts erblicken kann als Grausamkeit, Begehrlichkeit, Berechnung, Gefühllosigkeit und niedrige Schlechtigkeit."

Selbst eine halb erschreckende Art von gutem Glück mangelte den Erfahrungen meines Freundes auf der Rennbahn nicht, da ihm das begegnete, was er ein „wunderbares, lähmendes Zusammentreffen der Umstände" nannte. Er kaufte eine Wettkarte, schrieb im Scherze drei Namen für die drei Gewinner der drei Hauptrennen darauf (obgleich er nie in seinem Leben von einem der Pferde gehört oder daran gedacht hatte, außer daß der Gewinner des Derby, der hier aber weit hinter den andern zurückblieb, gegen ihn erwähnt war) „und, wenn Du es glauben kannst, ohne daß die Haare Dir zu Berge stehen, diese drei Rennen wurden, eins nach dem andern, von diesen drei Pferden gewonnen!!!« Es war der St. Leger-Tag, von dem Dickens es auch für bemerkenswert hielt, daß, obgleich die Verluste ungeheuer waren, niemand gewonnen hatte, denn man hörte nichts als Zähneknirschen und Flüche über schlechtes Glück. Dies besserte sich auch an dem Becher-Tage nicht, nach welchem Feste „ein stöhnendes Phantom" am Eingang seines Schlafzimmers lag und die ganze Nacht heulte. Der Wirt kam am Morgen herauf, um Entschuldigung zu bitten, und sagte, „es sei ein Herr, der 1 500 oder 2 000 Pfd. Sterl. verloren habe; und er habe nachher stark getrunken und dann hätten sie ihn zu Bette gebracht, und dann – wurde ihm schlecht und er stand auf und heulte bis zum Morgen." Dickens konnte wohl glauben, wie er am Schluß seines Briefes erklärte, daß, wenn man einen Knaben von nur einigermaßen gutem Charakter, aber mit einer dämmernden Neigung zum Pferderennen und Wetten, nur früh genug die Wettrennen von Doncaster sehen lasse, dies ihn heilen würde.

Siebentes Kapitel

Was sich um diese Zeit begab
1857–1858

Ein Gefühl von Unruhe, viel stärker als dasjenige, welches bei Dickens gewöhnlich war, und das sich seit seinem ersten Aufenthalt in Boulogne mehr oder weniger bemerkbar gemacht hatte, wurde um diese Zeit bei ihm fast zur Gewohnheit, und die Befriedigung, welche das häusliche Leben ihm hätte gewähren sollen und die in der Tat ein wesentliches Erfordernid seiner Natur ausmachte, hatte er in seinem Hause umsonst gesucht. Einige finden bei solcher Enttäuschung eine Alternative in dem, was man Gesellschaft nennt; doch eine solche gab es für ihn nicht. Die Gesellschaft behagte ihm nicht, und er maß ihr keinen Wert bei. Niemand war mehr befähigt, jeden Kreis, in den er eintrat, zu schmücken, aber selten ging er über die Kreise von Freunden und Genossen hinaus. Er gab sich ebenso viel Mühe, den Häusern der Großen fern zu bleiben, als andere sich geben hineinzukommen. Nicht immer mit Recht, wie man zugeben mag. Bloße Verachtung von Speichelleckerei und Bediententum war nicht zu allen Zeiten der vorherrschende Beweggrund bei ihm, wofür er selbst ihn hielt. Unter seinem Abscheu vor jenen Lastern der Engländer seines eignen Lebenskreises lag ein noch stärkerer Groll gegen die gesellschaftlichen Ungleichheiten, welche dieselben erzeugen, ein Groll, dessen er sich nicht so bewußt war und den er weniger bereitwillig eingestand. Nichtsdestoweniger diente derselbe insgeheim zur Rechtfertigung dessen, wozu er sonst nicht geneigt gewesen sein würde. Zu sagen, daß er kein Gentleman war, würde ebenso wahr sein, als zu sagen, daß er kein Schriftsteller war; aber wenn jemand seine gelegentliche Vorliebe für das behauptete, was unter seinem Niveau lag, vor dem was darüber lag, so würde es schwer sein dies zu widerlegen. Es gehörte zu jenen Mängeln seines Temperaments, für welche seine frühen Prüfungen und seine frühen Erfolge vielleicht in gleichem Maße als Erklärung dienen konnten. Er war leidenschaftlich empfindlich für Lob und Tadel, während er doch meistenteils einen Stolz darin suchte, gleichgültig dagegen zu erscheinen; die Ungleichheiten des Ranges, die er insgeheim empfand, traten auf noch bittrere und grellere Weise hervor durch den Gegensatz der von ihm durchgemachten Entbehrungen, gegen den von ihm errungenen Ruhm, und wenn die Mächte, die er am meisten zu verachten vorgab, die Form von Schranken annahmen, welche er nicht leicht überspringen konnte, so war die Folge, daß er in Ansichten und Sprache häufig intolerant erschien – denn in Wirklichkeit war er dies selten. Die Leiden seiner Kindheit brachten die heilenden Kräfte der Energie, des Willens und der Beharrlichkeit mit sich und lehrten ihn den unaussprechlichen Wert eines ernsten Entschlusses zur Überwindung entgegenstehender Hindernisse; aber die Gewohnheit der Entsagung und der Selbstaufopferung, in kleinen wie in großen Dingen, lehrten sie nicht; und durch seinen plötzlichen Sprung in weltweiten Ruhm und Einfluß wurde er Herr von allem, was im Leben erreichbar scheinen konnte, ehe er gelernt hatte, was ein Mensch ertragen muß, um seinen schwersten Prüfungen gewachsen zu sein.

Nichts von diesem allen hat sich bis jetzt bemerkbar gemacht, es sei denn in gelegentlichen Formen von Rastlosigkeit und dem Verlangen nach Ortswechsel, die, während er an seinen Büchern arbeitete, so naturgemäß aus den schöpferischen Erfordernissen seiner Phantasie hervorgingen, daß eine andere Erklärung dafür unnötig war. Bis zu der Zeit der Vollendung *Copperfield's* hatte er sich im Besitz allgenügender Hilfsquellen gefühlt. Gegen alles, was ihm auch begegnen mochte, fand er einen Anhalt in den Schöpfungen seiner Phantasie, einen seiner Kunst abgewonnenen Ersatz, der ihm nie fehlte, weil er dort unbestritten herrschte. Dies war die Welt, die er seinem Willen beugen und allen seinen Wünschen dienstbar machen konnte. Er hatte außerdem unter einem Äußeren von eigentümlicher Genauigkeit, Methode und streng ordnungsmäßiger Behandlung in allen Dingen und trotz eines Temperaments, dem ein Haus und häusliche Interessen eine wirkliche Notwendigkeit waren, etwas gemein mit jenen eifrigen, ungestümen, hochfahrenden Naturen, die auf das Leben losstürzen, ohne sich um seine Kosten zu kümmern und ebenso bereit sind, seine Freuden möglichst zu genießen, als sie durch seine Sorgen leicht und schnell über den Haufen geworfen werden.[34] Aber die Welt, die er in's Leben geru-

---

[34] Es ist schwer, sich einen vollständigeren Gegensatz zu dem Micawber-Typus zu denken als Dickens, und doch gab es Augenblicke (wirklich und wahrhaftig nur Augenblicke), wo einem der Gedanke kam, daß, unter verschiedenen Bedingungen seines Lebens, etwas von einer Vagabundenexistenz (in dem Sinne wie Goldsmith das Wort gebraucht) bei ihm möglich gewesen wäre. Sie würde ein unsägliches Elend für ihn gewesen sein, aber trotzdem hätte sie kommen können. Die Frage erblicher Übertragung besaß eine merkwürdige Anziehungskraft für ihn und die damit zusammenhängenden Betrachtungen waren seinem Geiste oft gegenwärtig. Von einem jungen Manne, der in eines Vaters Schwächen gefallen

fen hatte, hatte ihn so weit sicher durch diese Gefahren hindurch getragen. Seine eigenen Schöpfungen standen ihm immer zur Seite. Sie waren lebendige, redende Gefährten. Mit ihnen allein war er überall vollständig identifiziert. Er lachte und weinte mit ihnen, fühlte sich ebenso sehr erhoben durch ihre Heiterkeit als niederge-drückt durch ihren Kummer und brachte zu ihrer Betrachtung einen Glauben sowohl an ihre Wirklichkeit mit, als an die Einflüsse, welche sie ausüben sollten, der ihn unter allen Verhältnissen aufrecht hielt.

Es war während der Arbeit an *Klein Dorrit*, als er, glaube ich, zuerst eine gewisse Ermüdung seiner Phantasie empfand, woraus andre Befürchtungen entsprangen. In einer andern Form hatte er dasselbe während der letzten Teile von *Bleak House* erfahren, von dessen Mängeln nicht wenige auf die schauspielerischen Aufregungen zurückgeführt werden könnten, unter denen es geschrieben wurde; aber das folgende Buch machte es ihm klarer, und es ist bemerkenswert, daß er in der Zeit zwischen beiden zum ersten- und einzigenmale in seinem Leben zu einem Verfahren seine Zuflucht nahm, das er am Schluß seines nächsten und letzten, in Form von vierundzwanzig Monatsheften veröffentlichten Romans wieder aufgab, indem er nämlich geschriebene Andeutungen von Charakteren und Begebenheiten als Hilfsmittel bei der Arbeit benutzte. Nie zuvor hatte seine fruchtbare Phantasie eine solche Hilfe bedurft; das Bedürfnis war weniger, zu ihrer Fülle beizutragen, als ihr Überfließen zu verhindern; aber man hat daran einen andren Beweis, daß er selbst insgeheim wenigstens die Möglichkeit erwogen hatte, daß die Macht, welche immer seine große Stütze gewesen war, ihn eines Tages im Stiche lassen könne. Es war seltsam, daß ein solcher Zweifel ihm gekommen war und er würde es kaum offen eingestanden haben; aber abgesehen von jener wunderbaren Welt seiner Bücher entsprach der Umfang seiner Gedanken nicht immer der Größe und Tiefe seiner Natur. Der gewöhnliche Kreis seiner Tätigkeit, in Bezug auf Neigungen wie auf Gedanken, war voll von so erstaunlichem Leben, daß man geneigt war, ihn für umfassender zu halten, als er wirklich war; und immer wieder, wenn ein weiter

---

war, ohne die Möglichkeit, sie zum Zwecke der Nachahmung beobachtet haben zu können, schrieb er bei einer Gelegenheit. „Dies erweckt die wunderlichsten Gedanken darüber, in Bezug auf welche unsrer eignen Fehler wir wirklich verantwortlich sind und in Bezug auf welche wir uns vernünftigerweise nicht für ganz verantwortlich halten können. Was A. offenbar von seinem Vater hatte, kann in diesem Falle nicht aus Verkehr und Beobachtung hergeleitet werden, sondern muss recht eigentlich aus den Grundbedingungen seiner Individualität als eines lebenden Wesens hervorgegangen sein."

Horizont vor ihm zu liegen schien, hielt er plötzlich an und blieb stehen, als ob nichts darüber hinaus läge. Obgleich jede seiner Ideen ihre Zeit und ihren Wechsel hatte, war er doch gar sehr ein Mann von einer Idee, welche dann die absolute Vorherrschaft über alle andern erlangte, und dies war eins der Geheimnisse der Vollständigkeit, womit alles, was er in die Hand nahm, ausgeführt wurde. Was den Stoff seiner Schriften angeht, so ist die einfache Wahrheit, daß sein schöpferisches Genie ihn eigentlich nie verließ. Bis ans Ende seines Lebens waren nicht wenige seiner Charaktere und humoristischen Schöpfungen, seine Marigold, Lirriper, Gargery, Pip, Sapsea und viele andre ebenso frisch und schön als die Schöpfungen seiner größten Tage. Er hatte jedoch die freie und fruchtbare Methode der früheren Zeit verloren. Er konnte einen weit ausgebreiteten Kanevas nicht mehr mit derselben Leichtigkeit und Sicherheit ausfüllen wie sonst, und er empfand häufig eine ganz unbegründete Furcht vor einem möglichen Zusammenbruch seiner Kräfte, deren Ende in jedem Augenblick beginnen könne. Es kamen daher von Zeit zu Zeit Perioden ungewöhnlicher Ungeduld und Rastlosigkeit, die mir im Zusammenhang mit seinen häuslichen Verhältnissen fremd waren; seine alten Bestrebungen wurden zu oft um andrer Aufregungen und Beschäftigungen willen bei Seite gelegt. Er nahm teil an einer von administrativen Reformern begonnenen öffentlichen politischen Agitation; er brachte verschiedene quasiöffentliche theatralische Aufführungen in Gang, an denen er hervorragenden Anteil nahm; und obgleich die Anordnung der Aufführungen nach seines Freundes Jerrolds Tode nur ein Teil seiner immer großmütigen Hingabe an jede freundschaftliche Pflicht war, so drückte doch der Eifer, womit er sich in dieselben hineinwarf, sie so anordnete, daß sie eine Masse von Arbeit für schauspielerische Tätigkeit und für Reisen beanspruchten, welche einen erfahrenen Schauspieler erschreckt haben würde, und sie eine Woche nach der andern unausgesetzt in London und den Provinzen fortsetzte, nur das Verlangen aus, wovon er noch erfüllt war, sich auf irgendwelche Weise irgendeine Abwechselung zu schaffen, die ihm das Leben leichter machte. Was das Höchste in seiner Natur war, hatte damals aufgehört das Höchste in seinem Leben zu sein, und er hatte sich der Gewalt niedrigerer Zufälle und Bedingungen übergeben. Die bloße Wirkung der umherschweifenden Lebensweise, welche diese schauspielerischen Unternehmungen bei ihm beförderten, konnte nicht anders als ungünstig sein. Aber Einwendungen dagegen waren nutzlos.
Auf eine sehr ernste Einwendung im Frühherbst 1857, wobei Veranlassung genommen wurde, sein neuliches Hinaufstürzen auf Carrick

Fell mit seinem Hineinstürzen in andre Schwierigkeiten zu vergleichen, erwiderte er Folgendes. „Es ist zu spät zu sagen: Lege den Zaum an und stürze nicht die Berge hinauf – Du sagst es dem unrechten Manne. Meine einzige Befreiung liegt jetzt im Handeln. Ruhe ist mir unmöglich geworden. Ich bin vollkommen überzeugt, daß ich rosten, brechen und sterben würde, wenn ich mich schonte. Viel besser, tätig zu sterben. Zu dem, was ich auf diese Weise bin, schuf mich zuerst die Natur, und meine jüngste Lebensweise hat es leider bekräftigt. Ich muß den Nachteil – da es doch einmal einer ist – mit den Talenten, die ich habe, hinnehmen, und ich muß leben nach den mir vorgeschriebenen Bedingungen." Ich muß hinzufügen, daß etwas von demselben traurigen Gefühl, auch im Zusammenhang mit häuslicher Unbefriedigtheit und Besorgnis, von Zeit zu Zeit während der vorhergehenden drei Jahre Ausdruck gefunden hatte; aber ich schrieb dies andern Ursachen zu und beachtete es wenig. Während seiner Abwesenheit auf dem Festlande in den Jahren 1854, 1855 und 1856, als seine älteren Kinder aus der Kindheit heranwuchsen und seine Bücher ihm weniger leicht wurden als im früheren Mannesalter, kamen in seinen Briefen Spuren jenes „unglücklichen Verlustes und Entbehrens eines gewissen Etwas" zum Vorschein, dem er in *Copperfield* eine durchdringende Bedeutung gegeben hatte. In dem ersten jener Jahre machte er eine ausdrückliche Anspielung auf diejenige Art von Erfahrung, welche er in jenem Lieblingswerke beschrieben hatte, und identifizierte dieselbe, im Hinweis auf die Nachteile seines damaligen Lebens, zum erstenmal mit seiner eigenen: „Die so glückliche und doch so unglückliche Existenz, welche ihre Wirklichkeiten in Unwirklichkeiten sucht und ihren gefährlichen Trost findet in einem beständigen Entrinnen aus den sie umgebenden Enttäuschungen des Herzens."

Später in demselben Jahre schrieb er aus Boulogne wie folgt: „Ich habe schreckliche Gedanken, ganz allein für mich irgendwohin fortzugehen. Hätte es sich einrichten lassen, so wäre ich vielleicht auf sechs Monate in die Pyreennen (Du weißt, was dies Wort bedeuten soll, darum schreibe ich's nicht noch einmal) gegangen. Ich habe den Gedanken in eine Perspektive von sechs Monaten gestellt, aber ihn noch nicht aufgegeben. Ich habe Visionen, in denen ich ein halbes Jahr oder so an allen möglichen unzugänglichen Orten lebe und ein neues darin anfangen lasse. Eine unbestimmte Idee, in der Schweiz über die Schneelinie emporzuwandern und in einem erstaunlichen Kloster zu wohnen, schwebt mir durch den Kopf. Kurz, könnten die ‚Household Words' in guten Zug gebracht werden, so weiß ich nicht, an welchem seltsamen Orte, oder in welcher fernen Erhebung über dem Meere ich zunächst an die Arbeit gehen würde. Rastlosigkeit, wirst Du sagen. Was es auch sein mag, es treibt mich ohne Aufhören und ich kann nichts dagegen machen. Ich habe neun oder zehn Wochen geruht und öfter ist mir, als wäre es ein Jahr gewesen, obgleich ich die sonderbarsten nervösen Leiden hatte, ehe ich aufhörte. Könnte ich nicht schnell und weit wandern, ich glaube, ich würde explodieren und sterben." Wieder vier Monate später schrieb er: „Du wirst wahrscheinlich nächsten Montag aus Paris von mir hören und es ist möglich, daß ich bis nach Bordeaux gehe. Ich denke daran, im Sommer in das Bergland zwischen Frankreich und Spanien auszuwandern. Befinde mich überhaupt in einem aufgelösten Zustande. – Stäubchen neuer Bücher fliegen umher in der schmutzigen Luft, Elend von älterem Wachstum droht mich zu überwältigen. Wie kommt es, daß, wenn ich jetzt in trübe Stimmung falle, immer ein Gefühl über mich kommt wie bei dem armen David, von einem Glück, das ich im Leben verfehlt, und von einem Freunde und Genossen, den ich nie gefunden habe?"

Zu Anfang des Jahres 1856 (20. Januar) beschäftigte ihn von neuem der Gedanke, ein Buch in der Einsamkeit zu schreiben. „Wieder beunruhigen mich meine früheren Ideen von einem Buche, dessen ganze Geschichte auf dem Gipfel des Großen St. Bernhard spielen soll. Während ich Pläne für *Klein Dorrit* annehme und verwerfe, kehren sie immer wieder zurück. In zwei oder drei Jahren wirst Du es vielleicht erleben, daß ich einen ganzen Winter bei den Mönchen und den Hunden zubringe – in dem blendenden Schnee, der um jenes Kloster herum fällt. Ich denke ganz ernstlich daran, es zu tun, wenn ich noch am Leben bin." Als er dies schrieb, war er in Paris und als Macready ihn im April desselben Jahres besuchte, nahm er die Selbstenthüllungen von neuem auf. Der große Schauspieler lebte damals in Zurückgezogenheit in Sherborne, wohin er gegangen war, nachdem er die Bühne verlassen hatte, und Dickens gab erfreuliche Nachrichten über die erfrischende Wirkung, welche diese kurze Vergnügungsreise nach Paris auf ihn ausübte. Dann, nachdem er bemerkt, daß er noch daran denke, sich in Australien niederzulassen, dies aber nicht tun könne, ehe er *Klein Dorrit* beendet habe, setzte er hinzu: vielleicht werde es Macready, wenn er noch einmal wieder an die Arbeit gehen könne, nicht schaden, solche Nöte zu erleben wie die, welche ihn selbst quälten. „Es erfüllt mich mit Schmerz zu denken, wie er fernab in jenem einsamen Sherborne lebt. Ich habe immer von mir selbst gefühlt, daß ich, so Gott will, in Rüstung sterben muß, aber ich habe es nie stärker gefühlt, als indem ich ihn ansah und an ihn dachte. So seltsam es auch ist, nie in Ruhe und nie befriedigt zu sein und immer nach etwas zu streben, das nie erreicht wird, und immer mit Plänen und Sorge und Mühe beladen zu sein, – wie klar ist es doch, daß es so sein muß und daß man durch eine unwiderstehliche Macht getrieben wird, bis die Fahrt vollendet ist. Es ist viel besser, vorwärts zu gehen und sich zu grämen, als stehen zu bleiben und sich zu grämen. Was Ruhe angeht, so gibt es so etwas für einige Menschen im Leben nicht. Das Vorstehende steht wie eine kleine Predigt aus, liegt mir aber in diesen Tagen so oft im Sinne, daß es einmal herauskommen muß. Die alten Zeiten – die alten Zeiten! Wird mir wohl je die Lebensstimmung wiederkehren, wie sie damals war? Vielleicht etwas davon – aber nie wieder ganz wie sie war! Ich finde, daß das Skelett in dem geheimen Verschluß meines Hauses ziemlich groß wird."

Es würde ungerecht und unaufrichtig sein, nicht zuzugeben, daß diese und andere ähnliche Stellen in Briefen, welche sich über die Jahre seines Aufenthalts auf dem Festlande erstreckten, gewissermaßen als Vorbereitung auf das gedient hatten, was nach seiner Rückkehr nach England im folgenden Jahre kam. Nichtsdestoweniger kam es mit einer großen Erschütterung, weil es deutlich aussprach, was vorher nie eingestanden, sondern nur mehr oder weniger dunkel angedeutet war. Die Bemerkung am Anfang des folgenden Briefes bezieht sich auf eine Erwiderung von mir auf einen vorher von ihm ausgedrückten Wunsch, daß, wie in alten Zeiten, vertrauliche Mitteilungen zwischen uns stattfinden möchten. Ich teile nur das mit, was streng notwendig ist, um zu erklären, was folgte, und auch dies mit tiefem Widerstreben. „Dein gestriger Brief war so freundlich und herzlich und ließ die vielen Saiten, die wir zusammen berührt haben, so sanft erklingen, daß ich ihn nicht unbeantwortet lassen kann, obgleich ich nicht viel von Bedeutung zu sagen habe. Meine Bemerkung über ‚vertrauliche Mitteilungen' bezog sich nur auf die Erleichterung, ein Wort über das zu sagen, was lange in meinem Innern verschlossen gewesen ist. Die arme Katharine und ich sind nicht für einander gemacht und es gibt keine Hilfe dafür. Es ist nicht bloß, daß sie mich mißmutig und unglücklich macht, sondern daß ich sie so mache – und noch viel mehr. Sie ist ganz so liebenswürdig und nachgiebig, wie Du sie kennst; aber für das zwischen uns bestehende Band sind wir seltsam schlecht geeignet. Gott weiß, sie würde tausendmal glücklicher gewesen sein, hätte sie einen anders gearteten Mann geheiratet und hätte sie dies Schicksal vermieden, so würde es wenigstens gleich gut gewesen sein für uns beide. Es schneidet mir oft in's Herz, wenn ich denke, was für ein Jammer es um ihretwillen ist, daß ich je in ihren Weg kam, und wäre ich morgen krank oder arbeitsunfähig, so weiß ich, wie leid es ihr tun und welch tiefen Schmerz es mir selbst verursachen würde, zu denken, wie wir einander verloren hätten. Aber ganz dieselbe Unverträglichkeit würde von neuem hervortreten in dem Augenblick, wo ich wieder wohl wäre, und nichts in der Welt könnte bewirken, daß sie mich verstände, oder daß wir für einander paßten. Ihr Temperament stimmt nicht zu meinem. Es bedeutete nicht so viel, als wir nur uns selbst zu berücksichtigen hatten, aber seitdem sind Gründe hinzugetreten, die es so gut wie hoffnungslos machen, daß wir noch auf diese Weise weiter zu kämpfen suchen. Was mich jetzt befällt, habe ich beständig herankommen sehen seit den Tagen, deren Du Dich erinnerst, als Mary geboren wurde, und ich weiß nur zu gut, daß weder Du noch irgendjemand sonst mir helfen kann. Warum ich dies auch nur geschrieben habe, weiß ich nicht; aber es ist eine elende Art von Trost, daß Du genau weißt, wie die Sachen stehen. Die bloße Erwähnung der Tatsache, ohne jede Klage oder Tadel irgendwelcher Art, ist mir in meiner gegenwärtigen Lage eine Erleichterung – und diese kann ich nur durch Dich erlangen, weil ich zu niemand sonst davon reden kann." In demselben Tone war seine Erwiderung auf meine Antwort. „Zu dem meisten was Du sagst – Amen! Du zeigst nicht so viel Toleranz, wie Du wohl zeigen könntest gegen das launische und rastlose Gefühl, das, wie ich glaube, einen Teil der Bedingungen ausmacht, unter welchen man ein Dichterleben führt und das ich, wie Du gut genug wissen solltest, oft nur niedergehalten habe, indem ich wie ein Dragoner darüber hinwegritt – doch nichts mehr davon. Ich mache keine sentimentalen Klagen. Ich stimme mit Dir überein in Bezug auf die sehr möglichen, ja minder erträglichen Vorkommnisse, als die meinen, die oft im Ehestande eintreten können und müssen, wenn man sich sehr jung hineinbegibt. Ich empfinde auf's tiefste den mir beschiedenen Genuß des Lebens und seiner höchsten Gefühle, und ich habe mir Jahre lang gesagt und es ehrlich und aufrichtig empfunden: das ist der Nachteil einer solchen Laufbahn und man darf sich nicht darüber beschweren. Ich sage es jetzt und fühle es ebenso stark als je zuvor und, wie ich Dir in meinem letzten Briefe sagte, bringe ich alles dies nicht von jenem Gesichtspunkte aus vor. Aber die Jahre haben es für keinen von uns beiden erträglicher gemacht und ebenso sehr um ihret- als um meinetwillen drängt sich mir der Wunsch auf, daß etwas geschehen möchte. Ich weiß nur zu gut, daß es unmöglich ist. So liegen die Dinge und das ist alles, was sich darüber sagen läßt. Auch mußt Du nicht glauben, daß ich das vor mir verberge, was auf der andern Seite angeführt werden kann. Ich mache keinen Anspruch auf Tadellosigkeit. Gewiß liegt ein großer Teil der Schuld auf meiner

Seite, in Gestalt von tausend Ungewißheiten, Launen und Schwierigkeiten des Temperaments; aber nur eines wird alles dies ändern und das ist das Ende, welches alles ändert."

Es wird den Meisten nicht scheinen, daß hier etwas vorlag, was nicht unter glücklicheren Umständen einer umsichtigen Erledigung fähig gewesen wäre; aber alle Umstände waren ungünstig und der mäßige Mittelweg, auf welchen die Eingeständnisse in jenem Briefe weise hinwiesen und den sie vollständig gerechtfertigt haben würden, wurde unglücklicherweise nicht gewählt. Man vergleiche dasjenige, was vorher über Dickens' Temperament gesagt wurde, mit dem, was er selbst hier über dessen Mängel sagt, und die Erklärung wird nicht schwer sein. Alle Einflüsse, welche der einen Idee, die ihn jetzt beherrschte, hätten entgegenwirken können, waren so geschwächt, daß sie beinahe machtlos waren. Seine älteren Kinder waren keine Kinder mehr; seine Bücher hatten damals die Bedeutung verloren, welche sie früher vor allen andern Dingen in seinem Leben gehabt hatten, und in sich selbst besaß er nicht die Hilfsquellen, die man bei einem Manne wie ihm, wenn man ihn von der Oberfläche beurteilte, hätte erwarten mögen. Nicht bloß sein Genie, sondern seine ganze Natur war zu ausschließlich aus der Sympathie für das Wirkliche in seiner intensivsten Gestalt zusammengesetzt, um gegen die Mängel der ihn umgebenden Wirklichkeiten hinreichend gerüstet zu sein. Es gab für ihn keine „Stadt des Geistes", gegen alle äußern Übel, zu innerm Trost und Schutz. In und aus dem Wirklichen suchte er noch die Freiheit und die Befriedigung eines Ideals, und eben durch seine Versuche, der Welt zu entrinnen, wurde er mitten in ihr Gedränge zurückgetrieben. Aber was er dort hätte suchen mögen, gewährt sie niemandem; und das Bemühen, das Unendliche aus etwas so Endlichem zu gewinnen, hat manches starke Herz gebrochen.

Am Schluß jenes letzten Briefes aus Gadshill (5. September) stand die Frage: „Was meinst Du, wenn ich für diesen Ort bezahlte durch die Ausführung jenes alten Planes zu Vorlesungen aus meinen Büchern? Ich fühle mich sehr stark dazu versucht. Überlege Dir's." Die Gründe dagegen waren sehr stark und gewannen meiner Ansicht nach noch an Stärke durch die Zeit, in welcher der Vorschlag gemacht wurde. Der alte Einwand blieb in Kraft bestehen: es war eine Substituierung niedrigerer für höhere Ziele, ein Hinabsteigen von einem edleren Beruf zum Gewöhnlichen, und es trug so sehr den Charakter einer öffentlichen Ausstellung für Geld, um mit der Frage der Achtung vor seinem Beruf als Schriftsteller auch die Frage der Achtung vor sich als Gentleman in Anregung zu bringen. Diese jetzt mit großer Entschiedenheit wiederholte Ansicht wurde schließlich zwei ausgezeichneten Damen seiner Bekanntschaft vorgelegt, die sich dagegen aussprachen; obgleich nicht ohne augenblickliche Besorgnisse hinsichtlich des theatralischen Charakters des Unternehmens, Besorgnisse, welche die Gefahr andeuteten, die denjenigen, welche die entgegengesetzte Ansicht vertraten, vor allem der Zeit, um welche der Vorschlag gemacht wurde, anzuhaften schien. Die Furcht, daß er in Gefahr sei, die Bühne zu seinem Beruf zu wählen, mochte eine wilde Übertreibung sein, aber jedenfalls war er im Begriff, sich nicht wenigen ihrer Unannehmlichkeiten und Nachteilen auszusetzen. Vielleicht war er sich selbst nicht in vollem Maße bewußt, wie sehr sein Verlangen, ein öffentlicher Vorleser zu werden, nur das Resultat der ruhelosen häuslichen Unzufriedenheit der letzten vier Jahre war und daß er, indem er demselben und den davon unzertrennlichen wandernden Gewohnheiten nachgab, jeder Hoffnung, sein gestörtes häusliches Leben wieder herzustellen, entsagte. Es gibt im Hinblick auf ein so göttliches Genie wie Shakespeare nichts Rührenderes, als seine entschiedene Abneigung gegen einen Beruf, von dem er, in der eifersüchtigen Wachsamkeit seiner edlen Natur über sich selbst, fürchtete, er möge seinem Geiste schaden.[35] Die lange nachfolgende Reihe von Schauspielern, so bewunderungswürdig im privaten wie im öffentlichen Leben und allen zarten und edeln Beziehungen der Schauspielerkunst, hat das Zeugnis ihres größten Namens gegen deren weniger günstigen Einflüsse, gegen die nachlässigen Gewohnheiten, welche sie befördern kann und gegen ihre durch die Öffentlichkeit ausgebildeten, mit häuslichem Glück und häuslichen Pflichten nicht immer verträglichen öffentlichen Sitten nicht geschwächt. Aber so sehr Dickens Ratschlägen in Bezug auf seine Bücher zugänglich war, so verhältnismäßig unzugänglich war er denselben, aus schon früher erwähnten Gründen, in Bezug auf sein persönliches Verhalten; und wenn weder Mißtrauen gegen sich selbst noch Selbstverleugnung ihn zurück hielten, verfolgte er ausdauernd jeden Zweck, den er im Auge hatte.

Eine zeitgenössische Begebenheit beförderte die Entscheidung in dem vorliegenden Falle. Man hatte ein Unternehmen zur Herstellung eines Hospitals für kranke Kinder in's Werk gesetzt; ein großes altmodisches Haus in Great-Ormond-Street, mit einem geräumigen Garten, war mit mehr als 30 Betten dazu eingerichtet worden; während der vier oder fünf Jahre seines Bestehens hatten innerhalb und außerhalb des Hospitals fast 50 000 Kinder, von denen 30 000 weniger als fünf

---

[35] Vgl. Shakespeare's Sonette, 110 und 111.

Jahre alt waren, Hilfe gefunden; aber Mangel an Kapital bedrohte die Fortdauer der wohltätigen Anstalt. Man beschloß daher, ein öffentliches Dîner als Mittel zur Erlangung frischer Beiträge zu versuchen und die Wahl zum Vorsitzenden fiel auf einen, der alle durch seine Schilderung der Freuden und Leiden kleiner Kinder entzückt hatte. Dickens warf sich mit ganzem Herzen in diese Dienstleistung. In seiner Rede vom Präsidentenstuhle war ein einfaches Pathos, das in einer solchen Versammlung eine ganz überraschende Wirkung ausübte, und wohl nie bewegte er eine Zuhörerschaft mehr, als durch das starke persönliche Gefühl, womit er auf die Opfer hinwies, welche für das Hospital von den sehr Armen selbst gebracht worden seien, von denen eine Summe von 50 Pfund Sterl., bestehend aus Beiträgen von einzelnen Pennies, fast während eines jeden, seit der Eröffnung des Hospitals verflossenen Jahres, dem Kassenverwalter zugegangen war. In der Tat ist die ganze Rede eine der besten ihrer Art, die er überhaupt gehalten, und zwei kleine Bilder daraus, eins von dem Elend, dessen Zeuge er gewesen, und das andre von dem Hilfsmittel, das er dafür gefunden, dürfen dem Bilde seines eigenen Lebens nicht fehlen.

„Als ich vor einigen Jahren in Schottland war, machte ich mit einem der menschenfreundlichsten Mitglieder der menschenfreundlichsten Profession eine Morgenwanderung durch einige der ärmsten Viertel der alten Stadt Edinburgh. In den Höfen und Gassen jenes malerischen Ortes (ich bedaure, Sie daran erinnern zu müssen, welch' nahe Freunde das Malerische und der Typhus oft sind) sahen wir in einer Stunde mehr Armut und Krankheit, als manche Leute in einem ganzen Leben für möglich halten würden. Unser Weg führte uns von einer der elendesten Wohnungen zur anderen; scheußliche Gerüche waren umher verbreitet; vom Himmel und von der Luft ausgeschlossen, schienen es bloße Gruben und Höhlen. In einem Zimmer eines dieser Orte, wo ein leerer Breitopf auf dem kalten Herde stand, und eine zerlumpte Frau und einige zerlumpte Kinder auf der nackten Erde daneben kauerten – und ich erinnere mich in diesem Augenblicke, wie selbst das Licht, von einer hohen feuchtfleckigen Mauer draußen zurückgeworfen, zitternd hereinkam, als hätte das Fieber, das alles andere schüttelte, es selbst geschüttelt – lag in einem alten Eierkasten, den die Mutter von einem Krämer erbettelt hatte, ein kleines, schwaches, abgezehrtes, krankes Kind. Mit seinem kleinen abgezehrten Gesicht und seinen kleinen heißen abgemagerten, über der Brust gefalteten Händen, und seinen kleinen hellen aufmerksamen Augen kann ich es noch jetzt sehen, wie ich es mehrere Jahre gesehen habe, uns fest an-blickend. Da lag es in seinem kleinen zerbrechlichen Kasten, der gar kein übles

Sinnbild des kleinen Körpers war, von dem es langsam Abschied nahm – da lag es, ganz ruhig, ganz geduldig, ohne ein Wort zu sprechen. Es schreie selten, sagte die Mutter; es klage selten; ‚es liege da und scheine sich zu wundern, was dies alles bedeute'. Gott weiß, dachte ich, als ich dastand und es ansah, es hat wohl Ursache, sich zu wundern ... Manches arme, kranke und vernachlässigte Kind habe ich seit jener Zeit in London gesehen, manches habe ich auch liebevoll gepflegt gesehen, in ungesunden Häusern und unter ärmlichen Verhältnissen, wo Genesung unmöglich war; aber immer sah ich dann meinen armen kleinen dahinwelkenden Freund in seinem Eierkasten, und immer hat er mir sein stummes Staunen kundgetan, was es alles bedeute, und warum im Namen eines gnädigen Gottes solche Dinge geschehen! ... Aber, meine Damen und Herren," fuhr Dickens fort, „solche Dinge brauchen nicht zu geschehen und werden nicht geschehen, wenn diese Gesellschaft, die ein Tropfen des Lebens-blutes des großen mitleidigen öffentlichen Herzens ist, nur die Mittel zur Rettung und Verhütung annehmen will, die ich ihr zu bieten habe. Fünf Minuten von diesem Platze, wo ich rede, steht ein ehemals vornehmes altes Haus, wo blühende Kinder geboren wurden und aufwuchsen, um verheiratete Männer und Frauen zu werden, und wohin sie ihre eigenen blühenden Kinder zurückbrachten, um die alte eichene Treppe, die noch bis ganz vor kurzem dastand, hinauf-zuklappern und die alten Holzschnitzereien der Kamine anzustaunen. In den luftigen Krankenzimmern, in welche die alten stattlichen Säle und Schlafgemächer jenes Hauses jetzt verwandelt sind, wohnen solche kleine Patienten, daß die Wärterinnen wie gezähmte Riesinnen aussehen und der freundliche Arzt wie ein liebenswürdiger christlicher Werwolf. Gruppiert um die kleinen niedrigen Tische in der Mitte der Zimmer, befinden sich solche kleine Konvaleszenten, daß es scheint, als spielten sie, daß sie krank gewesen wären. In den Puppenbetten liegen solche diminutive Geschöpfe, daß jeder arme kleine Dulder mit einem Brett voll Spielsachen versehen ist, und wenn man umherblickt, kann man sehen, wie die kleine runde gerötete Wange die Hälfte der tierischen Schöpfung auf ihrem Wege in die Arche umgestoßen hat, oder wie ein kleiner Arm voll Grübchen sämtliche Zinnheere Europas (ich sah das selbst) niedergemäht hat. An den Wänden dieser Zimmer hängen anmutige, gefällige, helle Kinderbilder. Zu Häupten der Betten befinden sich Darstellungen der Gestalt, welche die allgemeine Verkörperung aller Gnade und alles Mitleids ist, der Gestalt dessen, der einst selbst ein Kind war und ein armes. Aber ach! wenn der Besucher dieses Kinderhospitals die Zahl der Betten zählt, die dort sind, wird er genötigt sein, etwas nach dreißig einzuhalten und mit Schmerz und Überraschung hören, daß selbst diese im Vergleich mit diesem gewaltigen London so verloren, so kläglich geringe kleine Zahl nicht erhalten werden kann, wenn das Hospital nicht besser bekannt gemacht wird. Ich beschränke mich darauf zu sagen: besser bekannt, weil ich nicht glauben will, daß es in einer christlichen Gemeinschaft von Vätern und Müttern, und Brüdern und Schwestern besser bekannt werden und nicht auch gut und reichlich ausgestattet werden kann." Es war eine brave und wahre Prophezeiung. Das Kinderhospital hat seitdem nie Mangel gekannt. Jener Abend allein fügte seinen Geldmitteln mehr als 3 000 Pfund Sterl. hinzu, und Dickens setzte seinem guten Werk die Krone auf, indem er bald nachher zum Besten des Hospitals seinen *Christmas Carol* vorlas, worauf der dabei erzielte Ertrag und die nachfolgenden dringenden Bitten, um eine Wiederholung des durch die Vorlesung gewährten Vergnügens jeden ferneren Widerstand gegen den Plan, auf eigene Rechnung öffentliche Vorlesungen zu halten, über den Haufen warfen.

Der Kinderhospitalsabend war den 9. Februar, die Vorlesung zum Besten des Hospitals war auf den 15. April festgesetzt, und fast einen Monat vorher hatten neue Versuche zu Einwendungen stattgefunden. „Ich glaube noch immer," antwortete Dickens, „daß Deine Ansicht in Bezug auf die Vorlesungen durch Deinen eigenen eigentümlichen Gesichtspunkt bedingt ist. Mir scheint, als gingest Du mit Deinen Erwägungen nicht aus Dir selbst heraus. Noch ein Wort darüber. Du mußt nicht denken, daß ich schon fest entschlossen bin. Wäre ich es, warum sollte ich es nicht sagen? Aber Deine Einwendungen machen es mir sehr schwer, einen festen Entschluß zu fassen, denn ich erkenne, daß die Frage in einem Gleichgewicht von Zweifeln besteht und ich empfinde in meinem innersten Herzen, in dieser Sache wie in allen andern, seit vielen Jahren die Ehre des Berufs, an dem ich immer auf's gewissenhafteste festgehalten habe. Aber bedenkst Du auch ganz, daß die öffentliche Ausstellung so wie so stattfindet, wer auch das Geld bekommt? Und weißt Du, daß in diesem Augenblick, eben jetzt, wenigstens die Hälfte des Publikums denkt, ich würde bezahlt? Mein lieber Forster, von den zwanzig oder fünfundzwanzig Briefen, die ich jede Woche in Bezug auf Vorlesungen erhalte, fragen zwanzig, für welchen Preis, oder unter welchen Bedingungen es geschehen kann. In der Tat, die einzigen Ausnahmen sind die, wo der Korrespondent ein Geistlicher, oder ein Bankier, oder ein Parlamentsmitglied für den betreffenden Ort ist. Ja, eben jetzt glaubt halb Schottland, daß ich dafür bezahlt werde, daß ich nach Edinburgh gehe! – Da ist ein Brief aus Greenock, worin man mich fragt, ob ich es für 100 Pfd. St. tun würde. Da ist einer ans Aberdeen, der von der Geräumigkeit der dortigen Halle spricht und sich erkundigt, ob dies, wenn schon weit weniger einträglich als die sehr große Halle in Edinburgh, nicht doch genug sein würde? W. hat fortwährend solche Briefe zu beantworten. (Hier kommt Beale herein. Er war gestern Morgen hier und fragte dann brieflich an, ob ich ihn heute sehen könne. Ich antwortete ‚Ja‘, und so kam er denn. Nach einer langen Vorrede erklärte er, er sei gekommen, um zu fragen, ob es möglich sei, etwas wie solche Vorlesungen für diesen Herbst auf ungefähr sechs Monate zu arrangieren. Ein großes Kapital stehe ihm zu Gebote. Er könne für ein solches Unternehmen Teilhaber gewinnen, ebenfalls mit großem Kapital. Der Ertrag werde ungeheuer sein. Ob ich eine Summe nennen wolle, die geringste Summe, auf die ich unter allen Umständen Anspruch mache? Ob ich es als ein Vermögen betrachten wolle und von keinem andern Gesichtspunkt? Ich schüttelte den Kopf und sagte, meine Zunge sei augenblicklich in Bezug auf diese Sache gebunden; ein anderes Mal werde ich vielleicht mitteilsamer sein können. *Exit Beale;* verwirrt und enttäuscht.) – Es wird Dich freuen, zu hören, daß am Freitag um 1 Uhr der Lord Provost, der Dekan der Gilde, die Magistrate und der Rat der alten Stadt Edinburgh (in Prozession) ihrem Mitbürger in der Musikhalle aufwarten werden, um ihn gastlich zu bewillkommen. Ihr Mitbürger hat seit dem Empfange der sotanen feierlichen Ankündigung ihren Sternen und seinem eigenen geflucht." Aber sehr erfreulich war nichtsdestoweniger die begeisterte Begrüßung, als sie kam, und sehr willkommen das Geschenk des silbernen Humpens, welches dem Lesen des *Carol* folgte. „Ich hatte keine Gelegenheit, irgendjemand in Edinburgh um Rat zu fragen," schrieb er nach seiner Rückkehr. „Die Menschenmenge war zu ungeheuer und die Aufregung zu groß. Aber mein Entschluß ist so gut wie gefaßt. Ich muß etwas tun, oder mein Herz wird sich verzehren. Ich kann nichts Besseres sehen, was ich tun könnte, nichts, was an sich halb so hoffnungsvoll, oder meinem rastlosen Zustande halb so angemessen ist."

Was in diesen letzten Worten angedeutet wurde, war als ein Grund zu Einwendungen benutzt worden, er dagegen benutzte es als Grund nach der entgegengesetzten Seite. Während aller dieser Monate hatten viele traurige Mißverständnisse in seinem Hause fortgedauert, und die Erlösung von dem Elend, wonach er suchte, hatte nur die Wirkung, jede Hoffnung auf ein besseres Verständnis hoffnungslos zu machen. „Es wird notwendig," schrieb er zu Ende März, „im Hinblick auf die Anordnungen, welche im nächsten Monat beginnen müssen, falls ich mich für die Vorlesungen entscheide, die Frage des Hineinstürzens in diese neue Tätigkeit zu erwägen und zu erledigen. Sieh vollständig ab von jedem Bezuge auf meine gegenwärtigen häuslichen Zustände. Nichts kann diese in Ordnung bringen, bis wir alle tot und begraben und wieder auferstanden sind. Es ist für mich nicht mehr eine Sache des Willens, oder des Versuchs, oder der Geduld, oder des guten Humors, oder des zum-Besten-Wendens, oder des zum-Schlechten-Wendens. Es ist alles hoffnungslos vorbei. Gib keiner zögernden Hoffnung auf mich oder für mich nach dieser Seite Raum. Ein trauriges Mißgeschick muß ertragen werden, und das ist das Ende. Willst Du also versuchen, an diesen Vorlesungsplan zu denken (wie ich selbst es tue), abgesehen von allen persönlichen Neigungen und Abneigungen, einzig und allein hinsichtlich seiner Wirkung auf das eigentümliche Verhältnis (ein persönlich, liebevolles Verhältnis wie das keines andern Menschen), welches zwischen mir und dem Publikum besteht? Ich bitte Dich um Deine sorgfältigste Überlegung. Wenn Du, nachdem Du darüber nachgedacht hast, die Sache mit mir und Arthur Smith (der alles Geschäftliche, womit ich mich nie abgeben würde, besorgen wird) besprechen möchtest, so wollen wir eine Verabredung treffen. Aber ich muß hinzufügen, daß Arthur Smith einfach sagt: ‚Über den ungeheuern Geldgewinn habe ich keinerlei Zweifel. Über das Hineinstürzen in die neue Stellung bin ich jedoch kein so guter Richter.' Ich lege eine Skizze meines Planes bei,[36] wie er vor meinem Geiste steht."

---

[36] Hier ist die Skizze, in der es den Leser interessieren wird, die ursprünglich dem Plane gesetzten Grenzen zu bemerken. Dickens hatte noch nicht das volle Vertrauen zu seinem Talent und seiner Vielseitigkeit als Schauspieler gewonnen, welches seine spätere Erfahrung ihm gab. „Ich beabsichtige, in einer kurzen und einfachen Annonce anzukündigen (was ganz wahr ist), daß ich die in Bezug auf Vorlesungen an mich gerichteten zahlreichen Anfragen nicht einmal beantworten kann, und daß eine Zusage zu noch so wenigen völlig unmöglich ist. Daß ich deshalb beschlossen habe, eine Reihe von Vorlesungen des Christmas Carol in London und in den Provinzen zu veranstalten und daß die Vorlesungen in London an gewissen Abenden in St. Martin's Hall stattfinden werden. Diese Abende werden entweder vier oder sechs Donnerstage sein, im Mai und zu Anfang Juni. Ich beabsichtige eine Herbsttour in den Provinzen, die sich über den August, September und Oktober ausdehnen wird. Dieselbe würde die östlichen Grafschaften, den Westen, Lancashire, Yorkshire und Schottland umfassen. Ich würde auf dieser Tour mindestens 35–40mal lesen. An jedem Orte, wo der Erfolg groß ist, würde ich selbst ankündigen, daß ich nach Weihnachten zurückkommen werde, um eine zu diesem Zweck geschriebene neue Weihnachtsgeschichte vorzulesen. Diese Geschichte würde ich erst verschiedene Male in London vorlesen. Ich hege die

Arthur Smith, ein Mann, der manche Eigenschaften besaß, welche Dickens' Vertrauen zu ihm rechtfertigten, mochte kein guter Richter über das „Hineinstürzen" in die neue Stellung gewesen sein; aber niemand kannte besser alle damit verknüpften Nachteile, oder war weniger der Mann, sich dadurch aus der Fassung bringen zu lassen. Eben der Umstand, daß er für die Betreibung des Unternehmens so ausgezeichnet paßte, machte ihn zu einem gefährlichen Ratgeber über dasselbe. Binnen einer Woche von dieser Zeit an sollte die Vorlesung für das Kinderhospital stattfinden. „Man hat," schrieb Dickens am 9. April, „fünfhundert Sperrsitze für den Hospital-Abend verkauft, und da alle Tage noch Leute kommen, die mehr haben wollen, und es unmöglich ist, mehr zu machen, so kann es nicht verhindert werden, daß man in St. Martin's Hall Unterschriften für andere Vorlesungen in Empfang nimmt." Dies machte allen Versuchen zu ferneren Einwendungen ein Ende. Genau vierzehn Tage nach der Vorlesung für das Kinderhospital, Donnerstag, 29. April, fand die erste öffentliche Vorlesung auf seine eigene Rechnung statt; und ehe der nächste Monat vorüber war, war diesem Auslaufen in ein neues Leben eine Veränderung in seiner alten Heimat gefolgt. Seitdem lebten er und seine Frau getrennt. Der älteste Sohn blieb bei seiner Mutter, (welchem von ihr ausgedrückten Wunsche Dickens sofort seine Zustimmung gab) und die andern Kinder blieben bei ihm, während ihr Verkehr mit Mrs. Dickens ganz ihnen selbst überlassen wurde. Es war soweit eine Anordnung streng privater Natur und kein anständiger Mensch hätte sie in irgendeinem andern Lichte betrachten können, wäre die öffentliche Aufmerksamkeit nicht unerwarteter Weise durch eine in ‚Household Words' abgedruckte Erklärung darauf hingelenkt worden. Dickens wurde dazu angestachelt durch ein elendes Geschwätz, worüber unter gewöhnlichen Umständen niemand ein entschlosseneres Stillschweigen beobachtet haben würde als er; aber er mußte sich jetzt zu be-

---

feste Überzeugung, daß auf diese Weise bis zum April des folgenden Jahres eine sehr große Geldsumme gewonnen sein würde. Irland würde dann noch unberührt sein und ich glaube, daß Amerika allein (wenn ich mich entschließe, dorthin zu gehen) 10 000 Pfd. St. wert sein wird. Bei allen diesen Unternehmungen würde das Geschäftliche vollständig von mir getrennt bleiben und ich würde nie dabei zum Vorschein kommen. Ich würde in London ein Büro eröffnen lassen, das sich mit den Vorlesungen beschäftigen würde und mit nichts anderem, ich würde die Annoncen von dort ausgehn und auch von jemandem, der dazu gehört, unterzeichnen lassen, und man würde mich immer als eine dritte Person erwähnen, grade so wie z. B. das Kinderhospital in seinen Ansprachen an das Publikum mich erwähnt."

stimmten Zeiten als öffentlicher Vorleser vor dem Publikum zeigen, und dies zu tun, während sein Name auch nur auf solche Weise verleumdet war, war ihm unmöglich. Alles, was er meinem ernsten Widerstand gegen eine solche Veröffentlichung zugestehen wollte, war das Anerbieten, dieselbe zu unterlassen, falls die Ansicht eines (noch lebenden) ausgezeichneten Mannes, dem die Sache vorgelegt werden sollte, mit meiner Ansicht übereinstimmte. Unglücklicherweise stimmte sie zu seiner eigenen und die Veröffentlichung fand statt. Es folgte ihr eine andere Erklärung, ein mit seinem Namen unterschriebener Brief, der ohne seine Genehmigung gedruckt wurde, und von dem öffentlich nichts bekannt war (ich war unter denen, die ihn privatim gelesen hatten), ehe er in der „New York Tribune" erschien. Er war an Arthur Smith gerichtet und diesem gegeben als Autorität zur Berichtigung falscher Gerüchte und Skandale, und Smith hatte eine Abschrift davon, zu gleichem Zwecke, an den Londoner Korrespondenten der *Tribune* gegeben. Dickens sprach später immer davon als von seinem „verletzten Briefe".

Der Verfasser dieses Buches wird hier nicht von dem Verhalten abweichen, welches er zur Zeit dieser Vorgänge beobachtete. Ich habe es nicht vermieden, die durch diese Begebenheit seines Lebens veranlaßte Beleuchtung ernster Mängel in Dickens' Charakter den Entschuldigungen zur Seite zu stellen, auf deren Beherzigung er einen ebenso unzweifelhaften Anspruch besaß. Inwiefern der Rest seiner Geschichte dadurch und besonders durch die veränderte Laufbahn, in welche er gleichzeitig eintrat, Ton und Farbe erhielt, wird so hinreichend erklärt werden und mit etwas anderem hat das Publikum nichts zu tun.

Achtes Kapitel

Gadshill Place
1856–1870

„Gadshill Place," schrieb er mir am 13. Februar 1856 aus Paris, „gefiel mir bei meinem Besuche am vorigen Sonnabend sogar besser, als ich erwartet hatte. Die Gegend ist, allen Nachteilen der Jahreszeit zum Trotz, schön; und das Haus ist so altmodisch, freundlich und gemütlich, daß es wirklich ein Vergnügen ist, es anzusehen. Der gute alte Pastor, der jetzt dort ist, hat sechsundzwanzig Jahre darin gewohnt; so habe ich nicht den Mut, ihn hinauszutreiben. Er soll bis zum Frühlingsanfang des nächsten Jahres darin bleiben, und dann werde ich, so Gott will, einziehen, meine Änderungen machen, das Haus möblieren und es im Sommer für mich behalten." Als er im Juli mit Wilkie Collins durch das Kentische Land nach London zurückkehrte, fielen andre Vorzüge ihm auf. „Eine von Rochester nach Maidstone eröffnete Eisenbahn, welche Gadshill unmittelbar mit der ganzen Seeküste verbindet, ist jedenfalls eine Zugabe zu dem Orte und eine Vermehrung seines Wertes. Später werden wir auch die London-, Chatham- und Dover-Eisenbahn hierher bekommen, mit der wir Canterbury in einer Stunde und Dover in anderthalb Stunden werden erreichen können. Es freut mich zu hören, daß Du in der Nachbarschaft gewesen bist. Es gibt (wenn man die Marschen vermeidet) keine gesundere und in meinen Augen keine schönere. An einem dieser Tage werde ich Dir einige Orte den Medway hinauf zeigen, von denen Du entzückt sein wirst."

Auf welche Weise der Ort zuerst für seine jugendliche Phantasie anziehend wurde, ist früher erzählt worden und mit einigem Staunen hörte er eines Tages von seinem Freunde und Mitarbeiter an ‚Household Words', Mr. W. H. Wills, daß das Haus, welches er so oft bedeutungsvoll angesehen, nicht bloß zu verkaufen sei, sondern daß er die hauptsächlich als Eigentümerin interessierte Dame lange gekannt und sehr geschätzt habe. Solche merkwürdige Zufälle veranlaßten Dickens' Ausspruch über die Kleinheit der Welt; aber der enge Zusammenhang, welchen man oft zwischen weit voneinander entfernten Personen und Dingen entdeckt, weist nicht so sehr auf die Kleinheit der Welt hin, als auf die mögliche Bedeutung der kleinsten in ihr vorfallenden Dinge und wird besser erklärt durch die großartigere Lehre Carlyle's: daß

Ursachen und Wirkungen, welche jeden Menschen und jedes Ding mit jedem andern verbinden, sich hinerstrecken durch den ganzen Raum und die ganze Zeit.

Das Portal in Gadshill

Die Unterhandlungen für den Ankauf von Gadshill Place begannen am Ende des Jahres 1855. „Man wollte," schrieb er am 25. November, „Gadshill nicht für 1 700 Pfd. St. lassen, sondern forderte schließlich 1 800 Pfd. St. Ich habe schließlich 1 750 Pfd. St. geboten. Es wird eine Auslage von etwa 300 Pfd. St. mehr erfordern, ehe es 100 Pfd. St. jährlich einbringt." Natürlich erwartete ihn die gewöhnliche Entdeckung, daß dieser erste Kostenanschlag um das Dreifache vermehrt werden müsse. „Die absolut notwendigen Abänderungen," schrieb er am 9. Februar 1856, „werden 1 000 Pfd. St. kosten, welche Summe ich mir immer vornehme, aus diesem herauszuquetschen, aus jenem herauszuschleifen und aus dem andern herauszupressen – aber dieses, jenes und das andre lehnen es gewöhnlich ab, sich dazu herzugeben. – „Heute," schrieb er am 14. März, „habe ich das Kaufgeld für Gadshill Place bezahlt. Nachdem ich den Wechsel ausgestellt hatte, drehte ich mich um, um ihn an Wills zu geben und sagte: Ist es nicht merkwürdig – sehen Sie sich den Tag an – Freitag! Ich war ein halbes Dutzend mal im Begriff ihn auszustellen, als die Advokaten die Sache noch nicht in's Reine gebracht hatten, und nun muß ich es am Ende natürlich an einem Freitag tun." Er dachte damals noch nicht daran, das Besitztum ganz sich selbst vorzubehalten, oder es zu seinem Wohnort zu machen, außer gelegentlich im Sommer. Er betrachtete es nur als eine Geldanlage. „Du wirst Gadshill kaum wieder erkennen," schrieb er im Januar 1858, „ich verbessere es so sehr – dennoch habe ich kein Interesse für den Ort." Aber der fortdauernde Besitz brachte vermehrte Neigung mit sich; er empfand mehr und mehr Interesse an seinen eigenen Verbesserungen, welche ihm grade die Art von gelegentlicher Beschäftigung und Abwechslung gewährten, deren er während der nächsten sieben oder acht Jahre seines Lebens am meisten bedurfte; und bald gab er jeden fernern Gedanken, Gadshill zu vermieten, vollständig auf. Nur einmal, in vier Monaten des Jahres 1859, kam es so aus seinem Besitze. Während des folgenden Jahres, bei dem Verkaufe von Tavistock-House, ließ er seine Bücher und Bilder und auserlesenen Möbel dorthin schaffen und seitdem machte er es, abgesehen von gelegentlichen Aufenthalten in London während der Saison, zu seinem dauernden Familiensitze. Dann und wann sprach er auch in jenen Jahren davon, daß er es verkaufen wolle, und nach seiner letzten Rückkehr von Amerika, als er den letzten seiner Söhne in die Welt hinausgeschickt hatte, hätte er es wirklich verkaufen können, hätte sich damals ein Haus in London, wie es für ihn paßte und das er hätte kaufen können, gefunden. Aber sein Bemühen darum schlug fehl, insgeheim zu seiner eignen Befriedigung, wie ich glaube – und hierauf, in dem letzten Herbste seines Lebens, entwarf er und führte er seine kostspieligste Verbesserung von Gadshill aus. Natürlich hatte er schon mehr Geld darauf verwandt als seine ursprüngliche Absicht bei dem Ankaufe gerechtfertigt haben würde. Er hatte die Räumlichkeiten so vergrößert, die Anlagen und Wirtschaftslokalitäten so verbessert und den Grundbesitz so vermehrt, daß, in Anbetracht auch jener schließlichen Auslagen, der nach seinem Tode auf das Ganze gesetzte reservierte Preis die Summe, welche er im Jahre 1856 für das Haus, die Gartenanlagen und die zwanzigjährige Pachtung einer Wiese ausgegeben; mehr als vervierfachte. Es wurde damals gekauft von seinem ältesten Sohne, der es noch jetzt bewohnt.

Die Lage von Gadshill wurde schon früher beschrieben und eine Geschichte von Rochester aus dem vorigen Jahrhundert erwähnt in bezeichnender Weise das Hauptinteresse des Ortes. „Nahe bei dem siebenundzwanzigsten Meilenstein von London liegt Gadshill; wie man meint, die Szene des von Shakespeare in Heinrich IV. erwähnten räuberischen Anfalls; auch ist Grund zu der Annahme vorhanden, daß es Sir John Falstaff, wahrhaft komischen Angedenkens, war, der, unter dem Namen Oldcastle, Cooling Castle bewohnte, dessen Ruinen in der Nachbarschaft sind. In einer kleinen Entfernung zur Linken erscheint auf einer Höhe die Hermitage, der Sitz des verstorbenen Sir Francis Head, und dicht an der Landstraße, auf einer kleinen Erhebung, steht ein hübsches, kürzlich von Mr. Day errichtetes Gebäude. Wenn man den Hügel von Strood hinabsteigt, hat man eine schöne Aussicht auf Strood, Rochester und Chatham, welche drei Städte eine fortlaufende Straße bilden, die sich in einer Länge von zwei Meilen[37] dahin erstreckt." Man hat gemeint, „das hübsche, kürzlich von Mr. Day errichtete Gebäude sei dasselbe, welches der große Novellist berühmt machte; aber Gadshill Place trat erst acht Jahre nach dem Erscheinen jener Geschichte (1780) in's Dasein. Der gute Pastor, der es so lange bewohnte, erzählte mir im Jahre 1859, es sei vor achtzig Jahren erbaut worden, von einem damals in jener Gegend wohlbekannten Manne, einem gewissen Stephens, Schwiegervater Henslow's, Professors der Botanik in Cambridge. Stephens, der nur mit großer Mühe seinen Namen schreiben konnte, hatte seine Laufbahn als Hausknecht in einem Gasthause begonnen, war der Mann der Witwe des Gastwirts geworden, dann ein Brauer und endlich Bürgermeister von Rochester. Später wurde das Haus bewohnt von einem Mr. Lynn (von dessen Nachkommen Dickens es ankaufte), und ehe der ehrwürdige Mr. Hindle es bezog, hatte ein Dandy-Pfarrer darin gewohnt, dem der Prinz-Regent seine Pferde abkaufte, wobei er eine Kiste vielbegehrter Zigarren in den Kauf gab. Alles in allem hatte der Ort merkwürdige Erinnerungen, ganz abgesehen von denjenigen, welche ihn mit den Meisterstücken des englischen Humors verknüpften. „*Dies Haus, Gadshill Place*, steht auf dem Gipfel von Shakespeare's Gadshill, der

---

[37] Die in diesem Auszuge erwähnten Meilen sind englische Meilen. – D. Übers.

stets denkwürdig bleiben wird wegen seiner Verbindung mit Sir John Falstaff, in seinem großen Drama. *Aber meine Jungen, meine Jungen, morgen früh, früh um vier Uhr in Gadshill. Pilger mit reichen Opfergaben ziehen nach Canterbury und Handelsleute mit fetten Börsen reiten nach London, ich habe Visire für euch alle; ihr habt Pferde für euch selbst."* Illuminiert von Owen Jones und in einem Rahmen auf dem Vorplatz im ersten Stock aufgestellt, waren diese Worte der Gruß des neuen Bewohners an seine Besucher. Es war der erste Akt seines Eigentumrechts.

Alle seine Verbesserungen gingen übrigens nicht ausschließlich aus freier Wahl hervor, und wenn wir aus seinen Briefen zeigen, was sich anfangs dabei zutrug, so wird dies zur Erläuterung dienen, wie es bis zu Ende dabei herging. Seine früheste Schwierigkeit war sehr ernster Art. Es war nur eine Wasserquelle für die Herrschaft und für die Bauern da und von einigen der Häuser oder Hütten war dieselbe fast eine halbe Meile entfernt. „Wir bohren hier," schrieb er am 6. Juli, „noch nach Wasser, und ich bezahle dafür täglich etwa 2 Pfd. St. Lohn. Die Leute scheinen es sehr gern zu mögen und sich vollkommen behaglich zu fühlen." Eine andre seiner frühesten Erfahrungen wurde (5. September) folgendermaßen mitgeteilt: „Das Hopfenpflücken ist im Gange und die Leute schlafen im Garten und atmen in das Schlüsselloch der Haustüre hinein. Ich habe mich schon sonst über die Anzahl elender magerer Individuen gewundert, die kaum von der Stelle kriechen können und doch zum Hopfenpflücken gehen. Ich höre nun, daß es ein Aberglauben ist, daß der Staub des neu gepflückten Hopfens, wenn er frisch in die Kehle fällt, eine Kur für die Schwindsucht sei. So schleppen die armen Geschöpfe sich denn die Straßen entlang und schlafen unter nassen Hecken und werden bald und für immer kuriert." Gegen das Ende desselben Monats (24. September) schrieb er: „Sechs Männer steigen beständig in dem Bohrloch auf und nieder (ich weiß, daß einer dabei um's Leben kommen wird), um die Pumpe in Ordnung zu bringen; sie ist ein wahrer Eisenbahnhof, so eisern und so groß. Das Verfahren erinnert an nichts mehr als wollte man Oxfordstreet grade aufstellen und dann Gas darin anlegen. Wenn es fertig ist, wird der Preis dieses Wassers etwas absolut Schreckliches sein. Aber der Wert des Besitztums wird auch natürlich verhältnismäßig dadurch gesteigert, und das ist mein einziger Trost ... Das Pferd ist durch Verrenkung lahm geworden, der große Hund hat sich einen Zehnpenny-Nagel in einen seiner Hinterfüße gelaufen, die Schrauben sind alle aus dem Korbwagen herausgeflogen und der Gärtner sagt, alle Obstbäume müssen durch neue ersetzt werden." In drei Tagen kam wieder ein

Brief. „Ich habe entdeckt, daß die anderthalb Meilen zwischen Maidstone und Rochester einer der schönsten Spaziergänge in England sind. Fünf Männer haben sich seit einer Woche die Pumpe aufmerksam betrachtet und im Laufe des Oktobers werden sie hoffentlich anfangen können, sie einzusetzen."

Auch unter solch wechselndem Glück brachte er vielerlei Änderungen zu Stande. Das Äußere des Hauses blieb bis zuletzt ungefähr ebenso, wie es war, als er es als Knabe zuerst sah: ein einfaches, altmodisches, zweistöckiges, von Ziegelsteinen gebautes Landhaus, mit einem Glockenturm auf dem Dache und über der Haupteingangstür ein hübsches hölzernes Portal mit Säulen und Sitzen. Aber unter seinen Neubauten und Änderungen befand sich ein neuer Drawing-Room, der aus dem vorhandenen kleineren herausgebaut und schließlich mit diesem verbunden wurde; zwei gute Schlafzimmer im dritten Stock nach hinten hinaus und eine neue Anordnung des Parterres, wodurch, abgesehen von dem schönen Drawing-Room und dem Esszimmer, das er mit Gemälden schmückte, das dort befindliche Schlafzimmer in eine Studierstube verwandelt wurde, die er mit Büchern füllte und in der er zuweilen schrieb, und das Frühstückszimmer als Rauchzimmer eingerichtet und mit einem kleinen Billardtisch versehen wurde. Diese verschiedenen Zimmer öffneten sich nach einer Eingangshalle, in welcher eine Reihe Hogarth'scher Kupferstiche hingen, bis sie, nach des Künstlers Tode, Stanfield's schönen Werken Platz machten, worauf die Hogarths in Dickens' Schlafzimmer kamen; und während seiner letzten Abwesenheit in Amerika wurde in dieser Halle ein Parketboden gelegt. Auch versäumte er diejenigen Veränderungen nicht, welche geeignet waren, den Komfort seiner Dienstboten zu vermehren. Er baute völlig neue Wirtschaftslokalitäten und Stallungen und setzte an die Stelle einer sehr alten Wagenremise ein schönes großes Dienstbotenzimmer, während er den Boden darüber in ein bequemes Schul- und Arbeitszimmer für seine Söhne umwandelte. Zugleich schuf er aus einem wüstliegenden Stück Obstgarten einen trefflichen Platz zum Croquetspiel.

Zu dem Hause gehörend, aber unglücklicherweise auf der gegenüberliegenden Seite der Landstraße befindlich, lag ein baumreiches, obschon sehr vernachlässigtes Lustgebüsch, in dem zwei prächtige Zedern standen; und nachdem er im Jahre 1859 die Einwilligung der Lokalbehörden zu den nötigen unterirdischen Arbeiten erhalten hatte, ließ Dickens, von dem Rasenplatz vor dem Hause aus, einen Gang unter der Landstraße her bauen, und in das so zugänglich gemachte Lustgebüsch, in dem er dann sehr hübsche Anlagen machte, stellte er später ein ihm von Fechter geschenktes Schweizerhäuschen, das in vierundneunzig vollständig ineinander passenden Stücken von Paris ankam, dessen Aufstellung sich aber als etwas kostspielig erwies, weil eine Grundlage von Ziegelsteinen dazu nötig war.[38] Einmal aufgerichtet, war es jedoch eine große Annehmlichkeit in den Sommermonaten und viele von Dickens' Arbeiten wurden dort getan. „Ich habe fünf Spiegel in dem Schweizerhäuschen anbringen lassen, wo ich schreibe,"[39] erzählte er einem amerikanischen Freunde, „und sie spiegeln

---

[38] Dies war zu Anfang des Jahres 1865. „Das Schweizerhäuschen," schrieb er mir am 7. Januar, „rückt ausgezeichnet vorwärts, obgleich der ornamentale Teil langsamer zusammengefügt wird als der substantielle. Es wird wirklich ein sehr hübsches kleines Ding werden und im Sommer (vorausgesetzt, daß es im Frühling nicht umgeweht wird) wird das obere Zimmer eine reizende Arbeitsstube abgeben. Es ist viel höher als wir glaubten."

[39] So gewiß er aber irgendwo arbeitete, so gewiß wurden seine unentbehrlichen kleinen Begleiter bei der Arbeit von ihm mitgeführt und über diese will ich hier das anführen, was bald nach seinem Tode von seinem Schwiegersohne Charles Collins geschrieben wurde, um eine (am Ende dieses Kapitels abgebildete) sehr rührende Skizze von Fildes, von seinem Schreibpult und seinem leeren Stuhl, zu erläutern. „Vor ihm aufgestellt und um ihn herum befanden sich immer verschiedene Gegenstände, auf denen sein Auge in den Zwischenräumen des wirklichen Schreibens ruhen konnte und von denen er einen jeden sofort vermißt haben würde, hätte man ihn entfernt. Da war eine französische Bronzegruppe, die ein Duell mit Schwertern darstellte, gefochten von einem Paar sehr fetter Kröten, deren eine (charakterisiert durch jene eigentümliche Lebhaftigkeit, die der Korpulenz eigentümlich ist) soeben einen gewaltigen Stoß ausführt, den die andre grade in der Mitte ihres Verdauungsapparats empfängt und unter dessen Einfluß sie allem Anschein nach die verwundete Ehre ihres Gegners befriedigen will, indem sie rasch verscheidet. Dann war eine andre Bronzefigur da, die immer neben den Kröten stand, ebenfalls französisches Fabrikat und ebenfalls voll komischer Bedeutsamkeit. Es war die Statuette eines Hundehändlers, wie man ihn auf den Brücken oder Kais von Paris zu sehen pflegte, mit einer Menge kleiner Hunde unter den Armen und in den Taschen und überall, wo kleine Hunde nur irgend untergebracht werden konnten, alle zu verkaufen und alle, wie auch ein oberflächlicher Blick auf das Äußere des Verkäufers die argloseste Person überzeugen würde, mit irgendeinem Mangel in ihrer physischen Konstitution oder ihrer moralischen Natur behaftet, der sofort nach dem Ankauf entdeckt werden wird. Da war das lange vergoldete Blatt, mit dem auf seinen Hinterbeinen darauf sitzenden Kaninchen, das große Papiermesser, das er bei seinen öffentlichen Vorlesungen häufig in der Hand hielt, und der frische, kleine, mit den Blättern und Blumen der Schlüsselblume geschmückte Becher, in den jeden Morgen einige frische Blumen gestellt wurden – denn Dickens arbeitete immer mit Blumen auf seinem Schreibtisch. Da war auch das Register des Wochentages und des Monats, das immer vor ihm stand, und als das Zimmer in dem Schweizerhäuschen, wo er seine letzten Worte schrieb, einige Zeit nach seinem Tode geöffnet wurde, war das Erste, was

auf alle mögliche Weise die Blätter wieder, die an den Fenstern rauschen und die großen Felder wogenden Korns und den segelbedeckten Fluß. Mein Zimmer liegt zwischen den Zweigen der Bäume; und die Vögel und die Schmetterlinge fliegen herein und hinaus und die grünen Zweige schießen hinein in die offenen Fenster und die Lichter und Schatten der Wolken kommen und gehen mit der übrigen Gesellschaft. Der Duft der Blumen und in der Tat alles dessen, was Meilen weit umher wächst, ist köstlich." Er rühmte sich auch immer sehr, nicht bloß seiner Scharen von Singvögeln den ganzen Tag, sondern auch seiner Nachtigallen bei Nacht.

Das ihm von Fechter geschenkte Schweizerhäuschen

---

die Eintretenden bemerkten, dieses Register, gestellt auf ‚Mittwoch, 8. Juni' – den Tag seines Schlaganfalls." Und so wie es gefunden wurde, ist es bis auf diesen Tag geblieben.

Noch einige andere auf diese Änderungen bezügliche Auszüge aus seinen Briefen mögen etwas von dem Interesse zeigen, welches Gadshill so allmählich unter seinen Händen für ihn gewann. Eine Sonnenuhr auf dem Rasenplatz hinter dem Hause hatte ein gewisses historisches Interesse. „Eine der Ballustraden der zerstörten alten Brücke von Rochester," schrieb er im Juni 1859 an seine Tochter, „ist mir (und zwar auf sehr nette Weise) von den Bauunternehmern zum Geschenk gemacht und ist, gehörig behauen, auf dem Rasenplatz hinter dem Hause aufgestellt worden. Ich habe eine Sonnenuhr bestellt, die darauf gesetzt werden soll, und das Ganze wird sich sehr gut ausnehmen." – „Wenn Du im nächsten Monat hierher kommst," schrieb er mir, „denken wir Dir ein ganz hübsches Haus zeigen zu können. Was für schreckliche Abenteuer sich zugetragen haben, wieviele überladene Lastwagen in Gravesend zusammengebrochen sind, und in der Stille der Nacht von der ganzen Pferdekraft dieses Etablissements die Landstraße hinaufgeschleppt werden mußten, wird Dir ein anderesmal offenbart werden." Dies war im Herbste 1860, als, nach dem Verkauf seines Londoner Hauses, der Inhalt desselben in seine ländliche Heimat hinübergeschafft wurde. „Ich werde Dir einige Änderungen in Gadshill zu zeigen haben, die das kleine Besitztum sehr verbessern; und wenn ich die Arbeiter diesmal los bin, denke ich damit aufzuhören." Nun war der Oktober 1861 gekommen, als die neuen Schlafzimmer gebaut wurden; aber in demselben Monat des Jahres 1863 kündigte er seine Umwandlung der alten Wagenremise an. „Ich werde Dir eine neue kleine Verbesserung in Gadshill zu zeigen haben, die Du als den glänzendsten Gedanken des Unnachahmlichen wirst anerkennen müssen." Aber natürlich war dies noch nicht das Ende. „Meine kleinen Arbeiten und Pflanzungen," schrieb er im Frühling 1866, wirklich, wahrhaftig und positiv die letzten, sind in diesen Gegenden beinahe beendet und das Resultat wird eine sommerliche Inspektion erwarten." Nein, auch dann noch nicht. Er erlangte später durch Tausch die viel begehrte Wiese hinter dem Hause, die er vorher nur in Pacht gehabt hatte, und wurde dadurch in den Stand gesetzt, eine Anzahl junger Linden und Kastanien und andrer schnell wachsender Bäume darauf zu pflanzen. Vorn hatte er bereits eine Reihe Linden gepflanzt. Oft sagte er, es falle ihm nicht ein, bloß zum Besten der Nachwelt zu pflanzen, sondern er wolle etwas in die Erde setzen, wovon er selbst den Anblick und den Schatten genießen könne. Er pflanzte sie in zwei oder drei Haufen auf die Wiese und in einem Gürtel ringsumher.

Nichtsdestoweniger gab es noch „mehr letzte Worte", denn die Grenze sollte nur durch das letzte Jahr seines Lebens gesetzt werden. Als er, nach den Vorlesungen in Amerika, seine Absicht, Gadshill mit London zu vertauschen, aufgab, wurde von der Eingangshalle aus eine neue Treppe gebaut, in der Halle ein Parkettboden gelegt und ein Gewächshaus errichtet, das sich sowohl nach dem Gesellschaftszimmer als nach dem Esszimmer öffnete – „Glas und Eisen," wie er es beschrieb, „glänzend aber kostspielig, mit Fundamenten, wie die eines alten römischen Bauwerks, von entsetzlicher Solidität." Diese letzte Zugabe war lange ein Gegenstand seiner Wünsche gewesen, obgleich er ohne das goldene Schauer von Amerika sich auch damals wohl kaum erlaubt haben würde, dieselben zur Ausführung zu bringen. Er sah das Gewächshaus zuerst in fertigem Zustande an dem Sonntag vor seinem Tode, als seine Tochter zum Besuche bei ihm war. „Nun, Katey," sagte er zu ihr, „jetzt siehst Du positiv die letzte Verbesserung in Gadshill," und jeder lachte über den gegen ihn selbst gerichteten Scherz. Der Erfolg des neuen Gewächshauses war unzweifelhaft. Seine ganze Umgebung bemerkte, daß diese letzte seiner Verbesserungen ihm jedenfalls mehr Freude machte, als irgendeine der vorhergehenden, als die Szene sich auf immer schloß.

Über den Verlauf seines täglichen Lebens auf dem Lande ist nicht viel zu sagen. Es gab wohl nie einen Menschen, der den Ort so oft wechselte und seine Gewohnheiten so wenig veränderte. Er war immer methodisch und ordentlich und verbrachte sein meist zwischen Arbeiten und Spazierengehen geteiltes Leben von Tage zu Tage auf dieselbe Weise, wo er auch war. Die einzige Ausnahme fand statt, wenn besondere oder seltene Besucher bei ihm waren. Wenn solche Freunde, wie Longfellow mit seinen Töchtern, oder Charles Eliot Norton mit seiner Frau, kamen, oder wenn Mr. Fields seine Frau und Professor Lowell's Tochter brachte, oder wenn er andre Amerikaner empfing, denen er besondere Zuvorkommenheit schuldig war, drängte er in unendlich wenige Tage eine ungeheure Menge von Sehenswürdigkeiten und ländlichen Vergnügungen zusammen: Schlösser, Kathedralen und Festungswerke, Gabelfrühstücke und Picknicks unter Kirschenbäumen und in Hopfengärten, Ausflüge nach Canterbury oder Maidstone und deren schöne Umgegend, Druidstone und Blue Bell Hill. „Alles von der Umgegend, was sich in einer so kurzen Zeit zeigen ließ," schrieb er über Longfellow's Besuch, „haben sie gesehen. Ich schaffte für unsre Spazierfahrt zwei Postillone in den alten roten Jacken der alten roten königlichen Post nach Dover herbei und es war wie eine Ferienreise in dem England von vor fünfzig Jahren." Dasselbe tat er für Lord Lytton, für die Emerson Tennents, für Mr. Layard und Mr. Helps, für Lady Molesworth und andre solche weniger häufige Besucher.

Haus und das Gewächshaus, von der Wiese aus gesehen.

Mit Ausnahme solcher besonderen Gelegenheiten jedoch, und auch mitunter dann, blieben seine Morgen immer ganz für ihn selbst reserviert und gewöhnlich leitete er (so groß war seine Ordnungsliebe in Bezug auf alles, was ihn umgab) seine Morgenarbeit damit ein, daß er nachsah, ob in den verschiedenen Zimmern alles an Ort und Stelle war, die Hunde, die Ställe und den Küchengarten besuchte, und wenn das Wetter nicht sehr schlecht war, mit einem ein- oder zweimaligen Rundgang um die Wiese schloß, ehe er sich an dem Schreibpult niederließ. Seine Hunde machten ihm viel Vergnügen[40] und da seine

---

[40] Dickens' Interesse für Hunde (wie für Natur und Gewohnheiten aller Tiere) war unerschöpflich und er bewillkommte mit Entzücken jeden neu entdeckten Charakterzug. Die nachstehende Geschichte, die eine befreundete Dame ihm erzählte, machte ihm großes Vergnügen. „Ich muß" (14. Mai 1867) „mit einer merkwürdigen Geschichte über einen Neufundländischen Hund schließen. Ein gewaltiger, schwarzer, gutmütiger Neufundländischer Hund. Er kam von Oxford und hatte sein ganzes Leben in einer Brauerei zugebracht. Man teilte seiner neuen Herrschaft mit, daß er, wenn man ihn jeden Morgen allein hinauslasse, sofort den Fluß finden, regelmäßig ein Bad nehmen und ernsthaft nach Hause zurückkehren wer-

Landstraße, so häufig als irgendeine in England, von Vagabunden und Reisenden einer besonders unerfreulichen Art durchzogen wurde, waren sie auch eine Notwendigkeit. Es waren immer zwei da, von der Doggengattung, aber später vermehrte sich die Zahl. Sein eigner Liebling war Turk, ein edles Tier, voll Anhänglichkeit und Klugheit, dessen Tod durch einen Eisenbahnunfall, bald nach der Katastrophe bei Staplehurst,[41] ihm großen Kummer verursachte. Turk's einziger Gefährte bis dahin war Linda, Abkömmling eines von Albert Smith nach England gebrachten großen St. Bernhardhundes, und zu einem herrlich schönen Geschöpfe herangewachsen. Nach Turk hatte er eine Zeit lang einen irländischen Hund, Sultan, den Percy Fitzgerald ihm geschenkt hatte, ein Mittelding zwischen einem St. Bernhard und einem Schweißhund, gebaut und gefärbt wie eine Löwin und von prächtigen Verhältnissen, aber von so unbezähmbar aggressiver Natur, daß er, nachdem er seine Kette zerrissen und eine unglückliche kleine Schwester eines der Dienstboten fast zerrissen hatte, getötet werden mußte. Dickens behauptete immer, Sultan sei ein Fenier, denn kein Hund, der nicht insgeheim ein geschworenes Mitglied jener Brüderschaft sei, würde, mit einem Maulkorb versehen wie er war, je mit solcher Wut auf alles in Scharlach losgestürzt sein und es niedergeworfen haben, was auch nur die entfernteste Ähnlichkeit hatte mit einer britischen Uniform. Sultan's Nachfolger war der von Mr. Friedrich Lehmann ihm geschenkte Don, ein sehr jung herübergebrachter großer Neufundländer, welcher mit Linda der Vater zweier Neufundländer wurde, die noch, gewaltig, obgleich kaum dem Kindesalter

---

de. Er tat dies mit der größten Pünktlichkeit, aber nach einiger Zeit bemerkte man, daß er nach Bier roch. Meine Freundin war so überzeugt davon, daß sie beschloß, ihn zu beobachten. Man beobachtete ihn daher, wie er von seinem Bade zurückkam, und sah, daß er um die gewöhnliche Ecke bog und eine Treppe hinauf in ein Bierhaus ging. Als man ihm unverzüglich dorthin folgte, sah man, wie der Bierwirt einen zinnernen Krug ergriff, und hörte ihn sagen. ‚Nun, alter Kerl! Du kommst wohl für dein Bier, wie immer?' Worauf er eine Pinte abzieht, sie hinstellt und der Hund dieselbe trinkt. Als man ihn auffordert, zu erklären, wie dies komme, sagt der Mann: ‚Ja, Madame, ich weiß, es ist Ihr Hund, Madame, aber als er zuerst kam, wußte ich's nicht. Er sah herein, Madame – wie ein Ziegelbrenner hereinsieht – und dann kam er herein – wie ein Ziegelbrenner hereinkommt – und er wedelte mit dem Schwanz nach den Krügen und schnüffelte herum und gab mir zu verstehen, daß er an Bier gewöhnt ist. So zapfte ich ihm denn etwas und er trank es aus. Am nächsten Morgen kam er wieder, genau um dieselbe Zeit, und ich zapfte ihm eine Pinte und seitdem hat er regelmäßig seine Pinte getrunken.'"

[41] Ein später zu erwähnender Eisenbahnunfall im Jahre 1865, bei dem Dickens selbst nahe daran war, sein Leben zu verlieren. – D. Übers.

entwachsen, um ihren Herrn herumspielten, als sie ihn verloren. Dickens hatte einem derselben den Namen Bumble gegeben, weil er; wie er es beschrieb, „eine eigentümlich pomphafte und anmaßende Art an ihm bemerkt hatte, womit er, als er noch ein absoluter Säugling war, die Wache über den Hof zu beziehen schien." Bumble geriet oft in Verlegenheiten. In einem Briefe an Mr. Fields, worin er die Dürre des Jahres 1868 schilderte, als die Teiche und Bäche in Gadshill wasserlos geworden waren, schrieb Dickens: „Ich lasse die großen Hunde nicht einmal in dem Kanal schwimmen, weil die Leute daraus trinken müssen. Aber wenn sie einmal in den Medway kommen, ist es schwer, sie wieder herauszukriegen. Neulich geriet Bumble (der Sohn, Neufundländer) unter dem Bauholz im Flusse in Verlegenheit und wurde bange. Don (der Vater) stand neben mir, schüttelte das Wasser ab und blickte gleichgültig vor sich hin, als er plötzlich bemerkte, daß etwas nicht ganz in Ordnung sei, und mit einem großen Satz hineinsprang und Bumble am Ohre herauszog. Die wissenschaftliche Art, wie er ihn fortzog, war allerliebst." Die Beschreibung seines eignen Empfanges durch Bumble und dessen Bruder, durch die große und schöne Linda und das schöne pommersche Hündchen seiner Tochter Mary, nach seiner Rückkehr aus Amerika, mag hier aus seinen Briefen an denselben Korrespondenten beigefügt werden. „Als die zwei Neufundländer mir bei meiner Ankunft in dem gewöhnlichen Wagen und mit dem gewöhnlichen Kutscher entgegenkamen und mich in meinem gewöhnlichen Anzug aus der gewöhnlichen Tür heraustreten sahen, kam es mir vor, als sei ihre Erinnerung daran, daß ich eine ungewöhnlich lange Zeit fortgewesen, sofort ausgelöscht. Sie benahmen sich (es sind beides junge Hunde) genau so wie gewöhnlich, kamen hinter den Korbwagen, in dem wir dahintrabten und hoben die Köpfe auf, um an den Ohren gezogen zu werden, eine besondere Aufmerksamkeit, die ihnen von niemandem bewiesen wird als von mir. Aber als ich in den Stallhof hineinfuhr, geriet Linda (die große St. Bernhardshündin) in die größte Aufregung, vergoß reichliche Tränen und warf sich auf den Rücken, um meinen Fuß mit ihren großen Vordertatzen zu liebkosen. Auch Mary's kleine Hündin, Mrs. Bouncer, bellte in der größten Aufregung, als sie herunter gerufen und von Mary gefragt wurde: Wer ist dies? und lief rund um mich herum, wie der Hund in den Umrissen zu Faust." Der Vater und die Mutter und ihre beiden Söhne, vier furchterweckende Gefährten, begleiteten ihn gewöhnlich auf den Spaziergängen seiner letzten Jahre.

Der Weg um Cobham, um den Park und das Dorf herum, und an der durch Pickwick berühmt gewordenen Lederflasche vorbei, war ein

Lieblingsspaziergang von Dickens. Durch Rochester und den Medway entlang nach den Festungswerken von Chatham war ein andrer. Gewöhnlich bog er auf der Hochstraße von Rochester in die Weinberge ab, (wo einige alte Gebäude, von deren einem, dem *Restoration-House*, er *Satis-House* in „*Great Expectations*" hernahm, eine eigentümliche Anziehungskraft auf ihn ausübten), wanderte dann um Fort Pitt herum und gelangte über Frindsbury, durch die Felder hindurch, wieder auf die große Heerstraße. Oder sich nach der entgegengesetzten Seite wendend, wanderte er durch die Marschen nach Gravesend und kehrte über Chalk Church zurück, wo er immer stehen blieb, um einen komischen alten Mönch zu begrüßen, der aus irgendeinem unbegreiflichen Grunde, aus Stein gemeißelt, mit gekreuzten Beinen und einem Trinkkruge in der Hand, über dem Portal jenes heiligen Gebäudes sitzt. Nach einem andern traurigeren Kirchhof, der einen Teil der jenseits des Medway liegenden Marschen bildet, führte er oft Freunde, um ihnen das Dutzend kleiner Grabsteine, von verschiedener, dem Alter eines Dutzends kleiner Kinder einer und derselben Familie angepaßten Größe zu zeigen, die er in dem Roman „*Great Expectations*" benutzt hat, obgleich er, mit jener Zurückhaltung, welche bei der Nachahmung der Natur immer notwendig ist, um ihre Bescheidenheit nicht durch zu genaue Nachahmung zu verletzen, die Zahl, welche den kleinen Pip erschreckte, auf die Hälfte der wirklichen Zahl verringert. In der Tat umwitterte diesen ganzen Kirchhof und die benachbarten Schloßtrümmer eine zauberhafte Seltsamkeit, welche im Spätherbst oder Winter einen seiner anziehendsten Spaziergänge daraus machte, wenn Dickens von Higham landein über die Stoppelfelder hinkommen konnte; und als kürzeren Sommerspaziergang liebte er es nicht weniger, um das Dorf Shorne herum zu gehen und an einem heißen Nachmittage in dessen hübschem schattigen Kirchhofe zu sitzen. Aber wenn auch die Gegend von Maidstone Manches hatte, was ihn anzog, so fand er doch an der Umgegend von Cobham das größte Gefallen, und er würde den Spaziergang durch den Park und das Gehölz von Cobham, den letzten, dessen er sich erfreute, ehe sein Leben plötzlich endete, noch öfter gemacht haben, wäre es ihm nicht unangenehm gewesen, wenn seine Hunde ihm dorthin folgten.

Don hat jetzt seine Heimat bei Lord Darnley und Linda liegt unter einer der Zedern in Gadshill.

Das Arbeitszimmer in Gadshill.

Neuntes Kapitel

Die ersten bezahlten Vorlesungen
1858–1859

Dickens hielt seine bezahlten Vorlesungen nacheinander, in nicht langen Zwischenräumen, zu vier verschiedenen Zeiten: 1858–59, 1861–63, 1866–67 und 1868–70, die erste Serie unter der Geschäftsführung von Arthur Smith, die zweite unter derjenigen Mr. Headland's, und die dritte und vierte in Amerika und später, unter derjenigen George Dolby's. Die Hinweisungen in dem gegenwärtigen Kapitel beziehen sich nur auf die erste Serie.

Dieselbe begann in St. Martin's Hall mit sechzehn Vorlesungen, wovon die erste am 29. April, die letzte am 22. Juli 1858 gehalten wurde; und hierauf folgte eine, 87 Vorlesungen umfassende Tour durch die Provinzen, die am 2. August in Clifton anfing und am 13. November in Brighton endete und sowohl Irland und Schottland, als die Hauptstädte Englands einschloß. Dazu kamen drei Weihnachtsvorlesungen, drei Vorlesungen im Januar und zwei im Februar 1859 in London und vierzehn Vorlesungen im Oktober desselben Jahres in den Provinzen, die in Ipswich und Norwich anfingen, Oxford und Cambridge umfaßten und mit Birmingham und Cheltenham schlossen. Die Serie belief sich im Ganzen auf 125 Vorlesungen, als sie am 27. Oktober 1859 endete, und ohne die Charakterzüge und die Schilderungen seiner Briefe aus der Zeit, während er so beschäftigt war, würde das Bild des Mannes nicht vollständig sein.

Schon die folgende Skizze eines Tagewerks bei der Eröffnung der Vorlesungen wird eine kleine Vorstellung von den Strapazen geben, welche sie mit sich brachten. „Am Freitag kamen wir von Shrewsbury nach Chester, sahen, daß alles für den Abend in Ordnung war und gingen dann nach Liverpool. Kamen zurück von Liverpool und lasen in Chester vor. Verließen Chester um 11 Uhr abends nach der Vorlesung und gingen nach London. Kamen am Sonnabendmorgen um 5 Uhr in Tavistock House an, verließen es ein Viertel nach 10 Uhr vormittags und kamen hierher." (Gadshill, 15. August 1858.)

Die „größte persönliche Zuneigung und Achtung" hatte ihn überall begrüßt. Sie hätte „nicht stärker und wärmer ausgedrückt" werden können, und die Vorlesungen waren wunderbar „gegangen". Was ihm in dieser Hinsicht, beim Beginn seiner Abenteuer, den größten Eindruck gemacht hatte, war Exeter. „Ich glaube, es war die beste Zuhörerschaft, vor der ich je gelesen; ich glaube nicht, daß ich je irgendwie so gut gelesen habe, und ich habe nie etwas der persönlichen Zuneigung Ähnliches gesehen, die sie am Ende über mich ausströmten. Ich werde immer mit Vergnügen darauf zurückblicken." Er verlor in diesen frühen Tagen oft die Stimme, weil er die Kunst, damit hauszuhalten, noch lernen mußte, und bei dem Versuch, sie wieder zu gewinnen, verschwendete er oft seine Kraft. „Ich glaube, ich sang, während ich umherging, die Hälfte der irischen Melodien in mich hinein, um sie zu versuchen."

Eine Zuhörerschaft von zweitausenddreihundert Personen (die größte, die er je gehabt hatte) begrüßte ihn in Liverpool, auf seinem Wege nach Dublin, und, abgesehen von den schon vorher verkauften Billetten, wurden 200 Pfd. St. an den Türen eingenommen. Diese große Einnahme versetzte seine Geschäftsführer in einige Aufregung. „Sie wiesen Hunderte an den Türen zurück, verkauften alle Bücher, wälzten sich auf dem Boden meines Zimmers knietief in Wechseln und machten aus dem Ganzen eine vollständige Pantomime." (20. August.) Er mußte die Vorlesung dreimal wiederholen.

Es war das erstemal, daß er nach Irland kam, und Dublin überraschte ihn sehr, da es so viel größer und volkreicher schien als er erwartet hatte. Er fand, daß es im Ganzen ein unerwartet blühendes Aussehen habe und, wie er zuerst meinte, beinahe so groß sei als Paris, an welches einige Teile, wie die Kais an dem Flusse, ihn erinnerten. Es bedurfte die Hälfte des ersten Tages, den er dort war, um die Stadt zu durchforschen, wobei er zu Fuße ging, bis er müde war und dann einen Wagen nahm. „Power, in dem Kostüm Teddy des Schieferdeckers, fuhr mich. Er hatte einen Anzug von Flicken und trug einen seit zwanzig Jahren nicht gebürsteten Hut. Wunderbar angenehm, leicht, intelligent und sorglos."[42] Die Anzahl gewöhnlicher Leute, die er auf

---

[42] Ein Brief an seine älteste Tochter gab humoristische Zusätze zu dieser Beschreibung. „Der Mann, der uns gestern in unserm offenen Wagen fuhr, hatte kein Stück in seinem Rocke, das so groß war wie ein Pennybrot, und hatte seinen Hut (wie es schien ohne ihn zu bürsten) aufgehabt, seit er herangewachsen war. Aber er war merkwürdig intelligent und angenehm, und hatte über alles etwas zu sagen. Zum Beispiel, als ich ihn fragte, was ein gewisses Gebäude wäre, sagte er nicht, ‚der Gerichtshof' und weiter nichts, sondern ‚Wenn's beliebt, Sir, 's ist der Gerichtshof, wo Mister O'Connel früher seinen Prozess hatte, wie Sie sich erinnern werden, Sir, ehe ich's Ihnen sage.' Als wir in den Phönix Park kamen, blickte er umher als hörte der Park ihm und sagte: ‚Das ist ein Park, Sir, wenn's beliebt!'

seiner Spazierfahrt, „auch so schnell als es irgend ging, in offenen Wagen umherfahren sah", brachte ihm eine entferntere Szene in Erinnerung, und wäre nicht die Kleidung so verschieden gewesen, hätte er denken können, er befinde sich auf dem Toledo in Neapel.

In Bezug auf die Zahl seiner Zuhörer und die Art seines Empfanges war Dublin einer seiner bemerkenswertesten Erfolge. Er bezweifelte etwas ihr Verständnis für das Pathetische, aber über ihren lebendigen Sinn für das Humoristische konnte ebenso wenig ein Zweifel bestehen, als über ihre Herzlichkeit. Er verstand sich ausgezeichnet mit dem Dubliner Volk.[43] Der Stiefelknecht in seinem Hotel drückte die allgemeine Empfindung von einem patriotischen Gesichtspunkte aus. „Er erwartete mich gestern Abend an der Türe des Hotels. ‚Wie g'fallt Ihne unser Haus, Sir?' fragte er mich.– ‚Ausgezeichnet.' – ‚Der Herr sei gelobt, zur Ehre Dublin's!'" Als er am folgenden Morgen aufstand, hatte er in dem Hotel eine Unterhaltung mit einem kleineren Einwohner, einem kleinen Jungen von dem reifen Alter von sechs Jahren, die er in einem Briefe an seine Schwägerin als einen Dialog zwischen Alt-England und Jung-Irland darstellte, – ein ungenügender Bericht, weil zu der vollen Wirkung die lebendige Nachahmung fehlte. „Ich sitze auf dem Sofa, schreibend, und finde ihn neben mir sitzen.

Alt-England: Ei, sieh da, alter Kerl!
Jung-Irland: Ei, – sieh da!

Ich lobte ihn, und er sagte: ‚Ich habe von Herren gehört, Sir, die in ganz Europa gewesen sind, und sagen, daß sie nichts Ähnliches gesehen haben. Drüben ist der vizekönigliche Palast, Sir, in diesen zwei Ecken wohnen die beiden Sekretäre, wünschend daß ich sie wäre, Sir. Das ist Luft hier, Sir, wenn's beliebt. Das ist Gegend hier, Sir! Das sind Berge, Sir! Halten Sie's für 'nen Park, Sir? 'S ist ein Park, Sir!'"

[43] Die irischen Mädchen trieben es in einem Punkte noch weiter als die amerikanischen. Er schrieb an seine Schwägerin: „Beiläufig bemerkt, haben die Damen jeden Abend, seit ich in Irland bin, Johann das Bouquet aus meinem Rock abgeschwatzt, und gestern Morgen, als ich bei der Vorlesung vom *Kleinen Dombey* die Blätter meines Geraniums hatte fallen lassen, stiegen sie, nachdem ich fort war, auf die Plattform und suchten sie alle zum Andenken auf." Einige Tage vorher hatte er an dieselbe Korrespondentin geschrieben: „Die Zeitungen sind voll von Bemerkungen über mein weißes Halstuch und erklären, es sei von ungeheurer Größe, was eine wunderbare Täuschung ist, denn, wie Du sehr wohl weißt, ist es ein kleines Halstuch. Es freut mich, berichten zu können, daß im Allgemeinen die smaragdne Presse mit meiner äußeren Erscheinung zufrieden ist und meine Augen leiden mag. Aber ein Herr veröffentlicht in Cork einen Brief, worin er sagt, daß ich, obgleich erst 46 Jahre alt, wie ein alter Mann aussehe."

Alt-England (in seiner hinreißenden Art): Was für ein netter alter Kerl Du bist! Ich habe kleine Jungen sehr gern.
Jung-Irland: Hast Du? Hast ganz recht.
Alt-England: Was lernst Du, alter Kerl?
Jung-Irland (Alt-England aufmerksam betrachtend und immer kindisch, außer in seinem Dialekt): Ich lerne Wörter von drei Silleben – und Wörter von zwei Silleben – und Wörter von einer Sillebe.
Alt-England (heiter): Fort mit Dir, Du Humbug, Du lernst nur Wörter von einer Silbe.
Jung-Irland (lacht herzlich): Du kannst sagen, daß es meistens Wörter von einer Sillebe sind.
Alt-England: Kannst Du schreiben?
Jung-Irland: Noch nicht. Eins nach dem andern.
Alt-England: Kannst Du rechnen?
Jung-Irland (sehr schnell): Was ist das?
Alt-England: Kannst Du Zahlen machen?
Jung-Irland: Ich kann eine Null machen, was nicht leicht ist, da sie rund ist.
Alt-England: Höre alter Junge, warst Du das nicht, den ich am Sonntagmorgen in einer Militärmütze in der Halle sah? Du weißt! – In einer Militärmütze?
Jung-Irland (in tiefem Nachdenken): War es eine sehr gute Mütze?
Alt-England: Ja.
Jung-Irland: Paßte sie ungewöhnlich gut?
Alt-England: Ja.
Jung-Irland: Dann war ich's."

Der letzte Abend in Dublin bot ein außerordentliches Schauspiel dar. „Du kannst es Dir kaum vorstellen. Den ganzen Weg vom Hotel nach der Rotunde (eine halbe Stunde weit) mußte ich gegen den Strom von Leuten ankämpfen, die keine Plätze mehr hatten bekommen können. Als ich hinkam, hatte man die Fenster in den Zahlbüros zerbrochen und manche boten 5 Pfd. St. für einen Sperrsitz. Die Hälfte meiner Plattform mußte abgenommen werden und die Leute wurden in die Ruinen hineingehäuft. Nie hatte ich eine solche Szene gesehen." Aber er wollte trotzdem nach seinen andern Vorlesungen in Irland nicht noch einmal nach Dublin zurückkehren. „Ich habe entschieden ‚Nein' gesagt. Die Arbeit ist zu anstrengend. Es ist nicht wie wenn es in einem bequemen Zimmer und immer in demselben Zimmer geschähe. Jeden Abend an einem verschiedenen Orte und jeden Abend vor einer verschiedenen Zuhörerschaft mit ihren besonderen Eigentümlichkeiten, ist es eine gewaltige Anstrengung. Mir ist, als wäre ich immer entweder in einem Eisenbahnwaggon, oder läse, oder ginge zu Bett; und so oft ich eine freie Minute habe, daran zu denken, werde ich so müde, daß ich dann selbstverständlicherweise zu Bette gehe."

Belfast gefiel ihm in seiner Art ebenso sehr als Dublin. „Ein schöner Ort mit einem rauhen Volke; alles sieht wohlhäbig aus; die Eisenbahnfahrt von Dublin ist ganz staunenswert durch die Ordnung, Nettigkeit und Reinlichkeit von allem, was man sieht; jedes Bauernhaus sieht aus, als wäre es den Tag vorher geweißt und viele haben hübsche wohlgepflegte Gärten, mit schönen Blumen geziert." Auch war sein Erfolg ebenso groß als in Dublin. „Ungeheuere Zuhörerschaften. Wir schicken die halbe Stadt fort. Die Zuhörerschaft scheint mir im Ganzen besser als die in Dublin und die persönliche Zuneigung ist ganz überwältigend. Ich möchte, Du und die lieben Mädchen" (er schreibt an seine Schwägerin) „hätten sehen können, wie die Leute in der Straße mich anblickten, oder hören können, wie sie mich baten, als ich nach der Vorlesung gestern Abend in's Hotel zurückeilte: ‚Erlaubt mir Euch die Hand zu drücken, Mister Dickens, und Gott segne Euch, Sir; nicht bloß für das Licht, das Ihr mir heute Abend gewesen seid, sondern für das Licht, das Ihr mir in meinem Hause gewesen seid (und Gott möge Euer Gesicht lieben!) viele Jahre lang!'"[44] Nie hatte er Menschen so rückhaltslos weinen sehen, wie in Belfast, als er *Dombey* vorlas; und was den *Stiefelknecht* und *Mrs. Gamp* betraf, so „war es bei mir und bei ihnen ein schallendes Gelächter. Denn sie machten mich so lachen, daß es mir zuweilen unmöglich war, eine ernsthafte Miene anzunehmen und fortzufahren." Die größte Probe dieser Art hatte er jedoch etwas später in Harrogate zu bestehen, „dem wunderlichsten Ort, mit den seltsamsten Leuten, die das kurioseste, aus Tanzen, Zeitungslesen und Table d'Hote zusammengesetzte Leben führen" – wo er, während derselben Vorlesung, Verkörperungen der Tränen sowohl als des Gelächters wahrnahm, zu denen er seine Mitgeschöpfe so reichlich bewegt hat. „Bei dem *kleinen Dombey* gestern Morgen" (er schreibt noch an seine Schwägerin) „war ein Herr da, der den tiefsten Kummer zur Schau trug, oder vielmehr verbarg. Nachdem er ziemlich viel geweint hatte, ohne es zu verbergen, bedeckte er sein

---

[44] „Ich wurde dem, was ich zuweilen über meinen Ruhm träume, sehr nahe gebracht," sagt er in einem Briefe an mich von späterem Datum, aus York, „als eine Dame, deren Gesicht ich nie gesehen, mich gestern in der Straße anhielt und zu mir sagte: ‚Mr. Dickens, lassen Sie mich die Hand berühren, die mein Haus mit so vielen Freunden angefüllt hat.'" Oktober, 1858.

Gesicht mit beiden Händen und legte es auf die Lehne des Sitzes vor ihm und zitterte wahrhaft vor innerer Erregung. Er war nicht in Trauer, aber ich dachte mir, daß er in alten Zeiten ein Kind verloren hätte ... Dann war auch ein merkwürdig guter Mensch von etwa dreißig Jahren da, der in Toots etwas so ungeheuer Lächerliches fand, daß er sich nicht wieder beruhigen konnte, sondern lachte, bis er sich die Augen mit dem Taschentuch trocknen mußte, und so oft er fühlte, daß Toots wiederkam, fing er von neuem an zu lachen und sich die Augen abzuwischen; und als Toots noch einmal kam, gab er eine Art Schrei von sich, als wäre es zu viel für ihn. Es war außerordentlich komisch und machte mich herzlich lachen."

In Harrogate las er zweimal an einem Tage (einem Sonnabend) und mußte einen Extrazug bestellen, der ihn an jenem Abend nach York zurückführte. Er erreichte York um ein Uhr morgens und mußte, wegen der sonntäglichen Reisebeschränkungen, an demselben Morgen um halb fünf Uhr wieder von dort aufbrechen, um zur rechten Zeit für eine Vorlesung am Montage in Scarborough einzutreffen. Solche Strapazen wurden selbstverständlich, aber ihre Folgen waren ernst, obgleich er es damals nicht bemerkte. „In York hatte ich ein prächtiges Publikum und hätte das Lokal eine Woche lang füllen können ... Das Publikum scheint mir dort ein besseres Urteil zu besitzen, als irgendein andres, vor dem ich bis jetzt gelesen. Der Verkauf von Plätzen in Manchester für nächsten Sonnabend ist ungeheuer, allein vierhundert Sperrsitze. Ich werde Dir bald die Liste der Orte bis zum 15. November schicken können, dem Ende. Ich werde, o recht herzlich froh sein, wenn diese Zeit kommt! Aber ich muß sagen, daß die Intelligenz und die Wärme der Zuhörer ein mächtiges erhaltendes Element bilden, das mich immer wieder kräftigt. Zuweilen, ehe ich in die Vorlesung gehe (besonders, wenn sie mitten am Tage stattfindet), drückt der Gedanke daran mich so nieder, daß ich mich der Aufgabe nicht im Mindesten gewachsen fühle. Aber die Leute heben mich sofort über diese Stimmung empor und ich finde, daß ich in einer Viertelstunde alles, außer ihnen und dem Buche, vollständig vergessen habe."

Der Empfang, der ihn in Manchester erwartete, war von ganz besonderer Wärme, wegen des feindlichen Tones, welchen eine der lokalen Zeitungen in Bezug auf den Brief angenommen hatte, der vor kurzem durch einen Treubruch gedruckt worden war. ‚Meinen verletzten Brief‘, nannte Dickens ihn immer. „Als ich am Sonnabend nach Manchester kam, fand ich, daß siebenhundert Sperrsitze verkauft waren. Als ich abends in die Halle ging, hatten 2 500 Personen bezahlt und mehr wurden an allen Türen abgewiesen. Das Willkommen, das sie mir gaben, war gewaltig in seiner liebevollen Anerkennung meiner jüngsten Leiden und übermannte mich wirklich einmal. Nie sah ich einen solchen Anblick, oder hörte einen solchen Klang. Als sie dies gründlich getan hatten, ließen sie sich nieder, um ihr Vergnügen zu genießen und sie genossen es mit ganzem Herzen, bis zur letzten Minute." Auch während des Restes seiner englischen Tour, in keiner der Städte, die ihm noch zu besuchen blieben, hatte er Grund, sich über den Mangel an herzlicher Begrüßung zu beklagen. In Leeds floß die Halle in einer halben Stunde über. In Hull mußte Arthur Smith an die gewaltige Versammlung von der Treppe der Galerie eine Ansprache halten, und neue Vorlesungen mußten Tag und Nacht gegeben werden, „für die Leute außerhalb der Stadt und für die Leute in der Stadt".

Der Reinertrag für ihn selbst hatte sich bis dahin auf mehr als 300 Pfd. St. wöchentlich belaufen,[45] aber dies war nichts im Vergleich zu dem Ertrage in Schottland, wo sein Profit in einer Woche, nach Bezahlung aller Kosten, 500 Pfd. St. betrug. Das Vergnügen wurde vermehrt durch die Gegenwart seiner beiden Töchter, die sich ihm auf der Reise nach Schottland angeschlossen hatten. Zuerst war das Aussehen von Edinburgh nicht viel versprechend. „Wir fingen an in einem für uns ärmlichen Zimmer. Aber die Wirkung jener Vorlesung (es waren die *Sylvesterglocken*) war ungeheuer und am nächsten Abend hatten wir für den *Kleinen Dombey* ein volles Zimmer. Er ist überall unser größter Triumph. Am Abend darauf (*Der arme Reisende, der Stiefelknecht* und *Gamp*) mußten wir viele Hunderte von Leuten abweisen und gestern Abend, bei dem *Carol*, mußten die Leute, trotz der

---

[45] „Das ist ohne Frage sehr bedeutend, denn unsre Ausgaben sind notwendigerweise groß, und unsre Reisegesellschaft besteht immer aus fünf Personen." Eine andre Quelle des Gewinns war der Verkauf von Exemplaren der von ihm selbst arrangierten Vorlesungen. „Unsre Leute allein verkaufen sechs, acht und zwölf Dutzend den Abend." Ein späterer Brief sagt: „Die Leute mit den Vorlesungsbüchern verkauften in Manchester zwanzigmal jeden neuen Vorrat. Nachdem von dem *Armen Reisenden*, dem *Stiefelknecht* und *Gamp* elf Dutzend in ungefähr zehn Minuten verkauft waren, hatten sie keine mehr übrig, und Manchester wurde grün von den kleinen Heften, in jedem Buchladen, auf jedem Omnibus und in allen Straßen. Ihr Verkauf muß, auch abgesehen von uns, sehr groß sein." – „Habe ich Dir erzählt," schreibt er in einem andern Briefe, „daß die buchhändlerischen Agenten für unsre Billette allgemein sagen, daß die Vorlesungen den Verkauf der Bücher, woraus sie genommen sind, entschieden vermehren? Wir hörten dies zuerst von einem Mr. Parke, einem reichen alten Herrn, mit einem großen Geschäft in Wolverhampton, der alles aus Liebe tat und nicht einen Heller von mir annehmen wollte. Seitdem begegnen wir derselben Ansicht überall und M'Glaschin und Gill in Dublin äußerten sich sehr stark in diesem Sinne."

schon am Morgen erlassenen Ankündigung, daß keine Billette mehr zu verkaufen seien, sich durch eine solche Menschenmenge hindurchdrängen, daß es die größte Mühe kostete, einen Gang in den Saal frei zu halten. Sie saßen um mich her auf der Plattform, standen in der Tür des Wartezimmers, drückten sich in jeden erdenklichen Platz hinein, und doch mußte wieder eine Menge fortgeschickt werden. Ich glaube, ich bin mit dem, was in Edinburgh getan ist, zufriedener als mit dem, was irgendwo sonst getan ist. Es wurde so vollständig mit Sturm genommen und sich selbst zum Trotz fortgerissen. Mary und Katey hat Edinburgh außerordentlich gefallen und interessiert. Wir sind eben im Begriff, uns zu Tische zu setzen; daher breche ich meine Epistel hier ab. Reisen, dinieren, lesen und alles andre drängt sich in dieses seltsame Leben zusammen."

Dann kam Dundee. „Ein sonderbarer Ort," schrieb er, „wie Wapping, mit hohen schroffen Bergen dahinter. Wir hatten die seltsamste Reise hierher, Stücke See und Stücke Eisenbahn miteinander abwechselnd, was mir die Erinnerung an das Reisen in Amerika wachrief. Die Halle ist neu und von gewaltiger Größe und gehört Lord Kinnaird, Lord Panmure und einigen andern der Art. Sie sieht aus, wie ein Mittelding zwischen dem Kristallpalast und der Westminsterhalle (ich kann mir nicht denken, wer sie an diesem Orte gebraucht) und ist nie zu öffentlichen Vorträgen benutzt worden. Ich hoffe, ganz selbstlos natürlich, daß sie ihren Zweck erfüllen wird." Die Leute fand er, in Bezug auf Geschmack und Einsicht, tieferstehend als alle andern in Schottland, aber sie wachten in überraschender Weise auf und der Rest seiner Caledonischen Tour war eine Reihe von Triumphen. „In Aberdeen war unser Lokal zweimal an einem Tage bis an die Straße gedrängt voll. In Perth (wo ich bei meiner Ankunft meinte, es sei buchstäblich niemand da, der kommen würde) kam der Landadel sieben bis acht Meilen weit in der Runde hereingefahren und die ganze Stadt kam außerdem und füllte eine ungeheure Halle. Sie waren so voll von Einsicht, Feuer und Begeisterung als irgendein Publikum, das ich gesehen. In Glasgow, wo ich an drei Abenden und an einem Nachmittage las, nahmen wir die erstaunlich große Summe von sechshundert Pfund ein! Und zwar bei den Manchester-Preisen, die niedriger sind als die in St. Martin's Hall. Was die Wirkung betrifft, so wünsche ich, Du hättest sie sehen können, nachdem Lilian in den *Sylvesterglocken* gestorben war, oder als Scrooge in dem *Weihnachtsliede* aufwachte und mit dem Knaben aus dem Fenster sprach. Und am Ende von *Dombey* gestern Nachmittag, im kalten Lichte des Tages, standen sie alle nach einer kurzen Pause leise und einfach auf und donnerten und schwenkten die Hüte mit so erstaunlicher Herzlichkeit, daß ich zum erstenmal in meiner öffentlichen Laufbahn wirklich vollständig die Fassung verlor und die ganzen achtzehnhundert Leute mir auf die Seite zu taumeln schienen, als hätte ein Stoß von außen die Halle erschüttert. Nichtsdestoweniger muß ich Dir bekennen, daß ich sehr danach verlange, an's Ende meiner Vorlesungen zu kommen und wieder zu Hause zu sein und mich hinsetzen und in meinem eigenen Studierzimmer denken zu können. Nur eine Freude ist ganz unvermischt gewesen. Die lieben Mädchen haben sich herrlich amüsiert und ihre Reise mit mir war in jeder Hinsicht ein großer Erfolg."

Die Gegenstände seiner Vorlesungen während dieser ersten Tour waren das *Weihnachtslied*, die *Sylvesterglocken*, der *Prozeß in Pickwick*, die Kapitel über *Paul Dombey*, der *Stiefelknecht* in dem *Holly Tree Inn*. der *arme Reisende* (Capitän Doubledick) und Mrs. *Gamp*, und auf diese beschränkte er sich auch in den späteren Vorlesungen, welche im Herbst 1859 zum Abschluß kamen. Von diesen letzteren waren ohne Frage die erfolgreichsten immer das *Weihnachtslied*, die Szene aus *Pickwick*, Mrs. *Gamp* und *Dombey*, da die Lebendigkeit, Mannigfaltigkeit und Vollständigkeit seiner Charakterdarstellungen in diesen den größten Spielraum hatte. Hier lag, wie ich glaube, seine Stärke, mehr als in dem Pathos oder den ernsteren Stellen; doch dies ist weiter nichts als eine persönliche Ansicht, und seine Zuhörer gaben ihm viele Gründe andrer Meinung zu sein.[46]

Andre Vorgänge des in diesem Kapitel behandelten Zeitraums, sofern dieselben ein allgemeines Interesse haben, fordern jetzt noch eine kurze Erwähnung. Zu Ende des Jahres 1857 präsidierte Dickens bei der vierten Jahresversammlung der *Warehausemen and Clerk's Schools*, wobei er mit dem schärfsten Witz und dem heitersten Humor die Art von Schulen beschrieb und unterschied, welche ihm gefiel und mißfiel. Dem Frühling und Sommer des Jahres 1858 gehört die erste Sammlung seiner Schriften in einer gedrungenen Bibliothekform an, in der jeder der größeren Romane zwei Bände umfaßte. Im März brachte er Thackeray (der bei der Jahresversammlung des *General Theatrical Fund* den Vorsitz führte) ein warmes öffentliches Lob dar, als einem, für dessen Genie er die lebhafteste Bewunderung hege, der der Literatur zur Ehre gereiche und in dem die Literatur geehrt werde.

---

[46] Ich will hier zwei angenehme kleine Bücher nennen, die ganz besonders der Schilderung der verschiedenen Vorlesungen gewidmet sind – von seinem Freunde Charles Kent in England (*Charles Dickens as a Reader*) und von Miss Kate Field in Amerika (*Pen Photographs*).

Im Mai führte er den Vorsitz bei dem *Artists Benevolent Fund* und hielt eine ergreifende Rede zu Gunsten dieses vortrefflichen wohltätigen Vereins. Im Juli nahm er ernsten Anteil an den Bemühungen um die Gründung des *Royal Dramatic College* und später ergänzte er dieselben durch eine Rede zu Gunsten der Herstellung von Schulen für die Kinder von Schauspielern, worin er Veranlassung nahm, seine Meinung auszusprechen, daß es keine Anstalten in England gebe, welche in geselliger Hinsicht so liberal seien als seine öffentlichen Schulen, und daß nirgends im Lande eine so vollständige Abwesenheit von Servilität gegen bloßen Rang, Stellung oder Reichtum zu finden sei. „Ein Knabe ist dort immer das, wozu seine Fähigkeiten oder persönlichen Eigenschaften ihn machen. Wir mögen in Bezug auf den Lehrplan und andre Dinge verschiedener Meinung sein, aber ich glaube nicht, daß über den in unseren Schulen aufrecht erhaltenen offenen, freien, männlichen, unabhängigen Geist der mindeste Zweifel obwalten kann." Im Dezember gab man ihm ein öffentliches Festmahl in Coventry, wo ihm, zum Dank für den Beistand, den er dem dortigen Literarischen Institut geleistet, eine von den Uhrmachern des Ortes verfertigte goldne Repetieruhr von besonderer Konstruktion überreicht wurde, hinsichtlich deren er das den Gebern gemachte Versprechen: sie solle hinfort die unzertrennliche Gefährtin seiner Arbeiten und Wanderungen sein und sein künftiges Tagewerk regeln, bis er mit dem Messen der Zeit fertig sei, treu hielt. An dem Tage, welcher dieser Feier folgte, präsidierte er bei der *Institutional Association* von Lancashire und Cheshire in der Freihandelshalle in Manchester, verteilte Preise an Kandidaten von hundertvierzehn mit der Assoziation zusammenhängenden Arbeiterbildungsvereinen, schilderte in seiner anziehendsten Sprache die wackern Arbeiter, welche die Preise gewonnen hatten, und schloß mit der Ermahnung, welche er nie unterließ mit seinen Lobreden auf die Erkenntnis zu verknüpfen: daß sie der Lehre des Erlösers folgen und nicht bloß den Verstand befriedigen solle. „Die Erkenntnis besitzt eine sehr beschränkte Macht, wenn sie nur den Kopf aufklärt; aber wenn sie auch das Herz bildet, hat sie Macht über Leben und Tod, über Leib und Seele und beherrscht die Welt."

Dies war auch das Jahr, als Frith Dickens' Porträt vollendete, und im folgenden Frühling wurde es in der Akademie ausgestellt. „Ich möchte," sagte Edwin Landseer, indem er davor stand, „er sähe weniger eifrig und geschäftig aus und nicht so sehr außer sich, oder über sich hinaus. Ich möchte ihn gern dann und wann schlafend und ruhig antreffen." Es liegt etwas in diesem Einwande und auch Dickens fühlte zu Zeiten Neid um das, was, wie er wohl wußte, nie sein Los sein konnte. Aber wer würde andrerseits die Früchte einer im Ganzen gesunden und heilsamen Tätigkeit gern verloren haben?

Zehntes Kapitel

All the Year Round und der Ungeschäftliche Reisende 1859–1861

In der Zwischenzeit vor dem Abschluß der ersten Reihe von Vorlesungen wurden peinliche persönliche Zwistigkeiten, welche aus den Vorgängen des vorhergehenden Jahres entsprangen, beigelegt durch das Aufhören von ‚Household Words' und durch die Gründung von *All the Year Round* an der Stelle jener Zeitschrift. Die Zwistigkeiten drehten sich ausschließlich um Gefühlsgegenstände und schlossen auf beiden Seiten keine Anklage ein, welche eine eingehendere Bezugnahme hier anders als höchst unpassend erscheinen lassen würde. Die Frage, in welche die Meinungsverschiedenheit sich endlich auflöste, war diejenige der beziehungsweisen Rechte der Beteiligten als Eigentümer von ‚Household Words', und diese wurde von dem Kanzleigerichtshof entschieden durch den Befehl, einen Rechnungsabschluß zu bewerkstelligen, in Folge dessen der gemeinsame Besitz verkauft wurde. Er wurde angekauft von Dickens, der schon vor dem Verkauf, in Gemäßheit mit einer vorhergängigen Ankündigung des beabsichtigten Aufhörens der bestehenden und der Gründung einer andern, jener ganz ähnlichen, aber anders betitelten Zeitschrift an ihrer Stelle, *All the Year Round* in's Leben gerufen hatte. Es war vielleicht zu bedauern, daß er es für nötig hielt, diesen Schritt zu tun, aber er tat ihn in strenger Übereinstimmung mit den ihm zustehenden Rechten.

Er kehrte nun für die Herausgabe seiner nachfolgenden Werke zu Chapman und Hall zurück, den Verlegern, welche zuerst mit seinem großen Erfolg in der Literatur verknüpft gewesen waren. Bei jedem neuen Werke behielt er sich seitdem stets das Verlagsrecht vor und traf jedesmal solche Anordnungen, wie sie ihm unter den Verhältnissen wünschenswert erschienen. Hierbei begegnete er keinen Schwierigkeiten, und in der Tat ist es nur billig hinzuzufügen, daß, so leicht und schnell sein Zorn in Bezug auf Dinge, welche mit dem Verlagsrecht seiner Werke zusammenhingen, erregt wurde, derselbe doch nie dauernd war. In seiner Lebensbeschreibung war daher die Regel, von solchen Dingen nur so viel zu erwähnen als zur Erklärung der Tatsachen streng notwendig war, die allein richtige. Diese Regel habe ich demnach befolgt und ich kann mich nicht anklagen, dieselbe bei den verschiedenen Mißhelligkeiten, welche erwähnt werden mußten, irgendwo überschritten zu haben. Man hat mir den erneuerten Hinweis auf Dickens' frühe Differenzen mit Bentley zum Vorwurfe gemacht. Aber das Stillschweigen darüber war unverträglich mit dem, was absolut gesagt werden mußte, wenn Dickens' Bild in seiner interessantesten Zeit, beim Beginn seiner literarischen Laufbahn, nicht vollständig übergangen werden sollte; und während ich alles unterdrückte, was an dem Streite bloß leidenschaftliche Erregung war, benutzte ich nur diejenigen Briefe, welche die dringende Forderung des jungen Schriftstellers enthielten, mit Recht oder mit Unrecht, von Verpflichtungen losgesprochen zu werden, die er zu unüberlegt eingegangen war. Mit Unrecht, könnten einige sagen, weil das Gesetz unzweifelhaft auf Bentley's Seite stand; aber alles spätere Nachdenken hat mich nur in der Ansicht bestärkt, die ich mich schon damals gedrungen fühlte entschieden zu vertreten, daß nämlich den Tatsachen ein Element sich zugesellt hatte, welches das Gesetz nicht unberücksichtigt lassen konnte, und daß der Verkauf geistiger Arbeit nie durch Übereinkunft mit derselben Genauigkeit und Sicherheit geregelt werden kann, wie der Verkauf gewöhnlicher materieller Güter. Indem ich den Gegenstand mit dieser Bemerkung ein für allemal verlasse, liegt es mir nicht minder ob, zu sagen, daß der Zwist in kein Stadium eintrat, in welchem Bentley, der ebenso entschieden der entgegengesetzten Ansicht war, diese nicht für hinreichend gerechtfertigt halten konnte, und jedenfalls fehlte es in späteren Jahren auf Seiten Dickens' nicht an freundschaftlichen Gefühlen für seinen alten Verleger. Dies ist bereits erwähnt worden, und bei Gelegenheit des letzten Besuches von Hans Christian Andersen in Gadshill wurde Bentley eingeladen, um den berühmten Dänen dort zu treffen. Auch will ich nicht unterlassen zu erwähnen, daß in dem Jahre, bei welchem unsere Erzählung jetzt angelangt ist, Bentley's bereitwillige Rücksichtnahme auf eine an ihn gerichtete Verwendung zu Gunsten eines gemeinsamen Freundes, Dickens viele Freude machte.

Zu Anfang des Jahres 1859 war Dickens eifrig mit dem Suchen nach einem Titel für den Nachfolger von ‚Household Words' beschäftigt, der seinem Wunsche gemäß die mit jener Zeitschrift verknüpfte Tradition fortsetzen sollte. „Mein Entschluß, den Titel festzustellen, entspringt aus dem Bewußtsein, daß ich nie etwas für das Unternehmen werde tun können, ehe es einen bestimmten Namen hat, sowie aus der Wahrnehmung, daß dasselbe wunderliche Gefühl alle andern beeinflußt." Er hatte sich einen Titel vorgesetzt, der, wie bei ‚Household Words', durch einen Shakespear'schen Vers erläutert werden könne, und als ihm der Vers in's Auge fiel, worin der arme Heinrich VI. sich über seine Gefangenschaft zu trösten sucht durch den Gedanken, daß er, wie gefangene Vögel, den Verlust seiner Freiheit erleichtern könne „durch Klänge häuslicher Harmonie", vergaß er für den Augenblick, daß dies kaum als ein glücklicher Kommentar gelten dürfe zu den Begebenheiten, aus welchen die angebliche Notwendigkeit, den alten Hausfreund durch einen neuen zu ersetzen, hervorgegangen war. „Glaubst Du nicht," schrieb er am 24. Januar, „daß dies ein guter Name und ein gutes Zitat ist? Es hat mich sehr gefreut, es für unsern Titel aufzufinden."

Häusliche Harmonie
„Endlich durch Klänge häuslicher Harmonie." – *Shakespeare*

Er sträubte sich Anfangs sogar, den Einwand gelten zu lassen, als derselbe gemacht wurde. „Ich fürchte, wir müssen es mit der Möglichkeit persönlicher Beziehungen und Anwendungen nicht zu genau nehmen, sonst ist es klar, daß ich nie wieder ein Buch schreiben kann. Ich würde keine Geschichte erfinden können, die sich nicht irgendwie auf unsinnige Art verdrehen ließe. Es würde völlig unmöglich sein, sie durch ein halbes Dutzend Kapitel hindurch zu winden." Nichtsdestoweniger gab er natürlich nach und es folgten viele Beratungen über andere in Vorschlag gebrachte Titel. Ich erwähne nur die folgenden: Der Herd. Die Schmiede. Der Schmelztiegel. Der Ambos der Zeit. Charles Dickens' Zeitschrift. Zeitgemäße Blätter. Immergrün. Daheim. Hausmusik. Veränderung. Zeit und Flut. Zwei Pence. Englische Glocken. Wochenglocken. Die Rakete. Guter Humor. Aber es fehlte noch immer das Motto aus Shakespeare, bis er es endlich am 28. Januar frohlockend schickte. „Ich diniere früh, vor meiner Vorlesung und schreibe buchstäblich mit vollem Munde. Aber mir ist grade ein Name eingefallen, den ich wirklich für ausgezeichnet halte – besonders mit dem davorstehenden Zitat, an der Stelle, wo unser gegenwärtiges Household Words-Zitat steht.

„Von Jahr zu Jahr die Chronik unsres Lebens." – *Shakespeare*
All the Year Round
Eine Wochenschrift, herausgegeben von Charles Dickens."

Mit derselben Entschlossenheit und Energie wurden andre für das Unternehmen notwendige Vorbereitungen betrieben. „Ich habe das neue Büro genommen," schrieb er am 21. Februar aus Tavistock-

House, „habe die Arbeiter darin, habe das Papier bestellt, mit dem Drucker Verabredung getroffen und bin mit der Durchführung eines gewaltigen Annoncensystemes beschäftigt. Der Schlag soll geführt werden am 12. März. Inzwischen kann ich mit dem Anfang meines Romans (*Die Geschichte von zwei Städten*, womit *All the Year Round* eröffnet werden sollte) nicht in's Reine kommen und bin gar nicht gestimmt, ernstlich an die Arbeit zu gehen ... Ich wollte, Du kämst und sähest was für eine, wie ich mir schmeichle, geniale Anwendung ich hier von Stanfield's Szenerie gemacht habe." Er hatte die *Leuchtturm*-Szene in einen einzigen Rahmen gebracht, hatte die Szene aus der *Gefrorenen Tiefe* in zwei Teile geteilt, ein englisches Kriegsschiff und eine arktische See, die er ebenfalls hatte einrahmen lassen; und das Schulzimmer, welches als Theater gedient hatte, war nun mit Seestücken von einem großen Seemaler behangen. Zu glauben, daß sie nur die rasch hingeworfene Arbeit einiger weniger Morgen waren, war wirklich schwer. Aus der gehörigen Entfernung gesehen, fehlte ihnen nichts an der meisterhaftesten und ausgearbeitetsten Kunst.

Die erste Nummer von *All the Year Round* erschien am 30. April und das Resultat des ersten vierteljährigen Rechnungsberichtes über den Verkauf wird alles sagen, was über einen Erfolg gesagt zu werden braucht, der ohne Unterbrechung bis an's Ende fortdauerte. „Ein Wort, ehe ich nach Gadshill zurückgehe," schrieb er im Juli aus Tavistock-House, „dessen Empfang Dich freuen wird. So gut ist *All the Year Round* gegangen, daß es mir gestern das ganze für die erste Einrichtung ausgelegte Geld (Papier, Druck, und alles bis zur letzten Nummer bezahlt) mit fünf Prozent zurückerstatten und noch ein Guthaben von mehr als 500 Pfd. St. beim Bankier übrig lassen konnte." Die so hergestellte Zeitschrift bildete in allen Beziehungen, ausgenommen in einer, ein so vollständiges Seitenstück zu ihrer Vorgängerin, daß eine Erwähnung dieses Unterschiedes die einzige Schilderung ist, welche hier davon gegeben zu werden braucht. Außer seinen eigenen dreibändigen Romanen, *The Tale of Two Cities* und *Great Expectations*, nahm Dickens andere Romane von derselben Länge, von bekannten und ausgezeichneten Schriftstellern darin auf, deren Namen genannt wurden. Er veröffentlichte darin Erzählungen von verschiedenem Verdienst und Erfolg von Edmund Yates, Percy Fitzgerald und Charles Lever. Wilkie Collins trug sein *Woman in White*, *No Name* und *Moonstone* dazu bei, von denen das erstere einen außerordentlichen Erfolg hatte, Charles Reade sein *Hard Cash* und Lord Lytton seine *Strange Story*. Bei Gelegenheit von Besprechungen über das letztgenannte Werk brachte Dickens im Sommer 1861, gleich nach der

Vollendung von *Great Expectations*, mit seiner Tochter und Schwägerin, eine Woche in Knebworth[47] zu und traf dort Arthur Helps, mit welchem und mit Lord Orford er den sogenannten „Eremiten" bei Stevenage besuchte, den er als Mr. Moses in Tom Tiddlers' *Ground* beschrieb. Der persönliche Verkehr mit seinem großen Kunstgenossen war, wie immer, für ihn äußerst genußreich, und er berichtete über ihn, er habe ihn „gesunder und heiterer gefunden als seit vielen Jahren – gelegentlich etwas seltsam in Bezug auf Magie und Geister, aber seinen Opponenten gegenüber immer billig und offen. Er war glänzend gesprächig, anekdotisch und heiter, sah jung und wohl aus, lachte herzlich und fand großes Behagen an einigen Spielen, die wir spielten. In seiner Eigenschaft als Künstler, und in seinen Bemerkungen über die Kunst war er höchst interessant und reichhaltig, und sagte die schönsten und feinsten Sachen – aber da fehlt es ihm nie. Ich amüsierte mich köstlich, wie wir alle."

In *All the Year Round*, wie in dessen Vorgänger, wurden natürlich die Weihnachtsgeschichten fortgesetzt, aber mit erstaunlich vermehrter Popularität; und keine von Dickens' Schriften fand je einen solchen Verkauf wie seine Weihnachtsstücke in jener Zeitschrift. Vor seinem Tode belief die Zahl der verkauften Exemplare sich auf fast dreihunderttausend. Die erste Weihnachtsgeschichte führte den Titel *Haunted House* und enthielt eine Erwähnung eines wahren Vorganges aus seiner Knabenzeit, der in dem früher mitgeteilten bitteren Bericht nicht eingeschlossen ist. „Ich wurde nach Hause gebracht und zu Hause waren Schulden und Tod und wir hatten eine Auktion dort. Mein eignes kleines Bett wurde von einer mir unbekannten Macht, die man nebelhaft als ‚das Geschäft' bezeichnete, mit solcher Geringschätzung angesehen, daß ein messingner Kohlenschütter, eine Bratmaschine und ein Vogelbauer hineingetan werden mußten, um ein Verkaufsstück daraus zu machen, und dann ging es hin für ein Lied. So hörte ich die Leute sagen, und ich hätte wissen mögen, was für ein Lied das war, und dachte, wie traurig es sein müsse, ein solches Lied zu singen." Die andern Gegenstände werden in einem andern Kapitel erwähnt werden.

Seine Romane waren nicht Dickens' einzige bedeutende Arbeiten für *All the Year Round*. Die kleineren Artikel, die er hineinschrieb, hatten einen aus ihrem Plane und aus dem persönlichen Tone, sowie aus häufigen individuellen Bekenntnissen entspringenden Charakter und eine Vollständigkeit, die ihr Interesse erhöhten und wodurch sie immer besonders anziehend bleiben werden. Ihr Titel gab einer per-

---

[47] Dem Landsitze Lord Lytton's in Hertfordshire. – D. Übers.

sönlichen Neigung Ausdruck. Von allen wohltätigen oder sich selbst erhaltenden Gesellschaften, denen sein Takt und seine Beredtsamkeit im Präsidentenstuhle so oft Beistand gewährte, hatte keine, durch die Art der Dienste, welche sie ihren Mitgliedern leistete, wie durch ihre ausgezeichnete Verwaltung, ihn so sehr interessiert als die Gesellschaft der Geschäftsreisenden (*Commercial Travellers*). Seine Bewunderung für die von dieser Gesellschaft begründeten Schulen machte ihn mit dem Manne bekannt, der damals ihr Kassenführer war und den er, wie ich glaube, von allen ihm bekannten Menschen am höchsten schätzte, wegen der Vereinigung unvergleichlicher geschäftlicher Talente mit einer Natur, die umfassend genug war, um Massen von Menschen, so verschieden dieselben auch in Glauben und Ansichten sein mochten, menschlich und gerecht zu behandeln. So oft er später Hilfe für ein gutes Werk bedurfte, dachte er immer zuerst an Mr. George Moore,[48] und nie wendete er sich an ihn umsonst. „Rechtschaffenheit, Unternehmungsgeist, Gemeingeist und Wohlwollen," erklärte er den Geschäftsreisenden bei einer Gelegenheit, „hätten ihr Synonym in Mr. Moore's Namen"; und es war eine andre Form derselben Neigung, als er für sich den Charakter und Titel eines Ungeschäftlichen Reisenden annahm. „Ich bin sowohl ein Stadtreisender als ein Landreisender und bin immer unterwegs. Bildlich gesprochen, reise ich für das große Haus der Gebrüder Menschliche-Interessen und habe viele Kunden in der Branche der Phantasiegüter. Buchstäblich gesprochen, wandre ich aus meiner Wohnung in Coventgarden in London immer hierhin und dorthin, bald durch die Straßen der City, bald auf ländlichen Nebenpfaden, sehe sehr viele kleine Dinge und einige große Dinge und denke, daß dieselben, weil sie mich interessieren, auch andre interessieren könnten." In wenigen Worten war dies der Plan und Gedankengang der Artikel, welche er im Jahre 1860

---

[48] Erlaubte es der Raum, so könnte ich aus seinen Briefen viele Beweise liefern für sein Interesse an Mr. George Moore's vortrefflichen Unternehmungen; aber ich kann eine Ausnahme nur zu Gunsten einer charakteristischen Anspielung auf einen Vorfall machen, der seine Phantasie damals sehr kitzelte. „Ich hoffe," (20. August 1863) „Du hast Dich ebensosehr amüsiert als ich über den Bericht der Rede des Bischofs von Carlisle in der Schule meines ganz besonderen Freundes, Mr. George Moore. Nie ist mir ein komischeres Beispiel von Schwäche vorgekommen als seine Auslassungen über Colenso gegen jene unglücklichen Kinder. Ich kann das lächerliche Bild nicht wieder los werden, das sich mein Geist von dem Schaufelhut und der Schürze entworfen hat, wie sie in jener sichern Entfernung vor jener sichern Zuhörerschaft darauf lospredigen. Es gibt nichts so Ausschweifendes in Rabelais, nichts so Satirisch-Humoristisches in Swift oder Voltaire."

anfing und seitdem von Zeit zu Zeit fortsetzte bis in den letzten Herbst seines Lebens.

Manche derselben, wie „Reisen im Auslande", „Citykirchen", „Dullborough", „Ammenmärchen" und „Geburtstagsfeiern" haben Charakterzüge, besonders aus seinen jüngeren Jahren, zu dieser Lebensbeschreibung beigetragen und Abschnitte seines späteren Lebens empfangen Aufschlüsse aus andern, wie „Landstreicher", „Nächtliche Spaziergänge", „Scheue Nachbarschaften", „Der italienische Gefangene" und „Die Docks von Chatham". In der Tat ist kaum ein einziger ohne persönliches Interesse oder merkwürdige Anspielungen. Man kann daraus unter anderm lernen, welche Behandlung er gegen die Krankheit der Schlaflosigkeit in Anwendung brachte, von der er inmitten seines jüngsten Kummers oft gelitten hatte. Im Bette dagegen zu experimentieren, war für ihn ein zu langsames und ungewisses Verfahren; aber er besiegte seinen Feind sehr bald durch eine energischere Behandlung, indem er sofort, nachdem er sich niedergelegt, wieder aufstand, ausging und beim Sonnenaufgang müde nach Hause kam. „Mein letztes spezielles Unternehmen bestand darin, daß ich, nach einem durch lange Spaziergänge und sonst ermüdenden Tage, um zwei Uhr aufstand und zum Frühstück sechs Meilen weit auf's Land hinausging." Eine Beschreibung gab er in seinem Artikel nicht, aber ich erinnre mich, daß er sagte, ihm sei selten etwas so Merkwürdiges vorgekommen als die Art und Weise, wie die Wunder einer äquinoktialen Morgendämmerung (es war am 15. Oktober 1857) sich während jenes Spazierganges entfalteten. Er hatte nie vorher die Nacht so vollständig im Kampfe mit dem Morgen gesehen. Eine andre Erfahrung seiner nächtlichen Wanderungen fand Ausdruck in lebendigen Skizzen über die Rastlosigkeit einer großen Stadt und über die Art, wie auch diese sich unruhig umherwirft, ehe sie Schlaf finden kann. Auch sollte niemand, der etwas über seine Gewohnheiten und seine Lebensweise wissen möchte, versäumen, ihn mit seinen „Landstreichern" auf die Landwege bei Gadshill zu begleiten, oder ihm in seine „scheuen Nachbarschaften" von Hackney-Road, Waterloo-Road, Spitalfields oder Bethnal-Green zu folgen. Durch köstliche Beobachtungen auf dem Lande und in der Stadt, durch den Witz, der zwischen fernen und bekannten Dingen Ähnlichkeiten auffindet, und durch humoristische persönliche Skizzen und Erlebnisse sind diese in ihrer Art vollkommen.

„Ich habe," sagt er in einem dieser Artikel, „vor mir ein Stück kentischer Landstraße, das auf einer Seite von einem Walde begrenzt ist und auf der andern, zwischen dem Straßenstaube und den Bäumen, von einem Grasflecken besäumt wird. Wilde Blumen wachsen im Überfluß an dieser Stelle und sie liegt hoch und luftig da, mit der Aussicht auf einen fernen Fluß, der langsam dem Ozean zufließt, wie eines Menschen Leben. Um hier den Meilenstein zu erreichen, den Moos, Primeln, Veilchen, Glockenblumen und wilde Rosen bald unleserlich machen würden, wenn hinschauende Reisende sie nicht mit ihren Stöcken bei Seite schöben, muß man einen steilen Hügel hinaufsteigen, von welcher Seite man auch kommen mag. So finden sämtliche Landstreicher, mit Karren oder Karawanen – der Zigeuner-Landstreicher, der Marktbuden-Landstreicher, der Hausierer –, es unmöglich, den Versuchungen des Ortes zu widerstehen und alle spannen die Pferde aus, wenn sie hinkommen und setzen ihre Töpfe auf's Feuer. Sei der Ort gesegnet! Ich liebe die Asche der Vagabundenfeuer, welche sein Gras versengt haben." Dort war es, wo er Dr. Marigold und Chops, den Zwerg und die weißhaarige Dame mit den roten Augen fand, die mit dem Riesen eine Fleischpastete aß. So hat auch in seinen „Scheuen Nachbarschaften", wo er seine Erfahrungen über die schlechte Gesellschaft mitteilt, welche die Vögel lieben und über die Wirkung, welche das Leben in schlechten Quartieren auf das Federvieh ausübt, seine Art den Gegenstand zu behandeln den ganzen Zauber einer Entdeckung. „Daß irgendetwas aus einem Ei Geborenes und mit Flügeln Begabtes so weit kommen kann, daß es zufrieden eine Leiter in einen Keller hinunterhüpft und das nach Hause gehen nennt, ist eine so erstaunliche Tatsache, daß man sich über nichts dahin Gehöriges mehr wundern kann." Eine seiner Illustrationen zu diesem Gegenstande ist eine herunter gekommene Familie von Bantam-Hühnern, deren einziger Genuß darin besteht, sich in dem Seiteneingang eines Trödelladens zusammenzudrängen, die aber aussehen, als wären sie eben erst zur Welt gekommen und immer von ängstlich flatternder Sorge erfüllt sind, daß man sie entdecken möchte. Er vergleicht sie mit andern. „Ich kenne einen gemeinen Gesellen, ursprünglich ans einer guten Familie in Dorking, der seinen ganzen Haushalt von Weibern der Reihe nach zu dem einen Eingange einer Schenke in der Nähe des Haymarket hineinführt, sie zwischen den Beinen der dort versammelten Gesellschaft hindurchleitet, mit ihnen an dem andern Eingang wieder auftaucht und so sein Leben hinbringt, wobei er, während der Saison, selten vor zwei Uhr morgens zu Bette geht ... Aber die Familie, mit der ich am besten bekannt bin, wohnt in dem bevölkertsten Teile von Bethnal-Green. Ihre Abstraktion von den Gegenständen, unter denen sie wohnen, oder vielmehr ihre Überzeugung, daß diese Gegenstände alle zu dem besonderen Zweck in's Dasein gerufen sind, den Hühnern zu dienen, hat mich so bezaubert, daß ich sie zum Gegenstande vieler, zu verschiedenen Stunden unternommener Wanderungen gemacht habe. Nach sorgfältiger Beobachtung der zwei Herren und der zehn Damen, aus welchen diese Familie besteht, bin ich zu dem Schlusse gekommen, daß ihre Ansichten repräsentiert werden durch den Hauptherrn und die Hauptdame, die Letztere, wie mir scheint, eine alte Person, behaftet mit einem Mangel an Federn und einer Sichtbarkeit der Federkiele, die ihr das Ansehn eines Bündels von Bürofedern gibt. Wenn ein Güterwagen, der einen Elefanten zermalmen würde, auf der Pferdebahn um die Ecke kommt und über diese Hühner dahin eilt, tauchen sie unverletzt unter den Pferden hervor, vollkommen überzeugt, daß das ganze Vorüberrauschen ein durch die Luft fliegendes Besitztum war, das etwas zu essen zurückgelassen haben mag. Sie sehen alte Schuhe, Reste von Kesseln und Töpfen und Fragmente von Hüten als eine Art meteorischen Niederschlag an, der dazu da ist, daß die Hühner daran herumhacken … Gaslicht kommt ihnen grade so natürlich vor, wie jedes andre Licht und es ist mehr als ein bloßer Verdacht bei mir, daß das früh öffnende Bierhaus an der Ecke in dem Geist der beiden Herren die Sonne ersetzt hat. Sie fangen immer an zu krähen, wenn die Laden des Bierhauses abgenommen werden, und sie begrüßen den Kellner, sowie er erscheint, um diese Pflicht zu erfüllen, als wäre er Phöbus in eigner Person." Die Wahrheit des persönlichen Abenteuers in demselben Essay, das als Beweis für eine Neigung zu schlechter Gesellschaft bei den zivilisierteren Mitgliedern des befiederten Geschlechts erzählt wird, bin ich selbst imstande zu verbürgen. Als er eines Tages an einem schmutzigen Hofe in Spitalfields vorbeikam, zog der schnelle geschäftige kleine Verstand eines Goldfinken, der sich in seinem Käfig selbst Wasser schöpfte, ihn so an, daß er den Vogel, der auch andre Talente besaß, kaufte; aber kein einziges dieser Talente wollte das kleine Geschöpf in seiner neuen Wohnung in Doughty-Street zeigen und Wasser schöpfte er nur verstohlen, oder unter dem Schutze der Nacht. „Nach einer Zwischenzeit vergeblicher und endlich hoffnungsloser Erwartung wandte ich mich an den Händler, der ihn erzogen hatte. Der Händler war ein Mann mit krummen Beinen, mit einer flachen, kissenartigen Nase, wie die letzte neue Erdbeere. Er trug eine Pelzkappe und Kniehosen und war von der Rasse, die sich in Manchester-Samt kleidet. Er ließ sagen, er wolle ‚herumkommen'. Er kam herum, erschien an der Türe des Zimmers, und richtete sein böses Auge leise gegen den Goldfinken. Sofort befiel den Vogel ein rasender Durst, und als derselbe gestillt war, zog er noch mehrere unnötige

Eimer Wasser, sprang auf seinem Stock umher und schärfte sich den Schnabel mit ununterdrückbarer Befriedigung."

Die Artikel des Ungeschäftlichen Reisenden, die beiden Romane und die Weihnachtsgeschichten waren Dickens' wichtigste Beiträge zu *All the Year Round*; aber nach der Vollendung des ersten jener Romane druckte er auch eine kurze Erzählung mit dem Titel „Niedergejagt" darin ab, die er ursprünglich für eine amerikanische Zeitung, den *New York Ledger*, geschrieben hatte. Den Gegenstand hatte er dem Leben eines schon erwähnten notorischen Verbrechers entlehnt und ihr Hauptanspruch auf Beachtung war das dafür bezahlte Honorar. Für eine Erzählung, die nicht länger war als die Hälfte eines der Monatshefte von *Chuzzlewit* oder *Copperfield* hatte er tausend Pfund erhalten.[49] Es war eins der Anzeichen des lebhaften Verlangens, welches sein Eintreten in die Laufbahn eines öffentlichen Vorlesers in Amerika erweckt hatte, ihn zu einem nochmaligen Besuch jenes Weltteils zu bewegen, und um dieselbe Zeit, als ihm jene großartige Anerbietung von der New-Yorker Zeitung gemacht wurde, drängte Mr. Fields aus Boston, der damals zum Besuche in Europa war, ihn so sehr, zu gehen, daß sein Entschluß beinahe erschüttert wurde. „Ich bringe jetzt," schrieb er mir am 9. Juli 1859 aus Gadshill, „die *Geschichte zweier Städte* so weit, daß ich, wenn ich mich entschließen sollte, zu Ende September nach Amerika zu gehen, zu allen Zeiten wieder anfangen und mit großer Energie weiter schreiben könnte. Mr. Fields ist auf einen Tag hier gewesen und weist mit der größten Entschiedenheit darauf hin, daß keinerlei Nachteil, keine kommerzielle Aufregung oder Krisis, keine politische Agitation zu fürchten ist, und daß eine so in jeder Hinsicht günstige Gelegenheit sich in vielen Jahren nicht wieder finden möge. Ich würde einer der unglücklichsten Menschen sein, wenn ich ginge, und doch kann ich nicht hindern, daß die mir vorgeführte goldne Aussicht mich sehr aufregt und beeinflußt."

Er gab nichtsdestoweniger einer andern Überzeugung nach und vorläufig sollte der Besuch nicht stattfinden. Achtzehn Monate später begann der Bürgerkrieg und Amerika wurde jedem solchen Unternehmen auf fast fünf Jahre verschlossen.

---

[49] Acht Jahre später schrieb er „Ferienroman" für ein von Fields herausgegebenes Kindermagazin und „George Silverman's Erklärung" – von derselben Länge und für dasselbe Honorar. Es gibt, glaube ich, keine andern Fälle der Art in der Geschichte der Literatur.

Elftes Kapitel

Die zweite Reihe von Vorlesungen
1861–1863

Am Ende des ersten Jahres seines Aufenthaltes in Gadshill bemerkte Dickens, daß nichts ihn so sehr erfreut habe, als das Vertrauen, womit seine ärmeren Nachbarn ihn behandelt hatten. Er hatte ihren Wert und ihr gutes Benehmen im Allgemeinen erprobt und sie hatten sich ermutigt gefühlt, sich in Krankheit oder Not um Hilfe an ihn zu wenden. Die so erweckte Empfindung machte sich auf angenehme Weise bemerkbar, als im Sommer 1860 seine jüngere Tochter Kate sich mit Charles Alston Collins verheiratete, dem Bruder des Novellisten, und dem jüngern Sohn des Malers und Akademikers, der, hätte er jene Sommer-Morgenszene noch erlebt, in mancher ländlichen Gruppe bei Gadshill Gegenstände hätte finden können, welche seines ergötzlichen Pinsels nicht unwürdig waren. Sämtliche Dorfbewohner waren zu Ehren Dickens' ausgezogen und die Wagen konnten, bei der Aufeinanderfolge von Triumphbogen, die sie zu durchfahren hatten, kaum nach der kleinen Kirche und von dort wieder zurückkommen. Es war ihm ganz unerwartet, und ich zweifle, ob der scheueste der Menschen je mehr durch eine Ovation überrascht wurde, als in dem Augenblicke, wo auf der Rückfahrt das *feu de joie* des Schmiedes in der Gasse, dessen Begeisterung ein paar kleine Kanonen in die Schmiede geschmuggelt hatte, auf ihn losbrach.

Wenn ich die Hauptpersonen nenne, welche an jenem Tage zugegen waren, so werden damit die Gestalten derer angedeutet werden, die (außer Miss Mary Boyle, Miss Marguerite Power, Mr. Fechter, Mr. Charles Kent, Mr. Edmund Yates, Mr. Percy Fitzgerald und den Mitgliedern der Familie Mr. Frank Stones', dessen plötzlicher Tod[50] in

---

[50] „Es wird Dich schmerzen," schrieb er Sonnabend 9. November 1859, „von dem armen Stone zu hören. Am Sonntage war er nicht wohl. Am Montage ging er zu Dr. Todd, der ihm sagte, er leide an Pulsadergeschwulst des Herzens. Am Dienstag ging er zu Dr. Walsh, der ihm sagte, er leide nicht daran. Am Mittwoch traf ich ihn in einer Droschke, hier im Square, und er stieg aus, um mit mir zu sprechen. Ich ging mit ihm in langsamem Schneckengang einige Zeit umher und heiterte ihn auf, aber als ich nach Hause kam, sagte ich ihnen, er komme mir sehr verändert vor und ich halte seinen Zustand für gefährlich. Gestern um zwei Uhr

dem vorhergehenden Jahre ein großer Schmerz für Dickens gewesen war) während dieser späteren Jahre am häufigsten in Gadshill gesehen wurden. Friedrich Lehmann war dort mit seiner Frau, deren Schwester, Miss Chambers, eine der Brautjungfern war; Mr. und Mrs. Wills waren da und Dickens' alter treuer Freund, Thomas Beard. Die zwei nächsten Nachbarn, mit welchen die Familie sehr vertraut geworden war, Mr. Hulkes und Mr. Malleson, nebst ihren Frauen, schlossen sich der Gesellschaft an; unter den übrigen befanden sich Henry Chorley, Chauncy Townshend und Wilkie Collins, und als besondern Freund für diese Gelegenheit hatte der Bräutigam seinen alten Mitstudenten der Kunst, Holman Hunt, mitgebracht. Charles Collins selbst war zum Maler erzogen worden und besaß einige seltene Gaben, um sich in dieser Kunst auszuzeichnen; aber Neigung und Talent führten ihn auch zur Literatur, und nach langem Schwanken zwischen beiden Berufskreisen entschied er sich endlich für die Literatur. Seine Beiträge zu *All the Year Round* gehörten zu den anziehendsten kleineren Artikeln dieser Zeitschrift, und zwei selbständig veröffentlichte Romane zeigten, daß es ihm auch für höhere Flüge nicht an Schwingen fehlte. Aber seine Gesundheit brach zusammen und sein Geschmack war zu schwer zu befriedigen für seine schwindende Kraft. Es ist jedoch möglich, daß er durch zwei kleine beschreibende Bücher fortleben mag: die *Neue Sentimentale Reise* und das *Umherkreuzen auf Rädern,* die einen ungewöhnlich zarten und feinen Humor offenbaren, und wenn diese Bände Leser einer späteren Generation in Bezug auf den Verfasser neugierig machen sollten, so werden sie erfahren, wenn ihnen auf ihre Erkundigungen eine richtige Antwort gegeben wird, daß niemand so viele gerechtfertigte Hoffnungen durch so geringe eigene Schuld oder Vernachlässigung enttäuschte, wie er, daß seine Schwierigkeit immer darin bestand, sich selbst Genüge zu tun und daß ein untergeordneter Geist in den beiden Künsten, denen er folgte, erfolgreicher gewesen sein würde. Er starb 1873, in seinem fünfundvierzigsten Jahre, und bis dahin hatten selbst die ihm am nächsten Stehenden nicht gewußt, wie groß die Leiden gewesen sein mußten, die er, viele schwere Jahre hindurch, mit klagloser Geduld ertragen hatte.

Die Heirat seiner Tochter war das Hauptereignis, welches den ruhigen Gang von Dickens' Leben seit dem Schluß der ersten bezahlten Vorlesungen unterbrochen hatte. Ihm folgte der Verkauf von Tavistock-House, mit dem Entschluß, Gadshill zu seiner künftigen

---

starb er am Herzkrampf. Ich werde nach Highgate hinauf gehen, um ihm ein Grab auszusuchen."

Heimat zu machen. In der kurzen Zwischenzeit (29. Juli) schrieb er mir über seines Bruders Alfreds Tod. „Man rief mich Freitagabend durch ein Telegramm nach Manchester. Ich kam dort an ein Viertel nach Zehn, aber er war schon drei Stunden tot, der Arme! Er soll am Mittwoch in Highgate begraben werden. Ich habe die junge Witwe gestern mit mir zurückgebracht." Alles was dieser Tod mit sich brachte, die Unruhen bei seiner Wohnungsveränderung und Schwierigkeiten bei der Ausarbeitung seines Romans gaben ihm mehr als hinreichende Beschäftigung bis zum nächsten Frühling,[51] und als die Zeit für die neuen Vorlesungen herankam, war ihm die Abwechslung nicht unwillkommen.

Der erste Teil dieser zweiten Serie war durch Arthur Smith angeordnet, doch leitete dieser nur die sechs Vorlesungen, welche dieselbe eröffneten. Es waren die ersten Vorlesungen in St. James' Hall (St. Martin's Hall war inzwischen verbrannt) und sie wurden gehalten im März und April 1861. „Wir alle befinden uns hier auf's Beste", schrieb er mir am 28. April aus Gadshill. „Am 18. beendete ich meinem Plane gemäß die Vorlesungen. Wir hatten von den Sperrsitzen allein zwischen siebzig und achtzig Pfund St., was, den Sitz zu vier Schilling, in diesen Zeiten etwas ganz Unerhörtes ist. – Das Resultat der sechs Vorlesungen war, daß ich, nach Bezahlung einer großen Anzahl von Leuten und aller andern Kosten und Arthur Smith's zehn Prozent von den Einnahmen und nach der Wiederherstellung alles dessen, was in dem Feuer in St. Martin's Hall verbrannt war (mit Einschluß aller unserer Billete, unsres Gepäcks für die Reisen auf dem Lande, der Wechselkosten, Bücher und einer Menge Gasapparate und was sonst noch), mehr als 500 Pfd. St. einnahm. Ein sehr bedeutendes Resultat. Wir hätten ohne Frage die ganze Saison hindurch arbeiten

---

[51] Er arbeitete damals eifrig an seinem Roman, und ein Billet, das er mir nach dem Begräbnis aus Gadshill schrieb, zeigt, was sein Beruf so häufig mit sich brachte: die harten Bedingungen, unter welchen traurige Ereignisse und deren Ansprüche auf seine Hilfe oft an ihn herantraten. „Morgen muss ich gegen Zeit und Flut und alles sonst arbeiten, um eine für mich offen gehaltene Nummer auszufüllen, deren stereotypierte Platten am Freitag nach Amerika abgehen müssen. Aber auch die Untersuchung der Verhältnisse des armen Alfred, die Notwendigkeit, die Witwe und die Kinder irgendwo unterzubringen, die Schwierigkeit, das zu finden, was am Besten für sie ist, und mein eigenes lebhaft gefühltes Bedürfnis, so gesammelt und gefasst zu sein als möglich und doch die Gelegenheit zur Erfüllung dieser Pflicht nicht zu versäumen oder hinauszuschieben – würden mich unter allen Umständen zum Ausruhen hierher zurückgeführt haben."

können, aber ich bin herzlich froh, daß ich mich auf meinen Roman konzentriert habe."

Es war ein Teil seines Planes gewesen, daß die Vorlesungen in den Provinzen nicht anfangen sollten, ehe eine gewisse Zeit nach dem Abschluß des Romans *Große Erwartungen* verflossen sei. Sie wurden demgemäß bis zum 28. Oktober verzögert, an welchem Tage sie in Norwich eröffnet wurden, worauf sie mit den sogleich zu erwähnenden Weihnachtsunterbrechungen fortgingen bis zum 30. Januar 1862, als sie in Chester schlossen. Auf England und Schottland beschränkt, umfaßten sie die Grenzstadt Berwick und, abgesehen von den schottischen Städten, die Gegensätze und Abwechslungen von Norwich und Lancaster, Bury St. Edmunds und Cheltenham, Carlisle und Hastings, Plymouth und Birmingham, Canterbury und Torquay, Preston und Ipswich, Manchester und Brighton, Colchester und Dover, Newcastle und Chester. Es folgten ihnen zehn Vorlesungen in St. James' Hall, zwischen dem 13. März und dem 27. Juni 1862, und vier in Paris, im Januar 1863, welche letzteren in der Gesandtschaft zum Besten des *British Charitable Fund* gehalten wurden. Die zweite Serie war so an Zahl der Vorlesungen der ersten fast gleich gekommen, als sie im Juni 1863 mit dreizehn Vorlesungen in den *Hanover Square Rooms* in London schloß, und auf sie allein beziehen sich die Erläuterungen und Hinweise dieses Kapitels.

Als *Große Erwartungen* im Juni 1861 schloß, nahm Bulwer Lytton auf Dickens' ernsten Wunsch seinen Platz in *All the Year Round* mit der ‚Strange Story', worauf Dickens sich eine Zeitlang dem Nichtstun hingab. „Das Nachlassen jener qualvollen Gesichtsschmerzen, sowie ich mit meiner Arbeit fertig war, brachte mich zu dem Entschluß, nach dieser Seite hin einige Zeit nichts zu tun, wenn es irgend möglich ist."[52] Aber sein ‚Nichtstun' war selten mehr als eine Redefigur, und was es in diesem Falle bedeutete, erfuhr ich bald nachher. „Zwei oder drei Stunden täglich übe ich mich in meinen neuen Vorlesungen und tue sonst (ausgenommen meine Büroarbeit) nichts. Mit großer Mühe habe ich aus *Copperfield* eine zusammenhängende Erzählung gemacht, die, wie ich glaube, die Anstrengung, welche sie mich wahrscheinlich kosten wird, belohnen wird. Wenn ich mich nicht sehr irre, wird sie in London sehr wertvoll sein. Ich habe auch *Nicholas Nick-*

---

[52] Derselbe Brief fügt hinzu: „Die vierte Auflage von ‚Große Erwartungen' wird jetzt gedruckt, da die dritte fast vergriffen ist. Bulwer's Roman schreitet wacker voran. So weit wir sehen können, hat unsere Abonnentenzahl sich um 1 500 vermehrt."

leby in der Schule in Yorkshire bearbeitet und hoffe, daß ich aus Squeers und John Browdie und Comp. einige Komik gewonnen habe. Auch den Bastille-Gefangenen aus der *Geschichte zweier Städte*. Auch den Zwerg, aus einem unserer Weihnachtshefte." Nur die beiden ersten wurden der Liste für die damalige Rundreise hinzugefügt.

Inmitten dieser tätigen Vorbereitungen erreichten ihn schmerzliche Nachrichten. Eine Krankheit, an welcher Arthur Smith schon eine Zeit lang gelitten, nahm plötzlich eine gefährliche Wendung, so daß nur geringe Aussicht auf seine Genesung übrig blieb. Eine peinliche Zusammenkunft am 28. September gab Dickens wenig Hoffnung. „Und doch sind seine Gedanken im Wachen und im Träumen so beständig mit den Anordnungen für die Vorlesungen beschäftigt und er ist so verzweifelt abgeneigt, den Gedanken morgen und morgen und morgen ‚mit der Sache voran zu gehen‘, aufzugeben, daß ich nicht den Mut hatte, ihm die Papiere abzufordern. Er sagte mir, er glaube, es seien noch 70–80 Briefe unbeantwortet. Du kannst Dir vorstellen, wie unruhig mich dies macht und wie meine Pläne dadurch in's Stocken geraten sind." Noch eine Woche ging vorüber und mit ihr die Zeit, welche an den Orten festgesetzt war, wo seine Arbeit beginnen sollte; aber er vermochte es nicht über sich, zu handeln als wäre alle Hoffnung dahin. „Gegen einen kranken Mann, der so eifrig und treu gewesen ist, fühle ich die Verpflichtung, sehr zart und geduldig zu sein. Als ich ihm neulich sagte, ich habe Headland engagiert – ‚um den ganzen persönlich beunruhigenden und ermüdenden Teil Ihrer Arbeit zu tun‘, sagte ich – nickte er sehr befriedigt mit seinem schweren Kopfe und brachte mit schwacher Stimme die Worte heraus: ‚Natürlich bezahle ich ihn und nicht Sie‘." Der arme Mensch starb im Oktober, und an dem Tage, nachdem Dickens bei dem Begräbnis zugegen gewesen war, hörte er von dem Tode seines Schwagers und Freundes Henry Austin, dessen Talente und Charakter er ebenso sehr schätzte, wie er ihn als Menschen liebte. Er verlor viel, indem er den verständigen und zuverlässigen Rat verlor, der ihn bei so vielen öffentlichen Fragen, woran er ein lebhaftes Interesse nahm, geleitet hatte, und mit schwerem Herzen trat er endlich seine zweite Rundreise an. „Mit welcher Mühe ich mich nach diesen Verlusten und Beschwerden an die Vorlesungen zurückgewöhne, oder, mit welcher Abneigung ich die nötige Kraft sammle, ihnen in's Gesicht zu sehen, kann ich kaum sagen. Mir ist diese ganze Zeit, als hätte ich mit Arthur Smith meinen rechten Arm verloren. Ich bin nur grade imstande, eins der Bücher zu öffnen und den Text auf eine flache eintönige Art aus mir herauszuschrauben. Anliegend findest Du die Liste dessen, was ich zu tun habe. Du wirst sehen, daß ich zehn Tage im November für die Weihnachtsnummer frei gelassen habe und auch eine gute Zwischenzeit zu Weihnachten, für unsere Zusammenkunft in Gadshill. Es wird mich sehr freuen, das Geld zu bekommen, das ich erwarte, aber es will verdient werden." Während jener Pause im November fand auch die Verheiratung seines ältesten Sohnes mit der Tochter von Mr. Evans statt, der in Kompanie mit Mr. Bradbury so lange sein Verleger und Drucker gewesen war.

Der Anfang der Vorlesungen in Norwich war nicht gut, weil die vielen verdrießlichen Abänderungen, welche den ersten Anzeigen folgten, Zweifel erweckt hatten, ob die Sache überhaupt zustande kommen würde. Aber am zweiten Abend, als die Szenen aus *Nickleby* versucht wurden, „hatten wir eine prächtige Halle voll und ich glaube, *Nickleby* wird alle andern Vorlesungen übertreffen. Er scheint irgendwie, durch Zufall, ganz genau mit den zweckentsprechendsten Eigenschaften ausgestattet zu sein, und lief gestern Abend nicht bloß unter lautem Gelächter, sondern unter einer allgemeinen Heiterkeit ab, die ich nie übertroffen gesehen habe."[53] Von diesem Abend an war sein Erfolg ununterbrochen. Folgendes ist der Bericht, den er mir am 8. November aus Brighton schickte. „Wir wiesen halb Dover und halb Hastings und halb Colchester ab, und wenn Du so etwas glauben kannst, will ich Dir sagen, daß wir in runden Zahlen 1 000 Sperrsitze für Brighton bereits genommen finden. Ich verließ Colchester in einem heftigen Schneesturm. Heute ist es hier so warm, daß ich das Feuer kaum ertragen kann und mit bis zum Fußboden geöffnetem Fenster schreibe. Gestern hatte ich ein allerliebstes Publikum für *Copperfield*, mit einer Zartheit des Verständnisses, welche wirklich aus der Arbeit ein Vergnügen machte. Es ist sehr hübsch zu sehen, wie die Mädchen und die Frauen im Allgemeinen die Sache mit Dora aufnehmen; und überall habe ich jenes eigentümliche persönliche Verhältnis zwischen meinen Zuhörern und mir selbst gefunden, worauf ich am meisten rechnete, als ich mich mit diesem Unternehmen befaßte. *Nickleby* erregt noch immer die wildeste Begeisterung."

Ein Sturm fegte damals um die Küste herum und während seines Aufenthaltes in Dover hatte Dickens darüber an seine Schwägerin

---

[53] Über seinen früheren Geschäftsführer schreibt er in demselben Briefe: „Ich vermisse ihn schrecklich. Das Gefühl der Vollständigkeit und Bequemlichkeit um mich her, das ich sonst beim Lesen zu haben pflegte, ist ganz dahin und die zehn Minuten Pause, in denen ich ihn immer mit einer heitern Bemerkung bereit fand, sind nun öde und traurig. Außerdem sind H. und alle andern immer irgendwo und er war immer überall."

geschrieben (7. November): „Das schlechte Wetter hat uns nicht im Mindesten berührt und der Sturm war in Dover prachtvoll. Die ganze große, der See zunächst gelegene Seite des Lord Warden Hotels mußte geräumt werden; der Ansturm der Wellen war so gewaltig und der Lärm so vollständig betäubend. Das Meer flutete herein, wie ein großer Himmel gewaltiger Wolken, die fortwährend in plötzlichen wilden Regen ausbrechen; alle möglichen Schiffstrümmer wurden hereingewaschen, unter andern eine sehr hübsche mit Messing beschlagene Kiste, die herumgeworfen wurde wie eine Feder. Das unglückliche Packetboot von Ostende, das weder hereinkommen noch zurückfahren konnte, trieb sich die ganze Dienstag-Nacht und bis gestern Mittag im Kanal umher, als ich es mit fünf Männern am Steuerruder, ein Bild unbeschreiblichen Elends, einfahren sah ... Die Wirkung der Vorlesungen in Hastings und Dover scheint wirklich den besten gewöhnlichen Eindruck übertroffen zu haben und in Dover wollte man gar nicht fortgehen, sondern saß wie toll applaudierend da. Die feinfühlendsten Zuhörer, die ich noch in einer Provinzialstadt gesehen, waren in Canterbury (,es ist eine verständnisvolle, herzerfreuende Antwort in ihnen', schrieb er an seine Tochter, ,wie die Berührung eines schönen Instruments'), aber den größten Sinn für Humor hat jedenfalls Dover. Die Leute in den Sperrsitzen gaben auf die seltsamst rückhaltlose Weise das Beispiel zum Lachen und sie lachten mit so wirklich herzlichem Vergnügen, als Squeers die Briefe des Knaben las, daß die Ansteckung sich auf mich selber ausdehnte – denn man konnte sie nicht hören, ohne auch zu lachen ... So freue ich mich denn sagen zu können, daß alles gut geht, und der Lohn für die Mühe ist in jeder Hinsicht groß."

Aus der entgegengesetzten Weltgegend, aus Berwick am Tweed, schrieb er wieder inmitten eines Sturmes. Aber zunächst muß sein Bericht aus Newcastle, das er auf dem Wege nach Edinburgh berührt und wo er zwei Vorlesungen gehalten hatte, mitgeteilt werden. „In Newcastle machte ich, trotz sehr beträchtlicher Ausgaben, mehr als hundert Guineen Profit. Ein besseres Publikum gibt es nicht in England und ich halte sie für ein besonders ernstes Volk; denn während sie lachen können, bis sie das Haus erschüttern, haben sie zugleich eine sehr ungewöhnliche Sympathie mit dem, was pathetisch oder leidenschaftlich ist. Etwas Außerordentliches ereignete sich an dem zweiten Abend. Die Halle war entsetzlich überfüllt – und mein Gasapparat fiel nieder. Einen Augenblick entstand eine furchtbare Bewegung unter den Leuten und Gott weiß was für einen Verlust an Menschenleben ein Hineilen nach den Treppen verursacht haben würde. Glücklicherweise lief eine Dame in der vordersten Reihe der Sperrsitze auf mich zu, grade an einem Platze, wo, wie ich wußte, die ganze Halle sie sehen konnte. So redete ich sie lachend an und bat sie halb und befahl ihr halb, sich wieder zu setzen, und in einem Augenblick war alles vorüber. Aber die Bühnendiener hatten eine so furchtbare Empfindung von dem; was hätte geschehen können (abgesehen von der wirklichen Feuersgefahr), daß sie mit ihrem Zittern die Bretter, auf denen ich stand, faktisch erschütterten, als sie kamen, um alles in Ordnung zu bringen. Ich bin stolz, berichten zu können, daß der Gasmann später seine Meinung über mich selbst dahin aussprach: ‚Je mehr Ihr von dem Herrn wollt, desto mehr werdet Ihr in ihm finden.' Mit welcher schmeichelhaften Huldigung und mit einem Winde, der so stark weht, daß ich mich kaum schreiben hören kann, ich schließe."[54]

Es wehte noch in Gestalt eines Sturmes vom Meere her, als er, eine Stunde vor dem Beginn der Vorlesung, aus dem Hotel in Berwick am Tweed schrieb: „Ein so sonderbarer und ungewöhnlicher Aufenthaltsort, so scheint mir, als ich je einen sah. Und ein so lächerliches Lokal, in dem ich meine Vorlesung halten soll. Eine ungeheure Kornbörse, aus Glas und Eisen erbaut, rund, mit einer Kuppel, hoch, völlig abgeschmackt für einen solchen Zweck und voll von donnernden Echos, mit einem kleinen hohen Krähennest von einer steinernen Galerie, in das man beabsichtigte mich zu setzen. Ich rebellierte dagegen natürlich sofort und erklärte, ich würde entweder in einem mit diesem Hause in Verbindung stehenden sehr hübschen Saale, der hundert Leute

---

[54] Der ausführlichere Bericht über diese Szene, den er an seine Tochter schrieb, verdient ebenfalls mitgeteilt zu werden. „Eine gewaltige Zuhörerschaft hier gestern Abend. Etwas fast Schreckliches in dem Gedränge. Etwas Furchtbares hätte geschehen können. Plötzlich, als sie bei Smike sehr still waren, fiel mein Gasapparat herunter und es war, als ob das Zimmer einstürzte. Es waren drei große Galerien da, gedrängt voll bis unter's Dach, und eine hohe steile Treppe und ein panischer Schreck hätte einer Menge Leute das Leben kosten müssen. Eine Dame in der vordersten Sperrsitzreihe schrie und lief wild auf mich zu und einen Augenblick entstand eine schreckliche Bewegung in der Menge. Ich redete jene Dame lachend an (denn ich wußte, daß alle sie dort sahen) und rief aus, als geschehe das jeden Abend: ‚Es hat nichts zu bedeuten, ich versichere Sie, seien Sie unbesorgt, setzen Sie sich.' – und sie setzte sich sofort und ein Beifallssturm folgte. Das Ausbessern nahm etwa fünf Minuten und ich sah mit den Händen in der Tasche zu, denn ich glaube, hätte ich mich nur einen Augenblick umgekehrt, so hätte noch eine Bewegung entstehen können. Meine Leute waren in furchtbarer Aufregung – besonders Boycott (der Gasmann), der, wie mir schien, der Meinung war, daß das ganze Gebäude hätte Feuer fangen können – ‚aber da stand der Herr', erwies er mir die Ehre nachher zu sagen, indem er sich an die andern wendete, ‚so kühl als ich ihn je an einer Eisenbahnstation herumschlendern sah'."

fassen kann, lesen, oder gar nicht. Erschreckte Lokalagenten zürnten, fielen aber schließlich vor mir nieder und meine Leute brachten das primitive Lokal in Ordnung. Seitdem sind zu meinem Schrecken die Leute (welche um die Ehre des Besuches gebeten hatten) in einer Anzahl gekommen, die mit dem Lokal ganz unvereinbar ist, und wie es enden wird, weiß ich nicht. Es war des armen Arthur Smith's Grundsatz, daß eine Stadt am Wege die Kosten einer langen Reise ohne Aufenthalt bezahle und deshalb kam ich hierher." Die Vorlesung bezahlte mehr als jene Kosten.

Ein begeisterter Empfang erwartete ihn in Edinburgh. „Wir hatten in der Halle grade doppelt die Anzahl, die wir das vorigemal am ersten Abend hatten. Der Erfolg von *Copperfield* war völlig beispiellos. Vier große Beifallsstürme mit einem Ausbruch von Cheers am Ende und alle charakteristischen Punkte auf's verständnisvollste aufgefaßt." Aber dies war nichts im Vergleich mit dem, was am zweiten Abend geschah, als, durch ein Versehen der Lokalagenten, die ausgegebenen Billette zu dem verfügbaren Raum außer Verhältnis standen. In einem Briefe aus Glasgow vom nächsten Tage (3. Dezember) beschrieb er die Szene. „Von solch einem Hereinströmen in ein Lokal, das schon bis an die Kehle voll war, von solch unbeschreiblicher Verwirrung, solch einem Drängen und Zerreißen der Kleider und doch im Ganzen von solch einer Szene guten Humors, habe ich nie auch nur etwas Annäherndes gesehen. Während ich die Menge in der Halle anredete, hielt G. eine Anrede an die Menge in der Straße. Fünfzig leidenschaftliche Menschen standen in allen Teilen der Halle auf und redeten mich alle auf einmal an. Andre leidenschaftliche Menschen hielten Reden an die Wände. Die ganze Familie B. wurde auf der Höhe einer Volkswelle hinein getragen und landete mit ihren Gesichtern an der Vorderseite der Platform. Ich las auf einer Platform, die gedrängt voll war von Leuten. Ich brachte sie dahin, daß sie sich niederlegten, und es war wie ein unmögliches Tableau oder gigantisches Picknick – ein hübsches Mädchen in Abendtoilette lag den ganzen Abend auf ihrer Seite, wobei sie sich an einem der Füße meines Tisches festhielt. Es war ein höchst außerordentlicher Anblick. Und doch entging ihnen von dem Augenblicke, als ich zu lesen anfing, bis zu dem Augenblick, als ich aufhörte, kein einziger Punkt und sie endeten mit einem allgemeinen Ausbruch von Beifall ... Der Aufwand von Lunge und Kraft war (wie Du Dir vorstellen kannst) für mich ziemlich groß und gut zu schlafen war außer der Frage. Ich bin daher heute etwas angegriffen, und da die Halle, in der ich heute Abend lese, groß ist, muß ich meinen Brief kurz fassen ... Meine Leute wurden gestern Abend zu Fetzen zerrissen. Keiner von ihnen hat einen Hut und kaum einer einen Rock." Er reiste zu seiner Weihnachtsruhe über Manchester nach Hause und bemerkte über seine dortige Vorlesung am 14. Dezember: „*Copperfield* in der Freihandelshalle am vorigen Sonnabend war eine wirklich großartige Szene."

Nach Weihnachten befand er sich in südlichen Breiten und schrieb am 8. Januar aus Torquay: „Wir sind jetzt in der Region kleiner Lokale und diese Reise wird daher nicht so einträglich sein als die lange. Das hiesige Lokal kommt mir sehr klein vor. Exeter kenne ich und auch das ist klein. Ich fühle mich im Allgemeinen sehr abgemattet, denn ich kann dies feuchte warme Klima nicht vertragen. Es würde mich sehr bald töten ... Dies ist ein wunderhübscher Ort, eine Mischung von Hastings, Tunbridge-Wells und kleinen Stücken der Berge um Neapel. Aber ich begegnete, als ich von der Station heraufkam, vier Respiratoren und drei blassen Pfarrverwesern ohne dieselben, die sich sehr schlecht zu befinden schienen." Sie waren indes keine schlechten Vorbedeutungen gewesen. Der Erfolg war sowohl in Torquay als in Exeter zufriedenstellend und Dickens beschloß den Monat und diese Reihe von provinziellen Vorlesungen in den großen Städten Liverpool und Chester. „Die schöne St. George's Hall war gestern bis zum Überfließen voll," schrieb er am 28. Januar 1862 aus Liverpool, „und viele Leute mußten abgewiesen werden. Wenn sie erleuchtet ist, bietet sie einen glänzenden Anblick, und zum Vorlesen ist sie gradezu vollkommen. Du erinnerst Dich, daß ein Liverpooler Publikum gewöhnlich unempfindlich ist, aber gestern stellten sie meine Kraft auf die Probe. Denn nie sah ich eine solche Zuhörerschaft – nein, sogar nicht in Edinburgh! Die Agenten allein, ohne Rücksicht auf das Geld was an den Türen bezahlt wurde, hatten für die zwei Vorlesungen 200 Pfd. St. einkassiert." Aber als das Ende herankam, hatten die Anstrengungen ihn stark mitgenommen. Er schrieb, daß er entsetzlich schlecht schlafe, daß der Kopf ihm geblendet und ermattet sei durch Gas und Hitze. Ruhe war, ehe er im März in St. James' Hall wieder anfangen konnte, eine absolute Notwendigkeit geworden. Zwei kurze Auszüge aus Briefen vom 8. April[55] und vom 28. Juni werden die

---

[55] Dieser Brief bezog sich auch auf den Tod seines amerikanischen Freundes Professor Felton. „Deine Nachricht von des armen Feltons Tode war mir eine ebenso überraschende als schmerzliche Erschütterung, denn ich hatte noch kein Wort davon gehört. Mr. Fields erzählte mir, als er hier war, daß die Wirkung jenes Unglücksfalles im Hotel mit dem schlechten Trinkwasser noch nicht vorübergegangen sei, so stelle ich mir vor, wie auch Du tust, daß dies seinen Tod verursach-

Vorlesungen in London hinreichend beschreiben. „Der Ertrag ist ganz erstaunlich gewesen. Denke Dir, 190 Pfd. St. an einem Abend! Die Wirkung *Copperfield's* übertrifft alle Erwartungen, die sein Erfolg auf dem Lande in mir erweckt hatte. Er scheint die Leute vollständig zu überrumpeln. Wenn dies nicht neu für Dich ist, so habe ich keine Neuigkeiten mitzuteilen. Der Regen, welcher täglich regnet, scheint die Neuigkeiten fortgespült oder unter Wasser gesetzt zu haben." Dies war im April. Im Juni schrieb er: „Ich beendete meine Vorlesungen am Freitagabend vor einer ungeheuern Zuhörerschaft – fast 200 Pfd. St. Der Erfolg ist durchweg vollständig gewesen. Es scheint fast selbstmörderisch, jetzt aufzuhören, da die Stadt so voll ist, aber ich mag nicht von meinem öffentlich gegebenen Versprechen abweichen. Es ist ein Mann aus Australien in London, der sich bereit erklärt, mir für acht Monate dort 10 000 Pfd. St. zu bezahlen. Wenn –" Es war ein Wenn, das ihn eine Zeitlang beunruhigte und zu aufregenden Erörterungen führte. Da in Amerika der Bürgerkrieg wütete, verlockte eine Erhöhung des eben erwähnten Anerbietens ihn nach Australien zu gehen. Er suchte sich mit dem Gedanken vertraut zu machen, daß er so auch neuen Stoff der Beobachtung gewinnen würde und er ging soweit, den Plan zu einem ‚Von oberst zu unterst gekehrten Ungeschäftlichen Reisenden' zu entwerfen.[56] Es ist jedoch sehr zweifelhaft,

---

te. Es sind jetzt zwanzig Jahre verflossen, seit ich Dir von der Freude einer ersten Bekanntschaft mit ihm erzählte, und bis auf diese Stunde empfinde ich dieselbe nach. Ich wollte, unsre Wege hätten sich etwas öfter gekreuzt; aber das würde es jetzt nicht besser für uns gemacht haben. Ach, ach! alle Wege haben an ihrem Anfang und an jeder ihrer Wendungen denselben Wegweiser."

[56] Ich teile den Brief mit, worin er mir den Plan in aller Form vorlegte, nachdem ihm die erneuerten und größeren Anerbietungen gemacht waren. „Wenn vernünftige Hoffnung und Aussicht da wäre, so könnte ich mich entschließen, nach Australien zu gehen und Geld zu machen. Ich würde die Anerbietung der Leute aus Australien nicht annehmen. Ich würde kein Geld von ihnen annehmen, würde keinerlei Verpflichtungen gegen sie eingehen, sondern würde sie bloß zu meinen Agenten machen, mit einer Kommission von so und so viel Prozent, und hingehen und dort lesen. Ich würde einen Mann von literarischem Talent mitnehmen und unter seiner Mithilfe für *All the Year Round* den oberst zu unterst gekehrten Ungeschäftlichen Reisenden machen, während ich fort wäre. Wenn diese Geschäftsleute irgendwie richtig spekulieren, würde ich als reicher Mann zurückkommen. Ich würde außerdem sehr viel Neues gesehen haben. Ich würde auch sehr unglücklich gewesen sein ... Man kann natürlich nicht auf das Geld rechnen, das sich durch eine Abwesenheit von sechs Monaten gewinnen läßt, aber 12 000 Pfd. St. wird für einen sehr niedrigen Anschlag gehalten. Mr. S. brachte mir Briefe von Mitgliedern der gesetzgebenden Versammlung, von Zeitungsredakteuren und andern, die mich ermahnen, zu kommen, sagen, wieviel die Leute von mir

ob er einen solchen Plan auch nur für einen Augenblick würde erwogen haben, hätten die Schwierigkeiten der Erfindung eines zwei und zwanzig Monatshefte füllenden Romans ihn damals nicht bedrängt. Ein solcher Roman hatte ihn seit kurzem beschäftigt und er hatte grade den Titel dafür gewählt (*Unser gegenseitiger Freund*); aber doch zögerte und schwankte er beträchtlich. „Wenn nicht," schrieb er am 5. Oktober 1862, „die Hoffnung auf einen Gewinn dabei wäre, der mich von dem Schlimmsten unabhängiger machen würde, könnte ich der Reise und der Abwesenheit und der Anstrengung nicht in's Gesicht sehen. Ich weiß schon jetzt vollkommen, wie unaussprechlich elend ich sein würde. Aber diese erneuten und größeren Anerbietungen locken mich an. Ich kann mich zwingen, an Bord eines Schiffes zu gehen, und ich kann mich zwingen, an jenem Lesepult zu tun, was ich hundert mal getan habe; aber ob ich bei all dieser rastlos wogenden Gemütsunruhe ein originelles Buch herauszwingen könnte, ist eine andre Frage." Am 22., während er noch eifrig bemüht war, Gegenbeweise zu finden gegen die fast unwiderstehlichen Gründe, welche von einem solchen Unternehmen abrieten, das in der Tat in seinen damaligen Verhältnissen kaum etwas anderes als Wahnsinn gewesen sein würde, sprach er sich hinsichtlich seiner Erfahrungen über die beiden Reihen öffentlicher Vorlesungen folgendermaßen aus. „Bedenke, daß hier in England die Sache nie ihres Eindrucks verfehlt hat, sondern regelmäßig das zweitemal stärker wirkt als das erstemal und auch, daß ich mich so daran gewöhnt und so viel dafür gearbeitet habe, daß ich mehr daraus mache, als ich je für möglich hielt. In einem Lande wie Australien halte ich alle Wahrscheinlichkeiten für ungeheuer." Die schreckliche Schwierigkeit lag darin, daß das von England herge-

---

reden und die Art von Empfang ausmalen, die mich erwartet. Ohne Zweifel ist dies wahr, und natürlich würden außer dem Gelde auch sehr viele merkwürdige Erfahrungen zu späterem Gebrauch gewonnen werden. Da ich mein eigner Herr sein würde, könnte ich auch mit mehr Rücksicht auf mich selbst arbeiten, als wenn ich mich vorher für eine gewisse Geldsumme bände. In einigen Jahren möchte ich, wenn auch alle andern Umstände dieselben wären, die unmäßige Anstrengung wohl kaum so gut aushalten. Dies ist so ziemlich alles, was über die Sache zu sagen ist. Aber bitte, glaube nicht, daß ich meinerseits dafür bin, daß ich gehe, oder daß ich irgendwelche Lust spüre zu gehen." Dies war zu Ende Oktober. Aus Paris, im November 1862, schrieb er: „Ich erwähnte die Sache gegen Bulwer, als er hier am vorigen Sonntag bei uns dinierte, und er war ganz dafür, daß ich ginge. Er sagte, er glaube nicht nur, die ganze Bevölkerung werde zu den Vorlesungen kommen, sondern das Land würde mir ganz neuen Stoff zu einem Buche liefern und man werde mit einem solchen Buche hinsichtlich des Ertrages sowohl dort als hier Wunder tun können."

nommene Argument zweischneidig war. „Wenn ich ginge, würde es eine Buße und ein Elend sein, und ich fürchte den Gedanken mehr als ich auszudrücken vermag. Das häusliche Leben der Vorlesungen ist mir fast unerträglich, wenn ich nur wenige Wochen hintereinander fort bin und was würde es sein –." Auf der andern Seite war es auch ein Gedanke an sein Daheim, weit hinaus über den bloß persönlichen Verlust oder Gewinn, der ihn willig machte, selbst so viel Elend und Buße auf sich zu nehmen, und er meinte, es würde möglich sein, daß seine älteste Tochter ihn begleitete. „Es ist nutzlos und unnötig, daß ich sage, worin der Konflikt in meinem Innern besteht. Wie schmerzlich unwillig ich bin, zu gehen und wie schmerzlich ich es doch empfinde, daß ich vielleicht gehen sollte – wenn so viele Hände auf meinen Rocktaschen liegen, die ich nicht umhin kann dort zu fühlen und zu sehen, so oft ich mich umblicke. Es ist kein Kampf gewöhnlicher Art, wie Du, der Du die Umstände des Kampfes kennst, wohl glauben wirst." Der Kampf endete, sowie er klar sah, daß es unmöglich sein würde, jemand aus seiner Familie mitzunehmen und während einer solchen Abwesenheit für die Übrigen befriedigende Anordnungen zu treffen. Um diese Zeit fing er auch an, seinen Weg zu dem neuen Roman zu finden, und bessere Hoffnung und Mut kehrten zurück.

Im Januar 1863 war er mit seiner Tochter und seiner Schwägerin nach Paris gegangen und las dort in dem Gesandtschaftshotel zweimal zum Besten des *British Charitable Fund* und zwar mit solchem Erfolge, daß er versprach noch zweimal zu lesen.[57] Er brachte seinen Geburtstag (7. Februar) in diesem Jahre in Arras zu. „Ich weiß, Du wirst heute an mich denken. Habe Dank dafür. Ein sonderbarer Geburtstag, aber ich bin so wenig mutlos wie Du mich zu haben wünschtest – dann und wann niedergeschlagen, aber immer wieder zum Kampfe bereit. Ich wollte diese Stadt, den Geburtsort unseres liebenswürdigen See-Grünen,[58] sehen und ich finde einen so sehr merkwürdigen und malerischen *Grande Place*, daß ich mich wundre, wie die Leute ihn unbeachtet lassen können. Hier fand ich auch in einem benachbarten Dorfe einen Jahrmarkt im Gange, mit einem *Théâtre Religieux* – ‚donnant six fois par jour, l'histoire de la Croix en tableaux vivants,

---

[57] Jemand, der dabei war, schrieb an Miss Dickens über den zweiten Abend (1. Februar 1863). „Niemand kann sich die Szene am vorigen Freitagabend in der Gesandtschaft vorstellen – ein zweistündiger Sturm der Aufregung und des Vergnügens. Sie applaudierten tatsächlich bis in die Wagen und auf die Straße hinunter."
[58] Eine Bezeichnung, welche Thomas Carlyle in seiner Geschichte der französischen Revolution als ständiges Beiwort auf Robespierre anwendet. – D. Übers.

depuis la naissance de notre Seigneur jusqu'à son sepulture. Aussi l'immolation d'Isaac, par son père Abraham.' Die Nacht brach grade herein, als ich dorthin kam und einer der drei weisen Männer, der mit dem Aufhängen der Lampen beschäftigt war, war bis zu den Augen hinauf in Öl. Eine Frau in Blau und Tricots (ob ein Engel oder Joseph's Frau weiß ich nicht) redete die Volksmenge durch ein ungeheures Sprachrohr an; und ein sehr kleiner Junge mit einem Theaterlamme (ich überlasse es Dir zu raten, wer er war) stand auf einer Drehorgel auf dem Kopfe.' Als er in demselben Jahre über Boulogne nach England zurückkehrte, begegnete er, indem er das nach Folkestone fahrende Dampfschiff betrat, einem Freunde, Mr. Charles Manby, (denn wenn ich von einem so erfreulichen und ehrenhaften Charakterzug erzähle, ist es nicht nötig, den Namen zu unterdrücken), der ebenfalls nach England fuhr. „Ein schäbiger Mann, an den ich eine gewisse Erinnerung hatte, aber dem ich in meinen Gedanken seine Stelle nicht anweisen konnte, nahm von Manby Abschied. Da ich, als wir aus dem Hafen hinausfuhren, bemerkte, daß er auf dem Rande des Piers stand und traurig seinen Hut schwenkte, sagte ich zu Manby: Ich bin gewiß, ich kenne diesen Mann. – ‚Natürlich kennen Sie ihn,' sagte er, ‚es ist Hudson!' Er lebt– lebt grade – in Paris und Manby hatte ihn so weit mitgenommen. Er sagte beim Abschiede zu Manby: ‚Ich werde kein gutes Dîner wieder haben, bis Sie zurückkommen.' Ich fragte Manby, warum er an Hudson festhalte? Er sagte, weil er (Hudson) so viele Leute in seiner Gewalt gehabt und sich freundlich gegen sie benommen habe; und weil er (Manby) so viele Notabilitäten vornehm gegen ihn tun sehe, die in den Tagen seiner Größe immer um Aktien vor ihm krochen."[59]

Nach Dickens' Ankunft in London kam die zweite Reihe seiner Vorlesungen zum Abschluß und ich benutze diese Gelegenheit, ehe die dritte beschrieben wird, von dem unter seinen Papieren gefundenen Manuskriptbande zu reden, welcher Aufzeichnungen enthält, die er zum Zweck der Benutzung für seine Schriften gemacht hatte.

---

[59] Der hier erwähnte Hudson ist der einst so berühmte ‚Eisenbahnkönig' George Hudson. Er machte zu Anfang der fünfziger Jahre Bankrott, ging nach Frankreich und starb dort 1871. – D. Übers.

Zwölftes Kapitel

Winke für geschriebene und ungeschriebene Bücher
1855–1865

Dickens begann das schon früher gelegentlich erwähnte Notizbuch zu etwaigem Gebrauch für seine Arbeiten im Januar 1855, sechs Monate, ehe die erste Seite von *Klein Dorrit* geschrieben wurde, und ich finde keine Anspielung, aus der ich schließen könnte, daß er, außer in einem sehr zweifelhaften Falle, jenen Aufzeichnungen etwas hinzugefügt, oder gewohnt gewesen sei sie zu benutzen, nach dem Datum *Unsres gegenseitigen Freundes* (1865). Sie scheinen jenen Zeitraum von zehn Jahren in seinem Leben zu umfassen.

Er schrieb in diesem Buche alles nieder, was ihm an Winken und Gedanken in den Sinn kam. Zu einer Zeit war es ein bloßes Bild oder Phantasiestück, zu einer andern der Umriß eines Gegenstandes oder Charakters, dann ein Stück Schilderung oder Dialog – Ordnung oder Reihenfolge wurden nie dabei beobachtet. Auch Titel für Romane trug er ein und Gruppen von Namen für die handelnden Personen; in der Tat gehören die nicht am wenigsten merkwürdigen Aufzeichnungen der letzteren Gattung an. Seltener finden sich Notizen über Sonderbarkeiten der Ausdrucksweise. So hat er *verbatim et literatim* darin aufbewahrt, was er für eine der überraschendsten Botschaften erklärte, die er je empfangen habe. Eine vertraute Dienerin in Tavistock-House, die über einige beabsichtigte Veränderungen in Dickens' Schlafzimmer mit dem Manne, der die Arbeit tun sollte, Rat gepflogen hatte, überreichte ihrem Herrn folgendes Ultimatum. „Der Gasmann sagt, Sir, daß er die Gasleitung in Ihrem Schlafzimmer nicht ändern kann, ohne fast den ganzen Boden Ihres Schlafzimmers aufzunehmen und Ihr Zimmer in Stücke zu reißen. Er sagt natürlich, daß er es tun kann, wenn Sie es wünschen, und er will es für Sie tun und ein gutes Stück Arbeit daraus machen, aber er müßte Ihr Zimmer erst zerstören und ganz unter die Balken gehen."[60]

---

[60] Von derselben Autorität ging eines Tages, als Antwort auf eine zufällige Frage, eine Beschreibung des Zustandes seiner Garderobe aus, die er ebenfalls in dem Notizbuch angemerkt hat. „Nun Sir, Ihre Kleidungsstücke sind alle schäbig und Ihre Stiefel sind alle geborsten."

Es ist sehr interessant, in diesem Buche, als dem letzten Vermächtnis der literarischen Hinterlassenschaft eines solchen Schriftstellers, die Art, auf welche seine Einfälle ausgearbeitet wurden, mit ihren in seinen Seiten niedergelegten Anfängen zu vergleichen. Ich hebe daher zunächst diejenigen Aufzeichnungen hervor, welche in einer oder der andern Form später in seinen Schriften erschienen, mit entsprechenden Hinweisen auf die letzteren, welche den Leser in den Stand setzen werden, selbst Vergleiche anzustellen.

„Unser Haus, was es auch sein mag, es hat eine vorzügliche Lage und eine fashionable Nachbarschaft. (Der Auktionator nannte es ein ‚gentlemännisches Haus'.) Eine Anzahl von kleinen in die Ecke einer dunklen Straße zusammengepreßten Kammern, – aber der Palast eines Herzogs um die Ecke herum. Das ganze Haus grade groß genug, um einen widerwärtigen Geruch zu halten. Die Luft, die man darin atmet, ist zu den besten Zeiten eine Art destillierte Pferdestall-Luft." Er machte es zu dem Hause der Barnacles in *Klein Dorrit*.

Was er ursprünglich durch Mrs. Clennam in demselben Roman ausdrücken wollte, hat in den Notizen engere Grenzen und ist von weniger abstoßendem Charakter als demjenigen, den es in dem Buche annahm. „Bettlägerig (oder zimmerlägerig) zwanzig – fünfundzwanzig Jahre – irgendeine Länge der Zeit. In Bezug auf die meisten Dinge während dieser ganzen Weile im Stillstand begriffen. Denkt an veränderte Straßen als die alten Straßen, – an veränderte Dinge als unveränderte Dinge – an den Knaben oder das Mädchen, mit denen sie sich vor so vielen Jahren stritt, als an denselben Knaben und dasselbe Mädchen in der Gegenwart. Wird durch eine unerwartete Anstrengung ihrer verborgenen Charakterstärke aus dem Hause hinausgebracht und dann, wie seltsam!"

Eine der Persönlichkeiten desselben Romans, die eine hervorragende Rolle darin spielt, Henry Gowan, eine Schöpfung, worauf er als auf etwas Kräftiges und Neues stolz war, scheint auf folgende Weise in seinem Geiste entstanden zu sein. „Ich gebe vor, zu glauben, daß ich selbst alles für eine Zehnpfundnote tun würde und daß jeder andre es würde. Ich gebe vor, daß ich immer über aller Menschen Angelegenheiten Buch führe und einen Rechnungsbericht von dem Guten und Bösen eines jeden bereit habe. So wird der größte Schurke der liebste ‚alte Kerl', und es ist ein weit geringerer Unterschied, als man denken sollte, zwischen einem ehrlichen Mann und einem Spitzbuben. Während ich vorgebe, in den meisten Menschen etwas Gutes zu finden, verneine ich es in Wahrheit da, wo es wirklich ist und nehme es da an, wo es nicht ist. Möchte nicht eine Darstellung dieses nichts weniger als ungewöhnlichen Charaktertypus, wenn ich sie eindringlich vorführte, einige Menschen zum Nachdenken bringen und sie etwas verändern? Ich glaube, man hat es noch nie versucht?"

In *Klein Dorrit* wird man auch ein Bild finden, welches in seinem ersten hübschen Entwurfe mit ergreifenderer Wirkung zu leben scheint. „Der Fährmann auf einem friedlichen Fluß, der dort gewesen ist von seiner Jugend an, der lebt, der alt wird, dem es gut geht, dem es schlecht geht, der sich verändert, der stirbt – der Fluß fließt sechs Stunden aufwärts und sechs Stunden abwärts, die Strömung hört an jenem Punkte auf, dieselbe Berechnung muß für das Treiben des Bootes gemacht werden, dieselbe Melodie wird immer von dem gegen den Kiel rauschenden Wasser gespielt."

Die folgende Aufzeichnung wurde gemacht, als er über das Lebensende des alten Dorrit nachdachte. „Erstes Zeichen von dem Zusammenbrechen des alten Vaters. Die lange Zwischenzeit entschwindet ihm. Er fängt an von dem Gefängniswärter zu reden, der ihn zuerst den Vater des Marshalseagefängnisses nannte – als wäre derselbe noch am Leben. ‚Sage Bob, daß ich mit ihm sprechen möchte. Sieh, ob er die Wache hat.'" Und folgendes ist der erste Gedanke an Clennam's Glückswechsel. „Er gerät in Verlegenheiten und wird selbst in dem Marshalsea gefangen gesetzt. Dann kehrt sie aus allem ihrem Reichtum und ihrer veränderten Lebensstellung in ihrem alten Kleide zurück und widmet sich ihm auf die alte Weise."

Unter den gesellschaftlichen Skizzen in demselben Roman scheint er ‚Ein lebensgroßes Porträt Seiner Herrlichkeit, umgeben von Anbetern' im Sinne gehabt zu haben, von dem, außer jener kurzen Andeutung, nur der erste Entwurf des allgemeinen Umrisses ausgearbeitet wurde. „Ganz verständige Menschen, ganz angenehme Menschen, ganz unabhängige Menschen in ihrer Art; aber so wie sie anfangen, sich um Mylord zu gruppieren und in einem von Seiner Herrlichkeit geborgten Lichte zu glänzen – Himmel und Erde, wie niedrig und unterwürfig! Was für eine Nebenbuhlerschaft und gegenseitige Überbietung in Kriecherei!"

Die letzte der Auszeichnungen, welche für den Roman gebraucht wurden, dessen anfängliche Schwierigkeiten sie veranlaßt zu haben scheinen, lautete so: „Das unbehilfliche Schiff in's Schlepptau genommen von dem schnaubenden kleinen Zugdampfer" – worin der Patriarch Casby und dessen Agent Panks vorgebildet waren.

In einigen wenigen Zeilen findet sich der Keim der Erzählung *Niedergejagt:* „Der Vernichtung eines Menschen gewidmet. Rache die aus Liebe entsteht. Der Sekretär in dem Wainewright'schen Prozess, der sich in das ermordete Mädchen verliebt hatte, oder doch verliebt zu haben glaubte." Die Andeutung, nach welcher er seine Schilderung des Bösewichts in jener Erzählung ausführte, findet sich auch in dem Notizbuch. „Der Mann, der sein Haar grade oben nach seinem Kopfe hinauf gescheitelt hat, wie einen provozierenden Kieselweg. Läßt es Euch immer sehen. ‚Hier hinauf, wenn's beliebt. Weder links noch rechts. Nehmt mich genau in dieser Richtung. Grade hier hinauf. Tretet nicht auf's Gras.'"

Seine erste Absicht in Bezug auf die *Geschichte zweier Städte* war, sie nach einem in diesem Notizbuch angedeuteten Plane zu schreiben. „Wie wäre es mit einer Geschichte, die in zwei Epochen spielt – mit einem dazwischen liegenden Zeitraum, wie ein französisches Drama? Titel für ein solches Buch. *Die Zeit. Die Blätter des Waldes. Zerstreute Blätter. Das große Rad. Um und um. Alte Blätter. Lang ist's her. Weit getrennt. Gefallene Blätter. Fünfundzwanzig Jahre. Lange Jahre. Dahinrollende Jahre. Tag auf Tag. Gefällte Bäume. Gedächnisbilder. Rollende Steine. Zwei Generationen.*" Der Titel *Gedächnisbilder* zeigt, daß dasjenige, was den größten Erfolg des Buches wie es später geschrieben wurde, veranlaßte, ihm immer gegenwärtig war, und eine andere Notiz gibt eine rauhe Andeutung des Charakters selbst. „Die Trunkenbolde? – Die Ausschweifenden? – Was? – Der Löwe – und sein Schakal und Vertrauter, der sich zu ungewohnten Stunden zu ihm schleicht."

Die Studien von Silas Wegg und dessen Gönner, wie sie in *Unserem gegenseitigen Freunde* existieren, sind kaum so gute Komik als in der Form, welche ihre erste Konzeption beabsichtigt zu haben scheint. „Gibbon's Decline and Fall. Die beiden Charaktere. Einer erstattet dem andern Bericht über das, was er gelesen. Beide geraten in Verwirrung darüber, ob dies alles nicht vielleicht jetzt vor sich geht." In demselben Roman lassen sich mehr oder weniger deutlich andere Einfälle erkennen, die ihren ersten Ausdruck in dem Notizbuch gefunden hatten. Ein Zug für Bella Wilfer ist hier. „Sie kauft dem armen schäbigen – Vater? – einen neuen Hut. So wenig passend, daß er wie ein afrikanischer Königsknabe oder ein König Georg damit aussieht, der für gewöhnlich in voller Gala ist, wenn er nichts an hat, als einen dreieckigen Hut oder eine Weste." Hier ist unzweifelhaft die Stimme Podsnap's. „Ich trete für meine Freunde und Bekannten ein, nicht um ihretwillen, sondern weil sie meine Freunde und Bekannten sind. Ich kenne sie, ich habe sie anerkannt, sie haben von mir ein Zertifikat empfangen. Ergo vertrete ich sie wie mich selbst." Derselben hoch ansehnlichen Person gehört offenbar ein anderer Charakterzug an.

„Und wenn er eine Sache leugnet, meint er, er vernichte dadurch ihre Existenz." Ein dritter drückt vollkommen den unfugbereiten Jungen aus, der alle Arbeit tut, welche in Eugen Wrayburn's Geschäftslokal zu tun ist. „Der Bürojunge, der immer aus dem Fenster sieht, der nie etwas zu tun hat."

Der arme sonderbare zwecklose gutmütige Herr des Jungen, Eugen selbst, erscheint ebenso offenbar in Folgendem: „Wenn es große Dinge wären, würde ich, der in kleinen Dingen unzuverlässige Mann, sie mit Ernst verrichten – aber o nein, ich würde nicht!" Was folgt, hat einen direkteren Bezug; in der Tat ist es fast wörtlich in den Roman aufgenommen. „Was die Frage betrifft, ob ich, Eugen, der ich bis zum Tode krank darniederliege, durch die Vorstellung getröstet werden kann, daß ich, wenn ich diese Krankheit überstehe, ein neues Leben anfangen und Energie und Zwecke und alles, was mir bisher fehlte, haben werde, so hoffe ich, daß es so wäre, aber ich weiß, daß es nicht so sein wird. Laß mich sterben, meine Liebe!"

In Zusammenhang mit demselben Buche, dem letzten, dessen Vollendung in dieser Form ihm vergönnt war, mag eine andere Notiz hier angeführt werden, welcher er, obgleich sie in dem Roman nicht weiter entwickelt wurde, das Verhältnis Lizzie Hexam's zu ihrem Bruder entnahm. „Ein Mann und seine Frau – oder Tochter – oder Nichte. Der Mann ein Ruchloser und ein Schurke. Die Frau (oder das Mädchen) mit guten Eigenschaften und Gewissensbissen. Er glaubt nichts und trotzt allem; dennoch hat er immer den Verdacht, daß sie gegen seine bösen Unternehmungen betet und dieselben mißlingen macht. Er ist sehr dagegen und läßt sich immer zornig darüber aus. ‚Wenn sie beten muß, warum kann sie nicht zu ihren Gunsten beten, statt sich ihnen zu widersetzen. Sie ist es, die mich zugrunde richtet – sie – und nennt das Pflicht. Das heiße ich eine religiöse Person! Nennt es Pflicht, meine Pläne zu kreuzen! Nennt es Pflicht, mir insgeheim entgegen zu wirken!'"

Andre in seinem Notizbuch aufbewahrte Ideen ließ er völig unbenutzt; denn sie empfingen durch ihn keine dauerndere Form irgendwelcher Art als diejenige, welche sie in diesen rührenden Aufzeichnungen haben, und es waren grade die Aufzeichnungen, welche die meisten Leute wahrscheinlich für die anziehendsten und originellsten der so zu künftigem Gebrauch niedergeschriebenen Gedanken halten würden, welche nie benutzt wurden.

Da sind seine ersten rasch hingeworfenen Notizen für die Eröffnung eines Romans. „Er fängt an mit der Abreise einer großen Gesellschaft von Gästen aus einem Landsitze; das Haus mit der zusammengeschrumpften Familie darin ist einsam: es kommt die Rede auf die Gäste und der Leser wird auf diese Weise mit denselben bekannt. – Oder es wird ein Anfang gemacht mit der Schilderung eines Hauses, das von einer herunter gekommenen Familie verlassen ist. Ihre alten Möbel und zahllose Pfänder ihres alten Komforts sind noch dort. Unterschriften unter den Glocken unten: ‚Mr. John's Zimmer‘, ‚Miss Caroline's Zimmer‘. Ein großer Garten, der in gutem Stande gehalten wird, um einen Mieter anzulocken; aber es ist niemand darin. Eine Landschaft ohne Figuren. Im Billardzimmer der Tisch bedeckt, wie eine Leiche. Große Ställe ohne Pferde und große Wagenremisen ohne Wagen. Das Gras wächst in den Spalten des Steinpflasters an diesem hellen klaren Wintertage. Bergab." Noch ein anderer Anfang war ihm eingefallen. „Eröffnung eines Romans, indem man zwei stark entgegengesetzte Orte und zwei stark entgegengesetzte Klassen von Menschen, mittelst einer telegraphischen Botschaft in den für die Erzählung notwendigen Zusammenhang bringt. Beschreibe die Botschaft, sei die Botschaft, welche durch den Raum, über der Erde und unter dem Meere dahin blitzt." Hiermit scheint dieser andere Einfall irgendwie zusammenzuhängen, der jenem in dem Notizbuche folgt. „Schilderung von London, oder Paris, oder einer andern großen Stadt, in dem neuen Lichte, daß sie allen Personen des Romans faktisch unbekannt sind, und ihre Färbung nur durch die Befürchtungen, Phantasien und Ansichten derselben empfangen. Sie stellen sich so unter einem neuen Gesichtspunkte dar, und sind sich selbst unähnlich. Eine seltsame Unähnlichkeit mit sich selbst."

Die Gegenstände für Romane sind mannigfaltig und einige derselben sehr merkwürdig. An einem hielt er ganz besonders fest und faßte ihn häufig in's Auge als vorzugsweise verwendbar zu einer Reihe von Kapiteln in seiner Zeitschrift; aber als er sich eingehender damit beschäftigte, fand er die Schwierigkeiten zu groß. „Eine englische Landschaft. Die schöne Aussicht, die wohlgepflegten Felder, beschnittene Hecken, Alles so nett und ordentlich – Gärten, Häuser, Straßen. Wo sind die Leute, welche dies alles tun? Es müssen ihrer viele sein, die es tun. Wo sind sie alle? Und sind sie auch so wohl gepflegt und so schön anzusehen? Angenommen, das Vorstehende würde ausgearbeitet von einem Engländer, – der vielleicht aus China kommt und nichts von seinem Geburtslande weiß?" Hieran mag eine andere Idee sich anschließen, welche nach derselben Stimmung politischer und sozialer Unzufriedenheit schmeckt! „Wie weiß ich, daß ich, ein Mensch, von Insekten lernen soll? – wenn ich nicht das lernen soll, wie klein meine

Kleinlichkeiten sind? Alle jene Quälereien im Bienenkorbe wegen der Bienenkönigin sind vielleicht ich und die Hofzeitung, im Kleinen."

Eine Familiengeschichte, die er in der Geschichte der Staatsprozesse gefunden hatte, machte ihm einen großen Eindruck als fruchtbares Thema, und ich will dieselbe einleiten, indem ich einen andern, nicht in das Notizbuch eingetragenen Gegenstand erwähne, den er lange einer anziehenden Behandlung für fähig hielt. Der Gedanke kam ihm, nachdem er einen Hexenprozess gelesen hatte, und die Heldin sollte ein Mädchen sein, das sich zu einem besondern Zweck als Hexe verkleidet hatte und deren List nicht entdeckt wurde, ehe sie auf dem Scheiterhaufen stand. Folgendes ist die Geschichte aus den Staatsprozessen, wie Dickens dieselbe erzählte. „Es findet sich ein Fall in den Staatsprozessen, wo ein gewisser Offizier sich in die Tochter eines (angeblichen) Geizhalses verliebt und sie endlich veranlaßt, ihrem Vater ein langsames Gift zu geben, während sie ihn in seiner Krankheit pflegt. Ihr Vater entdeckt es, sagt ihr dies, vergibt ihr und sagt: ‚Beruhige Dich, mein liebes Kind – ich werde nicht lange leben, auch wenn ich genese, und dann sollst Du meinen ganzen Reichtum haben.' Obgleich augenblicklich von Reue ergriffen, vergiftet sie ihn (unter demselben Einflusse) noch einmal und nun mit Erfolg. Worauf sich herausstellt, daß der alte Mann gar kein Geld hatte, sondern von einer kleinen Leibrente gelebt hatte, die mit ihm starb, obgleich er sich immer gestellt hatte, als wäre er reich. Er hatte diese Tochter mit großer Zuneigung geliebt."

Ein Thema, welches nahe an ein Gebiet streift, das manche für gefährlich halten mögen, wird in der folgenden Phantasie skizziert. „Der Vater (jung verheiratet) verehrt in vollkommener Unschuld seines Sohnes junges Weib als die Verwirklichung seines eigenen Ideals von einer Frau. (er ist in seiner eigenen Wahl nicht glücklich gewesen). Der Sohn vernachlässigt sie und weiß nichts von ihrem Werte. Der Vater bewacht sie, beschützt sie, arbeitet für sie, duldet für sie – ist fortwährend geteilt zwischen seiner starken natürlichen Liebe für seinen Sohn als seinen Sohn und seinem Groll gegen ihn als den Mann dieses jungen Wesens." Hier ist ein andres weniger gefährliches Thema, das er einem tatsächlichen Vorgang entnahm, mit dem er während seines Aufenthaltes in Bonchurch bekannt wurde. „Der Gedanke, daß ich (der Erzähler) von meiner Mutter erzogen werde, da mein Vater tot ist, und in diesem Glauben aufwachse, bis ich finde, daß mein Vater der Herr ist, den ich zuweilen gesehen, und von dem ich öfter gehört habe, der die schöne junge Frau hat und den Hund, den ich einmal bemerkte, als ich ein kleines Kind war, und der in dem großen Hause wohnt und herumfährt."

Vortrefflich ist Folgendes. „Das Mädchen trennt sich von dem Liebhaber, der sich ihrer unwürdig gezeigt – liebt ihn noch – bleibt unverheiratet um seinetwillen – erneuert aber nie ihre früheren Beziehungen. Sie kommt zu ihm, als sie beide alt geworden sind und pflegt ihn in seiner letzten Krankheit." Und nicht minder vortrefflich ist dies. „Zwei Mädchen gehen eine Mißheirat mit zwei Männern ein. Der Mann, der Böses in sich hat, zieht die bessere Frau zu sich nieder. Der Mann, der Gutes in sich hat, hebt die schlechtere Frau zu sich empor." Dickens würde bei der Ausarbeitung beider Gedanken recht in seinem Elemente gewesen sein.

In einigen seiner amüsantesten Charakterskizzen nehmen die Frauen auch die erste Stelle ein. „Die Dame, *un peu passée*, die entschlossen ist, interessant zu sein. So sehr ich diesen Menschen auch liebe – ja umso mehr aus eben diesem Grunde – muß ich schmeicheln und quälen und schwach und furchtsam und nervös und was sonst noch sein. Wäre ich wohl und stark und angenehm und selbstverleugnend, so könnte mein Freund mich vergessen." Eine andre, die in keiner entfernten Verwandtschaft zu derselben Familie steht, ist ebenso gelungen. „Die sentimentale Frau fühlt, daß der komische, arglose, unbewußte Mann ‚ihr Schicksal' ist. – Ich ihr Schicksal? Großer Gott, der kalte Schweiß bricht mir aus, wenn ich daran denke. Ich ihr Schicksal? Wie kann ich ihr Schicksal sein? Ich will es nicht sein. Ich will nichts mit ihr zu tun haben. – Die sentimentale Frau bemerkt nichtsdestoweniger, daß das Schicksal sich erfüllen muß."

Andre Teile einer weiblichen Gruppe sind ebenso humoristisch skizziert und kaum weniger unterhaltend. „Die begeistert Komplimente machende Person, die Dich in ihrem eigenen blumenreichen Wortschwall vergißt: wie – ‚Ich brauche einem Menschen von Ihrem Genie und Gefühl und Ihrer umfassenden Erfahrung nicht zu sagen' – und dann, da sie kurzsichtig ist, setzt sie die Lorgnette[61] auf, um sich zu erinnern, wer Du bist." – „Zwei Schwestern." (Dies waren wirkliche ihm bekannte Leute.) „Die eine geht darauf aus, allgemein beliebt zu werden (was sie keineswegs ist), die andere, allgemein gehaßt zu werden (was sie nicht braucht)." – „Die vererbte Magd, oder der vererbte Freund. Als ein Legat hinterlassen. Und ein ganz verteufeltes Legat." – „Die Frau, die nie, unter keiner Bedingung, etwas Unerfreuliches hören will. Für welche die Welt aus Gerstenzucker bestehen soll." –

---

[61] Bügellose Brille, die mit einem Stiel an die Augen gehalten wird.

„Die Dame, die von ihrer Begeisterung lebt und keinen Deut davon hat." – „Ein helläugiges Geschöpf, das Juwelen verkauft. Die Steine und die Augen." Die letzten Worte sind sehr bedeutsam. Man kann sehen, welchen Gebrauch Dickens davon gemacht haben würde.

Ein unruhiger Ton klingt aus einem andern dieser weiblichen Charaktere. „Ich bin eine gemeine Frau – eine gefallene. Ist es Teufelei in mir – ist es ein verruchter Trost – was ist es – das mich treibt, andre Frauen immer abwärts zu verführen, während ich mich selbst hasse!" Das Folgende ist ebenso wahr, geht aber noch tiefer. „Die Prostituierte, die einen gewissen jungen Mann nicht an sich herankommen lassen will. ‚O, wenn es auch nur einen in der Welt gibt, der eine Neigung zu mir gehabt und sie nicht befriedigt hat und mich in meiner Erniedrigung nicht kennen gelernt hat.'" – Es folgt eine erfreulichere Skizze als diese beiden, obgleich sie M. Taine nicht so gut gefallen würde. „Die kleine, kindgleiche, verheiratete Frau – so fremd in ihrer neuen Würde, die mit Tränen in den Augen von ihren Schwestern und von ‚allen zu Hause' spricht; war nie vorher fort von Hause und geht nie wieder zurück." Eine andre, nicht weniger anziehende Skizze aus demselben Notizbuch, die er in seinem eignen Hause abnahm, habe ich auf einer früheren Seite mitgeteilt.

Der weibliche Charakter in seinen Beziehungen zu dem andern Geschlecht findet in dem Notizbuch eine lebhafte Darstellung. „Der Mann, welcher von seiner Frau beherrscht und in Folge dessen von allen andern Frauen verachtet wird, die aber trotz alledem ihre Männer beherrschen wollen." Ein erschreckendes Familienpaar folgt diesem. „Die scherzhafte und – kratzende Familie. Vater und Tochter." Und hier ist noch eins. „Der angenehme (und lasterhafte) frühreife junge Mann und seine hingebende Schwester." Was zunächst folgt, hatte er zum Teil selbst gesehen, während er die Wahrheit des andern durch Nachfragen in dem genannten Hospital festgestellt hatte. „Die zwei Leute in dem Hospital für Unheilbare. Das arme unheilbare Mädchen liegt auf einem Wasserbett und der unheilbare Mann hat ein seltsames Liebesverhältnis zu ihr. Er kommt und macht ihr vertrauliche Mitteilungen, er beschneidet und arrangiert ihre Pflanzen und trägt ihr die komischen Lieder (!) vor, durch deren Abfassung er besonders seinen Lebensunterhalt gewinnt."

Zwei leichtere Gestalten sind sehr hübsch angedeutet. „Die Umstände bringen einen heitern lustigen Menschen plötzlich in nahe Beziehungen zu Leuten, von denen er nichts weiß und die er nie gesehen hat. Dies geschieht, indem er den Weg der unschuldigen jungen Person der Erzählung kreuzt. ‚Dann muß Onkel Samuel berücksichtigt werden,' sagt sie. ‚Allerdings,' sagt er, ‚das ist sehr wahr! Bei Gott, ich hatte Onkel Samuel ganz vergessen. Das ist ein Stein des Anstoßes, Onkel Samuel. Natürlich muß er berücksichtigt werden; er muß geebnet werden, er muß aus dem Wege geschafft werden. Wahrhaftig. Ich hatte nie an Onkel Samuel gedacht. – Beiläufig gesagt, wer ist Onkel Samuel?'"

Es sind mehrere solche den Frauengruppen gegenüberstehende Skizzen da und durch einige zieht sich Dickens' Lieblingsader der Satire hindurch. „Der Mann, dessen Aussicht immer durch das Bild seiner selbst geschlossen wird. Er sieht einen langen Weg hinunter und kann nicht um sich herum, noch über sich hinaus sehen. Er versperrt sich immer selbst den Weg. Es würde so gut für ihn sein, wenn er sich selbst zu Boden schlagen könnte." Ein andres Bild der Selbstsucht ist mit größerer Zartheit gezeichnet. „‚Zu gut' als daß man dankbar, oder pflichtgetreu, oder irgendetwas, das man sein sollte, gegen sie sein sollte. ‚Ich will Dir nicht danken, Du bist zu gut.' – ‚Verlange nicht, daß ich Dich heirate, Du bist zu gut.' – Kurz, ich trage kein besonderes Bedenken, Dich zu mißhandeln und selbstsüchtig gegen Dich zu sein, denn Du bist so gut. Die Tugend ist ihr eigener Lohn." Ein drittes Bild, welches das Zifferblatt umzudrehen scheint, ist nur eine andre Seite desselben – es werden Fehler offen eingestanden, die Tugenden sind. „In der Tat, ich gebe zu, ich bin freigiebig, liebenswürdig, sanft, großmütig. Tadelt mich – ich verdiene es – ich kenne meine Fehler – ich habe mich umsonst bemüht, sie zu überwinden." Auch aus der Bearbeitung des Folgenden würde Dickens viel gemacht haben. „Der erfahrene Mann in der Not, der von einem großmütigen Freunde eine runde Summe borgt. Er kommt, niedergeschlagen und in Tränen, diniert, bekommt das Geld, und heitert sich allmählich beim Weine auf, indem er offenbar dem Gedanken nachhängt, daß sein Freund ein großer Tor ist, es ihm geliehen zu haben und daß er es anders gemacht haben würde." Und auch aus diesem: „Der Mann, der ohne Ausnahme unpassende Bemerkungen macht, (tadelnde oder spottende), ohne daß er es beabsichtigt. Erstaunt, wenn man sie ihm erklärt."

Hier ist ein Gedanke, von dem er, wie ich mich erinnere, öfter beabsichtigte, Gebrauch zu machen; aber es fand sich nie eine Gelegenheit dazu. „Die zwei Menschen, vor deren Rache man sich hüten muß. Der eine, gegen den ich offen einen ernstlichen Groll hege, den ich mir die Mühe mache zu verwunden und Trotz zu bieten, und den ich des Verwundens und Trotzbietens wert erachte; – der andere, den ich als eine Art von Insekt ansehe und verächtlich und vergnügt mit meinem Handschuh bei Seite streiche. Aber es zeigt sich, daß der Letztere wirklich der gefährliche Mensch ist und wenn ich von dem andern einen Schlag erwarte, kommt er von ihm."

Wir sehen die Meisterhand in dem folgenden Stück Dialog, das eine weitere Anwendung hat als diejenige, für die es beabsichtigt gewesen zu sein scheint.

„Auch er hat seinen Wert."

„Wert! Ja, jedes Samenkorn in dem Laden des Samenhändlers hat seinen Wert – aber man muß es in die Erde legen, ehe etwas Gutes daraus werden kann."

„Meinst Du, daß er in die Erde gelegt werden muß, ehe etwas Gutes aus ihm wird?"

„Das ist allerdings meine Meinung. Du magst es ihn begraben nennen, oder Du magst es ihn säen nennen, wie Du willst. Aber Du mußt ihn in die Erde setzen, ehe etwas Gutes aus ihm wird."

Eine der Aufzeichnungen ist eine Liste von Personen und Orten, die er zu Gegenständen besonderer Beschreibung machen wollte, und es wird Bedauern erwecken, daß seine Absicht nur in Bezug auf einen derselben (die Restauration in Mugby) ausgeführt wurde. „Ein Kirchenältester. Ein Bestecher. Ein Eisenbahn-Wartezimmer. Die Restauration in Mugby. Das Wartezimmer eines Arztes. Die Königliche Kunst-Akademie. Das Haus eines Antiquars. Ein Auktionssaal. Eine Gemäldegalerie (zu verkaufen). Ein Makulaturladen. Ein Postamt. Ein Theater."

Wenn nun noch die nachstehenden Gedanken und Einfälle dem Leser vorgelegt werden, so wird alles mitgeteilt worden sein, was in diesem bemerkenswerten Bande von besonderem Interesse oder Wert ist:

*

„Der Mann, der sein eignes Glück nicht genießen kann. Oder der immer nach Glück strebt. Resultat: wo ist denn das Glück zu finden? Sicherlich nicht überall. Ist das wirklich so? Ist das meine Erfahrung?"

*

„Die Leute, welche darauf bestehen, ihre moralischen Eigenschaften, ihre Motive und was sonst (sowie die aller andern Menschen) zu definieren und zu analysieren, und zwar in dem beschränktesten Sinne und auf die schwerfälligste Weise – als wollte man ein gewaltiges Gerüst aufrichten, um einen Schweinestall zu bauen."

*

„Das Haus voll Schmarotzer und Humbugs. Sie kennen sich alle und verachten sich; aber – teils, um ihren Platz zu behalten, teils, um ihre eignen persönlichen Zwecke zu erreichen – tun sie, als ob sie sich nicht entdeckten."

*

„Leute, die ungeheuere Geldsummen in ihrer Einbildungskraft, spekulativ, realisieren, – die ihre Küken zählen, ehe sie ausgebrütet sind. Sie entflammen gegenseitig ihre Phantasie in Bezug auf große Geldgewinne und lassen sich auf eine Art von unwirklichem unmöglichen Wettkampf darüber ein, wer der reichere ist."

*

„Der annoncierende Weise, Philosoph und Freund: der ‚für die Barre, die Kanzel und die Bühne' ausbildet."

*

„Der Charakter des wirklichen Flüchtlings – nicht der Konventionelle – der wirkliche."

*

„Der geheimnisvolle Charakter, oder die geheimnisvollen Charaktere, die vertrauliche Mitteilungen austauschen. ‚Notwendig, nach jener Seite sehr vorsichtig zu sein.' – ‚Nach welcher Seite?' – ‚B.' – ‚Nicht möglich. Was? Du glaubst, daß C. –?' – ‚Kennt D. Ganz gewiß.'"

*

„Der Vater und der Sohn, wie ich sie dramatisch vor mir sehe. Anfang mit dem wilden Tanze, den ich im Sinne habe."

*

„Das alte Kind. Das heißt, geboren von Eltern in vorgerücktem Alter; es bemerkt, daß die Eltern andrer Kinder jung sind und nimmt demgemäß einen alten Ton an."

*

„Ein durch und durch mürrischer Charakter, der alles verdreht. Macht das Gute schlecht und das Schlechte gut."

*

„Die Leute, die alle ihre Sünden, Vernachlässigungen und Unwissenheiten der Vorsehung aufbürden."

*

„Der Mann, der das weibliche Geschlecht so verzweifelt gut kennt und endlich seine Köchin heiratet."

*

„Das große Haus, entsetzlich gemein und elend in allem – ausgenommen ‚die Empfangszimmer'. Diese sehr pomphaft.«

*

„B. erzählt M., was meine Ansicht über sein Werk &c. ist. Führt den Mann, mit dem er einmal gesprochen, redend ein, als hätte er in zwei Minuten die Rede eines ganzen Lebens gehört."

*

„Ein falsch gestellter und mißverheirateter Mann, der immer gleichsam mit der Welt Verstecken spielt, und nie findet, was das Glück verborgen zu haben scheint, als er geboren wurde."

*

„Gewisse Frauen in Afrika, die Kinder verloren haben, tragen kleine hölzerne Bilder der Kinder auf dem Kopfe und halten ihre Speise immer vor die Lippen dieser Bilder, ehe sie selbst davon kosten. Dies ist in einem Teile von Afrika, wo die Sterblichkeit unter Kindern (nach der Zahl jener kleinen Gedächtnisbilder zu urteilen) sehr groß ist."

*

Zwei andre Aufzeichnungen sind die letzten, die er machte. Die eine enthält unter der Überschrift „*Verfügbare Namen*" eine wunderbare Liste, genau in der nachstehenden Anordnung und Reihenfolge; und es mag dem Gedächtnis des Lesers überlassen bleiben, sich derjenigen zu erinnern, welche in die verschiedenen Erzählungen, von *Klein Dorrit* an bis zum Ende seines Lebens, ihren Weg gefunden haben. Die übrigen, die durch keine solche Gunst ihres Schöpfers zu höherer Bedeutung erhoben wurden, müssen bleiben wie jede andere ruhmlose Menge. Aber wer eine besondere Einsicht in die Physiognomie eines Romans besitzt, mag vielleicht einige wenige darunter entdecken, die so viel Komik und Charakter verheißen, daß das „stumme, ruhmlose"

Schicksal, welches sie befallen hat, zum Gegenstande besonderen Bedauerns werden muß, und vermutlich wird eine erfinderische Spekulation sich an allen üben. Die Neugierigen sind im Allgemeinen der Ansicht gewesen, daß Dickens nicht wenige seiner charakteristischen Züge auf diesem speziellen Gebiet der Erfindung entfaltet habe.

Zuerst sind Titel für Bücher da, und aus der angefügten Liste wurden zwei für Weihnachtserzählungen und zwei für Romane genommen, obgleich *Niemandes Fehler* schließlich *Klein Dorrit* Platz machen mußte.

Die Rumpelkammer	Der Aschenhaufen
Jemandes Gepäck	Zwei Generationen
Aufzubewahren bis nachgefragt wird	Zerbrochenes Geschirr Staub
Was man braucht	Das Departement des Innern
Die Extreme berühren sich	Die junge Person
Niemandes Fehler	Jetzt oder nie
Der Schleifstein	Meine Nachbarn
Rauchschmieds Schmiede	Die Kinder der Väter
Unser gegenseitiger Freund	Keine Durchfahrt

Dann kommt eine Anzahl von Vornamen, Mädchen und Knaben, die so stehen, mit Erwähnung der Quelle, woher er sie hat. Diese können daher kaum als reine Erfindung bezeichnet werden. Einige würde man für zu extravagant gehalten haben – ausgenommen für die Wirklichkeit.

Mädchennamen aus den Listen des Unterrichts-Ministeriums

Lelia	Etty	Doris
Menella	Rebinah	Balzina
Rubina	Seba	Pleasant
Iris	Persia	Gentilla
Rebekka	Aramanda	

Knabennamen aus den Listen des Unterrichts-Ministeriums

Doktor	Zerubbabel	Pickles
Homer	Maximilian	Orange
Oden	Urbin	Feather
Bradley	Samilias	

Knaben- und Mädchennamen aus denselben
Amanda, Ethlynida, Boetius, Boltius

Hieran schließt er Ergänzungslisten, die von ihm selbst herzurühren scheinen:

Mehr Knabennamen

Robert Ladle	George Muzzle
Joly Stick	Walter Ashes
Bill Marigold	Zephaniah Ferry (oder Fu-
Stephen Marquick	ry)
Jonathan Knotwell	William Why
Philipp Browndreß	Robert Gospel
Henry Ghost	Thomas Fatherly
	Robin Scubbam

Mehr Mädchennamen

Sarah Goldsacks	Alice Thorneywork
Rosetta Dust	Sally Gimblet
Susan Goldring	Verity Hawkyard
Katherine Two	Birdie Nash
Mathilde Rainbird	Ambrosina Events
Miriam Denial	Apaulina Vernon
Sophia Doomsday	Neltie Ashford

Und dann kommt die Masse seiner „verfügbaren Namen", die stehen wie folgt, ohne andere Einleitung oder Erklärung:

Towndling	Pudsey	Tuzzen
Mood	Pedsey	Twemlow
Guff	Duncalf	Squab
Treble	Tricklebank	Jackman
Chilby	Sapsea	Sugg
Spessifer	Readyhuff	Bremmidge
Wodder	Dufty	Silas Blodget
Whelpford	Foggy	Melvin Beal
Fennerck	Twinn	Buttrick

Gannerson	Brownsword	Edson
Chinkerble	Peartree	Sanlorn
Bintrey	Sudds	Lightword
Fledson	Silverman	Titbull
Hirll	Kimber	Bangham
Brayle	Laughley	Kyle–Nyle
Mullender	Lessock	Pemble
Treslingham	Tippins	Maxey
Brankle	Minnitt	Rokesmith
Sittern	Radlowe	Chivery
Dostone	Pratchet	Wabbler
Caylon	Mawdett	Peex–Speex
Slyant	Wozenham	Gannaway
Queedy	Snowell	Mrs. Flinks
Besselthur	Lottrum	Flinks
Musty	Lammle	Jee
Grout	Froser	Harden
Tertius Jobber	Holblack	Merdle
Amon Headston	Mulley	Murden
Strayshott	Redworth	Topwash
Higden	Redfoot	Pordage
Morfit	Tarbox	Dorret–Dorrit
Goldstraw	Barbox	Carton
Barrel	Tinkling	Minifie
Inge	Duddle	Slingo
Jump	Jebus	Joad
Jiggins	Powderhill	Kinch
Bones	Grimmer	Mag
Coy	Skuse	Chellyson
Dawn	Titcoombe	Blennam–Cl.
Tatkin	Crabble	Bardock
Drowvey	Swannock	Snigsworth
Swenton	Ravender	Willshard
Casby–Beach	Podsnap	Riderhood
Lowleigh–Lowely	Clarriker	Pratterstone
Pigrin	Compery	Chinkible
Yerbury	Striver–Stryver	Wopsell
Plornish	Pumblechook	Wopsle
Maroon	Wangler	Whelpington
Bandy-Nandy	Boffin	Whelpford

Stonebury	Bantinck	Gayvery
Magwitch	Dibton	Wegg
Meagles	Wilfer	Hubble
Pancks	Glibbery	Urry
Haggage	Mulvey	Kibble
Provis	Horlick	Skiffins
Stiltington	Doolge	Wodder
Stiltwalk	Gannery	Etser
Stiltingstalk	Gargery	Akershem
Stiltstalking		

Die letzte der Aufzeichnungen und die letzten Worte, welche Dickens in das dieselben enthaltende Buch von weißem Papier schrieb, sind diese: „‚Dann will ich dem Schnupftabak entsagen.' Brobity. – Ein schreckenerregendes Opfer. Mr. Brobitys' Schnupftabaksdose. Des Pfandverleihers Bericht darüber." Was hiermit beabsichtigt wurde, muß der Vermutung überlassen bleiben; aber Brobity ist der Name eines der Charaktere seines unbeendeten Romans, und die Andeutung mag sich auf einen Vorgang darin bezogen haben. Wenn dem so ist, so ist dies die einzige Stelle des Buches, welche mit der Arbeit, an der er zuletzt beschäftigt war, irgendwie in Zusammenhang gebracht werden kann. Einige Namen dafür wurden den Listen entnommen, aber sonst ist nichts da, was an *Edwin Drood* erinnert.

Dreizehntes Kapitel

Die dritte Reihe der Vorlesungen
1864–1867

Der plötzliche Tod Thackeray's am Weihnachtsabend des Jahres 1863 war eine schmerzliche Erschütterung für Dickens. Es würde mir nicht ziemen, von seinen Beziehungen zu einem so großen Schriftsteller und einem so alten Freunde zu reden, da er von diesen selbst gesprochen hat.

„Ich sah ihn," schrieb er in dem Februarheft des *Cornhill Magazins* von 1864, „zuerst vor fast achtundzwanzig Jahren, als er mir anbot, der Illustrator meines frühesten Buches zu werden. Ich sah ihn zuletzt[62] kurz vor Weihnachten, im Athenäum-Club, wo er mir sagte, er habe drei Tage zu Bette gelegen ... und habe vor, ein neues Heilmittel zu versuchen, das er lachend beschrieb. Er war heiter und sah sehr aufgeweckt aus. In der Nacht desselben Tages der folgenden Woche starb er. Der lange, zwischen diesen beiden Perioden liegende Zeitraum ist in meiner Erinnerung an ihn durch viele Veranlassungen bezeichnet, wo er äußerst humoristisch war, wo er unwiderstehlich ausgelassen war, wo er in milder und ernster Stimmung war, und wo er auf reizende Weise mit Kindern verkehrte ... Niemand kann fester als ich überzeugt sein von der Größe und Güte seines Herzens ... An keinem Orte würde ich es zu dieser Zeit unternehmen, über seine Bücher zu reden, über seine tiefe Charakterkenntnis, über seine durchdringende Bekanntschaft mit den Schwächen der menschlichen Natur, über seine entzückende Lebhaftigkeit als Essayist, über seine malerischen und rührenden Balladen, über seine meisterhafte Behandlung

---

[62] Seit dem Herbste 1858 hatte eine Entfremdung zwischen ihnen bestanden, die jetzt kaum noch in einer Anmerkung Erwähnung verdient. Thackeray, mit Recht beleidigt durch eine gedruckte Schilderung seiner selbst von dem Mitglied eines Clubs, dem sowohl er als Dickens angehörten, legte dieselbe dem Komitee vor, welches beschloß, den Verfasser auszustoßen. Dickens, der die Ausstoßung als eine zu harte Strafe für eine gedankenlos zugefügte Beleidigung betrachtete, eine Beleidigung, welche, so fern dies möglich, durch Zurückziehung des betreffenden Artikels und Ausdrücke des Bedauerns gesühnt worden war, bemühte sich, dies Äußerste abzuwenden. Thackeray nahm diese Einmischung übel auf und Dickens fühlte sich mit Recht gekränkt durch die Art, wie er dies tat. Keiner von beiden hatte ganz Recht und keiner hatte auch ganz Unrecht.

der englischen Sprache ... Aber vor mir liegt alles, was er von seinem letzten Roman geschrieben hatte ... und das Gefühl des Schmerzes, womit ich es gelesen habe, ist nicht tiefer gewesen als die Überzeugung, daß er in der gesundesten Blüte seiner Geisteskräfte stand, als er an dieser letzten Arbeit tätig war ... Die letzten in den Druckbögen von ihm korrigierten Worte waren: ‚Und mein Herz schlug von dem höchsten Glücke‘. Gebe Gott, daß an jenem Weihnachtsabend, als er sein Haupt auf sein Kissen legte – und, wie er zu tun pflegte, wenn er sehr müde war, die Arme zurückschlug, das Bewußtsein erfüllter Pflicht und durch sein ganzes Leben demütig gehegter christlicher Hoffnung sein eignes Herz so schlagen ließ, als er zur Ruhe seines Erlösers einging. Man fand ihn, wie oben beschrieben, friedlich daliegen, gefaßt, ungestört und allem Anschein nach schlafend."

Noch andre Schmerzen trafen Dickens um diese Zeit und unmittelbar nach ihnen stellten nur zu sichre Beweise sich ein, daß seine eigne Gesundheit der Überanstrengung, welche die Begebenheiten und Aufregungen der letztverflossenen Jahre ihr auferlegt hatten, erlag. Seine Mutter, deren leidender Zustand seit mehr als zwei Jahren dem Ende zugestrebt hatte, starb im September 1863 und an seinem eignen Geburtstage im folgenden Februar empfing er die Nachricht von dem Tode seines zweiten Sohnes Walter, der am letzten Tage des alten Jahres in dem Offiziershospital in Kalkutta gestorben war, wohin man ihn von seiner Garnison, auf dem Wege in die Heimat, erkrankt gebracht hatte. Er war Lieutenant in dem 26. einheimischen Infanterieregiment und hatte bei dem 42. Regiment Bergschotten Dienste getan. Im Jahre 1853 hatte sein Vater folgendermaßen an den Taufvater des jungen Mannes, Walter Savage Landor, geschrieben: „Walter ist ein sehr guter Junge und kommt aus der Schule nach Hause mit einer ‚ehrenvollen Erwähnung‘ und einem Preise obendrein. Er bringt sich nie in Verlegenheiten, denn er ist ein allgemeiner Liebling und einer der liebenswürdigsten Jungen in der Jungenwelt. An Geburtstagen glänzt er mit seiner Brustnadel." Die Brustnadel war ein Geschenk Landor's, dem Dickens drei Jahre später, als der Knabe durch die Freundlichkeit von Miss Coutts seine Kadettenstelle bekommen hatte, wieder schrieb. „Walter hat sich auf der Schule außerordentlich gut gemacht, ist im Triumph mit einem Preise nach Haus gekommen und wird bald nach Ostern sein Examen für Indien machen können. Da er eine direkte Anstellung hat, wird er wahrscheinlich bald nachdem er das Examen bestanden hat, hingeschickt werden, und wird so in jenes seltsame Leben oben im Lande hineingeraten, ehe er noch recht weiß, daß er lebt, oder was das Leben ist – was allerdings ein ziemlich vorgerücktes Stadium des Wissens scheint." Hätte er noch einen Monat länger gelebt, so würde er sein dreiundzwanzigstes Jahr erreicht haben und vielleicht auch dann nicht das vorgerückte Stadium der Erkenntnis, von welchem sein Vater spricht. Aber er büßte seinen Anspruch auf jene freundlichen väterlichen Worte nie ein und besaß bis zuletzt die Güte und die Einfachheit des Knabenalters.

Dickens hatte um diese Zeit seinen letzten Roman in zwanzig Heften angefangen und mein nächstes Kapitel wird zeigen, durch welche ungewohnte Drangsale er sich in diesem und dem folgenden Jahre durchzukämpfen hatte. Was ihn sonst während des Fortgangs des Buches hauptsächlich interessierte, war das Unternehmen Fechter's im Lyzeumtheater, dessen Direktor dieser geworden war, und Dickens wurde zur Teilnahme an demselben angeregt, ebenso sehr aus edler Sympathie mit den Schwierigkeiten einer solchen Stellung für einen Künstler, der kein Engländer war, als aus wirklicher Bewunderung für Fechter's Spiel. Er wurde sein Helfer in Streitigkeiten, sein Rat in Bezug auf literarische Punkte, sein Schiedsrichter in Verwaltungsangelegenheiten, und während einiger Jahre war in Gadshill und in dem Büro von Dickens' Wochenschrift kein Gesicht bekannter als das des französischen Schauspielers. Aber Theater und deren Angelegenheiten haben ihre Zeit und selbst Dickens' Laune und Humor werden uns kein erneutes Interesse dafür abgewinnen. Kein übles Beispiel der Verlegenheiten, in welche ein französischer Schauspieler mit englischen Theaterschreibern geraten kann, wird jedoch in einigen amüsanten Worten aus einem seiner Briefe gefunden werden, über ein in dem Princess-Theater gespieltes Stück, ehe Fechter die Direktion des Lyzeumtheaters übernommen hatte.

„Ich habe Fechter wegen eines Stückes gewarnt, dessen Anlage und Szenen er B. mitgeteilt hatte und aus dem ich einige Enormitäten ausgemerzt habe. Ein kurzer Bericht über dieselben wird Dich, glaube ich, amüsieren. Es hat einen der besten ersten Akte, die ich je gesehen; wenn er aber mit den letzten zweien, um nicht zu sagen dreien, viel machen kann, so gibt es Hilfsquellen in seiner Kunst, von denen ich nichts weiß. Als ich heute vor acht Tagen das Stück durchlas, war er in der letzten Szene mindestens zwanzig Minuten in einem Boot und diskutierte mit einem Herrn (der ebenfalls in dem Boote war) die Frage, ob er ihn töten solle oder nicht, worauf der Herr über Bord sprang und durch Schwimmen sein Leben rettete. Dann trat in den wichtigsten und gefährlichsten Teilen des Stückes ein junger Mensch namens Pickles auf, der fortwährend bei Namen genannt wurde in Verbindung mit den Mächten des Lichtes und der Dunkelheit, wie: ‚Großer Gott!

Pickles?' – ‚Alle Wetter, 's ist Pickles!' – ‚Pickles? Tausend Teufel!' – ‚Zum Henker – Pickles?'"

Das alte Jahr endete und das neue begann traurig genug. Der Tod von Leech im November 1864 schmerzte Dickens tief[63] und ein ernster Krankheitsanfall im Februar 1865 zog eine breite Grenze zwischen seinem vergangenen Leben und dem, welches ihn noch von dem zukünftigen blieb. Von jetzt an begann jene Lahmheit in seinem linken Fuße, die ihn nie wieder ganz verließ, ihm große Leiden verursachte und den erfahrensten Ärzten Trotz bot. Er hatte bei heftigen Schneestürmen seine Spaziergänge beharrlich fortgesetzt und bildete sich bis zuletzt ein, seine Krankheit sei lediglich lokal. Aber daß dies ein Irrtum war, ist jetzt gewiß und es ist mehr als wahrscheinlich, daß, wäre die nervöse Gefahr und Störung, welche das Übel mit sich brachte, damals richtig gewürdigt worden, die Warnung für Dickens von unschätzbarem Werte hätte sein können. Unglücklicherweise dachte er nie daran, mit seiner Kraft hauszuhalten, ausgenommen zu dem Zwecke, frische Forderungen an sie zu stellen, und zu diesem Zwecke machte er sich auch im Sommer 1865 kurze Ferien in Frankreich. „Ehe ich fortging," schrieb er seiner Tochter, „hatte ich mir ohne Zweifel durch Überarbeitung geschadet ... Aber so wie ich hinauskam, wurde ich, Gott sei Dank, besser. Ich hoffe, aus dieser Erfahrung Nutzen zu ziehen und künftige Ausflüge von meinem Schreibpulte zu machen, ehe ich sie nötig habe." Auf seiner Rückreise war er bei dem schrecklichen Eisenbahnunfall bei Staplehurst, an einem Tage, der sich später als verhängnisvoller für ihn erwies,[64] und mit erschütterten Nerven, aber mit ungebändigter Energie nahm er die Arbeit wieder

---

[63] Drei Monate früher schrieb er mir über den Tod eines Mannes, den er seit seiner Knabenzeit gekannt und mit dem er mehrere Jahre ohne Erfolg gegen die Verwaltung des Literary Fund gekämpft hatte. „Der arme Dilke! Ich bedaure sehr, daß der treffliche tapfere alte Mann tot ist!" Und ein Bedauern mag auch hier ausgedrückt werden, daß kein genügender Bericht über eine Laufbahn vorhanden ist, welche durch Konsequenz des Strebens, durch gewissenhaftes Festhalten an der gewonnenen Überzeugung und durch die Verfolgung öffentlicher Zwecke, ohne Rücksicht auf persönliche Vorteile, als hohes Vorbild gelten durfte. So abgeneigt war Charles Wentworth Dilke jedem Zur-Schau-Tragen seiner Verdienste, daß sein Name keiner der literarischen Untersuchungen vorgesetzt ist, die er mit einem Scharfsinn leitete, welcher ebenso erstaunlich war als sein Fleiß, und es war in Folge seiner ausdrücklichen Verordnung, daß die literarische Zeitschrift, welche seine Energie und Selbstverleugnung gegründet hatte, bei seinem Tode Schweigen über ihn beobachtete.

[64] Dem 9. Juni, Dickens' Todestag. – D. Übers.

auf, von welcher sogleich die Rede sein wird. Sein Fuß belästigte ihn mehr oder weniger den ganzen Herbst hindurch;[65] er wurde ergriffen von nervösen Befürchtungen, welche der Unfall bei ihm hervorrief und welche nicht vermindert wurden durch seine edle Sorge, die andern dadurch zugefügten schwereren Leiden zu mildern; und daß er sich nach dem Abschluß seines Buches nichtsdestoweniger entschloß, eine Reihe von Vorlesungen zu unternehmen, die größere Anstrengungen und Strapazen mit sich brachten als die vorhergehenden, war eine überraschende Tatsache. Vielleicht war er, ohne es sich selbst einzugestehen, sich bewußt geworden, daß die Zeit, welche ihm für solche Anstrengungen übrig blieb, kurz sei; aber was ihn auch dazu trieb, seine sich selbst auferlegte Aufgabe während der letzten drei Jahre war, in der kürzesten Zeit so viel Geld zu machen als möglich, ohne jede Rücksicht auf die dadurch bedingte physische Arbeit. Schon der Brief, worin er sein neues Engagement meldete, zeigte, wie völlig untauglich er war, dasselbe zu unternehmen.

„Seit einiger Zeit," schrieb er zu Ende Februar 1866, „bin ich sehr unwohl gewesen. F. B. schrieb mir, daß bei einem Pulse, wie ich ihn schilderte, eine Untersuchung des Herzens absolut notwendig sei. ‚Mangel an Muskelkraft im Herzen', sagte B. ‚Nichts als auffallende Reizbarkeit des Herzens', sagte Dr. Brinton von Brookstreet, der zur Konsultation beigezogen war. Ich wurde dadurch nicht aus der Fas-

---

[65] Hier sind Anspielungen darauf aus jener Zeit. „Ich habe heute einen Stiefel an, der nach dem Maße von Otranto gemacht ist, aber in der Tat nicht sehr unterscheidbar von seinem gewöhnlich großen Gefährten." Nach einigen Ferientagen: „Ich fing an zu fühlen, daß mein Fuß stärker wurde, sowie ich die Seeluft atmete. Dennoch habe ich während der zehn Tage, die ich fortgewesen bin, nie nach vier oder fünf Uhr nachmittags einen Stiefel tragen können, sondern habe alle Abende mit dem Fuß in wagerechter Lage und ohne Schuh und Strumpf zugebracht. Ich bin braun gebrannt und bin fortwährend am Meere spazieren gegangen, aber ich bin überzeugt, daß, wenn ich heute Abend einen Stiefel trüge, ich wieder, ehe die Nacht vorüber ist, von jenen Qualen ergriffen werden würde." Dieser letzte Brief endete so: „Zur Erholung von meinen jüngsten, trüben Briefen schicke ich Dir die neueste amerikanische Geschichte. Ein hinterwäldlerischer Doktor wird zu dem kleinen Jungen einer Ansiedlerin gerufen. Er starrt das Kind eine Zeitlang durch ein paar Brillen an. Endlich nimmt er sie ab und sagt zu der Mutter. ‚Ja, Madame, das sind die Blattern. Es sind die Blattern, Madame. Aber ich bin nicht in den Blattern bewandert und weiß nicht, ob ich ihn glatt durchbringen könnte. Aber ich will Ihnen sagen, was ich tun kann, Madame – ich kann ihm einen Trank schicken, der ihm ganz sicher einen verteufelten Krampfanfall geben wird, und ich verstehe mich allmächtig gut auf Krämpfe und vielleicht könnten wir den kleinen Schrecken so wieder in Ordnung bringen.'"

sung gebracht. Denn ich wußte im Voraus gut genug, daß die Wirkung unmöglich sein könne, was sie war, ohne die eine zugrunde liegende Ursache: eine Entartung der Funktion des Herzens. Ich bin natürlich nicht so töricht zu glauben, daß alle meine Arbeit hat getan werden können ohne jede Einbuße und ich habe seit einiger Zeit eine entschiedene Veränderung in meinem heitern hoffnungsvollen Sinne, oder in andern Worten in meinem ‚Tone' bemerkt. Aber tonische Arzneien haben mich schon gestärkt. So habe ich denn ein Anerbieten der Chappels von Bondstreet angenommen, dreißig Abende, für 50 Pfd. St. den Abend, ‚in England, Irland, Schottland, oder Paris' zu lesen; während sie alles Geschäftliche besorgen, die persönlichen Ausgaben, Reisekosten und andre, für mich selbst, für John" (seinen Bürodiener) „und für meinen Gasmann bezahlen und aus der Sache machen, was sie können. Ich fange, glaube ich, am Donnerstag in der Osterwoche, in Liverpool an und komme dann nach London. Am 23. und 24. dieses Monats werde ich (auf eigne Rechnung) in Cheltenham lesen, wo ich natürlich bei Macready wohne."

Die Anordnung dieser Reihe von Vorlesungen unterschied sich von der ihrer Vorgänger dadurch, daß sie Dickens von jeder Mühe, außer der des Lesens befreite; aber durch rasche und wiederholte Abänderungen der Abende, welche ihn, wenn er nicht am Lesepult oder im Bette war, fast unausgesetzt im Eisenbahnwaggon hielten, wurde die physische Anstrengung ungeheuer vermehrt. An einem Abend las er in St. James' Hall in London und am nächsten in Bradford. Oder er las in Edinburgh, ging von dort nach Glasgow und Aberdeen, kam dann zurück nach Glasgow, las wieder in Edinburgh, machte von dort einen Abstecher nach Manchester, kam nochmals zurück nach St. James' Hall und trat dann dieselbe Rundreise von neuem an. Es war eine Arbeit, die mit der Zeit den stärksten Mann gebrochen haben müßte, und was Dickens war, als er sie unternahm, haben wir gesehen.

Er selbst gab keinen Schatten von Besorgnis zu. „Was die Vorlesungen betrifft," schrieb er am 11. März, so habe ich weiter nichts zu tun als mein Buch zur Hand zu nehmen, an dem festgesetzten Orte, zur festgesetzten Zeit zu lesen und wieder hinaus zu gehen. Alles Geschäftliche wird von den Chappels besorgt. Sie nehmen John und meinen andern Diener bloß zu meiner Bequemlichkeit mit. Mit den Details habe ich ebenso wenig zu tun als Du. Sie besorgen alle Geschäfte auf ihre eigenen Kosten und ihre eigene Verantwortlichkeit. Ich glaube, sie sind geneigt, es in einem sehr guten Geiste zu tun, weil sie, während der ursprüngliche Vorschlag für dreißig Vorlesungen ‚in England, Irland, Schottland oder Paris' war, in ihrem Kontrakt geschrieben haben: ‚in London, den Provinzen, oder anderswo, *nach gegenseitigem Übereinkommen*'. Hierfür bezahlen sie 1 500 Pfd. St. in drei Summen: 500 Pfd. St. beim Anfang, 500 Pfd. St. nach der fünfzehnten Vorlesung, 500 Pfd. St. beim Schlusse. Sämtliche Kosten jeder Art zahlen sie außerdem. Ich verlasse mich für die bloße Neugierde auf *Doktor Marigold* (ich werde in Liverpool und in St. James' Hall damit anfangen). Ich habe mir mit dem Arrangement ungeheure Mühe gegeben und möchte Dir eine Vorstellung geben, wie ich den Gegenstand behandeln will."

Der Erfolg ging überall selbst über die früheren Erfolge weit hinaus. Auf einen einzigen Abend in Manchester, wo achthundert Sperrsitze verkauft, zweitausendfünfhundert und fünfundsechzig Personen eingelassen wurden und die Einnahme mehr als 300 Pfd. St. betrug, folgten alle größeren Städte in fast denselben Verhältnissen und am 20. April waren die Kosten für das ganze Unternehmen gedeckt, so daß alles was bis zur Mitte des Juni noch übrig blieb, reiner Profit war. „Ich kam," schrieb er am 30. Mai, „vorigen Sonntag zurück, nachdem ich mein letztes Stück Arbeit auf dem Lande für diesmal getan hatte. Überall ist der Erfolg derselbe gewesen. St. James' Hall bot gestern Abend ein wahrhaft glänzendes Schauspiel dar. Noch zwei Dienstage dort und ich werde mich in's Privatleben zurückziehen. Ich habe nur einmal nach Gadshill kommen können, seit ich es verließ, und das war vorgestern."

Einen denkwürdigen Abend hatte er in der Zwischenzeit in meinem Hause zugebracht, wo er Mrs. Carlyle zum letzten Male sah. Ihr plötzlicher Tod folgte bald darauf und zu Ende April hatte er mir von Liverpool geschrieben: „Es war ein schrecklicher Schlag für mich und der arme liebe Carlyle hat mir seitdem immer in den Gedanken gelegen. Wie oft habe ich an den unbeendeten Roman gedacht. Niemand ist jetzt da, ihn zu beenden. Keine der schreibenden Frauen kommt ihr im entferntesten nahe." Dies war eine Anspielung auf das, was bei ihrer letzten Zusammenkunft vorgefallen war. Es war am 2. April 1866, dem Tage, an welchem Carlyle seine Antrittsrede als Lord Rektor der Edinburgher Universität hielt und einige feurige Worte Professor Tyndall's hatten ihr grade vor dem Dîner von seinem Triumphe berichtet. Sie kam zu uns mit dem Telegramm in der Hand und der Glanz ihrer Freude darüber war den ganzen Abend über sie verbreitet. Unter anderm gab sie Dickens den Gegenstand für einen Roman, nach Beobachtungen, die sie selbst an der Außenseite eines Hauses in ihrer Straße gemacht hatte, dessen verschiedene Vorgänge aus dem Zustande seiner Rouleaux und Vorhänge, aus den an seinen Fenstern sichtbaren Kostümen, den Droschken an seiner Türe, den zugelassenen oder abgewiesenen Besuchern, den abgelieferten oder fortgeschafften Möbel geschlossen waren, und der feine ernste Humor des Ganzen, die Wahrheit der kleinen Charakterstücke und der allmähliche Fortschritt eines halbromantischen Interesses hatten den erfahrenen Novellisten bezaubert. Sie war bis ziemlich weit in den zweiten Teil ihres kleinen Romans vorgerückt, grade so weit, als ihre Beobachtungen sie bis dahin geführt hatten, ehe sie fortging; aber in wenigen Tagen wurden aufregende Vorgänge erwartet, die Lösung konnte nicht mehr fern sein und Dickens sollte sie haben, wenn sie sich wieder träfen. Doch zu etwas ganz anderem als zu dieser unterhaltenden kleinen Phantasie hatten seine Gedanken ihn geführt, als er schrieb, daß niemand fähig sei, zu beenden, was sie hätte anfangen können. Dies war noch wahrer in Bezug auf größere Dinge. Niemand konnte daran zweifeln, der unter den bezaubernden Einfluß dieser schönen und edeln Natur gekommen war. Bei einigen der höchsten Gaben des Geistes und dem Reiz einer höchst vielseitigen Kenntnis von Büchern und Dingen hatte sie etwas, was weit, weit darüber hinaus lag. Niemand, der Mrs. Carlyle kannte, konnte ihren Verlust ersetzen, als sie dahingeschieden war.

Derselbe Brief, worin Dickens von seinem ununterbrochenen Erfolge bis an's Ende erzählte, benachrichtigte mich auch, daß eine schwere Erkältung auf ihm liege, und daß er „sehr müde und niedergeschlagen" sei. Schon einige Wochen bevor die erste Gruppe der Vorlesungen schloß, hatten die Herren Chappel ihn mit dem Vorschlage zu fünfzig neuen Vorlesungen in Versuchung geführt, die zu Weihnachten anfangen sollten und für die er, wie er damals sagte, 70 Pfd. St. den Abend von ihnen verlangen wollte. „Es würde unvernünftig sein, jetzt auf Grund der jüngsten Erfolge Forderungen an sie zu machen, aber für die Zukunft muß ich auf mich selbst Rücksicht nehmen. Die Chappels sind Spekulanten, obgleich von der würdigsten und ehrenhaftesten Art. Sie machen einige schlechte Spekulationen und sie haben in diesem Falle eine sehr gute gemacht und werden diese gegen jene in Anschlag bringen. Ich sagte ihnen, als wir uns verständigten: ‚Ich biete Euch diese dreißig Vorlesungen für 50 Pfd. St. den Abend an, weil ich sehr gut weiß, im voraus weiß, daß niemand in Euerm Geschäft ihren wirklichen Wert kennt und ich will ihn beweisen.' Die Einnahme beläuft sich auf 4 720 Pfd. St." Das Resultat der neuen Unterhandlungen kam erst zu Anfang August zustande, mag aber sofort hier erwähnt werden. „Chappel nimmt unverzüglich meinen Vorschlag zu vierzig Vorlesungen, für 60 Pfd. St. die Vorlesung, an und will alle erdenklichen und unerdenklichen Kosten tragen. Um eine grade Summe zu haben, habe ich zweiundvierzig Vorlesungen für 2 500 Pfd. St. daraus gemacht. Ich werde also jetzt versuchen eine Weihnachtserzählung" (er meint den Gegenstand für eine solche) „zu entdecken und so Gott will zu Anfang des Frühlings mit der ganzen Reihe Vorlesungen fertig sein, und dann einen neuen Roman für die neue Serie von *All the Year Round* anfangen. Die Vorlesungen beginnen wahrscheinlich mit dem neuen Jahre." Das waren schöne Pläne, aber die schönsten sind das Spiel der Umstände, und obgleich der Gegenstand für Weihnachten gefunden wurde, empfing die neue Serie von *All the Year Round* nie einen neuen Roman von ihrem Gründer. Was auch die Folgen für ihn selbst waren, die hohe Flut der Vorlesungen sollte bis zu ihrer vollen Höhe fortströmen. Der amerikanische Krieg hatte aufgehört und die ersten erneuerten Anerbietungen aus den Vereinigten Staaten waren gemacht und zurückgewiesen worden. Außerdem schwebten über allem andern ernstere Verfügungen. „Ich glaube," schrieb er im September, „es liegt ein seltsamer Einfluß in der Luft. Zweimal vorige Woche hatte ich höchst peinliche Zufälle – anscheinend im Herzen; aber ich bin überzeugt, es liegt nur im Nervensystem."

Mitten in seinen Triumphen hatte es an solchen Hemmnissen nicht gefehlt. „Die Polizei machte einen offiziellen Bericht," schrieb er seiner Tochter am 14. April aus Liverpool, „daß gestern Abend dreitausend Personen an der Halle abgewiesen wurden ... Abgesehen davon, daß ich nicht schlafen kann, glaube ich wirklich, daß ich in viel besserem Stande bin als ich vorher gemeint hatte. Ein Dutzend Austern und etwas Champagner zwischen den Abteilungen jeden Abend scheinen das beste Restorativ zu bilden, das ich noch versucht habe." – „Gestern Abend in Manchester fand eine so gewaltige Demonstration statt," schrieb er zwölf Tage später an dieselbe Korrespondentin, „daß ich (gegen meinen Grundsatz in solchen Fällen) gezwungen wurde, mich noch einmal zu zeigen. Ich bin heute sehr müde; denn die Arbeit in diesem ungeheuern Raume würde schon an sich sehr schwer sein, ohne daß noch sechzehn Meilen Eisenbahn und späte Stunden hinzukommen." – „Es ist sehr harte Arbeit gewesen," schrieb er seiner Schwägerin am 11. Mai aus Clifton, „jeden Morgen nach einer schweren Nacht um halb sieben aufzustehen, und ich fühle mich heute gar nicht wohl. Wir hatten gestern Abend in Birmingham eine ungeheure Halle, einige 230 Pfd. St. Einnahme, 2 100 Personen; und ich machte ein höchst lächerliches Versehen. Hatte *Nickleby* auf meiner Liste als Schlußstück, statt des *Prozesses*. Las Nickleby mit großem Erfolge und die Leute blieben. Ging wieder zurück um zehn Uhr und erklärte den Zufall, sagte aber, wenn sie wünschten, wollte ich ihnen auch den Prozess lesen und sie wünschten es und ich hatte noch eine halbe Stunde davon, in jenem gewaltigen Lokale ... Ich habe einen so heftigen Schmerz in der Pupille meines linken Auges, daß es mir schwer wird, nach zwanzig Meilen Schütteln auf der Eisenbahn seit dem Frühstück, noch irgendetwas zu tun. Meine Erkältung ist nicht besser und auch meine Hand nicht." Man wird bemerken, daß es sein linkes Auge war, wie es sein linker Fuß und seine linke Hand waren. Die Reizbarkeit und Schwäche des Herzens waren natürlich auch auf der linken Seite, und auf derselben linken Seite fühlte er auch die Wirkung des Eisenbahnunfalls am meisten.

Alles geschah, die Anstrengung des Reisens zu erleichtern, aber nichts konnte die absolute physische Erschöpfung und die nervöse Abspannung mindern. „Wir kamen hier," schrieb er am 16. Mai aus Aberdeen, „zwischen drei und vier Uhr morgens wohlbehalten und gesund an. Wir hatten ein Coupé für die Diener und ein allerliebstes mit Sofas und Lehnstühlen möbliertes Zimmer für uns. Wir hatten auch eine Speisekammer und einen Waschtisch. Dieser Wagen soll uns auf unsern spätern Fahrten begleiten." Zwei Tage später schrieb er aus Glasgow: „Wir hielten gestern in Perth an und machten einen köstlichen Spaziergang dort. Bis dahin war ich in einem nichts weniger als blühendem Zustande gewesen, halb erdrosselt durch meine Erkältung und dyspeptisch[66] düster und verstimmt; aber da ich mich heute Morgen viel mehr wie mich selbst fühle, wollen wir auf einem Dampfboot auf dem Clyde etwas frische Lust schöpfen." Der letzte während seiner Landreisen geschriebene Brief war aus Portsmouth vom 24. Mai und enthielt diese Worte: „Du brauchst in Beziehung auf Amerika keine Furcht zu haben." Die Vorlesungen schlossen im Juni.

Die Vorlesungen des neuen Jahres begannen unter noch vermehrter Begeisterung, übrigens aber nicht mit glücklicherer Vorbedeutung. Folgendes war der erste Umriß seines Planes: „Ich reise am Mittwochnachmittag (15. Januar) nach Liverpool und gehe von dort nach Chester, Derby, Leicester und Wolverhampton. Am Dienstag, den 29., lese ich wieder in London und im Februar lese ich in Manchester und gehe von dort nach Schottland." Aus Liverpool schrieb er am 21.: „Die Begeisterung ist grenzenlos gewesen. Am Freitagabend setzte ich mich selbst in Staunen; aber ich fühlte mich später so matt, daß man mich in der Halle eine halbe Stunde auf einen Sofa legen mußte. Ich schreibe dies meiner peinlichen Unfähigkeit zu, des Nachts zu

---

[66] Schwer verdaulich.

schlafen, und nichts Schlimmerem. Alles wird mir so leicht gemacht als irgend möglich. Dolby würde alles tun, mir die Arbeit zu erleichtern und er tut alles." Das Wetter war ihm sehr entgegen. „In Chester," schrieb er am 24. von Birmingham, „lasen wir inmitten eines Schneesturmes und eines Falles von Eis. Es war so ziemlich das schlechteste Wetter, das mir je vorgekommen ... In Wolverhampton gestern Abend war vollständiges Tauwetter eingetreten und es regnete wütend und ich wurde wieder stark mitgenommen. Nach der Vorlesung fuhren wir hierher (es ist nur eine Fahrt von neun Meilen) und meine Kräfte reichten nur grade so weit, daß ich die Reise aushielt. Aber ich fühlte mich nicht ohnmächtig, wie in Liverpool. Ich war nur erschöpft." Fünf Tage später kehrte er zu seinen Vorlesungen in London zurück und erwiderte auf meine Einladung mit Macready bei mir zu dinieren, wie folgt: „Ich bin sehr ermüdet, kann nicht schlafen, fühle mich durch eine schauderhafte Eisenbahnfahrt stark erschüttert, lese heute Abend und muß am Donnerstag in Leeds lesen. Aber ich habe mit Dolby verabredet, daß wir nicht am Mittwoch nach Leeds gehen wollen, in der Hoffnung, daß ich dann bei Dir dinieren und unsern lieben alten Freund wieder sehen kann. Ich sage ‚in der Hoffnung', weil, wenn ich morgen etwas abgematteter sein sollte als ich heute bin, ich gegen meinen Willen gezwungen sein würde, mich auf's Sofa zu legen und dort liegen zu bleiben."

Am 15. Februar schrieb er seiner Schwägerin aus Liverpool, daß sie den Abend vorher eine „gewaltige Menge Menschen" hätten abweisen müssen. „Der Tag ist sehr schön gewesen und ich habe den besten Gebrauch davon gemacht, indem ich den ganzen Morgen auf dem Strande in New-Brighton umhergewandert bin. Es ist nicht alles in Ordnung mit mir, aber ich halte das für die Folge der Erschütterung auf der Eisenbahn. Es ist eine unzweifelhafte Tatsache, daß sie (nämlich die Erschütterung der Eisenbahnfahrten) mich nach der Erfahrung bei Staplehurst immer mehr, statt, wie man hätte erwarten sollen, immer weniger angreift." Die letzte Bemerkung ist auffallend bei einem Menschen von seinem Scharfblick; aber sie war aus einem Stücke mit der nur zu bereitwilligen Selbsttäuschung, der er nachgab, um sich in dem angeblichen Glauben zu rechtfertigen, daß dieses fortwährende Übermaß der Arbeit und der Aufregung ihm im Grunde keinen Schaden zufüge. Den Tag nach jenem letzten Briefe reiste er nach Schottland weiter und am 17. schrieb er seiner Tochter aus Glasgow. Der letzte Abend in Manchester war gewaltig gewesen. „Sie applaudierten, als es vorüber war, auf eine Weise, daß ich mich rasch wieder in meine Kleider werfen (denn ich hatte schon angefangen mich für die Reise umzukleiden) und zurückgehen mußte. Nach einer so anstrengenden Woche war es etwas viel, diese lange Reise um ein Viertel auf zwei Uhr morgens anzutreten, aber ich schlief mehr als ich je zuvor in einem Eisenbahnwaggon geschlafen habe. Ich habe, grade wie bei der vorigen Reihe der Vorlesungen, ein seltsames Gefühl von Wundheit um den ganzen Körper herum – was meiner Meinung nach durch die große Anstrengung der Stimme verursacht wird." Zwei Tage später schrieb er seiner Schwägerin von der Bridge of Allan, wo er an jenem Morgen von Glasgow angekommen war. „Gestern litt ich so stark an einer innern Krankheit, die mich gelegentlich in langen Zwischenräumen heimsucht, und der Anfall war von so heftigem plötzlichen Blutverlust begleitet, daß ich an F. B. geschrieben habe, von dem ich ohne Zweifel morgen hören werde ... Das Vorlesen strengte mich nachher mehr an, und dann hatte ich wieder eine schlaflose Nacht, aber sonst fühle ich mich heute ganz kräftig und gutes Mutes. Die Ruhe dieses kleinen Ortes wird mir gewiß gut tun." Er erholte sich wieder von diesem Anfall und obgleich er sich noch über Schlaflosigkeit beklagte, schrieb er doch am 21. einen heitern Brief aus Glasgow, worin er sich allerdings als an's Zimmer gefesselt darstellte, aber nur deshalb, „weil er einem Stadtpoeten entrinnen möchte, der seinen Sohn mit meinem Namen getauft hat und deshalb im Hause herumspukt." Nach seiner Rückkehr nach Edinburgh schrieb er mir, unter Andeutung vieler ertragener Mühsale; doch das Vergnügen seiner Zuhörerschaften und die fürsorgliche Rücksicht der Herren Chappel habe ihn dieselben überstehen lassen. „Alles wird mit der äußersten Liberalität und Rücksicht auf mich angeordnet. Alle meine Bedürfnisse auf diesen Reisen werden antizipiert und nicht der leiseste Funken von Krämergeist läßt sich je blicken. Drei Leute stehen mir beständig zur Verfügung, außer Dolby, der ein angenehmer Gesellschafter, ein vortrefflicher Geschäftsführer und ein guter Mensch ist."

Am 4. März schrieb er aus Newcastle: „Die Vorlesungen haben an diesem Orte einen ungeheuern Eindruck gemacht und es ist merkwürdig, daß die Leute, obgleich sie persönlich von rauher Art sind, doch kollektiv eine ungewöhnlich zartfühlende und sympathische Zuhörerschaft bilden, während ihr Verständnis für das Komische ganz den hohen Londoner Maßstab erreicht. Die Luft ist hier so drückend, daß wir gestern zu einem zweistündigen Spaziergang am Meere nach Tynemouth entflohen. Es wehte ein starker Nordwind und die See war prächtig bewegt. Große Schiffe wurden über die stürmische Barre, an der gewaltige Wellen sich brachen, herein- und hinausbugsiert und über dem ruhelosen Aufruhr der Wasser spannte ein stiller Regenbogen von wunderbarer Schönheit sich aus. Die Szene war ganz wundervoll. Wir standen im vollen Genusse des Anblicks da, als eine mächtige See uns überraschte, uns zu Boden warf und uns in einem Augenblick durchnäßte und sogar unsre Taschen füllte. Es blieb uns nichts weiter übrig, als uns zu schütteln (wie Doktor Marigold) und uns so gut wir konnten zu trocknen, indem wir im Wind und Sonnenschein rasch voranmarschierten. Aber wir waren nichtsdestoweniger völlig durchnäßt, als wir nach einer halbstündigen Eisenbahnfahrt zum Dîner hierher zurückkehrten! Ich bin wunderbar wohl und ganz frisch und stark." Drei Tage später war er in Leeds, von wo er sich durch die wichtigsten benachbarten Städte zu einer neuen Vorlesung in London herumarbeiten sollte, ehe er Irland wieder besuchte.

Dies war die Zeit der fenischen Unruhen. Nur mit großem Widerstreben willigte Dickens ein, nach Irland zu gehen[67] und unmittelbar nach seiner Ankunft berichtete er uns allen, die Sache werde vollständig zu Boden fallen. Mehr als 300 Sperrsitze waren zwei Tage vor der Vorlesung in Belfast genommen, aber am Nachmittag der Vorlesung

---

[67] Er schrieb mir am 15. März aus Dublin: „So tief entmutigend waren die Berichte von hier am vorigen Dienstag in London, daß ich mehrere Beratungen mit Chappel hielt, ob ich überhaupt kommen sollte, ja, ich hatte schon eine Anzeige aufgesetzt, welche die Verschiebung der Vorlesungen auf unbestimmte Zeit ankündigte, und es war meine Absicht, Chappel durch den Ertrag einer Extravorlesung für die bereits getragenen Kosten zu entschädigen – endlich jedoch gab ich seinen Vorstellungen nach der andern Seite nach. Wir fuhren fast den ganzen Weg durch einen Schneesturm und wurden in Wales eingeschneit, kamen zum Stillstand und mußten die Lokomotive ausgraben ... Endlich kamen wir in Dublin an, fanden es dort schneien und regnen, und hörten, daß es seit dem ersten Tage des Jahres geschneit und geregnet habe. Von äußern Zeichen der Unruhen und Vorbereitungen sind wenige da. In Kingstown warteten vier bewaffnete Polizisten auf unser Schiff und einige Umherstreicher in verschiedenen Anzügen waren offenbar geheime Polizisten. Aber von Soldaten war nichts zu sehen. Meine Leute tragen einen langen schweren Kasten, der den Gasapparat enthält. Dieser wurde sofort mit Beschlag belegt, aber einer der Umherstreicher legte sich unverzüglich in's Mittel, als er meinen Namen sah, und kam zu mir in den Waggon und machte eine Entschuldigung. Der am verdächtigsten aussehende junge Mensch, der mir je vorgekommen, erschien in Holyhead, ehe wir dort zu Bette gingen, und saß düstersinnend in dem Gastzimmer am Feuer, während wir uns wärmten. Er sagte, er sei mit uns eingeschneit (was wir nicht glaubten) und war in schrecklicher Unruhe wegen seines Koffers, der ohne ihn nach Dublin befördert war. Wir sagten zu einander ‚Fenier', und jedenfalls verschwand er am Morgen und ließ seinen Koffer gehen, wohin er wollte." Was Dickens während dieses Besuches in Dublin sah und hörte, überzeugte ihn, daß Fenianismus und Unzufriedenheit in mehrere Regimenter ihren Weg gefunden hatten.

in Dublin waren kaum 50 bestellt. Merkwürdig genug drängte sich jedoch abends eine große Menschenmenge herbei, er fand eine stürmische Begrüßung und am 22. März erhielt ich folgende Ankündigung von ihm: „Es wird Dich überraschen zu hören, daß wir Wunder getan haben! Eine begeisterte Menge hat die Lese-Hallen jeden Abend bis an's Dach gefüllt und Hunderte mußten abgewiesen werden. In Belfast nahmen wir vorgestern Abend 246 Pfd. St. 5 Sh. ein. In Dublin ist heute Abend alles verkauft und die Leute belagern Dolby, daß er irgendwohin, in die Türwege, auf meine Plattform, in irgendein Loch oder eine Ecke noch Stühle stellt. Kurz, die Vorlesungen sind eine wahre Leidenschaft, zu einer Zeit, wo alles andre zu Boden liegt." Auf seinem Rückwege besuchte er die östlichen Grafschaften und dies brachte die Serie zum Abschluß. „Der Empfang in Cambridge war etwas, worauf man an einem solchen Orte stolz sein konnte. Die Colleges waren vollständig vertreten, von den größten bis zu den kleinsten und übertrafen sogar Manchester in donnernder Bewillkommnung und immer erneuertem Sturm des Beifalls. Die Halle war gedrängt voll und während der ganzen Vorlesung wurde alles mit der äußersten Lebhaftigkeit des Behagens aufgenommen." Die Versuchung von Anerbietungen aus Amerika war inzwischen wieder so stark an ihn herangetreten und zwar in einer so unglücklichen Verbindung mit augenblicklichen Familienansprüchen, welche ein Hinausgehen der Ausgaben selbst über sein damaliges Einkommen drohten, daß er sich veranlaßt fand, an seine Schwägerin zu schreiben: „Ich fange an, mich nach Amerika gezogen zu fühlen, wie Darnay in der *Geschichte Zweier Städte* nach Paris gezogen wurde. Es ist mein Magnetberg." Nur zu gewiß sollte es dies sein und Dickens sollte von den Folgen seines Nachgebens gegen die Versuchung durch kein solches Opfer gerettet werden wie das, welches Darnay gerettet hatte.

Der Brief, worin er mich von dem Abschluß seiner englischen Vorlesungen benachrichtigte, enthielt kein Wort über jenes fernere Unternehmen und doch schien er gewissermaßen eine Vorbereitung darauf zu sein. „Vorigen Montagabend" (14. Mai) „beendete ich die fünfzig Vorlesungen mit großem Erfolge. Du kannst Dir nicht vorstellen, wie ich dafür gearbeitet habe. Da ich bei ihrem wachsenden Ruf die Notwendigkeit fühlte, daß sie besser sein sollten als die ersten, habe ich sie alle auswendig gelernt, um durch das Sehen nach den Worten nicht mechanisch benachteiligt zu werden. Ich habe die in ihnen enthaltene Leidenschaft an meiner ganzen Erfahrung erprobt, die humoristischen Stellen viel humoristischer gemacht, meine Aussprache gewisser Worte verbessert, mich einer unerschütterlichen Selbstbeherrschung befleißigt und mich zum Herrn der Situation gemacht. Da ich mit *Dombey* abschloß (was ich lange nicht gelesen hatte), lernte ich auch dies, wie das andre, auswendig und trug es mir selbst, oft zweimal täglich und mit ganz derselben Sorgfalt wie abends, immer wieder und wieder vor." Sechs Tage später kam seine Antwort auf eine Bemerkung von mir: daß kein Grad der Vortrefflichkeit, den er in seinen Vorlesungen erreicht haben möge, mich mit dem versöhnen könne, was ihm ohne Zweifel bald werde aufgedrängt werden. „Es ist seltsam" (20. Mai) „daß Du den amerikanischen Gegenstand berührst, weil ich gestehen muß, daß ich mich in einer sehr aufgeregten Stimmung darüber befinde. Daß die Leute dort darauf versessen sind, die Vorlesungen zu hören, ist unzweifelhaft. Jede Post bringt mir Anträge und die Zahl der Amerikaner in ‚St. James Hall' war erstaunlich groß. Ein gewisser Grau, der die Tour von Ristori in Amerika arrangierte und ein höchst zuverlässiger Mensch ist, schrieb mir mit der letzten Post zum zweiten Male und erklärte, wenn ich ihm ein ermunterndes Wort geben wolle, werde er sofort herüber kommen und auf die kühnsten Bedingungen für irgendeine mir gefällige Zahl von Vorlesungen einen Kontrakt mit mir machen und zugleich eine große Geldsumme bei Coutts deponieren. Mr. Fields schreibt mir auf Veranlassung eines Komitee's von Privatpersonen in Boston, die das Verdienst haben möchten, mich hinüber zu bringen, die die Vorlesungen zu hören wünschen und keinen Profit dabei machen wollen und auch bereit sind 10 000 Pf. St. als Garantie bei einem hiesigen Bankier zu deponieren. Jeder amerikanische Spekulant, der nach London kommt, begibt sich gradesweges mit ähnlichen Vorschlägen zu Dolby. Und so machten auch die Chappels, sowie diese letzte Serie vorüber war, mir den Antrag, wegen Amerika's mit mir zu unterhandeln." In Bezug auf die bloße Frage dieser verschiedenen Anerbietungen fand er es nicht schwer, zu einem Entschlusse zu kommen. Wenn er überhaupt ging, wollte er auf eigene Rechnung gehen, mit niemandem einen Kontrakt machen. Worüber er sich zu entscheiden hatte, war, ob er überhaupt gehen solle.

Eines erkannte er mit seinem gewöhnlichen Scharfblick klar genug. Er mußte sich schnell entscheiden. „Die Präsidentenwahl wird im Herbst des nächsten Jahres stattfinden. Sie sind ein Volk, bei dem ein Verlangen keine lange Dauer hat. Sie wollen, daß ich dort lese und sie glauben (ohne jeden Grund), daß ich dort lesen werde. Wenn ich überhaupt gehe, so müßte es um die Zeit sein, wenn die Weihnachtsnummer gedruckt wird. Zu Anfang des nächsten Novembers." Er leitete demnach alle möglichen Erkundigungen ein und kam insofern zu einem augenblicklichen Entschluß, daß er, wenn die Antworten keinen Zweifel darüber ließen, daß eine gewisse Summe zu realisieren sei, gehen wollte. „Fürchte nicht, daß irgendetwas mich bewegen wird, das Experiment zu machen, wenn ich nicht die zwingendsten Gründe sehe zu der Überzeugung, daß das, was ich damit verdienen kann, mit dem was ich habe, mich in den Besitz eines hinreichenden Vermögens setzen würde. Ich würde dort unaussprechlich elend sein. Mein geringes Beschreibungstalent kann den Gemütszustand nicht schildern, in dem ich mich von Tage zu Tage hinschleppen würde." Zu Ende Mai schrieb er: „Armer lieber Stanfield!" (unser trefflicher Freund war in der Woche vorher gestorben). „Ich kann nicht einmal an ihn und an unsern großen Verlust denken, wegen dieses Gespenstes des Zweifels und der Unentschiedenheit, das mit mir zu Tische sitzt und neben meinem Bette steht. Ich bin in einem sturmbewegten Zustande und kann kaum glauben, daß ich endlich mit der amerikanischen Frage in die Enge getrieben bin. Die Schwierigkeit, inmitten so vieler verschiedener mir gemachter Erklärungen zu einem Entschluß zu kommen, ist ungeheuer und Du kannst Dir nicht vorstellen, wie schwer die Sorge darum mir auf der Seele lastet. Aber der Preis scheint so groß." Endlich schien sich ein Weg zu öffnen, auf dem es möglich war zu einer festen Ansicht zu gelangen. „Dolby" (schrieb er am 2. Juli) „wird Sonnabend, 3. August, nach Amerika segeln. Es ist unmöglich, zu einem vernünftigen Entschluß zu gelangen, ohne daß man Augen und Ohren auf den tatsächlichen Grund und Boden schickt. Er wird mein Manuskript für das *Children's Magazine* mitnehmen. Ich hoffe, es ist komisch und sehr kindlich, obgleich der Scherz außerdem erwachsen ist. Du mußt versuchen, die Seeräubergeschichte gern zu haben, denn ich habe sie sehr gern." Diese Anspielung bezieht sich auf seine hübsche Holiday Romance, die er für Mr. Fields geschrieben hatte.

Kaum war Dolby fort, als etwas eintrat, was weit mehr hätte helfen sollen ihm abzuraten, als die Argumente, welche fortfuhren meinen Einwendungen gegen das Unternehmen Ausdruck zu verleihen. „Ein neuer Anfall in meinem Fuße," schrieb er am 6. August, „hat mich niedergeworfen und ich habe die ganze vorige Nacht in Qualen auf dem Sofa gelegen. Ich kann es nicht ertragen, daß die heißen Umschläge auch nur einen Augenblick abgenommen werden. Ich war am Sonntag so krank davon und es sah so schlimm aus, daß ich in die Stadt fuhr, um Henry Thomson zu konsultieren. Er hat die Sache gründlich erwogen und sagt, das Übel entspringe unzweifelhaft aus dem Druck des Stiefels beim Gehen gegen einen entzündlichen Auswuchs der großen Zehe. Aus der so entstandenen Verletzung habe sich die Rose entwickelt und der Zweck der Behandlung ist, ein Geschwür zu verhüten und der Rose dort Einhalt zu tun, wo sie ist. Inzwischen liege ich auf dem Rücken und wüte. Es hat meinen Fuß nicht besser gemacht, daß ich nach Liverpool ging, um Dolby abreisen zu sehen, aber ich zweifle kaum, daß er durch zweckmäßige Behandlung und Ruhe besser werden wird." Einige Tage später wütete er noch; denn der ausgezeichnete Arzt, den er konsultierte, hatte Winke fallen lassen, die ihn etwas beunruhigten. „Ich könnte heute Abend nicht für 500 Pfd. St. fünf Minuten weit gehen. Ich mache mir so viele Gründe zurecht gegen die Annahme, daß es gichtisch sein könnte, daß ich es wirklich nicht dafür halte."

Die Folgen der amerikanischen Reise waren meiner Überzeugung nach so bedeutungsvoll für ihn, daß ich es für nötig hielt, so viel über die Beweggründe und die Versuchungen, welche sie veranlaßten, vorauszuschicken. Mein eigner Anteil an den damit zusammenhängenden Erörterungen bestand darin, daß ich von Anfang bis zu Ende standhaft davon abriet, obgleich ich vielleicht weniger standhaft gewesen wäre, hätte ich mich mit dem Glauben versöhnen können (was ich nie zu irgendeiner Zeit vermochte), daß öffentliche Vorlesungen eine würdige Beschäftigung seien für einen Mann von Genie. Aber es war mir um diese Zeit klar geworden, daß nichts das Unternehmen verhindern könne. Das Resultat von Dolby's Reise nach Amerika – von Dickens selbst in einem Memorandum zusammengefaßt, welches noch das Interesse besitzt, den Vorlesungen, als er über den Atlantischen Ozean segelte, viel von der Form gegeben zu haben, welche sie damals annahmen[68]

„*Die ganze Sache in einer Nußschale.*
1. Ich glaube, es kann als erwiesen angenommen werden, daß eine allgemeine Begeisterung und Aufregung in Bezug auf die Vorlesungen in Amerika erweckt ist, und daß die Leute bereit sind, mir einen großen Empfang zu geben. Der *New-York Herald* ist allerdings der Ansicht, daß ‚Dickens zuerst um Verzeihung bitten muß‹, und wo ein *New-York Herald* möglich ist, ist alles möglich. Aber der vorherrschende Ton, sowohl in der Presse als unter allen Volksklassen, ist höchst günstig. Ich glaube selbst, daß das irische Element in New-York gefährlich ist, weil die Fenier sich freuen würden, einem hervorragenden Engländer zu schaden. Doch dies ist bloß eine Privatmeinung von mir.

---

[68] Aus diesem Grunde verdient es, aufbewahrt zu werden. Er nannte es:

2. Alle unsre ursprünglichen Berechnungen waren auf 100 Vorlesungen basiert. Aber ein unerwartetes Resultat sorgfältiger Nachforschung an Ort und Stelle ist die Entdeckung, daß der Monat Mai im Allgemeinen in den großen Städten als für einen solchen Zweck ungeeignet betrachtet wird. Wenn ich zugebe, daß die Gesetze, welche gewöhnlich in solchen Fällen gültig sind, auch auf den meinen Anwendung erleiden, so vermindert dies die Zahl der Vorlesungen auf 80 und macht daher auf einen Schlag einen Abzug von 20 Prozent von den Mitteln innerhalb des halben Jahres Geld zu machen – falls nicht etwa der Einwand auf meinen ausnahmsweisen Fall keine Anwendung erleiden sollte.
3. Die Erwägung, daß die großen Städte Amerika's unmöglich in sechs Monaten erschöpft, oder auch nur besucht werden können, und daß eine große Ernte uneingesammelt bleiben würde, lasse ich bei Seite, weil ich der Ansicht bin, daß eine zweite Reihe von Vorlesungen in Amerika als außer der Frage zu betrachten ist, einerlei, ob man sie von dem Gesichtspunkte aus betrachtet, daß sie noch zwei Reisen über den Atlantischen Ozean oder fünfmonatliche Ferien in Kanada bedingen würde.
4. Die eingeschränktere Berechnung, welche wir angestellt haben, ist diese. Was ist die größte Summe des Reinertrages, der von 80 Vorlesungen (und nicht mehr) unter den günstigsten Umständen hinsichtlich ihrer öffentlichen Aufnahme zu erwarten ist? Bei der Anstellung dieser Berechnung haben wir die Ausgaben immer nach dem Maßstabe von New-York genommen, welcher der höchste ist; nicht weniger als 20 Prozent sind für Verwaltungskosten, mit Einschluß von Dolby's Kommission, abgezogen und kein Vorteil ist in Anschlag gebracht für etwaige Extrabezahlung von Sperrsitzen, obgleich eine bedeutende Summe zuversichtlich aus dieser Quelle erwartet werden darf. Aber andrerseits muß bemerkt werden, daß das Abhalten von etwas mehr als vier Vorlesungen wöchentlich vorausgesetzt wird, und daß der Voranschlag des Ertrags sich auf die Annahme gründet, daß das Publikum bei allen Gelegenheiten so zahlreich vertreten ist als die Räumlichkeiten vernünftigerweise gestatten.
5. Wenn wir so 80 Vorlesungen rechnen, stellt sich der Reinertrag für mich nach Abzug sämtlicher Kosten auf 15 500 Pfd. St.
6. Aber es muß noch bemerkt werden, daß diese Berechnung voraussetzt, daß die Stadt New-York und der Staat New-York für einen großen Teil der 80 Vorlesungen gut sind, und daß die Berechnung auch annimmt, daß die Reise sich nicht über Boston und die benachbarten Orte, über New-York und die benachbarten Orte, Philadelphia,

Washington und Baltimore, ausdehnt. Wenn aber die Berechnung sich in dieser Hinsicht als zu hoffnungsvoll erweisen und wenn diese Orte *nicht* für so viele Vorlesungen gut sein sollten, dann mag es untunlich sein, innerhalb der angegebenen Zeit mit den 80 Vorlesungen durchzukommen, weil andre Orte auf die Liste kommen würden, die weit auseinander liegen und lange und ermüdende Reisen notwendig machen.
7. Der durch den Umsatz des Papiergeldes in Gold bedingte Verlust (nach dem gegenwärtigen Agio) ist bei der Berechnung in Anschlag gebracht. Sie zählt sieben Dollars auf das Pfund Sterling."

– erreichte mich als ich in Ross war, und auf dasselbe gründete sich mein letztes Argument gegen den Plan. Dies erhielt er in London, am 28. September, an welchem Tage er an seine Tochter schrieb: „Wie ich Dir telegraphierte, nachdem ich Dich gesehen hatte, gehe ich nach Ross, um mit Forster und Dolby zusammen zu beratschlagen. Du sollst entweder am Montage, oder mit der Montagspost von London hören, wie ich mich endgültig entscheide." Das Resultat teilte er ihr drei Tage später mit: „Du wirst mein Telegramm, daß ich nach Amerika gehe, erhalten haben. Nach einer langen Erörterung mit Forster und der Erwägung dessen, was sich auf beiden Seiten sagen läßt, habe ich beschlossen, es auszuführen. Wir haben nach Boston ‚Ja!' telegraphiert." Sieben Tage später schrieb er mir: Da die Scotia voll ist, werde ich erst am Lord Mayors-Tage absegeln, für welchen glorreichen Jahrestag ich eine Offizierskajüte auf dem Verdeck der Cuba engagiert habe. Ich bin nicht in sehr glänzender Stimmung über die vor mir liegenden Aussichten und würdige ganz Deine Motive und Gründe für Dein Verhalten in dieser Sache; aber ich bin nicht im Mindesten erschüttert in der Überzeugung, daß ich den Gedanken nie ganz hätte aufgeben können."

Die noch übrige Zeit wurde zu Vorbereitungen benutzt; am 2. November fand ein Abschiedsmahl in der *Freemasons Hall* statt, bei welchem Lord Lytton den Vorsitz führte, und am 9. segelte Dickens nach Boston ab. Vor seiner Abreise hatte er seinen Anteil zu der letzten seiner Weihnachtserzählungen beigetragen; alle seine Werke, deren Vollendung er erlebte, waren geschrieben und die Zwischenzeit seiner Reise mag zu einem allgemeinen Überblick über die literarische Arbeit seines Lebens benutzt werden.

Vierzehntes Kapitel

Dickens als Novellist
1836–1870

Die Geschichte zweier Städte.
Große Erwartungen.
Weihnachtsskizzen.
Unser gegenseitiger Freund.
Dr. Marigold und Erzählungen für Amerika.

Was ich im Allgemeinen über Dickens' schriftstellerisches Genie zu sagen habe, mag den Bemerkungen angeschlossen werden, welche noch über seine Schriften, von der *Geschichte zweier Städte* an bis zu der Zeit, bei der wir jetzt angekommen sind, gemacht werden müssen, mit Ausnahme *Edwin Drood's*, der an seiner Stelle erwähnt werden wird; und wie bei den früheren Bemerkungen über die einzelnen Romane werden auch hier Erläuterungen aus seinen Briefen und seinem Leben herangezogen werden. Seine literarische Arbeit war so vollkommen eins mit seiner Natur, daß er nicht davon zu trennen ist, und der Mensch und die Methode werfen aufeinander ein merkwürdiges Licht. Aber eine Hinweisung auf das, was von Schriftstellern, welche den Ton von Autoritäten annehmen, über diese Bücher gesagt worden ist, wird angemessener Weise demjenigen vorhergehen, was ich selbst zu bemerken habe, und ich will diesem Teile meiner Aufgabe den Wink Carlyle's voranschicken, daß es bei der Beurteilung eines ungewöhnlichen Menschen für gewöhnliche Menschen geraten sei, sich zu vergewissern, daß sie ihn *sehen*, ehe sie versuchen, ihn zu *über*sehen.

Über den französischen Schriftsteller, Henry Taine, wurde schon früher bemerkt, daß seine Unfähigkeit, den Humor zu würdigen, für seine Ansprüche als Kritiker des englischen Romans verhängnisvoll ist. Aber nichtsdestoweniger verdient sowohl seine Kritik als seine ungewöhnliche Kenntnis der englischen Sprache Beachtung; seine Stellung berechtigt ihn, ohne einen Verdacht von Parteigängerschaft oder absichtlicher Unbilligkeit, gehört zu werden; was man auch über den Wert seiner Ansichten denken mag, die Sorgfalt ihrer Form und Ausdrucksweise ist an sich kein geringer Tribut, und was er über Dicken's Behandlung in Bezug auf Stil und Charakter sagt, verkörpert in maßvoller Weise Einwendungen, welche seitdem von einigen englischen Kritikern ohne seine Unparteilichkeit und von geringerer Begabung als er erhoben worden sind.

Was zunächst den Stil betrifft, so findet Taine nicht, daß das Natürliche oder Einfache hinreichend vorherrscht. Der Ton ist zu leidenschaftlich. Die phantastische oder poetische Seite der Dinge wird so durchgängig hervorgehoben, daß die Beschreibungen aufhören, bloßes Beiwerk zu sein und die dadurch hervorgerufenen kleinsten Details des Schmerzes oder der Freude zu tätigen Mächten in der Erzählung werden. So lebendig und kraftvoll ist die Entfaltung der Phantasie, daß alles von ihr mit fortgerissen wird. Erdichtete Gegenstände nehmen die Genauigkeit wirklicher Gegenstände an; lebendige Gedanken werden durch leblose Dinge beeinflußt; die Glocken trösten den armen alten Zettelträger; das Heimchen bringt die Zweifel des rauhen Kärrners zur Ruhe; die Meereswogen besänftigen den sterbenden Knaben; Wolken, Blumen, Blätter, alle spielen ihre Rolle; kaum eine Form der Materie ist ohne eine lebendige Eigenschaft, kein schweigendes Ding ohne seine Stimme. Indem Taine so das, was bei dem Gegenstande seiner Kritik gelegentlich vorkommt, zu einem Etwas verzärtelt und übertreibt, in Bezug worauf er sich offenbar endlich selbst überredet, daß es ein stehendes und allgemeines Verfahren bei Dickens sei, fährt er fort die Überfülle seiner Einbildungskraft zu erklären, die er in ihrer Lebhaftigkeit mit der eines Wahnsinnigen vergleicht. Es fehlt ihm vollständig an dem Verständnis für diejenige Eigentümlichkeit des Humors, welche die Empfindung der feinsten und zartesten Analogien einschließt und aus welcher jene seltene Einsicht in die Sympathien zwischen der Natur der Dinge und ihren Eigenschaften oder Gegensätzen hervorgeht, worin Dickens' Phantasie mit solchem Entzücken schwelgte. Die berühmten Zeilen, welche den Wahnsinnigen, den Liebenden und den Dichter als „von demselben Gefühle beseelt" darstellen, in einem Sinne auffassend, der den großen Dichter, welcher sie schrieb, nicht wenig überrascht haben würde, stellt Taine die Phantome des Wahnsinnigen und die Charaktere des Künstlers auf dasselbe Niveau schöpferischer Phantasie. Er schildert Dickens als von Zeit zu Zeit, in den verschiedenen Phasen seiner einander folgenden Romane, einer einzigen Idee hingegeben, von dieser besessen, nichts anderes als sie sehend, sie in hundert Formen verkörpernd, sie übertreibend und seine Leser so dadurch blendend und überwältigend, daß kein Entrinnen möglich ist. Er behauptet, diese Wirkung werde ebenso sehr erzielt, wenn Mr. Mell, der Schullehrer, die Flöte spielt, wenn Tom Pinch sich über seinen Pecksniff freut oder ihn entlarvt, wenn der

Wächter auf Tom's Fahrt nach London das Horn bläst, wenn Ruth durch Fountain-Court dahinschreitet oder den Beefsteak-Pudding macht, wenn Jonas Chuzzlewit den Mord begeht und von demselben zurückkehrt, und wenn der Sturm, der Steerforth's Totenglocke ist, gegen die Küste von Yarmouth brandet. Derselben Geisteskraft schreibt Taine die außerordentliche Klarheit zu, womit in allen Dickens'schen Büchern die gewöhnlichsten Gegenstände, ein altes Haus, ein Wohnzimmer, ein Boot, eine Schule, fünfzig Dinge, die bei dem gewöhnlichen Erzähler unbemerkt bleiben würden, lebendig gegenwärtig und unzerstörbar gemacht und mit einer Schärfe und Kraft der Umrisse vorgeführt werden, die kein andrer Romandichter auch nur annähernd erreicht hat – alles deutlich und doch nichts kalt, „voll von der ganzen Leidenschaft und Geduld der Maler seines Vaterlandes". Und während die Aufregung des Lesers so in einem Maße wachgehalten wird, das unvereinbar ist mit einem natürlichen Stil und einer einfachen Erzählung, glaubt Taine doch, er habe in eben diesem Talent, eine fieberische Empfindsamkeit zu erwecken und durch die gewöhnlichsten Dinge zum Gelächter oder zu Tränen zu bewegen, die Quelle von Dickens' erstaunlicher Popularität entdeckt. Gewöhnliche Leute, sagt er, sind so müde von dem, was sie immer umgibt, und fassen von den kleinen Dingen, welche ihr Leben zusammensetzen, so wenig auf, daß, wenn plötzlich jemand kommt, der ihnen diese Dinge interessant macht, und sie in Gegenstände der Bewunderung, der Zärtlichkeit oder des Schreckens verwandelt, die Wirkung bezaubernd ist. Ohne ihre Lehnstühle oder ihre Kamine zu verlassen, finden sie, daß sie vor innrer Erregung zittern; ihre Augen sind mit Tränen gefüllt, ihre Backen werden durch Lachen breit und durch die so gemachte Entdeckung, daß auch sie leiden, lieben und empfinden können, scheint ihr ganzes Dasein ihnen verdoppelt. Der Gedanke, daß ein solcher Erfolg wenig noch zu Erringendes übrig lasse, war Taine nicht gekommen.

Weit davon entfernt, hatte der Kritiker sich vielmehr überzeugt, daß eine solche Macht des Stils einer richtigen Zeichnung der Charaktere zuwiderlaufen muß. Dickens ist nicht ruhig genug, sagt er, um auf den Grund dessen zu dringen, womit er sich beschäftigt. Er nimmt als Freund oder als Feind Partei dafür, lacht oder weint darüber, macht es hassenswert oder rührend, abstoßend oder anziehend und ist zu heftig und nicht wißbegierig genug, um ein Porträt zu malen. Seine Einbildungskraft ist zugleich zu lebhaft und nicht umfassend genug. Ihre Zähigkeit und die Kraft und Konzentration, womit seine Gedanken in die Details eindringen, die er erfassen will, setzen seiner Erkenntnis Grenzen, beschränken ihn auf einzelne Züge und verhindern es, daß er alle Tiefen einer Seele ergründet. Er bemerkt eine Eigentümlichkeit, eine Sonderbarkeit, einen Ausdruck, eine Grimasse, sieht nichts andres und hält unwandelbar daran fest. Mercy Pecksniff lacht bei jedem Worte, Mark Tapley ist nichts als jovial, Mrs. Gamp spricht beständig von Mrs. Harris, Mr. Chillip ist ohne Ausnahme furchtsam, und Mr. Micawber wird es nie müde, seinen Phrasen Emphase zu verleihen, oder mit lächerlicher Plötzlichkeit von der Freude zum Schmerz überzugehen. Ein Jeder ist die Verkörperung eines Lasters, einer Tugend oder einer Absurdität, deren Äußerung häufig, ausnahmelos und ausschließlich ist. Die hier von mir gebrauchte Sprache kürzt mit strenger Genauigkeit das ab, was Taine gesagt hat und was von andern, angeblichen Bewunderern sowohl als offenen Verunglimpfern, *ad nauseam* wiederholt worden ist. Mrs. Gamp und Mrs. Micawber, die zu den humoristischen Schöpfungen ersten Ranges gehören, werden so ohne ein weiteres Wort von dem französischen Kritiker abgefertigt, und er ist sich nicht im Mindesten bewußt, daß er in eben denselben Fehler verfällt, wegen dessen er Dickens verurteilt, den nämlich, lebhafte Beobachtung mit wirklicher Einsicht zu verwechseln.

Er behält sich jedoch bedeutende Zugeständnisse vor, da seine in England gemachten Beobachtungen ihn überzeugt haben, daß Dickens' Mängel in seiner Kunst wesentlich dem Volke zuzuschreiben sind, für das er schrieb. Der Geschmack seiner Nation hatte ihn verhindert, Charaktere in großem Stil darzustellen. Die Engländer verlangen zu viel Moral und Religion für wirkliche Kunst. Sie veranlaßten ihn, die Liebe nicht als an sich heilig und erhaben zu behandeln, sondern als der Ehe untergeordnet; sie zwangen ihn, die Gesellschaft und die Gesetze gegen die Natur und die Begeisterung aufrecht zu erhalten und bei der Darstellung einer Verführung, wie der in *Copperfield*, nicht den Fortschritt, die Glut und die Berauschung der Leidenschaft zu schildern, sondern nur das Elend, die Reue und die Verzweiflung. Die Folgen einer so oberflächlichen Religion und Moral, verbunden mit dem Krämergeist (fährt Taine fort), führen zu so vielen nationalen Formen der Heuchelei, der Geldgier und der Anbetung des Geldes, daß dieser große Schriftsteller der Nation dadurch in Bezug auf die häufige Wahl jener Laster zur Darstellung in seinen Romanen gerechtfertigt wird. Aber der Mangel seiner Methode macht sich hier von neuem fühlbar. Er behandelt die Laster nicht nach Art eines Physiologen, der eine gewisse Liebe für sie fühlt und sich an ihren feineren Zügen freut, als wären sie Tugenden. Er wird ärgerlich über sie. (Ich will Taine nicht unterbrechen; aber um nur ein Beispiel als Probe von vielen zu nehmen, ist doch wahrlich Dickens' Genuß bei seiner Behandlung Pecksniff's ebenso offenbar, als daß er während der ganzen Zeit nicht aufhört, ihn sehr hassenswert zu machen.) Er kann nicht, wie Balzac, die Moral unberücksichtigt lassen, und wie jener große Romandichter eine Leidenschaft, so verabscheuenswürdig sie auch sein mag, von der allein sichern Grundlage des Glaubens behandeln, daß sie eine Kraft ist, und daß jede Kraft als solche gut ist. Es ist für einen Künstler jenes höhern Ranges wesentlich (meint Taine), so verworfen der dargestellte Charakter auch ist, seine Erziehung und seine Versuchungen, die Form des Gehirns und die geistigen Gewohnheiten, welche den Hang seiner Natur bestärkt haben, aufzudecken, ihn herzuleiten aus seiner Ursache, ihn mit seinen Verhältnissen zu umgeben und seine Wirkungen zu ihren Extremen zu entwickeln. Indem er einen solchen trefflichen Geizhals, Heuchler, Wollüstling oder was sonst behandelt, sollte er sich nie um die übeln Folgen der Laster kümmern. Er sollte zu sehr Philosoph und Künstler sein, um sich zu erinnern, daß er ein respektabler Bürger ist. Aber dies vergißt Dickens nie und er entsagt allen Schönheiten, die einem so verdorbenen Boden entwachsen. Nichtsdestoweniger kommt Taine im Allgemeinen zu dem Schlusse, daß er, obgleich jene Triumphe der Kunst, welche zu einem Besitztum der ganzen Erde werden, ihm nicht beschieden waren, doch viel geleistet habe. Seine unvergleichliche Beobachtung, seine Satire und seine Empfindsamkeit haben eine Reihe selbstständiger Charaktere geschaffen, die nirgends als in England existieren und künftigen Generationen nicht bloß sein eignes Genie, sondern den Geist seines Volkes und seiner Zeit zur Anschauung bringen werden.

Zwischen diesem, von dem berühmten französischen Professor abgegebenen Urteil und den sogleich zu erwähnenden späteren Bemerkungen eines englischen Kritikers, die jenem Urteil keinesfalls Abbruch tun, mag es angemessen sein, eine Stelle aus einem Briefe von Dickens einzuschalten, worin er sich über die Beschränkungen äußert, welche dem Künstler in England auferlegt werden. Sie liest sich halb und halb wie ein Eingeständnis einer der Beschuldigungen Taine's, obgleich sie nicht mit Bezug auf Dickens' eigne, sondern auf einen von Sir Walter Scott's späteren Romanen geschrieben wurde. „So habe ich auch" (schrieb er am 15. August 1856 aus Paris) „immer eine schöne Empfindung des ehrbaren Zustandes, in den wir hineingeraten sind, wenn ein glatter Herr gegen mich, oder gegen sonst jemand, wenn ich dabei bin, bemerkt, wie wunderlich es sei, daß der Held eines englischen Buches immer uninteressant ist – zu gut – nicht natürlich, &c. Ich höre dies beständig über Scott von Engländern hier, die ihr Leben mit Balzac und Sand zubringen. Aber, o mein glatter

Freund, für was für einen glänzenden Betrüger mußt Du Dich halten und für was für einen Esel mußt Du mich halten, wenn Du glaubst, daß Du, indem Du eine freche Miene annimmst, die Tatsache aus meiner Erkenntnis auslöschen kannst, daß eben dieser unnatürliche junge Mann (wenn es notwendigerweise unnatürlich ist, anständig zu sein), dem Du in jenen andern Büchern und in meinen eigenen begegnest, Dir in jener unnatürlichen Gestalt vorgeführt werden muß wegen Deiner Moral und, ich will nicht sagen keine von Unanständigkeiten die Dir gefallen, sondern sogar nicht einmal die Erfahrungen, Prüfungen, Verlegenheiten und Verirrungen haben darf, welche von dem Werden und dem Verfall aller Menschen unzertrennlich sind!"

Taine's Kritik wurde drei oder vier Jahre vor Dickens' Tode geschrieben und derselben Zeit gehören mehrere englische Kritiken an, welche mehr oder weniger in absprechendem Tone gehalten waren, die großen, von dem Autor errungenen Erfolge zugaben, aber das Wesen und den Gehalt seiner Kunst bestritten. Denn es ist allen diesen Beurteilungen von Dickens eigentümlich, daß sie notwendigerweise von dem Geständnis begleitet sind, daß kein Schriftsteller sich der Zeit, in der er lebte, so vollständig aufgeprägt, daß er seine Charaktere zu einem Teil der Literatur gemacht hat und daß seine Leser die ganze Welt sind.

Aber etwas mehr als ein Jahr nach seinem Tode wurde ein Artikel veröffentlicht, dessen Zweck es war, diese anscheinenden Unvereinbarkeiten zu versöhnen, die innere Bedeutung von „Dickens' Verhältnis zur Kritik" darzutun und zu zeigen, daß, obgleich er ein glänzendes Genie und eine wunderbare Einbildungskraft besaß, die Gegner, welche ihn nur einen theatralischen Sentimentalisten und einen talentvollen Karikaturisten nannten, doch nicht ganz unrecht hatten. Dieser kritische Essay erschien in der *Fortnightly Review* vom Februar 1872, mit der Unterschrift von George Henry Lewes, und der anmaßende Ton dieses Machwerks mit seinen gewaltigen Bekenntnissen von Offenherzigkeit zwingt mich zu der peinlichen Aufgabe, zu erklären, was es eigentlich ist. Zu Dickens' Lebzeiten, besonders wenn irgendein neuer Novellist auftauchte, der zu einer gezwungenen Vergleichung mit ihm verwandt werden konnte, fehlte es nicht an Versuchen, ihn herabzusetzen, aber das Kunststück absichtlicher Geringschätzung wurde nie durch die unerträgliche Anmaßung einer nachsichtigen Überlegenheit so weit getrieben und so gehässig gemacht als in diesem Falle; und es in dieser Form ein für allemal abzuweisen, ist eine Pflicht gegen Dickens' Andenken.

Der Artikel beginnt mit den gewöhnlichen Zugeständnissen – daß er ein gewaltig populärer Schriftsteller gewesen, daß er zahllose Menschen entzückt habe, daß seine Bewunderer allen Volksklassen und Ländern angehören, daß er die Sympathie von Massen erregt habe, die nicht leicht durch die Literatur erreicht werden und zwar immer in gesunder Weise, daß er der Volksschriftstellerei eine neue Richtung gegeben, und die Literatur seiner Zeit in Bezug auf Geist sowohl wie auf Form verändert habe. Andrerseits aber vertiefte grade der Glanz dieser Erfolge den Schatten seines Mißlingens so sehr, daß für viele nichts als Finsternis da war. War dies unnatürlich? Konnten die höhern Kritiker einem Schriftsteller, dessen Mängel so grell, so übertrieben, so unwahr, so phantastisch und melodramatisch waren, wirkliche Größe zugestehen? Konnten sie nicht billigerweise darauf bestehen, daß solche Mängel alle positiven Talente überwögen und mit herablassendem Gönnertone oder spöttischer Gereiztheit von ihm reden? Hatte der gegenwärtige Kritiker nicht sehr oft bemerkt, wie solche Menschen, obgleich sie ihr Gespräch mit Zitaten und Anspielungen auf Dickens' Schriften würzten und obgleich sie ihre Lieblingsbücher beiseite legten, um sich in sein neuestes Heft zu vergraben, ebenso karg mit ihrem Lobe gegen ihn waren als verschwenderisch mit ihrem Spott? Er hörte tatsächlich bei einer Gelegenheit ‚*einen sehr ausgezeichneten Mann*' maßlose Verachtung gegen Dickens ausdrücken und einige Minuten später zugeben, daß Dickens „ein Teil seines Lebens geworden sei". Und so machte denn dieser Kritiker sich an die Aufgabe, jene ungeheuere Popularität und jene kritische Verachtung miteinander zu versöhnen, was er auf folgende Weise tut.

Er sagt, Dickens habe im ‚Spaß' (Humor gesteht er ihm nirgends zu) so Großes geleistet, daß Fielding und Smollett im Vergleich mit ihm klein seien, aber dies würde nur eine vorübergehende Belustigung für die Welt gewesen sein, wäre er nicht auch „begabt gewesen mit einer Phantasie von wunderbarer Lebendigkeit und einer erregbaren sympathischen Natur, welche fähig war, seine Phantasie mit den Elementen allumfassender Macht auszustatten." Leuten, die der Meinung sind, daß Worte einen gewissen Sinn haben sollten, möchte es scheinen, daß wenn ein Mensch nur mit allem diesen „begabt" sein könnte, weiter nichts über ihn gesagt zu werden brauchte. Im Besitze einer wunderbaren Phantasie und einer Natur, welche diese mit den Elementen allumfassender Macht ausstattet, – welche Geheimnisse der schöpferischen Kunst konnten ihm verschlossen sein? Doch das hieße, ohne cucrn philosophischen Kritiker rechnen. Taine sah in der Lebendigkeit von Dickens' Phantasie einfach Wahnsinn, und sein Nachfolger sieht darin nichts als Sinnentäuschung. Nichtsdestoweniger überhäuft er sie mit rührenden Beiwörtern. Er spricht von ihrem strahlenden Glanze, nennt sie sowohl glorreich als souverän und wunderbar, und um uns ganz darüber zu beruhigen, daß er mit diesen schönen Phrasen keinen geringen Artikel anpreist, bemerkt er nebenbei, daß eine solche Phantasie „allen großen Schriftstellern gemeinsam ist". Zum Glück für die großen Schriftsteller im Allgemeinen sind jedoch ihre Schöpfungen von der alten, unsterblichen, alltäglichen Sorte, während Dickens, dieser Philosophie der Kritik zufolge, bei seinem schöpferischen Verfahren streng eingeschlossen bleibt in die Grenzen der Sinnentäuschung.

„Er war," so wird uns erklärt, „ein Seher von Visionen." In Schweigen und in Dunkelheit, so wird uns versichert, hörte er Stimmen und sah er Gegenstände, deren erneute Eindrücke für ihn die Lebendigkeit von Empfindungen besaßen, während die Bilder, welche sein Geist zu ihrer Erklärung schuf, die zwingende Macht von Realitäten hatten,[69] so daß das, was er auf diese Weise in's Dasein rief, so phantastisch und unwirklich es auch sein mochte, doch allgemein verständlich war. „Seine Typen setzten sich in dem öffentlichen Bewußtsein wie persönliche Erlebnisse fest. Ihre Unwahrheit wurde bei dem Glanze der Beleuchtung nicht bemerkt. Jeder Humbug schien ein Pecksniff, jeder joviale sorglose Lebemann ein Micawber, jedes karg behandelte Dienstmädchen eine Marquise." Der Kritiker durchschaute dies alles freilich, aber seine Warnungen waren umsonst. „Umsonst zeigte die kritische Reflexion, daß diese Gestalten bloße Masken seien, keine Charaktere, sondern personifizierte Charakterzüge, Karikaturen und Entstellungen der menschlichen Natur. Die Lebendigkeit ihrer Darstellung trug über das Nachdenken den Sieg davon; es gelang

---

[69] Ich hoffe, meine Leser werden imstande sein, dies zu verstehen, sowie auch das folgende. „Was uns widersinnig, unmöglich scheint, schien ihm eine einfache Tatsache der Beobachtung. Wenn er sich eine Straße, ein Haus, ein Zimmer, eine Gestalt vorstellte, sah er sie nicht nach der unbestimmten schematischen Weise einer gewöhnlichen Einbildungskraft, sondern in den scharfen Umrissen wirklicher Wahrnehmung, wobei alle hervorragenden Details sich seiner Beachtung aufdrängten. Da er selbst den Gegenstand so lebendig sah, machte er ihn auch uns sichtbar, und da er, so phantastisch der Gegenstand auch sein mochte, selbst an seine Wirklichkeit glaubte, teilte er uns etwas von seinem Glauben mit. Er stellte ihn in einer solchen Fassung dar, daß wir aufhörten daran zu denken als an ein Gemälde. So bestimmt und klar war das Bild, daß wir, selbst während wir wußten, es sei unwahr, nicht umhin konnten, einen Augenblick gleichsam durch seine Sinnentäuschung beeinflußt zu werden."

ihrem Schöpfer, dem Publikum seinen zweifellosen Glauben einzuflößen." Was ist aber das Publikum? Hierüber spricht Herr Lewes sich folgendermaßen aus. „Man gebe einem Kinde ein hölzernes Pferd, mit Haar für die Mähne und den Schwanz und bunten Oblatenstücken zur Färbung – und es wird sich nicht durch den Umstand stören lassen, daß dies Pferd die Beine nicht bewegt, sondern auf Rädern läuft und es glaubt fester an dies hölzerne Pferd, das es handhaben und ziehen kann, als an ein gemaltes Pferd von einem Wouvermann oder einem Ansdell (!). Man kann von Dickens' menschlichen Gestalten sagen, daß sie auch von Holz sind und auf Rädern laufen; aber das sind Details, welche den Glauben seiner Bewunderer kaum stören. Grade wie das hölzerne Pferd in den Bezirk der Gemütsbewegungen und der dramatisierenden Neigungen des Kindes gebracht wird, wenn es dasselbe handhaben und ziehen kann, so werden Dickens' Gestalten in den Kreis der Interessen des Lesers gezogen und empfangen durch diese Interessen eine plötzliche Beleuchtung, wenn sie die Puppen eines Dramas sind, das in allen seinen Vorgängen an das Mitgefühl appelliert."

Risum teneatis? Aber das Lächeln ist grimmig, das in dem Gesichte dessen auftaucht, dem die Beziehungen des Schriftstellers und des Kritikers, so lange sowohl der Schriftsteller als der Kritiker am Leben waren, bekannt sind und der den Zweck, weshalb ein feststehender Ruhm jetzt mit solchem Unrat überschüttet wird, durchschaut. Wie es mit der souveränen Phantasie geht, so mit dem Drama, das in allen seinen Vorgängen an das Mitgefühl appelliert. Wenn die Charaktere eines Stückes Puppen sind und die Zuhörer des Theaters Narren oder Kinder, so büßt kein weiser Mann seine Weisheit ein, indem er weiterhin zugibt, daß der erfolgreiche Theaterdichter „mit glücklichem Instinkt" Situationen für seine hölzernen Figuren erfunden hat, welche einen unwiderstehlichen Einfluß auf die liebende Empfindung ausüben, daß er durch seine Puppen „in der Muttersprache des Herzens" geredet, daß er mit seinen gefleckten Pferden und so fort „das Leben, welches er kannte und welches ein jeder kannte, geschildert hat"; daß er natürlich nichts Ideales oder Heroisches schilderte, und daß die Welt des Gedankens und der Leidenschaft über seinen Horizont hinaus lag, aber daß ihm mit seinen künstlichen Darstellern und seinen schwachsinnigen Zuhörerschaften, „alle Hilfsquellen des bürgerlichen Epos zu Gebote standen, – die Freuden und Leiden der Kindheit, die kleinliche Tyrannei unedler Naturen, die heitern Scherze glücklicher Naturen, das Leben der Armen, die Kämpfe der Straße und der Dachstube, die Unverschämtheit des Beamtentums, die scharfen gesellschaftlichen Gegensätze, Ostwind und Weihnachtsfreuden, Hunger, Elend und heißer Punsch" – so daß selbst kritische Zuschauer, die darüber klagten, daß diese stark aufgetragenen Gemälde artistische Kleckesereien seien, ihrer wirkungsvollen Bedeutsamkeit nicht ganz widerstehen konnten." Seit Trinculo und Caliban unter einem Mantel steckten, hat es sicherlich kein solch delikates Ungeheuer mit zwei Stimmen gegeben. „Seine vordere Stimme spricht gut über seinen Freund, seine hintere Stimme äußert sich in faulen Reden und Verleumdungen." Noch eine der faulen Reden darf ich nicht unbeachtet lassen, weil sie eine angebliche persönliche Enthüllung enthält, die Dickens dem Kritiker selbst gemacht haben soll.

„Wenn man an Micawber denkt, der sich immer in derselben Lage darstellt, von denselben Motiven bewegt wird und dieselben Laute ausstößt, immer hofft, daß eine günstige Wendung eintreten wird, immer zu Boden geschmettert wird und wieder aufspringt, immer Punsch macht – und dessen Frau immer erklärt, daß sie sich nie von ihm trennen will, und die immer auf seine Talente und auf ihre Familie hinweist – wenn man an die als Charaktere personifizierten Stichwörter denkt, so wird man an die Frösche erinnert, deren Gehirn zu physiologischen Zwecken aus ihrem Kopfe genommen ist und deren Handlungen es hinfort an der auszeichnenden Eigentümlichkeit organischer Handlungen, der wechselnden Spontaneität, fehlt." So groß war in der Tat Dickens' völlige Unfähigkeit, diese Zusammengesetztheit des Organismus zu begreifen, daß, der Meinung dieses Philosophen zufolge, seine ganze Unnatürlichkeit, alle seine phantastischen Personen und die geschraubten Unterredungen, woraus seine Bücher bestehen, und die in ihrer Widersinnigkeit „eine peinliche Ähnlichkeit haben mit den, von wahnsinnigen Patienten in das Ohr des Hörers ausgeströmten, abgeschmackten und eifrigen Auseinandersetzungen über ihre Pläne oder das ihnen widerfahrene Unrecht" sich daraus erklärt. „Dickens erklärte mir einmal," fährt Herr Lewes fort, „daß jedes von seinen Charakteren gesprochene Wort deutlich von ihm selbst gehört werde. Es verursachte mir anfangs kein geringes Kopfbrechen, mir die Tatsache zu erklären, daß er eine Sprache hören könne, die der Sprache wirklicher Gefühle so ungleich war, ohne ihre Widersinnigkeit zu bemerken, aber mein Staunen verschwand, als ich an die Phänomene der Sinnentäuschung dachte." Wunderbarer Scharfsinn! ein so verwirrendes Rätsel so leicht zu lösen! – Und so bis zum Schlusse. Zwischen den Ungebildeten, die Dickens rührte, und den Gebildeten, die zu rühren ihm nicht gelang; zwischen dem Genie, das auf eine Weise in Steingut arbeitete, welche die Herzen aller bewegte, und der Gewöhnlichkeit, die sich nicht mit Porzellan abgeben oder an einem edeln Ton versuchen konnte, wird das klägliche Schaukelspiel fortgeführt bis zum letzten Satze, wo Herr Lewes, mit dem Eifer des unparteiischen Kritikers, sogar den Wert der in solchen Männern wie Jeffrey durch solche Schöpfungen wie die kleine Nell hervorgerufenen Gemütsbewegung herabzusetzen, alles, was er über die Gebildeten und die Ungebildeten gesagt hat, umstößt und uns einen gebildeten Philosophen vorführt, der wegen seiner Unkenntnis der Bühne einem Schauspieler Beifall spendet, welchen jeder ungebildete, an theatralische Vorstellungen gewöhnte Lehrling als gekünstelt verachtet. Doch der eben erwähnte kühne Streich, Dickens selbst inmitten der wirklichen Krise eines seiner Anfälle von Sinnentäuschung vorzuführen, erfordert noch ein weiteres Wort.

Um die Theorie der Sinnentäuschung festzustellen, wird bemerkt, er habe bei einer Gelegenheit dem Kritiker erklärt, daß jedes von seinen Charakteren gesprochene Wort deutlich von ihm gehört werde, ehe es niedergeschrieben sei. Wenn eine solche Behauptung in dieser Form und Weise völlig unglaublich, ja in dem angegebenen Umfange einfach unwahr ist, so kann sie doch angenommen werden in dem beschränkten und ganz verschiedenen Sinne, den eine Stelle in einem von Dickens' Briefen ihr verleiht. Alle Schriftsteller von Genie, denen ihre Kunst zur zweiten Natur geworden ist, sind gelegentlich imstande zu tun, was der große Haufen für die Folge einer „Sinnentäuschung" halten mag, aber Sinnentäuschung wird nie als Erklärung dafür dienen. Nachdem Scott seine *Braut von Lammermoor* angefangen hatte, hatte er einen seiner schrecklichen Krampfanfälle; doch inmitten seiner Qualen diktierte er diesen schönen Roman;[70] und als er sich von seinem Lager erhob und das gedruckte Buch ihm in die Hand gegeben wurde, „erinnerte er sich," so versicherte James Ballantyne ausdrück-

---

[70] „Obgleich er," erzählte John Ballantyne an Lockhart, „sich oft mit einem Stöhnen des Schmerzes auf seinem Kissen umdrehte, setzte er doch den Satz gewöhnlich in demselben Atem fort. Wenn er aber in einem besonders lebhaften Dialog begriffen war, schien der Geist vollständig über den Körper zu triumphieren – er erhob sich von seinem Lager und schritt im Zimmer auf und ab, indem er seine Stimme erhob und senkte, und gleichsam die verschiedenen Rollen spielte." (Lockhart's „Leben Sir Walter Scott's", VI. 67–68.) Die Erklärung von James Ballantyne findet sich auf S. 89 desselben Bandes. Der ursprünglichen Vorgänge, worauf Scott den Roman gegründet hatte, erinnerte er sich, „aber keines einzigen von dem Romandichter geschaffenen Charakters, keiner einzigen der vielen humoristischen Szenen und Einzelnheiten und keines Umstandes, der ihn als Verfasser mit dem Werke verknüpfte."

lich an Lockhart, „keiner einzigen Begebenheit, keines Charakters und keiner Unterhaltung, die es enthielt." Als Dickens die größte Prüfung seines Lebens durchmachte und Krankheit und Kummer sich um die Herrschaft über ihn stritten, schrieb er an mich wie folgt: „Von meinem Schmerz will ich nicht mehr sagen, als daß er in schrecklichem, furchtbaren, entsetzlichen Verhältnis gestanden hat zu der Lebendigkeit der Talente, an die Du mich erinnerst. Aber ist es nicht verzeihlich, daß ich ein wunderbares Zeugnis für meinen Beruf als Künstler darin erkenne, daß, wenn ich, inmitten dieser Unruhe und Schmerzen, mich an mein Buch setze, eine wohltätige Macht mir alles zeigt und mir Interesse dafür abgewinnt und ich es nicht erfinde – nein, wahrhaftig nicht – sondern es sehe und so niederschreibe. Erst wenn es alles verblichen und verschwunden ist, fange ich an zu ahnen, daß diese augenblickliche Befreiung mich etwas gekostet hat."

Was für eine Ansicht man auch über den Mann haben mag, der diese Worte schrieb, er durfte beanspruchen, mit Bezug auf die höchsten Vorbilder in der Kunst, der er sich widmete, beurteilt zu werden. In der Literatur seiner Zeit, von 1836–1870, nahm er die hervorragendste Stelle ein und sein Anspruch auf die Stelle des volkstümlichsten Romandichters wurde durch allgemeine Übereinstimmung zugegeben. Er errang diese Stelle lediglich durch die Macht seines Genies, ohne jeden andern Beistand, und er behauptete sie ohne Widerspruch. Wie er begann, so endete er. Nachdem er nur vier Monate geschrieben, und nachdem er unaufhörlich vierunddreißig Jahre lang geschrieben hatte, wurde er von allen lebenden Schriftstellern am allgemeinsten gelesen. Es ist natürlich ganz möglich, daß eine solche Volkstümlichkeit mehr ein Beweis für die Kleinheit seiner Zeitgenossen als für seine Größe gewesen wäre; aber seine Bücher bieten dafür den Prüfstein des Urteils. Jedes derselben wurde in der Reihenfolge seines Erscheinens, mit Bezug auf das Licht, welches dadurch auf sein Leben geworfen wurde, mit Bezug auf die Methode seines Arbeitens und die darin offenbare Mannigfaltigkeit und Vielseitigkeit seines Talents, in diesen Bänden besprochen. Seine späteren Bücher erfordern jedoch noch Berücksichtigung, und das was noch über seine allgemeine Stelle in der Literatur zu bemerken ist, wird hier am zweckmäßigsten erwähnt werden.

Seine Haupteigenschaft war der Humor. Derselbe findet in keiner der beiden angeführten Kritiken Erwähnung, aber er war seine höchste Fähigkeit und erklärt sowohl seine glänzenden Erfolge als seine nicht seltenen Mängel in der Zeichnung der Charaktere. Er war sich dessen selbst bewußt. Fünf Jahre vor seinem Tode bat ihn ein großer und edler Kunstgenosse, Lord Lytton, während er zugleich einem damals in Veröffentlichung begriffenen Werke von Dickens das vollste Lob spendete, zu erwägen, ob in einem Teile desselben die Formen der Kunst nicht etwas überschritten seien. „Ich kann Ihnen nicht sagen," erwiderte Dickens, „wie hoch ich Ihren Brief schätze und mit welchem Stolz und welcher Freude er mich erfüllt. Auch stelle ich die Richtigkeit seiner Kritik (wenn so edle und feine Einwendungen mit diesem harten Namen bezeichnet werden können) keinen Augenblick in Frage, es sei denn aus dem Grunde, daß ich langsam und mit großer Sorgfalt arbeite und meiner Erfindung nie den Zügel schießen lasse, sondern ihr beständig Einhalt tue, und daß ich es für meine Schwäche halte, Beziehungen an den Dingen wahrzunehmen, welche gewöhnlich nicht wahrgenommen werden. Außerdem empfinde ich ein so unaussprechliches Vergnügen an allem, was ich in komischem Lichte sehe, daß es sehr möglich ist, daß ich es verhätschle, wie ein verzogenes Kind. Das ist alles, was ich gegen Ihr Urteil vorzubringen habe." Beziehungen an den Dingen wahrzunehmen, welche gewöhnlich nicht wahrgenommen werden, ist eine jener auszeichnenden Eigenschaften des Humors, wodurch die Verwandtschaften zwischen dem Hohen und dem Niedrigen, dem Anziehenden und dem Abstoßenden, den seltensten Dingen und den alltäglichen Dingen entdeckt werden, die uns alle unsern Platz auf dem Niveau einer gemeinsamen Menschheit anweisen. Das ist es, was dem Humor einen unsterblichen Zug verleiht, einen Zug, der selbst den vorzüglichsten Charakter- und Sittengemälden nicht notwendigerweise zukommt – die Eigenschaft, welche Carlyle in ihrer höchsten Form so scharfsinnig bezeichnet hat als eine Art umgekehrter Erhabenheit, welche das, was unter uns ist, in unsre Empfindung emporhebt, während die andre in unsre Empfindung hinabzieht, was über uns ist. Aber der Humor hat auch eine Gefahr; und auch diese deutet Dickens an und oft stürzte er in sie hinein. Aller Humor hat das in sich, ja ist identisch mit dem, was gewöhnliche Menschen geneigt sind Übertreibung zu nennen; aber selbst hier gibt es ein Übermaß, das über das Erlaubte hinausgeht, und die humoristische Empfindung desjenigen, was komisch ist, zu „verhätscheln" oder über ihre gebührenden Grenzen hinaus zu vergrößern, heißt das bloß Groteske an ihre Stelle setzen. Was bei einem Schriftsteller von keiner ungewöhnlichen Erfindungsgabe hätte übersehen werden können, gewann durch Dickens' Phantasiereichtum eine hervorragende Beachtung, und so kam es, daß Einwendungen erhoben wurden gegen ein glänzendes Übermaß seines Genies, als wäre dies seine wahre und wesentliche Eigenschaft.

Man kann nicht sagen, daß dieses Übermaß in seinen früheren Büchern zum Vorschein kommt. Sein Genie stand damals noch nicht in voller Blüte und der Humor war weniger fein und scharf; aber kein solcher Einwand ließ sich dagegen erheben. Kein Verdacht störte den Genuß der wunderbaren Lebensfrische *Pickwick's*, aber unter seinem Scherz, seinem Gelächter und seiner Ausgelassenheit lagen Andeutungen eines Genies ersten Ranges in der Zeichnung der Charaktere. Etwas von Karikatur lag in dem Plane, aber indem der Kreis der handelnden Personen sich über den Cockney-Club hinaus erweiterte und die köstliche Wunderlichkeit Mr. Pickwick's eine unabhängigere Existenz annahm, enthüllte sich eine andre Methode; nichts ging über die dem humoristischen Lustspiel erlaubten Übertreibungen hinaus, und man erkannte die Kunst, welche es versteht, die Charakterschilderung besonderer Männer und Frauen in lebendiger Wahrheit mit Eigentümlichkeiten zu verbinden, welche der ganzen Menschheit gemeinsam sind. Diese Kunst findet ihren höchsten Ausdruck in Fielding; aber auch schon das erste von Dickens' Büchern offenbarte etwas von derselben Meisterschaft, und neben seinen allgemein bekannten lebensgetreuen Personen aus den Mittelklassen erschien eine Gestalt, die vorher von niemandem gesehen, aber sofort allen erkennbar war, köstlich durch die Überraschung, welche sie durch ihre Natürlichkeit und das Vergnügen, welches sie durch ihre Wahrheit gewährte und die, obgleich den höchsten Schöpfungen dieser Kunstform nicht ganz ebenbürtig, sich doch der geringen Zahl der in ihrer Art einzigen Erfindungen anschloß, welche den englischen Roman unsterblich gemacht haben.[71] Die Gruppen in *Oliver Twist*, Fagin und seine Schüler, Sikes und Nancy. Bumble und der Waisenknabe des Kirchspiels gehören derselben Periode an, in der Dickens auch jene pathetischen Darstellungen begann, die den Vernachlässigten, den Armen und den Gefallenen eine Welt des Zartgefühls und der Sympathie eröffneten. Aber wie ich glaube, fing man erst bei seinem dritten Buche, *Nickleby*, an, ihm seinen Rang als Schriftsteller zuzugestehen und hörte auf, ihn als bloßes Phänomen oder Glückswunder zu betrachten, als jemanden, der seinen Erfolg auf jede andere Weise errungen, als dadurch, daß er desselben verdiente, und der keine des Namens wertere Kritik herausforderte, als diejenige, welche ihm durch den Kritiker der „*Fortnightly Review*" zu Teil geworden ist. Zu dem, was schon früher über *Nickleby* gesagt wurde, muß hinzugefügt werden, daß dieser Roman über jeden Widerspruch hinaus Dickens' Meisterschaft im Dialog feststell-

---

[71] Es ist kaum nötig zu bemerken, daß hier Sam Weller gemeint ist. – D. Übers.

te, und seine Gabe, Charaktere zu wirklichen Existenzen zu machen, nicht indem er sie beschrieb, sondern indem er sie sich selbst beschreiben ließ, eine Gabe, welche nur Romandichtern des ersten Ranges eigen ist. Dickens übertraf nie die leichte Behandlung der untergeordneten Gruppen in diesem Roman und er wiederholte nie dessen Fehler nach der Richtung des aristokratischen oder bloß fashionabeln und ausschweifenden Lebens. Er entfaltete mehr als früher seinen Humor nach der tragischen Seite, und in engen Zusammenhang mit seinen ergreifenden Szenen mißhandelter und verwahrloster Kindheit wurden jene Gegensätze von Geizhals und Verschwender, von Habgier und Freigebigkeit, von Heuchelei und Offenherzigkeit gebracht, die er in spätern Büchern mit größerer Kraft und Gründlichkeit behandelte, aber denen er hier ihren ersten förmlichen Ausdruck verlieh. *Nickleby* war, so zu sagen, Dickens' erstes allgemeines Charakter- und Sittengemälde seiner Zeit, welche zur Darstellung zu bringen mehr oder weniger der Plan aller seiner Bücher war, und er verliert durch den Vergleich mit seinen späteren Erzeugnissen, weil sein Humor nicht in demselben Grade bereichert ist durch die Phantasie; aber er ist frei von der nicht seltenen Übertreibung, zu welcher jene hohe Gabe ihren Besitzer auch verleitete. Keiner von Dickens' Romanen ist durchweg anziehender, und im Ganzen bezeichnete er einen Fortschritt, selbst über den früher gemachten Fortschritt hinaus. Und dieser Gewinn wurde in dem dann folgenden Roman *Der Raritätenladen* nicht verloren. Die humoristischen Züge Mrs. *Nickleby's* konnten kaum übertroffen werden; aber Dick Swiveller und die Marquise zeigten eine Feinheit und Leichtigkeit der Behandlung, die eine tiefere Wirkung zur Folge hatten, und um die kleine Nell[72] und ihr Schicksal gruppierten sich einige kleine Charaktere, die eine tiefere Absicht und eine phantasievollere Einsicht offenbarten, als alles andere, was Dickens bis dahin geleistet hatte. Striche dieser Art waren auch in dem gehetzten Leben des Mörders in *Barnaby Rudge* bemerkbar und sein nächstes Buch, *Chuzzlewit*, war, wie es noch geblieben ist, eine seiner größten Leistungen. Auch ein so kurzer Rückblick auf die sechs ersten

---

[72] „Kennen Sie Master Humphrey's Wanduhr? Ich bewundre Nell in dem Raritätenladen außerordentlich. Viel davon ist Wilhelm Meister entlehnt. Aber die kleine Nell ist eine viel reinere, lieblichere und englischere Konzeption als Mignon, so hochverräterisch es auch sein mag, dies zu sagen. Ohne Frage wurde sie durch Mignon hervorgerufen." Sara Coleridge an Aubrey de Vere (Memoirs and Letters, II. 269–70). Ohne eine Ansicht über diesen Vergleich auszusprechen, will ich hier als eine mir bekannte Tatsache bemerken, daß Dickens das in Rede stehende Buch damals nicht kannte.

Jahre von Dickens' literarischer Arbeit wird zu einem klareren Urteil über die achtundzwanzig ihm später noch bleibenden Jahre beitragen.

Den besonderen Bemerkungen, welche schon über die nach Dickens' Rückkehr von Amerika veröffentlichte Reihe von Romanen (*Chuzzlewit*, *Dombey*, *Copperfield* und *Bleak House*) gemacht und in welchen die sie auszeichnenden höheren Zwecke und die phantasievollere Behandlung hervorgehoben wurden, will ich noch eine allgemeine Bemerkung hinzufügen. Obgleich das Gebiet ihrer Charakterschilderungen kein weites ist, ist es doch erfüllt von einer Fruchtbarkeit der Erfindung und des Details, die über alles von frühern Novellisten Geleistete hinausgeht und eine Anzahl der darin geschilderten Persönlichkeiten ist von solcher Wirklichkeit, daß sie ihre Stelle gleichsam unter den wirklichen Existenzen der Welt eingenommen haben. Könnten nur halb so viele bekannte und allgemein erkennbare Männer und Frauen aus einem Roman irgendeines andern Prosaschriftstellers ersten Ranges ausgewählt werden, als sofort aus einem der Meisterwerke von Dickens vor dem Geiste aufsteigen? Es ist so schwer, dies zu bestreiten, daß man es vermutlich ohne Widerrede zugeben wird; wenn aber die Antwort von einem Kritiker der durch Herrn Lewes karrikierten Schule kommt, so wird zugleich bemerkt werden, daß es doch nicht so sehr individuelle oder besondere Männer und Frauen seien, als allgemeine Verkörperungen von Männern und Frauen, abstrakte, aus pikanten Stichwörtern oder oberflächlichen Charakterzügen zurecht gemachte Typen, nur mit einem so wunderbaren Reichtum humoristischer, von der umfassendsten und genauesten Kenntnis des Lebens erfüllter Details ausgestattet, daß die wirkliche Nacktheit des Charaktergebiets dadurch verborgen wird. Hierauf ist weiter nichts zu erwidern, als daß die Armut oder der Reichtum jedes der Beachtung werten Gebietes wesentlich in der Art und Weise der Anschauung liegt, welche dabei zur Geltung kommt. Es gab keinen feineren Beobachter der Sitten seiner Zeit als Johnson, und dieser behauptete von ihrem größten Darsteller: er kenne nur die äußere Schale des Lebens. Eine andere Bemerkung von ihm, im Stile der Dickens'schen Kritiker, stellt Fielding unter einen seiner berühmten Zeitgenossen; aber wer wird jetzt nicht ohne Bedenken einen solchen Vergleich umkehren, wie: daß Fielding richtig genug sagt, wieviel Uhr es ist, indem er das Zifferblatt ansieht, aber daß Richardson zeigt, wie die Uhr gemacht ist? Es gab nie einen feineren oder scharfsinnigeren Beobachter als Fielding, oder einen, der besser verdiente, was Smollett edelmütig von ihm gesagt hat: daß er mit ebenso viel Kraft als mit Humor und Schicklichkeit die Charaktere schildere und die

Torheiten des Lebens lächerlich mache. Aber könnte man nicht von ihm wie von Dickens sagen, daß der Kreis seiner Charaktere beschränkt sei und daß seine Methode, bei allen seinen Hauptpersönlichkeiten von einer Zentral-Idee auszugehen, ihn ebenso sehr dem Vorwurf aussetze, dann und wann die menschliche Natur selbst an die Stelle des Individuums zu setzen, das nur ein kleiner Teil davon sein solle? Dies ist in der Tat nur eine andre Form von dem, was ich auf einer früheren Seite bemerkte: daß nämlich die äußere oberflächliche Erscheinung eines von Meisterhand gezeichneten Charakters oft auch der daran gestellten feineren Anforderung genügt und daß, wenn nur die hervorspringenden Punkte oder die schärferen Umrisse so zur Darstellung kommen, der große Romandichter sich seines unzweifelhaften Vorrechts bedient, zu zeigen, in wie hohem Maße der menschliche Verkehr nicht durch die alltäglichsten Gewohnheiten und Handlungsweisen der Menschen im Gange gehalten wird, sondern durch die Berührung ihrer Extreme. Man hat Fielding's Genie ganz richtig dahin definiert, daß er allgemeine menschliche Neigungen in Verbindung mit den identischen ungeschminkten Eigenschaften darstellt, welche dem Individuum eigentümlich sind – und eine herrlichere Genialität der Behandlung könnte niemand erstreben oder wünschen; aber es würde ebenso leicht sein, dieselbe mittelst der auf Dickens angewandten kritischen Regeln in einen Gegenstand des Tadels zu verwandeln. Partridge, Adams, Trulliber, Squire Western und die andern zeigen sich oft genug in demselben Lichte und gebrauchen mit hinreichender Einförmigkeit dieselben Stichwörter, um sich derselben Beschuldigung des Manierismus auszusetzen, und obgleich Taine nicht billigerweise von Fielding sagen kann wie von Dickens, daß er an zuviel Moral leide, so bringt er doch gegen ihn ganz dieselbe Beschuldigung vor wie gegen den späteren Novellisten: „daß er die Leidenschaften nicht als einfache Kräfte betrachte, sondern als Gegenstände der Billigung oder des Tadels." Wir müssen uns an alles dies erinnern, um den Wert der verhungerten Phantasie zu verstehen, welche in einem Charakter wie Micawber nur den Menschen finden kann, wie Herr Lewes ihn schildert: der sich immer in derselben Lage darstellt, von denselben Motiven bewegt wird und dieselben Laute ausstößt, immer hofft, daß eine günstige Wendung eintreten wird, immer zu Boden geschmettert wird und immer wieder aufspringt, immer Punsch macht – und dessen Frau immer wieder erklärt, daß sie sich nie von ihm trennen will. Das ist nicht die Art, wie solche Schöpfungen betrachtet werden müssen. Sie müssen in dem Lichte betrachtet werden, welches uns in den Stand setzt, zu verstehen, warum die

Landjunker, die Dorfschulmeister und die Heckenpastoren Fielding's unsterblich geworden sind. Die späteren werden leben wie die früheren durch die belebende Kraft des Genies, welches ihr Tun und ihr Reden zu einem Teil jener allgemeinen Energien macht, welche die Menschheit durchdringen. Wer hat nicht Gelegenheit gehabt, so viel er sich auch auf seine Unähnlichkeit mit Micawber einbildet, an Micawber zu denken, wenn er seine eigenen Erlebnisse überschaute? Wer hat nicht selbst, wie Micawber, auf das Eintreten einer günstigen Wendung gewartet? Wer hat nicht gelegentlich bei einem oder dem andern Bekannten und Freund einen oder den anderen jener scharfsinnigen Winke und Bruchstücke menschlichen Lebens und Verhaltens entdeckt, welche Dickens' heitre Phantasie in dieser köstlichen Gestalt verkörperte? Wenn der unvermeidliche Neuseeländer je herüberkommt, um seine langversprochene Skizze der Paulskirche zu machen, – wer kann zweifeln, daß es ein anderer sein wird als unser unsterblicher Micawber, der, als wir ihn das letztemal sahen, angefangen hatte sich mit Kolonisation zu beschäftigen und der nun so noch einmal wieder zum Vorschein kommt? Es gibt nicht viele Lagen des Lebens und der Gesellschaft, worauf seine Erfahrungen und die seiner Frau nicht anwendbar sind und als, ein Jahr nachdem das unsterbliche Paar zuerst auf Erden erschienen war, die englischen Protektionisten sich in einer ihrer damals sehr häufigen Not befanden und erklärten, sie könnten nicht leben, ohne daß bald eine von den bestehenden Verhältnissen sehr verschiedene günstige Wendung eintrete und ihre Führer beschworen, den Handschuh hinzuwerfen und die Gesellschaft kühn aufzufordern, daß sie eine Majorität herbeischaffe und sie aus ihren Verlegenheiten rette, faßte ein geistreicher Beobachter die Ähnlichkeit mit Micawber auf, zeigte wie vollständig dieselbe durch die Heiterkeit und den Gin-Punsch der Zweckessen, wo man jene Klagen vernahm, bewahrheitet werde und fragte, ob Dickens die Freunde der Pächter bestohlen habe, oder ob die Freunde der Pächter Dickens bestohlen hätten? „Korn, sagte Mr. Micawber, mag gentlemännisch sein, aber es ist nicht lohnend. Ich stelle mir diese Frage: wenn man sich nicht auf Korn verlassen kann, worauf kann man sich dann verlassen? Man muß leben" ... So laut das allgemeine Gelächter war, so glaube ich doch, daß Dickens' eignes Gelächter über diese Entdeckung einer so genauen und unerwarteten Ähnlichkeit am lautesten war.[73]

---

[73] Die obigen Bemerkungen waren schon einige Zeit im Druck gewesen, als Lord Lytton mir den nachstehenden Auszug aus einem der unveröffentlichten Notizbücher seines Vaters zuschickte. Derselbe stimmt wesentlich mit dem von mir Ge-

Eine Bereitwilligkeit, seine eigne Heiterkeit so in allen Formen zu genießen, war in der Tat stets bei ihm bemerkbar (sie ist allen großen Humoristen gemeinsam, und es würde nicht leicht sein, sie weiter zu treiben als Sterne sie trieb) und sein eignes Geständnis in Bezug auf diesen Punkt mag noch durch einige andre Beispiele erläutert werden, ehe wir zu der Betrachtung seiner späteren Bücher übergehen. Er fand darin, wie wir gesehen, die Erklärung für gelegentliche, selbst groteske Übertreibungen. In einem andern Briefe von ihm findet sich die folgende Stelle: „Ich kann berichten, daß ich das Stück Arbeit, das ich mir vorgesetzt, beendet habe, und daß (wenigstens für mich) etwas so außerordentlich Komisches darin liegt, daß, obgleich ich es während des Schreibens einige hundertmal durchgelesen habe, ich es doch nie mit der geringsten Fassung habe ansehen können, sondern immer in das unaufhaltsamste Gelächter ausgebrochen bin. Ich überlasse Dir, zu entdecken was es war." Es war die Begegnung zwischen dem Major und dem Steuerkollektor, in der zweiten Erzählung von Mrs. Lirriper. In Bezug auf die Artikel in *Household Words* unter dem Titel „Die müßige Tour zweier müßigen Lehrlinge" bemerkte er in einem Briefe an mich, daß er und Wilkie Collins eine Erzählung in dem zweiten Teile gemeinschaftlich verfaßt hätten und daß es mir, seiner Ansicht nach, „sehr schwer werden würde, zu entdecken, wo ich aufhöre und

---

sagten überein und ein solches unbewußtes Zeugnis eines Kunstgenossen von so hohem Range und solcher Sorgfalt in der Ausübung seiner Kunst hat besondern Wert. „Die größten Meister des neueren Sittenromans haben sich gewöhnlich des Humors zur Erläuterung der Sitten bedient, und mit einer tiefen und wahren, aber vielleicht unbewußten Kenntnis der Kunst haben sie den Humor fast bis an die Grenze der Karikatur getrieben. Denn wie das ernste Ideal eine gewisse Übertreibung in den Verhältnissen des Natürlichen erfordert, so auch das heitre. So benutzt Aristophanes, indem er die Eigentümlichkeiten seiner Zeit schildert, die poetischste Extravaganz der Maschinerie und ruft die Wolken zu seiner Verspottung der Philosophie zu Hilfe, oder läßt die Frösche und die Götter gemeinsam an seiner gegen Euripides gerichteten Satire teilnehmen. Der Don Quichotte des Cervantes hat nie gelebt und hätte, trotz des vulgären Glaubens, nie in Spanien leben können, aber die Kunst des Porträts liegt in der bewundernswürdigen Erhöhung des Humoristischen, mittelst des Übertriebenen. Mit mehr oder weniger Modifikation kann dasselbe von Pastor Adams, von Sir Roger de Coverley, und sogar von dem Vicar von Wakefield gesagt werden ... Hieraus ergibt sich, daß Kunst und Korrektheit mitnichten identisch sind und daß die eine oft bewiesen wird durch die Verachtung der andern. Denn das Ideal, sei es nun humoristisch oder ernst, besteht nicht in der Nachahmung, sondern in der Steigerung der Natur. Und wir müssen bei der Kunst nicht sowohl fragen, inwiefern sie dem gleicht, was wir gesehen haben, als inwiefern sie das verkörpert, was wir uns vorstellen können."

wo er anfängt." Dann bemerkte er über die vorhergehenden Schilderungen: „Einige von meinen eignen kitzeln mich gewaltig; aber das mag großenteils daher rühren, daß ich die Originale kenne und mich über ihre phantastische Ähnlichkeit freue." „Ich habe mit solcher Energie gearbeitet," schrieb er später über eine humoristische Weihnachtserzählung, „daß der Anfang und der Schluß des Heftes fertig sind. Sie sind in dem Charakter eines Kellners geschrieben und außerordentlich komisch. Der Faden, woran die Erzählungen hängen sollen, wird von diesem Kellner gesponnen und ist absichtlich sehr dünn, hat aber, wie mir scheint, ein lächerlich komisches und unerwartetes Ende. Der Bericht des Kellners über sich selbst, umfaßt (wie ich hoffe) in humoristischer Darstellung alles, was Du von Kellnern weißt."[74] Hier haben wir einen Hinweis auf die „phantastische Ähnlichkeit", womit er, wenn eine Phantasie ihn „kitzelte", den Humor eines Gegenstandes in einer so erstaunlichen Mannigfaltigkeit denkbarer und undenkbarer Formen erfinderischer Übertreibung zu entwickeln wußte, daß dem Gegenstande nichts weiter mangelte als jene besondere individuelle Personifizierung. Hierin jedoch war der Humor nicht sein Diener, sondern sein Herr, weil er die grotesken Phantasien, zu denen große Humoristen geneigt sind, die tief in ihrer Natur liegen und aus denen ihre geniale Sympathie für exzentrische Charaktere entspringt, welche sie in den Stand setzt, Beweggründe zu finden für das, was andern Menschen hoffnungslos dunkel ist, das, wovon die Welt sich ungeduldig abwendet, zu menschlichen Typen zu erheben, und grillenhafte Absonderlichkeiten wie Capitän Toby Shandy in einer zu ewiger Huldigung und Liebe geeigneten Form aufzubewahren, zu leicht hervorbrachte und zu weit trieb. Aber Dickens wurde sich dieser Übertreibungen von Zeit zu Zeit zu lebhaft bewußt, um nicht eifrig bemüht zu sein, die Hauptcharaktere seiner bedeutenderen Romane unter strenge Zucht zu stellen. Die Beschränkung der Übertreibung auf angemessene Grenzen war eine Kunst, die er fleißig studierte, und was auch während seiner späteren Jahre das Maß seines Erfolges oder Mißlingens in dieser Hinsicht sein mochte, er fuhr stets fort, sie nach Kräften zu üben. In Bezug auf bloße Beschreibung ließ er sich allerdings häufiger gehen und mitunter verteidigte er dies sogar aus Gründen der Kunst. In der Tat würde es nicht gerecht gegen ihn sein, wenn seine gelegentliche Erwiderung auf ähnliche Einwendungen wie diejenigen, welche Taine in seiner feindlichen Kritik gegen den zu großen Reichtum der Phantasie, den er an die bloße Erzählung verschwende, ver-

---

[74] Man vergleiche die Weihnachtserzählung: „Jemandes Gepäck". – D. Übers.

körpert hat, hier unerwähnt bliebe.[75] „Es scheint mir nicht genug, von einer Beschreibung sagen können, daß sie genau der Wahrheit entspricht. Sie muß der Wahrheit genau entsprechen; aber das Verdienst oder die Kunst des Erzählers besteht in der Art und Weise, wie er die Wahrheit darstellt. In Beziehung auf diesen Punkt scheint mir noch immer unendlich viel in der Literatur zu tun. Und in unsern Zeiten, wo die Neigung dahin geht, entsetzlich buchstäblich und katalogartig zu verfahren, kurz, die literarische Arbeit zu einer Art Rechenexempel zu machen, so daß jedes elende Geschöpf sie tun kann, scheint es mir (eine Ansicht, die sich wirklich auf die Liebe zu meinem Berufe gründet), daß die Fortdauer populärer literarischer Schöpfungen inmitten eines dunkeln populären Zeitalters recht eigentlich durch eine solche phantasievolle Behandlung bedingt sein mag."

---

[75] Ich kann mir die Befriedigung nicht versagen, aus der besten Kritik über Dickens, die ich seit seinem Tode gesehen habe, im Zusammenhang mit dem oben Gesagten, folgende treffende Bemerkungen anzuführen. „Dickens besaß eine nicht bloß an Lebendigkeit, sondern an Schnelligkeit unübertroffene Phantasie. Ich habe absichtlich alle nutzlosen Vergleiche zwischen seinen Werken und denjenigen andrer zeitgenössischer Schriftsteller vermieden, von denen einige schon vor ihm dahingeschieden sind, während andre noch bemüht sind, die Dunkelheit unsres täglichen Lebens zu erhellen, seine Einförmigkeit zu erleichtern. Aber durch die Macht seiner Phantasie – davon bin ich überzeugt – übertraf er sie alle, ohne Ausnahme. Diese Phantasie vermochte es, aus freien Stücken alle jene menschlichen Beziehungen heraufzubeschwören, die, könnten wir sie nur alle in Kraft setzen, die menschliche Familie vereinigen und diesen Ausdruck aus einem bloßen Namen zur Wirklichkeit machen würden ... Solche menschlichen Beziehungen kann die Sympathie allein zum Leben erwärmen, und zuweilen kann nur die Phantasie sie entdecken. Der große Humorist offenbart sie uns allen und sein Genie ist in der Tat eine Begeisterung aus keiner menschlichen Quelle, insofern es ihn befähigt, der Brüderschaft der Menschheit diesen Dienst zu leisten. Aber noch mehr als dies. In so wunderbarer Weise ist diese Erde das Erbteil der Menschheit geworden, daß nichts Lebendiges oder Lebloses auf ihr besteht, mit dem oder mit dessen Ebenbild der Mensch nicht in Berührung gekommen ist, zu dem die menschlichen Gefühle, Bestrebungen, Gedanken nicht in endlos mannigfaltige nahe Beziehungen getreten sind. Auch diese, die wir unvollkommen ahnen, oder sorglos übersehen, enthüllt uns die Phantasie des Genius und bringt sie zu eindringlicher Erkenntnis. Wenn sie sich unmittelbar an die Empfindungen des Herzens wenden, so ist es die Macht des Pathos, welche sie erweckt hat, und wenn das Plötzliche, das Unerwartete, die scheinbare Sonderbarkeit des einen neben dem andern den Geist mit unwiderstehlicher Macht ergreifen, so ist es die ebenso göttliche Gabe des Humors, welche die Quelle des Gelächters neben der Quelle der Tränen geöffnet hat." – Charles Dickens. Eine Vorlesung, von Professor Ward. Gehalten in Manchester, 30. November, 1870.

*

Die Geschichte zweier Städte.

Dickens' nächster Roman nach *Klein-Dorrit* war die *Geschichte zweier Städte*; der erste Gedanke dazu kam ihm, während er im Sommer 1857 mit seinen Freunden und seinen Kindern in Wilkie Collins' Drama „*Die gefrorene Tiefe*" spielte. Aber es war nur ein unbestimmter Einfall, und der Schmerz und die Unruhe jenes Winters waren seiner weiteren Ausführung nicht günstig. Zu Ende Januar 1858, als er mir über Verbesserungen in Gadshill schrieb, woran er wenig Interesse nahm, beschäftigte jener Gedanke ihn von neuem. „Wachsende Neigungen von ruckweiser und unbestimmter Art erfüllen mich zuweilen, die Arbeit an einem neuen Buche in die Hand zu nehmen. Dann denke ich wieder, es wäre besser, wenn ich meinen gequälten Geist noch eine Weile nicht quälte. Dann wieder denke ich, es würde nichts nützen, wenn ich es auch täte, denn ich könnte mich doch nicht an eine Beschäftigung binden. Und das ist das Ende vom Liede." – „Wenn ich meine Gedanken in den Kanal eines Romans hineinlenken kann," schrieb er drei Tage später, „so bin ich entschlossen, die Arbeit daran zu beginnen, immer vorausgesetzt, daß ich bei dem Versuche finde, daß es mir gelingt. Nichts in der Welt wird mir bei der Überzeugung von der Notwendigkeit der Veränderung, welche uns bevorsteht, einer Überzeugung, welche jeder Tag befestigt, im Mindesten „*gut*" tun; aber wenn ich während des Sommers mit einiger Beständigkeit weiter arbeiten könnte, so würde die ängstliche Mühe eines neuen Buches so ziemlich überwunden sein, ehe die Veröffentlichung im nächsten Oktober oder November anfängt. Zuweilen glaube ich, daß ich fortfahren kann zu arbeiten, zuweilen glaube ich es nicht. Was sagst Du zu dem Titel: *An einem dieser Tage?*" Dieser Titel behauptete sich nur sehr kurze Zeit. „Was denkst Du," schrieb er nach sechs Wochen, von folgendem Namen für meine Erzählung: *Lebendig begraben?* Klingt das zu düster? Oder: *Der Goldfaden?* oder: *Der Doktor von Beauvais?*" Aber erst zwölf Monate später waffnete er sich wirklich für die Aufgabe, die er so lange in's Auge gefaßt hatte. Während der Zwischenzeit war *All the Year Round* an die Stelle von *Household Words* getreten – und die Veröffentlichung des Romans wurde dann begonnen, um der neuen Wochenschrift, für die er bestimmt war, einen festen Halt zu geben.

„Dies soll nur die Tatsache feststellen," schrieb er 11. März 1859, „daß ich ganz genau den Namen für den Roman gefunden habe, den ich gebrauchte, der für den Anfang auf's Haar passen wird. *Eine Geschichte zweier Städte.* Ferner, daß ich auf einen ganz originellen und kühnen Gedanken gekommen bin, nämlich den: am Ende eines jeden Monats das Monatsheft in dem grünen Umschlage, mit den zwei Illustrationen, für den alten Schilling, zu veröffentlichen. Dies wird *All the Year Round* immer das Interesse und den Vorzug eines frischen wöchentlichen Abschnitts während des Monats geben und mir mein altes Verhältnis zu meinem alten Publikum und den bei diesem Roman sehr notwendigen Vorteil, eine große Anzahl von Leuten zu haben, die ihn in keinen kleineren Abschnitten als einem Monatshefte lesen. Mein amerikanischer Gesandter zahlt für das erste Jahr für das Recht, den Roman einen Tag nachdem wir ihn hier veröffentlichen, dort herauszugeben, 1000 Pfd. St. Nicht übel." Im Beginn hatte er einen scharfen Krankheitsanfall durchzumachen und am 9. Juli schrieb er folgendermaßen über seinen Fortschritt: „Mein Befinden hat sich sehr langsam gebessert und ich habe verdrießliche Plackereien genug ausgestanden. Aber ich glaube, ich bin jetzt über den Berg. Diese Ursache und die Hitze haben bewirkt, daß ich mit der *Geschichte zweier Städte* nicht mehr getan habe, als den alten Monatsvorsprung zu behaupten. Die kleinen Teile machen mich toll; aber der Roman muß einen bedeutenden Eindruck hervorgebracht haben. Die Bestellungen auf unsre Monatshefte sind überraschend groß, und vorigen Monat verkauften wir 35 000 von den früher erschienenen Nummern. Ein Brief, den ich von Carlyle darüber bekommen habe, hat mir besondere Freude gemacht." Ein Brief aus dem folgenden Monat drückt die Absichten aus, womit er den Roman anfing und inwiefern derselbe hinsichtlich der Methode von allen seinen andern Büchern verschieden sei. Bei Gelegenheit der Sendung der Druckbögen von vier über die laufende Veröffentlichung hinausgehenden Monatsheften bemerkt er: „Ich hoffe, sie werden Dir gefallen. Nichts als das Interesse an dem Gegenstande und das Vergnügen mit den Schwierigkeiten der Behandlung zu kämpfen – nichts in Bezug auf Geld, meine ich – könnte mich sonst für die Zeit und die Mühe beständiger Kondensation entschädigen. Aber ich stellte mir die kleine Aufgabe, eine *malerische Geschichte* zu schreiben, die sich in jedem Kapitel hebt, mit Charakteren, welche der Natur getreu sind, aber welche die Erzählung mehr zur Anschauung bringen sollte, als sie sich selbst im Dialog darstellen. In andern Worten: ich dachte, es möchte sich ein Roman der Ereignisse schreiben lassen (anstatt des greulichen Zeugs, was unter diesem Vorwande geschrieben wird), der die Charaktere in seinem eigenen Mörser zerstampfte und das Interesse aus ihnen herausschlüge. Hättest

Du den Roman auf einmal lesen können, so hoffe ich, Du würdest nicht auf halbem Wege stehen geblieben sein."[76] Ein andrer Brief von ihm gibt die letzte Erläuterung über den Plan und die Bedeutung dieses Romans, wie er selbst dieselben auffaßte, deren Mitteilung hier nötig ist. Es war eine Antwort auf einige Einwände, worin ein Zweifel ausgedrückt worden war, ob die feudalen Grausamkeiten hinlänglich in die Zeit der Handlung hineinfielen, um seine Benutzung derselben zu rechtfertigen und eine Frage über die Art und Weise, wie der hauptsächliche revolutionäre Agent der Erzählung verwendet werden sollte. „Ich war natürlich mit der formellen Abschaffung der feudalen Privilegien bekannt; doch dieselben waren bitter empfunden worden zu einer Zeit, welche der Revolution ebenso nahe lag als die Erzählung des Doktors, die, wie Du Dich erinnern wirst, lange vor die Schreckensherrschaft fällt. Bei dem Kauderwelsch der neuen Philosophie auf der einen Seite, war es gewiß nicht ungerechtfertigt oder unerlaubt, sich auf der andern einen Edelmann vorzustellen, der an den alten grausamen Ideen festhält und die verschwindende Zeit ebenso repräsentiert wie sein Neffe die kommende. Wenn irgendetwas auf der Erde gewiß ist, so ist es meiner Ansicht nach das, daß die Lage der französischen Bauern in jener Epoche im Allgemeinen unerträglich war. Keine späteren Untersuchungen oder Beweise durch Zahlen wer-

---

[76] Der Anfang dieses Briefes (25. August 1859) bezog sich auf eine Verurteilung wegen eines Mordes, die nachher durch den Minister des Innern, trotz der fest und entschieden ausgesprochenen Gegenansicht des vorsitzenden Richters, bei Seite gesetzt wurde, und ist für den Schreiber zu charakteristisch, als daß er verloren gehen dürfte. „Ich kann Dir nicht leicht ausdrücken, wie sehr das, was Du mir von unserm wackern und vortrefflichen Freunde erzählst, mich interessiert. Ich habe mich oft fast gedrungen gefühlt, an den gerechten Richter zu schreiben und ihm zu danken. Ich erkläre hiermit feierlich, daß ich einen solchen Dienst zu den größesten zähle, den ein Mann von Einsicht und Mut der Gesellschaft leisten kann. Natürlich habe ich die Mädchen hier halb toll gemacht, indem ich fortwährend erklärte, es bedürfe durchaus keiner ärztlichen Zeugenaussagen, die Sache sei ohne dieselben vollkommen klar … Schließlich versteht es sich von selbst, daß ich (obgleich ein barmherziger Mensch – weil ich ein barmherziger Mensch bin, meine ich) gern jeden Minister des Innern, Whig, Tory, Radikalen oder von irgendeiner andern Partei, hängte, der sich zwischen einen so schwarzen Bösewicht und den Galgen stellt. Der Gedanke, welch kurzen Prozeß König Arthur mit dem liebenswürdigen Manne gemacht haben würde, erinnert mich an Tennyson. Wie schön seine Idyllen sind! Himmel! Welch ein Segen ist es, einen Mann zu lesen, der wirklich schreiben kann! Ich dachte, nichts könnte schöner sein, als das erste Gedicht, bis ich an das dritte kam, aber als ich das letzte gelesen hatte, schien es mir absolut unübertrefflich." Andre literarische Neigungen stiegen und sanken bei ihm, aber nie wankte er in seiner Liebe für Tennyson.

den gegen das überwältigende Zeugnis damals lebender Menschen standhalten. Es gibt ein merkwürdiges, in Amsterdam gedrucktes Buch, das ohne jeden Parteizweck geschrieben wurde und in seiner buchstäblichen wörterbuchartigen Genauigkeit langweilig genug ist, dessen Seiten aber eine Menge Tatsachen enthalten, die den Charakter meines Marquis vollständig rechtfertigen. Es ist Mercier's Tableau de Paris. Rousseau ist meine Autorität dafür, daß der Bauer sein Haus verschloß, wenn er ein Stück Fleisch hatte. Die Steuertabellen sind meine Autorität für die Verarmung des elenden Geschöpfes ... Ich bin mir nicht klar und bin mir nie klar gewesen über das Gesetz des dichterischen Schaffens, welches die Einmischung des Zufalls in eine Begebenheit wie Madame Defarge's Tod verbietet. Wo der Zufall von der Leidenschaft und den Handlungen des Charakters unzertrennlich ist, wo er in genauer Übereinstimmung ist mit dem ganzen Plane und hervorgeht aus einer entscheidenden Handlung des Individuums, auf welche die ganze Erzählung hingeführt hat, scheint er mir gewissermaßen zu einem Akt göttlicher Gerechtigkeit zu werden. Und wenn ich mich Miss Proß's bediene (obschon dies eine ganz andre Frage ist), um eine solche Katastrophe herbeizuführen, so habe ich dabei die ganz bestimmte Absicht, diese halbkomische Intervention zu einem Teile des Mißgeschicks jener verzweifelten Frau zu machen und ihren gemeinen Tod, statt eines verzweifelten in den Straßen, der ihr nicht unwillkommen gewesen sein würde, dem würdevollen Tode Carton's entgegenzusetzen. Mit Recht oder mit Unrecht war dies alles in meinem Plane und schien mir der Natur der Dinge angemessen."

Dies sind interessante Andeutungen der Sorgfalt, mit welcher Dickens arbeitete; und keiner seiner Romane, außer diesem, läßt eine absichtliche und vorher bedachte Abweichung von der Methode der Behandlung erkennen, welche vor allen die Quelle seiner Popularität als Novellist gewesen war. Sich weniger auf die Charaktere als auf die Begebenheiten zu verlassen, und zu beschließen, daß die handelnden Personen mehr durch die Erzählung zur Darstellung kommen sollten als durch den Dialog, war für ihn ein gewagtes, und man kann kaum sagen, ein ganz erfolgreiches Experiment. Bei ausgezeichneter dramatischer Lebendigkeit, großer Kunst der Anordnung und vielen beschreibenden Stellen von hoher Vortrefflichkeit (ich erwähne nur die Dämmerung des schrecklichen Ausbruchs auf der Reise des Marquis von Paris nach seinem Landsitze und die Londoner Volksmenge bei dem Begräbnisse des Spions als Beispiele) gibt es wohl kein anderes Werk eines großen Humoristen und eines in Charakterschilderungen so fruchtbaren Künstlers, mit so wenig Humor und so wenigen bemerkenswerten Persönlichkeiten. Seine Verdienste liegen anderswo. Obgleich die revolutionären Szenen voll sind von vortrefflichen Zügen, ist doch das einzige lebensgroße, vor allen andern hervorragende Bild, das Gemälde des vergeudeten Lebens, welches endlich durch ein heroisches Opfer gerettet wird. Dickens spricht von seiner Absicht, durch den würdevollen Tod Carton's einen tiefen Eindruck hervorzubringen, und dies gelang ihm vielleicht über seine eigne Erwartung hinaus. Carton läßt es geschehen, daß man ihn irrtümlich für eine andere Person hält und gibt sein Leben hin, damit das Mädchen, das er liebt, glücklich sein möge mit jenem Andern. Sein Geheimnis ist nur einem armen kleinen Mädchen in dem Todeskarren, der sie nach dem Schaffotte führt, bekannt, und sie hat es erst eben entdeckt und fühlt sich selbst dadurch zum Sterben gekräftigt. Diese Episode ist schön erzählt und es ist nicht mehr als billig, den nicht sehr günstigen Urteilen über dies Werk seiner Erfindungsgabe das gegenüberzusetzen, was über eben diesen Charakter und diese Szene und über das Buch im Allgemeinen von einem amerikanischen Kritiker gesagt wurde, dessen literarische Studien ihn mit den seltensten Formen geistigen Schaffens vertraut gemacht hatten.[77] „Die Schilderung des edelgesinnten Ausgestoßenen in diesem Buche ist in der neuern Literatur fast einzig in ihrer Art und weist ihm eine Stelle an unter den höchsten Mustern literarischer Kunst ... Die Auffassung des Charakters offenbart in dem Autor ein Ideal unübertroffener Hochherzigkeit und Menschenliebe. Es gibt weder in der Literatur noch in der Geschichte eine großartigere, liebenswertere Gestalt, als die des selbstzerstörten, selbstaufopfernden Carton, und die Erzählung als solche ist von so edlem Geiste durchdrungen, so groß und malerisch in der Darstellung und erfüllt von so tiefem und einfachem Pathos, daß sie eine Stelle verdient unter den großen ernsten Schöpfungen der Phantasie und dieselbe gewiß einnehmen wird." Ich meinerseits würde vorziehen zu sagen, daß das auszeichnende Verdienst dieses Werkes weniger in der Auffassung irgendeines seiner Charaktere liegt (den Carton's eingeschlossen) als in dem dadurch gelieferten Beweis von Dickens' Talent für phantasievolle Erzählung. Ich kenne keinen Roman, worin das häusliche Leben einiger wenigen einfachen Privatleute auf solche Weise mit dem Ausbruch eines schrecklichen öffentlichen Ereignisses verknüpft und verwoben ist, daß das eine nur als ein Teil des andern erscheint. Indem wir die ersten schwülen Tropfen eines Gewitters fühlen, die auf eine

---

[77] Mr. Grant White, dessen Ausgabe Shakespeare's mit vieler Achtung in England aufgenommen wurde.

kleine, in einer obskuren englischen Mietwohnung sitzende Familie fallen, sind wir Zeugen des wirklichen Anfangs eines Sturmes, der alles in Frankreich fortfegen soll. Und bis an's Ende ist das Buch in dieser Hinsicht wirklich bemerkenswert.

*

Große Erwartungen.

Die *Geschichte zweier Städte* wurde 1859 veröffentlicht; die unter dem Titel *Der ungeschäftliche Reisende* gesammelte Reihe von Abhandlungen beschäftigte Dickens im Jahre 1860 und während er daran arbeitete und im Verlaufe derselben köstliche „Proben" von Scherz und Heiterkeit hinwarf, erwiderte er folgendermaßen auf einen Vorschlag, die Ausführung eines einzigen humoristischen Gegenstandes, nach Art seiner jugendlichen Leistungen auf diesem Gebiet, in Angriff zu nehmen. „Bei einem kleinen Stück das ich geschrieben habe, oder an dem ich vielmehr noch schreibe, (denn ich hoffe es heute zu beenden), ist mir ein so sehr schöner, neuer und grotesker Gedanke gekommen, daß ich anfange zu zweifeln, ob es nicht besser wäre, die kleine Arbeit fallen zu lassen und den Plan für ein neues Buch aufzubewahren. Du wirst Dir ein Urteil darüber bilden, sobald ich es habe drucken lassen. Aber vor meinen Augen breitet der Plan sich so aus, daß ich sehe, wie eine ganze lange Geschichte sich auf die eigentümlichste und lustigste Weise darum dreht." Dies war der Keim von Pip und Magwitch, den er zuerst zur Grundlage eines Romans in der alten Form von zwanzig Heften machen wollte, aber später, aus vielleicht glücklichen Gründen, innerhalb der Grenzen eines weniger großen Werkes ausarbeitete. „Vorige Woche," schrieb er am 4. Oktober 1860, „fing ich die Arbeit an dem neuen Roman an. Ich hatte vorher den Zustand und die Aussichten von *All the Year Round* sehr sorgfältig erwogen und je mehr ich sie erwog, desto geringer wurde meine Hoffnung, jetzt wieder zu dem Vorteil einer abgesonderten Publikation in den alten zwanzig Heften zurückkehren zu können." (Eine Erzählung, welche damals in seiner Wochenschrift erschien, hatte seine Erwartungen enttäuscht.) „Aber ich arbeitete weiter, denn ich wußte, daß das, was ich tat, auf eine andere Bahn führen würde, und am Dienstag berief ich in unserm Büro einen Kriegsrat. Es war vollkommen klar, daß eins vor allen Dingen notwendig sei, nämlich, daß ich mich in's Mittel legte. Ich habe daher beschlossen, einen Roman von derselben Länge wie die *Geschichte zweier Städte* am 1. Dezember anzufangen – d. h. mit der Veröffentlichung anzufangen. Ich muß so viel aus dem Buche machen als irgend möglich. Du sollst die zwei oder drei ersten

Wochenhefte morgen haben. Der Titel ist *Große Erwartungen*. Ein guter Name wie mir scheint." Zwei Tage später schrieb er: „Das Opfer von *Große Erwartungen* wird wirklich und wahrhaftig für mich selbst gebracht. *All the Year Round* ist in jeder Hinsicht ein viel zu wertvoller Besitz, als daß man ihn zu sehr in Gefahr bringen dürfte. Die Abnahme unsrer Subskribenten ist nicht groß, aber wir haben noch einen bedeutenden Teil der jetzt erscheinenden Geschichte in Händen und es ist keine Lebensfähigkeit darin und keine Aussicht, daß der Abnahme dadurch Einhalt geschieht, im Gegenteil wird sie ganz gewiß noch zunehmen. Wenn ich nun einen Roman in zwanzig Monatsheften zu veröffentlichen anfinge, würde ich mir die Möglichkeit, unserer Zeitschrift durch ein größeres Werk zu Hilfe zu kommen, auf zwei volle Jahre abschneiden – und das würde ein sehr gefährliches Ding sein. Wenn ich dagegen jetzt hineinstürze, so komme ich grade zu einer Zeit, wo es am notwendigsten ist; und wenn Reade und Wilkie mir folgen, so wird für die nächsten zwei oder drei Jahre eine breite und hoffnungsvolle Bahn vor uns daliegen. Tausend Pfund werden für die Sendung früher Druckbögen nach Amerika bezahlt werden." Einige Tage später erhielt ich den ersten Abschnitt des Romans nebst erklärenden Bemerkungen. „Das ganze Buch wird in der ersten Person geschrieben werden und in diesen ersten drei Wochenheften wirst Du finden, daß der Held ein Knabe ist, wie David. Dann wird er ein Lehrling werden. Wegen Mangel an Humor, wie in der *Geschichte zweier Städte*, wirst Du nicht zu klagen haben. Ich hoffe, daß ich den Anfang in seiner allgemeinen Wirkung äußerst komisch gemacht habe. Ich habe ein Kind und einen gutmütigen einfältigen Mann in Beziehungen gesetzt, die mir sehr spaßhaft scheinen. Natürlich habe ich auch den Angelpunkt hineingebracht, um den die Geschichte sich drehen soll – und der, wie Du Dich erinnern wirst, in der Tat den grotesken tragikomischen Gedanken bildet, wodurch ich zuerst ermutigt wurde. Um ganz sicher zu sein, daß ich mir nicht, ohne es zu wissen, Wiederholungen habe zu schulden kommen lassen, las ich *David Copperfield* neulich wieder durch und wurde auf eine Weise dadurch ergriffen, wie Du es kaum für möglich halten würdest."

Schwerlich hätte Dickens sein Recht auf einen Platz in der ersten Reihe der größten Romandichter besser feststellen können, als durch die Leichtigkeit und die Meisterschaft, womit er in diesen beiden Werken, *Copperfield* und *Große Erwartungen*, die beiden in Form einer Selbstbiographie erzählten Geschichten der Kindheit eines Knaben vollkommen auseinanderhielt. Ein scharfer Einblick in die Charaktere läßt die Unähnlichkeit in der Ähnlichkeit erkennen; es ist zugleich genug Ähnlichkeit und Verschiedenheit in der Stellung und den Umgebungen eines jeden, um die hervortretenden Charakterunterschiede zu erklären; beide Kinder sind gutmütig und beide haben den Vorteil der Verbindung mit Mustern zarter Einfachheit und Seltsamkeit, die in ihrer Wahrheit vollkommen voneinander verschieden sind; aber ein plötzliches Hineinstürzen in's Unglück gibt Peggotty's kleinem Freunde einen festen Halt und ein ebenso unerwarteter Glücksfall verdreht dem kleinen Schützling Joe Gargery's den Kopf. Wieviel Verwöhnung übrigens eine Natur, die im Grunde wirklich gut ist, ohne dauernden Schaden ertragen kann, wird bei Pip hübsch gezeigt, und die Art, wie er seinen Entschluß, die Freunde seiner Jugend schäbig zu behandeln, mit der selbstzufriedenen Vorstellung versöhnt, daß er ihnen ein moralisches Beispiel gibt, bildet einen bemerkenswerten Zug in einem Charakter, der mit außerordentlichem Geschick gezeichnet ist. Seine größte Prüfung entsteht aus seinem guten Glück, und der Grund für beide wird im Beginne der Erzählung gelegt, auf einem Kirchhofe am untern Lauf der Themse, da wo sie auf einer Strecke von vier bis fünf Meilen an öden Marschen hin dem Meere zufließt. Ein meisterhaftes Bild dieser Flußgegend in einem halben Dutzend Zeilen gibt nur ein Durchschnittsbeispiel der vortrefflichen Beschreibungen, welche durchweg einen Zauber dieses Buches bilden. Es ist seltsam, mit welch' wunderbarer Lebendigkeit die Worte, indem ich sie niederschreibe, mir genau die Stelle zurückrufen, wo wir standen, als er sagte, er wolle dieselbe zum Schauplatz des Anfangs seines Romans machen – die Trümmer von Cooling Castle und die öde Kirche, mitten in den Marschen, anderthalb Meilen von Gadshill! „Mein erster lebhafter und bedeutender Eindruck an einem denkwürdigen rauhen, dem Abend sich zuneigenden Nachmittag war, daß dieser öde, mit Nesseln überwachsene Ort der Kirchhof war und daß die dunkle flache, von Dämmen und Erdhügeln und Schleusen durchschnittene Fläche jenseits des Kirchhofes, worauf verstreutes Vieh weidete, die Marschen waren; und daß die niedrige bleierne Linie jenseits derselben der Fluß war, und daß die ferne wilde Höhle, aus der der Wind hervorstürzte, das Meer war ... Am Rande des Flusses schienen, so weit das Auge reichte, nur zwei schwarze Gegenstände aufrecht zu stehen; der eine die Feuerwarte, wonach die Schiffer steuerten, wie ein Faß ohne Reifen auf einer Stange, ein häßliches Ding, wenn man nahe dabei war; der andre ein Galgen, mit einigen daran hängenden Ketten, die einmal einen Seeräuber gefesselt hatten." Hier bringt Magwitch, ein aus Chatham entflohener Sträfling, Pip durch Furcht dahin, daß er etwas zu essen und eine Feile für ihn stiehlt und obgleich er wieder eingefangen und transportiert wird, nimmt er doch ein so dankbares Herz für den von dem kleinen Geschöpf ihm geleisteten Dienst mit nach Australien, daß er, als er dort ein Vermögen erwirbt, beschließt, seinen kleinen Freund zu einem Gentleman zu machen. Dies erfordert ein umsichtiges Verfahren und wird durch den Old-Bailey-Advokaten, der Magwitch vor Gericht verteidigt hat (einn Charakter von überraschender Neuheit und Wahrheit) so eingerichtet, daß Pip meint, seine gegenwärtigen Geschenke und „großen Erwartungen" kämen von der vermeintlichen reichen Dame des Romans, deren Absonderlichkeiten den wenig anziehenden Teil desselben bilden, doch aber von so eigentümlicher Art sind, daß sie mit dem von ihr erlittenen Unrecht in einem innern Zusammenhange zu stehen scheinen. Als daher in den Schlußszenen Magwitch selbst wieder zum Vorschein kommt, der sein Leben auf's Spiel setzt, um seine Sehnsucht nach dem Anblick des Gentleman, den er gemacht hat, zu befriedigen, erkennt Pip mit unaussprechlichem Entsetzen in seinem Wohltäter den verurteilten Verbrecher. Wer etwa an Dickens' Fähigkeit zweifelt, einen Charakter so zu zeichnen, daß er in's Herz desselben eindringt, durch die oberflächlichen Eigentümlichkeiten die innern bewegenden Kräfte des menschlichen Wesens selbst erkennt, prüfe genau diese Szenen. Nicht in der geringsten Kleinigkeit werden bloße Gefühle oder äußere Umstände an die Stelle der innern und absoluten Wirklichkeit der Lage gesetzt, worin diese zwei Menschen sich befinden. Pip's Abscheu vor dem, worauf sein Glück erbaut ist, und sein Entsetzen vor dem rohen Baumeister sind selbst in seinen hochherzigsten Bemühungen, denselben vor Entdeckung und Verurteilung zu schützen, erkennbar. Magwitch's Sträflingsgewohnheiten vermischen sich auf seltsame Weise mit seinem wilden Stolze und seiner Liebe zu dem Jüngling, den sein Geld in einen Gentleman verwandelt hat. Er verlangt danach, bei diesem eine günstige Meinung zu erwecken. Fürchtet, ihn durch seine Vielesserei und die Flüche, die er dann und wann fallen läßt, zu beleidigen, und hofft pathetisch, daß sein Pip, sein lieber Junge, ihn nicht für gemein halten wird; aber als ein Freund Pip's unerwartet erscheint, während sie zusammen sind, zieht er ein gewaltiges Messer heraus, um anzudeuten, daß er sich verteidigen kann, und holt später eine fettige, kleine, schwarze Bibel hervor, auf welche der erstaunte Ankömmling, nachdem es klar geworden ist, daß er keine feindlichen Absichten hat, schwören muß, das Geheimnis zu hüten. Im Anfange des Romans findet sich eine aufregende Szene über die auf den unglücklichen Mann gemachte Jagd und seine Wiedergefangennahme in den Marschen; diese hat ihr Seitenstück am Schlusse in der Jagd auf ihn und in seiner Wiedergefangennahme auf dem Flusse, während der arme Pip ihm bei der Flucht hilft. Um über den wirklichen Weg eines Bootes und die bei einem solchen Abenteuer möglichen Zwischenfälle Gewißheit zu erlangen, mietete Dickens ein Dampfschiff auf einen Tag, von Blackwall nach Southend. Acht oder neun Freunde und drei oder vier Mitglieder seiner Familie waren an Bord, und an jenem ganzen Sonntage (22. Mai 1861) schien er keine andere Sorge zu tragen, als die, ihren Genuß mitzugenießen und sie durch seinen eigenen, in Gestalt von tausend Launen und Einfällen, zu unterhalten; aber seine schlaflose Beobachtung war während der ganzen Zeit tätig und nichts war seinem scharfen Blicke auf beiden Seiten des Flusses entgangen. Das fünfzehnte Kapitel des dritten Bandes ist ein Meisterstück.

Die Charaktere im Allgemeinen liefern denselben Beweis wie diese beiden, daß sowohl Dickens' Humor als seine schöpferische Kraft in diesem Buche auf ihrer Höhe standen. Der Old-Bailey-Advokat Jaggers und sein Schreiber Wemmick (Beide vortrefflich und der Letztere eine der Wunderlichkeiten, die um der Gutherzigkeit ihrer humoristischen Überraschungen willen in jedermanns Neigung fortleben) sind ebenso gut als seine frühesten Versuche in dieser Richtung; die Pumblechooks und Wopsles sind so vollkommen als Stücke *Nickleby's*, frisch aus der Münze, und die Szene in welcher Pip und Pip's Freund Herbert ihre Rechnung und eine Liste ihrer Schulden und Verbindlichkeiten aufsetzen, ist so eigentümlich und köstlich wie Micawber selbst. Es ist die Kunst des Lebens von nichts und des daraus gezogenen größtmöglichen Genusses in der gefälligsten Form. Herbert's Pläne, nach Osten und Westen Handel zu treiben und Geschäftsunternehmungen von großartigstem Umfang und Mannigfaltigkeit in's Werk zu setzen, erwecken uns durch die Art, wie er sie darlegt, indem er „bloß in einem Handlungshause ist und die Augen offen hat", ein ebenso vollkommenes Vertrauen, als Pip's Mittel zur Bezahlung seiner Schulden wachsen, indem er sie einfach mit einem Überschuß zusammenzählt. „Es kommt eine Zeit," sagte Herbert, „wo Du Deine Chance siehst. Und dann gehst Du darauf los und hältst sie fest und machst Dein Kapital und bist ein gemachter Mann. Hast Du Dein Kapital einmal gemacht, so hast Du weiter nichts zu tun, als es anzuwenden." Auf ähnliche Weise sagt uns Pip: „Angenommen, Deine Schulden belaufen sich auf hundertviersechzig Pfund, vier Schillinge und zwei Pence, so würde ich sagen, lasse einen Überschuß und setze sie auf zweihundert Pfund an; oder angenommen, daß sie viermal so viel betragen, so lasse einen Überschuß und setze sie auf siebenhundert Pfund an." Er ist aufrichtig genug, hinzuzufügen, daß, während er auf's Tiefste von der Weisheit und Klugheit des Überschusses überzeugt ist, die Gefahren desselben darin bestehen, daß in dem Gefühle der Freiheit und der Zahlungsfähigkeit, das er erweckt, eine Tendenz liegt, sich in neue Schulden zu stürzen. Aber die Satire, welche so die Warnung einschärft, daß man nicht von unbestimmten Hoffnungen leben und alte Schulden nicht bezahlen solle, indem man neue mache, stellte sich nie in einer heitereren oder wohlwollenderen Gestalt dar. Ein Wort muß noch über den Vater des Mädchens gesagt werden, die Herbert heiratet: Bill Barley, Ex-Schiffszahlmeister, ein gichtischer, bettlägeriger, betrunkener, alter Taugenichts, der in einem oberen Stockwerk in Mill Pond Bank, bei Chinks's Bassin, auf dem Rücken liegt, wo er die Familienvorräte bewahrt, wiegt, und austeilt, während er, alter amtlicher Gewohnheit gemäß, ein Auge an einem Fernrohr hält, das an seinem Bette befestigt ist, um ihm einen bequemeren Überblick über den Fluß zu öffnen. Dies ist eine der an sich unbedeutenden, aber durch den darauf verwandten Reichtum komischer Beobachtung merkwürdigen Skizzen, an welchen Dickens' Humor besonders Gefallen fand; und dieser ganze Teil des Romans ist durchweht von einem eigentümlichen Flußuferduft, der ihm frische Wirklichkeit und Reiz verleiht.

Als er mir die Kapitel dieses Abschnitts schickte, welche den dritten Teil des Romans einleiten, schrieb er mir: „Es ist schade, daß der dritte Teil nicht auf einmal gelesen werden kann, weil dann sein Zweck viel deutlicher werden würde; und es ist umso mehr schade, weil die allgemeine Wendung und der allgemeine Ton der Entwicklung völlig verschieden sein werden von dem, was sie gewöhnlich sind. Aber was sein muß, muß sein. Was die Einteilung von Woche zu Woche angeht, so kann niemand, der es nicht versucht hat, sich vorstellen, wie schwierig dieselbe ist. Aber wenn diese Schwierigkeit überwunden ist, ist auch das Vergnügen, wie in allen solchen Fällen, verhältnismäßig groß. Noch zwei Monate mehr und ich werde, wie ich hoffe, mit dem Ganzen fertig sein. Alles Eisen ist im Feuer und ich brauche es nur noch auszuhämmern". Ein andrer Brief wirft Licht auf einen Einwand, der nicht mit Unrecht gegen die zu große Geschwindigkeit erhoben wurde, womit die Heldin, nachdem sie verheiratet, gebessert und verwitwet ist, nach wenigen Seiten wieder zum Gegenstand einer Liebeserklärung gemacht und von neuem an den Helden verheiratet wird. Dies summarische Verfahren war ursprünglich nicht beabsichtigt. Aber über die allgemeine Gunst seines Empfanges hinaus hatte das Buch auch einige Personen interessiert, deren Urteil

Dickens besonders hochschätzte, (Carlyle unter andern, wie ich mich erinnere[78]) und als Bulwer Lytton sich gegen einen Schluß aussprach, der Pip als einsamen Mann zurückließ, setzte Dickens das an die Stelle, was jetzt dasteht. „Es wird Dich," schrieb er, „überraschen zu hören, daß ich den Schluß von ‚*Große Erwartungen*', von Pip's Rückkehr zu Joe an, wo er sein kleines Ebenbild findet, verändert habe. Bulwer, der sich, wie Du wohl weißt, außerordentlich für das Buch interessiert hat, redete mir, nachdem er die Druckbögen gelesen, so entschieden in diesem Sinne zu und stützte seine Ansicht auf so gute Gründe, daß ich mich für die Änderung entschied. Du sollst es sehen, wenn ich nach London komme. Ich habe eine so hübsche kleine Stelle hineingesetzt, als ich konnte, und ich zweifle nicht, daß der Roman durch diese Änderung noch mehr gefallen wird." So war es in der Tat; aber der erste Schluß scheint nichtsdestoweniger in besserm Einklang mit dem Gange und der natürlichen Entwickelung des Ganzen und aus diesem Grunde soll er hier in einer Anmerkung aufbewahrt werden.[79]

---

[78] Ein teurer, jetzt dahingeschiedener Freund pflegte lachend zu erzählen, was für ein Rufen an dem Abend der Woche, wenn ein Heft erschien, in Carlyle's Hause gewöhnlich nach jenem „Pip-Unsinn" erscholl und welch' lautes Gelächter folgte, obgleich das Buch anfangs völlig bei Seite gelegt wurde, als etwas, woran man keine Zeit verschwenden dürfe.

[79] Es war kein Kapitel XX. da, wie jetzt, sondern der Satz, welcher dasselbe eröffnet, folgte dem Paragraphen über Pip's Geschäfteilhaberschaft mit Herbert und führte zu Biddy's Frage, ob er ganz sicher sei, daß er sich nicht um Estella gräme, – von welcher Stelle der Schluß anfing. „Noch zwei Jahre verflossen, ehe ich sie selbst sah. Ich hatte gehört, sie führe ein sehr unglückliches Leben und sei geschieden von ihrem Manne, der sie sehr grausam behandelt hatte und als eine Mischung von Stolz, Rohheit und Gemeinheit berüchtigt geworden war. Ich hatte von dem Tode ihres Mannes (durch einen Unfall, den er bei der Mißhandlung seines Pferdes erlitten) gehört und daß sie sich wieder verheiratet habe mit einem Arzte in Shropshire, der einmal, gegen sein eignes Interesse, als er Mr. Drummle ärztlich behandelte und Zeuge ihrer schmählichen Behandlung war, zu ihren Gunsten aufgetreten war. Ich hatte gehört, daß der Arzt in Shropshire nicht reich sei und daß sie von ihrem eigenen persönlichen Vermögen lebten. Ich war wieder in England – in London und wanderte mit dem kleinen Pip durch Piccadilly, als ein Diener mir nachgelaufen kam und mich bat, zu einer Dame in einen Wagen zu kommen, die mit mir zu sprechen wünsche. Es war ein kleiner Ponywagen, den die Dame fuhr, und die Dame und ich blickten einander traurig genug an. ‚Ich bin sehr verändert, ich weiß es, aber ich dachte, auch Du würdest Estella gern die Hand drücken, Pip. Hebe das hübsche Kind auf und laß es mich küssen.' (Sie meinte, glaube ich, das Kind wäre mein Kind.) Es freute mich nachher sehr, sie gesehen zu haben, denn in ihrem Gesicht und in ihrer Stimme und in ihrem Ausdruck gab sie mir die Versicherung, daß ihre Leiden stärker gewesen waren als

*

Weihnachtsskizzen.

Zwischen diesem schönen Roman, der im Herbste 1861 in drei Bänden ausgegeben wurde, und der Vollendung seines nächsten in Monatsheften erscheinenden Werkes lagen drei in seiner besten Weise geschriebene Skizzen, über welche alle Welt in den Weihnachtszeiten der Jahre 1862, 1863 und 1864 lachte und weinte. Über den Kellner in „*Jemandes Gepäck*" hat Dickens selbst schon gesprochen, und wenn ein Thema als gut behandelt gelten darf, wenn von dem dabei eingenommenen Gesichtspunkte aus nichts mehr darüber zu sagen bleibt, so ist dieses Stück Komik in seiner Weise vollkommen. Man nenne es übertrieben, grotesk, oder was man will, das Gelächter wird immer jede ernstere Kritik unterbrechen. In einem Briefe aus Paris, worin er seinen Anteil an den von „Jemandem" bei seinem wunderbaren Kellner gelassenen Artikeln feststellte, bemerkte er, er habe in einem derselben die Erzählung zu einer *Camera obscura* gewisser französischer Orte und Menschenklassen gemacht und sie auf Beobachtungen gegründet, die er bei einem französischen Soldaten angestellt habe. Dies war die Erzählung von der kleinen Bebelle, deren Held ein kleiner französischer Korporal war und die sehr populär wurde. Aber der Triumph der Weihnachtsleistungen in diesen Jahren war Mrs. Lirriper. Sie nahm ihren Platz sofort unter den Persönlichkeiten ein, welche alle Welt kannte, und alle Welt sprach von Major Jemmy Jackman und seiner Freundin, der armen alten Wohnungsvermieterin im Strand, mit ihren kläglichen Sorgen und Eifersüchteleien und Quälereien, als wären beide ebenso lange in London gewesen und ebenso gut bekannt gewesen als Norfolkstreet selbst. Ein Dutzend Bände hätten nicht mehr erzählen können als diese zwölf Seiten erzählten. Auf „*Mrs. Lirriper's Mietswohnung*" folgte dann im Jahre 1864 „*Mrs. Lirriper's Vermächtnis*", das in Komik und dadurch hervorgerufener Heiterkeit nicht hinter jenem zurückstand.

*

Unser gegenseitiger Freund.

Die Veröffentlichung „*Unsres Gegenseitigen Freundes*" in der Form seiner frühesten Romane, dauerte vom Mai 1864 bis zum November 1865. Schon vier Jahre vorher hatte er diesen Titel als einen guten ausgewählt, und trotz vieler Einwände hatte er daran festgehalten.

Miss Havisham's Lehren, und ihr ein Herz gegeben hatten zu verstehen, was mein Herz einst gewesen war."

Zwischen jener Zeit und dem wirklichen Beginn seiner Arbeit finden sich in seinen Briefen Erwähnungen der drei Hauptgedanken, worauf er den Roman gründete. Bei seinen Wanderungen am Themseufer während der Arbeit an „*Große Erwartungen*", brachten die vielen dort angeschlagenen Annoncen mit traurigen Beschreibungen von im Flusse ertrunkenen Personen ihn auf die Idee der Uferleute und ihres grauenhaften Berufs, die er in Hexam und Riderhood skizzierte. „Ich glaube," schrieb er damals, „ein junger und vielleicht exzentrischer Mann, der vorgibt, daß er tot ist, und in Bezug auf alle äußerlichen Verhältnisse wirklich tot ist, und Jahre lang die dadurch bedingte eigentümliche Lebensansicht und Stellung bewahrt, würde ein guter Grundgedanke für einen Roman sein;" und diesen Gedanken führte er teilweise in Rokesmith aus. Zu andern handelnden Personen hatte er einen „armen betrügerischen Menschen ausersehen, der eine Frau um ihres Geldes willen heiratet, und den auch sie um seines Geldes willen heiratet; die dann nach der Heirat beide ihren Irrtum entdecken und einen Bund gegen die Menschen im Allgemeinen schließen." Mit diesen war es seine Absicht, einige „Vollkommen Neue Leute" in Verbindung zu setzen. „Alles an ihnen ist neu. Wenn sie einen Vater und eine Mutter darstellten, würde es scheinen, daß diese funkelnagelneu wären, grade wie die Möbel und die Kutschen – glänzend von Firnis, und grade aus der Fabrik angekommen." Diese Gruppen nehmen in den Lammles und den Veneerings Gestalt an. „Ich muß," bemerkte er in einem andern Briefe, „irgendwie von dem ungebildeten Vater in Barchent und dem gebildeten Sohn mit Brillen Gebrauch machen, die Leech und ich in Chatham sahen." Hiervon findet sich eine Andeutung in Charley Hexam und seinem Vater. Der wohlwollende alte Jude, den er zu dem unbewußten Werkzeug eines Spitzbuben macht, sollte einen Vorwurf gegen seinen Juden in *Oliver Twist* auslöschen, demzufolge letzterer die Religion des Volkes, dem er angehörte, in Mißachtung gebracht haben sollte.[80]

Nachdem er im Jahre 1861 seinen Titel gefunden, hoffte er im Jahre 1862 beginnen zu können. „Ach!" schrieb er im April jenes Jahres,

---

[80] Über diesen Vorwurf, der ihm von einer jüdischen Dame gemacht wurde, welche er hochschätzte, hatte er vor zwei Jahren geschrieben. „Fagin, in Oliver Twist, ist ein Jude, weil es zu der Zeit, in welcher die Geschichte spielt, unglücklicherweise wahr war, daß diese Klasse von Verbrechern fast ohne Ausnahme aus Juden bestand. Aber kein verständiger Bekenner Ihres Glaubens kann wohl umhin zu bemerken: erstens, daß alle übrigen bösen *dramatis personae* Christen sind, und zweitens, daß er „der Jude" genannt wird, nicht wegen seiner Religion, sondern wegen seiner Rasse."

„ich habe nichts für einen Roman entdeckt. Wieder und wieder habe ich's versucht. Aber dies scheußliche kleine Haus" (er hatte damals Gadshill auf einige Wochen mit dem Hause eines Freundes in Kensington vertauscht) „scheint meine Erfindungsgabe erstickt und verdunkelt zu haben." Erst im Herbste des folgenden Jahres sah er seinen Weg zu einem Anfang. „Die Zeit für das Weihnachtsheft ist wieder da" (30. August, 1863) – „mir ist, als hätte ich das letzte erst gestern geschrieben – aber ich bin außerdem voll von Gedanken für die neuen zwanzig Hefte. Wenn ich den Weihnachtsstein aus dem Wege räumen kann, so glaube ich, werde ich mich für die größere Fahrt hineinstürzen können." Er beharrte dabei, trotz vieler Schwierigkeiten, die er sechs Wochen später, mit charakteristischen Hinblicken auf die Art seines schriftstellerischen Schaffens, in einem Briefe aus dem Büro seiner Zeitschrift beschrieb. „Ich kam gestern Abend hierher, um meinem gewöhnlichen Redaktionstage zu entrinnen – in der Tat, um ihn gänzlich zu vermeiden und fünf oder sechs Tage ununterbrochen in Gadshill bleiben zu können. Mein Grund dafür ist, daß ich außerordentlich wünsche, mit meinem Buche anzufangen. Ich bin zu der Arbeit daran entschlossen. Ich will es für den Frühling vorbereiten; aber die Veröffentlichung soll nicht beginnen, ehe mindestens fünf Hefte fertig sind. Der Anfang ist mir vollkommen klar und auch die Hauptbahn, worauf die Geschichte sich bewegen soll, und wenn ich nicht hämmere, während das Eisen (das heißt ich) heiß ist, werde ich wieder davon abgebracht werden und alle diese Unruhe noch einmal durchmachen müssen."

Er hatte nach vier Monaten fast drei Hefte beendet, als ihm, bei einer notwendig gewordenen neuen Anordnung seiner Kapitel, ein neuer Gegenstand für eines derselben aufstieß. „Während ich überlegte, was es sein solle" (25. Februar 1864), „erzählte Marcus,[81] der einen vortrefflichen Umschlag gezeichnet hat, mir von einem außerordentlichen Handelszweige, den er mittelst eines seiner Malerbedürfnisse entdeckt hatte. Ich ging sofort mit ihm nach St. Giles, um mir den Ort anzusehen, und fand – was Du sehen wirst." Es war das Etablissement von Herrn Venus, Ausstopfers von Tieren und Vögeln und Anordners menschlicher Knochen; und dasselbe wurde an die Stelle des letzten Kapitels des zweiten Heftes gesetzt, welches dann an das Ende des

---

[81] Marcus Stone hatte bei der Separatausgabe der *Geschichte zweier Städte* die Stelle Hablot Browne's als Illustrator von Dickens' Werken eingenommen. Harte Zeiten und die erste Ausgabe von *Große Erwartungen* waren nicht illustriert; aber als Pip's Geschichte in einem Bande erschien, trug Stone Zeichnungen dazu bei.

dritten Heftes übertragen wurde. Aber ein Anfang mit drei ganz fertigen Heften, obgleich in früheren Zeiten mehr als genug, um den strengsten sich selbst auferlegten Bedingungen Genüge zu leisten, befriedigte ihn nicht mehr. Trotz des bereits auf den Roman verwendeten Nachdenkens, trotz der Hilfe, welche seine Aufzeichnungen ihm gewährten, trotz der schon entwickelten Charaktere, mit denen er weiter arbeiten konnte, und so bereit er sein mochte, seine unermüdliche Beobachtung unmittelbar für den Roman zu verwenden, bewegte er sich jetzt doch auf dem vor ihm ausgebreiteten alten großen Kanevas langsam und mühevoll vorwärts. „Wenn ich", schrieb er am 29. März, „eine Seite von den fünf Heften verlöre, die meinem Plane gemäß am Tage der Veröffentlichung fertig sein sollen, würde ich die Empfindung haben, daß zu wenig geschehen wäre. Ich tue mir jetzt schwer Genüge und schreibe sehr langsam. Und ich habe so viel andre Dinge, die bedacht sein wollen, auch wenn ich nicht daran denken mag, daß ich gezwungen bin, sorgfältiger zu sein, als ich früher war."

Das erste Heft wurde endlich am 1. Mai vom Stapel gelassen, und zwei Tage später schrieb er: „Nichts kann besser gehen als *Unser Freund*, der jetzt in seinem dreißigsten Tausend ist, während noch immer Bestellungen herbeiströmen." Aber zwischen dem ersten und zweiten Hefte fand ein Fall von Fünftausend statt, eine auffallende Tatsache, da vor dem Schluß des Buches die größere Zahl wieder erreicht und weit übertroffen wurde. „Ich fliege in diesem Augenblicke" (10. Juni) „um und um, wie eine Brieftaube, ehe ich mich auf das siebente Heft niederstürze." So weit hatte er seinen Grund und Boden behauptet; aber bald nachher kam Krankheit nebst andern Sorgen, und am 29. Juli schrieb er traurig genug. „Obgleich ich es nicht an Fleiß habe fehlen lassen, hat es mir an schöpferischer Kraft gefehlt und ich bin mit dem Buche in Rückstand gekommen. Die Weihnachtsarbeit dämmert schon in großen Umrissen vor mir auf und ich kann nicht hoffen, sie zu tun, ohne ein Heft von ‚*Unserm Freunde*' zu verlieren. Ich habe fast schon eins verloren und zwei würden meinen Vorsprung um die Hälfte verkürzen. Diese Woche bin ich sehr unwohl gewesen, fühle mich noch gar nicht wohl und werde, wie ich aus einer langsamen Erfahrung von zwei Tagen weiß, einen wahren Berg zu erklimmen haben, ehe ich das offne Land meiner Arbeit vor mir sehe." Die drei folgenden Monate brachten kaum günstigere Berichte. „Ich bin mit meinem Hefte noch nicht fertig. Der Tod des armen Leech ist (wie ich glaube) die traurige Ursache meines Mißlingens. Gestern und vorgestern konnte ich nichts tun, schien für den Augenblick die Kraft dazu vollständig verloren zu haben, und gelange erst heute langsam und allmählich in die alte Bahn zurück." Hierauf nahm seine Kraft wieder zu und er tat sich eine Zeit lang Genüge; aber im Februar 1865 brach die bedenkliche Krankheit in seinem Fuße aus, die ihn während des Restes seines Lebens zu gewissen Zeiten mehr oder weniger des unschätzbaren Trostes körperlicher Bewegung beraubte. Im April und Mai litt er schwer daran, und nachdem er einen Aufenthalt an der See versucht, reiste er zu vollständigerer Erholung in's Ausland. „Arbeit und Unruhe ohne Bewegung würden mir bald den Garaus machen. Wenn ich jetzt nicht fortginge, würde ich zusammenbrechen. Niemand weiß, so wie ich es heute weiß, wie nahe ich daran gewesen bin."

Dies schrieb er an dem Tage seiner Abreise nach Frankreich, und der Tag seiner Rückkehr brachte mir die folgenden rasch hingeworfenen Zeilen. „Sonnabend, 10. Juni 1865. Ich war gestern bei dem traurigen Unfall bei Staplehurst und arbeitete stundenlang unter den Sterbenden und den Toten. Ich war in dem Wagen, der nicht von der Bahn fiel, aber die Schienen verließ und auf unerklärliche Weise über der Brücke hing. Keine Worte können die Szene beschreiben.[82] „Ich gehe nach Gadshill." Obgleich er den Wirkungen jenes schrecklichen neunten Juni auf ihn selbst mit charakteristischer Energie widerstand, waren sie doch eine Zeit lang offenbar, und bis zu seinem Todestage, dem verhängnisvollen fünften Jahrestage des Unfalls, waren sie wohl nie ganz abwesend. Aber nur sehr wenige Klagen wurden von ihm gehört. „Ich fühle mich seltsam schwach – schwach, als genäse ich von einer langen Krankheit." – „Ich fange an, es mehr im Kopfe zu fühlen. Ich schlafe gut und habe guten Appetit; aber wenn ich ein Dutzend Briefe schreibe, wird mir schwach und übel." – „Es geht mir besser, obgleich mein Puls noch sehr matt ist und ich nervös erregt

---

[82] Er sprach folgendermaßen davon in seiner „Nachschrift statt des Vorworts" (datiert vom 2. September 1865), welche das letzte Heft des hier besprochenen Romans begleitete. „Am Freitag, den 9. Juni des gegenwärtigen Jahres, waren Mr. und Mrs. Baffin mit mir auf der Südost-Eisenbahn, bei einem schrecklich zerstörenden Unfall. Nachdem ich getan was ich konnte, um andern zu helfen, kletterte ich in meinen Wagen zurück, der beinahe über einen Viadukt gefallen und grade am Rande hängen geblieben war, um das würdige Paar herauszuziehen. Sie waren sehr beschmutzt, aber übrigens unverletzt. Dasselbe glückliche Resultat erzielte Miss Bella Wilfer an ihrem Hochzeitstage und Mr. Riderhood, der sich Bradley Headstone's rotes Halstuch betrachtete, während dieser schlafend da lag. Ich erinnere mich mit tiefgefühlter Dankbarkeit, daß ich nie viel näher daran sein kann, auf immer von meinen Lesern Abschied zu nehmen, als ich es damals war, bis unter mein Leben die beiden Worte geschrieben werden, mit welchen ich heute dies Buch beschlossen habe: Das Ende."

bin. Als ich gestern Abend nach Rochester hineinfuhr, fühlte ich mich heftiger erschüttert, als je seit dem Unfalle." – „Ich kann das Fahren auf der Eisenbahn noch nicht aushalten. Eine vollständige Überzeugung; daß der Wagen auf einer Seite liegt, trotz dem was ich mit Augen sehe (und gewöhnlich ist es die linke Seite, und nicht die Seite, nach welcher der Wagen bei dem Unfalle wirklich hinüberfiel), erfüllt mich, sowie es etwas schnell geht, und das ist unaussprechlich peinlich." Dies sind Stellen aus seinen Briefen bis Ende Juni. Die unmittelbare Wirkung auf sein Buch war, daß noch ein verlorenes Heft den Verlusten der vorhergehenden Monate hinzugefügt wurde, „und ach!" schrieb er zu Anfang des Juli, – „die beiden Hefte, von denen Du schreibst! Es existiert nur ein einziges. Ich habe das andre erst eben angefangen." – „Stelle Dir vor," schrieb er am nächsten Tage, „daß ich für das sechzehnte Heft drittehalb Seiten zu wenig geschrieben habe – etwas, was mir seit *Pickwick* nicht begegnet ist." Es war ihm einmal bei *Dombey* begegnet und sollte ihm noch einmal begegnen.

Das so begonnene und unter widrigen Einflüssen fortgesetzte Buch wird, obgleich es ihm nicht an Phantasie, an trefflichen Beschreibungen und gut gezeichneten Charakteren fehlt, nie eine Stelle unter seinen höheren Leistungen einnehmen. Es enthält einige Gemälde von seltener Seelenwahrheit, inmitten der niedrigsten Formen gesellschaftlicher Entartung, und andre von bloßer Falschheit und Anmaßung, inmitten unangreifbarer gesellschaftlicher Respektabilität, welche den Autor zu seiner frühern hohen Stellung erhoben; aber im Ganzen muß man dahin urteilen, daß es dem Werke an Frische und natürlicher Entwicklung fehlt. Dies wird in der Tat am Bereitwilligsten von denen zugegeben werden, welche am stärksten fühlen, daß das ganze alte Geschick der Meisterhand sich noch offenbart in der launenhaften liebevollen Bella Wilfer, in dem vulgären Heuchler Podsnap und in der Puppenschneiderin Jenny Wren, deren scharfes, kleines, wunderliches, seltsames Wesen und frühreifer durch Not geschärfter Witz einem Charakter angepaßt sind, welcher ebenso eigentümlich und schön empfunden, als bis an's Ende lebensvoll durchgeführt ist. Ihr kleines Leben scheint aus einem dunkeln rauhen Gewebe zusammengesetzt, aber schon seine für die Kinderwelt unternommene Arbeit schlingt glänzende Fäden durch das Gewebe von Sorgen. Die unbewußte Philosophie ihrer selbständigen Denk- und Handlungsweise enthält mehr von der feineren Ader der Satire, welche der Zweck des Buches ist, als sogar die Stimmen der Gesellschaft, mit denen der Roman anfängt und endet. In ihrer Freundlichkeit selbst liegt ein Zug von Bosheit, der eine mit unnatürlichen Entbehrungen vertraute kindliche Launenhaftigkeit erkennen läßt; dies gibt ihrem Humor sowohl eine Tiefe als eine Zartheit, welche demselben eine Stelle anweist unter den gelungensten Leistungen des Verfassers; und obgleich das seltsame kleine Geschöpf fortwährend spricht, wenn es auf der Bühne ist, ist seine Individualität von der Art, welche so selten ermüdet. Es ist in Wahrheit ihre eigne kleine Art und Weise, nie mißzuverstehen als die irgendeines Andern. „Ich habe," schrieb mir Dickens aus Frankreich, während er an dem Buche arbeitete, „eine vortreffliche kleine Erzählung von Edmund About gelesen – *Die Nase des Notars*. Ich habe andere Bücher versucht, aber sie sind so verteufelt voll von Konversation, daß ich vergesse, wer die Leute sind, ehe sie zu reden aufhören, und mich nicht im Mindesten auf das besinne, was sie vorher gesagt haben, wenn sie wieder zu reden anfangen." Der vollständige Gegensatz gegen seine eigne Kunst konnte nicht klarer ausgedrückt werden, und andere Belege dafür liefert dieser Roman in den verschiedenen Mitgliedern der Familie Wilfer, in den Flußufer-Leuten bei Fellowship Porters, in solchen wunderbaren tragikomischen Szenen, wie der Rettung Rogue Riderhood's vom Ertrinken, und in den kurzen und einfachen Annalen von Betty Higden's Leben und Tod, die auch einem Buche rettende Kraft verliehen haben würden, dessen baldiges Vergessenwerden wahrscheinlicher ist, als das *„Unsres Freundes"*. Es hat nicht die schöpferische Kraft, welche Dickens' frühere Werke erfüllte und die Schatten seiner Phantasie in volkstümliche Realitäten verwandelte; aber die Beobachtung und der Humor, welche ihn auszeichneten, fehlen nicht darin. Auch enthielt sein erstes vollendetes Werk keine beredtere und hochherzigere Fürsprache für die Armen und Vernachlässigten, als dies letzte von ihm vollendete Werk. Betty Higden beendet, was Oliver Twist anfing.

*

Dr. Marigold und Erzählungen für Amerika.
Er hatte, etwas ermüdet von einer Arbeit der Erfindung, welche nicht so frei oder selbsterhaltend gewesen war, als in den alten, leichten und fruchtbaren Tagen, kaum im September 1864 sein Buch beendet, als sein gewöhnlicher Weihnachtsbeitrag fällig wurde, und seine Phantasie, auf einem engeren Gebiete frei gegeben, zu ihrem alten Luxus des Genusses zurückkehrte. Hier sind einige Notizen darüber aus seinen Briefen. „Wenn das große Publikum versteht, was ein Hausierer ist, so wird mein Teil an dem Weihnachtshefte guten Erfolg haben. Er ist dem wirklichen Dinge wunderbar ähnlich, natürlich etwas zivilisierter und humoristischer." – „Ich hoffe, daß Du am Anfange und am Ende

dieses Weihnachtsheftes etwas finden wirst, was Dir als frisch, kräftig und voll von Leben auffällt." Die Art, wie er es abfaßte, beschrieb er später. „Ermüdet von ‚*Unserm Gegenseitigen*' setzte ich mich hin, um nach einem Gedanken zu suchen, unter dem niederschlagenden Eindruck, daß ich für den Augenblick überarbeitet sei. Plötzlich blitzte der kleine Charakter, den Du sehen wirst, und alles, was dazu gehört auf die erfreulichste Weise vor mir auf, und ich brauchte nur hinzusehen und mit Muße zu schildern." Dies war *Dr. Marigold's Rezepte*, eines der populärsten von allen für seine Vorlesungen ausgewählten Stücken und ein glänzendes Beispiel seines Humors, seines Pathos und seiner Charakterdarstellung. Ehe er seinen letzten Besuch in Amerika machte, schrieb er dann noch drei Weihnachtsstücke: *Gebrüder Barbox; Der Junge an der Station in Mugby* und *Keine Durchfahrt,* – das letzte ein gemeinsam mit Wilkie Collins verfaßtes Stück Arbeit, das von diesem während Dickens' Abwesenheit in Amerika für Fechter in ein Schauspiel verwandelt wurde, zu welchem Zweck es ursprünglich bestimmt gewesen war. Außerdem schrieb Dickens zwei Erzählungen, die zuerst in Amerika erschienen: *George Silverman's Erklärung* und *Ferienroman*. Dieselben enthielten etwa so viel Material, als ein halbes Schillingsheft seiner gewöhnlichen monatsweise veröffentlichten Romane und wurden auf eine in der Geschichte der Literatur beispiellose Art honoriert. Die Arbeit daran beschäftigte ihn nicht viele Tage und er empfing dafür 1 000 Pfd. St.

*

Das Jahr nach seiner Rückkehr sah, wie der Leser weiß, den Anfang des Werkes, welches durch den Tod unterbrochen wurde. Das Fragment wird später besprochen werden; und hier mag inzwischen meine Kritik schließen, selbst ein Fragment, das ich einer würdigeren Vollendung durch eine stärkere Hand als die meine hinterlasse.

Aber ich darf wohl wenigstens hoffen, daß ich dadurch den Boden von jenen Unterscheidungen und Vergleichen geklärt habe, deren Anwendung auf einen originellen Schriftsteller immer bedenklich ist, und die seiner wirklichen Würdigung immer mehr oder weniger im Wege stehen. Es war lange die Mode, eine bedeutende Verschiedenheit anzunehmen zwischen Sittenromanen und Charakterromanen, und das engere Gebiet Fielding und Smollett anzuweisen, das weitere Richardson; jetzt aber wird es wohl nicht Viele geben, die einer solchen Klassifikation beistimmen. Und nicht mehr Wahrheit liegt in andern ähnlichen Unterscheidungen, zwischen Novellisten, denen eine ideale oder eine reale Methode der Behandlung eigentümlich sein soll.

Für einen originellen Romandichter der höhern Art liegt kein Sinn in der Gegenüberstellung dieser Phrasen. Keine von beiden Behandlungsweisen kann in irgendwelcher Vollkommenheit bestehen ohne die andere. So sensitiv der Geist auch für äußere Eindrücke ist, so scharf die Beobachtung von allem, was gesehen werden kann, sein mag, ohne das seltenere Sehen der Phantasie wird nichts erzielt werden, was in einem echten Künstlersinne real ist. Man kehre den Satz um, und das Resultat wird ausgedrückt in einer vortrefflichen Bemerkung Lord Lytton's: daß der höchste Erfolg auch der erhabensten Phantasie darin bestehe, daß sie heiter zu Hause sei in dem Realen. Ich habe gesagt, daß Dickens jede Kritik tiefer empfand, als bei seiner vorgeblichen Gleichgültigkeit gegen die Kritik möglich schien; aber das Geheimnis war, daß er sich zu einer höheren Anerkennung berechtigt glaubte als derjenigen, welche ihm gewöhnlich zu Teil wurde. Es war dasselbe Gefühl, welches einen denkwürdigen Ausspruch von *Wordsworth* hervorrief. „Ich wünsche nicht im Mindesten, daß jemand eine Kritik über meine Gedichte schreibe. Wenn sie von oben sind, werden sie im Laufe der Zeit ihre Wirkung ausüben; wenn nicht, werden sie vergehen, wie sie vergehen sollten."

Das Etwas „von oben" scheint mir nie bei Dickens abwesend zu sein, selbst nicht in seinen am wenigsten gelungenen Schriften. Als seine Erfindungsgabe nachließ, und er sich nur auf einem beschränkteren Raume als früher mit Freiheit bewegen konnte, behauptete jenes Etwas sich doch auf siegreiche Weise, und sein Einfluß über seine Leser dauerte dadurch bis zum letzten Tage seines Lebens fort. Indem man auf die Reihe seiner Schriften zurückblickt, ist der erste Gedanke, welcher in dem Geiste jedes denkenden Menschen aufsteigt, der Gedanke der Freude, daß der volkstümlichste der Schriftsteller, der die niedrigsten Umgebungen und Lebenslagen mit einer von keinem seiner Zeitgenossen erreichten Fülle der Beobachtung, der Heiterkeit und des Humors durchdrungen, jenen weltweiten Einfluß nie auch nur durch eine unreine Andeutung oder die Möglichkeit einer nachteiligen Wirkung getrübt hat. Auch überrascht nichts mehr als die Frische und die Mannigfaltigkeit dieser Schriften, innerhalb des Kreises der nicht sehr zahlreichen Charaktertypen, welche die Grenze des Genies ihres Autors bildeten. Denn auch das wird bei einem Gesamtüberblick über dieselben klar, daß das in ihnen pulsierende Leben das Leben der Zeit ist, in der sein eignes Leben dahinfloß, und daß mit dem Bemühen, ein lebhaftes Bild derselben zu entwerfen, die Hoffnung und der Zweck verknüpft ist, sie besser zu hinterlassen als er sie fand. Man hat ihm vorgeworfen, daß die Menschheit keine Vermehrung ihrer besten

Typen von ihm empfangen habe, daß der burleske Humorist immer stärker in ihm sei als der denkende Moralist, daß das Licht, welches sein Genie in abgelegene Winkel des Lebens wirst, nie beständig scheine auf dessen höheren Bahnen und daß, außer seinen Bildern von dem was der Mensch ist oder tut, kein Versuch gemacht werde, durch die Darstellung eines erhabenen Zweckes oder einer großen Laufbahn zu zeigen, was der Mensch sein oder tun kann. Abstrakt genommen ist etwas Wahres an diesem Vorwurf; aber es ist nur billig darauf zu erwidern, daß dasjenige, was in dem dadurch bezeichneten Mangel als wesentlich betrachtet werden kann, in andern Formen in seinen Schriften enthalten ist, daß die vollkommene Unschuld ihres Gelächters und ihrer Tränen an sich ein reicher Segen gewesen ist, und daß es übrigens einem so großen Humoristen eigen ist, nach der Weise zu schaffen, welche dem Genie des Humors am natürlichsten ist. Welcher Art diese Schöpfungen bei Dickens waren, habe ich in den vorstehenden Blättern zu zeigen versucht, und im Ganzen kann man mit ziemlicher Gewißheit sagen, daß die besten Ideale in diesem Sinne nicht gewonnen werden, indem man die Gestalten, welche das Leben immer als die vortrefflichsten seiner Art vorzuführen bemüht ist, mit erhöhtem Reiz darstellt, sondern indem man die Eigentümlichkeiten und Sonderbarkeiten, welche das gewöhnliche Leben leicht zurückweist oder übersieht, mit der Würdigung verbindet, welche am tiefsten ist, und mit den Gesetzen der Einsicht, welche am allgemeinsten sind. Auf solche Weise wird alles Menschliche in den Bereich der menschlichen Sympathie gebracht. Dickens schrieb in das Herz von allem hinein. Darin lag das Geheimnis seiner Hoffnung, daß seine Bücher mitwirken möchten, die Menschen besser zu machen. Und sie wurden dadurch so vor dem Übel bewahrt, daß unter den Tausenden von Seiten, die er geschrieben hat, kaum eine ist, die man einem kleinen Kinde nicht in die Hand geben könnte. Er wurde dadurch zum Vertrauten jedes englischen Haushalts und zu einem lieben Freunde überall, wo die Sprache gesprochen wird, deren Schatz an harmloser Freude er so reich vermehrt hat.[83]

---

[83] Ich entlehne diese Worte dem Bischof von Manchester, der drei Tage nach Dickens' Tode, in der Abtei, wo er so bald bestattet werden sollte, eine Rede zu Gunsten der Duldung von Meinungsverschiedenheiten, wenn die Grundlagen der religiösen Wahrheiten anerkannt werden, folgendermaßen schloß. „Es wird den Einklang der Gedankenrichtung, welche wir verfolgt haben, nicht stören – jedenfalls wird es mit den Ideenassoziationen dieses Ortes übereinstimmen, welcher den Engländern teuer ist, nicht bloß als einer der erhabensten christlichen Tempel, sondern als Sammelpunkt der Denkmale so vieler, die durch ihr Genie in den

„Der Verlust keines einzelnen Menschen der gegenwärtigen Generation, wenn wir Abraham Lincoln allein ausnehmen;" sagte Horace Greeley, indem er den tiefen und allgemeinen Schmerz Amerika's über Dickens' Tod schilderte, „hat Trauer in so viele Familien gebracht und ist von allen Gesellschaftsklassen so aufrichtig beklagt worden." „Die schreckliche Nachricht aus England," schrieb mir Longfellow (12. Juni 1870) „erfüllt uns alle mit unaussprechlichem Schmerz. Dickens war so voll von Leben, daß es nicht möglich schien, er könne sterben und doch ist er vor uns dahin gegangen und wir trauern um seinen Tod. Ich entsinne mich nicht, daß der Tod eines Schriftstellers je so allgemeinen Schmerz hervorrief. Es ist keine Übertreibung zu sagen, daß das ganze Land von Kummer erfüllt ist ..." Auch fehlte es damals nicht an Beweisen, daß der Einfluß des englischen Schriftstellers in jenem gewaltigen Erdteil weit über die Grenzen der Gesellschaft hinaus vorgedrungen war. Ein sehr rührendes Beispiel davon wurde in meinem ersten Bande mitgeteilt und ein noch merk-

---

Künsten, im Kriege, in der Staatsverwaltung, in der Literatur England zu dem gemacht haben, was es ist, wenn ich in den einfachsten und kürzesten Worten an den betrübenden und unerwarteten Todesfall erinnere, welcher die englische Literatur eines ihrer größten zeitgenössischen Führer beraubt hat und dessen Kunde vor zwei Morgen in jedem Haushalt in England die Empfindung erweckt haben muß, als hätten die Hausgenossen einen persönlichen Freund verloren. Man hat ihn in einem Nekrologe einen Apostel des Volkes genannt. Man wollte damit wohl sagen, daß er eine Mission hatte, nach seiner eigentümlichen Art und Weise, ein Evangelium, eine heitere, frohe, erfreuende Botschaft, welche das Volk verstand und wodurch es kaum umhin konnte, gebessert zu werden, denn es war das Evangelium des Wohlwollens, der brüderlichen Liebe, der Sympathie, im weitesten Sinne des Wortes. Ich bin gewiß, daß ich in mir selbst den gesunden Geist seiner Lehre gefühlt habe. Vielleicht hätten wir uns nicht zu demselben Glauben bekennen können im Verhältnis zu Gott, aber ich glaube, wir würden uns zu demselben Glauben bekannt haben im Verhältnis zu den Menschen. Er, der uns unsre Pflichten gegen unsre Mitmenschen besser gelehrt hat, als wir sie vorher kannten, der es so gut verstand, mit denen zu weinen, welche weinten, und sich zu freuen mit denen, die froh waren, der bei aller seiner Kenntnis der dunkeln Winkel der Erde gezeigt hat, wieviel Sonnenschein auf dem niedrigsten Lose ruhen kann, der solch offenbares Mitgefühl für die Leidenden hatte und einen so natürlichen Instinkt der Reinheit, daß unter den Tausenden von Seiten, die er geschrieben hat, kaum eine ist, die man einem kleinen Kinde nicht in die Hand geben könnte, muß von denen, welche die Verschiedenheit der Gaben des Geistes erkennen, als ein von Gott gesandter Lehrer betrachtet werden. Er würde als Mitarbeiter für die gemeinsamen Interessen der Menschheit bewillkommnet worden sein von dem, welcher die Frage tat: ‚Wenn ein Mensch seinen Bruder nicht liebt, den er siehet, wie kann er Gott lieben, den er nicht siehet.'"

würdigerer Beweis ist mir seitdem zu Händen gekommen, daß nicht bloß in wilden und rohen Gemeinschaften, sondern in dem wildesten und einsamsten Leben sein Genie geholfen hatte, die Zeit zu vertreiben. „Wie alle Amerikaner, die lesen" (schreibt mir ein Amerikaner), „und das begreift so ziemlich unser ganzes Volk in sich, bin ich ein Bewunderer und eifriger Leser von Dickens. Die Lektüre des zweiten Bandes Ihrer Biographie hat mich an einen Vorfall erinnert, der Sie vielleicht interessiert. Vor zwölf oder dreizehn Jahren bestieg ich als Regierungsingenieur die Berge der Sierra Nevada, in Gesellschaft eines berühmten Grenzlers und Zivilingenieurs – Oberst Lander. Wir kamen einen Monat zu früh und wurden oben auf dem Gipfel eingeschneit. Unter diesen Umständen war es notwendig, die Wagen eine Zeit lang zu verlassen und die Maulesel von den Bergen in die Täler zu treiben, wo Weideland und fließendes Wasser waren. Es war dies eine lange und schwierige Aufgabe, die uns mehrere Tage beschäftigte. Am zweiten Tage, an einem Orte, wo wir nichts Menschlicheres zu finden erwarteten, als einen Bären oder Elch, fanden wir eine kleine Hütte aus Tannenzweigen und einigen rohen Brettern, die mit einer Axt ungeschickt aus kleinen Bäumen herausgehauen waren. Die Hütte war viele Fuß tief mit Schnee bedeckt, mit Ausnahme eines Loches im Dache, welches als Schornstein diente und einer kleinen grubenartigen Stelle vorn, die den Ausgang gestattete. Der Bewohner kam heraus, rief uns an und bat uns um Branntwein und Tabak. Er war in einen ganz aus Mehlsäcken gemachten Anzug gekleidet und an verschiedenen Teilen seiner Person auf kuriose Weise mit Aufschriften wie *Bestes Mehl zum Hausgebrauch – Extra –* &c. versehen. Sein Kopf war bekleidet mit einem Wolfsfelle, das vom Kopfe des Tieres heruntergezogen war und an dem die Ohren wild und lebhaft in die Höhe standen. Er war ein höchst außerordentlicher Gegenstand und erzählte uns, er habe seit vier Monaten kein menschliches Wesen gesehen. Er lebte von Bären- und Elchfleisch und von Mehl, das er während seines kurzen Sommers aufgespeichert hatte. Die Auswanderer zahlten ihm während der Saison eine Art von Fährzoll. Ich fragte ihn, wie er sich die Zeit vertreibe und er ging an eine Tonne und zog *Nicholas Nickleby* und *Pickwick* hervor. Ich fand, daß er sie fast auswendig wußte. Von dem Verfasser schien er nichts zu wissen, noch sich darum zu kümmern, wer er wäre; aber er war stolz auf Sam Weller und verachtete Squeers und würde den Letzteren vermutlich mit großer Geschicklichkeit und Genugtuung skalpiert haben. Für Mr. Winkle hegte er kein anderes Gefühl als Verachtung, in der Tat betrachtete er eine Vogelflinte als ein bloßes Spielzeug für Frauen. Er hatte keine Bibel, und wenn er auf seine rauhe wilde Weise alles übte, was Dickens ihn lehrte, hätte er den Mangel auch dieses Gefährten wohl weniger empfinden mögen."

Fünfzehntes Kapitel

Neuer Besuch in Amerika: November und Dezember 1867
1867

Es ist der Zweck dieses und des folgenden Kapitels, den Verlauf des Besuches in Amerika mit Dickens' eigenen Worten und nur mit diesen zu schildern. Sie werden fast ausschließlich aus seinen Briefen in die Heimat bestehen, die er an Mitglieder seiner Familie und an mich selbst richtete.

Dienstagabend den 19. November kam er in Boston an, wo er seine Wohnung im Parker House Hotel aufschlug und sein erster Brief (vom 21sten) teilte mit, daß die bis dahin ausgegebenen Billette für die vier ersten Vorlesungen, sofort verkauft worden seien. „Eine ungeheure Schar Volk wartete zwölf Stunden in der gefrorenen Straße und zog der Reihe nach in das Büro, wie bei einem französischen Theater. Die schon für diese Abende empfangenen Einnahmen übertreffen unsre Berechnung um 250 Pfd. Sterl." Bis zum letzten Augenblick hatte er nicht ganz vermocht, sich von einem Schatten des Argwohns zu befreien, daß etwas von dem alten Groll sich fühlbar machen möge, aber sowie er Boston betreten hatte, blieb keine Spur von dieser Furcht zurück. Die ihm zuteil werdende Begrüßung war ebenso außerordentlich wie die vor fünfundzwanzig Jahren und jetzt wie damals galt sie dem Manne, der sich zum volkstümlichsten Schriftsteller des Landes gemacht hatte. In jedem Hause, in jedem Eisenbahnwagen, auf jedem Dampfschiff, auf jedem Theater Amerika's waren die Charaktere, die Gedanken, die Phraseologie Dickens' bekannter geworden, als die irgendeines andern Schreibers von Büchern. „Selbst in England," sagte eine der New-Yorker Zeitungen, „kennt man Dickens weniger als hier, und unter den Millionen hier, die jedes von ihm geschriebene Wort wie einen Schatz bewahren, sind Zehntausende, die große Opfer bringen würden, den Mann zu sehen und zu hören, der ihnen so viele glückliche Stunden bereitet hat. So viel Neigung einst auch zu einer feindlichen oder spöttischen Kritik vorhanden sein mochte, der Verlauf eines Vierteljahrhunderts und die tiefe Bedeutung eines großen Krieges haben dieselbe entweder modifiziert oder beseitigt." Noch kürzer und kräftiger und ebenso wahr drückte Horace Greeley die Sachlage in der *New-York Tribune* aus. „Der Ruhm als Novellist, welchen Dickens sich schon in Amerika geschaffen hatte, und der ihm im besten Falle nie etwas besonders Glänzendes oder Substantielles eingetragen hat, ist bei dem gegenwärtigen Unternehmen sein Wirtschafts-Kapital geworden."

Die erste Vorlesung war auf den zweiten Dezember festgesetzt und in der Zwischenzeit sah er mehrere alte Freunde und fand einige neue.[84] Boston verglich er gern mit Edinburgh, wie Edinburgh war in den alten Tagen, als mehrere liebe Freunde von ihm noch dort lebten. Fünfundzwanzig Jahre hatten viel an der amerikanischen Stadt verändert, manche freundliche Gesichter waren verschwunden und auf Stellen, die damals Sumpf waren, fand er jetzt die glänzendsten Straßen; aber die alte freundschaftliche Wärme hatte keine Abnahme erlitten und bei aller ihm erwiesenen Aufmerksamkeit und Achtung gab es keine Zudringlichkeit. Er war sich anfangs weder dieser Veränderung noch der gewaltigen Vergrößerung Bostons vollständig bewußt. Aber die letztere wurde ihm von Tage zu Tage bemerkbarer und zugleich empfand er einen Kontrast, mit dem er es schwer fand sich zu versöhnen. Nichts entzückte ihn so sehr, als was er wieder von dem schönen einfachen, selbstachtenden, herzlichen und liebevollen häuslichen Leben von Cambrigde sah, und es schien unmöglich, daß nur eine halbe Stunde davon entfernt, das zu finden sei, was zu jeder Zeit in

---

[84] Unter diesen gefiel ihm niemand besser, als der berühmte Naturforscher Agassiz, dessen Tod zu meinem Bedauern gemeldet wird, während ich dies schreibe, so daß es jetzt nicht mehr unpassend ist, Dickens' Bemerkungen über ihn anzuführen. „Agassiz ist nicht nur einer der gebildetsten, sondern einer der natürlichsten und geselligsten Menschen." Und an einer andern Stelle: „Ich kann Dir nicht sagen, wie sehr Agassiz, ein äußerst angenehmer Mensch, mir gefiel und wie ich seine zeitweilige Zurückgezogenheit, wegen des Todes seiner Mutter, bedauert habe." Ein geschätzter Korrespondent, Mr. Grant Wilson, schickt mir eine Liste berühmter Amerikaner, welche Dickens bei seinem ersten Besuche bewillkommneten und in der Zwischenzeit dahingeschieden waren. „Es ist melancholisch, die große Zahl amerikanischer Schriftsteller zu betrachten, die zwischen dem ersten und dem zweiten Besuche von Dickens auf Nimmerwiedersehen dahingegangen waren. Der kräftige Cooper, der edle Irving, dessen Freund und Verwandter Paulding, der Geschichtsschreiber Prescott und der Dichter Percival, der beredte Everett, Nathaniel Hawthorne, Edgar Poe, N. P. Willis, der geniale Halleck und viele kleinere Lichter, darunter Professor Felton und George Morris, waren während des seit Dickens' erstem Besuche verflossenen Vierteljahrhunderts gestorben und überließen es einer neuen Generation von Schriftstellern, ihm bei seinem zweiten Kommen die Hand der Freundschaft entgegenzustrecken." Ich will hinzufügen, daß Dickens sich freute, bei diesem zweiten Besuche seinen alten Sekretär wiederzusehen, der während seines ersten Triumphzuges so angenehm mit ihm gereist war. „Er würde ihn überall wieder erkannt haben."

Hotels, wie dem von ihm bewohnten, beobachtet werden konnte: Haufen von eitlen Schwätzern, Tagedieben, Trinkstubenflaneuren und Branntweinsäufern, die von Tage zu Tage den nicht am wenigsten wichtigen Teil des menschlichen Lebens der Stadt auszumachen schienen. Aber kein so großer Handelsplatz in den Vereinigten Staaten, wie Boston damals geworden war, konnte ohne jenen Nachteil bestehen und glücklich sollten wir jeden Ort schätzen, der, selbst wenn er so pestgequält ist, doch den gesunderen Einfluß jenes andern Lebens so nahe hat, welches unsre ältere Welt fast vollständig verloren hat.

„Die Stadt hat sich in fünfundzwanzig Jahren gewaltig vergrößert," schrieb er an seine Tochter Mary. „Sie ist kaufmännischer geworden. Sie ist wie Leeds, vermischt mit Preston und gewürzt mit Brighton. Nur ist statt des Rauches und Nebels eine köstlich klare leichte Luft da." – „Cambridge ist ganz so wie ich es verließ," schrieb er an mich. „Boston ist kaufmännischer und viel größer. Das Hotel, in dem ich früher wohnte und das mir sehr groß vorkam, wird jetzt als eine kleine Sache betrachtet. Ich bemerke – aber ein Tag, wie Du wohl weißt, ist keine lange Zeit zur Beobachtung – noch keine entschiedne Veränderung in Charakter und Gewohnheiten. In diesem kolossalen Hotel wohne ich sehr hoch hinaus und habe ein heißes und kaltes Bad in meinem Schlafzimmer, nebst andern Bequemlichkeiten, die früher nicht vorhanden waren. Die Kosten des Lebens sind ungeheuer." – „Zwei von unsrer Gesellschaft sind in New-York," schrieb er am 25. November an seine Schwägerin, „wo wir es völlig unmöglich finden, die Billette zu retten vor den Händen der Spekulanten. Wir empfangen Mitteilungen aus allen Teilen des Landes, aber wir nehmen keinerlei Anerbietungen an. Die Studenten von Cambridge haben Longfellow vorgestellt, daß sie 500 Mann stark sind und kein einziges Billet bekommen können. Ich weiß nicht, was zu tun ist, aber ich glaube, ich muß dort irgendwie einmal lesen. Wir sind vollständig im Dunkeln, bis die Vorlesungen in New-York angefangen haben." Der Verkauf der Billette hatte dort zwei Tage vor der ersten Vorlesung in Boston begonnen. „An den Barrieren in New-York," schrieb er am 1. Dezember an seine Tochter, „wo die Billette verkauft wurden und die Leute sich aufstellten wie an den Pariser Theatern, gingen die Spekulanten auf und ab und boten zwanzig Dollars für irgendeinen Platz. Das Geld wurde in keinem Falle angenommen. Aber ein Mann verkaufte zwei Billette für den zweiten, dritten und vierten Abend, wofür er ein Billet für den ersten Abend, fünfzig Dollars und ein Glas Brandy-Liqueur als Gegenzahlung empfing."

Am Montag, den 2. Dezember, las er zum erstenmale in Boston. Zu seinen Gegenständen hatte er das *Weihnachtslied* und den *Prozess aus Pickwick* gewählt, und sein Empfang durch eine Zuhörerschaft, wie wohl kaum eine bemerkenswertere hätte zusammengebracht werden können, übertraf alle seine Erwartungen. „Es ist wirklich unmöglich," schrieb er mir am nächsten Morgen, „den Glanz des Empfanges oder die Wirkung der Vorlesung zu übertreiben. Die ganze Stadt will heute von nichts anderm reden und von nichts anderm hören. Jedes Billet für die hier und für die in New-York angekündigten Vorlesungen ist verkauft. Alle sind verkauft zu dem höchsten Preise, worauf wir bei unsrer Berechnung keine Rücksicht genommen hatten; und es ist unmöglich, Spekulanten fern zu halten, die sofort wieder mit einer Prämie verkaufen. Trotz des niedrigen Geldstandes nahmen wir gestern Abend 450 Pfd. Englisch ein, und die Halle in New-York hält noch 500 Personen mehr. Alles scheint glänzend über die sanguinischsten Hoffnungen hinaus, und ich war gestern Abend ebenso kühl, als läse ich in Chatham vor." Den folgenden Abend las er wieder und auch am Donnerstag und Freitag; am Mittwoch hatte er geruht und am Sonnabend reiste er nach New-York.

Am Tage vor seiner Abreise hatte er geschrieben, daß er wöchentlich einen Reinertrag von 1 300 Pfd. Englisch habe, auch wenn er sieben Dollars auf das Pfd. St. rechne; aber er fügte Worte hinzu, die keine gute Vorbedeutung enthielten: daß das Wetter eine ungewöhnlich strenge Wendung nehme und daß er das Klima mit der Plötzlichkeit seiner Wechsel „und den großen Sprüngen derselben" äußerst unbequem finde. „Die Arbeit ist natürlich auch ziemlich anstrengend, aber der feste Grundsatz, daß alles ihr untergeordnet werden muß, setzt mich in den Stand, mich von Einladungen frei zu halten. Morgen," so lautete der Schluß des Briefes, „gehen wir nach New-York. Wir können die Leute, die mit unsern Billetten spekulieren, nicht schlagen. Wir verkaufen für den Cursus von sechs Vorlesungen nicht mehr als sechs Billette an eine Person; aber die Spekulanten, die zu stark erhöhten Preisen verkaufen und große Profite machen, stellen eine Menge Menschen zum Kaufen an. Einer der Hauptspekulanten, der jetzt hier im Hause wohnt, damit er uns auf Schritt und Tritt folgen kann, kann an jedem Orte, wohin wir gehen, fünfzig Leute anstellen, und so bekommt er 300 Billette in die Hände." Fast zu gleicher Zeit, während Dickens diese Worte schrieb, schilderte ein Augenzeuge in einer Philadelphiaer Zeitung den Verkauf der Billette in New-York. Das Verkaufsbüro sollte an einem Mittwochmorgen um neun Uhr eröffnet werden; und am Dienstag um Mitternacht war bereits eine lange Reihe von Spekulanten in Schlangen versammelt; um zwei Uhr morgens kamen die ersten ehrlichen Käufer; um fünf Uhr waren von allen Klassen zwei Reihen, jede von nicht weniger als 800 Personen, da; um acht standen mindestens 5000 Personen in den zwei Reihen; um neun war jede Reihe fast eine Viertelmeile lang, und keine von beiden wurde während des ganzen Morgens merklich kürzer. „Die Billette für den Kursus wurden alle vor Mittag verkauft; Familienmitglieder lösten einander in den Schlangen ab; Kellner eilten aus dem benachbarten Restaurant über Straßen und Plätze dahin, um die Leute zu bedienen, die in der offenen Dezemberluft ihr Frühstück einnahmen, während aufgeregte Menschen fünf und zehn Dollars anboten, für die bloße Erlaubnis, mit andern der Spitze der Reihe näher stehenden Personen die Plätze zu wechseln."

Die Wirkung der Vorlesungen in New-York entsprach diesen wunderbaren Vorbereitungen, und Dickens erklärte von seiner Zuhörerschaft, dieselbe sei ihm eine unerwartete Stütze gewesen, rasch und sicher in ihrem Verständnis und höchst demonstrativ in ihrer Befriedigung. Am 1. Dezember schrieb er an seine Tochter: „Staunenswerter Erfolg. Eine vorzügliche Zuhörerschaft, viel besser als in Boston. Das *Weihnachtslied* und der *Prozess* am ersten Abend groß, noch größer *Copperfield* und *Bob Sawyer* am zweiten. Auf die Billette für die vier Vorlesungen in der nächsten Woche warteten heute Morgen um neun Uhr 3 000 Leute und sie hatten schon um zwei Uhr morgens in der bittern Kälte angefangen sich zu versammeln." In einem Briefe an mich selbst vom 15. fügte er dem seltsamen Bilde neue Züge hinzu. „Dolby ist wegen der Art und Weise, wie er die Billette für die Vorlesungen der nächsten Woche ausgegeben hat, in Verlegenheit geraten. Er kann nicht viertausend Personen in eine Halle bringen, die nur zweitausend hält, er kann die Leute nicht bewegen, zu den gewöhnlichen Preisen für sich selbst zu bezahlen, statt den Spekulanten dreimal so viel zu geben, und er wird von allen Seiten angegriffen. Meine Halle gefällt mir nicht ganz, denn sie hat zwei große weit von der Plattform entfernte Balkone; aber niemand verlegt mir je den Weg, wenn ich hineingehe oder herauskomme, und sie wird so streng ruhig gehalten, wie das Theater Français bei einer Probe. Wir haben noch keinen Abend weniger darin eingenommen als 430 Pfd. Englisch. Ich schicke mit diesem Paketschiff 3 000 Pfd. St. nach England. Aus allen Teilen der Vereinigten Staaten erreichen uns fortwährend Vorschläge und Anerbietungen. Wir gehen am nächsten Sonnabend zu noch zwei Vorlesungen nach Boston, und kommen am Weihnachtstage zu noch vier Vorlesungen hierher zurück. Ich habe mich noch nicht verpflichtet, irgendwo anders hinzugehen, außer dreimal (jedesmal auf zwei Abende) nach Philadelphia, denn ich glaube, daß es am weisesten ist, mich für die größesten Orte frei zu halten. Ein Mann, der sich hinsichtlich seiner Billette für benachteiligt hielt (und es wirklich gewesen sein mag), leitete einen Prozess gegen mich ein. Da eine persönliche Vorladung notwendig ist, machte der Marschall mir zu diesem Zwecke eine höfliche Aufwartung und ich empfing ihn, wie es schien zu seinem großen Erstaunen, mit der größten Zuvorkommenheit. Am nächsten Tage wurde die Anklage zurückgezogen und der Kläger bezahlte seine eignen Kosten ... Dolby hofft, daß Du so weit mit den Zahlen zufrieden bist, da der Reinertrag jedes abends den Voranschlag um einige 130 Pfd. St. übertrifft. Er bittet mich auch sehr, Dir zu sagen, daß er der unpopulärste und bestgescholtene Mann in Amerika ist." Ein Brief vom folgenden Tage an seine Schwägerin erzählte von einem Vorfall, der in amerikanischen Städten zu gewöhnlich ist, um andre Leute als Fremde zu beunruhigen. Dickens hatte in dem Westminster Hotel in Irving Place seine Wohnung aufgeschlagen. „Gestern Abend ging ich genau um 12 Uhr zu Bette, als Dolby an meine Türe kam, um mich zu benachrichtigen, daß es im Hause brenne. Ich weckte Scott sofort auf, befahl ihm, zuerst die Bücher und die Kleider für die Vorlesungen zu packen, zog mich an und steckte meine Juwelen und Papiere in die Tasche, während der Geschäftsführer sich mit Geld ausstopfte. Inzwischen war die Polizei und die Löschmannschaft herbeigekommen, und hatte das Unheil auf seine Quelle in einem gewissen Kamin zurückgeführt. Um diese Zeit war der Wasserschlauch, von einem großen Wasserbehälter aus dem Dache, vollständig gelegt und jedermann kam herbei, um zu helfen. Es war der wunderlichste Anblick und die Leute hatten die seltsamsten Sachen angezogen. Nachdem eine Treppe mit Äxten bearbeitet und durchgehauen war, und nach vielem Umherreichen von Wasser, wurde das Feuer auf ein Speisezimmer beschränkt, wo es ausgebrochen war, und dann redete jedermann mit jedermann sonst, wobei die Damen ganz besonders geschwätzig und heiter waren. Ich muß noch bemerken, daß der zweite Wirt (von beiden, aber vorzüglich vom ersten, ist mir die unermüdlichste Aufmerksamkeit bewiesen) mich kaum bei dieser aufregenden Gelegenheit erblickte, als er, während sein Haus noch brannte, darauf bestand, mich in ein von heißem Rauch angefülltes Zimmer hinunter zu führen und heißen Brandy und Wasser mit mir zu trinken. Und so kamen wir um 2 Uhr wieder in's Bett."

Dickens war eine Woche in New-York gewesen, ehe er imstande war, die große Stadt wiederzuerkennen, die ein Verlauf von fünfundzwanzig Jahren so gewaltig verändert hatte. „Der einzige Teil, der mir selbst jetzt wieder in die Erinnerung kommt," schrieb er, „ist der Teil des Broadway, wo früher das längst zerstörte Carlton Hotel stand. In den Vorstädten ist ein sehr schöner neuer Park, und die Zahl großer Häuser und glänzender Equipagen ist ganz erstaunlich. Dichtbei hier sind Hotels mit 500 Schlafzimmern und ich weiß nicht wievielen Pensionären; aber mein Hotel ist ganz so ruhig und nicht viel größer als Mivarts in Brook-Street. Meine Zimmer sind alle *en suite* und ich komme und gehe durch eine Privattür und über eine Privattreppe, die mit meinem Schlafzimmer in Verbindung steht. Die Kellner sind Franzosen und man könnte denken, man lebte in Paris. Einer von den zwei Besitzern ist auch Besitzer von Niblo's Theater, und man behandelt mich auf das Zuvorkommendste. Die große Anziehung bei Niblo: „*Der schwarze Bucklige*" wird jetzt seit 16 Monaten (!) jeden Abend gespielt, und ist der abgeschmackteste Haken zum Anhängen von Ballets, den man sich denken kann. Die Leute, die darin spielen, haben und hatten nie die mindeste Vorstellung, was das Stück eigentlich bedeutet; aber nachdem ich meine geistigen Fähigkeiten aufs äußerste angestrengt, glaube ich entdeckt zu haben, daß *Der schwarze Bucklige* ein bösartiges Wesen ist, das sich mit den Mächten der Dunkelheit verbündet hat, zwei Liebende zu trennen und daß er, da die Mächte des Lichtes (ohne alle Gewänder) zur Rettung herbeieilen, besiegt wird. Ich rede in vollem Ernst, wenn ich sage, daß in dem ganzen, allabendlich gespielten Stück nicht zwei Seiten von *All the Year Round* enthalten sind; alles Übrige besteht aus allen möglichen Ballets, völlig unerklärlichen Prozessionen und dem Esel aus der Covent-Garden-Pantomime vom vorigen Jahre. In den andern Theatern der Stadt wiegen komische Opern, Melodramen und Schauspiele vor und meine Geschichten spielen darunter keine unbeträchtliche Rolle. Ich gehe nirgendswo hin, da ich die Regel festgestellt habe, daß es absolut unmöglich sein würde, Besuche mit meiner Arbeit zu verbinden … Die fenische Explosion in Clerkenwell[85] wurde in wenigen Stunden hierher telegraphiert. Ich glaube nicht, daß das amerikanische Volk irgendwelche Sympathie für die Fenier hat, obgleich politische Abenteurer aus einem Zurschautragen derselben Kapital machen mögen. Aber unzweifelhaft besteht ein großer Teil der irischen Bevölkerung dieses Staates aus Feniern und die Lokalpolitik von New-York ist in

---

[85] Der Versuch der Fenier vom 13. Dezember 1867, einige in dem Clerkenwell-Gefängnis in London sitzende Führer ihrer Partei durch Sprengung der Umfassungsmauer des Gefängnisses zu befreien. – D. Übers.

einem äußerst verderbten Zustande, wenn nur die Hälfte dessen, was man mir erzählt, wahr ist. Ich ziehe es vor, nicht von diesen Dingen zu reden; aber wenn die Gelegenheit es mit sich bringt, mache ich meine eigenen Beobachtungen. Große gesellschaftliche Verbesserungen in Bezug auf Lebensart und Duldung haben stattgefunden seit ich zuerst hier war, aber im öffentlichen Leben finde ich bis jetzt nur wenig verändert."

Er war mit der Hälfte seiner ersten New-Yorker Vorlesungen fertig, als ein Wintersturm eintrat, und von dieser Zeit an bis fast zu seiner Rückkehr war die Witterung selbst für Amerika ausnahmsweise strenge. Als der erste Schnee fiel, wurden die Eisenbahnen auf einige Tage geschlossen, und er beschrieb New-York als gedrängt voll von Schlitten während der Schnee in ungeheuern Mauern die ganze Länge der Straße hin aufgehäuft dalag. „Ich fuhr gestern, in Pelze eingehüllt, in einem ganz pomphaften Schlitten aus und machte einen imposanten Eindruck." – „Sähest Du mich ausfahren," schrieb er seiner Tochter, „bis zum Schnurrbart in Pelzen, eine gewaltige weiße, rot und gelb gestreifte Decke umgeschlagen, Du würdest mich für einen Ungarn oder Polen halten." Nichtsdestoweniger nützten diese Vorsichtsmaßregeln ihm wenig, und als die Zeit kam, nach Boston zurückzukehren, fand er sich am Schlusse seiner Reise mit einer Erkältung und einem Husten behaftet, die ihn nicht wieder verließen, bis er Amerika verlassen hatte, und deren Wirkungen auf immer bedenklichere Weise fühlbar wurden. Für den Augenblick sprach er wenig davon, da er fest glaubte, er werde Herr darüber werden; aber bald drängte es sich in alle seine Briefe ein.

Auch sonst war seine Eisenbahnfahrt nicht angenehm gewesen. „Die Eisenbahnen sind wahrhaft beängstigend. Viel schlimmer (weil abgenutzter, vermutlich) als während meiner ersten Anwesenheit. Wir wurden gestern umhergeworfen, als wären wir an Bord der „Cuba" gewesen. Es müssen zwei Flüsse überfahren werden, und jedesmal wird der ganze Zug an Bord eines großen Dampfschiffs gestoßen. Das Dampfschiff steigt und fällt mit dem Flusse, was die Eisenbahn nicht tut, und der Zug wird entweder bergauf oder bergab gestoßen. Als wir gestern an einer dieser Fähren von dem Dampfschiff herunterkamen, wurden wir eine solche Höhe hinaufgestoßen, daß das Seil zerriß und ein Waggon wieder bergab in das Schiff hinunterglitt. Ich huschte in einem Augenblick hinaus und zwei oder drei Andre mir nach; aber sonst schien niemand sich darum zu kümmern. Die Behandlung des Gepäcks ist vollständig empörend. Fast meine sämtlichen Kisten sind schon zerbrochen. Als wir gestern von Boston abfuhren, sah ich zu meinem unsäglichen Erstaunen, wie Scott, mein Diener, sich mit gerötetem Gesicht gegen die Wand des Wagens lehnte und weinte. Es war über mein zertrümmertes Schreibpult. Dennoch sind die Einrichtungen für das Gepäck vortrefflich, wenn nur die Gepäckträger nicht so rücksichtslos damit umgingen." Dieselbe Vortrefflichkeit der Anordnung und dasselbe Wegschleudern ihrer Vorteile werden in demselben Briefe in Bezug auf einen andern Gegenstand erwähnt. „Die Hallen sind vortrefflich. Stelle Dir eine vor, die zweitausend Personen faßt, deren jede abgesondert und ganz ebenso gut als jede andere sitzt. Ich habe nirgends, weder in England noch sonstwo, eine so ausgezeichnete Polizei gesehen als die Polizei von New-York, und ihre Haltung in den Straßen ist über alles Lob erhaben. Auf der andern Seite werden die Gesetze zur Regulierung der öffentlichen Fuhrwerke, der Freihaltung der Straßen und der Entfernung von Hindernissen, von den Leuten, zu deren Bestem sie gemacht sind, auf das wildeste verletzt. Trotzdem haben nach allen Seiten unzweifelhafte Verbesserungen stattgefunden und ich lasse mir Zeit, ehe ich mir über allgemeine Zustände ein Urteil bilde. Ich muß noch hinzufügen, daß ich mich habe verleiten lassen, um drei Uhr morgens auszugehen, um eine der großen Polizeistationen zu besuchen, wo ich durch das Studium eines entsetzlichen Photographiebuchs von Diebsporträts so gefesselt wurde, daß ich nicht über mich vermochte, es zu schließen."

Ein Brief von demselben Datum (22. Dezember 1867) an seine Schwägerin erzählte von persönlichen Aufmerksamkeiten, die ihn bei seiner Rückkehr nach Boston erwarteten und sehr rührten. Er fand seine Zimmer geschmückt mit Blumen und mit Walddisteln mit wirklichen roten Beeren daran und mit Girlanden von Moos; und der heimische Weihnachtsanblick des Ortes ergriff ihn tief. „In dem Zollamte in Boston ist ein gewisser Kapitän Dolliver, der in dem kleinen Dampfschiff heranfuhr, welches mich von der „*Cuba*" an's Land brachte, und er setzte sich's in den Kopf, daß er in dem dieswöchentlichen Cunard-Dampfer einen Mistelzweig aus England mitbringen lassen wolle, der auf meinen Frühstückstisch gelegt werden sollte. Und da lag er heute Morgen. In solchen rührenden Charakterzügen, wie diesen, sind diese Neu-England-Leute besonders liebenswürdig ... Im Allgemeinen mußt Du als Regel gelten lassen, daß alles, was Du etwa in den Zeitungen über mich siehst, nicht wahr ist; aber gewöhnlich kannst Du dem Philadelphiaer Korrespondenten der Times, einem wohlunterrichteten Manne, ein gläubigeres Ohr leihen. Unser Hotel in New-York brannte neulich nieder. Aber Feuersbrünste sind in diesem Lande ganz selbstverständliche Dinge. Heute Morgen um vier Uhr war ein großes Feuer in Boston, und ich glaube, keine einzige Nacht ist vorübergegangen, seit ich unter dem Schutze des Adlers gewesen bin, ohne daß ich die Feuerglocken melancholisch über beiden Städten läuten hörte." Das heftige Schimpfen auf seinen Geschäftsführer in gewissen Organen der Presse bildet den Hauptinhalt des Restes dieses Briefes und erfährt noch weitere Erläuterung in einem Briefe von demselben Datum an mich. „Eine gute Probe der Art von Zeitungen, von denen ich und Du etwas kennen, erschien heute Morgen hier in Boston. Der Redakteur hatte sich um unsre Anzeigen bemüht und gesagt, seine Zeitung stehe ‚zur Insertion von Paragraphen zu Mr. Dickens' Verfügung'. Die Anzeigen wurden nicht geschickt; Dolby bereicherte die Spalten des Blattes nicht durch Paragraphen, und unter seinen Neuigkeiten findet sich heute das Item, ‚daß dieser Mensch, der sich Dolby nennt, sich gestern Abend unten in der Stadt betrunken hat, und weil er sich mit einem Irländer geprügelt, auf die Polizeistation gebracht ist'. Ich bedaure zu sagen, daß niemand hier über diese Spaßhaftigkeit sehr entrüstet scheint." Es ist nur billig hinzuzufügen, was er mir einige Tage später schrieb. „Die Tribüne ist eine vortreffliche Zeitung. Horace Greely ist der Hauptredakteur und auch ein bedeutender Aktionär. Alle an der Zeitung beteiligten Leute, die ich gesehen, gehören zu der besten Klasse. Sie steht auch pekuniär sehr gut – aber in dieser Hinsicht steht sie weit, weit hinter dem *New-York Herald* zurück. Eine andere tüchtige und gut redigierte Zeitung ist die *New-York Times*. Ein äußerst respektables, vortrefflich geschriebenes Journal ist auch *Bryant's Evening Post*. Im Allgemeinen herrscht ein weit gemäßigterer und anständigerer Ton als früher in den Zeitungen, von denen man mir sagt, daß sie eine weite Verbreitung haben, so gering das literarische Verdienst auch ist. Die Schreibart hat sich allerdings vielfach gebessert, doch könnte diese Verbesserung weiter verbreitet sein."

Es war jetzt die Zeit herangekommen, wo der Verlauf, welchen seine Vorlesungen unabhängig von den beiden Hauptstädten nehmen sollten, festgestellt und die allgemeine Tour entworfen werden mußte. Der ursprüngliche Plan seines Agenten war, daß sie jede Woche in New-York sein sollten. „Aber ich sage: nein. Am 10. Januar werde ich in dieser Stadt allein vor 35 000 Personen gelesen, die Vorlesungen für diese Zeit aus dem Bereiche des ganzen dahinter stehenden Volkes entfernt gehalten haben. Es ist eine der nationalen Eigentümlichkeiten, die mir ganz besonders auffällt, daß man eine Sache hier nicht zu leicht haben darf. Nichts dauert hier lange, und man schätzt ein Ding umso höher, je weniger leicht es gemacht wird. Wenn ich daher bedenke, daß es mein Wunsch ist, im April hier und in New-York mit Abschiedsvorlesungen zu schließen, so bin ich überzeugt, daß der Zudrang zu denselben, welcher notwendig ist, um einen angemessenen Erfolg zu sichern, nur durch Abwesenheit erlangt werden kann, und daß das beste für mich ist, nicht jeder Stadt so viel Vorlesungen zu geben, als sie jetzt zu haben wünscht, sondern von beiden unabhängig zu sein, während beide voller Begeisterung sind. Ich habe daher beschlossen, sofort so viele Vorlesungen (ich meine eine bestimmte Anzahl) in New-York als die letzten anzukündigen, als ich dort halten kann, ehe ich nach den versprochenen Orten reise, und daß wir die besten auf unserer Liste verzeichneten Orte mit den größten Hallen auswählen. Dies wird einschließen, hier im Osten die zwei oder drei besten Neu-England-Städte; in Süden Baltimore und Washington; im Westen Cincinnati, Pittsburg, Chicago und St. Louis und nach dem Niagara zu: Cleveland und Buffalo. In Philadelphia haben wir uns schon für sechs Abende engagiert, und der obige Plan wird uns ziemlich leicht zweimal vor den Abschiedsvorlesungen hierher zurückbringen. Ich bin überzeugt, daß dies die beste Politik ist." (Der Plan wurde später, wie man sehen wird, durch öffentliche Vorgänge und durch seinen eignen Gesundheitszustand etwas verändert, indem sowohl der Westen als ein Versprechen, nach Kanada zu kommen, aufgegeben werden mußte, aber im übrigen wurde er durchgeführt.) „Ich lese hier morgen und am Dienstag. Alle Billette bis an's Ende der Serie, sogar für die noch nicht angekündigten Gegenstände, sind verkauft. Ich habe noch kein einziges Mal für einen geringeren Reinertrag per Abend (nach allen Abzügen) gelesen als 315 Pfd. St. Aber Du kannst Dich darauf verlassen, daß ich mich sehr hüten werde, nicht öfter zu lesen als viermal wöchentlich – nach der nächsten Woche, in der ich mich verpflichtet habe, fünfmal zu lesen. Die unvermeidliche Tendenz der Geschäftsführer, wenn diese großen Zuhörerschaften sie aufregen, ist, in den Worten eines alten Freundes von uns, ‚den Künstler voranzutreiben', und vor einigen Abenden mußte ich fünf Vorlesungen von ihrer Liste ausstreichen."

Ehe er seine Vorlesungen in New-York wieder aufnimmt, muß noch ein Vorfall in Boston erwähnt werden. Seit seinem ersten Besuche in Amerika war der Professor der Chemie in Cambridge, Dr. Webster, dem Dickens damals unter den übrigen Professoren der Universität begegnet war, wegen des in seinem Laboratorium begangenen Mordes eines Freundes, der ihm Geld geliehen hatte, und Teile von dessen Körper unter der Tischplatte des Auditoriums verborgen lagen, wo der Mörder nach wie vor seine Vorlesungen hielt, gehängt worden.

„Da ich in Cambridge war", schrieb Dickens an Lord Lytton, „kam es mir in den Sinn, die medizinische Schule zu besuchen und mir das Lokal genau zu betrachten, wo Professor Webster jenen außerordentlichen Mord vollbrachte und sich so viel Mühe gab, den Körper des Ermordeten los zu werden. Die Räume waren entsetzlich düster, abgeschlossen, kalt und ruhig; der identische Schmelzofen roch furchtbar (vermuhlich war eine anatomische Brühe darin) als wäre der Körper noch dort, Gefäße mit Stücken sauer gewordener Sterblichkeit standen umher, wie die vierzig Räuber in *Ali Baba*, nachdem sie zu Tode gekocht waren; und Leichen lagen da, bereit, in die Vorlesungen des folgenden Morgens hineingetragen zu werden. In dem Hause, wo ich später dinierte, hörte ich eine erstaunliche und furchtbare Geschichte von einem, der weniger als ein Jahr vor dem Morde in einer Tischgesellschaft von zehn oder zwölf Personen bei Webster gewesen war. Das Dîner nahm einen ziemlich eigentümlichen Anfang, weil einer der Gäste (das Opfer einer instinktiven Antipathie) mit angstschweißtriefendem Gesichte aufsprang und ausrief: ‚O Himmel! es ist eine Katze im Zimmer!' Man fand die Katze und brachte sie hinaus, aber die Unterhaltung rückte nicht recht vom Flecke. Später beim Nachtisch ging es etwas besser, als Webster plötzlich dem Bedienten befahl, das Gas auszudrehen und eine Schale mit brennenden Mineralien zu bringen, die er vorbereitet hatte, damit die Gesellschaft sehen möge, wie gespensterhaft sie bei dem seltsamen Lichte aussehe. Alles dies geschah und jeder blickte voll Entsetzen seinen Nachbar an, als man sah, wie Webster sich mit einem Strick um den Hals über die Bowle beugte und mit auf die Seite gelehntem Kopf und heraushängender Zunge das Ende des Strickes in die Höhe zog, um einen gehängten Menschen darzustellen."

Dickens las in Boston am 23. und 24. Dezember, und am Weihnachtstage reiste er zurück nach New-York, wo er am 26. lesen sollte. Die letzten vor seiner Abreise geschriebenen Worte sprachen von Krankheit. „Die matte Tätigkeit des Herzens, oder was es sonst sein mag, hat mich diese letzte Woche sehr belästigt. Am Montagabend legte man mich nach der Vorlesung in sehr ohnmächtigem und schattenhaftem Zustande auf ein Bett, und am Dienstag stand ich erst nachmittags auf." Aber was in Wirklichkeit weniger ernst war, nahm nach außen die Form eines größeren Leidens an, und die Folgen der Erkältung, welche ihn, ohne daß seine englischen Freunde schon davon wußten, auf der Reise nach Boston befallen hatte, scheinen seine Umgebung am meisten beunruhigt zu haben. Die Mitteilung eines seiner amerikanischen Freunde, Mr. Fields, über den Zustand, in welchem Dickens damals Boston verließ und den Rest der von ihm übernommenen Arbeit durchführte, bildet ein trauriges, obschon angemessenes Vorspiel zu dem, was in dem folgenden Kapitel erzählt werden wird. „Er ging von Boston nach New-York mit einer durch unser rauhes Klima veranlaßten starken Erkältung. Er war ganz krank davon, kämpfte aber tapfer dagegen an. Seine Stimmung war wundervoll, und obgleich er allen Appetit verlor und nur sehr wenig Nahrung zu sich nehmen konnte, war er immer heiter und bereit für seine Arbeit, wenn der Abend herankam. Einige seiner literarischen Freunde in Boston hatten ein Festessen für ihn veranstaltet, aber er war an dem vorhergehenden Tage so krank, daß das Bankett aufgegeben werden mußte. Die Anspannung seiner Kraft und seiner Nerven war während der ganzen Zeit seines Aufenthalts in Amerika sehr groß, und nur ein Mann von eisernem Willen konnte durchführen, was er durchführte. Er sprach und schrieb ziemlich viel über Essen und Trinken, aber ich habe selten einen Menschen weniger essen und trinken sehen. Er verweilte gern mit seiner Phantasie bei dem Brauen einer Punschbowle, aber wenn der Punsch fertig war, trank er weniger davon als irgendeiner der Anwesenden. Es war die Empfindung der Sache und nicht die Sache selbst, was seine Aufmerksamkeit fesselte. Ich sah ihn kaum ein einziges Mal während seines ganzen Aufenthalts eine tüchtige Mahlzeit machen. Sowohl in Parker's Hotel in Boston als in dem Westminster Hotel in New-York taten die Besitzer alles zu seiner Bequemlichkeit, und lockende Gerichte wurden ihm, um seinen kranken Appetit zu reizen, zu verschiedenen Stunden des Tages hinaufgeschickt, aber die Influenza hatte die Herrschaft über ihn gewonnen und hielt den starken Mann nieder, bis er Amerika verließ."

Als er am Abend des Weihnachtstages in New-York ankam, fand er einen Brief von seiner Tochter vor. In seiner Antwort am Tage darauf sagte er: „Ich hatte ihn sehr nötig, denn ich litt an einer schrecklichen Erkältung (englische Erkältungen sind nichts im Vergleich zu den amerikanischen) und fühlte mich sehr elend … Es ist ein schlechtes Land zum Reisen und Unwohlsein. Du bist einer von etwa hundert Leuten in einem geheizten Waggon, mit einem großen Ofen; alle kleinen Fenster sind geschlossen und das Stoßen und die Erschütterung sind unbeschreiblich, die Atmosphäre abscheulich, die gewöhnliche Bewegung beinahe unerträglich." Am nächsten Tage machte er folgenden Zusatz zu dem Briefe. „Ich brachte es gestern Abend soweit, zu lesen, aber es erforderte meine ganze Kraft. Heute bin ich so unwohl, daß ich zu einem Arzte geschickt habe. Er ist eben hier gewesen und meint, ich würde vielleicht eine Zeit lang mit den Vorlesungen aufhören müssen."

Sein stärkerer Wille überwog und er setzte die Vorlesungen ohne Unterbrechung fort. Am letzten Tage des Jahres kündigte er uns an, daß er, obgleich er sehr unwohl gewesen, in der Besserung begriffen sei, daß er in einigen Tagen den vierten Teil der Vorlesungen werde vollendet haben, und daß der erste Monat des neuen Jahres ihn durch Philadelphia und Baltimore, sowie durch noch zwei Abende in Boston hindurchbringen werde. Er bereitete seine englischen Freunde auch auf die in kurzem zu erwartende überraschende Nachricht von vier Vorlesungen in einer Kirche vor, vor einer Zuhörerschaft von zweitausend in Kirchenstühlen untergebrachten Personen, während er selbst zum Vorschein kommen werde aus einer Sakristei.

Sechzehntes Kapitel

Neuer Besuch in Amerika: Januar bis April 1868
1868

Die Vorlesung am 3. Januar 1868 beschloß das erste Viertel der ganzen Serie, und an diesem Tage schrieb Dickens über die durch die Spekulanten ihm zugefügten Unannehmlichkeiten, welche die drei vorhergehenden Abende in New-York in gewissem Maße ungünstig beeinflußt hatten. Wenn Abenteurer die besten Plätze aufkaufen, so rächt das Publikum sich dafür, indem es die schlechtesten verweigert; dies dadurch zu verhindern, daß es sich zuerst selbst hilft, ist das letzte, woran es denkt. „Wir versuchen, den Spekulanten die besten Sitze vorzuenthalten, aber das Unbegreifliche ist, daß die große Masse des Publikums von ihnen kauft, es vorzieht, von ihnen zu kaufen, und daß der Rest des Publikums sich gekränkt fühlt, wenn wir ihnen eben jene Sitze nicht mehr verkaufen können. Wir haben jetzt einen reisenden Stab von sechs Personen; aber trotzdem wird Dolby, der mich heute verläßt, um morgen Abend in Philadelphia Billette zu verkaufen, ohne Zweifel in einen Sturm von Schwierigkeiten hineingeraten. Natürlich werden auch in einer solchen Sache einem Engländer möglichst viele Hindernisse in den Weg gelegt, und überdies faßt er selbst vielleicht seine Aufgabe nicht ganz recht an. Gestern Abend z. B. sah er einen der ‚Zeremonienmeister' (die den Leuten ihre Sitze zeigen) mit einem unserer Leute hereinkommen. Es ist gegen die Regel, daß irgendeiner von den in der Halle beschäftigten Dienern während der Vorlesung hinausgeht, und er stellte diesen Mann auf britische Weise deshalb zur Rede. Sofort setzte der freie und unabhängige Zeremonienmeister seinen Hut auf und ging davon. Als die anderen freien und unabhängigen Zeremonienmeister (einige zwanzig an Zahl) dies sahen, setzten sie ihre Hüte auf und gingen davon, so daß wir für heute Abend vollständig ohne die nötige Bedienung blieben. Seitdem ist eine solche improvisiert; aber eine so geringfügige Sache war es kaum wert, Aufregung und Unzufriedenheit hervorzurufen, zumal da auch einer unsrer eignen Leute Schuld hatte, und in Wahrheit ist heute Abend wenig zu tun. Die Amerikaner sind so daran gewöhnt, ihre Interessen selbst wahrzunehmen, daß eine dieser ungeheuern Zuhörerschaften mit einer Leichtigkeit ihre Plätze findet, die bei einem Besucher von St. James'

Hall Staunen erweckt; und die Sicherheit, mit der alle an ihren Plätzen sind, ehe ich anfange, ist ein sehr erfreuliches Zeichen ihrer Achtung. Unsre große Arbeit liegt draußen und wir haben unsern Stab, abgesehen von mehreren Jungen, durch die regelmäßige Anstellung eines neuen Schreibers, eines Bostoners, auf sechs vermehren müssen ... Da die Spekulanten die Vordersitze kaufen (wir haben öfter gefunden, daß Kaufleute dies tun, die eine gute Position haben), will das Publikum die Hintersitze nicht nehmen, gibt die Billette zurück, schreibt und druckt ganze Bände über die Sache und schreckt andere vom Kommen ab. Du mußt nicht denken, daß dies in bedeutendem Maße der Fall ist, denn unsere geringste Zuhörerschaft hier hat 300 Pfd. St. eingetragen, aber nichtsdestoweniger trifft es uns. Darüber ist kein Zweifel. Glücklicherweise erkannte ich die Gefahr in ihren Anfängen und änderte die Liste zur rechten Zeit. Du kannst Dir von dem, was der Stab zu tun hat, eine Vorstellung machen, nach dem, was sie jetzt in Händen haben. Sie sind beschäftigt, 6 000 Billette für Philadelphia und 8 000 Billette für Boston zu drucken, zu numerieren und zu stempeln. Sowie diese fertig sind, werden 8 000 neue Billette für Boston erforderlich sein und wahrscheinlich noch 6 000 für Washington, und dies alles abgesehen von der Korrespondenz, den Anzeigen, den Rechnungen, den Reisen und dem abendlichen Geschäft der Vorlesungen viermal wöchentlich ... Ich kann diese unerträgliche Erkältung nicht los werden. Mein Wirt erfand für mich ein Getränk aus Brandy, Rum und Schnee, nannte es „*Felsengebirgnieser*" und sagte, es solle alles weniger wirksame Niesen austreiben – aber es hat diese Wirkung noch nicht gehabt. Sagte ich Dir schon, daß das Lieblingsgetränk vor dem Aufstehen ein *Augen-Öffner* ist? Es hat wieder ein großer Schneefall stattgefunden, dem ein starker Tau folgte."

Tags darauf ging er nach Boston zurück, und an dem dann folgenden Tage schrieb er mir: „Ich soll hier am Montag und Dienstag lesen, am Mittwoch nach New-York zurückkehren und am Donnerstag und Freitag dort abschließen (mit Ausnahme der Abschiedsvorlesungen im April). Die Vorlesung von Dr. Marigold in New-York tat eine gewaltige Wirkung. Die Leute waren zuerst in Zweifel, da sie offenbar nicht die leiseste Vorstellung hatten, was damit gemacht werden könne, und brachen zuletzt in einen vollständigen Chorus des Entzückens aus. Am Ende erhoben sie ein großes Geschrei und stürmten auf die Plattform zu, als wollten sie mich im Triumph forttragen. Dies bringt einen neuen starken Pfeil in meinen Köcher. Einen andern außerordentlichen Erfolg hat *Nickleby* und der *Hausknecht in dem Holly-Tree-Inn* davon getragen (man würdigt dies, beiläufig gesagt, hier in Boston mehr als selbst *Copperfield*) und denke Dir, daß der letzte Abend in New-York uns mehr als 500 Pfd. St. englisch eintrug, nach mehr als dem notwendigen Abzug für den gegenwärtigen Preis des Goldes! Der Geschäftsführer geht immer mit einem gewaltigen Bündel umher, das aussieht, wie ein Sofakissen, aber in Wirklichkeit Papiergeld ist, und die Größe eines Sofas erreicht hatte an dem Morgen als wir nach Philadelphia abfuhren. Nun, die Arbeit ist hart, das Klima ist hart, das Leben ist hart, aber die Einnahme ist bis jetzt auch ungeheuer. Meine Erkältung weigert sich steif und fest, auch nur einen Zoll zu weichen. Sie quält mich zu Zeiten sehr, obgleich sie immer gut genug ist, mich für die nötigen zwei Stunden zu verlassen. Ich habe Allöopathie, Homöopathie, kalte Sachen, warme Sachen, süße Sachen, bittre Sachen, Stimulantien, Schlafmittel versucht – Alles mit demselben Resultat. Nichts bringt sie fort."

In demselben Briefe wurde auf das kirchliche Geheimnis Licht geworfen. „In Brooklyn werde ich in Mr. Ward Beecher's Kirche lesen, dem einzigen Gebäude, welches dort für den Zweck verwendbar ist. Du mußt wissen, daß Brooklyn eine Art Schlafstelle für New-York ist, und für einen äußerst reichen Ort gilt. Wir vermieten die Sitze je nach den Kirchenstühlen! Die Kanzel wird abgetragen, um meinem Schirm und Gas Platz zu machen, und ich trete hervor aus der Sakristei, in kanonischer Form. Diese kirchlichen Unterhaltungen finden an den Abenden des 16., 17., 20. und 21. des gegenwärtigen Monats statt." Sein erster Brief nach seiner Rückkehr nach New-York (9. Januar) fügte dem von Brooklyn entworfenen Gemälde einige Züge hinzu. „Jeden Abend wird eine ungeheure Fähre mich und meinen Staatswagen (nicht zu reden von einem halben Dutzend Lastwagen und zahllosen Leuten und einer beträchtlichen Anzahl von Pferden) über den Fluß nach Brooklyn bringen und mich ebenso wieder zurückführen. Der Verkauf der Billette dort war eine staunenswerte Szene. Die edle Armee der Spekulanten (dies ist wörtlich wahr und ich rede ganz im Ernst) ist jetzt männiglich mit einer Strohmatratze, einem kleinen Brot- und Fleischsack, zwei wollenen Decken und einer Flasche Whiskey versehen. Mit dieser Ausrüstung legen sie sich die ganze Nacht, ehe die Billette verkauft werden, reihenweise auf das Pflaster nieder, gewöhnlich schon um zehn Uhr abends. Da es in Brooklyn sehr kalt war, machten sie ein gewaltiges Feuer in der Straße an – einer engen Straße mit hölzernen Häusern – und als die Polizei das Feuer auszulöschen versuchte, entstand eine allgemeine Schlägerei, aus der die in der Reihe am weitesten entfernten Leute, wenn sie eine Möglichkeit sahen, andre, die näher an der Türe waren, zu vertreiben, blutend hervorstürzten, ihre Matratzen an den so gewonnenen Stellen niederlegten und sich an dem eisernen Geländer festhielten. Um 8 Uhr morgens erschien Dolby mit den in einen Mantelsack gepackten Billetten. Er wurde sofort begrüßt mit einem lauten Geschrei: Holla, Dolby! Karlchen hat Dir also seinen Wagen geliehen. Hat er, Dolby? Wie geht es ihm, Dolby? Laß die Billette nicht fallen, Dolby! Mach schnell, Dolby! u. s. w. – in dessen Mitte er zu seinem Geschäfte schritt, das er, wie gewöhnlich, unter allgemeiner Unzufriedenheit beschloß. Er geht jetzt auf eine kleine Reise, um sich zu orientieren, und wird dann schnell zurückkommen. Diese kleine Reise (nach Chicago) ist 350 Meilen mit der Eisenbahn und dann noch die Rückfahrt." Dies mochte anstrengend sein für den Engländer, aber es war nichts für den geborenen Amerikaner. Es machte, wie Dickens mir erzählte, einen Teil des gewöhnlichen Lebens seines Wirtes in New-York aus, im Verlauf einer Woche, an einem Montag, nach Chicago zu fahren und dort nach seinem Theater zu sehen, nach Boston zurückzurasseln und sich dort sein Theater anzusehen an einem Donnerstage, und nach New-York zu eilen an einem Freitage, um dort seinem ungeheuern Ballet eine Rede zu halten.

Drei Tage später schrieb er, ebenfalls noch aus New-York, an seine Schwägerin. „Ich reise heute Abend zu dem ersten der drei Besuche von je zwei Abenden nach Philadelphia, wo die Billette schon alle verkauft sind. Meine Erkältung will durchaus nicht weichen, aber übrigens bin ich so wohl, als bei dieser angestrengten Arbeit möglich ist. Meine Vorlesungen in New-York sind (mit Ausnahme der Abschiedsabende) vorüber und ich atme auf in dem Gedanken an die Beendigung dieses anstrengendsten Teils meiner Arbeit. Am Freitag war ich zuletzt wieder vollständig erschöpft, und wurde nochmals auf ein Sofa gelegt. Aber nach einer Weile ging die Mattigkeit vorüber. Wir haben jetzt kaltes, helles, frostiges Wetter, ohne Schnee. Das beste Wetter für mich." Am nächsten Tage schrieb er von Philadelphia an seine Tochter, daß er in dem Kontinental-Hotel, einem der gewaltigsten amerikanischen Gasthöfe, einquartiert sei, aber grade so ruhig darin wohne wie anderswo. „Alles ist sehr gut, mein Kellner ist ein Deutscher und der größere Teil der Diener scheint aus Farbigen zu bestehen. Die Stadt ist sehr rein und der Tag so blau und hell wie ein schöner italienischer Tag. Aber es friert sehr stark und meine Erkältung hat sich nicht gebessert. Denn die Eisenbahnwagen waren so unerträglich heiß, daß ich oft auf die äußere Galerie hinaustreten mußte, und dann biß die frostige Luft mich allerdings. Ich finde es notwendig (so drückt dieser amerikanische Katarrh, wie man es nennt, mich nieder), um drei statt um vier zu dinieren, damit ich mehr Zeit habe, Stimme zu bekommen; so werden die Tage abgekürzt und das Briefschreiben ist nicht so leicht."

Er fand nichts destoweniger Zeit, mir aus dieser Stadt (14. Januar) die interessantesten Mitteilungen zu machen über die Ansichten, die er sich, abgesehen von seinem Hauptzwecke, während seines damaligen Besuches gebildet hatte. In Bezug auf das schon an einer früheren Stelle hierüber Mitgeteilte, braucht nur noch wiederholt zu werden, daß er, obgleich der Ton der Parteipolitik ihm noch einen ungünstigen Eindruck machte, doch in sozialer Hinsicht überall einen großen Umschwung zum Besseren erkannte. Ich will nun andere Punkte aus demselben Briefe hinzufügen. Daß er es in Beziehung auf die Politik mit der Zeit seines Besuchs in New-York unglücklich getroffen hatte, wurde durch spätere Ereignisse unwiderleglich bewiesen. „Das irische Element gewinnt einen so ungeheuern Einfluß in der Stadt New-York, daß, wenn ich daran denke und die große römisch-katholische Kathedrale sehe, die sich dort erhebt, es mir unbillig scheint, andre monströse Dinge, die man auch sieht, als amerikanisch zu brandmarken. Aber die allgemeine Korruption in der lokalen Finanzverwaltung scheint staunenerregend und mehrere Gerichtshöfe zeigen beunruhigende Symptome, die, wie ich fürchte, im Lande geboren sind. Ein Fall kam neulich zu meiner Kenntnis, wobei es, nach den Mitteilungen, welche mir von einer Person gemacht wurden, die Interesse daran hatte einen richterlichen Bescheid zu vermeiden, vollkommen klar war, daß seine erste Sorge gewesen war, ‚dem Richter seine Aufwartung zu machen'." Dann gibt er ein Beispiel von jener gelegentlichen provinziellen Sonderbarkeit, die, obgleich harmlos an sich, doch in großen Städten sich auffallend äußerte durch eine Art halber Enttäuschung über das geringe Aufheben, das er selbst von den Vorlesungen machte, und in den Zeitungsbemerkungen über ‚Mr. Dickens' außerordentliche Gemütsruhe' auf der Plattform. „Gestern Abend hier in Philadelphia (meinem ersten Abend) war eine sehr erregbare und angeregte Zuhörerschaft so erstaunt über mein einfaches Hereinkommen und Öffnen meines Buches, daß ich nicht wußte, was eigentlich los sei. Sie dachten offenbar, ein Trompetenstoß hätte den Anfang verkündigen und Dolby hineingeschickt werden sollen, um auf mich vorzubereiten. Bei ihnen erregt die Einfachheit des Vorganges Staunen. In den Zeitungen wird man sich nicht darüber klar, daß ‚Mr. Dickens' außerordentliche Gemütsruhe' für den künstlerischen Eindruck des Ganzen notwendig ist, sondern beobachtet sie mit einem geheimen Zweifel, ob sie nicht vielleicht eine Geringschätzung der Zuhörerschaft bedingt. Beides fällt mir als komisch charakteristisch auf."

Sein Zeugnis über die Verbesserung der sozialen Gewohnheiten und Lebensweise ist in sehr entschiedenen Ausdrücken gehalten. „Es scheint mir nur vernünftig, zu erwarten, daß ich, indem ich westwärts gehe, die alten Sitten vor mir herschreiten sehen und vielleicht auf ihren Saum treten werde. Aber bis jetzt erlebe ich nicht mehr Zudringlichkeit und Langeweile, als wenn ich dasselbe Leben in England führe. Ich schreibe dies in einem gewaltigen Hotel, aber ich lebe so ruhig in meinen Zimmern und bleibe so vollkommen ungestört, als wäre ich in dem Eisenbahnhotel in York. Ich habe jetzt in New-York vor 40 000 Leuten gelesen und bin in den Straßen dort ebenso bekannt, als in London. Die Leute kehren wohl um, kehren sich noch einmal um, kommen mir entgegen und sehen mich an oder sagen zu einander: ‚Seht, da kommt Dickens!' Aber niemand bleibt je stehen, oder redet mich an. Als ich eines Tages vor dem Postamt in New-York im Wagen saß und las, während einer vom Stabe drinnen die Briefe mit Marken versah, wurde ich mir bewußt, daß einige Leute vor der Türe mich erkannt hatten. Als ich gutmütig hinausblickte, trat einer von ihnen (er sah wie der Buchführer eines Kaufmanns aus) an den Wagen heran, nahm den Hut ab und sagte freimütig: ‚Mr. Dickens, ich möchte sehr gern die Ehre haben, Ihnen die Hand zu drücken' – und nachdem dies geschehen, stellte er zwei andre vor. Nichts konnte ruhiger oder weniger zudringlich sein. Wenn ich in dem Eisenbahnwagen sehe, daß irgendjemand offenbar mit mir zu sprechen wünscht, so komme ich ihm gewöhnlich zuvor, indem ich ihn selbst anrede. Wenn ich draußen auf der Galerie stehe (um den unerträglichen Ofen zu vermeiden), so sagen wohl Leute, die aussteigen: ‚Da ich fortgehe, Mr. Dickens, und Sie nicht mehr als einen Augenblick belästigen kann, möchte ich Ihnen gern die Hand drücken, Sir.' Und so drücken wir uns die Hand und gehen unserer Wege ... Viele meiner Eindrücke gewinne ich natürlich durch die Vorlesungen. So finde ich, daß die Leute leichter und humoristischer sind als früher; und alle Klassen müssen ein gutes Teil unschuldige Einbildungskraft besitzen, sonst könnten sie nicht mit so außerordentlichem Vergnügen an der Erzählung des Hausknechts von dem Entlaufen der zwei kleinen Kinder hängen. Sie scheinen die Kinder zu sehen, und die Frauen ergehen sich in einer schrillen Begleitung, halb des Mitleids, halb der Freude, die ganz rührend ist. Heute Abend findet meine sechsundzwanzigste Vorlesung statt; aber da alle Billette für vier weitere Vorlesungen in Philadelphia, sowie für vier in Brooklyn schon verkauft sind, mußt Du annehmen, daß ich bei meiner fünfunddreißigsten Vorlesung angelangt bin. Ich habe an Coutts mehr als 10 000 Pfd. St. in Gold überschickt, und nach meiner Veranschlagung wird mir Dolby noch 1 000 Pfd. St. mehr für diese Vorlesungen auszuzahlen haben. Diese Zahlen bleiben vorläufig natürlich unter uns; aber sind sie nicht glänzend? Die Ausgaben, mußt Du immer bedenken, sind ungeheuer. Andererseits haben wir hier keine Veranlassung gefunden, Anschlagezettel irgendwelcher Art zu drucken (das Drucken und Verteilen der Anschlagszettel bilden große Ausgaben in England) und wir haben eben eine Papiermasse von 90 Pfd. St. Wert, die schon im Voraus für Anschlagezettel beschafft war, als eine völlig nutzlose Last verkauft."

Dann kam, wie immer, der beständige Schatten, der ihn begleitete: Der Sklave in seinem Triumphwagen. „Die Arbeit ist sehr anstrengend. Es ist jetzt keine Aussicht da, daß ich diesen amerikanischen Katarrh loswerde, ehe ich mich nach England einschiffe. Es ist äußerst lästig. Nicht selten geschieht es auch, daß ich so vollständig erschöpft bin, wenn ich aufhöre, daß man mich, nachdem ich gewaschen und angekleidet bin, auf ein Sofa legt, wo ich dann eine Viertelstunde sehr matt daliege. In dieser Zeit erhole ich mich gewöhnlich und bin wieder wohl." Eine Woche später schrieb er aus New-York, wo er sich am 16. zu der ersten seiner vier Vorlesungen in Brooklyn hatte einstellen müssen, an seine Schwägerin: „Meine Erkältung hält an mir fest und ich kann nicht sagen, was ich durch Schlaflosigkeit leide. Ich nehme selten mehr zum Frühstück als ein Ei und eine Tasse Tee – nicht einmal Toast oder Butter-Brot. Mein kleines Dîner um Drei und eine Wachtel oder etwas Leichtes derart, wenn ich abends nach Hause komme, bilden meine täglichen Mahlzeiten, und in der Lesehalle habe ich die Gewohnheit eingeführt, ein mit Sherry geschlagenes Ei zu mir zu nehmen, ehe ich hineingehe, und noch eins in der Pause zwischen den beiden Abteilungen, was mich, wie ich glaube, stärkt ... Es schneit jetzt stark und morgen gehe ich wieder auf Reisen. Es ist so viel Treibeis im Flusse, daß wir ziemlich viel Extrazeit zusetzen müssen, wenn wir mit der Fähre zu der Vorlesung hinüberfahren." Die letzte der Vorlesungen jenseits der Fähre fand an dem Tage statt, als dieser Brief geschrieben wurde. „Ich kam heute Abend in meiner Kirche zum Schlusse. Es ist die Kirche des Bruders von Mrs. Stowe und ein wunderbares Lokal zum Reden. Wir hatten sie gestern Abend (*Marigold* und der *Prozess*) ungeheuer voll; aber es erforderte kaum eine Anstrengung. Da Mr. Ward Beecher in seinem Stuhle zugegen war, ließ ich ihn bitten, zu mir zu kommen, ehe er fortging. Ich fand in ihm einen anspruchslosen, offenbar fähigen, offnen und angenehmen

Mann, außerordentlich gut unterrichtet und wohl bewandert in der Kunst."

Baltimore und Washington waren die Städte, wo Dickens jetzt, nachdem er New-York verlassen, zum erstenmal lesen sollte; und in Bezug auf die letztere erhoben sich Zweifel. Man hatte dort das ausnahmsweise Verfahren eingeschlagen, eine Halle mit Raum für nicht mehr als 700 Leute auszuwählen und für jeden Platz fünf Dollars angesetzt. Dickens hatte dem anfangs entschieden widersprochen, dann aber dem Argument nachgegeben, daß man „in New-York, Dank den Spekulanten, noch mehr Leute habe, die fünf Dollars für den Abend bezahlten". Jetzt aber kamen andere Einwendungen. „Horace Greeley dinierte vorigen Sonnabend bei mir," schrieb er am 20., „und wollte nicht davon hören, daß ich nach Washington ginge, das jetzt voll ist von den größten Rowdies und der schlechtesten Art von Volk in den Vereinigten Staaten. Gestern Abend um elf kam B., der ähnliche Zweifel laut werden ließ, und obgleich sie albern sein mögen, hielt ich sie doch der Beachtung wert, da B. so bald nach Greeley kam." Dolby wurde demnach besonders nach Washington geschickt, mit Vollmacht, die Vorlesungen abzusagen oder in Gang zu bringen, je nachdem Erkundigungen an Ort und Stelle das eine oder das andere erheischen möchten, und Dickens faßte zugleich den Entschluß, die letzten Anordnungen seiner Tour insoweit abzuändern, daß er die Entfernungen von Chicago, St. Louis und Cincinnati vermied, sich mit kleineren Orten und Einnahmen begnügte, und dadurch einen Monat früher in die Heimat zurückkehrte. Er war in Philadelphia, am 23. Januar, als er diese Absicht ankündigte. „Das Schlimmste ist, daß jeder, den man um Rat fragt, eine Monomanie in Bezug auf Chicago hat. ‚Guter Gott, Sir,' sagte die große Philadelphiaer Autorität heute Morgen zu mir, ‚wenn Sie nicht in Chicago lesen, werden die Leute in Krämpfe fallen!' Nun, antwortete ich, es wäre mir lieber, wenn sie in Krämpfe fielen als ich. Aber das schien ihm nicht im Mindesten einzuleuchten."

Aus Baltimore schrieb er seiner Schwägerin am 29., in einer freien Stunde vor seiner Rückkehr nach Philadelphia. „Es hat seit vierundzwanzig Stunden stark geschneit, obgleich dieser Ort so südlich liegt, wie Valencia in Spanien, und mein Geschäftsführer, der auf dem Wege nach New-York ist, hat eine gute Aussicht, irgendwo eingeschneit zu werden. Dies ist einer der Orte, wo Butler während des Krieges sein Gewaltregiment führte, und wo die Damen auszuspucken pflegten, wenn sie einem nördlichen Soldaten begegneten. Es sind sehr schöne Frauen, mit einem orientalischen Anflug, und kleiden sich glänzend. Ich habe selten so viele schöne Gesichter in einer Zuhörerschaft gesehen. Sie sind auch ein intelligentes verständnisvolles Volk und es liest sich sehr angenehm vor ihnen. Meine Halle ist ein allerliebstes, von einer Gesellschaft von Deutschen gebautes kleines Opernhaus, ein vorzügliches Lokal für meinen Zweck. Ich stehe auf der Bühne, während der Vorhang niedergelassen wird und mein Schirm davor steht. Die ganze Szene ist sehr hübsch und vollständig; und die Zuhörer haben einen Klang in sich, der tiefer dringt als in's Ohr. Ich gehe von hier nach Philadelphia, wo ich morgen Abend und am Freitag lese; komme hier wieder durch auf meiner Rückkehr nach Washington, komme hierher zurück am Sonnabend über acht Tage, zu meinen beiden Abschiedsvorlesungen, gehe dann nach Philadelphia zu zwei Abschiedsvorlesungen – und kehre damit dem südlichen Teile des Landes den Rücken. Unser neuer Plan wird im Ganzen 82 Vorlesungen umfassen." (Die wirkliche Zahl war 76, da sechs in Folge späterer politischen Aufregungen unterlassen wurden.) „Natürlich entdeckte ich nachher, daß wir die Liste schließlich an einem Freitage festgestellt hatten. Ich werde bis zur Hälfte kommen in Washington, – natürlich auch an einem Freitage und meinem Geburtstage." Mir schrieb er Tags darauf aus Philadelphia und begann mit einem Gott sei Dank, daß er Kanada und den Westen ausgestrichen hatte, denn er fand die Anstrengung ‚ungeheuer'. „Dolby kam zu dem Schlusse, daß die Unglückspropheten in Washington Unrecht hätten und ging mit der Sache voran, umso mehr als seine höheren Preise, die er schließlich auf drei Dollars feststellte, Beifall fanden. Fields ist so vertrauensvoll in Bezug auf Boston, daß der Rest meiner Liste in allem noch 14 Vorlesungen für dort enthält. Ich weiß nicht, wieviele wir hier noch gehabt haben könnten (wo mir auch sonst Aufmerksamkeiten bewiesen wurden, die mir sehr angenehm waren), hätten wir gewollt. Die Billette werden jetzt zu zehn Dollars das Stück wiederverkauft. In Baltimore hatte ich ein allerliebstes kleines Theater und eine sehr verständnisvolle lebhafte Zuhörerschaft. Es ist merkwürdig zu sehen, wie der Geist der Sklaverei noch in der Stadt spukt, und wie der schlenkernde, unreinliche, ausweichende und aufschiebende Ununterdrückbare sich bei seiner freien Arbeit benimmt, rund um sie herumgeht, statt sie frisch anzufassen. Die melancholische Absurdität, diesen Leuten Voten zu geben, wenigstens schon jetzt, würde einem aus jedem Rollen ihrer Augen, aus jedem Lachen ihrer Münder und jedem Buckel ihrer Köpfe entgegenstarren, wenn man nicht sähe (hier im Lande nicht umhin kann zu sehen), daß ihre politische Emanzipation ein Parteikniff ist, um Voten zu bekommen. Als ich neulich im Zuchthause war (dies fällt mir ein, da ich von Voten rede) und die Bücher dort ansah, bemerkte ich, daß fast jeder Mann einen oder zwei Tage vor dem Ablauf seiner Strafzeit ‚begnadigt' war. Warum? Weil er, wenn er seine volle Zeit abgesessen hätte, *ipso facto* sein Stimmrecht verloren haben würde. So wendet man denn diese Form der Begnadigung an, um sein Votum zu retten, und da jeder Gefängnisbeamte seine Stelle nur auf Grund der Partei bekleidet, der er angehört, so stimmen seine hoffnungsvollen Klienten natürlich für die Partei, welche sie herausgelassen hat ... Als ich in Beecher's Kirche in Brooklyn las, fanden wir, daß die Vorsteher die Tatsache unterdrückt hatten, daß eine gewisse 150 Personen fassende obere Galerie ‚die farbige Galerie' sei. Am ersten Abend konnte nicht eine Seele bewogen werden, hineinzugehen, und erst als es am folgenden Tage bekannt wurde, daß ich keinesfalls mehr als viermal dort lesen würde, gelang es uns, sie zu füllen. Eines Abends in New-York saßen auf unserer zweiten oder dritten Reihe zwei gut gekleidete Frauen mit einem Anflug von Farbe – wie mir schien, nicht einmal Quadronen. Aber ein Mensch, der ein Billet für den ihnen zunächst befindlichen Sitz hatte, fragte Dolby, ‚wie er sich unterstehen könne, ihn neben diese zwei gottverfluchten Negerweiber zu setzen?' und bestand darauf, daß ihm ein andrer guter Platz angewiesen werde. Dolby antwortete mit Entschiedenheit, er sei vollkommen überzeugt, Mr. Dickens werde einen solchen Einwand unter keiner Bedingung berücksichtigen, aber wenn er wolle, könne er sein Geld zurück haben. Was denn auch nach einigem Gezänk geschah. In einer komischen Szene in dem New-Yorker Circus, den ich eines Abends besuchte, setzten vier Weiße sich auf eine Bank in einem Barbierladen, um sich rasieren zu lassen. Ein Farbiger kam als fünfter Kunde herein und die vier liefen sofort hinaus. Hierüber lachte man sehr und klatschte Beifall. In dem Zuchthaus in Baltimore essen die weißen Sträflinge auf einer Seite des Zimmers, die farbigen Sträflinge auf der andern und niemandem fällt es ein, sie zusammenzusetzen. Aber es ist eine unzweifelhafte Tatsache, daß nicht grade die angenehmsten Ausdünstungen entstehen, wenn man eine Anzahl von Farbigen zusammenbringt, und ich mußte mich eiligst aus ihren Schlafzimmern entfernen. Ich glaube fast, daß sie hier schnell aussterben werden. Wenn man sie ansieht, scheint es so vollkommen töricht, für möglich zu halten, daß sie sich je gegen eine rastlose, talentvolle, vorwärtsstrebende stärkere Rasse behaupten können."

Am 4. Februar schrieb er aus Washington. „Du wirst gern durch eine Zeile hören, daß hier alles in Ordnung ist und daß die Unglückspropheten sich einfach lächerlich gemacht haben. Ich fing gestern Abend an. Eine sehr hübsche Zuhörerschaft, nicht die mindeste Unzufriedenheit über die erhöhten Preise, nichts verfehlt oder verloren, Cheers am Ende des *Weihnachtsliedes* und während des ganzen Vortrages ein Beifallssturm nach dem andern. Alle angesehenen Leute und deren Familien hatten Billette für sämtliche vier Vorlesungen genommen. Die Halle ist klein, dennoch betrug die Einnahme für den Abend 300 Pfd. St." Es wird keine Verletzung der Regel sein, der zufolge ich Privatnachrichten vermeide, wenn der sehr interessante Schluß dieses Briefes mitgeteilt wird. Die darin enthaltene Anekdote von Präsident Lincoln wurde von Dickens nach seiner Rückkehr wiederholt erzählt, und es liegt mir nicht ob, die Autorität von Sumner's Namen vorzuenthalten. „Ich werde morgen den Präsidenten sehen, der zweimal nach mir geschickt hat. Ich dinierte vorigen Sonntag, gegen meine Regel, bei Charles Sumner, und da ich mir ausbedungen hatte, daß keine Gesellschaft da sei, war, außer seinem Sekretär, der Kriegsminister Stanton der einzige Gast. Stanton ist ein Mann mit einem sehr merkwürdigen Gedächtnis, und außerordentlich vertraut mit meinen Büchern. Da er und Sumner die ersten beiden öffentlichen Männer waren, die an dem Sterbebette des Präsidenten erschienen und bei ihm blieben, bis er verschied, gerieten wir nach dem Dîner in ein sehr interessantes Gespräch, bei dem, da jeder der beiden die Sache besonders erzählte, die gewöhnlichen Abweichungen in Bezug auf Einzelheiten der Zeit bemerkbar waren. Dann erzählte Stanton mir eine merkwürdige kleine Geschichte, welche den Rest dieses kurzen Briefes bilden soll."

„Am Nachmittag des Tages, an welchem der Präsident erschossen wurde, fand ein Ministerrat statt, bei dem er den Vorsitz führte. Stanton, der damals Oberbefehlshaber der um Washington konzentrierten nördlichen Truppen war, kam ziemlich spät. In der Tat wartete man auf ihn, und als er ins Zimmer trat, brach der Präsident mitten in einem Satze ab und bemerkte: „Zu unserm Geschäft, meine Herren." Stanton sah dann mit großer Überraschung, daß der Präsident mit einem Ausdruck von Würde auf seinem Stuhle saß, statt wie sonst seine Gewohnheit war, sich in den wunderlichsten Attitüden darauf herumzuräkeln und daß er, statt zwecklose oder zweideutige Geschichten zu erzählen, ernst und ruhig war und ein ganz verschiedener Mensch. Als Stanton den Ministerrat mit dem Generalfiskal verließ, sagte er zu diesem: ‚Das ist die befriedigendste Kabinetssitzung, bei der ich seit langer Zeit zugegen gewesen bin! Welch' außerordentliche Veränderung ist in Lincoln vorgegangen!' Der Generalfiskal erwiderte: ‚Wir alle sahen es, ehe Sie hereinkamen. Während wir auf Sie warteten, sagte er, mit dem Kinn auf der Brust: ‚Meine Herren, etwas sehr

Außerordentliches wird geschehen und zwar sehr bald.' Worauf der Generalfiskal bemerkt hatte: Hoffentlich etwas Gutes, Sir! und der Präsident sehr ernst antwortete: ‚Ich weiß nicht, ich weiß nicht; aber geschehen wird es, und in kurzem.' Da ihnen allen seine Art und Weise auffiel, nahm der Generalfiskal die Sache wieder auf: ‚Haben Sie vielleicht Nachrichten erhalten, Sir, die uns noch unbekannt sind?' – ‚Nein,' antwortete der Präsident; ‚aber ich habe einen Traum gehabt. Und ich habe jetzt denselben Traum dreimal gehabt. Einmal in der Nacht vor der Schlacht bei Bull Run. Einmal in der Nacht vor' – irgendeiner andern Schlacht, die auch gegen den Norden ausfiel. Sein Kinn sank wieder auf seine Brust und er saß nachdenklich da. ‚Dürfte man fragen, was für ein Traum das war, Sir?' sagte der Generalfiskal. ‚Nun,' antwortete der Präsident, ohne den Kopf zu erheben oder seine Stellung zu verändern: ‚Ich bin auf einem großen, breiten, rollenden Fluß – und ich bin in einem Boot – und ich treibe dahin – und ich treibe dahin! – Aber das gehört nicht zu unserm Geschäft' – unterbrach er sich, indem er plötzlich den Kopf erhob und sich an dem Tische umblickte, als Stanton eintrat, ‚zu unserm Geschäft, meine Herren!' Stanton und der Generalfiskal sagten, als sie zusammen fortgingen, es werde interessant sein zu sehen, ob etwas hierauf geschehen werde und sie kamen überein, Acht zu geben. Au jenem Abend wurde er erschossen."

An seinem Geburtstage, den 7. Februar, hatte Dickens seine Zusammenkunft mit dem Präsidenten Andrew Johnson. „Dies zusammengestoppelte Geschreibsel wird heute Morgen wieder aufgenommen, weil ich grade den Präsidenten gesehen habe, der mich sehr höflich gebeten hatte, die Zeit festzusetzen, die mir am besten passe. Er ist ein Mensch mit einem merkwürdigen Gesicht, das Mut, Wachsamkeit und ganz gewiß Willensstärke anzeigt. Es ist ein Gesicht von dem Webster-Typus, aber ohne den Schwung von Webster's Gesicht. Er würde mir überall als eine bemerkenswerte Persönlichkeit aufgefallen sein. Seine Figur ist für einen Amerikaner etwas stark, ein wenig unter Mittelgröße; die Hände hält er vorn zusammen, seine Art und Weise ist vorsichtig, zurückhaltend, ängstlich. Jeder von uns sah den andern scharf an ... Ich sah ihn in seinem eignen Kabinett. – Als ich fortging, fuhr Thornton[86] in einem Galaschlitten vor, um seine Vollmachten zu überreichen. Um 12 sollte ein Kabinetsrat stattfinden. Das Zimmer erinnerte an das Vorzimmer des Saals in einem Londoner Club. An den Wänden nur zwei Kupferstiche: einer sein eignes Porträt, der

---

[86] Der englische Gesandte in Washington. – D. Übers.

andere das Porträt Lincoln's. In dem äußeren Zimmer saß ein gewisser sonnenverbrannter General Blair, mit vielen Spuren des Krieges an sich. Er stand auf, um mir die Hand zu drücken und erinnerte sich dann, daß er vor fünfundzwanzig Jahren mit mir auf die Prärie hinausgefahren war ... Da die Zeitungen erwähnt hatten, heute sei mein Geburtstag, ist mein Zimmer mit den seltensten Blumen angefüllt.[87] Sie strömten zur Frühstückszeit von allen möglichen Leuten herein. Die Zuhörerschaften sind hier wirklich ausgezeichnet. So bereit zu lachen oder zu weinen und in beidem so ergiebig, daß man sie eher für Manchester-Shillinge als für Washingtoner Halbe Pfunde Sterling halten möchte. Ach, ach! meine Erkältung ist schlimmer als je." Dasselbe hatte er auch am Anfang des Briefes geschrieben.

Die erste Vorlesung hatte vier Tage früher stattgefunden und wurde seiner Tochter in einem Briefe vom 4. Februar, nebst einem im Verlaufe derselben vorgekommenen komischen Vorfall beschrieben. „Das Gas ließ gestern Abend viel zu wünschen übrig und ich begann mit einer kleinen Rede des Inhalts, daß ich mich hinsichtlich der Erleuchtung meines Gesichtes auf die Helligkeit der Ihrigen verlassen müsse. Dies gefiel sehr. In dem Weihnachtsliede ereignete sich ein höchst lächerlicher Vorfall. Ganz plötzlich sah ich einen Hund aus den Sitzen im Mittelschiff hervorspringen und mich sehr aufmerksam betrachten. Da die allgemeine Aufmerksamkeit auf mich gerichtet war, glaube ich nicht, daß jemand den Hund sah; aber ich war so gewiß, er werde wieder zum Vorschein kommen und bellen, daß ich fortwährend mit dem Auge nach ihm herumsuchte. Es war ein sehr komischer Hund und es war gut für mich, daß ich grade einen komischen Teil des Buches las. Aber als er wieder an einem ganz neuen Orte in das Mittelschiff hinaussprang, und (mich noch immer aufmerksam betrachtend) die Wirkung eines Gebells auf mein Verfahren versuchte, wurde ich von einem solchen Anfall von Lachen ergriffen, daß es sich der Zuhörerschaft mitteilte, und wir laut und lange aufeinander loslachten."

---

[87] Einige Tage später beschrieb er es seiner Tochter. „Ich mußte an meinem Geburtstage in Washington über mich selbst lachen, er wurde gefeiert, als wäre ich ein kleiner Junge. Die schönsten Blumen und Kränze, in allen möglichen grünen Körben arrangiert, blühten in dem ganzen Zimmer, Briefe, strahlend von guten Wünschen, strömten herein, eine Brustnadel, eine schöne silberne Reiseflasche, ein Paar goldene Hemdenknöpfe und ein Paar goldene Manschettenknöpfe lagen auf dem Mittagstisch. Auch wurde die Lesehalle abends durch unbekannte Hände geschmückt, und nach dem Hausknecht im *Holly Tree* erhob sich die ganze Zuhörerschaft und applaudierte weiter, große Leute und alle, bis ich an den Tisch zurückging und ihnen eine kleine Rede hielt."

Drei Tage später kam die Fortsetzung in einem Briefe an seine Schwägerin. „Ich erwähnte wohl den Hund an dem ersten Abend hier. Am folgenden Abend glaubte ich, ich hörte (in *Copperfield*) ein plötzlich unterdrücktes Bellen. Es begab sich folgendermaßen. Einer unsrer Leute, der grade in der Türe stand, fühlte eine Berührung an seinem Beine und sah, als er niederblickte, einen Hund, der mich aufmerksam betrachtete und offenbar grade anfangen wollte, zu bellen. In einer Verzückung von Geistesgegenwart und Wut packte er ihn sofort mit beiden Händen und warf ihn über seinen eignen Kopf hinaus in den Eingang, wo die Billeteinnehmer ihn wie einen Ball auffingen. Gestern Abend kam derselbe Hund wieder, *mit einem andern Hunde;* aber unsere Leute paßten ihm so scharf auf, daß er nicht hineinkam. Er hatte dem andern Hunde offenbar freien Eintritt versprochen."

Was in diesem Briefe von einem noch tätigen, hoffnungsvollen, lebensfrohen, energischen Geiste zum Ausdruck kommt, der es vermochte, sich gegen Krankheit des Körpers zu behaupten und dieselbe in gewissem Maße zu überwinden, übte auch auf seine Umgebung einen so starken Einfluß, daß sie, obgleich Zeugin seiner Leiden, es doch schwer fand, den Umfang derselben zu verstehen. Die Traurigkeit, welche so seinen Triumphen immer zugrunde lag, macht dies alles sehr tragisch. „An jenem Nachmittage meines Geburtstages," schrieb er am 11. Februar aus Baltimore, „war mein Katarrh so schlimm, daß Charles Sumner, der um fünf Uhr kam und mich mit Senfpflastern bedeckt und anscheinend stimmlos fand, sich an Dolby wendete und sagte: ‚Gewiß, Mr. Dolby, heute Abend kann er unmöglich lesen!' Worauf Dolby sagt: ‚Sir, ich habe dies Mr. Dickens heute schon viermal erklärt, und bin sehr besorgt um ihn gewesen. Aber Sie können sich nicht vorstellen, wie anders er wird, wenn er an den kleinen Tisch tritt.' Nach fünf Minuten am kleinen Tische war ich (für den Augenblick) nicht einmal heiser. Die häufige Erfahrung dieser Wiederkehr meiner Kraft, wenn ich sie nötig habe, erspart mir viele Besorgnis; aber mitunter empfinde ich eine nervöse Furcht, daß ich einmal vollständig zusammenbrechen könnte." Über dieselbe Sache bemerkte er in einem andern Briefe: „Dolby und Osgood" (der Letztere vertrat die Verlagshandlung von Mr. Fields und gehörte zu der Reiseverwaltung) „tun die lächerlichsten Dinge, um mich in guter Stimmung zu halten.[88] (Ich fühle mich oft gedrückt und schlafe selten

---

[88] Dolby trug, ohne es zu wissen, um diese Zeit zu demselben erfreulichen Resultate bei, indem er Anzeigen veröffentlichte mit folgenden Worten: „Die Vorlesung wird zwei Minuten dauern und die Zuhörer werden ernstlich gebeten, zwei Stun-

viel.) Sie haben beschlossen, am ersten Tage des Februars in Boston einen Geh-Wettkampf zu veranstalten, zur Feier des Tages wenn ich sagen kann: Nächsten Monat nach Hause!" Der Geh-Wettkampf endete mit der Niederlage des Engländers, welche Dickens in doppelter Weise denkwürdig machte, durch eine Darstellung des amerikanischen Sieges, im Stile der Sporting-Zeitungen und durch ein einer Gesellschaft lieber Freunde in Boston gegebenes Dîner.

Nach Baltimore las er wieder in Philadelphia, woher er seiner Schwägerin am 13. über einen charakteristischen Zug schrieb, den er an beiden Orten bemerkt hatte. „Die Leute lassen sich durch nichts bewegen, an die Abschiedsvorlesungen zu glauben. Am Dienstagabend in Baltimore (einem sehr glänzenden Abend) fragten sie, als sie herauskamen: ‚Wann wird Mr. Dickens wieder hier lesen?' – ‚Nie.' – ‚Unsinn! Nach solchen vollen Häusern nicht wieder kommen? Flink, sagen Sie uns, wann er wieder lesen wird!' Grade so hier. Wir könnten sie ebenso leicht überreden, daß ich der Präsident bin, als daß ich morgen Abend hier zum letztenmal lesen werde ... Es ist ein Kind hier im Hause – ein kleines Mädchen – der ich eine schwarze Puppe schenkte, als ich zuletzt hier war, und da ich eben, seit ich anfing dies zu schreiben, ihr Auge am Schlüsselloch gesehen habe, glaube ich, sie und die Puppe müssen noch draußen sein. ‚Als Du sie mir durch den farbigen Jungen hinausschicktest,' sagte sie nach dem Empfang der Puppe (farbiger Junge ist der Ausdruck für einen schwarzen Kellner), ‚schrie ich so laut, daß Mama herunter gelaufen kam und auch schrie, weil sie meinte, ich hätte mir weh getan, aber ich schrie einen Freudenschrei.' Sie hatte an jenem Tage eine Freundin zum Spielen bei sich und brachte ihre Freundin mit – zu meiner größten Beunruhigung. Eine Freundin, die ganz aus Strümpfen bestand und viel zu groß war, die auf dem Sofa sehr weit zurück saß, während ihre Strümpfe nach vorn steif hervorsteckten, und die mich anstarrte und kein Wort sprach. Dolby fand uns in einer Art von Verzauberung einander gegenüber, wie Schlange und Vogel."

Am 15. war er wieder in New-York, mitten in neuen Kämpfen mit den Spekulanten. Diese Kämpfe schlossen sogar Anklagen auf Betrug bei Billetverkäufen in Newhaven und Providence ein, wo die Mayors Indignationsmeetings gehalten und sein Geschäftsführer vergebliche Versuche gemacht hatten, den Zorn zu besänftigen. „Ich erwarte ihn hier jetzt, halb seiner Sinne beraubt, zurück, und ich würde der meini-

---

den vor dem Beginn derselben an ihren Plätzen zu sein." Er hatte die Minuten und die Stunden transponiert.

gen ganz beraubt sein, wenn die Lage nicht eben sowohl komisch als unangenehm wäre. Wir können in unserem Billetbüro so viel verkaufen als wir wollen; aber wir können keine Billette von den Spekulanten zurückkaufen, weil wir dem Publikum angekündigt haben, daß alle Billette verkauft sind, und selbst wenn wir uns das Opfer auferlegten, zu ihren Preisen zu kaufen und zu den unsern zu verkaufen, würde man uns anklagen; mit ihnen in Unterhandlung zu stehen und Geld dadurch zu machen." In Providence endete die Sache damit, daß er selbst in die Stadt ging und eine Rede hielt; und in Newhaven endete sie damit, daß er das eingegangene Geld zurückschickte, mit der Bemerkung, daß er nicht lesen werde, ehe eine neue, von der ganzen Stadt gutgeheißene Verteilung der Billette stattgefunden habe. Dies führte neue Unruhen herbei; aber er blieb bei seinem Entschlusse, die Vorlesungen aufzuschieben, bis die Leidenschaften abgekühlt wären, und was in der Mitte des Februar hätte gegeben werden sollen, gab er erst zu Ende März.

Die Vorlesungen, welche er in den kleineren entlegenen Orten, an der Grenze von Kanada und in dem Niagaradistrikt, versprochen hatte, und die Syrakus, Rochester und Buffalo umfaßten, sollten in eben diesem Märzmonate stattfinden, der zwischen dem Schluß der gewöhnlichen Vorlesungen und den Abschiedsvorlesungen in den zwei Hauptstädten eine Pause machen sollte. Alle in New-York versprochenen Vorlesungen waren zum Abschluß gekommen, als er am 23. Februar von Boston zurückkehrte, bereit, die dort versprochene Anzahl noch zu vergrößern; aber eine plötzliche politische Aufregung trat ihm hindernd in den Weg. Es war der Monat, als die Abstimmung über die Anklage gegen den Präsidenten Johnson stattfand. „Es ist gut" (schrieb Dickens am 25. Februar), „daß das Geld bis jetzt so schnell eingegangen ist, denn ich befürchte, daß die große Aufregung über die Anklage gegen den Präsidenten unsere Einnahmen benachteiligen wird. Die Abstimmung fand gestern Abend um 5 Uhr statt. Um 7 wurden die drei großen Theater hier, die alle, bis zu diesem Augenblicke, vortreffliche Geschäfte gemacht hatten, von Lähmung betroffen. Um 8 war unsre lange Reihe von Außenstehenden, die auf unbesetzte Plätze warteten, nirgends zu sehen. Heute hört man alle Leute in den Straßen nur von einer Sache reden. Ich werde meine, für nächste Woche versprochenen (aber glücklicherweise noch nicht angekündigten) Vorlesungen unterdrücken und den Gang der Dinge beobachten. Wie ich schon früher sagte, dauert nichts in diesem Lande lang, und ich halte es für sehr wahrscheinlich, daß das Publikum bis zum 9. März, wo ich in einer beträchtlichen Entfernung von hier lese, den Namen des Präsidenten herzlich müde sein wird. Denke mich Dir also mit der Aussicht auf eine ganze Woche Ferien!" Zwei Tage später schrieb er seiner Schwägerin in erfreulicher Weise über seine Zuhörerschaften. „Sie sind dahin gekommen, die Vorlesungen und den Vorleser als ihr ganz besonderes Eigentum zu betrachten, und es würde Dir zugleich Unterhaltung und Freude gewähren, könntest Du sehen, auf wie merkwürdige Weise sie dies vermehrte Interesse an beiden zeigen. So oft sie lachen oder weinen, applaudieren sie auch, und die Gesammtwirkung ist sehr anregend. Ich werde bis zum Sonnabend, den 7., hier bleiben; aber nach morgen Abend werde ich hier nicht wieder lesen vor dem 1. April, wo meine Abschiedsvorlesungen, sechs an der Zahl, beginnen." Am 28. schrieb er: „Morgen über vierzehn Tage denken wir an den Niagarafällen zu sein, und dann werden wir zurückkommen und die Sache wirklich zu Ende bringen. Ich weiß *das Weihnachtslied* jetzt so gut, daß ich mich nicht daran erinnern kann und gelegentlich auf die wildeste Art herumirre, um verlorene Stücke aufzulesen. Es machte gestern Abend einen so ungeheuren Eindruck, daß ich alle fünf Minuten zum Stillstand kam. Ein armes, junges Mädchen in Trauer brach in einen leidenschaftlichen Schmerz aus über Tiny Tim, und wurde hinausgebracht. Wir hatten eine schöne Versammlung, und während ich in der Pause hinaus war, bedeckten sie den kleinen Tisch mit Blumen. Der Husten hat einen frischen Anlauf genommen, als wäre er etwas ganz Neues und ist heute schlimmer als je. Die Aufregung über den Präsidenten hat nachgelassen; aber die Anklageartikel sollen heute Nachmittag veröffentlicht werden, und dann mag sie von neuem beginnen. Osgood kam gestern von einem Billetverkauf an entfernten Orten in's Lager zurück, und berichtet, daß in Rochester und Buffalo (beides nahe an der Grenze gelegene Orte) Billette von Leuten aus Kanada gekauft wurden, die über den gefrornen Fluß gesetzt waren und alle möglichen Hindernisse überwunden hatten, um sie zu bekommen. Einige jener fernen Lesehallen erweisen sich als kleiner, als uns vorgestellt war, aber ich zweifle nicht – um einen amerikanischen Ausdruck zu gebrauchen – daß wir ‚vom Fleck rücken' werden. Man kann vernünftigerweise nicht erwarten, daß die zweite Hälfte der Einnahmen der ersten gleichkommt, wenn man die politischen Zustände und alle andern Verhältnisse in Erwägung zieht."

Sein altes Reiseunglück verfolgte ihn auch jetzt. An dem Tage, als er diesen Brief schrieb, begann ein Schneesturm, begleitet von einem heftigen Orkan, und nach all dem schlechten Wetter, das er schon überstanden, schrieb er am 2. März: „Dies ist der schlimmste Tag, den wir bis jetzt erlebt haben. Man telegraphiert, daß der Sturm eine ungeheure Strecke Landes durchweht, und daß er in Chicago ebenso stark ist, als hier. Ich hoffe, daß er einen Wendepunkt bezeichnet. Wir sind schon ganz krank von dem bloßen Ton der Schlittenglocken." Die Wege waren so schlecht und die Züge verspäteten sich so, daß er einen Tag früher aufbrechen mußte, und am 6. März fing seine Tour nach Nordwesten an, während der Sturm noch raste und ein dichter Schnee fiel. Am 13. schrieb er mir von Buffalo.

„Wir gehen morgen zu unserem eignen Vergnügen nach den Niagarafällen und ich nehme alle meine Leute mit. Wir fanden vorigen Dienstag Rochester in einem sehr sonderbaren Zustande. Vielleicht weißt Du, daß die großen Fälle des Genesseeflusses (wirklich sehr schön, selbst in solcher Nähe des Niagara) sich an jenem Orte befinden. Auf dem Höhepunkt eines plötzlichen Taues wollte eine ungeheure Eismasse oberhalb der Fälle nicht weichen, so daß die Stadt (zum zweitenmale in vier Jahren) mit Überschwemmung bedroht wurde. Boote waren in den Straßen bereit, alle Leute wachten die Nacht durch und niemand, außer den Kindern, schlief. Mitten in der Stille der Nacht hörte man ein donnerartiges Getöse, das Eis gab nach. Der geschwollene Fluß raste und toste die Fälle hinab, und die Stadt war in Sicherheit. Sehr malerisch! aber nicht sehr gut für das Geschäft, wie unser Geschäftsführer sagt. Besonders da die Halle in dem Mittelpunkte der Gefahr steht und, bei Gelegenheit der letzten Flut, zehn Fuß tief unter Wasser stand. Aber ich glaube, wir nahmen über 200 Pfd. St. englisch ein. An dem vorhergehenden Abend, in Syrakus – einem äußerst abgelegenen und unverständlich aussehendem Orte, anscheinend ohne Einwohner – hatten wir einige 375 Pfd. St. Hier hatten wir gestern Abend und werden heute Abend so viele Leute haben, als sich irgendwie in die Halle hineinpressen lassen.

„Dies Buffalo ist eine große und wichtige Stadt geworden, mit einem sehr starken deutschen und irischen Element in der Bevölkerung. Aber es ist sehr merkwürdig zu beobachten, indem wir uns der Grenze nähern, wie die amerikanische weibliche Schönheit ausstirbt und ein Frauenantlitz an deren Stelle tritt, das aus noch nicht verschmolzenen und noch nicht geformten deutschen, irischen, westamerikanischen und kanadischen Charakteren roh zusammengesetzt ist. Unsre Schönheitsschau ist abends gewöhnlich bemerkenswert, aber gestern Abend hatten wir in der ganzen Masse nicht ein Dutzend hübsche Gesichter, und die Gesichter waren alle stumpf. Ich habe eben einen Spaziergang durch die Stadt gemacht und dasselbe in den Straßen gesehen … Der Winter ist so streng gewesen, daß das Hotel auf der englischen Seite des Niagara (von wo man die schönste Aussicht auf die Fälle hat, und das aus diesem Grunde vorzuziehen ist) noch nicht eröffnet ist. So gehen wir notgedrungen in das amerikanische, welches auf unser Telegramm zurücktelegraphiert: ‚Alle Wünsche von Mr. Dickens werden vollkommen verstanden.' Ich bin noch nicht in mehr als zwei sehr schlechten Gasthöfen gewesen. Ich bin in einigen gewesen, wo ziemlich viel von dem herrscht, was man hier ‚Herumgießen' nennt. In diesem Sinne gebraucht, bedeutet ‚Herumgießen' Unreinlichkeit und Unordnung. Es ist ein komisch ausdruckvolles Wort, mit vielen Bedeutungen. Fields erkundigte sich neulich nach dem Preise eines Ankers Sherry. ‚Ja, Muschö Fields,' antwortet der Weinhändler, ‚das ändert sich mit der Qualität, wie nur natürlich ist. Wenn Se 'nen Sherry so grade zum Herumgießen haben wollen, kann ich Ihne 'ne sehr niedrige Summe fixieren.'"

Er setzte seinen Brief am 18. in Rochester fort. „Nach zwei sehr glänzenden Tagen an den Niagarafällen, kehrten wir gestern Abend hierher zurück. Morgen früh um sechs treten wir eine lange Eisenbahnfahrt, zurück nach Albany, an. Aber es ist jetzt, Gott sei Dank, fast alles zurück! Und doch weiß ich nicht, wie lange wir noch in Buffalo hätten fortfahren können ... Wir gingen an den Fällen überall hin und sahen sie von allen Seiten. Es führt jetzt, etwa eine halbe Meile von dem Hufeisen, eine Hängebrücke darüber hin, und eine andere, die zehn Minuten näher ist, soll im Juli eröffnet werden. Sie sind sehr schön, aber sehr kitzlich, wie sie dort oben hängen, inmitten der beständigen Erschütterung des donnernden Wassers; auch fühlt man sich nicht eben beruhigt durch die gedruckte Anzeige, daß Soldaten sie nicht im Marschschritt überschreiten, daß Musikbanden, wenn sie darüber hinziehen, nicht spielen dürfen und dergleichen. Ich werde nie die letzte Ansicht von dem Niagara vergessen, die wir gestern hatten. Wir waren überall gewesen, als mir der Gedanke kam, uns in einem offnen Wagen ein tüchtiges Stück sehr schwieriges Terrain hinaufzuarbeiten und so weit zu fahren, daß wir einen Punkt über dem Flusse erreichten und ihn sähen, wie er aus meilenweiter Entfernung seinem gewaltigen Sprunge zustürzt. Zu unsrer Rechten, bis hin an den Horizont, war eine wunderbare Verwirrung hellgrünen und weißen Wassers. Indem wir diese mit der Höhe des Falls zugewandtem Gesicht betrachteten, standen wir mit dem Rücken gegen die Sonne. So durch die gewaltige Schaumwolke gesehen, schien das majestätische Tal, unterhalb der Fälle, wie aus Regenbogen gemacht. Die hohen Ufer, die zerklüfteten Felsen, die Wälder, die Brücke, die Gebäude, die Luft, der Himmel, alle waren wie aus Regenbogen gemacht. Nichts in Turner's Aquarellen, aus seiner größten Zeit, ist so ätherisch, so phantasievoll, so farbenstrahlend, als was ich dort sah. Mir war als sei ich emporgehoben von der Erde und schaue hinein in den Himmel. Alles, was ich Dir einst sagte, als ich dieses Schauspiel vor fünfundzwanzig Jahren sah, kam mir bei diesem rührenden und erhabnen Anblick wieder in den Sinn. Das ‚schmutzige Gewand unseres Tons' fällt von uns ab, indem wir anschauen ... Ich nahm einen besonderen Wagen für unsere Leute, damit sie alles auf ihre eigene Weise und zu ihrer eigenen Zeit sehen könnten."

„Zwischen Rochester und New-York stehen große Strecken unter Wasser, und das Reisen ist sehr unsicher, was wir, wie ich fürchte, morgen erleben werden. Man ist hier wieder wegen des zu schnellen Steigens des Flusses in einiger Unruhe. Aber unsere Zuhörerschaft heute Abend ist viel größer als die erste. Allerliebste Hallen an diesen Orten, vortrefflich für Auge und Schall. Sie sind fast ohne Ausnahme als Theater gebaut, mit Bühne, Szenerie und guten Ankleidezimmern. Das Publikum könnte nicht besser sitzen (jeder Sitz ein Sperrsitz), vortreffliche Türwege und Gänge und glänzende Erleuchtung. Mein Schirm und mein Gas werden vor dem Vorhange angebracht und die zartesten Andeutungen bringen überall ihren Eindruck hervor. Niemand, außer meinen eigenen Leuten, kommt mir je nahe."

Seine Vorahnung der Ungewißheit, welcher seine Rückreise ausgesetzt sein könne, ging auf trübe Art in Erfüllung. Er beschrieb diese Reise in einem Briefe vom 21. Februar aus Springfield, an seinen Freund Frederic Ouvry, der an sich sehr interessant ist und das in diesen Kapiteln gegebene Bild durch einige lebensvolle Züge bereichert. Der unbezwingliche Mut, welcher sich allen Widerwärtigkeiten zum Trotz behauptet, tritt hier wieder wunderbar hervor. „Sie können sich kaum vorstellen, was mein Leben unter seinen gegenwärtigen Bedingungen ist, – wie hart die Arbeit ist und wie wenig Zeit ich zu meiner Verfügung habe. Für die tägliche Wiedergewinnung meiner Stimme ist es notwendig, daß ich um 3 Uhr diniere, wenn ich nicht auf Reisen bin; die Vorbereitungen für den Abend beginne ich um 6 und nach meinem Hôtel komme ich, so ziemlich erschöpft, um halb 11 zurück. Fügen Sie zu allem diesen hinzu: beständiges Eisenbahnreisen in einem der strengsten Winter, die man hier je erlebt hat, und Sie werden einige Gründe wahrnehmen, weshalb ich ein mittelmäßiger Korrespondent bin. Vorigen Sonntagabend verließ ich die Niagarafälle, um hierher und nach zwei dazwischen liegenden Orten zu fahren. Da ein starker Tau eingetreten war und sämtliche Flüsse durch das Schmelzen des Schnees anschwollen, war das ganze Land auf 60–70 Meilen überschwemmt. Dienstagnachmittag (ich hatte am Montag gelesen) gab der Zug die unter den Umständen völlig hoffnungslose Weiterfahrt auf, und hielt an einem Orte Namens Utika, dessen größerer Teil unter Wasser stand, während der hoch und trocken liegende Teil nichts Besonderes zu essen vorrätig hatte. Hier brachten einige der bejammernswerten Passagiere in dem Zuge zu, während andere das Hotel stürmten. Ich war glücklich genug, ein Schlafzimmer zu bekommen, und stattete dasselbe mit einem ungeheuren Kruge Gin-Punsch aus, bei dem ich und der Geschäftsführer einen Rubber mit zwei Strohmännern spielten. Um 6 Uhr morgens wurden wir aufgestört: wir sollten an ‚Bord kommen und es versuchen'. Um halb sieben wurden wir wieder aufgestört mit der Nachricht: ‚es sei nutzlos, an Bord zu kommen, oder es zu versuchen'. Um 8 Uhr wurden alle Glocken in der Stadt geläutet, um uns unverzüglich ‚an Bord' zu laden. Und so fuhren wir ab, durch das Wasser hindurch, ungefähr eine Meile die Stunde. Nichts war zu sehen als ertränkte Pachthäuser, Scheunen, die wie Noah's Archen umherschwammen, verlassene Dörfer, zerbrochene Brücken und jede Art von Zerstörung. Ich sollte an jenem Abend in Albany lesen und alle Billette waren verkauft. Ein sehr energischer Eisenbahninspektor versicherte mich, daß, wenn ich überhaupt ‚von der Stelle geschafft' werden könne, er der Mann sei, mich von der Stelle zu schaffen; und daß, wenn ich nicht von der Stelle geschafft werden könne, ich daraus schließen müsse, daß es nicht möglich sei. Dann schickte er hundert Leute in Siebenmeilenstiefeln aus, die vor dem Zuge hergingen, jeder mit einer langen Stange bewaffnet, und die Eisblöcke wegschoben. Dieser Kavalkade folgend, erreichten wir endlich Land und kamen zu rechter Zeit an, daß ich das *Weihnachtslied* und den *Prozess* triumphierend vorlesen konnte. Meine Leute (ich hatte fünf von ihnen bei mir) gingen mit Macht an die Arbeit und vollendeten in ein paar Stunden das Geschäft eines Tages. Wären wir nicht noch schließlich angekommen, wie wir ankamen, so würde ich 350 Pfd. St. verloren haben und Albany würde in Verzweiflung geraten sein. Sie werden sich von der Flut eine Vorstellung machen können, wenn ich die zwei bemerkenswertesten Vorfälle unserer Reise hervorhebe: 1) Wir befreiten die Passagiere aus zwei Zügen, die die ganze Nacht und den ganzen vorhergehenden Tag regungslos im Wasser gestanden hatten. 2) Wir befreiten eine große Menge Schafe und Rindvieh aus Viehwagen, die, ich weiß nicht wie lange, im Wasser gewesen waren, aber so lange, daß die Geschöpfe darin angefangen hatten, einander zu fressen und ein gräßliches Schauspiel darboten."[89]

---

[89] An dem Schlusse dieses Briefes bemerkte er: „Ich habe mit Chappell Verabre-

Außer in Springfield, hatte er Engagements in Portland, New-Bedford und anderen Orten in Massachusetts, ehe die Abschiedsvorlesungen in Boston anfingen, und es fehlten nur zwei Tage an dem Beginn dieser Zeit, als er die Arbeit, welche sie ausfüllen sollte, seiner Tochter beschrieb, wie folgt. Sein Brief war am 29. März aus Portland geschrieben, und man wird bemerken, daß er nicht mehr verhüllt oder beschönigt, was er litt und gelitten hatte. Während seiner schrecklichen Reise nach Albany hatte sein Husten ihn etwas verschont, aber die alte Krankheit in seinem Fuße war von neuem ausgebrochen, und obgleich er sie beharrlich ihrem früheren vermeintlichen Ursprunge zuschrieb, belästigte sie ihn sehr, erstreckte sich jetzt mitunter auch auf den rechten Fuß und lähmte ihn für die ganze Zeit, die er noch in den Vereinigten Staaten blieb. „Ich würde Dir mit der letzten Post geschrieben haben, aber ich war wirklich zu unwohl dafür. Der Tag zum Schreiben war der vorige Freitag, wo ich vor 11 Uhr morgens von Boston nach New-Bedford (12 Meilen) hätte aufbrechen sollen. Aber ich war so erschöpft, daß ich nicht aufstehen konnte und es darauf ankommen lassen mußte, ob ich mit einem Abendzuge zu rechter Zeit für die Vorlesung einträfe – was ich so grade tat. Mit der Rückkehr des Schnees vor acht Tagen wurde meine Erkältung so schlimm als je. Ich habe jeden Morgen von zwei oder drei bis fünf oder sechs gehustet und bin vollständig ohne Schlaf gewesen; außerdem habe ich keinen Appetit gehabt und keinen Geschmack.[90] Gestern Abend nahm ich hier etwas Laudanum und es ist das Einzige, was mir gut getan hat, obgleich es mich heute morgen übel machte. Aber das Leben in diesem Klima ist so sehr schwer! Als es mir gelang, New-Bedford zu

---

dungen getroffen, daß ich nach meiner Rückkehr, in hundert herbstlichen und Wintervorlesungen, den Vorlesungen auf immer ein Ende machen will. Ich kehre zurück mit dem Cunard-Dampfschiff ‚Russia'. Ich hatte bei der Herfahrt die Kajüte des zweiten Offiziers auf dem Verdeck und bei der Rückfahrt soll ich die Kajüte des Hauptproviantmeisters haben. Cunard war so freundlich, daran zu denken, daß dies auf der Sonnenseite des Schiffes sein wird."

[90] Folgendes war sein Bericht über seine Lebensweise während der letzten zehn Wochen in Amerika. „Ich kann nicht essen (d. h. bei weitem nicht so viel, als notwendig) und habe das nachstehende System festgestellt. Um 7 Uhr morgens im Bette ein Bierglas frische Sahne und zwei Eßlöffel Rum. Um 12 Uhr einen Sherry Cobbler und ein Biskuit. Um 3 (die Zeit zum Dîner) eine halbe Flasche Champagner. Fünf Minuten vor 8 ein geschlagenes Ei in einem Glase Sherry. In der Pause, während der Vorlesung, der stärkste Beeftee, den man machen kann, heiß getrunken. Ein Viertel nach 10 Suppe und irgendein kleines Getränk, worauf ich Appetit habe. Ich esse nicht mehr als ein halbes Pfund solide Speise in den vierundzwanzig Stunden, wenn so viel."

erreichen, las ich mit meiner ganzen Kraft und Lebendigkeit. Am nächsten Morgen mußte ich, einerlei ob gesund oder krank, um sieben hinaus, um auf meinem Wege hierher nach Boston zu kommen. Ich dinierte in Boston um drei und mußte um fünf, zu morgen Abend, 34 Meilen oder so hierher fahren, da am Sonntage kein Zug geht. Morgen Abend lese ich hier in einer sehr großen Halle und am Dienstagmorgen um sechs muß ich wieder aufbrechen, um noch einmal nach Boston zurückzukehren. Aber nach morgen Abend habe ich nur noch die Abschiedsvorlesungen, Gott sei Dank! Aber auch so habe ich an Dolby (der in New-York ist) schreiben müssen, daß er meinen Arzt dort bittet, mir eine beruhigende Arznei zu schicken, die ich abends nehmen kann, weil ich ohne Schlaf nicht durchkommen könnte. So sympathisch und hingebend die Leute um mich her auch sind, so unmöglich ist es, wenn sie sehen, daß ich die zwei Stunden durchhalte, so oft die Zeit kommt, ihnen begreiflich zu machen, daß auch viele Leiden damit verknüpft sind." Mir schrieb er am 30. aus demselben Orte, mit einem ähnlichen Geständnis. Keine Erklärung könnte den Schmerz der in seiner eignen einfachen Sprache enthüllten Leidensgeschichte vertiefen. „Ich schreibe in einer Stadt, von der drei Viertel vor drei Jahren in einem schrecklichen Feuer verbrannten. Die Leute wohnten in Zelten, während ihre Stadt wieder aufgebaut wurde. Die verkohlten Stämme der Bäume, mit welchen die Straßen der alten Stadt bepflanzt waren, stehen noch hie und da in den neuen Straßen, wie schwarze Gespenster. Der Neubau ist noch überall im Gange. Aber so erstaunlich ist die Energie dieses Volkes, daß die große Halle, in der ich heute Abend lesen soll (ihre Vorgängerin brannte mit auf), sehr wohl mit der Freihandelshalle in Manchester den Vergleich aushalten könnte! ... Meine Kraft ist beinahe erschöpft. Das Klima, die Entfernung, der Katarrh, das Reisen und die harte Arbeit haben (ich kann dies jetzt sagen, nun sie fast alle vorüber sind) angefangen, mich arg mitzunehmen. Ich leide an Schlaflosigkeit, und hätte ich mich verpflichtet, bis in den Mai hinein zu lesen, so glaube ich, ich würde zusammengebrochen sein. Es war gut, daß ich Kanada und den fernen Westen zu der Zeit aufgab, als ich es tat. Sonst würde es eine traurige Verwicklung gegeben haben. Es ist unmöglich, den Leuten in meiner Umgebung verständlich zu machen, so eifrig und ergeben sie auch sind (es ist unmöglich, selbst Dolby verständlich zu machen, ehe die Not drängt), daß die Fähigkeit, jeden Abend mit Geist und Frische das Beste zu leisten, zusammen bestehen kann mit der nächsten Annäherung zu einem Sinken unter der Anstrengung. Als ich am Donnerstag, nach drei sehr schweren Wochen, nach Boston zurückkam, sah ich, daß Fields meine Weiterreise nach New-Bedford (12 Meilen) am nächsten Tage, und dann meine Weiterreise hierher (40 Meilen) an dem dann folgenden Tage sehr bedenklich fand. Aber das Schlimmste ist vorüber, und so fühle ich mich fähig, darauf zurück zu blicken und darüber nachzudenken und darüber zu schreiben." Am 31. schloß er seinen Brief in Boston und er war nach Hause zurückgekehrt, als ich wieder von ihm hörte. „Die neueste Nachricht, mein lieber Kerl, ist, daß ich hier wohlbehalten angekommen bin und daß es mir jedenfalls besser geht. Ich betrachte meine Arbeit jetzt als tatsächlich vorüber. Ich fürchte, daß die politische Krisis die Abschiedsvorlesungen um die Hälfte des Ertrages verkürzen wird. Ich kann noch nicht mit voller Bestimmtheit darüber reden; aber meine Vorhersagungen sind bis jetzt ohne Ausnahme eingetroffen. Wir nahmen gestern Abend in Portland 360 Pfd. St. englisch ein, während eine kostspielige italienische Truppe, welche heute Abend dieselbe Halle benutzte, für nicht mehr als 14 Pfd. St. Billette verkaufte. Es ist grade so im ganzen Lande und das Schlimmste ist noch nicht vorüber. Alles Interesse wird absorbiert durch die Anklage gegen die Präsidenten und durch die nächste Präsidentenwahl. Connecticut ist besonders aufgeregt. Den Abend, nachdem ich vorige Woche in Hartford gelesen hatte, fanden dort zwei politische Meetings statt, Meetings zweier Parteien, und das Hotel war voll von Rednern, die aus den umliegenden Orten herbeigekommen waren. Ebenso in Newhaven: sowie ich fertig war, kamen Zimmerleute herein, um die Vorbereitungen zu treffen für die Politik des nächsten Abends. Ebenso in Buffalo. Ebenso, sehr bald, überall."

In demselben Tone schrieb er seinen letzten Brief aus Boston an seine Schwägerin. „Es ist jetzt so ziemlich gewiß, daß ich mit meiner Ansicht über die Abschiedsvorlesungen Recht behalten werde. Wir nahmen hier gestern Abend 300 Pfd. St. ein. Heute ist Fasttag, und heute Abend werden wir vermutlich viel weniger einnehmen. Dann werden wir vermutlich wieder in die Höhe gehen und es zu einer anständigen Durchschnittssumme bringen; aber es ist durchaus nicht wahrscheinlich, daß wir einen ungewöhnlich großen Erfolg haben werden. Jede Kanzel in Massachusetts wird heute den Tag über und heute Abend von heftiger Politik ertönen." Dies war am 2. April und eine Nachschrift wurde hinzugefügt. „Freitag, den 3. Der Katarrh schlimmer als je! und wir wissen noch nicht (um vier Uhr), ob ich heute Abend lesen kann oder aussetzen muß. Sonst alles wohl."

Dickens' letzter Brief aus Amerika wurde an seine Tochter Mary geschrieben, aus Boston, am 9. April, dem Tage vor seiner sechsten und letzten Abschiedsvorlesung. „Ich habe vorigen Freitag, als ich bezweifelte, ob ich dazu imstande sein werde, nicht nur gelesen, sondern gelesen wie nie vorher, so daß die Zuhörer ebenso erstaunt waren als ich selbst. Du kannst Dir keine Vorstellung machen von der aufgeregten Szene jenes Abends. Longfellow und sämtliche Leute in Cambridge drangen in mich, die andern Vorlesungen aufzugeben und ich war nahe daran, dies zu tun; aber heute fühle ich mich stärker. Ich kann nicht sagen, ob der Katarrh mir in den Lungen oder andern Atmungsorganen einen dauernden Schaden zugefügt hat, ehe ich mich ausgeruht habe und zu Hause angekommen bin. Ich hoffe und glaube nicht. Bedenke das Wetter! Seit ich zuletzt schrieb, haben wir zwei Schneestürme gehabt, und heute ist die Stadt in einem unaufhörlichen Wirbel von Schnee und Wind ausgelöscht. Dolby ist so zartfühlend wie eine Frau, und so wachsam wie ein Arzt. Er verläßt mich jetzt während der Vorlesung nie, sondern sitzt seitwärts auf der Plattform und behält mich die ganze Zeit im Auge. Ebenso George, der Gasmann, der tüchtigste und zuverlässigste Mensch, der je in meinem Dienste gewesen ist. Ich habe heute *Dombey* zu lesen, und muß es sorgfältig durchnehmen; so endet denn hier mein Bericht. Die persönliche Zuneigung der Leute an diesem Orte ist reizend bis zuletzt. Habe ich Dir schon gesagt, daß die New-Yorker Presse mir am Sonnabend, dem 18., ein öffentliches Festessen geben wird?"

In New-York, wo fünf Abschiedsvorlesungen stattfanden, betrug die Einnahme der letzten, am 20. April, 3 298 Dollars, während die Einnahmen der letzten Abschiedsvorlesung in Boston, am 8., sich auf 3 456 Dollars belaufen hatten. Aber auch an früheren Abenden waren diese Summen in denselben Städten erreicht worden; und in der Tat wechselten, mit einer gelegentlichen Ausnahme hier und dort, die Einnahmen so merkwürdig wenig, daß eine Erwähnung der höchsten Durchschnittserträge an andern Orten keine übertriebene Vorstellung geben wird von den gewöhnlichen Erträgen im Allgemeinen. In runden Summen beliefen sich die niedrigsten in New-Bedford auf 1 640, in Rochester auf 1 906, in Springfield auf 1 970 und in Providence auf 2 140 Dollars. Albany und Worcester brachten einen Durchschnittsertrag von etwas weniger als 2 400 Dollars, während Hartford, Buffalo, Baltimore, Syrakus, Newhaven und Portland auf 2 610 Dollars stiegen. Der letzte Abend in Washington trug 2 600 Dollars ein, und kein andrer Abend dort weniger als 2 500 Dollars. Philadelphia übertraf Washington um 800 und Brooklyn Philadelphia um 200 Dollars. Die durch die letzten vier Vorlesungen in Brooklyn eingenommene Summe belief sich auf 11 128 Dollars.

Das Festessen in New-York fand bei Delmonico statt, der Wirte waren mehr als zweihundert und Horace Greeley führte den Vorsitz. Dickens konnte nur mit großer Anstrengung zugegen sein und redete unter Schmerzen. Aber er benutzte diese Gelegenheit, sein Zeugnis für die Veränderungen von fünfundzwanzig Jahren abzulegen: das Entstehen großer, neuer Städte, das Wachstum der Anmut und Gesittung der Lebensweise, große, für jeden andern Fortschritt wesentliche Verbesserungen in der Presse und Veränderungen in ihm selbst, die ihn zu andern besser begründeten Ansichten geführt hatten. Er versprach seinen freundlichen Wirten, daß kein Exemplar seiner *Amerikanischen Noten* und *Chuzzlewit's* in Zukunft von ihm veröffentlicht werden solle, ohne die gleichzeitige Erwähnung der Veränderungen, auf die er an jenem Abend hingewiesen: der Höflichkeit, des Zartgefühls, der Gastfreiheit, der Rücksichtnahme in jeder Hinsicht, wofür er ihnen zu danken habe, und seiner Dankbarkeit für die, während seines ganzen Besuches bewiesene Achtung vor der Zurückgezogenheit, welche das Wesen seiner Arbeit und der Zustand seiner Gesundheit ihm auferlegt habe.

Er mußte das Zimmer verlassen, ehe die Verhandlungen vorüber waren.[91] Am nächsten Montage las er vor seiner letzten amerikanischen Zuhörerschaft und erklärte am Schlusse, er hoffe sich ihrer oft zu erinnern, bei seinem Winterfeuer wie in dem grünen Sommerwetter, und nie als einer bloß öffentlichen Zuhörerschaft, sondern als eines Heeres von persönlichen Freunden. Er segelte zwei Tage später in der „Russia" ab, und erreichte England in der ersten Maiwoche 1868.

---

[91] Folgendes ist der Bericht der Zeitungen. „Um 5 Uhr fingen die Wirte an sich zu versammeln, aber um halb 6 kam die Nachricht, daß der erwartete Gast an einem schmerzhaften Leiden des Fußes daniederliege. In kurzem jedoch verkündigte ein anderes Bulletin Mr. Dickens' Absicht, auf jede Gefahr hin, bei dem Festessen zugegen zu sein. Nachdem er etwas nach sechs die Treppe hinaufgeleitet war, wurde er von Mr. Greeley empfangen und die Wirte, die sich in zwei Reihen aufstellten, ließen die beiden berühmten Männer schweigend hindurchgehen. Mr. Dickens hinkte bemerkbar, sein rechter Fuß war in Tücher gewickelt, und er stützte sich schwer auf Mr. Greeley's Arm. Er litt offenbar große Schmerzen."

Siebzehntes Kapitel

Die letzten Vorlesungen
1868–1870

Günstiges Wetter verhalf ihm zu einer angenehmen Heimfahrt. Die Seereise hatte ihm sehr wohl getan, vor allem vielleicht durch ihre Ruhe, und am 25. Mai schilderte er sich seinen Bostoner Freunden als unglaublich braun und als Gegenstand der größten Enttäuschung an allen Orten, weil er so wohl aussehe. „Mein Arzt war ganz niedergeschlagen, als er mich am vorigen Sonnabend zuerst sah. *Guter Gott! Sieben Jahre jünger!* sagte er zurückschreckend." Daß er alles jenen schönen Tagen auf dem Meere zuschrieb und nichts der Ruhe von solchen Arbeiten, wie er sie durchgemacht hatte, zeigte der Schluß des Briefes auf nur zu traurige Weise. „Wir stellen schon – denkt Euch nur! – die Details meiner Abschiedsvorlesungen fest."

Schon während seiner Fahrt nach Amerika wurde dies Unternehmen betrieben. Aus Halifax schrieb er an mich: „Ich sagte den Chappells, daß ich nach meiner Rückkehr nach England eine Reihe von Abschiedsvorlesungen in London und den Provinzen halten und dann nicht mehr lesen werde. Sie machen mir sofort die schriftliche Anerbietung, daß sie alle Kosten tragen, die zehn Prozent für die Geschäftsführung bezahlen und mir für eine Reihe von 75 Vorlesungen 6 000 Pfd. St. bezahlen wollen." Die Bedingungen wurden gesteigert und festgestellt, ehe die ersten Vorlesungen in Boston ihr Ende erreichten. Die Zahl der Vorlesungen sollte einhundert und die Bezahlung, unabhängig von den Kosten und der Kommission, achttausend Pfd. St. betragen. Eine solche Versuchung war unzweifelhaft groß, und obgleich Dickens einen verhängnisvollen Irrtum beging, indem er ihr nachgab, so war es doch kein unedler Irrtum. Er tat es nicht in der Aufregung über die amerikanischen Einnahmen, von denen er noch nichts wußte, als er sich zu dem Unternehmen verpflichtete. Keinem Menschen lag im Grunde weniger an bloßem Gelde als ihm. Aber die notwendigen Ausgaben für viele Söhne waren eine beständige Sorge; er war stolz auf das, was die Vorlesungen getan hatten, diese Sorge zu verringern und grade die Anstrengung derselben, der, wie jetzt gewiß scheint, seine Gesundheit zuerst erlegen war, und die er sich immer weigerte, besonders mit ihnen zu verknüpfen, hatte auch sein altes

Vertrauen, daß er zu allen Zeiten für seinen höhern Beruf tauglich sei, gebrochen. Was nur seine Gesundheit affizierte, wollte er nach keiner Seite als einen Teil der Frage betrachten. Das mußte seiner Meinung nach als das Los mehr oder weniger aller Menschen ertragen werden, und je gründlicher er durch das, was er jetzt vorhatte, sein Gefühl der Unabhängigkeit und der Möglichkeit zu ruhen, machen könnte, umso bessere Aussichten würden vorhanden sein auf eine vollkommene Genesung. Das war der Geist, worin er diese letzte Verpflichtung unternahm. Es war eine ihm gebotene Gelegenheit, eine besondere Arbeit wirklich vollständig zu machen, ehe er sie auf immer aufgab. Etwas hiervon ist sogar in dem Überblick über seine vergangenen Errungenschaften erkennbar, den er mir damals mit verzeihlichem Stolz schickte.

„Wir fanden es sehr schwer, unsre amerikanischen Rechnungen, hinsichtlich des Betrages von Dolby's Kommission in englischem Gelde, in Ordnung zu bringen. Schließlich mußten wir uns des Beistandes eines Geldwechslers bedienen, um zu bestimmen, was Dolby als seinen Anteil an dem Durchschnittsverluste der Umsetzung in Gold bezahlen solle. Nach diesem Abzug betrug seine Kommission, glaube ich (ich habe die Zahlen nicht zur Hand), 2 888 Pfd. St.; Ticknor und Fields hatten eine Kommission von 1 000 Pfd. St., außer 5 Prozent von allen Einnahmen in Boston. Die Ausgaben in Amerika bis zum Tage unsrer Abreise betrugen 39 948 Dollars – in runder Summe 39 000 Dollars oder 13 000 Pfd. St. Die vorläufigen Ausgaben waren 614 Pfd. St. Der Durchschnittspreis des Goldes belief sich auf fast 40 Prozent, und doch betrug meine Reineinnahme nur etwa 100 Pfd. St. weniger als 20 000 Pfd. St. Angenommen, daß ich das gegenwärtige Engagement in guter Gesundheit durchführe, so werde ich mit den Vorlesungen in zwei Jahren 33 000 Pfd. St. gemacht haben, d. h. 13 000 Pfd. St. von den Chappells und 20 000 in Amerika. Was ich früher damit gemacht habe, könnte ich nur durch eine lange Untersuchung in Coutts' Rechnungsbüchern feststellen. Gewiß aber nicht weniger als 10 000 Pfd. St.; denn ich erinnere mich, daß ich die Hälfte dieser Summe während der ersten Campagne in London und den Provinzen mit dem armen Arthur Smith machte. Diese Zahlen sind natürlich nur unter uns; aber findest Du sie nicht ganz merkwürdig? Der Kontrakt mit Chappell fing an mit 50 Pfd. St. für den Abend und Bezahlung aller Auslagen, dann wurde es 60 Pfd. St. und jetzt steigt es zu 80 Pfd. St."

Die letzten Vorlesungen sollten im Oktober anfangen, und auf die Bitte eines alten Freundes, Chauncy Hare Townshend, der während seiner Abwesenheit in den Vereinigten Staaten starb, hatte Dickens die Aufgabe übernommen, welche ihn einen Teil des Sommers hindurch beschäftigte: ein Vermächtnis einiger Abhandlungen über Gegenstände des religiösen Glaubens, die im folgenden Jahre in einem kleinen Bande erschienen, durchzusehen und zur Veröffentlichung auszuwählen. Dann kam auch im Juni ein Besuch von Longfellow und dessen Töchtern, sowie später im Sommer Besuche von den Eliot Nortons; und bei der Ankunft von Freunden, die er, wie diese, ehrte und liebte, aus dem großen Lande, dem er so viel verdankte, fanden unendliche Festlichkeiten in Gadshill statt. Nichts konnte nach dieser Seite seine heitre Laune schwächen. Aber in den Pausen meiner amtlichen Arbeit sah ich ihn während jenes Sommers oft und nie ohne die Empfindung, daß Amerika ihn stark mitgenommen habe. Die Kraft seiner Natur hatte eine offenbare Abnahme erfahren, die Elastizität seines Wesens war geschwächt und der wunderbare Glanz seiner Augen wurde zu Zeiten getrübt. Eines Tages auch, als er mit Miss Hogarth von seinem Büro zum Dîner nach meinem Hause ging, konnte er nur die Hälfte der Buchstaben über den Ladentüren lesen, die rechts von ihm waren, wenn er hinblickte. Er schrieb dies einer Arznei zu, die er damals einnahm. Es war ein neues ungünstiges Symptom, daß sein rechter Fuß anfing zu leiden, obgleich bei weitem nicht in demselben Grade, wie sein linker während der Reise von der Grenze von Kanada nach Boston gelitten hatte. Aber alles dies verschwand bei jeder besondern Veranlassung zur Anstrengung, und er war nie unvorbereitet, den Rückhalt von Kraft, den er für sich selbst hätte aufbewahren sollen, freigiebig zu verschwenden für andre. Hierin lag in der Tat die große Gefahr, denn es stumpfte unser aller Empfindung gegen die Tatsache ab, daß entschiedene und dringende Gefahr wirklich vorhanden war.

Er hatte diese letzten Vorlesungen kaum angefangen, als die Besorgnis ihn ängstete, daß das Unternehmen, um die Freigiebigkeit der Chappells hinreichend zu vergüten, einer neuen Aufregung bedürfen werde, die ihn über den alten Schauplatz dahin trüge; und während er zu Anfang Oktober in Manchester und Liverpool beschäftigt war, erreichte mich die folgende Ankündigung. „Ich habe von dem Morde in *Oliver Twist* eine kurze Vorlesung gemacht; aber ich kann mich noch nicht entschließen, ob ich sie halten soll oder nicht. Ich bezweifle nicht, daß ich eine Zuhörerschaft vollständig versteinern könnte durch die Ausführung des Gedankens, den ich von der Darstellung habe. Ob aber der Eindruck nicht so entsetzlich sein würde, um die Leute ein andres Mal fern zu halten, darüber kann ich mit mir selbst noch nicht in's Reine kommen. Was ist Deine Ansicht? Die Vorlesung besteht aus drei kurzen Teilen. 1. Fagin stellt Noah Claypole an, Nancy zu beobachten. 2. Die Szene auf London Bridge. 3. Fagin weckt Claypole vom Schlafe auf, damit er Sikes seinen verdrehten Bericht über Nancy geben soll; und der Mord und das Gefühl des Mörders, daß man ihn verfolgt. Ich habe den Text mit großer Sorgfalt zusammengestellt, und das Ganze macht einen mächtigen Eindruck. Ich habe heute das Buch und die Frage den Chappells vorgelegt, die so beträchtlich dabei interessiert sind." Ich empfand eine starke Abneigung gegen diesen Vorschlag, weniger vielleicht wegen der wichtigen Frage der körperlichen Anstrengung, welche dabei ins Spiel kam, als weil ein solcher Gegenstand völlig über das Gebiet einer Vorlesung hinauslag; und es wurde beschlossen, vor einer kleinen Privatzuhörerschaft in St. James' Hall einen Versuch zu machen, ehe er sich endgültig darüber entschiede. Der Brief aus Liverpool, welcher dies am 25. Oktober ankündigte, verdient auch noch aus andern Gründen hier mitgeteilt zu werden. „Ich teile Dir so früh als möglich mit, daß die Chappells für den Versuch des Mordes in *Oliver Twist* den 18. November vorschlagen, wo alles von der Vorlesung des vorhergehenden Abends zur Hand ist. Ich hoffe, dies paßt Dir. Hier ist es uns gut ergangen, und wie es eingerichtet wurde, weiß niemand, aber wir nahmen vorigen Dienstag in St. James' Hall 410 Pfd. St. ein, 50 Pfd. St. mehr als das letztemal. Die Ausgaben sind jedoch bei den fürstlichen Anordnungen der Chappells so groß, daß wir nie mit kleineren und oft mit größeren Kosten anfangen als 180 Pfd. Sterl. ... Ich bin nicht wohl gewesen und habe mich furchtbar angestrengt. Allein ich habe sonst über wenig zu klagen – über nichts, gar nichts, obgleich ich, wie Mariana, müde bin.[92] Aber bedenke dies. Wenn alles gut geht und ich diese Reihe Vorlesungen triumphierend beende, werde ich in anderthalb Jahren 28 000 Pfd. St. damit verdient haben." Dies versöhnte mich nicht mehr mit dem, was ihm nur zu offenbar durch die vorgebliche Notwendigkeit einer neuen Aufregung, zum Zweck der Sicherstellung eines triumphierenden Erfolges, aufgedrungen war; und selbst die Privatprobe führte zu einem peinlichen Briefwechsel zwischen uns, aus welchem jetzt nur einige wenige Worte angeführt zu werden brauchen. „Wir hätten," schrieb er, „sehr gut übereinkommen können, in diesem Punkte verschiedener Meinung zu sein, weil es uns nur daran lag, wo möglich die Wahrheit zu entdecken, und weil es eine ausgemachte Sache war, daß ich die Erinnerung an etwas mit sehr einfachen Mitteln Ausgeführtes, sehr Dramatisches und Leidenschaft-

---

[92] Anspielung auf Tennyson's Gedicht: Mariana im Süden. – D. Übers.

liches zu hinterlassen wünschte, wenn die Kunst das Thema rechtfertigte." Abgesehen von bloß persönlichen Rücksichten, lag die ganze Frage in diesen letzten Worten. Es war mir unmöglich, zuzugeben, daß die angestrebte Wirkung wahrhaft künstlerisch oder so sei, daß man wünschen konnte, sie mit der Erinnerung an seine Vorlesungen zu verknüpfen.

Ich darf nicht unterlassen, zweier schmerzlichen Ereignisse zu gedenken, die ihn um diese Zeit betrafen. Am Ende des Monats, welcher dem Beginn seiner Vorlesungen voranging, verließ sein jüngster Sohn die Heimat, um einem älteren Bruder nach Australien zu folgen. „Dies Abschiednehmen ist hart, hart" (schrieb Dickens am 26. September), „aber es ist unser Aller Los, und es hätte ohne Mittel und Einfluß stattfinden können und würde dann viel härter gewesen sein." Kaum einen Monat später starb der letzte seiner überlebenden Brüder, Frederick, der nächste nach ihm selbst, in Darlington. „Einige seiner dortigen Freunde" (schrieb er am 24. Oktober) „hatten ihn mit der größten Sorgfalt und Liebe gepflegt. Es war ein verlorenes Leben; aber Gott verhüte, daß wir darüber, oder über irgendetwas in dieser Welt, das nicht absichtlich und mit Vorbedacht unrecht ist, hart urteilen."

Ehe der Oktober vorüber war, hatte die Wiederaufnahme seiner Arbeit schon ihre Wirkung auf ihn ausgeübt. Er schrieb am 29. seiner Schwägerin von Übelkeit und schlaflosen Nächten, und daß es notwendig für ihn geworden sei, wenn er eine Vorlesung halte, den ganzen Tag auf dem Sofa zu liegen. Nach seiner Ankunft in Edinburgh im Dezember hatte er berechnet, daß die Eisenbahnfahrt auf einem so langen Wege etwas mehr als dreißigtausend Erschütterungen der Nerven mit sich bringe; aber er fuhr, mit Vorlesungen an diesen entfernten Orten und regelmäßig dazwischen kommenden Abenden in London abwechselnd, bis Weihnachten fort, ohne viel andre nachteilige Folgen, als eine Unfähigkeit zu schlafen. Handelsverluste in Glasgow hätten den Erfolg dort beeinträchtigt. Aber Edinburgh bot dafür Entschädigung. „Die liebevolle Achtung der Leute ist ohne Grenzen und zeigt sich auf jede mögliche Weise. Die Zuhörerschaften geben sich ebenso viel Mühe mit den Vorlesungen als ich, und es fehlt nichts, als daß sie mich noch umarmten. Der Kustode der Halle in Edinburgh, ein schöner alter Soldat, beschenkte mich am Freitagabend mit der prächtigsten roten Kamelie für mein Knopfloch, die man je sah. Niemand kann sich erklären, wie er sie bekommen hat, da seitens der Damen in den Sperrsitzen eine beträchtliche Anfrage nach dieser Farbe bei den Blumenhändlern stattfand und nichts derartiges zu haben war."

Der zweite Teil seines Unternehmens fing mit dem neuen Jahre an, und die Szenen von *Sikes* und *Nancy*, die überall seinen Hauptgegenstand bildeten, forderten von ihm die furchtbarste physische Anstrengung. Im Januar war er in Clifton, wo er, wie er seiner Schwägerin erzählte, „bei weitem den besten Mord gegeben, der ihm bis dahin gelungen," während er an demselben Tage an seine Tochter schrieb: „Am Montagabend in Clifton hatten wir eine Ansteckung von Ohnmachten und doch war die Halle nicht heiß. Ich glaube, von einem Dutzend bis zu zwanzig Damen wurden zu verschiedenen Zeiten steif und starr hinausgetragen. Es wurde ganz lächerlich." Später war er in Cheltenham. „Macready ist der Ansicht, daß der Mord zwei Macbeth's gleichkommt. Er behauptet, daß er jedes Wort der Vorlesung gehört habe, aber ich bezweifle es. Leider ist er sehr kränklich." Am 27. Januar schrieb er seiner Tochter aus Torquay: der Raum, den man ihm zum Vorlesen angewiesen, und wo den Abend vorher eine Pantomime gespielt worden sei, sei etwas zwischen einem methodistischen Bethause, einem Theater, einem Zirkus, einer Reitschule und einem Kuhstall. An demselben Tage schrieb er mir aus Bath: „Landor's Geist wandert hier in den schweigenden Straßen vor mir her ... Der Ort sieht mir aus wie ein Kirchhof, von dem es den Toten gelungen ist, sich zu erheben und Besitz zu ergreifen. Nachdem sie aus ihren alten Grabsteinen Straßen gebaut haben, wandern sie kläglich umher und versuchen, lebendig auszusehen. Was ihnen vollständig mißlingt."

In der zweiten Februarwoche war er in London, mit der Verpflichtung, nach der gewöhnlichen wöchentlichen Vorlesung in St. James' Hall, nach Schottland (das er grade verlassen) zurückzukehren, als eine plötzliche Unterbrechung stattfand. „Mein Fuß ist wieder lahm geworden!" lautete seine Ankündigung an mich, am 15., und Tags darauf folgte der nachstehende Brief. „Sir Henry Thomson will mich heute Abend nicht lesen und morgen nicht nach Schottland gehen lassen. Eine gewaltige Zuhörermenge hier und auch in Edinburgh. Hier ist das von ihm aufgesetzte Zertifikat, das er selbst und Beard unterzeichnet haben. ‚Die Endes-Unterzeichneten, bescheinigen hiermit, daß Mr. Charles Dickens an einer durch Überanstrengung verursachten Entzündung des Fußes leidet, und daß sie sein Erscheinen auf der Plattform heute Abend verboten haben, weil er einige Tage das Zimmer hüten muß.' Ich habe in dem Great Western-Hôtel Zimmer bestellen lassen, und werde, wenn ich sie bekommen kann, heute Abend dorthin gehen. Der Himmel weiß, was für Engagements dies im April bedingen wird. Es bringt uns alle in Rückstand und wird mir mehr als 500 Pfd. St. kosten."

Einige ruhige Tage brachten wieder so viel Besserung, daß er, gegen die dringenden Bitten seiner Familie und seiner Freunde, am Morgen des 20. Februar, von Mr. Chappell selbst begleitet, in dem Zuge nach Edinburgh saß. „Ich kam," schrieb er mir am folgenden Tage, „müßig auf einem Sofa liegend hierher und wechselte meine Lage kaum während der ganzen Fahrt. Die Eisenbahnbeamten hatten alle möglichen Vorkehrungen getroffen, und ich fühlte mich behaglicher als auf dem Sofa in dem Hotel. Der Fuß verursachte mir keinerlei Unbequemlichkeit und ist die ganze Nacht ruhig gewesen." Nichtsdestoweniger war er zwei Tage später genötigt, Dr. Syme zu konsultieren; und er erzählte seiner Tochter, diese große Autorität habe ihn vor Überanstrengung bei den Vorlesungen gewarnt und ihm einige leichte Arzneimittel gegeben, übrigens aber erklärt, er befinde sich in „ganz vollkommen glänzendem Zustande". Wenn er sich in Acht nehme, meinte Dr. Syme, so werde der Schmerz sich beseitigen lassen. „‚Weshalb glaubte Thomson, es sei Gicht?' sagte er oft und schien diese Ansicht sehr übel zu nehmen." Ehe Dickens Schottland verließ, konsultierte er Syme noch einmal und schrieb mir am 2. März über den Unwillen, womit dieser wieder die Gichtdiagnose behandelt habe, während er selbst das Leiden für eine durch Erkältung hervorgerufene Affektion der zarten Nerven und Muskeln erklärte. „Ich sagte ihm, es habe sich in Amerika auch in dem andern Fuße gezeigt. ‚Dann will ich schwören,' sagte er, ‚daß Sie, außer der Ermüdung durch die Vorlesungen, zwei oder drei Tage vorher im Schnee herummarschiert sind.' Das war allerdings der Fall. ‚Da,' sagte er triumphierend, ‚wie fing es zuerst an? Im Schnee! Gicht? – Bah!' Wofür er zwei Guineen nahm." Dennoch traf der berühmte Schüler, Sir Henry Thomson, gewiß mehr das Richtige als der berühmte Meister, Dr. Syme, indem er dem Leiden einen mehr als bloß lokalen Charakter anwies.

Während jenes ganzen Märzmonats setzte er die Vorlesung der Szenen aus *Oliver Twist* fort. „Mit dem Fuße geht es famos," schrieb er an seine Tochter. „Ich fühle die Ermüdung darin (vier Morde in einer Woche), aber nicht sehr bedeutend. Er schmerzt nur des Nachts, und dann tut auch der andre weh, wahrscheinlich aus Sympathie." Am 8. hörte er in Hull von dem Tode seines alten lieben Freundes, Sir Emerson Tennent, dem er sein letztes Buch gewidmet hatte, und am Morgen des 12. traf ich ihn bei dem Leichenbegängnis. Er hatte am Abend vorher die Szenen aus *Oliver Twist* in York gelesen, hatte es grade möglich gemacht, indem er die Pausen seiner Vorlesung abkürzte, den Expresszug in höchster Eile zu erreichen, und war die Nacht durchgefahren. Er schien mir verwirrt und abgemattet; Niemand sah an jenem traurigen Morgen wohl mehr so aus als er.

Das Ende war nahe. Ein öffentliches Festessen, bei dem Lord Dufferin den Vorsitz führte und dessen später Erwähnung geschehen wird, war ihm am 10. April in Liverpool gegeben worden und eine Vorlesung war für den 22. des Monats in Preston angesagt. Aber Sonntag, den 18., empfingen wir schlechte Nachrichten von ihm aus Chester, und am 21. schrieb er aus Blackpool an seine Schwägerin. „Ich habe dies hübsche Hôtel am Meeresstrande aufgesucht, um einen ganz ruhigen Tag zu verleben. Es geht mir viel besser als am Sonntage, aber große Sorgfalt wird erforderlich sein, wenn ich mit den Vorlesungen durchkommen soll. Meine Schwäche und Taubheit sind ganz auf der linken Seite, und wenn ich etwas, das ich mit der linken Hand zu berühren suche, nicht ansehe, weiß ich nicht, wo es ist. Ich bin in (geheimer) Beratung mit Frank Beard, der sagt, daß ich ihm unbestreitbare Beweise von Überanstrengung geliefert habe, die er sofort unter seine Behandlung nehmen möchte; und so habe ich telegraphiert, daß er kommt. Ich habe heute einen köstlichen Gang am Meere gemacht, und ich schlafe gut und mein Appetit hat sich erstaunlich gebessert. Auch mein Fuß ist viel besser und ich trage meine eignen Stiefel." Der folgende Tag war für die Vorlesung in Preston festgesetzt und von diesem Orte schrieb er mir, während er auf Beard's Ankunft wartete. „Sage nichts davon, aber diese furchtbar schwere Arbeit erschüttert mich etwas. Vorigen Sonntag in Chester fühlte ich mich äußerst schwindlig und äußerst unsicher in meinem Tastsinn, sowohl im linken Beine, wie in der linken Hand und im linken Arme. Ich hatte eine von Beard verschriebene leichte Arznei genommen und schrieb ihm sofort, wie mir zu Mute war und fragte ihn, ob diese Empfindungen möglicherweise auf die Arznei zurückzuführen seien? Er erwiderte umgehend: ‚Es ist unmöglich, sie nach Ihrem Berichte misszuverstehen. Die Arznei kann sie nicht verursacht haben. Ich erkenne unbestreitbare Symptome von Überarbeitung darin und möchte Sie ohne Zeitverlust in Behandlung nehmen.' Seitdem sind jene Symptome bedeutend geringer geworden, aber er kommt heute Nachmittag hierher. Morgen Abend in Warrington werde ich mich nur noch durch fünfundzwanzig Vorlesungen hindurcharbeiten müssen. Wenn er mich dazu tüchtig machen kann, so zweifle ich nicht, daß ich mich wieder ganz erholen werde – wie damals, als ich in Amerika frei wurde. Der Fuß hat mir sehr wenig Unruhe gemacht. Es ist aber merkwürdig, daß es auch der linke Fuß ist und daß ich Sir Henry Thomson (ehe ich seinen alten Lehrer Syme sah) sagte, ich habe eine innere Überzeugung, daß, was es auch sein möge, es nicht Gicht sei. Ich sagte Beard auch ein Jahr nach dem Unfalle bei Staplehurst, ich sei überzeugt, daß mein Herz einen Stoß dadurch erlitten habe und etwas Hilfe bedürfe. Dies wurde durch eine Untersuchung mit dem Stethoskop bestätigt, und wenn ich die ungeheure Anstrengung bedenke, die ich auszuhalten habe, und das beständige Rasseln von Schnellzügen, so scheint die Sache mir ganz verständlich. Erwähne nach der Seite von Gadshill nichts darüber, daß ich nicht ganz in Ordnung bin. Ich habe die Sache natürlich berührt, aber sehr obenhin. In der Tat, es ist kein Grund vorhanden, sie anders zu berühren."

Noch am Schlusse dieses Briefes schmeichelte er sich mit der Hoffnung, daß er noch für seine Arbeit tüchtig gemacht werden könne und daß die Vorlesungen nicht unterbrochen zu werden brauchten. Aber Beard tat ihnen sofort Einhalt und führte seinen Patienten nach London. Am Freitagmorgen, den 23, erhielt ich in demselben Kuvert ein Billet von Dickens, worin er bemerkte, er sei ganz wohl, aber ermüdet, vollkommen gutes Mutes, nicht im Mindesten beunruhigt und er schreibe dies selbst, damit ich es durch seine eigne Hand erfahre – und einen Brief von seinem ältesten Sohne, worin dieser bemerkte, sein Vater scheine ihm sehr krank zu sein und eine Konsultation mit Sir Thomas Watson sei verabredet worden. Der Bericht dieses ausgezeichneten Arztes, der mir selbst im Juni 1872 von ihm mitgeteilt wurde, vervollständigt vorläufig die traurige Erzählung.

„Es war, wie ich glaube, am 23. April 1869, als ich die Aufforderung erhielt, zu Charles Dickens zu kommen, um mit Mr. Carr Beard eine Konsultation zu halten. Als ich nach Hause zurückkehrte, schrieb ich, nach dem gemeinsamen Bericht beider, auf, was folgt:

Nach ungewöhnlicher Reizbarkeit, fühlte Dickens sich vorigen Sonnabend oder Sonntag schwindlig, mit einer Neigung rückwärts zu gehen und sich umzuwenden. Dann, als er etwas auf einen kleinen Tisch legen wollte, schob er dies und den Tisch, ohne es zu wollen, vorwärts. Er hatte ein seltsames Gefühl von Unsicherheit in seinem linken Beine, als ob etwas Unnatürliches an der Ferse wäre, konnte aber das Bein aufheben, und schleppte es nicht hinter sich her. Er sprach auch von einer sonderbaren Empfindung in seiner linken Hand und seinem linken Arm; verfehlte die Stelle, auf die er diese Hand legen wollte, wenn er nicht aufmerksam hinsah, konnte die Hände nur mit Anstrengung nach dem Kopfe erheben, besonders die linke Hand – wenn er zum Beispiel sein Haar bürstete.

Er hatte Folgendes an Mr. Carr Beard geschrieben:

‚Ist es möglich, daß etwas in meiner Arznei mich äußerst schwindlig, äußerst unsicher auf den Füßen (besonders an der linken Seite) und äußerst abgeneigt, die Hände nach dem Kopfe zu erheben, gemacht haben kann? Diese Symptome beunruhigten mich Sonnabendnacht und gestern den ganzen Tag sehr.'

Der so beschriebene Zustand zeigte deutlich, daß Charles Dickens am Rande eines Lähmungsanfalls auf seiner linken Seite und möglicherweise eines Schlaganfalls, gestanden hatte. Er war ohne Zweifel das Resultat der mit seinen Vorlesungen verknüpften großen Eile, Überanstrengung und Aufregung.

Als Mr. Carr Beard von ihm hörte, war er sofort nach Preston oder Blackburn (ich vergesse, an welchen von beiden Orten) gegangen, hatte seine Vorlesung an demselben Abend untersagt und ihn mit nach London genommen.

Als ich ihn sah, schien er wohl zu sein. Sein Geist war unbewölkt, sein Puls ruhig. Sein Herz schlug mit etwas mehr als der natürlichen Schnelligkeit. Er sagte mir, er habe seit kurzem gelegentlich, aber selten, ein Wort vergessen oder falsch angewandt, er vergesse Namen und Zahlen, aber das habe er immer getan und er versprach unbedingten Gehorsam gegen unsre Verordnungen.

Wir gaben ihm das folgende Zertifikat:
‚Die Unterzeichneten bezeugen, daß Mr. Charles Dickens, in Folge der mit seinen öffentlichen Vorlesungen und langen und häufigen Eisenbahnfahrten verbundenen großen Anstrengung und Erschöpfung des Körpers und des Geistes, ernstlich unwohl gewesen ist. Unsrer Ansicht nach wird Mr. Dickens nicht imstande sein, ohne Gefahr für sich selbst seine Vorlesungen wieder aufzunehmen, ehe mehrere Monate verflossen sind.'

Thomas Watson
F. Carr Beard

„Nach mehreren Wochen jedoch drückte er den Wunsch aus, ich möge seinem Versuch, einige der Versprechen von Vorlesungen zu erfüllen, die er vor jenem Anzeichen eines Gehirnunfalls in Nordengland gegeben hatte, meine Genehmigung erteilen.

Da er inzwischen vollkommen wohl geschienen und sich vollkommen wohl gefühlt hatte, hielt ich mich nicht für berechtigt, diese Genehmigung zu verweigern und, indem ich ihm schriftlich große Vorsicht bei jenen Versuchen anempfahl, drückte ich zugleich die Besorgnis aus, er möge glauben, daß wir mit unsern Verordnungen geistiger und körperlicher Ruhe im April zu gebieterisch verfahren seien, und führte folgende Bemerkung an, die irgendwo in einer von Kapitän Cook's Reisebeschreibungen vorkommt: ‚Präventivmaßregeln sind immer gehässig; denn wenn sie am erfolgreichsten sind, wird ihre Notwendigkeit am wenigsten klar.'

Ich erwähne dies, um den beiliegenden Brief zu erklären,[93] den ich Sie bitte, mir als ein teures Andenken an den Schreiber, mit dem ich lange in sehr freundschaftlichen Beziehungen gestanden, zurückzuschicken. Wenn meine Aufzeichnungen Ihnen irgendwie von Nutzen sein können, so stehen sie vollständig zu Ihrer Verfügung. Ich bedauere nur, daß ich durch meine vielen dringenden Berufsarbeiten zu jener Zeit verhindert wurde, einen ausführlicheren Bericht über einen so interessanten Fall niederzuschreiben."

Die zwölf Vorlesungen, zu denen Sir Thomas Watson seine Einwilligung gegeben hatte, unter der Bedingung, daß sie nicht mit Eisenbahnreisen verbunden wären, sollten noch weiter aufgeschoben werden, bis in die ersten Monate des Jahres 1870. Sie waren eine Opfergabe von Dickens an die Herren Chappell, zur teilweisen Entschädigung für das Scheitern des Unternehmens, bei dem sie so viel auf's Spiel gesetzt hatten. Aber hier endete tatsächlich seine Laufbahn als öffentlicher Vorleser, und was noch davon übrig blieb, wird zusam-

---

[93] Dickens schrieb in diesem Briefe. „Ich danke Ihnen von Herzen für Ihre große Güte und Teilnahme. Es würde mir wahrhaft schmerzlich sein, zu denken, daß Sie ernstlich an meinem unbedingten Vertrauen auf Ihr professionelles Geschick und Ihren professionellen Rat zweifeln könnten. Ich bin noch ebenso überzeugt wie damals, als Sie bei Gelegenheit meines Zusammenbrechens durch Überanstrengung zu mir kamen, daß Ihre Verordnung, mit meinen Vorlesungen aufzuhören, notwendig und weise war. Und der Entschiedenheit derselben schreibe ich (nach menschlichem Ermessen) meine schnelle Genesung, von jenem Augenblicke an, zu. Ich würde selbst nach der Jahreswende unter keinen Umständen wieder angefangen haben, ohne Ihre Genehmigung. Ihre freundschaftliche Hilfe werde ich nie vergessen, und ich danke Ihnen noch einmal dafür, von ganzem Herzen."

menfallen mit dem Ende seiner Lebensgeschichte. Nur eine Anstrengung lag noch dazwischen, durch die er glücklich zu seinem alten Beruf zurückzukehren hoffte; aber auch ihr, wie der ihr vorhergegangenen, trat das strengere Schicksal mit einem ‚Nein' entgegen und sein letztes Buch schloß, wie seine letzten Vorlesungen, vorzeitig.

Achtzehntes Kapitel

Das letzte Buch
1869–1870

Das letzte von Dickens unternommene Buch sollte in illustrierten Monatsheften von dem alten Format veröffentlicht werden, aber mit dem zwölften Hefte schließen.[94] Es schloß, unbeendet, mit dem sechsten Hefte, an dessen Vollendung auch noch zwei Seiten fehlten.

Sein erster Gedanke zu der Erzählung fand in einem Briefe vom Juli 1869 Ausdruck. „Was meinst Du von einem Roman, der folgendermaßen anfinge? – Zwei Personen, ein Knabe und ein Mädchen, oder doch sehr jung, trennen sich voneinander, mit der Bestimmung, sich nach vielen Jahren – am Ende des Buches – zu heiraten. Das Interesse entsteht aus der Darstellung ihrer abgesonderten Lebenswege und der

---

[94] Bei der Aufsetzung des Verlags-Kontrakts hatte Mr- Ouvry auf Dickens' Wunsch eine Klausel eingeschaltet, welche damals für völlig nutzlos gehalten, aber später als traurig zweckmäßig erfunden wurde. Es war das erstemal, daß eine solche Klausel in einen seiner Kontrakte aufgenommen wurde. „Daß, wenn besagter Charles Dickens während der Abfassung besagten Werkes, des Geheimnisses von Edwin Drood, sterben, oder sonstwie unfähig werden sollte, besagtes Werk, wie verabredet, in zwölf Monatsheften zu vollenden, so soll John Forster, oder im Falle seines Todes, seiner Unfähigkeit oder Weigerung, die Sache zu übernehmen, dann eine andere Person, die von dem dermaligen königlichen Generalfiskal dazu ernannt wird, die Summe bestimmen, welche von besagtem Charles Dickens, seinen Exekutoren oder Administratoren, besagtem Frederic Chapman als billige Entschädigung für so viel von besagtem Werke zurückbezahlt werden soll, als nicht für die Veröffentlichung fertig sein wird." Die sofort für 25 000 Exemplare zu zahlende Summe betrug 7 500 Pfd. St.; in den Ertrag aller darüber hinaus verkauften Exemplare sollten Verleger und Autor sich teilen; und während der Autor noch lebte, belief die verkaufte Anzahl sich auf 50 000. Für die nach Amerika geschickten Druckbögen wurde eine Summe von 1 000 Pfd. St. bezahlt, und Baron Tauchnitz bezahlte, freigiebig wie immer, für seinen Leipziger Nachdruck. „Alle Werke von Dickens," schreibt mir Baron Tauchnitz, „sind kontraktmäßig von mir veröffentlicht worden. Mein Verkehr mit ihm dauerte fast siebenundzwanzig Jahre. Der erste Brief von ihm ist von Oktober 1843 datiert und der letzte von Ende März 1870. Unsre langen Beziehungen wurden nicht bloß nie durch die geringste Meinungsverschiedenheit getrübt, sondern waren die Veranlassung herzlicher persönlicher Gefühle, und das Andenken an seine gütige, freundliche Natur wird nie in mir erlöschen. Als ich ihn nach den Bedingungen für Edwin Drood fragte, antwortete er: ‚Ihre Bedingungen sollen die meinen sein.'"

311

Unmöglichkeit zu sagen, wie jenes über ihnen hängende Schicksal sich erfüllen wird." Dies wurde beiseite gelegt, aber das Verhältnis Edwin Drood's und seiner Verlobten ließ eine bemerkenswerte Spur davon in dem Romane, wie er später angelegt wurde, zurück.

Ich hörte zuerst von dem späteren Plane in einem Briefe vom 6. August 1869, worin er, nach einigen Worten voll des unverkürzten Lobes, das er immer den ausgezeichneten Leistungen andrer zuteil werden ließ, über eine für seine Wochenschrift erhaltene Erzählung,[95] von den Veränderungen sprach, die ihm für seinen eigenen Roman eingefallen waren. „Ich habe den Einfall, von dem ich Dir erzählte, bei Seite gelegt und habe eine sehr eigentümliche und neue Idee für einen neuen Roman. Keine mitteilbare Idee (oder das Interesse des Buches würde dahin sein), aber eine sehr starke, wenn schon schwer auszuarbeitende." Der Roman sollte, wie ich unmittelbar darauf erfuhr, den Mord eines Neffen durch seinen Onkel zum Gegenstande haben und das Eigentümliche dabei sollte die Erzählung der Laufbahn des Mörders von ihm selbst am Schlusse sein, wo die Versuchungen derselben dargestellt werden sollten, als wäre der Versuchte nicht der Schuldige selbst, sondern ein andrer. Die letzten Kapitel sollten geschrieben werden in der Zelle der verurteilten Verbrecher, wohin seine ihm mühsam entlockte, wie von einem andern berichtete Sündhaftigkeit ihn gebracht hatte. Die Entdeckung der völligen Nutzlosigkeit des Mordes für den beabsichtigten Zweck durch den Mörder sollte der Begehung der Tat unmittelbar folgen; aber das Suchen nach dem Mörder sollte bis gegen den Schluß erfolglos bleiben, wo mittelst eines goldnen Ringes, welcher der ätzenden Wirkung des Kalkes, in den er den Leichnam hineingeworfen, widerstanden hatte, nicht nur die ermordete Person identifiziert werden sollte, sondern auch der Ort des Verbrechens und der Mann, der es begangen. So viel wurde mir mitgeteilt, noch ehe etwas von dem Buche geschrieben war, und man

---

[95] „Ich habe eine äußerst bemerkenswerte Geschichte für Dich zu lesen. Sie besteht nur aus zwei Kapiteln. Aber es ist etwas, was sich in der Erinnerung nie mit andern Geschichten vermischen kann, sondern immer eine Stelle für sich einnehmen wird." Die Erzählung wurde veröffentlicht im 37. Heft der neuen Serie von *All the Year Round*, unter dem Titel: Ein Erlebnis. Die ‚neue Serie' war angefangen worden, um die zu große Länge einander folgender Bände zu unterbrechen und die einzige Änderung, welche sie ankündigte, war das Aufhören der Weihnachtshefte. Dickens selbst war derselben müde geworden und da er bemerkte, in welchem Umfange sie jetzt (wie auch bei andern von ihm gegebenen Beispielen gewöhnlich der Fall war) auf allen Seiten nachgeahmt wurden, meinte er, auch das Publikum würde ihrer vermutlich müde werden.

wird sich erinnern, daß der von Drood genommene Ring, den seine Verlobte nur dann erhalten sollte, wenn ihr Verlöbnis fortdauerte, bei ihrer letzten Zusammenkunft von ihm mit fortgenommen wurde. Rosa sollte sich mit Tartar verheiraten und Crisparkle mit der Schwester von Landleß, der, soweit ich mich erinnere, selbst umkommen sollte, indem er Tartar bei der schließlichen Entlarvung und Verhaftung des Mörders Hilfe leistet.

Nichts war indes von den Hauptteilen des Planes aufgeschrieben worden, außer dem, was man in den veröffentlichten Heften findet; kein Wink und keine Vorbereitung für den weitern Verlauf der Erzählung war in Notizen für spätere Kapitel vorhanden und es blieb nicht einmal das, wovon er selbst über das Buch Thackeray's, bei welchem dieser durch den Tod unterbrochen wurde, so traurig geschrieben hatte. Die Zeugnisse für gereifte Pläne, die nie ausgeführt, für entworfene Absichten, die nie erfüllt, für abgesteckte Gedankenbahnen, die nie betreten, für in der Ferne glänzende Ziele, die nie erreicht werden sollten, fehlten hier. Es war eine vollständige Leere. Nichtsdestoweniger wurde genug vollendet, um die Verheißung eines viel größeren Werkes zu geben, als seines unmittelbaren Vorgängers. „Ich hoffe, sein Buch ist vollendet," schrieb Longfellow, als die Kunde von seinem Tode nach Amerika hinüberblitzte. „Es ist jedenfalls eins seiner schönsten Werke, wenn nicht das schönste von allen. Es würde zu traurig sein, denken zu müssen, daß die Feder seiner Hand entfallen wäre und es unvollendet gelassen hätte." Einige seiner Charaktere waren fein gezeichnet und in den Schilderungen zeigte seine Phantasie sich in vollem Glanze. Keine Linie fehlte an der Wirklichkeit in dem kleinsten lokalen Detail der verschiedenartigsten Orte und wir sahen mit gleicher Lebendigkeit die träge Kathedralstadt und die düstre Höhle der Opium-Esser.[96] Etwas von der alten Leichtigkeit und Lebenslust gab dem Humor eine neue Frische; die Szenen zwischen der

---

[96] Ich füge hinzu, was ein amerikanischer Korrespondent mir mitgeteilt hat. „Ich besuchte neulich mit demselben Inspektor, der Dickens begleitete, das Lokal der Opiumraucher, die alte Eliza und ihren Freund, den Lascar oder Bengalesen. Dort kam mir der Einfall, die Bettstelle zu kaufen, welche, in Erzählung und Bild, so genau in Edwin Drood beschrieben ist. Ich gab der alten Frau ein Pfund St. dafür und sie ist jetzt eingepackt und zur Überfahrt nach New-York bereit. Ein andrer Amerikaner kaufte eine Pfeife. So sehen Sie, daß wir dem Novellisten seine Scherze auf unsere Kosten von Herzen vergeben haben. Viele Militärs, die von Amerika nach England kommen, weigern sich, ihre Titel zu registrieren: besonders wenn sie Obersten sind – lediglich wegen der Hiebe, die uns, in Bezug auf diesen Punkt, in *Martin Chuzzlewit* versetzt wurden."

kindlichen Heldin und ihrem unglücklichen Verlobten boten sowohl Neuheit als Feinheit in der Charakterschilderung; und Mr. Grewgious in der Mietwohnung mit seinem Schreiber und den beiden Kellnern, der eingebildete Narr Sapsea und der polternde Philanthrop Honeythunder waren komische Gestalten ersten Ranges. Miss Twinkleton gehörte zu der Familie von Miss La Creevy; und wenn die Wohnungsvermieterin Miss Billickin nur einen traurigen Bericht über ihr Blut an Miss Twinkleton erstattete, so floß doch das Blut Mrs. Todgers in ihren Adern. „Ich wurde zu meiner Zeit in eine sehr gentile Pension geschickt; die Vorsteherin war nicht weniger eine Lady als Sie selbst, ungefähr von Ihrem eignen Alter, oder vielleicht einige Jahre jünger, und es floß ein armes Blut von ihrem Tische, das durch mein ganzes Leben hingeströmt ist." Wurde je etwas Besseres gesagt über eine Pensionskost der am Hungertuch nagenden Gentilität?

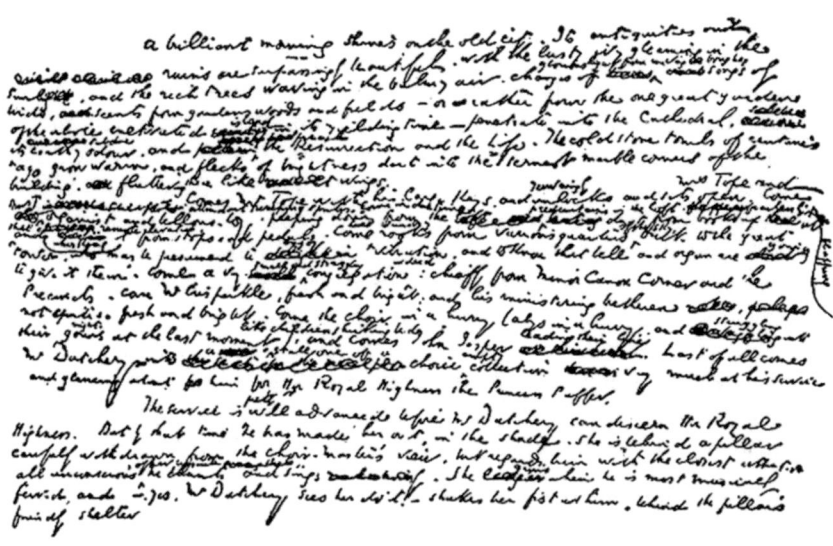

Faksimile einer der letzten Seiten von *Edwin Drood*, geschrieben am 8. Juni 1870

Faksimile einer Seite von Oliver Twist, geschrieben 1837

Die letzte Seite von *Edwin Drood* schrieb Dickens am Nachmittage seines letzten mit Bewußtsein verlebten Tages in dem Schweizerhäuschen und ich dachte, ein Faksimile des größeren Teils dieser letzten, von seiner Hand geschriebenen Seite, an der er ungewöhnlich spät gearbeitet hatte, um das Kapitel zu vollenden, würde von Interesse sein. Sie erinnert in ihrer ausnehmenden Sorgfalt der Korrektur und der Einschaltungen an alle seine späteren Manuskripte, und um eine Vergleichung mit seiner früheren leichteren Methode zu bieten, stelle ich daneben einen Teil einer Seite des Originals von *Oliver Twist*. Es mag hier erwähnt werden, daß die größere Mühe und Ausarbeitung seines Schaffens zuerst in den letzten Teilen von *Martin Chuzzlewit* sichtbar wird; aber die nicht am wenigsten bemerkenswerte Eigentümlichkeit aller seiner Manuskripte ist die Genauigkeit, womit die Teile, von denen jeder ein Monatsheft repräsentiert, dem Raume angepaßt sind, den der Drucker auszufüllen hatte. Es mochte nichts ausgestrichen, oder es mochte so viel dazwischen geschrieben sein, daß sie unleserlich waren, – immer enthielten sie grade genug, so daß nichts fehlte und nichts zu viel war. Diese Gewohnheit stand bei ihm so fest, daß er über einen Ausnahmefall, bei *Unsrem gegenseitigen Freunde*, selbst bemerkte, derselbe sei ihm seit dreißig Jahren nicht vorgekommen. Aber *Edwin Drood* zeigte ihm auf noch auffallendere Weise, wie unsicher die Gewohnheit, die er am höchsten schätzte, durch den Zusammenstoß alter und neuer Berufsarbeiten geworden war. „Als ich," schrieb er mir am 22. Dezember 1869, „meiner Meinung nach mit den beiden ersten Heften meines Romans fertig war, benachrichtigte mich der Drucker zu meinem Entsetzen, daß sie zusammen *zwölf Druckseiten zu kurz* seien!!! Ich mußte daher ein Kapitel aus dem zweiten in das erste Heft übertragen und das zweite Heft ganz umformen. Dies war umso unangenehmer als es grade in die Zeit fiel, als ich das Buch unterbrechen mußte, um die Vorlesungen (die zwölf von Sir Thomas Watson erlaubten) in Gang zu bringen, die ich ganz vergessen hatte, seit ich damit aufhörte. Ich machte mich jedoch an die Arbeit und kam damit zustande und beide Hefte sind jetzt im Druck. Charles Collins hat ein vortreffliches Titelblatt entworfen." Es war sein Wunsch, daß sein Schwiegersohn den Roman illustriere, aber da dies in Folge einer von Millais ausgesprochenen und durch den Erfolg vollständig gerechtfertigten Ansicht, nicht tunlich war, wurde statt dessen S. L. Fildes gewählt.

*

Diese Bemerkungen über das letzte Werk des Dickens'schen Genius waren so weit geschrieben, als der Verfasser eine interessante Entdeckung machte. Zwischen den Blättern eines andern Manuskripts von Dickens fanden sich mehrere lose von ihm beschriebene Papierstücke, deren Format nur halb so groß war als das für den Roman gebrauchte, so eng zusammen geschrieben, so durchkorrigiert und durchstrichen, daß sie beinah unleserlich waren, die sich, bei näherer Untersuchung, als eine Szene herausstellten, worin Sapsea, der Auktionator, als die Hauptperson unter einer Gruppe bisher noch nicht vorgekommener neuer Charaktere vorgeführt wird. Die Erklärung dafür ist vielleicht, daß er in Bezug auf den weiteren Verlauf der Erzählung etwas besorgt geworden war, weil er fürchtete, sich zu bald in die die Katastrophe herbeiführenden Begebenheiten hineingestürzt zu haben, und daß ihm der Gedanke kam, einige, wenn schon nicht unmittelbar zu dem Hauptinteresse gehörige, so doch damit verknüpfte frische Charakteradern zu eröffnen und dieselben in Verbindung mit Sapsea so auszubeuten, daß die Schlußentwicklung dadurch zugleich etwas verzögert und eindrucksvoller gemacht wurde. Ehe er ein Heft eines heftweise erscheinenden Romans anfing, pflegte er, wie wir an früheren Beispielen gesehen haben, einen kurzen Plan von dem zu entwerfen, was in jedem Kapitel vorkommen sollte, und der Plan zu seinem ersten Heft von *Edwin Drood* enthielt Folgendes: „Mr. Sapsea. Alter Tory-Esel. Jasper mit ihm in Zusammenhang zu bringen. (Er wird bald eines feierlichen Esels bedürfen)" – was geschah, indem Durdles und Jasper, zum Zwecke der Verbindung mit Sapsea, bei Gelegenheit der Inschrift auf Mrs. Sapsea's Grabe, zusammengeführt wurden. Die jetzt entdeckte Szene mag von diesem Gesichtspunkte aus bezweckt haben, jenes Element der Erzählung zu stärken und zu entwickeln; aber auch sonst erklärt sie sich selbst vollkommen. Sie würde denen, welche behaupten, daß Dickens' hoffnungsloser Verfall als Schriftsteller schon vor seinem Tode begonnen habe, zur Antwort dienen, wenn eine solche nötig wäre. Unter den zuletzt von ihm geschriebenen Zeilen sind dies die allerletzten, die wir je hoffen dürfen zu empfangen, und sie scheinen mir eine köstliche Probe der Kraft, die er auf der Höhe seines Lebens besaß, der seltensten, welche ein Novellist überhaupt besitzen kann: einen Charakter durch einen Strich zu zeichnen. Hier sind ein Paar uns bis dahin unbekannter Leute, Kimber und Peartree, die wir in einem Dutzend Worten vollständig erkennen; und was Sapsea, den Auktionator und Bürgermeister von Cloisterham selbst betrifft, so sehen wir hier von Angesicht, was wir vorher nur dunkel ahnten: den feierlichen Esel auf seiner Geschäftskanzel, der sich das Ansehn des Herrn Dekans auf seiner Domkanzel gibt, während Cloisterham über den Betrüger lacht.

„Wie Mr. Sapsea aufhörte, ein Mitglied des Acht-Clubs zu sein.
Von ihm selbst erzählt
„Da ich etwas frische Luft schöpfen wollte, wählte ich einen Umweg nach dem Club, der an diesem Tage seine Wochenversammlung hielt. Ich fand, daß wir uns vollzählig zusammengefunden hatten. Wir hatten uns vereinigt unter dem Namen des Acht-Clubs. Wir waren acht an Zahl; wir versammelten uns um acht Uhr während acht Monaten des Jahres; wir spielten zu je vieren acht Spiele Cribbage, für acht Pence das Spiel; unser frugales Abendessen bestand aus acht Brötchen, acht Hammelcoteletten, acht gebratenen Würsten, acht gebackenen Kartoffeln, acht Markknochen mit acht Stücken Toast, und acht Flaschen Ale. In der Grundidee dieser (um eine Phrase unsrer lebhaften Nachbarn zu gebrauchen) Reunion mag eine gewisse Harmonie der Farbe herrschen, oder nicht. Es war eine von meinen kleinen Ideen.

Ein ziemlich populäres Mitglied des Acht-Clubs war ein Mitglied namens Kimber. Von Profession ein Tanzmeister. Eine hausbackene, hoffnungsvolle Art von Mensch, jeder Würde und Weltkenntnis vollkommen bar.

Als ich in das Clubzimmer trat, machte Kimber die Bemerkung: ‚Und er glaubt noch halb und halb, daß er eine hohe Stellung in der Kirche einnimmt.'

In dem Augenblick, als ich eben meinen Hut an den achten Haken an der Tür aufhängte, begegnete Kimber's Blick dem meinigen. Er schlug ihn nieder und machte eine Bemerkung über den nächsten Mondwechsel. Ich nahm hiervon weiter keine Notiz, weil es der Welt oft gefiel, in meiner Gegenwart in Bezug auf geistliche Gegenstände etwas scheu zu sein. Denn ich fühlte, daß ich (obgleich vielleicht nur durch einen Zufall) auserwählt war, in gewisser Weise das zu repräsentieren, was ich unsre glorreiche Konstitution in Kirche und Staat nenne. Tadelsüchtige Gemüter mögen gegen diesen Ausdruck Einwendungen erheben; aber ich erkenne ihn als mir zugehörend an. Ich erfand ihn vor einiger Zeit im Laufe eines Gesprächs. Ich sagte: ‚*Unsre glorreiche Konstitution in Kirche und Staat.*'

Ein andres Mitglied des Acht-Clubs war Peartree, auch Mitglied des Königlichen Kollegiums der Wundärzte. Mr. Peartree ist mir für seine Ansichten nicht verantwortlich und ich sage hier über dieselben weiter nichts, als daß er die Armen gratis behandelt, so oft sie seiner bedürfen, und daß er nicht der Arzt des Kirchspiels ist. Mr. Peartree mag es vor seinem eignen Verstande rechtfertigen, daß er so sein republikanisches Äußerstes tut, einen Beamten in Verruf zu bringen. Es genügt zu sagen, daß Mr. Peartree es vor meinem Verstande nie rechtfertigen kann.

Zwischen Peartree und Kimber bestand eine Art von kränklichem, schwachsinnigem Bündnis. Dasselbe drängte sich meiner Beachtung besonders auf, als ich Kimber meistbietend versteigerte (man hatte ihn ausgepfändet). Er war ein Witwer, in einer weißen Unterjacke und dünnen Schuhen mit Schleifen, und hatte zwei Töchter, die nicht schlecht aussahen. In der Tat das Gegenteil. Beide Töchter lehrten Tanzen, in Schulen für junge Damen – sie hatten dies bei Mrs. Sapsea getan, ja, bei Twinkleton – und beide boten, wenn sie Stunden gaben, das unweibliche Schauspiel dar, daß sie kleine Violinen unter das Kinn steckten. Trotzdem hätte die jüngere, wenn ich gut berichtet bin, – ich will den Schleier so weit heben, daß ich sage, ich weiß, sie hätte – aus dieser entehrenden Schmach emporsteigen können, wäre ihr nicht ein Geist gegeben worden, den ich als den Geist der großen Herde bezeichnen will und wäre sie nicht des Gefühls der Verehrung so unglaublich bar gewesen, daß sie dadurch auf peinliche Art lächerlich wurde.

Als ich Kimber ohne Rückhalt versteigerte, wurden Peartree (der so arm ist als irgend möglich) einige der besten Möbel zugeschlagen. Ich lasse mich nicht hinter's Licht führen; und ich wußte natürlich ganz genau, was er damit tun wollte; denn er war so ein braunes nichtsnutziges, revolutionäres Subjekt, das mit den Soldaten in Indien gewesen war und dem (um der Gesellschaft willen) der Hals umgedreht werden sollte. Ich sah die Möbel bald nachher in Kimber's Wohnung – durch das Fenster – und ich entdeckte leicht, daß er sie unter dem gemeinen Vorwand bekommen hatte, daß sie ihm bis auf bessere Zeiten geliehen werden sollten. Ein Mensch von geringerer Weltkenntnis als ich hätte den Verdacht schöpfen können, Kimber hätte seinen Gläubigern Geld vorenthalten und die Möbel betrügerischerweise gekauft. Aber abgesehen davon, daß ich ganz gewiß wußte, daß er kein Geld hatte, wußte ich, daß dies eine Art von Vorbedacht bedingen würde, die unverträglich ist mit dem Leichtsinn eines Springers, der seinen Lebensunterhalt damit verdient, daß er andern Leuten das Springen beibringt.

Da es das erstemal war, daß ich jene beiden seit der Versteigerung sah, hielt ich mich in einer gewissen Entfernung. Als ich ihn ausverkaufte, hatte ich einige Bemerkungen – soll ich sagen, eine kleine Kanzelrede? – in Bezug auf Kimber vorgetragen, welche die Welt für mehr als gewöhnlich bemerkenswert hielt. Ich war, so sagte man, auf meine Kanzel gekommen, ganz wie – und ein Murmeln des Erkennens hatte seinen (ich will nicht sagen wessen) Titel wiederholt, ehe ich zu sprechen anfing. Ich hatte dann bemerkt, daß alle Anwesenden auf der ersten Seite des vor ihnen liegenden Katalogs, in dem letzten Paragraphen vor dem ersten Posten, die folgenden Worte finden würden: ‚Verkauft in Folge eines von einem Gläubiger erlassenen Auspfändungsbefehls'. Ich hatte sodann meine Freunde daran erinnert, daß, so frivol, um nicht zu sagen verächtlich, das Geschäft, wodurch jemand seinen Besitz zusammenbringe, auch sein möge, doch sein Besitz für ihn ebenso teuer und für die Gesellschaft (wenn er ohne Rückhalt verkauft werde) ebenso billig sei, als ob sein Beruf der Art gewesen, daß er vor einer ernsten Betrachtung Stand halte. Ich hatte dann meinen Text (wenn ich es so nennen darf) in drei Abschnitte geteilt: erstens, verkauft; zweitens, in Folge eines Auspfändungsbefehls; drittens, erlassen von einem Gläubiger, mit einigen moralischen Betrachtungen über jeden Punkt, woran endlich die Worte ‚Nun zum ersten Posten!'

sich auf eine Weise anschlossen, über die mir Komplimente gemacht wurden, als ich mich später unter meine Zuhörer mischte.

Da ich also nicht sicher war, wie ich und Kimber zueinander ständen, war ich ernst, war ich kalt. Da Kimber sich jedoch auf mich zu bewegte, so bewegte ich mich auf Kimber zu (Ich war der Gläubiger, der den Auspfändungsbefehl hatte ergehen lassen. Nicht als ob daran etwas läge).

‚Ich sprach grade, Mr. Sapsea,' sagte Kimber, ‚von einem Fremden, mit dem ich auf der Straße in Unterhaltung geriet, als ich nach dem Club ging. Er hatte, wie es schien, eben bei dem Kirchhof mit Ihnen gesprochen, und obgleich Sie ihm gesagt hatten, wer Sie wären, konnte ich ihn kaum überreden, daß Sie kein hohes Amt in der Kirche bekleideten.'

‚Der Narr!' sagte Peartree.

‚Der Esel!' sagte Kimber.

‚Der Narr und Esel!' sagten fünf andere Mitglieder.

‚Narr und Esel: meine Herren,' bemerkte ich, indem ich mich umsah, ‚sind starke Ausdrücke gegen einen jungen Mann von gutem Äußern und guten Manieren.' Mein Großmut war erregt, ich bekenne es.

‚Sie werden zugeben, daß er ein Narr sein muß', sagte Peartree.

‚Sie können nicht leugnen, daß er ein Dummkopf sein muß,' sagte Kimber.

Ihr angeekelter Ton verstieg sich bis zur Beleidigung. Warum sollte man den jungen Mann so verleumden? Was hatte er getan? Er hatte nur ein unschuldiges und natürliches Versehen gemacht. Ich beherrschte meinen hochherzigen Unmut und sagte dies.

‚Natürlich?' wiederholte Kimber; ‚Er ist ein Natürlicher!'

Die übrigen sechs Mitglieder des Acht-Clubs lachten einstimmig. Es traf mich. Es war ein höhnisches Lachen. Mein Zorn regte sich zu Gunsten eines abwesenden freundlosen Fremden. Ich erhob mich (denn ich hatte mich gesetzt).

‚Meine Herren,' sagte ich mit Würde, ‚ich will kein Mitglied dieses Clubs bleiben, der es zugibt, daß eine harmlose Person während ihrer Abwesenheit mit Schmähungen überhäuft wird. Ich will nicht auf solche Weise das verletzen, was ich die heiligen Rechte der Gastfreiheit nenne. Meine Herren, bis Sie es lernen, sich besser zu benehmen, verlasse ich Sie. Meine Herren, bis dahin entziehe ich diesem Versammlungslokal alle die persönlichen Qualifikationen, die ich hineingebracht habe. Meine Herren, bis dahin hören Sie auf der Acht-Club zu sein und müssen sich so gut behelfen als Sie können, indem Sie der Sieben-Club werden.'

Ich setzte den Hut auf und entfernte mich. Als ich die Treppe hinunter ging, hörte ich ganz deutlich ein unterdrücktes Beifallsrufen. So groß ist die Macht des Benehmens und der Kenntnis der Menschen. Ich hatte es ihnen abgezwungen."

II.

„Wen sollte ich, nur wenige Schritte von der Türe des Gasthofs, wo der Club seine Sitzungen hielt, in der Straße treffen, als eben jenen jungen Mann, dessen Sache so warm – und ich will hinzufügen, so uneigennützig – zu vertreten, ich als meine Pflicht empfunden hatte.

,Ist es Mr. Sapsea,' sagte er zweifelnd, ,oder ist es' –

,Es ist Mr. Sapsea,' erwiderte ich.

,Verzeihen Sie mir, Mr. Sapsea; Sie scheinen erhitzt, Sir.'

,Ich habe mich erhitzt,' sagte ich, ,und zwar Ihretwegen.' Ich erzählte ihm das Vorgegangene ziemlich ausführlich (mein Edelmut überwältigte ihn fast) und fragte dann nach seinem Namen.

,Mr. Sapsea,' antwortete er, indem er zu Boden sah, ,Ihr Scharfblick ist so groß, Ihre Einsicht in die Seelen Ihrer Mitmenschen ist so durchdringend, daß es mir nichts helfen würde, wäre ich auch verwegen genug, es zu leugnen, daß mein Name Poker ist.'

Ich weiß nicht, ob ich ganz genau erkannt hatte, daß sein Name Poker war, aber ich glaube, ich war nahe daran gewesen.

,Ganz recht,' sagte ich, und versuchte ihn zu beruhigen, indem ich wohlwollend mit dem Kopfe nickte. ,Ihr Name ist Poker, und es schadet nichts, wenn man Poker heißt.'

,O, Mr. Sapsea,' rief der junge Mann, auf sehr wohlanständige Weise, ,ich danke Ihnen von ganzem Herzen für diese Worte.' Dann, als schäme er sich, daß er sich von seinen Gefühlen habe fortreißen lassen, blickte er wieder zu Boden.

,Nun, Poker,' sagte ich, ,lassen Sie mich mehr über Sie hören. Sagen Sie mir, wohin gehen Sie, Poker? und woher kommen Sie?'

,Ah, Mr. Sapsea,' rief der junge Mann aus. ,Verstellung ist vor Ihnen unmöglich. Sie wissen schon, daß ich irgendwoher komme und daß ich irgendwo anders hin gehe. Wollte ich es leugnen, was würde es mir nützen?'

,Dann leugnen Sie es nicht,' bemerkte ich.

,Oder,' fuhr Poker in einer Art von verzweifelnder Entzückung fort, ,oder wollte ich leugnen, daß ich in diese Stadt gekommen bin, um Sie, Sir, zu sehen und zu hören, was würde es mir nützen? Oder wollte ich leugnen –"

Hier endet das Fragment und die Hand, die es allein hätte vollenden können, ruht auf immer. Einige persönliche Charakterzüge müssen noch hervorgehoben werden, ehe das Ende kurz erzählt wird.

Neunzehntes Kapitel

Persönliche Charakterzüge
1836–1870

Man hat gegen diese Biographie den Einwand erhoben, daß sie die Leser enttäuschen werde, weil sie dieselben nicht „mit Dickens reden lasse, wie Boswell sie reden lasse mit Johnson". Aber, wer ist zu tadeln, wenn jemand *Pickwick* zur Hand nimmt und enttäuscht ist, daß er nicht *Rasselas* liest? Ein Buch muß nach dem beurteilt werden, was es sein will, nicht nach dem, was es unmöglich sein kann. Meiner Meinung nach lebte wohl kaum je ein so bemerkenswerter Schriftsteller wie Dickens, der so wenig von seinem Schriftstellertum in den gewöhnlichen, geselligen Verkehr hinübertrug. So mächtig die Herrschaft seiner Schriften über ihn war, so machte sie sich doch auf andre Weise geltend. Spuren oder Triumphe seiner literarischen Arbeit, Entfaltungen konversationeller oder sonstiger persönlicher Überlegenheit bildeten keinen Teil des Einflusses, den er über seine Freunde ausübte. Für diese war er nur der angenehmste Gefährte, in dessen Gesellschaft sie vergaßen, daß er je etwas geschrieben habe und nur den Zauber empfanden, den eine Natur, welche mit solcher Fähigkeit für den höchsten Lebensgenuß ausgestattet ist, auf ihre ganze Umgebung ausübt. Seine Unterhaltung war einfach und natürlich, nie im Mindesten schulfüchsig. Er war ebenso gut belesen als die meisten gut belesenen Menschen, aber wie er seine Belesenheit in seinen Schriften nicht zur Schau trug, so auch nicht in seiner Konversation. Diese war so anziehend, weil sie eine so scharfe Beobachtung erkennen ließ, und von so vielen Zügen einer humoristischen Phantasie belebt wurde; aber während nichts fehlte, um sie genußreich zu machen, enthielt sie nicht vieles, das man mit sich fortnehmen konnte.

Ein Buch steht oder fällt natürlich durch seinen Inhalt. Macaulay sagte sehr richtig, daß der Rang von Büchern in dem öffentlichen Urteil nicht durch das bestimmt wird, was über sie geschrieben wird, sondern durch das, was in ihnen geschrieben steht. Ich erhebe keine Klage gegen irgendwelche über diese Bände gemachten Bemerkungen, aber es hat nicht an falschen Auffassungen gefehlt. Obgleich Dickens äußerlich so wenig von dem Charakter seiner Schriften erkennen ließ, so bildeten sie doch das Ganze jenes inneren Lebens, welches das wahre Wesen des Menschen ausmacht, und wie er in dieser Beziehung wirklich war, so, glaubte ich, solle seine Lebensbeschreibung sich bemühen ihn darzustellen. Die Geschichte seiner Bücher in allen Phasen ihres Fortschritts und die Geschichte der mit denselben verknüpften Hoffnungen und Pläne bildete daher mein Hauptaugenmerk. Aus diesem Grunde und auch um der Lebensbeschreibung so viel als möglich von dem Werte einer Selbstbiographie zu geben, wurden Dickens' Briefe an mich, Briefe, wie er sie nie an irgendeinen andern seiner Korrespondenten schrieb, und die alle wichtigen Ereignisse seines Lebens umfaßten, mit wenigen Ausnahmen ausschließlich benutzt, und obgleich die Ausnahmen in dem vorliegenden Bande weit zahlreicher sind, habe ich diesen allgemeinen Plan doch bis an's Ende befolgt. Ich hatte mich so sehr zu beschränken, daß die Hälfte selbst jener Briefe bei Seite gelegt werden mußte; und die Hinzufügung aller andern mir zu Gebote stehenden Briefe würde den Umfang meines Buches verdoppelt, keinen neuen Lebens- oder Charakterzug beigetragen und den ganzen Plan wesentlich verändert haben. Dem Gegenstande würde eine entsprechende Menge lebendiger Erläuterungen hinzugefügt worden sein, aber Erläuterungen, die nicht hierher gehörten. Der hier verfolgte Zweck war, Dickens in den erzählten Begebenheiten zu der einzigen Zentralfigur zu machen, zum Erzähler sowohl als zu der handelnden Hauptperson, und nur durch die in Anwendung gebrachten Mittel konnte der Selbstenthüllung Zusammenhang und Einheit verliehen und das Bild fest und klar gezeichnet werden. Nur wenige Menschen sind für ihre vertrautesten Freunde weder mehr noch weniger als sie für sich selbst sind, aber bei Dickens war dies der Fall, und die Eigenschaften seiner Natur, welche ein solcher Verkehr bei ihm zur Geltung brachte, die Stärke und die Zartheit, deren sie fähig war, die beständige, sich gleich bleibende Wärme, die tägliche rastlose Tätigkeit des Geistes, die ununterbrochene Fortdauer freundschaftlicher Gefühle während der Veränderungen und Wechselfälle von dreiunddreißig Jahren, konnten einzig und allein die in diesen Bänden mitgeteilten Briefe an mich zum Ausdruck bringen. Aus mannigfachen und verschiedenartigen Quellen gesammelt, hätte ihr Interesse nicht sein können wie das Interesse dieser Briefe, in denen alles, was sich während der einander folgenden Phasen eines höchst anziehenden Lebenslaufes zutrug, mit beispielloser Offenheit und Wahrhaftigkeit geschildert und in klaren, weder durch Unbestimmtheit noch durch Zurückhaltung verwischten Bildern dessen, was er sah und erlebte, dargestellt ist. Über die Anklage: daß ich mich selbst vordränge, welcher die Veröffentlichung der Briefe mich ausgesetzt hat, kann ich nur sagen, daß ich um nichts eifriger bemüht war als um die Unterdrückung meiner eignen Persönlichkeit, und daß ich meinen Mangel an Erfolg bedauern muß, wo ich glaubte, nur zu erfolgreich gewesen zu sein. Aber wir alle haben häufige Gelegenheit, Mrs. Peachem's Bemerkung zu parodieren und zu sagen, daß wir bitter schlechte Beurteiler unser selbst sind.

Die andern Eigenschaften dieser Briefe sind der Haupttatsache ganz untergeordnet, daß der Mann, der sie schrieb, so vollkommen in ihnen erkannt wird. Aber sie verringern auch die Vorstellung von seinem Genie nicht. Sie erhöhen die Bewunderung der Geistesgaben eines Schriftstellers, der so viel von sich selbst in seine für die Öffentlichkeit bestimmten Arbeiten hineinlegte und doch noch so viel Überfluß für einen solchen Privatverkehr bewahrte. Die sonnige Gesundheit seiner Natur, ihre Größe, ihre Unmittelbarkeit und ihre Männlichkeit werden darin offenbar, aber sie enthalten auch das, was die größten Geister am besten würdigen. „Ich habe sie," schrieb mir Lord Russell, „mit Freude und mit Schmerz gelesen. Sein Herz, seine Phantasie, seine Fähigkeit, das Edle zu malen und tiefverborgene Edelsteine zu finden, erscheinen mir hier noch größer als selbst in seinen Werken. Wie beklage ich es, daß er uns nicht länger erhalten blieb. Ich werde einen neuen Kummer erleben, wenn er in Ihren Bänden stirbt." Seichtere Leute sind geneigter andre Dinge darin zu finden. Wenn die Bonhommie eines genialen Menschen aller Welt offenbar ist, so ist sofort eine Menge superkluger Kritiker bereit, das Genie seines Glanzes zu berauben, zu entdecken, daß es am Ende gar nicht so wunderbar ist, daß seinem Ernste die Tiefe fehlt und daß sein Humor etwas Mechanisches hat. Aber selbst für diese wird es schwer sein Briefe durchzulesen, die mit so wunderbarer Kunst dem Auge vorführen, was einmal gesehen wurde, die so natürlich und ungezwungen sind in ihrem Witz und Scherz, und in denen ein so beständiger Strom eigentümlicher Redeformen, epigrammatischer Bemerkungen, origineller Ausdrucksweisen, mit absoluter Freiheit von jedem Anfluge von Künstelei, sich ergießt, und zu glauben, daß die Quelle des Humors in diesem Manne, und dasjenige, was sein Genie mit Reichtum ausstattete, anders als beständig, unbegrenzt und unwiderstehlich war.

Noch eine andre Erwägung ist von Bedeutung. Sterne ging nicht unablässiger von seinen Werken auf sich selbst zurück als Dickens, und einer der durch die Briefe hinterlassenen Eindrücke ist unzweifelhaft die Intensität und Zähigkeit, womit er seine eigne Individualität, auch in ihren gewöhnlichsten Äußerungen, erkannte, verwirklichte, betrachtete, ausbildete und durch und durch genoß. Sollte aber jemand sich versucht fühlen, dies der Selbstschätzung, einer beschränkten Ausschließlichkeit oder irgendeiner andern gehässigen Form der Selbstsucht zuzuschreiben, so mag er diesen Eindruck berichtigen, indem er bemerkt, wie Dickens sich inmitten des allgemeinen Aufloderns Amerika's am Anfang und am Ende seiner Laufbahn benahm. Über seinen lebhaften, unverhohlenen und unmißverstehbaren Genuß seiner erstaunlichen und wahrhaft verwirrenden Popularität kann ebenso wenig ein Zweifel bestehen, als darüber, daß kein Körnchen von Eitelkeit oder von falscher Bescheidenheit, oder Grimasse darin war.[97] Während er die Tatsache und den Wert der Tatsache vollständig realisiert, ist in seinem ganzen Wesen nicht eine Faser, die falsch auf die Stimme des Zauberers antwortet. Wenige Menschen in der Welt, so will uns bedünken, hätten eine so großartige Entfaltung von Feuerwerken durchmachen können, nicht bloß mit einer so wunderbaren Abwesenheit von dem, was die Franzosen *pose* nennen, sondern so unbeschmutzt durch den Rauch eines Schwärmers. Die starke Individualität keines Menschen war je so frei von Eitelkeit.

Andere persönliche Vorfälle und Gewohnheiten, und ganz besonders einige Meinungsäußerungen von ernster Bedeutung, werden dazu beitragen, seinen Charakter besser bekannt zu machen. Ein kurzer früherer Hinweis auf seinen religiösen Glauben hat eine lebhafte Kritik hervorgerufen; aber so inkonsequent und unlogisch das dort beschriebene Benehmen sein mochte, in meiner Darstellung desselben finde ich nichts zu verbessern oder zu ändern, und auf das, was sonst zweifelhaft scheinen könnte, wird eine ausführliche Antwort erteilt werden durch einen Brief von Dickens, den er schrieb, als das jüngste seiner Kinder, im September 1868, die Heimat verließ, um seinem Bruder nach Australien zu folgen, und der den würdigsten seines Le-

---

[97] Mr. Grant Wilson hat mir einen Auszug aus einem Briefe Fitz-Greene Halleck's (Verfassers eines der schönsten Gedichte über Burns, die je geschrieben wurden) geschickt, welcher Dickens vollkommen darstellt, wie er nicht nur im Jahre 1842 war, sondern, in Bezug auf sein Gefühl als Autor, während seines ganzen Lebens. Der Brief war an Mrs. Rush aus Philadelphia gerichtet und vom 8. März 1842 datiert. „Sie fragen mich nach Mr. Boz. Ich bin ganz entzückt von ihm. Er ist ein grundguter Mensch, ohne alle Abzeichen eines Autors, außer seinem Ruhm, und er entledigt sich seiner Aufgabe als Löwe mit musterhafter Anmut, Geduld und Gutmütigkeit. Er hat das glänzende Gesicht eines Mannes von Genie ... Seine Schriften kennen Sie. Ich wollte, Sie hätten seine Beredsamkeit bei dem Dîner hier hören können. Es war die einzige wirkliche Probe von Beredsamkeit, die mir je vorgekommen ist. Ihr Zauber lag nicht in den Worten, sondern in der Art, wie sie gesagt wurden."

bens zugezählt werden muß. „Ich schreibe heute diesen Brief, weil Dein Fortgehen mir sehr auf der Seele liegt und weil ich möchte, daß Du einige Abschiedsworte von mir hättest, an welche Du dann und wann in ruhigen Zeiten denken kannst. Ich brauche Dir nicht zu sagen, daß ich Dich von Herzen liebe, und daß es mir im innersten Herzen wehe tut, mich von Dir zu trennen. Aber die Hälfte dieses Lebens besteht aus Trennungen, und diese Schmerzen müssen ertragen werden. Es ist mein Trost und meine aufrichtige Überzeugung, daß Du eine Lebensweise versuchen willst, die am meisten für Dich geeignet ist. Ich halte ihre Freiheit und Wildheit Deiner Natur für angemessener als irgendein Versuch in einer Studierstube oder einem Büro gewesen sein würde, und ohne eine solche Erziehung hättest Du Dich keinem andern passenden Beruf widmen können. Was Dir bis jetzt immer gefehlt hat, war ein festes, bestimmtes, beständiges Ziel. Ich ermahne Dich daher, bei dem gründlichen Entschlusse zu beharren, daß Du alles, was Du zu tun hast, so gut tust, als Du kannst. Ich war nicht so alt als Du jetzt bist, als ich mir zuerst meinen Lebensunterhalt erringen mußte und zwar aus diesem Entschlusse heraus, und ich habe seitdem nie darin nachgelassen. Übervorteile nie jemanden auf gemeine Art in irgendeinem Geschäft und behandle Leute, die in Deiner Gewalt sind, nie mit Härte. Versuche gegen andre zu handeln, wie Du selbst von ihnen behandelt sein möchtest, und laß Dich nicht entmutigen, wenn sie zuweilen darin fehlgehen. Es ist besser für Dich, daß sie gegen das größte Gebot unsres Erlösers fehlen, als wenn Du selbst dagegen fehltest. Ich lege ein Neues Testament unter Deine Bücher, aus denselben Gründen und mit denselben Hoffnungen, die mich veranlaßten, eine leicht verständliche Darstellung seiner Lehren für Dich zu schreiben, als Du ein kleines Kind warst. Weil es das beste Buch ist, welches die Welt je gekannt hat oder kennen wird, und weil es Dir die besten Vorschriften lehrt, durch welche ein menschliches Wesen, das wahr und pflichtgetreu zu sein versucht, geleitet werden kann. Als Deine Brüder einer nach dem andern fortgingen, habe ich für jeden von ihnen Worte geschrieben, wie ich sie jetzt für Dich schreibe und habe sie alle gebeten, sich durch dieses Buch leiten zu lassen, ohne Rücksicht auf menschliche Deutungen und Erfindungen. Du wirst Dich erinnern, daß Du zu Hause nie mit religiösen Observanzen oder bloßen Formalitäten belästigt worden bist. Ich habe immer Sorge getragen, meine Kinder nicht durch solche Dinge zu ermüden, ehe sie alt genug waren, sich selbst Ansichten darüber bilden zu können. Du wirst es daher umso besser verstehen, wenn ich Dir jetzt die Wahrheit und die Schönheit der christlichen Religion, wie sie von Christus selbst kam, und die Unmöglichkeit, weit vom Rechten abzuweichen, wenn Du sie demütig, aber von Herzen achtest, feierlich einpräge. Nur noch eine Bemerkung über diesen Gegenstand. Je mehr es uns mit dem religiösen Gefühle Ernst ist, desto weniger sind wir geneigt, darüber Reden zu halten. Gib nie die heilsame Gewohnheit auf, morgens und abends im Stillen für Dich allein zu beten. Ich selbst habe sie nie aufgegeben, und ich kenne ihre Tröstungen. Ich hoffe, Du wirst immer in Deinem späteren Leben sagen können, daß Du einen gütigen Vater gehabt hast. Du kannst Deine Liebe zu ihm nicht besser zeigen oder ihn glücklicher machen, als indem Du Deine Pflicht tust." Die, welche Dickens am genauesten kannten, werden am besten wissen, daß jedes dieser Worte aus seinem Herzen geschrieben und von der Wahrheit seiner Natur durchstrahlt ist.

In demselben Sinne drückte er sich über seine religiösen Überzeugungen zwölf Jahre früher aus, und wieder am Tage vor seinem Tode, – in beiden Fällen als Antwort an Korrespondenten, die ihm als Schriftsteller geschrieben hatten. Einem Geistlichen hatte der Choral in der Weihnachtserzählung „Das Wrack der Goldenen Marie" (Household Words, 1856) einen Eindruck gemacht. „Ich danke Ihnen," antwortete Dickens am Weihnachtsabend 1856, „für Ihren willkommenen Brief – nicht minder willkommen, weil ich selbst der Verfasser bin, auf den Sie sich beziehen ... Es gibt, glaube ich, nicht viele Menschen, die eine demütigere Verehrung für das Neue Testament empfinden, oder eine tiefere Überzeugung von seiner Allgenügsamkeit haben, als ich. Wenn ich (wie Sie meinen) je in Bezug hierauf irre, so ist es deshalb, weil ich alle zudringlichen religiösen Bekenntnisse und jedes Handeltreiben mit der Religion, als eine der Hauptursachen, warum das wahre Christentum in der Welt verzögert worden ist, mißbillige, und weil meine Lebenserfahrungen mich einen unsäglichen Widerwillen empfinden lassen vor jenen ungebührlichen Zänkereien über den Buchstaben, welche den Geist aus Hunderttausenden heraustreiben." In ganz ähnlichem Tone schrieb er an einen Leser *Edwin Drood's*, der ihn darauf aufmerksam gemacht hatte, daß die Anwendung einer Zeile aus der Bibel als Redefigur in seinem zehnten Kapitel zu Mißverständnissen Veranlassung bieten könne, am Mittwoch, 8. Juli 1870, aus Gadshill. „Es würde mir ganz unbegreiflich sein, daß irgendein verständiger Leser in jener Stelle eine biblische Hinweisung finden könnte, wenn Ihr Brief nicht diese Ansicht aussprüche. Ich bin auf's höchste verwundert, daß ein Leser ein solches Versehen machen kann. Ich habe mich in meinen Schriften immer bestrebt, Ehrfurcht vor dem Leben und den Lehren des Erlösers auszudrücken, weil ich sie empfinde und weil ich jene Geschichte von neuem schrieb für meine Kinder, deren jedes sie durch meine Erzählung kannte, lange ehe sie lesen und fast ehe sie sprechen konnten. Aber ich habe dies nie von den Dächern verkündigt."

Eine Abneigung gegen jede Ostentation war tief in ihm gewurzelt und sein Widerwille gegen posthume Ehrenbezeugungen, der in den Verordnungen seines Testaments zu Tage tritt, fand einen sehr treffenden Ausdruck zwei Jahre vor seinem Tode, als Thomas Fairbairn ihn, bei einer damals befürworteten Anerkennung der Verdienste des Rajah Brooke durch ein Denkmal in der Westminsterabtei, um seinen Beistand bat. „Ich fühle mich sehr lebhaft gedrängt, (24. Juni 1868) jede von Ihnen ausgesprochene Bitte zu erfüllen. Aber diese posthumen Ehrenbezeugungen von Komitees, Geldzeichnungen und Westminsterabtei sind in meinen Augen so gründlich unbefriedigend, daß ich – offen gesagt – in allen Fällen lieber nichts damit zu tun haben möchte. Meine Tochter und ihre Tante schließen sich mir an in den herzlichsten Grüßen an Ihre Frau, und ich hoffe, Sie werden an den Besitz meiner Freundschaft glauben, bis ich ruhig begraben sein werde, ohne ein Denkmal, außer demjenigen, das ich mir während meines Lebens errichtet habe." Als man ihn ein Jahr später (1869) bat, bei der Einweihung der Büste Leigh Hunts auf dessen Grabe in Kensal Green einige Worte zu reden, erklärte er dem Komitee, er habe eine entschiedene Abneigung gegen Reden an Gräbern. „Ich erwarte und verlange nicht, daß meine Gefühle in Bezug auf diesen Punkt andern zur Richtschnur dienen; aber mir ist es so sehr Ernst damit, und der Gedanke, je selbst zum Gegenstande einer solchen Zeremonie gemacht zu werden, ist mir so in der Seele zuwider, daß ich es ablehnen muß, daran teilzunehmen."

Seine Abneigung gegen jede Form dessen, was man Gönnertum in der Literatur nennt, war aus einem Stücke mit diesem Gefühl. Einige Monate vorher schrieb ein Herr aus Manchester an ihn, mit der Bitte um seine Beförderung eines solchen Vorhabens. „Ich bedaure, die Bitte, welche Sie mir die Ehre erweisen, an mich zu stellen, ablehnen zu müssen, einfach deshalb, weil ich der Meinung bin, daß schon viel zu viel Gönnertum in England vorhanden ist. Je besser der Plan, desto weniger, scheint mir, sollte er solchen künstlichen Beistand suchen und desto entschiedener sollte er auf der Grundlage seiner eigenen Verdienste ruhen." Dies war auch Southey's Meinung. Sie erstreckte sich aus die Beförderung solcher Gesellschaften wie des Literarischen Fonds, mittelst des Gönnertums, und sie überlebte das Mißlingen der Gilde der Literatur und Kunst, welche in der Hoffnung gegründet wurde, ein System der Selbsthilfe herzustellen, bei dem Männer, die auf dem Felde der Literatur arbeiteten, mit ebenso viel Stolz empfangen und geben könnten. Obgleich er sich in keinen seiner Lebenspläne mit größerem Eifer hineinstürzte als in die Gilde, so fand dieselbe doch keine Beförderung bei der Klasse, deren Wohlfahrt dadurch bezweckt wurde, und jede neue Anstrengung vermehrte nur das Mißlingen. In diesen Blättern fehlt der Raum für eine Geschichte, welche eines Tages der Geschichte der Eitelkeit menschlicher Wünsche ihr Kapitel hinzufügen wird; aber eine Stelle aus einem, zur Zeit ihres Anfangs geschriebenen Briefe von Bulwer Lytton wird als ein Maß der Höhe gelten können, von welcher der Schreiber herab fiel, als alle Hoffnung auf das, worauf er sein Herz gesetzt hatte, verschwand. „Ich glaube fest, daß dieser Plan, wenn er durch die Unterstützung, die ihm, wie ich hoffe, gewährleistet werden wird, zur Ausführung kommt, den Status des Schriftstellers in England verändern und eine Revolution in seiner Stellung hervorbringen wird, welche keine Regierung, keine Macht auf Erden, außer seiner eigenen, je bewirken könnte. Ich habe das vollste Vertrauen zu dem so glänzend begonnenen Werke, wenn wir es mit stetiger Energie ausführen. Ich hege die Überzeugung, daß wir den Frieden und die Ehre des Schriftstellertums auf Jahrhunderte hinaus in Händen halten, und daß Sie berufen sind, ihr bester und dauerndster Wohltäter zu werden ... O, was für eine Reihe neuer Jahre kann aus diesem allen für den Stand, dem wir angehören, hervorschreiten, wenn wir in Staub zerfallen sind!"

Diese Ansichten über das Gönnertum machten ihn nicht nachsichtiger gegen das laute Geschrei, womit es so oft für das lächerlich Kleine angerufen wird. „Du hast wohl Clare's Leben gelesen?" schrieb er am 15. August 1865. „Ist Dir je eine so alberne Übertreibung kleiner Ansprüche vorgekommen? Und ist das beständige Geschwätz in dem Buche über ihn, als den Poeten, nicht sehr bezeichnend? So pflegte ein andrer Unfähiger an den Literarischen Fonds zu schreiben, als ich im Komitee war: ‚Bei Abgang dieses Briefes befindet der Dichter sich bei seiner göttlichen Mission in einer Ecke des einzigen Zimmers. Der Vater des Dichters wischt seine Brille ab. Die Mutter des Dichters ist mit Weben beschäftigt' – Ha." Ebenso wenig Geduld hatte er mit all den glänzenden Plänen, welche den Schriftsteller unabhängig machen sollten von dem Buchhändler, und er kritisierte sogar einen Kompromiss, demgemäß das System der Teilung des Reinertrages durch eine Abgabe von den verkauften Exemplaren ersetzt werden sollte, mit vieler Schärfe. „Worauf läuft es am Ende hinaus?" bemerkte er über eine sehr gut geschriebene Broschüre, worin dies vorgeschlagen wurde (10. November 1866), „was ist schließlich der Nutzen des Heilmittels? Du und ich wissen sehr gut, daß in neun von zehn Fällen der Schriftsteller gegen den Verleger im Nachteile ist, weil der Verleger Kapital hat und der Schriftsteller nicht. Wir wissen sehr gut, daß in neun von zehn Fällen Geld durch den Verleger vorgeschossen wird, ehe das Buch fertig ist, – oft lange vorher. Kein junger oder erfolgloser Schriftsteller (es sei denn ein Amateur und ein unabhängiger Mann) würde morgen einen Vertrag zum Zwecke jener Abgabe eingehen, wenn er eine gewisse Geldsumme oder einen Vorschuß von Geld bekommen könnte. Der Autor, der überhaupt auf einem solchen Kontrakt bestehen könnte, könnte morgen darauf bestehen, oder auf irgendetwas anderm bestehen. Was die weniger Glücklichen oder die weniger Fähigen angeht, so erkläre ich kühn – und zwar als ein Schriftsteller, der das Glück eines Verlegers machte, lange ehe er anfing, an dem wirklichen Ertrag seiner Bücher einen Anteil zu haben, mit einiger Sachkenntnis – daß, wenn die Verleger nächste Woche zusammenkämen und beschlössen, hinfort diesen Abgaben-Kontrakt abzuschließen und keinen anderen, dies eine ungeheure Härte und ein Unglück sein würde, weil die Schriftsteller nicht existieren könnten, während sie schrieben. Die Broschüre kommt mir vor, wie ein neues Beispiel des alten philosophischen Schachspiels, bei dem menschliche Wesen die Figuren sind. ‚Seid nicht in Geldverlegenheit.' – ‚Seht zu, daß ihr mit einem Vermögen geboren werdet und Geld beim Bankier habt.' – Euer Verleger wird nach seinem Geschäftsgebrauch in so und so langen Zeiträumen mit Euch abrechnen und Ihr rechnet inzwischen mit Euerm Schlächter und Bäcker wöchentlich ab, grade wie ich es mache, indem ich Wechsel ausstelle.' – ‚Ihr dürft nicht in Geldverlegenheit kommen – dann habe ich das Problem glänzend für Euch gelöst.'"

Weniger als man vielleicht hätte wünschen mögen, ist in diesem Werke gesagt worden über die Art, wie er seine Aufgabe als Herausgeber von *Household Words* und *All the Year Round* erfüllte. Er zeichnete sich dabei vor allem aus durch Großmut, und die skrupulöse Rücksicht und Zartheit, die er gegen die Mitarbeiter bewies, bildete einen Teil der Achtung, welche er vor der Literatur selbst hatte. Es wurde in einer Zeitung nach seinem Tode bemerkt (offenbar von einem seiner Mitarbeiter), daß er durch Ermutigung und Anerkennung immer jeden angeregt habe, sein Bestes zu leisten, daß er es gern hatte, wenn seine Mitarbeiter sich ungebunden fühlten und daß seine letzte Antwort auf einen Vorschlag zu einer Reihe von Artikeln gewesen sei: „Alles was Sie glauben, gut machen zu können, wird mir recht sein und wir kennen und verstehen einander gut genug, um aus diesem Vertrage den größten gegenseitigen Vorteil zu ziehen." Dennoch empfand er bei der Herausgabe beider Wochenschriften immer ein starkes Gefühl persönlicher Verantwortlichkeit, und so mannigfaltig der Inhalt eines Heftes und so verschieden die Verfasser der Artikel waren, eine gewisse von ihm selbst ausgehende Individualität fehlte nie darin. Er gab sich die größte Mühe (was überhaupt in allen Dingen seine Gewohnheit war) mit Heften, für die er nichts geschrieben hatte, nahm oft einen Artikel von einem jungen oder ungeschickten Autor auf, wegen eines einzigen Gedankens, um dessentwillen er denselben des Umarbeitens für wert hielt, und auf diese Art, oder indem er im Allgemeinen dazu beitrug, der Arbeit anderer Kraft und Interesse zu verleihen, ließ er sich keine Mühe verdrießen. „Ich mußte," schrieb er 22. Juni 1856, „heute Morgen eine Erzählung für *Household Words* in eine gewisse Form zusammenhacken und hauen, was mir vier Stunden angestrengter Arbeit gekostet hat. Und schließlich bin ich doch ganz trostlos über ihren schrecklichen Mangel an Zusammenhang und über das furchtbare Schauspiel, was ich in den Korrekturbögen angerichtet habe, die aussehen, wie ein Fischernetz von Tinte." Einige Zeilen aus einem anderen Briefe werden die Schwierigkeiten erkennen lassen, in welche er oft durch den für die Weihnachtshefte angenommenen Plan hineingeriet: in einen von ihm selbst gezeichneten Grundriss eine Anzahl von Erzählungen verschiedener Schriftsteller einzufügen, deren jedem der Grundgedanke vorher besonders mitgeteilt war. „Bis jetzt (25. November 1859) ist mir noch keine einzige Erzählung zugegangen, die im Mindesten mit der Grundidee (der einfachsten von der Welt, die ich selbst auf's ausführlichste schriftlich entwickelt hatte) in Einklang steht und eine jede dreht sich, durch ein seltsames Verhängnis, um einen Kriminalprozess." Er mußte dies alles in Ordnung bringen, und das Amt des Herausgebers war unter diesen Umständen keine Sinekure.[98]

Es hatte jedoch neben seinen Schmerzen auch seine Freuden, und die größte Freude war es für ihn, wenn er ungewöhnliches Talent in einem Schriftsteller zu entdecken glaubte. Ein Brief, der mir von der Dame, an welche er gerichtet war und die unter ihrem angenommenen Namen, Holme Lee, viele Bewunderer gefunden hat, zur Benutzung überlassen ist, wird als Beispiel für manche solche Fälle dienen. „Folkestone, 14. August 1855. Ich habe Ihre Erzählung mit der tiefsten Bewegung und mit der größten Bewunderung des darin enthaltenen

---

[98] Sinekure: ein müheloses, ertragreiches Amt.

außerordentlichen Talents gelesen. Sowohl in ihrer Strenge als in ihrer Zartheit schien sie mir meisterhaft. Sie ergriff mich mehr als ich Ihnen ausdrücken kann. Ich schrieb an Mr. Wills, daß sie mich für jenen Tag vollständig aus den Fugen gehoben habe und daß ich, wer auch der Verfasser sein möge, die höchste Achtung vor dem Geiste empfinde, der sie hervorgebracht habe. Es traf sich grade so, daß ich seit einigen Tagen an einem Charakter gearbeitet hatte, der äußerlich der Tante glich. Und es war mir wirklich höchst merkwürdig zu beobachten, wie die beiden Personen einander zuerst so nahe schienen und sich dann auf ihren eignen, so weit getrennten Wegen von einander entfernten. Ich sagte Mr. Wills, ich sei nicht gewiß, ob ich es über mich hätte gewinnen können, einem großen Publikum die schreckliche Vorstellung erblichen Wahnsinns vorzuführen, da es höchst wahrscheinlich sei, daß manche oder einige darunter seien, auf welche sie einen furchtbaren, weil persönlichen Eindruck ausüben müsse. Aber ich war gezwungen, mir die Frage vorzulegen, weil die Länge der Erzählung sie für *Household Words* unbrauchbar machte. Ich rede von ihrer Länge lediglich in Beziehung auf jene Zeitschrift, in Bezug auf das darin Erzählte möchte ich keine Seite Ihres Manuskripts missen. Die Erfahrung lehrt mich, daß ein Roman in vier Abteilungen den eigentümlichen Erfordernissen eines solchen Journals am angemessensten ist; und ich versichere Ihnen, daß es mir eine seltene Genugtuung sein würde, wenn diese Korrespondenz Ihre Aufnahme unter meine Mitarbeiter veranlassen sollte. Aber meine tiefe und aufrichtige Überzeugung von der Kraft und dem Pathos dieser schönen Erzählung ist ganz getrennt von allen weiteren Folgen und wird durch diese in keiner Weise beeinflußt. Sie existierten nicht für mich, als ich sie las. Die Handlungen und die Leiden der Charaktere ergriffen mich durch ihre eigne Kraft und Wahrheit und haben mir einen tiefen Eindruck hinterlassen."[99] Die hier erwähnte Erfahrung hielt ihn nicht ab, in seine spätere Zeitschrift *All the Year Round* längere, heftweise veröffentlichte Romane von bekannten Schriftstellern aufzunehmen und seiner Einmischung in diese setzte er in gebührender Weise Grenzen. „Wenn einer meiner literarischen Brüder mir die Ehre erweist, eine solche Aufgabe zu unternehmen, bin ich der Meinung, daß er sie auf seine eigne Verantwortlichkeit und zur Erhaltung seines eignen Rufes ausführt, und ich halte mich nicht für berechtigt, jene Kontrolle über seinen Text auszuüben, die ich in Bezug auf andre Beiträge in Anspruch

---

[99] Der Brief ist gerichtet an Miss Harriet Parr, deren Gilbert Massenger betiteltes Werk die Erzählung ist, worauf er sich bezieht.

nehme." Auch gewährte ihm, selbst in diesen Fällen, nichts ein größeres Vergnügen, als jüngeren Novellisten zur Verbreitung ihrer Popularität zu verhelfen. „Du fragtest mich gestern Abend nach neuen Schriftstellern. Wenn Du *Kissing the Rod* lesen willst, ein Buch, das ich heute gelesen habe, wirst Du es nicht schwer finden, Dich für den Verfasser eines solchen Werkes zu interessieren." Dies war Edmund Yates, an dessen literarischen Erfolgen er den größten Anteil nahm und mit dem er bis zuletzt einen intimen persönlichen Verkehr unterhielt, welcher aus Freundlichkeiten hervorgegangen war, die Yates ihm in einer sehr schweren Zeit erwiesen hatte. »Ich „glaube," schrieb er von einem andern seiner Mitarbeiter, Percy Fitzgerald, zu dem er auch eine persönliche Neigung fühlte und von dessen Talenten er einen hohen Begriff hatte, „Du wirst in *Fatal Zero* ein sehr merkwürdiges Stück geistiger Entwicklung finden, die sich im Fortgang der Erzählung zu einem ebenso erstaunlichen als wahren Bilde vertieft." Meine Erwähnung dieser Freuden seines Herausgeber-Amtes soll mit derjenigen schließen, welche, wie ich glaube, für ihn die größeste von allen war. Er gab der Welt, während der Name der Verfasserin ihm noch unbekannt war, die reinen und pathetischen Verse Adelaide Procter's. „Im Frühling des Jahres 1853 bemerkte ich ein kurzes Gedicht unter den eingesandten Beiträgen, sehr verschieden, wie mir schien, von der großen Flut von Versen, die beständig durch das Büro einer solchen Zeitschrift hindurchwogt."[100] Große und häufige Beiträge unter einem angenommenen Namen waren dann gefolgt, als er um Weihnachten 1854 entdeckte, daß Miss Mary Berwick die Tochter seines alten und lieben Freundes Barry Cornwall war.

Aber die Arbeit für Zeitschriften ist nicht ohne ihre Nachteile und ihr Einfluß auf Dickens, der sie von Zeit zu Zeit in großem Umfange betrieb, war bemerkbar in der zunehmenden Gereiztheit der Anspielungen auf nationale Einrichtungen und konventionelle Unterschiede, welche sich in seinen späteren Büchern finden. An Parteiunterschieden lag ihm immer weniger, je länger er lebte; aber der entschiedene, gebieterische dogmatische Stil, zu welchem die Gewohnheit rascher Bemerkungen über die Tagesfragen auch den aufrichtigsten und rücksichtvollsten Beobachter verleitet, zeigte, vielleicht ihm selbst nicht immer bewußt, ihren Einfluß in dem tiefgehenden Tone von Bitterkeit, der alle seine auf *Copperfield* folgenden Bücher durchzieht. Der Groll gegen heilbare Übel ist in denselben ebenso lobenswert, als in

---

[100] Man sehe den Lebensabriss aus seiner Feder, welcher jetzt jeder Ausgabe der volkstümlichen und schönen *Legends and Lyrics* voransteht.

den früheren Romanen; aber die Blosstellung der Mißbräuche des Kanzleigerichtshofs, der Inkompetenz der Staatsverwaltung, nationalökonomischer Übelstände und gesellschaftlichen Bediententums in *Bleak House, Klein Dorrit, Harte Zeiten* und *Unser gegenseitiger Freund* würde keinen minder tiefen Eindruck hervorgebracht haben durch den heitereren Ton, der, mit viel schärferer Wirkung, Mißbräuche des Gefängniswesens, Übelstände der Kommunalverwaltung, die Schulen von Yorkshire und den heuchlerischen Humbug in *Pickwick, Oliver Twist, Nickleby* und *Chuzzlewit* getroffen hatte. Man wird sich immer erinnern, daß er an die Stelle des Unrechts das Recht setzen wollte, daß er keinen Mißbrauch für unverbesserlich hielt, daß er keins der genannten Übel zurückließ, wie er sie fand, und daß dem Einflusse seiner Schriften nicht wenige der heilsamen Veränderungen zuzuschreiben waren, welche die Epoche, in der er lebte, kennzeichnen; aber Zorn verbessert die Satire nicht, und während seiner späteren Lebensjahre gab er, aus den genannten Ursachen, demjenigen, was im Grunde nur ein sehr gesunder Haß gegen das heuchlerische Vorgeben war, daß alles Englische vollkommen ist, und daß die Bezeichnung einer Sache als unenglisch, ihre Verdammung zu schmählicher Vernichtung bedingt, eine zu aggressive Form.

„Ich habe einen Gedanken an gelegentliche Artikel in *Household Words*, betitelt: Das Parlamentsmitglied für Nirgendwo. Sie sollen einen Bericht über seine Ansichten, Voten und Reden enthalten und ich denke mit seinen Reden über die Sonntagsfrage anzufangen. Er ist natürlich in der Regierung. Sowie man fand, daß ein solches Mitglied im Unterhause war, fühlte man, daß er (wenn nötig, mit Gewalt) in das Kabinett gezerrt werden müsse." – „Ich gebe es mit Widerstreben auf," schrieb er später, „und damit meine Hoffnung, jedem Manne in England etwas von der Verachtung für das Unterhaus einzuflößen, die ich selbst empfinde. Wir werden nie anfangen etwas zu tun, ehe diese Empfindung allgemein ist." Dies war im August 1854, und der Zusammenbruch in der Krim verbitterte seinen Radikalismus noch mehr. „Ich werde stündlich in meinem alten Glauben befestigt," schrieb er 3. Februar 1855, „daß unsre politische Aristokratie und unsre Stellenjägerei der Tod Englands sind. In dieser ganzen Geschichte sehe ich keinen Schimmer von Hoffnung. Was den Geist des Volkes angeht, so ist zwischen ihm und der Regierung und dem Parlament eine so vollständige Trennung eingetreten, und beide sind ihm so gleichgültig, daß ich dies im Ernst für ein unglückverheißendes Zeichen halte." Ein paar Monate später schrieb er: „Heute morgen ist mir ein sehr hübscher Einfall für *Household Words* gekommen: ein schönes kleines

Stück Satire, ein Bericht über ein kürzlich entdecktes arabisches Manuskript, ähnlich wie Tausend und Eine Nacht – betitelt Tausend und Ein Humbug. Mit neuen Versionen der am besten bekannten Geschichten." Auch dies mußte aufgegeben werden und ich erwähne es nur als ein andres Beispiel seiner politischen Unzufriedenheit und des Zusammenhanges derselben mit seiner Journalarbeit. Auf die Einflüsse seiner Jugenderlebnisse, welche sie nach gewissen gesellschaftlichen Richtungen hin vermehrten, wurde bereits hingedeutet und über seine absolute Aufrichtigkeit in dieser Sache kann kein Zweifel bestehen. Dickens' Irrtümer waren nie derart, daß sie einen Schatten auf die Lauterkeit seiner Gesinnung warfen. Was er mit zu viel Bitterkeit aussprach, glaubte er mit ganzem Herzen und hatte er leider nur zu viel Grund zu glauben. „Ein Land," schrieb er 27. April 1855, „das in Bezug auf seine Kriegsbereitschaft in diesem furchtbaren Zustande gefunden wird, während eine gewaltige schwarze Wolke der Armut sich in jeder Stadt ausbreitet und sich stündlich vertieft, und zwar ohne daß einer unter Zweitausenden etwas über ihr Dasein weiß, oder auch nur daran glaubt; dazu eine nicht arbeitende Aristokratie und ein schweigendes Parlament, und jeder für sich selbst und niemand für die andern – das ist die Aussicht und ich halte sie für höchst beklagenswert." Vortrefflich sagte er über eine wohlbekannte Untersuchung zu jener Zeit: „O, was für ein herrliches Zeichen der politischen Ökonomie ist es, daß die edeln Professoren dieser Wissenschaft, die in dem Komitee über die Verfälschung von Nahrungsmitteln sitzen, versucht haben, aus der Verfälschung ein Problem des Angebots und der Nachfrage zu machen! Wir werden das Millennium nie auf den Stufen dieser Leiter erreichen, Sir, und ich meinerseits werde mich nicht an dem Gewande jenes Großmoguls der Betrüger, Meister Mac Culloch, festhalten." – Wiederum schrieb er am 30. September 1855: Ich bin wirklich ganz ernsthaft der Meinung, – und ich habe der Sache eine so schmerzliche Erwägung gewidmet, als ein Mann mit Kindern, die nach ihm leben und leiden werden, ihr aufrichtig widmen kann – daß das ganze Repräsentativsystem vollständig bei uns fehlgeschlagen ist, daß die englischen Respektabilitäten und Unterwürfigkeiten das Volk ungeeignet dafür machen, und daß das ganze Ding seit jener großen Zeit des siebzehnten Jahrhunderts zusammengebrochen ist und keine Lebensfähigkeit mehr hat."

Mit seinem gesunden Menschenverstande, der doch immer mächtiger war als seine extremsten Ansichten, dachte er nie daran, selbst Parlamentsmitglied zu werden. Er konnte die Dinge nicht bessern und für ihn würde es eine falsche Stellung gewesen sein. Die Leute von

Reading und andere forderten ihn während der ersten, und einige hauptstädtische Wahlbezirke während der letzten Hälfte seines Lebens dazu auf. In seiner Antwort an einen der letzteren, die mir vorliegt, sagt er: „Ich erkläre, daß von allen Dingen auf dieser wimmelnden Erde, das Haus der Gemeinen und das Parlament überhaupt mir als der traurigste Fehlschlag und Unrat erscheint, der je diese vielgequälte Welt gequält hat." Auf eine Privatanfrage von etwa demselben Datum, erwiderte er: „Ich habe nicht den mindesten Zweifel, denn ich habe oft Gelegenheit gehabt, die Sache zu überlegen, daß ich in meinem erwählten Berufskreise weit nützlicher und unabhängiger wirken kann, als es im Unterhause möglich wäre, und ich glaube nicht, daß irgendeine Rücksicht mich bewegen würde, ein Mitglied jener außerordentlichen Versammlung zu werden." Endlich, als er hörte, daß man in Finsbury darüber beratschlage, ob man ihn auffordern solle, diesen Wahlbezirk im Parlament zu vertreten, schrieb er ohne Zögern (November, 1861): „Es mag einige Mühe ersparen, wenn Sie die Güte haben wollten, einen verständigen Herrn zu bekräftigen, der es bei jener Versammlung bezweifelte, ob ich ganz der rechte Mann für Finsbury sei. Ich bin durchaus nicht der rechte Mann, und ich glaube, nichts würde mich bewegen, mich als Parlamentskandidat für diesen oder für irgendeinen andern Ort unter der Sonne zu bewerben." Der einzige direkte Versuch, sich einer politischen Agitation anzuschließen, war seine Rede in Drury Lane, zu Gunsten administrativer Reform, und er wiederholte diesen Versuch nie. Aber jede Bewegung zu Gunsten praktischer, gesellschaftlicher Reformen, zur Erlangung wirksamerer sanitarischer Gesetze, zur Einführung der angemessensten zwangsweisen Erziehungsmaßregeln für die Armen und zur Besserung der Lage der arbeitenden Klassen, förderte er nach besten Kräften bis zu seiner letzten Stunde; und die Bereitwilligkeit, womit er bei Versammlungen, welche solche Zwecke hatten, den Vorsitz übernahm, die Hilfe, die er wichtigen Gesellschaften angedeihen ließ, welche auf wohltätige Weise für sich selbst oder für die Gesamtheit arbeiteten und die Gewalt und Anziehungskraft seiner Beredsamkeit machten ihn zu einer der bewegenden Kräfte der Zeit. Seine Reden gewannen einen eigentümlichen Reiz durch die Lebhaftigkeit seiner vollkommenen Selbstbeherrschung, und hiermit vereinigte er die Vorzüge einer Persönlichkeit und eines Wesens, welche ebenso allgemein bekannt und populär geworden waren, wie seine Bücher. Die gemischtesten Versammlungen hörten auf ihn wie auf einen persönlichen Freund.

Zwei Vorgänge am Schlusse seines Lebens werden zeigen, was seine letzten Ansichten über diese Dinge waren. Bei dem großen Festmahl in Liverpool, nach seinen Vorlesungen in den Provinzen im Jahre 1869, wo Lord Dufferin auf beredte Weise den Vorsitz führte, erwiderte er auf einen Einwand Lord Houghton's, gegen seine Abneigung, sich an dem öffentlichen Leben zu beteiligen: daß es, als er die Literatur zu seinem Berufe gewählt, seine Absicht gewesen sei, sie zu seinem einzigen Berufe zu machen; daß es ihm damals geschienen, als werde sie in England nicht so gut verstanden, als in einigen andern Ländern; daß die Literatur ein ehrenvoller Beruf sei, mit dem ein jeder stehen oder fallen könne, und daß er entschlossen sei, daß sie in seiner Person wenigstens stehen oder fallen solle „durch sich selbst, in sich selbst und für sich selbst", ein Übereinkommen, welches „keine Rücksicht auf Erden ihn jetzt bewegen werde, zu brechen". Hier gelang es ihm indes wohl kaum, den ganzen Sinn von Lord Houghton's Bedauern zu erfassen, der in höflicherer Form ausdrücken zu wollen schien, daß die Teilnahme an den öffentlichen Angelegenheiten ihm die Schwierigkeit gezeigt haben würde, in einem freien Staate sehr schnell für Übel von langem Wachstum Heilmittel zu beschaffen.[101] Einen halben Vorwurf von derselben Seite, wegen vorgeblicher unfreundlicher Gefühle gegen das Oberhaus, wies Dickens mit großer Wärme zurück, indem er seine hohe Achtung für individuelle Mitglieder dieser Versammlung hervorhob und erklärte, daß es keinen Mann in England gebe, den er in seiner öffentlichen Eigenschaft mehr achte, in seiner Privateigenschaft mehr liebe, oder von dem er bemerkenswertere Beweise der Verehrung und Liebe für die Literatur empfangen, als

---

[101] Über Lord Houghton's Einwand und Dickens' Antwort darauf hatte die Times einen Leitartikel, dessen Schlußsätze eine passende Stelle in seiner Biographie finden. „Wenn Lord Russell's Theorie begründet ist, daß die Erteilung der Pairswürde auf Lebenszeit besonders wünschenswert erscheine, um diejenigen Formen nationaler Größe zu repräsentieren, welche auf andre Weise keine angemessene Repräsentation finden können, so möchte man, aus den bereits erwähnten Gründen, darauf bestehen, daß die Pairswürde auf Lebenszeit dem wahrhaft nationalen Repräsentanten eines wichtigen Gebiets der neueren englischen Literatur zukomme. Ohne Zweifel läßt sich etwas zu Gunsten dieser Ansicht sagen, aber wir möchten bezweifeln, ob Dickens selbst durch eine Pairswürde auf Lebenszeit etwas gewinnen würde. Dickens ist vor allem ein Schriftsteller des Volkes und für das Volk. Nach unserer Ansicht ist er weit besser geeignet für die Rolle des ‚Großen Bürgers‘ des englischen Romans, als für eine Pairswürde auf Lebenszeit. Charles Dickens in Lord Dickens zu verwandeln, würde so ziemlich derselbe Irrtum in der Literatur sein, wie es einst in der Politik die Verwandlung William Pitt's in Lord Chatham war."

Lord Russell. Als er kurz darauf in Birmingham vor den Mitgliedern des Midland Institute über Erziehung sprach, sagte er denselben, sie sollten die Selbstverbesserung nicht schätzen wegen der äußern Vorteile, welche sie ihnen bringe, sondern weil sie an sich gut und recht sei; erklärte ihnen, daß in Beziehung hierauf Genie nicht halb so viel wert sei, als Fleiß, oder die Kunst, sich ungeheure Mühe zu geben, die er in allen Studien und Berufskreisen für die einzige sichre, gewisse, lohnende Eigenschaft halte, und faßte sein politisches Glaubensbekenntnis kurz in den Worten zusammen: „Mein Glaube an das regierende Volk ist im Ganzen unendlich gering, mein Glaube an das regierte Volk ist im Ganzen unbegrenzt." Den Sinn dieser Bemerkung erklärte er später (Januar 1870) dahin, daß er sehr wenig Vertrauen habe zu den Leuten („mit einem kleinen p"), die uns regieren, und sehr großes Vertrauen zu dem Volke („mit einem großen P"), das sie regieren.[102] „Mein kurz und elliptisch gefaßtes Bekenntnis wurde, sicherlich ohne jede böse Absicht, an einigen Orten in umgekehrtem Sinne gedeutet." Er fügte hinzu, daß seine politischen Ansichten schon dunkel ausgesprochen seien in „ein paar müßigen Büchern" und erinnerte seine Zuhörer daran, daß er der Erfinder einer gewissen Fiktion sei, „genannt das Amt der Umschweife, die für sehr ungereimt erklärt wird, die ich aber ziemlich häufig zitiert finde, als lägen ihr doch einige Körner Wahrheit zugrunde." Man darf nichtsdestoweniger mit einiger Zuversicht annehmen, daß diejenige Deutung seiner wirklichen Meinung nicht sehr unrichtig war, welche als die Vorbedingung seines unbegrenzten Glaubens annahm, daß das Volk, selbst mit dem großen P, „regiert" werden müsse. Es war seine beständige Klage, daß ein Volk, welches der Regierung so sehr bedürfe, nur Schein-Regierer habe; und er war von seinem zweiten Besuche in Amerika zurückgekehrt, wie von seinem ersten, abgeneigt zu glauben, das politische Problem sei in dem Lande der Freien wirklich gelöst worden. In den Seiten seines letzten Buches fehlte die Bitterkeit der in den letztgenannten Büchern so häufigen Anspielungen vollständig, und sein alter unveränderter Wunsch, das, was an den englischen Einrichtungen schlecht war, zu bessern, brachte kein Verlangen mit sich, sie durch neue zu ersetzen.

In einer kurz nach seinem Tode veröffentlichten Lebensbeschreibung erschien die folgende Erklärung. „Seit vielen Jahren hat Ihre

---

[102] People hat im Englischen bekanntlich die doppelte Bedeutung von Leuten im Sinne einiger Wenigen, und von Volk im Sinne der Masse des Volks, der Nation. – D. Übers

Majestät die Königin das lebhafteste Interesse an Dickens' literarischen Arbeiten bewiesen, und oft den Wunsch einer persönlichen Zusammenkunft mit ihm ausgesprochen ... Diese Zusammenkunft fand statt am 9. April, als er den Befehl der Königin empfing, ihr in Buckingham Palace aufzuwarten und von seinem Freunde Arthur Helps, dem Sekretär des Staatsrats, vorgestellt wurde ... Seit dem Dahinscheiden unsres Autors hat die Zeitung, mit der er früher in Verbindung stand, gesagt: ‚Die Königin war bereit, ihm jede Auszeichnung zuteil werden zu lassen, welche er bei seinen wohlbekannten Ansichten und Neigungen anzunehmen Willens sei, und nachdem mehr als ein Ehrentitel abgelehnt war, sprach Ihre Majestät den Wunsch aus, daß er wenigstens eine Stelle in ihrem Staatsrat annehmen möge.'" Da nichts zu einfältig ist, um nicht geglaubt zu werden,[103] wird es nicht überflüssig sein, zu bemerken, daß Dickens von

---

[103] In einer in Amerika verbreiteten Lebensbeschreibung von Dr. Shelton Mackenzie findet sich der nachstehende, ohne Zweifel aus zeitgenössischen Veröffentlichungen entlehnte Bericht, über den es streng wahrheitsgemäß sein wird, zu sagen, daß er, mit Ausnahme der Schlußbehauptung, derzufolge Dickens der Königin, auf ihren eignen Wunsch, ein Exemplar seiner Werke schickte, kein einziges wahres Wort enthält. „Zu Anfang des Jahres 1870 schenkte die Königin Dickens ihr Buch über die Hochlande, mit der bescheidenen autographischen Inschrift: ‚Von dem geringsten an den größten Autor Englands'. Dies sollte ein Kompliment sein und wurde als solches von Dickens angenommen, der in einem männlichen, höflichen Briefe dafür dankte. Bald nachher schrieb ihm Königin Victoria, und bat ihn, er möge ihr den Gefallen tun, sie in Windsor zu besuchen. Er nahm die Einladung an und verlebte einen sehr angenehmen Tag in der Gesellschaft seiner Monarchin. Es heißt, daß beide einander gefielen; daß Dickens grade den der Königin angenehmen Ton zu treffen wußte, daß sie sehr freundschaftlich zusammen schwatzten, daß die Königin nicht müde wurde, über gewisse Charaktere seiner Bücher Fragen an ihn zu stellen, daß sie fast ein *tête-à-tête dejeuner* einnahmen und daß die Königin, ehe er fortging, in ihn drang, die Baronetswürde anzunehmen (ein Titel, der sich auf den ältesten Sohn vererbt) und daß sie, als er dies ablehnte, sagte: ‚Lassen Sie mich dann wenigstens die Befriedigung haben, Sie zum Mitgliede meines Staatsrats zu machen.' Auch diese Würde, welche den persönlichen Titel ‚Sehr Ehrenwert' mit sich bringt, lehnte er ab – und in der Tat bedurfte Charles Dickens keines Titels, um ihm Ansehen zu verleihen. Die Königin und der Autor trennten sich im besten Einverständnis. Die Zeitungen berichteten, die Pairswürde sei ihm angeboten und von ihm abgelehnt worden – aber selbst Zeitungen sind nicht ohne Ausnahme korrekt. Dickens machte seiner königlichen Herrin ein Geschenk mit einem schönen Exemplar seiner sämtlichen Werke, und noch am Morgen seines Todes kam ein auf ihren Wunsch von Arthur Helps geschriebener Brief in Gadshill an, der für das Geschenk dankte und genau die Stelle beschrieb, welche die Bücher in Balmoral hatten, wo sie so gestellt waren, daß die Königin sie sehen konnte, wenn sie ihren gewöhnlichen Sitz in

keinem solchen Wunsche seitens Ihrer Majestät wußte, und obgleich alle Wahrscheinlichkeiten auf Seiten seiner Unwilligkeit liegen, irgendeinen Titel oder Ehrenstelle anzunehmen, so ist es doch ebenso gewiß, daß ihm kein solches Anerbieten gemacht wurde.

Man hatte gehofft, den Namen Ihrer Majestät für die 1857, nach Jerrold's Tode, veranstalteten Aufführungen zu erlangen; aber da dies eine öffentliche Bemühung zu Gunsten eines Privatmannes war, würde die Zustimmung der Königin „entweder beständige Nachgiebigkeit oder beständige Beleidigung gegen andre" bedingt haben. Ihre Majestät ließ jedoch damals durch Oberst Phipps[104] an Dickens das Gesuch stellen, sich ein Zimmer in ihrem Palaste auszusuchen, damit zu tun, was er wolle und sie dort das Stück sehen zu lassen. „Ich sagte darauf zu Oberst Phipps" (21. Juni 1857), „der Gedanke sei mir nicht neu; ich sei nicht ganz ruhig in Bezug auf die gesellschaftliche Stellung meiner Töchter &c. bei einer Hofversammlung unter solchen Umständen, und ich möchte Ihre Majestät bitten, mich zu entschuldigen, wenn es sich einrichten lasse, daß sie das Stück auf irgendeine andre Weise sehe. Hierauf sagte Phipps, er habe nicht an den Einwand gedacht, zweifle aber nicht im Mindesten, daß ich Recht habe. Ich schlug dann vor, die Königin solle eine Woche vor dem Beginn der öffentlichen Aufführungen in die Gallery of Illustration kommen und die Halle dort ganz zu ihrer Verfügung haben und ihre eigene Gesellschaft einladen. Hierzu entschloß sie sich, mit dem richtigen Gefühl das ihre gute Natur bei allen Gelegenheiten zu begleiten scheint, in wenigen Stunden." Die Wirkung der Aufführung war höchst befriedigend. „Meine gnädige Monarchin" (schrieb Dickens am 5. Juli 1857) „war so befriedigt, daß sie mich bitten ließ, zu ihr zu kommen und ihren Dank in Empfang zu nehmen. Ich antwortete, ich sei in meinem Possenanzuge und müsse bitten, mich zu entschuldigen. Worauf sie noch einmal schickte, mit der Bemerkung, ‚der Anzug könne nicht so sehr lächerlich sein,' und ihren Wunsch wiederholte. Ich ließ mich zur Antwort gehorsamst empfehlen, drückte aber wieder die Hoffnung aus, Ihre Majestät werde die Güte haben, mich zu entschuldigen, wenn ich mich nicht in

---

ihrer Wohnstube einnahm. Als dieser Brief anlangte, war Dickens noch am Leben, aber völlig bewußtlos. Was war für ihn um diese Zeit die Leutseligkeit eines irdischen Herrschers?" Ich wiederhole, daß das einzige Stückchen Wahrheit an diesem ganzen Geschreibsel ist, daß Dickens die Bücher schickte und daß Arthur Helps auf den Wunsch der Königin dafür dankte. Der Brief kam nicht an seinem Todestage, dem 9. Juni, an, sondern wurde an diesem Tage von Balmoral datiert.
[104] Um jene Zeit Privatsekretär der Königin. – D. Übers.

einem Kostüm und Aufzuge vorstelle, die nicht meine eigenen seien. Als ich heute Morgen aufwachte, freute es mich gewaltig, zu denken, daß ich meinen Willen durchgesetzt hatte."

Die Gelegenheit, sich in seinem eignen Kostüm vorzustellen, kam erst in seinem Todesjahre, nachdem inzwischen ein anderer Versuch ebenfalls erfolglos gewesen war. „Ich wurde am Sonntag" (30. März 1858) „in große Verlegenheit versetzt. Ich weiß nicht, wer mit meinem Informanten gesprochen hat; aber es scheint, daß die Königin lebhaft verlangt, mich das *Weihnachtslied* vorlesen zu hören und den Wunsch ausgesprochen hat, dies ohne Anstoß zu Wege zu bringen, aber nicht recht weiß, wie es anzufangen ist, weil ich mich entschuldigen ließ, als sie mich nach der *Gefrorenen Tiefe* sehen wollte. Ich parierte die Sache so gut ich konnte, aber als man mich bat, eine freundliche und rücksichtsvolle Antwort bereit zu haben, da man wisse, das Gesuch werde gemacht werden, sagte ich: ‚Nun! ich dachte, Oberst Phipps würde mit mir darüber sprechen, und sollte er dies tun, so würde ich ihn meines Wunsches versichern, den Wünschen Ihrer Majestät entgegenzukommen und meine Hoffnung ausdrücken, daß sie mir den Gefallen erweisen möchte, als Mitglied irgendeiner Zuhörerschaft zuzuhören; denn meiner Meinung nach sei eine Zuhörerschaft zu der Wirkung notwendig.' So steht die Sache; aber sie quält mich." Die Schwierigkeit wurde nicht überwunden; aber das fortdauernde Interesse Ihrer Majestät an dem *Weihnachtsliede* erhellte aus ihrem Ankauf eines Exemplars des Buches mit Dickens' Autograph, bei der Versteigerung von Thackeray's Bibliothek;[105] und endlich, in Dickens' Todesjahre, kam es zu der Zusammenkunft mit dem Autor, dessen Popularität von ihrer Thronbesteigung datierte, dessen Bücher eine größere Anzahl ihrer Untertanen erfreut hatten, als diejenigen irgendeines anderen zeitgenössischen Schriftstellers und dessen Genie dem Glanze ihrer Regierung zugerechnet werden wird. Ein Zufall führte diese Zusammenkunft herbei. Dickens hatte aus Amerika einige

---

[105] Das Buch war folgendermaßen in dem Kataloge verzeichnet. „Dickens (C.) Ein Weihnachtslied in Prosa 1843: Geschenk des Autors, mit der Inschrift ‚W. M. Thackeray, von Charles Dickens (den er einmal, weit von der Heimat, sehr glücklich machte).'" Einige hübsche Verse seines Freundes hatten ihn tief ergriffen, während er im Auslande war. Ich zitiere aus dem von Mr. Hotten veröffentlichten ‚Leben Dickens'. „Ihre Majestät sprach den lebhaften Wunsch aus, dies vom Autor geschenkte Exemplar zu besitzen, und gab einen unbeschränkten Auftrag für den Ankauf desselben. Der ursprüngliche Ladenpreis des Buches war 5 Schillinge. Es kam in den Besitz Ihrer Majestät für 25 Pfd. St. 10 Sh. und wurde sofort in den Palast gebracht."

große und merkwürdige Photographien der Schlachtfelder des Bürgerkrieges mitgebracht, von welchen die Königin durch Mr. Helps gehört hatte und die sie zu sehen wünschte. Dickens schickte sie unverzüglich, und ging später mit Mr. Helps, auf Verlangen der Königin, nach Buckingham Palace, damit sie ihn sehen und ihm in eigner Person danken könne.

Es war in der Mitte des März 1870, nicht im April. „Kommen Sie her, das ist interessant, erzählen Sie uns davon," riefen Dr. Johnson's Freunde, nach seiner Unterhaltung mit Georg III., und wieder und wieder wurde die Geschichte an Zuhörer erzählt, die bereit waren, aus ihren Gemeinplätzen Wunder zu machen. Aber die Romantik, selbst die des 18. Jahrhunderts, in einer solchen Sache, ist vollständig verschwunden aus dem 19ten. Es genügt zu sagen, daß die Freundlichkeit der Königin Dickens einen starken Eindruck hinterließ. Als Ihre Majestät ihr Bedauern ausdrückte, seine Vorlesungen nicht gehört zu haben, bemerkte Dickens, diese seien jetzt eine Sache der Vergangenheit geworden, während er das Kompliment Ihrer Majestät in Bezug auf dieselben dankbar anerkannte. Sie sprach mit ihm von dem Eindruck, welchen sein Spiel in der *Gefrorenen Tiefe* ihr gemacht habe, und als er auf ihre Nachfrage bemerkte, das kleine Stück sei auf den öffentlichen Bühnen nicht sehr erfolgreich gewesen, sagte sie, dies überrasche sie nicht, da der Vorzug seines Spiels ihm abgehe. Dann geschah eines angeblich dem Prinzen Arthur in New-York widerfahrenen unfreundlichen Benehmens Erwähnung und Dickens bat Ihre Majestät die wahren Amerikaner jener Stadt nicht zu verwechseln mit dem fenischen Teil ihrer irischen Bevölkerung, worauf sie ruhig bemerkte, sie sei überzeugt, die Umgebung des Prinzen habe auf den Vorfall zu großes Gewicht gelegt. Er erzählte ihr die Geschichte von dem Traume des Präsidenten Lincoln in der Nacht vor seiner Ermordung. Sie bat ihn, ihr seine Schriften zu geben und fragte, ob sie dieselben schon am Nachmittag desselben Tages erhalten könne; aber er bat um die Erlaubnis, ihr ein gebundenes Exemplar schicken zu dürfen. Ihre Majestät nahm dann von einem Tische ihr eigenes Buch über die Hochlande, mit einer eigenhändigen Zueignung „an Charles Dickens", indem sie sagte, „der geringste der Schriftsteller würde sich schämen, es einem der größten anzubieten," hätte nicht Mr. Helps, als sie ihn gebeten, es Dickens zu überreichen, bemerkt, es würde am höchsten geschätzt werden, wenn es von ihr selbst komme – und machte der Zusammenkunft ein Ende, indem sie das Buch in seine Hand legte. „Sir," sagte Dr. Johnson, „man mag von dem jungen Könige sagen, was man will, aber Ludwig der Vierzehnte hätte keine feinere Höflichkeit zeigen können;" und Dickens war nicht geneigt, weniger zu sagen von der Enkelin des jungen Königs. Daß der wohltuende Eindruck genügte, ihn auf neue Bahnen zu führen, davon erhielt ich, zugleich mit der Andeutung der noch überlebenden Stärke alter Erinnerungen, sofort Beweise. „Da meine Monarchin wünscht," schrieb er am 26. März 1870, „daß ich bei dem nächsten Levée zugegen bin, falle nicht vor Erstaunen in Ohnmacht, wenn Du meinem Namen an einer so ungewohnten Stelle begegnest. Ich habe mich für den zweiten April skrupulös frei gehalten, falls Du zugänglich sein solltest." Sein Name erschien demnach bei dem Levée, seine Tochter war bei dem dann folgenden Drawing-Room und Lady Houghton schreibt mir: „Ich sah Dickens nie heiterer als bei einem Dîner in unserem Hause, etwa vierzehn Tage vor seinem Tode, als er mit dem König der Belgier und dem Prinzen von Wales, auf den besonderen Wunsch des Letzteren, zusammentraf." Fast bis zur Stunde des Dîners war es zweifelhaft, ob er werde hingehen können. Er litt an der Krankheit in seinem Fuße und mußte, als er ankam, da er außer Stande war, die Treppe hinaufzugehen, sofort in das Esszimmer geführt werden.

Der Freund, welcher Dickens nach Buckingham Palace begleitet hatte, sagte in einem, nach seinem Tode geschriebenen kurzen, aber von ausgezeichneter Einsicht und Geschmack zeugenden Nachrufe:[106] Dickens habe glühend eine Zeit herbeigewünscht und derselben zuversichtlich entgegengesehen, wo ein engeres Band, als das gegenwärtig bestehende, die verschiedenen Klassen des Volkes verbinden, *ein* Band die höchsten wie die niedrigsten umfassen werde. Dies drückt, so gut als wenige Worte es ausdrücken können, das aus, was jedenfalls sein Herz immer erfüllte, und vielleicht mochte er am Schlusse seines Lebens die künftige Verwirklichung dieser Sehnsucht für möglicher halten, als je zuvor. Die Hoffnung war auf den Lippen seines Freundes Talfourd, als dieser starb, und seine eignen widerstrebendsten Ansichten mögen sich zuletzt in dem Bemühen vereinigt haben, eine solche Versöhnung herbeizuführen. Mehr braucht über diesen Punkt nicht gesagt zu werden. Was man auch gegen gewisse, ihm eigentümliche Ansichten einwenden mag, er würde, auch ohne die verwerflichste derselben, weniger gewesen sein als er selbst. Es war in ihm etwas von dem Despoten, was nur selten von dem Genie zu trennen ist, vereint mit einer Wahrheit der Natur, welche den größten Charakteren angehört, wodurch Männer, deren eigne Begabung von seltener Art war, veranlaßt wurden, das in ihm zu finden, was Sir

---

[106] In Memoriam, von Arthur Helps, in Macmillans' Magazine, Juli, 1870.

Arthur Helps beschrieben hat: „einen Mann, auf den man in der Mitte einer großen Gefahr vertrauen, zu dem man als zu einem Führer emporblicken konnte."

Auch Layard hatte diese Ansicht von ihm. Er war in Gadshill, während der Weihnachtszeit vor Dickens' letztem Besuche in Amerika, und erlebte eine jener dort nicht seltenen Szenen, in denen der Herr des Hauses recht eigentlich zu Hause war. Dieselben nahmen gewöhnlich die Form von Cricket-Partien an, aber die damals stattfindende war, um den Ausdruck seines Freundes Bobadil zu gebrauchen, mehr populär und allgemein, und natürlich wuchs er mit seinen größeren Zwecken. „Je mehr Ihr von dem Herrn verlangt, desto mehr werdet Ihr in ihm finden," sagte der bei seinen Vorlesungen angestellte Gasmann. „Es werden morgen," schrieb Dickens am Weihnachtstage, „in meinem Felde Wettrennen zu Fuße für die Dorfbewohner stattfinden. Wir sind heute alle eifrig beschäftigt gewesen, eine Rennbahn herzustellen, zahllose Fähnchen zu machen, und ich weiß nicht, was sonst noch. Layard ist Oberpräsident der häuslichen Polizei. Die Landpolizei prophezeit uns eine ungeheure Volksmenge." Es stellten sich zwei- bis dreitausend Personen ein und irgendwie, durch eine Art magischen Einfluß, sagte Layard, schien Dickens jedes anwesende Geschöpf, auf die Ehre, welche das Geschöpf hatte, verpflichtet zu haben, Ruhe zu halten. Welche besonderen Mittel dazu gebraucht, oder welche Kunst dazu angewandt wurden, mochte schwer sein zu sagen; aber dies war das Resultat. In einem Briefe vom Neujahrstage beschrieb Dickens mir es selbst. „Wir hatten eine sehr hübsche Rennbahn gemacht, und uns große Mühe gegeben. Durch meine Erfahrung bei den Cricket-Partien ermutigt, erlaubte ich dem Wirt des „Falstaff", eine Trinkbude auf dem Felde zu halten. Um den Anschein eines diktatorischen oder mißtrauischen Benehmens zu vermeiden, gab ich alle Preise (eine Gesamtsumme von etwa zehn Pfd. St.) in Geld. Die große Masse des Volks waren Arbeiter jeder Art, Soldaten, Matrosen und Tagelöhner. Sie brachten zwischen halb elf Uhr, wo wir anfingen, und Sonnenuntergang, keinen Strick und keine Stange in Unordnung, und ließen jede Barriere und jede Stange so nett als sie sie fanden. Es gab weder Zänkereien noch Betrunkenheit. Ich hielt ihnen von dem Rasenplatze aus, am Ende der Spiele, eine kleine Rede, in der ich sagte, daß wir, so Gott wolle, es im nächsten Jahre wieder so machen wollten. Sie applaudierten eifrig und zerstreuten sich. Die Straße zwischen hier und Chatham war den ganzen Tag wie ein Markt; und jedenfalls ist es aller Ehren wert, wenn die Bewohner einer leichtlebigen Seestadt sich so ausgezeichnet betragen. Unter andern Seltsamkeiten hatten wir ein

Wettrennen mit Hindernissen, für Fremde. Ein Mann (er gewann den zweiten Platz) lief in zwanzig Sekunden 120 Schritte und sprang über zehn Barrieren mit einer Pfeife im Munde, und während er die ganze Zeit rauchte. ‚Hätten Sie die Pfeife nicht gehabt,' sagte ich zu ihm am Ziele der Rennbahn, ‚so würden Sie der erste gewesen sein.' – ‚Ich bitte um Vergebung, Sir,' sagte er, ‚hätte ich meine Pfeife nicht gehabt, so würde ich nirgends gewesen sein.'" Der Schluß des Briefes enthielt folgende merkwürdige Ankündigung. „Der Verkauf des Weihnachtsheftes belief sich gestern Abend auf 255 380 Exemplare." Könnte man nicht mit einigem Rechte sagen, daß in einer so gewaltigen Popularität etwas liegt, was an sich elektrisch ist und was, obgleich nur auf Bücher gegründet, auch da gefühlt wird, wohin die Bücher nie kommen?

Es ist auch bemerkenswert, daß grade dasjenige, was Dickens' Stärke gewesen sein würde, hätte er eine öffentliche Laufbahn eingeschlagen, die anziehende wie die gebietende Seite seiner Natur, auch das war, was ihn am meisten an den Kreis häuslicher Pflichten und Freuden fesselte. Dieser „bessere Teil von ihm" hatte jetzt lange jene traurige Zeit von 1857–58 überlebt, als, aus Gründen, die ich nicht verschweigen zu glauben durfte, ein unbestimmtes Gefühl von Rastlosigkeit sich seiner bemächtigte und die Umstände ihn veranlaßten, sich in eine andre Tätigkeit hineinzustürzen als diejenige, der er bis dahin sich ausschließlich gewidmet hatte. Es war eine trübe Epoche in seinem Leben; aber obgleich gewisse, durch jene neue Beschäftigung bedingte Veränderungen blieben, und mit ihnen manche widrige Einflüsse, welche sein Leben zu einem vorzeitigen Abschluß brachten, so war es doch, in Bezug auf jenes Gefühl, nur eine Zwischenzeit; und der vorherrschende Eindruck der späteren Jahre, wie der früheren, nimmt jene wunderbar heimatliebende Gestalt an, in der auch die Stärke seines Genies sich offenbart. Es ist unmöglich, um irgendeinen Teil eines solchen Menschen eine zu scharfe Linie zu ziehen, und man darf den Schriftsteller nicht der Inkonsequenz beschuldigen, der sagt, daß die Leiden von Dickens' Kindheit[107] und das elende Gefühl der

---

[107] Vor kurzem erschien im Athenaeum ein Auszug aus einem gedruckten, aber noch nicht herausgegebenen Tagebuch Payne Collier's, vom Juli 1833, mit einer Hinweisung auf Dickens, zu der Zeit, als er zuerst als Berichterstatter Beschäftigung fand, und im Zusammenhang mit der Erzählung meines ersten Bandes über jene Leiden seiner Kindheit. „Bald nachher bemerkte ich einen großen Unterschied in Dickens' Kleidung, denn er hatte sich einen neuen Hut und einen sehr schönen blauen Mantel gekauft, den er à l'Espagnole über die Schulter warf ... Wir gingen zusammen durch den Hungerford-Markt, wo wir einem Kohlenträger

Verlassenheit und der Sehnsucht nach den Freuden der Heimat, welches sie ihm einbrannten, nicht bloß das hervorrief, was am schwächsten, sondern auch das, was am größesten in ihm war. Es war in reiferen Jahren ebensowohl seine Schwäche als sein Verdienst, daß er nicht allein leben konnte. Wenn die Gedanken zu seinen Romanen ihn ergriffen und er unter ihrem rastlosen Einflusse war, redete er wohl oft davon, daß er sich an abgelegenen einsamen Orten verschließen wolle, ging aber nie irgendwohin, ohne von Mitgliedern seiner Familie begleitet zu sein. Die Gewohnheiten seines täglichen Lebens nahm er überall, wohin er auch gehen mochte, mit. In Albaro und Genua, in Lausanne und Genf, in Paris und Boulogne lebte er ganz auf dieselbe Weise, wie zu Hause, in London und Broadstairs. Wenn es die Eigentümlichkeit einer häuslichen Natur ist, an allen kleinsten und größten Dingen innerhalb der vier Wände, in denen man lebt, Interesse zu haben, so besaß niemand dieselbe in höherem Maße als Dickens. Niemand konnte von Natur geneigter sein, sein Glück im häuslichen Leben zu finden als er. Selbst jene eigne Art von Interesse an einem Hause erfüllte ihn, welche gewöhnlich auf die Frauen beschränkt ist. Nicht zu reden von Veränderungen von Bedeutung, wurde nirgends, wo er auch wohnte, auch nur ein neuer Haken eingeschlagen, ohne daß er davon wußte, oder daß er irgendeinen eignen kleinen Zweck damit verband. Nichts war zu gering für seine persönliche Beaufsichtigung. Was auch vor sich ging, Privattheater für die kleinen Kinder, Unterhaltungen für die heranwachsenden, Cricket-Partien, Dîners, gymnastische Spiele, von dem ersten Sylvester-Ball in Doughty Street bis zu dem letzten musikalischen Abend in Hyde-Park-Place, er war bei allem der Mittelpunkt und die Seele. Er bemühte sich nicht, die größere oder geringere Wichtigkeit einer Sache abzumessen. Daß etwas getan werden mußte, war für ihn ein hinreichender Grund, es zu tun, als gäbe es nichts anderes in der Welt zu tun. In kleinen wie in großen Dingen folgte er der Aufforderung Laud's und Wentworth's, und auf niemanden war das echt Deutsche, welches sowohl Wirklichkeit als Gründlichkeit ausdrückt, anwendbarer als auf ihn. Die natürliche Folge davon war, daß man sich in seinem häuslichen Kreise im-

---

folgten, der sein kleines, rosiges, aber schmutziges Kind auf der Schulter trug, und Dickens kaufte für ein paar Pfennige Kirschen, und indem wir weiter gingen, gab er sie eine nach der andern dem kleinen Kerl, ohne daß der Vater es merkte ... Er sagte mir, als wir hindurchschritten, daß er den Hungerford-Markt gut kenne ... Er bemühte sich nicht, die Verlegenheiten zu verbergen, gegen welche er und seine Familie zu kämpfen gehabt hatten."

mer in allen Dingen absolut auf ihn verließ. In allen Schwierigkeiten, in allen Notfällen kam von ihm der aufmunternde Einfluß, die klare, stets bereite Hilfe. In Krankheitsfällen, der Kinder wie der Dienstboten, war er besser als ein Arzt. Er war so voll von Hilfsmitteln, um welche ein jeder sich eifrig an ihn wandte, daß seine bloße Gegenwart im Krankenzimmer ein heilender Einfluß war, als könne nichts fehlschlagen, wenn er nur da sei. So daß endlich, als er während der furchtbaren Nacht, welche seinem Scheiden vorherging, besinnungslos in dem Zimmer lag, wo er hingesunken war, die Geschlagenen und Betäubten, die seiner warteten, es unmöglich fanden zu glauben, daß nichts von ihm geblieben sei, als was sie sahen, oder ganz der seltsamen, wilden Hoffnung zu entsagen, daß er plötzlich wieder unter ihnen sein werde, wie er selbst, und von neuem in's Leben zurückrufen werde, was sie selbst damals noch nicht in Zusammenhang bringen konnten mit der verzweifelnden Hilflosigkeit des Todes.

Dies Gefühl beschränkte sich nicht auf die Verwandten, denen er so gelehrt hatte, sich ausschließlich auf ihn zu verlassen. Unter den an jene Trauernden gerichteten Tröstungen waren die Worte eines Mannes, den er während seines Lebens am höchsten geehrt hatte, und der es auch schwer fand, ihn mit dem Tode in Verbindung zu bringen, oder zu denken, daß er jenes lebensvolle Gesicht nie wieder sehen solle. „Es sind fast dreißig Jahre," schrieb Carlyle, „seit meine Bekanntschaft mit ihm anfing, und ich meinerseits kann sagen, daß jede neue Begegnung sie zu einer immer klareren Erkenntnis seines seltenen und großen Wertes als Mensch reifte: ein warmfühlender, aufrichtiger, klarsehender, ruhig entschiedener, gerechter und liebender Mensch – bis er mir endlich so an's Herz gewachsen war, wie wenige andere Menschen meiner Zeit. Dies kann ich Euch Dreien sagen, denn es ist wahr und wird Euch willkommen sein; mit andern, weniger Beteiligten möchte ich ebenso gern *nicht* über eine solche Sache reden." – „Ich fühle tiefen Schmerz für Sie," schrieb Carlyle um dieselbe Zeit an mich; „und in der Tat für mich selbst und für uns alle. Es ist ein weltweites Ereignis; ein in seiner Art einziges Talent ist plötzlich erloschen und hat (auch wir dürfen das sagen) ‚die harmlose Heiterkeit der Nationen verdunkelt'. Kein Tod seit 1866 hat mich mit einem solchem Schlage getroffen; der Tod keines Schriftstellers hat mich je so getroffen. Der gute, hochgesinnte, hochbegabte, immer freundliche, edle Dickens – jeder Zoll von ihm ein ganzer Mensch."

Von seinen durchgehend tätigen Gewohnheiten habe ich gesprochen und ohne Zweifel wurden dieselben zu weit getrieben. In seiner Jugend mochte es angehen, aber er nahm keine Rücksicht auf die Jahre. Ich habe dies an vielen Beispielen erläutert; einige Worte darüber mögen jedoch hier noch ihre Stelle finden. Für alle Menschen, die viel tun, sind Regel und Ordnung wesentlich. Methode in allen Dingen war eine Eigentümlichkeit von Dickens; und zwischen dem Frühstück und dem *dejeuner* war, mit seltenen Ausnahmen, seine Arbeitszeit. Aber seine täglichen Spaziergänge waren weniger eine Regel als ein Genuß und eine Notwendigkeit. Inmitten seiner schriftstellerischen Arbeiten waren sie ihm unentbehrlich, und besonders, wie oft gezeigt worden, in der Nacht. Mr. Sala ist eine Autorität über die Londoner Straßen und in dem beredten und edeln Tribut, den er, als einer der Ersten, dem Andenken Dickens' darbrachte, hat er erzählt, wie er selbst ihm an den wunderlichsten Orten und in dem unfreundlichsten Wetter begegnete, in Ratcliffe-Highway, auf Haverstock-Hill, auf Camberwell-Green, in Grays-Inn-Lane, in Wandsworth Road, in Hammersmith Broadway, in Norton Folgate und in Kensal New Town. „Man fuhr rasch in einer Droschke durch Brompton dahin und da schritt er, wie mit Siebenmeilenstiefeln, anscheinend nach Fulham zu. Man kam bei Lisson Grove aus der unterirdischen Eisenbahn an's Licht und begegnete ihm, wie er rasch dem Yorkshire Stingo zuwanderte. In schnellem Gange sah man ihn dem Fuße der finstern Ziegelsteinmauern des Gefängnisses in Coldbath-Fields entlang wandern, oder wie er Seven Sisters-Road in Holloway durchschlenderte, oder mit vollen Segeln den Bogengang bei Highgate durcheilte, oder Vauxhall Bridge-Road hinauf gleichmäßig seinen Weg verfolgte." Aber er war ebenso sehr zu Hause in dem verworrenen Labyrinth enger Gassen wie auf den großen Verkehrsstraßen. Überallhin, wo es in abgelegenen Quartieren, in Höfen und in Gängen, an Citywerften, in den ärmeren Logierhäusern, in Gefängnissen, in Arbeitshäusern, in Lumpenschulen, in Polizeigerichtshöfen, in Lumpen- und Trödlerläden, und allen möglichen Märkten für die Armen etwas zu sehen und zu lernen gab, trug er seine scharfe Beobachtung und seinen unermüdlichen Forschungstrieb. „Ich war heute Nacht von 12 bis 2 Uhr unter den italienischen Jungen," sagt einer seiner Briefe. „Ich gehe heute Abend mit der Themsepolizei in deren Boote aus," sagt ein anderer. Es war, wie wir gesehen, dasselbe, wenn er in Italien oder in der Schweiz war, und wenn er sich in späteren Jahren in französischen Provinzialstädten aufhielt. „Ich mache meilenweite Spaziergänge in's Land hinein und Du kannst Dir kaum vorstellen, an was für verlassenen Wällen und stillen, kleinen Kirchhöfen vorbei, oder wie ich über rostige Zugbrücken und stagnierende Gräben in der verfallenden Stadt aus- und eingehe." Mehrere Jahre hintereinander begleitete ich ihn jeden Weihnachtsabend die Straße von Aldgate nach Bow hinunter, um das Treiben des Weihnachtsmarkts zu sehen, und auffallend gern wanderte er am ersten Weihnachtstage in armen Quartieren umher, an den Türen der schäbig-gentilen Häuser in Somers-Town und Kentisch-Town vorbei, und beobachtete, wie die Mahlzeiten vorbereitet oder hineingetragen wurden. Aber die Versuchungen des Land-Lebens verleiteten ihn zu Exzessen im Spazierengehen. „Nachdem ich," schrieb er im dritten Jahre seines Aufenthalts in Gadshill, „drittehalb Meilen im Regen gewandert war, kam ich so nass nach Hause, daß ich mich ganz umziehen und ein warmes Fußbad nehmen mußte, ehe ich etwas tun konnte." Wieder zwei Jahre später: „Es weht ein Südostwind, hinreichend, einem die Kehle abzuschneiden. Ich hüte, wie auch gestern, wegen meiner Erkältung das Haus. Aber das Heilmittel ist so neu für mich, daß ich zweifle, ob es mir halb so gut bekommt, als anderthalb Meilen im Schnee. Wenn daher diese Behandlungsweise heute fehlschlägt, werde ich morgen jene versuchen." Er versuchte sie vielleicht nur zu oft. Im Winter 1865 hatte er zuerst den Anfall in seinem linken Fuß, der seine Gehkraft während des Restes seines Lebens wesentlich schwächte. Er meinte, die Ursache sei ein zu langes Gehen im Schnee gewesen, und daß dies das Leiden verschlimmerte, ist sehr wahrscheinlich; aber im Lichte dessen gesehen, was folgte, darf man jetzt wohl annehmen, daß es einen ernsteren Ursprung hatte. Es kehrte in Zwischenräumen, ohne besondere Veranlassung, vor der Reise nach Amerika zurück; in Amerika stellte es sich wieder ein, nicht wenn er am meisten im Schnee gegangen war, sondern wenn seine nervöse Erschöpfung am größesten war; nach Amerika trat es hervor am Vorabend der Begebenheit in Preston, die zuerst den Fortschritt offenbarte, welchen die Krankheit in den Gehirngefäßen gemacht hatte, und in dem letzten Jahre seines Lebens verursachte es, wie wir sogleich sehen werden, beständige Unruhe und heftige Schmerzen und dehnte sich dann auch in ernster Weise auf seine linke Hand aus, welche vorher nur leicht davon berührt gewesen war.

Aus einem Briefe vom 21. Februar 1865 erfuhr ich zuerst, daß er Qualen erdulde durch einen vom Frost angegriffenen Fuß und zehn Tage später kam ein ausführlicherer Bericht. „Ich bekam den Frost davon, daß ich beständig im Schnee umherwanderte und jeden Tag nasse Füße hatte. Meine Stiefel wurden hart und wurden weich, wurden hart und wurden weich, mein Fuß schwoll und ich zwängte doch den Stiefel darauf, saß und schrieb darin die eine Hälfte des Tages und wanderte die andre damit im Schnee herum; zwängte den Stiefel am folgenden Morgen wieder an, saß und spazierte wieder darin umher und kümmerte mich nicht weiter darum, da ich an alle möglichen Veränderungen in meinem Fuße gewohnt war. Endlich, als ich wieder, wie gewöhnlich, ausging, wurde ich auf dem Spaziergange lahm und mußte während der letzten fünfviertel Stunden vollkommen lahm durch den Schnee nach Hause hinken, – beiläufig bemerkt, zu dem erstaunlichen Schrecken der beiden großen Hunde." Die Hunde waren Turk und Linda. So ungestüme Gefährten sie stets waren, die plötzlich bei ihm eintretende Veränderung brachte sie zum Stillstand, und während des Restes der Wanderung krochen sie so langsam neben ihrem Herrn her als er selbst und verließen ihn keinen Augenblick. Er wurde sehr hierdurch gerührt und erzählte öfter davon. Turk, sagte er, schlug Blicke voll von Mitleid wie von Furcht zu ihm auf, aber Linda war vollständig niedergeschmettert.

Das Wort in seinem Briefe an seinen jüngsten Sohn: er solle gegen andre handeln, wie er wolle, daß sie gegen ihn handelten, ohne sich entmutigen zu lassen, wenn sie es nicht täten; und sein Wort an das Volk von Birmingham, sich der geistigen Ausbildung zu befleißigen, nicht weil dieselbe zum Wohlstand führe, sondern weil sie an sich gut sei, drücken einen Grundsatz aus, der ihn selbst zu allen Zeiten leitete. Starker Neigungen fähig, war er doch nicht das, was man überströmend nennt, aber keine seiner Neigungen war mattherzig. Das einzige ganz Hassenswürdige war für ihn Gleichgültigkeit. „Ich gebe mein Herz nur wenigen Leuten, aber ich würde eher den unversöhnlichsten Menschen von der Welt lieben als einen gleichgültigen, der, wenn mein Platz morgen leer wäre, sich weiter schieben und mich nie vermissen würde." Nichts schärfte er seinen Kindern häufiger ein, als daß sie die Gleichgültigkeit andrer nicht als Rechtfertigung gelten lassen sollten für ihre eigene. „Alle Freundlichkeiten," schrieb er, „müssen um ihrer selbst willen erwiesen werden und ohne jede Rücksicht auf Dankbarkeit." Dieselbe Ansicht sprach er von neuem aus, als er, um eines toten Freundes willen, Anstrengungen machte, welche von denjenigen, denen sie dienen sollten, nicht gehörig gewürdigt zu werden schienen. „Was die Dankbarkeit der Familie angeht, so habe ich es schon oft gegen Dich ausgesprochen, daß man eine edle Tat tut, weil sie recht und angenehm ist, und nicht wegen irgendeiner Erwiderung, die sie bei andern hervorrufen soll." In einer andern Form erscheint diese Regel häufig in seinen Briefen und sie wurde allen, die ihm teuer waren, auf vielfache Weise eingeprägt. Es ist der Mühe wert, seine Bemerkung über einen Ausdruck des Bedauerns eines seiner Familienmitglieder, hinsichtlich eines Aktes der Großmut anzuführen, der vergeudet zu sein schien: „Keine edle Tat kann je verloren gehen."

Als demselben Sinne angehörend, muß auch daran erinnert werden, daß es nicht der laute, sondern der schweigende Heroismus war, den er am meisten bewunderte. Über Sir John Richardson, einen der wenigen Männer unserer Zeit, die zu dem Namen eines Helden berechtigt sind, schrieb er aus Paris im Jahre 1856: „Lady Franklin schickte mir jene ganze Lebensbeschreibung Richardson's, und Richardson's männliche Liebe und Freundschaft für Franklin scheint mir eine der erhebendsten Tatsachen, die mir in meinem ganzen Leben vorgekommen sind. Sie läßt das Herz hoch schlagen, von einer Art heiliger Freude." Wegen eines höheren Etwas als bloßer Literatur schätzte er den originellsten Schriftsteller und den gewaltigsten Lehrer seiner Zeit. „Ich würde zu allen Zeiten weiter gehen, um Carlyle zu sehen, als irgendeinen andern lebenden Menschen."

Über die Eigenschaften, welche ihn in der Gesellschaft und der Unterhaltung anziehend machten, habe ich wenige Einzelnheiten angeführt, weil sie in Wahrheit er selbst waren. Wie sie nun einmal waren, fehlten sie ihm nie. Seine lebhafte Genußfähigkeit verlieh seinen gesellschaftlichen Talenten einen solchen Reiz, daß wohl niemand, es sei denn ein Mann von großem Geist und ein Sprecher von Profession, wenn er aus einem geselligen Kreise schied, eine so unausfüllbare Lücke zurückließ. In energischer und mannigfaltiger Sympathie, in rascher Anpassung an jede Stimmung und Laune, in Hilfeleistung bei jedem heitern Scherz und Spiel, stand er für ein Dutzend Menschen. Wenn es erlaubt ist, so etwas zu sagen, so schien er immer umso mehr er selbst als er ein andrer war, als er seine Persönlichkeit beständig ablegte. Seine Vielseitigkeit war einzig in ihrer Art. Was er einmal über seine Liebe zur Schauspielkunst sagte, war im vollen Maße aus ihn selbst, in seinen glücklichsten Momenten, im Kreise von Freunden, die er liebte, anwendbar: wenn er einen Charakter zeichnete, eine Geschichte erzählte, eine Scharade aufführte, an einem Spiele teilnahm, einen Vorfall des Tages in Komödie verwandelte, das letzte gute oder schlechte Ding, das er gesehen, beschrieb, einen Teil des leidenschaftlichen Lebens, von welchem sein ganzes Leben überströmte, in treffender, tragischer, oder humoristischer Form reproduzierte. „Charakterdarstellung übt einen so beglückenden Zauber auf mich aus – ich weiß kaum, aus wievielen wilden Gründen – daß ich es als einen Verlust einer, o, ich kann nicht sagen wie, köstlichen Torheit empfinde, wenn ich eine Gelegenheit verliere, jemand zu sein, der mir nicht im entferntesten ähnlich ist." Wie es kam, daß man von einem, der so unbegrenzte Mittel besaß, zu dem Vergnügen seiner Freunde beizutragen, doch, wie ich schon bemerkte, so wenig mit fortnehmen konnte, mag auf diese Weise erklärt werden. Aber man hat auch gesehen, daß niemand zu Zeiten vortrefflichere Bemerkungen machte, und den schon früher mitgeteilten Proben will ich hier noch einige andre hinzufügen. „Ein alter Priester," (schrieb er im Jahre 1862 aus Frankreich) „das wahre Bild Frederic Lemaitres, wenn er für eine solche Rolle angezogen ist, und sehr verdrießlich, weil er Zahnweh hatte, sagte mir neulich in einem Eisenbahnwagen, daß wir in dem ketzerischen England keine Antiquitäten hätten. ‚Gar keine?' sagte ich. – ‚Aber Sie haben dafür Schiffe.' – ‚Ja, ein paar.' – ‚Sind sie gut?' – ‚Nun,' sagte ich, ‚Ihr Amt ist ein geistiges, mein Vater: Fragen Sie den Geist Nelson's.' Einem französischen Hauptmann, der mit in dem Wagen war, gefiel dieser kleine Scherz ungeheuer. Ich traf ihn gestern in Calais, als er mit einer Truppenabteilung irgendwohin marschierte und er sagte: Pardon! Aber er sei beschränkt genug gewesen, um einen Engländer einer solchen Bonhommie nicht für fähig zu halten." Vortrefflich verstand er es, sowohl in Briefen als in der Unterhaltung, einen Scherz durchzuführen, und wegen dieser Art des Genusses verdienen seine unbedeutendsten kleinen Briefe oft, aufbewahrt zu werden. Ich erwähne ein kleines Beispiel. Er hatte einer von seinem Freunde und Advokaten Frederic Ouvry erzählten Geschichte eine so lebhafte Bewunderung gezollt, daß er, auf einen humoristischen Vorschlag zur Veröffentlichung derselben, in seiner eignen Manier, in seiner eigenen Zeitschrift, zu erwidern hatte. „Ihre Bescheidenheit steht auf einer Stufe mit Ihrem Verdienst ... Meiner Ansicht nach ist die Art, wie Sie jene ländliche Liebeswerbung im mittleren Lebensalter beschreiben, ganz unvergleichlich ... Ein Wechsel für 1 000 Pfd. St. liegt für Sie bei dem Verleger bereit. Wir würden Ihnen gern mehr bezahlen, fänden wir nicht, daß unsre Gerichtskosten so außerordentlich groß sind." Seine Briefe enthalten auch dann und wann Proben von dem, was er seine konversationellen Triumphe nannte. „Ich habe mich," schrieb er am 28. April 1861, „vor kurzem in zwei Beziehungen ausgezeichnet. Ich führte eine mir unbekannte junge Dame zum Dîner hinunter und fand, als ich mit ihr von dem Nepotismus des Bischofs von Durham in der Angelegenheit des Mr. Cheese sprach, daß sie Mrs. Cheese war. Und ich ließ mich gegen den Parlamentsabgeordneten für Marylebone, Lord Fermoy, in der Meinung, er sei ein irisches Parlamentsmitglied, über den verächtlichen Charakter des Wahlbezirks von Marylebone und der Vertretung von Marylebone aus."

Unter seinen gelungenen Sachen muß seine Erzählung einer Gespenstergeschichte nicht vergessen werden. Er hatte, wie die Leser seiner kleineren Schriften wissen werden, ein gewisses Gelüsten nach

Gespenstergeschichten, und sein Interesse für übernatürliche Dinge im Allgemeinen war so groß, daß er in die Torheiten des Spiritualismus hätte verfallen können, hätte nicht die Macht seines gesunden Menschenverstandes ihn davon zurückgehalten. Tatsache ist, daß die phantasievolle Seite seiner Natur bei dem verzeihlichen Aberglauben an Träume und glückliche Tage, oder andre Wunder eines natürlichen Zusammentreffens von Umständen, stehen blieb und Niemand war nereiter, eine Gespenstergeschichte oder ein Haus, in dem es spukte, einer schärferen Prüfung zu unterwerfen als er, obgleich seine Neigung an solche „gut verbürgte" Geschichten zu glauben, grade hinreichte, um die Art, wie er sie erzählte, vollkommen zu machen. Eine solche Geschichte wird erzählt in der 125. Nummer von *All the Year Round*, die Layard und ich schon vor ihrer Veröffentlichung in Gadshill sahen und als eine von Lord Lytton erzählte Geschichte wiedererkannten. Sie wurde veröffentlicht im Dezember 1861 und veranlaßte einige Tage später was Dickens hier erzählen wird. „Der Künstler selbst, welcher der Held der Erzählung ist," schrieb er 15. September 1861 an Lord Lytton, „hat mir Schwarz auf Weiß seinen eignen Bericht über das ganze Erlebnis geschickt, einen so sehr originellen, so sehr außerordentlichen, so weit über die von mir veröffentlichte Version hinausgehenden Bericht, daß alle andern ähnlichen Geschichten davor erblassen." Das so bekräftigte Gespenst erschien in der Nummer vom 5. Oktober und der Leser, der sich die Mühe geben will, es aufzusuchen und mit dem zu vergleichen, was Dickens in der Zwischenzeit (17. September) an mich schrieb, wird daran einen Maßstab finden für seine Bereitwilligkeit, an solche Dinge zu glauben. „Durch die Veröffentlichung der Gespenstergeschichte ist der Porträtsmaler zum Vorschein gekommen, der die Phantome gesehen hat. Die von ihm selbst geschriebene Geschichte ist über allen Vergleich hinaus die außerordentlichste, die je geschrieben wurde, und steht so hoch über meiner und Bulwer's Version, wie Scott über James. Alles, was damit zusammenhängt, ist staunenswert; aber stelle Dir dies vor, daß der Porträtsmaler beschäftigt gewesen war, die Geschichte für ein andres Blatt für nächsten Weihnachten zu schreiben, und als er sie in *All the Year Round* antizipiert sah, natürlich meinte, es habe eine Verräterei bei seinem Drucker stattgefunden. ‚Besonders,' sagt er, ‚wie war es möglich, daß das Datum, der 13. September, bekannt geworden ist? Denn ehe ich die Geschichte schrieb, hatte ich das Datum nie erwähnt.' Nun hatte meine Geschichte kein Datum; aber da ich beim Durchsehen der Korrekturen erkannte, wie wichtig es sei, ein Datum zu haben, schrieb ich, Charles Dickens, ohne es zu wissen, das richtige Datum an den Rand des Korrekturbogens." Der Leser wird sich der Geschichte bei dem Wettrennen in Doncaster erinnern, und andern ähnlichen Erläuterungen dieses Gegenstandes mag noch der folgende Traum hinzugefügt werden. „Hier ist ein seltsamer Fall aus erster Hand" (30. Mai 1863). „Als ich am Donnerstag in der vorigen Woche hier auf meinem Büro war, träumte mir, ich sähe eine Dame in einem roten Shawl, die mir den Rücken zukehrte und die ich für E. hielt. Als sie sich umwandte, fand ich, daß ich sie nicht kannte und sie sagte: ‚Ich bin Miss Napier'. Die ganze Zeit, während ich mich am nächsten Morgen anzog, dachte ich: Wie sonderbar, daß ich einen so deutlichen Traum hatte über nichts! Und warum Miss Napier? Denn ich hatte nie von einer Miss Napier gehört. An jenem selben Freitagabend hielt ich eine Vorlesung. Nach der Vorlesung kamen in mein Privatzimmer Mary Boyle und ihr Bruder und die Dame in dem roten Shawl, die sie als ‚*Miss Napier*' vorstellten. Das sind sämtliche Umstände, wahrheitsgemäß erzählt."

Über eine andere Art von Traum, dem kein Aberglauben zugrunde lag, als die liebende Hingabe an eine zarte Erinnerung, wurde schon früher berichtet. In längeren oder kürzeren Zwischenräumen begleitete ihn derselbe durch sein ganzes Leben. Nie war die Erinnerung von seinen wachen Gedanken ganz abwesend, und wenn der Traum ihn auch eine Zeitlang verließ, kehrte er doch unfehlbar wieder. Es war dasjenige Gefühl seines Lebens, welches immer eine Herrschaft über ihn ausübte. Was er an dem sechsten Jahrestage des Todes seiner Schwägerin, jener Freundin seiner Jugend, die er zu seinem Ideal aller moralischen Vortrefflichkeit gemacht hatte, sagte, hätte er mit ebenso viel Wahrheit noch sechsundzwanzig Jahre später sagen können. Noch in dem Jahre als er starb, war ihr Einfluß ihm mächtig fühlbar. „Sie ist zu allen Zeiten so viel in meinen Gedanken, besonders wenn ich glücklich bin und in irgendetwas große Erfolge errungen habe, daß die Erinnerung an sie einen wesentlichen Bestandteil meines Lebens ausmacht, und ebenso unzertrennlich ist von meinem Dasein, als das Schlagen meines Herzens." Während späterer unruhiger Jahre fand alles, was am würdigsten in ihm war, hier einen sichern Zufluchtsort, und es war der edlere Teil seiner Natur, der so auch ihr wesentlicher Teil geworden war. Er verlieh dem Erfolg, was der Erfolg als solcher zu verleihen keine Macht hatte, und nichts konnte auf die Dauer daneben bestehen, was nicht gut und rein war. Was könnte ich noch mehr sagen, das nicht besser gesagt wurde von der Kanzel der Abtei, in welcher er ruht?[108]

„Der, um welchen wir trauern, war der Freund der Menschheit, ein Philanthrop im wahren Sinne des Worts, der Freund der Jugend, der Freund der Armen, der Feind jeder Form von Gemeinheit und Unterdrückung. Ich will nicht versuchen, ein Bild von ihm zu zeichnen. Männer von Genie sind anders als das, wofür man sie hält. Sie haben größere Freuden und größere Schmerzen, größere Leidenschaften und größere Versuchungen als die gewöhnlichen Menschen und können von ihren Mitmenschen nie ganz verstanden werden. Aber wir fühlen, daß ein Licht erloschen ist, daß die Welt dunkler für uns wird, wenn sie scheiden. Es sind ihrer so wenige, daß wir nicht vermögen, einen nach dem andern zu verlieren, und umsonst blicken wir uns um nach denen, die ihre Stelle auszufüllen vermöchten. Der, dessen Verlust wir jetzt beklagen, nahm einen größeren Raum in den Gedanken des englischen Volkes ein als irgendein andrer Schriftsteller während der letzten dreiunddreißig Jahre. Wir lasen ihn, redeten über ihn, spielten ihn; wir lachten mit ihm; wir wurden durch ihn zu einem Bewußtsein fremden Elends und zu einem pathetischen Interesse am Menschenleben aufgeregt. Romane sind mittelbar große Lehrer dieser Welt und es ist schwer, die Schuld der Dankbarkeit zu übertreiben, welche einem Schriftsteller gebührt, der uns veranlaßt hat, mit diesen guten, wahren, aufrichtigen, ehrenhaften englischen Charakteren des gewöhnlichen Lebens zu sympathisieren und über die Selbstsucht, die Heuchelei, die falsche Respektabilität religiöser und sonstiger Bekenner zu lachen! Auf einen andern großen Humoristen, welcher in dieser Kirche ruht, hat man die Worte angewandt, daß sein Tod die Heiterkeit der Völker verdunkelt habe. Aber von dem, welcher uns vor kurzem genommen wurde, möchte ich lieber in bescheidenerer Sprache sagen, daß niemand je so sehr geliebt oder so sehr betrauert wurde."

---

[108] Der hier mitgeteilte Auszug ist aus einer bald nach Dickens' Tode gehaltenen Predigt Dr. Jowett's in der Westminster-Abtei. – D. Übers.

Zwanzigstes Kapitel

Das Ende
1869–1870

Der Sommer und der Herbst des Jahres 1869 wurden ruhig in Gadshill verlebt. Er empfing dort im Juni Mr. und Mrs. Fields, die amerikanischen Freunde, denen er für unermüdliche häusliche Fürsorge, während der schwersten Zeit seines Aufenthalts in den Vereinigten Staaten, am meisten verpflichtet war. Im August nahm er an dem Festmahl der internationalen Ruderwettfahrer teil und brachte in einer Rede, welche die Sieger wohl mit dem Austausch ihrer Plätze mit denen der Besiegten hätte versöhnen können, die Gesundheit der Mannschaften von Harvard und Oxford aus.[109] Im September ging er nach Birmingham, um seinem Versprechen gemäß die Session des dortigen Instituts zu eröffnen, und dort war es, wo er, nachdem er seinen Zuhörern erklärt, daß seine Erfindungsgabe ihm nie genützt haben würde, wie sie ihm genutzt hätte, wäre sie nicht mit der Gewohnheit alltäglicher, geduldiger, mühsamer Beobachtung verknüpft gewesen, sein oben erwähntes politisches Glaubensbekenntnis ablegte, daß sein Glaube an die regierenden Leute unendlich klein und sein Glaube an das regierte Volk unbegrenzt sei. Verpflichtungen wie diese, welche ihm nichts von derjenigen Anstrengung auferlegten, die er am meisten zu fürchten hatte, enthielten kaum mehr Bewegung und Veränderung als für ihn zum Genuß der Ruhe notwendig war.

Er war imstande gewesen, Mr. Fields etwas von den Sehenswürdigkeiten London's, wie von denen seiner kentischen Heimat zu zeigen. Er durchwanderte mit ihm das Haupt-Postamt, führte ihn in die billigen Theater und die armen Logierhäuser und steuerte ihn nachts durch die berüchtigtsten Diebsviertel. Die Örtlichkeiten, welche für einen Bücherfreund von dem größten Interesse sind, wie Johnson's Bolt-Court und Goldsmith's Wohnung im Temple, durchforschte er mit ihm und auf besonderes Verlangen seines Besuchers stieg er eine Treppe hinauf, die er seit mehr als dreißig Jahren nicht erstiegen hatte, um ihm das Zimmer in Furnival's Inn zu zeigen, wo die erste Seite von

---

[109] Die besten Ruderer der amerikanischen Universität Harvard kämpften am 27. August 1869 mit den besten Ruderern der englischen Universität Oxford auf der Themse um den Preis ihrer Kunst, wobei Oxford den Sieg errang. – D. Übers.

Pickwick geschrieben wurde. Noch ein unbeendetes Buch sollte beschließen, was jenes berühmte Werk anfing, und das Original der Szene in seinem ersten Kapitel, die Höhle der Opiumesser, war der letzte Ort, den sie besuchten. „In einem elenden Hofe," sagt Mr. Fields, „fanden wir in der Nacht ein hageres, altes Weib, das eine Art Pfeife rauchte, die aus einer alten Tintenflasche gemacht war, und die Worte, welche Dickens in *Edwin Drood* diesem elenden Geschöpfe in den Mund legt, hörten wir sie murmeln, indem wir uns über das zerlumpte Bett lehnten, worauf sie lag."

Ehe er seinen Roman anfing, hatte er seinen letzten Artikel für seine Wochenschrift geschrieben. Es war eine Besprechung meines *Leben Landor's*, welche mehrere interessante Erinnerungen an diesen merkwürdigen Mann enthielt. Er verweilte um diese Zeit gern bei den schönen vergangenen Zeiten, wie nur natürlich war, da so manche befreundete Gesichter uns verließen oder verlassen zu wollen schienen, und bei dem Tode eines der Schauspieler aus den alten, glänzenden Tagen von Covent-Garden kam er wieder auf einen Gedanken zurück, der ihn seit seiner Vorlesung in Cheltenham nie verlassen hatte. „Ich sehe in der heutigen Zeitung, daß Meadows tot ist. Ich hatte vor ein paar Wochen bei Coutts eine Unterhaltung mit ihm, wobei er mir sagte, er sei fünfundsiebzig Jahre alt und sehr schwach. Abgesehen davon, daß er ein tränendes Auge hatte, sah er grade so aus wie immer. Ich habe noch beständig böse Ahnungen in Bezug auf Macready. Seltsam genug, ist er mir nie, auch nur zehn Minuten lang, aus dem Sinn gekommen, seit ich zuletzt mit Meadows sprach. Nun, das Jahr, das Schmerz trägt, bringt auch Freude; ich habe Dir einen großen Erfolg in der Knabenwelt anzukündigen. Harry hat das zweite Stipendium in Trinityhall gewonnen, das ihm 50 Pfd. St. einbringt, so lange er dort bleibt, und ich fange an zu hoffen, daß er eine Fellowship bekommen wird." Ich bezweifle, ob ihm je etwas so wirkliche Freude machte, als dieser kleine Erfolg seines Sohnes Henry in Cambridge. Henry bekam die Fellowship nicht, aber er war neunundzwanzigster Wrangler, in einem guten Jahre, als die Zahl der Wrangler sich auf mehr als vierzig belief.

Dickens beendete die erste Nummer von *Edwin Drood* in der dritten Oktoberwoche und am 26. las er sie mit vielem Feuer in meinem Hause vor. Einige Abende vorher hatten wir zusammen in dem Olympic-Theater ein kleines aus *Copperfield* entlehntes Drama gesehen, das er mit mehr als Geduld, ja, mit einer Art von Genuß, bis zu Ende anhörte, und eine andere Freude wurde ihm an jenem Abend durch Mr. Halliday, den Verfasser des Stückes, bereitet, der einen anderen

Dramatiker, Mr. Robertson,[110] in die Loge brachte, gegen welchen Dickens, der ihn damals zum erstenmale sah, bemerkte, daß der Reiz seiner kleinen Lustspiele für ihn selbst in „ihrer anspruchlosen Form" liege, die so erfolgreich gezeigt habe, daß „wirklicher Witz es nicht nötig habe, irgendwelchen Schein des Anspruchs darauf anzunehmen". Er war in Gadshill bis zum Ende des Jahres und kam nur bei besonderen Gelegenheiten, wie zu Procter's zweiundachtzigstem Geburtstage, in die Stadt; und am Sylvesterabend las er uns in meinem Hause, wieder mit kräftiger Stimme, ein neues Heft seines Buches vor. Dennoch waren diese letzten Dezembertage nicht ohne eine Erinnerung an die ernsteren Warnungen des Aprils gewesen. Einige Tage vor unsrer Zusammenkunft waren die Schmerzen in etwas veränderter Form, sowohl in seiner linken Hand als in seinem linken Fuße, wiedergekehrt; und sie belästigten ihn noch an jenem Tage. Aber er selbst machte so wenig davon, dachte so wenig daran, sie mit den Unsicherheiten des Tastens und des Gehens, von denen sie in Wahrheit einen Teil bildeten, in Zusammenhang zu bringen und las mit so überströmendem Humor von Mr. Honeythunders stürmischer Philanthropie, daß damals für nichts anderes Raum war, als für Heiterkeit. Seine einzige Anspielung auf eine Wirkung seiner Krankheit war die Erwähnung einer jetzt unüberwindlichen Abneigung, die er gegen Eisenbahnfahrten habe. Dies hatte ihn bestimmt, für die letzten zwölf Vorlesungen während der ersten Monate des Jahres 1870 ein Haus in London zu nehmen und er war in Nr. 5 Hyde Park Place Mr. Milner Gibson's Mietsmann geworden.

St. James' Hall sollte der Schauplatz dieser Vorlesungen sein und sie sollten während der Zeit zwischen dem 11. Januar und dem 15. März stattfinden und zwar so, daß bis zum Ende des Januar wöchentlich zwei, die übrigen acht aber an jedem der acht folgenden Dienstage gehalten würden. Keinerlei Besorgnisse wurden laut, als die Zeit herankam, aber bei einer seltsamen Abwesenheit jedes Vorgefühls von Gefahr fehlte es nicht an Mißtrauen und Furcht. Man meinte, man habe hinreichende Vorsichtsmaßregeln getroffen, wenn man bei jeder Vorlesung die Anwesenheit seines Freundes und Arztes Mr.

---

[110] Thomas William Robertson, der seitdem verstorbene Verfasser einer Anzahl sehr erfolgreicher Lustspiele („Caste", „School", „Society"), welche noch jetzt unter den besseren Zugstücken der englischen Bühne in erster Reihe stehen. – D. Übers.

Carr Beard anordne;[111] aber im Grunde war dies keine Vorsichtsmaßregel (denn die Lage der Dinge ließ keine solche zu, außer dem völligen Verbot der Vorlesungen), sondern einfach eine Feststellung des genauen Maßes der Anspannung und des Druckes, die er mit jeder neuen Anstrengung auf eben jene Gehirngefäße ausübte, wo, wie die Vorgänge in Preston nur zu gewiß gezeigt hatten, die Gefahr lag. Kein vermeintlicher Rückhalt von Kraft, keine beherrschende Willensstärke können die Strafen abwenden, welche für die Nichtachtung solcher Gesetze des Lebens, wie derjenigen, welche hier offenbar übersehen wurden, strenge auferlegt werden; und obgleich niemand sagen kann, ob es nicht schon für alles, außer für einen verhängnisvollen Ausgang, zu spät war, so wird es doch keine Anmaßung sein, zu glauben, daß sein Leben noch auf einige Zeit hätte verlängert werden können, wenn diese Vorlesungen nicht stattgefunden hätten.

„Ich fühle mich," schrieb er am 9. Januar, „durch meine Reise nach Birmingham, wo ich am Dreikönigsabend die von dem Institut gegebenen Preise verteilte, etwas erschüttert, bin aber guten Mutes und trotz Lowe's[112] lästigem Plane, die Steuern eines Jahres auf einmal einzusammeln, was, wie man mir sagt, Büchern, Bildern, der Musik und den Theatern einen unerhörten Schaden zufügt, ist eine ungeheure

---

[111] Ich wünsche, mich gegen die etwaige Annahme zu verwahren, daß ich der Meinung sei, diese Vorlesungen hätten durch die Ausübung ärztlicher Autorität verhindert werden können. Ich bin von dem Gegenteil überzeugt. Dickens hatte sich dazu verpflichtet und der Umstand, daß mehr die Interessen andrer als seine eignen in Frage kamen, war für ihn ein überwältigender Beweggrund, mit voller Entschiedenheit auf der Durchführung des Unternehmens zu bestehen. In der traurigen Zeit des vorhergehenden Jahres, als er, dem von Sir Thomas Watson gefällten strengen Urteilsspruch nachgebend, den Stab, den er bei seinen Vorlesungen in den Provinzen beschäftigte, entließ, hatte er (3. Mai 1869) mir geschrieben, wie folgt: „Ich glaube, daß Leute wie die Chappells sehr selten in menschlichen Angelegenheiten gefunden werden. Um nicht zu reden von der edeln und glänzenden Weise, wie sie sämtliche nutzlos verursachte Kosten und die ihrem Geschäfte auferlegten ungeheuren Unbequemlichkeiten und nutzlosen Arbeiten in den unendlichen Raum hineingefegt haben, kommt heute Morgen ein Brief von dem ältesten Kompagnon, des Inhalts, daß sie fühlen, daß meine Überanstrengung ‚indirekt verursacht sei durch sie und durch meine großen und freundlichen Bemühungen, ihr Unternehmen so erfolgreich zu machen als möglich'. Es ist etwas so Zartes und Schönes hierin, daß ich es tief empfinde." Diese Empfindung führte zu seinem Entschluß, die neue Anstrengung dieser letzten zwölf Vorlesungen auf sich zu nehmen und nichts würde ihn davon abgebracht haben, so lange er an seinem Pult stehen konnte.
[112] Robert Lowe, damals Schatzkanzler in Gladstone's Ministerium. – D. Übers.

Anzahl von Billeten für St. James' Hall verkauft." Er fing an mit *Copperfield* und dem Prozess aus *Pickwick* und ich will, nach den von Mr. Beard gemachten und mir zur Verfügung gestellten Notizen, kurz erwähnen, um welchen Preis von Anstrengung für sich selbst er die gedrängten Zuhörerschaften, welche damals und bis zum Schlusse diese Abende denkwürdig machten, erheiterte. Sein gewöhnlicher Pulsschlag betrug am ersten Abend 72 in der Minute; aber an keinem folgenden Abend war er niedriger als 82 und während der letzten Abende war er auf mehr als 100 gestiegen. Nach *Copperfield* am ersten Abend stieg er bis zu 96 und nach *Marigold* am zweiten bis 99; aber am ersten Abend der Szenen von *Sikes* und *Nancy* (Freitag, 21. Januar) stieg er von 80 auf 112 und am zweiten Abend (1. Februar) auf 118. Von da an, während der nächsten sechs Abende, war er niedriger als 110, nach dem zuerst gelesenen Stücke und nach den dritten und vierten Szenen der Vorlesungen aus *Oliver Twist* stieg er von 90 bis 124 am 15 Februar und von 94 bis 120 am 8. März; während er an dem erstgenannten Tage, nach zwanzig Minuten Ruhe, auf 98 und an dem letzten, nach fünfzehn Minuten Ruhe, auf 82 fiel. Sein gewöhnlicher Puls, wenn er während dieser letzten sechs Abende in's Zimmer trat, war mehr als einmal über 100 und nie niedriger als 84; von 84 stieg er, nach *Nickleby*, am 22. Februar, auf 112. Am 8. Februar, als er *Dombey* las, war er von 91 auf 114 gestiegen; am 1. März, nach *Copperfield*, stieg er von 100 auf 124, und als er am letzten Abend in die Halle trat, stand er auf 108, und war am Ende der Vorlesung nur um zwei Schläge gestiegen. Die bei dieser Gelegenheit gelesenen Stücke waren das *Weihnachtslied* und der *Prozess aus Pickwick*, und wohl nie in seinem ganzen Leben las er so gut. Nach seiner Rückkehr aus den Vereinigten Staaten, wo er auf Zuhörerschaften, die aus einer ungeheuren Volksmenge bestanden, Eindruck machen mußte, war ein gewisser Verlust an Eleganz bemerkbar gewesen; aber die alte Zartheit war jetzt wieder köstlich offenbar und ein gedämpfter Ton, in den humoristischen wie in den ernsten Teilen, gab allen Vorlesungen etwas von der stillen Trauer eines Lebewohls. Der Zauber dieser Stimmung erreichte seinen Höhepunkt, als er den Band von *Pickwick* schloß und in eigner Person sprach. Er sagte: seit fünfzehn Jahren habe er seine eignen Bücher vor Zuhörerschaften vorgelesen, deren verständnisvolle und freundschaftliche Anerkennung ihm eine Belehrung und einen Genuß in seiner Kunst verschafft hätten, derengleichen wohl nur wenigen Menschen zuteil geworden; aber nichtsdestoweniger halte er es jetzt für besser, zu älteren Beziehungen zurückzukehren und sich in Zukunft ausschließlich dem Berufe zu widmen, der ihn zuerst bekannt gemacht habe. „In nur zwei kurzen Wochen werden Sie, wie ich hoffe, in Ihren eigenen Häusern eine neue Reihe von Vorlesungen beginnen, bei welchen mein Beistand unentbehrlich sein wird; aber aus diesem grellen Lichte verschwinde ich jetzt auf immer, mit einem herzlichen, dankbaren, achtungsvollen, tiefgefühlten Lebewohl." Die kurze Pause des Schweigens, als er sich von der Plattform entfernte und der verlängerte Ausbruch der Klänge, welche plötzlich folgten, ihn aufhielten und wieder auf einen Augenblick zurückführten, wird von keinem, der gegenwärtig war, vergessen werden.

Wenig bleibt jetzt noch zu erzählen, was nicht voll ist von fast unvermischtem Schmerz und Kummer. Kaum ein Tag ging vorüber, während die Vorlesungen stattfanden, und nachdem sie geschlossen waren, ohne eine oder die andere Wirkung der verderblichen Aufregung, welche die oben erwähnten Notizen Mr. Beard's erkennen lassen. Am 23. Januar, wo er Carlyle zum letztenmale traf, trug er, als er zu uns kam, die linke Hand in einer Schlinge; am 7. Februar, als er seinen letzten Geburtstag bei uns verlebte, und am 25., als er das dritte Heft seines Romans vorlas, war die Hand noch geschwollen und schmerzhaft, und am 21. März, als er sein viertes Heft vorzüglich vorlas, sagte er uns, als er unterwegs Oxford-Street hinaufgegangen sei, sei ihm dasselbe begegnet, wie an einem früheren Tage, als er bei uns dinierte, und er habe auf dem ganzen Wege nicht mehr als die zur Rechten befindliche Hälfte der Namen über den Läden lesen können. Allein er hegte die alte, feste Überzeugung, dies sei mehr die Wirkung einer Arznei, die er grade eingenommen, als einer ernsten Ursache, und glaubte noch entschieden, seine andren Leiden seien ausschließlich lokal. Acht Tage später schrieb er: „Nachdem meine Unruhe und Blutung mich, wie ich meinte, ganz verlassen hatten, sind sie mit einer vermehrten Reizbarkeit wiedergekehrt, wie noch nie vorher. Du kannst Dir nicht vorstellen, in was für einem Zustande ich mich durch einen plötzlichen Andrang des Übels heute befinde; und dennoch hat es, so viel ich weiß, nicht mit den mindesten Einfluß auf meine allgemeine Gesundheit." Es war dies ein Leiden, das ihn in seiner frühen Kindheit plagte und während der letzten fünf Jahre, in den Zwischenräumen seiner Leiden durch andre Ursachen, hatte es von Zeit zu Zeit eine ernstere Form angenommen.

Sein letztes öffentliches Auftreten fand im April statt; am 5. führte er den Vorsitz bei der Jahresversammlung des Vereins der Zeitungsverkäufer, denen er durch eine geniale Rede half, worin selbst seine Entschuldigung dafür, daß er nur wenig sprach, von unwiderstehlichem Humor überfloß. Er wolle, sagte er, wie Falstaff, ‚aber mit einer Modifikation, die fast ebenso groß sei, als dieser selbst,' versuchen, weniger selbst zu reden, als andre zum Reden zu veranlassen. „Auf ähnliche Weise stellt man an der Türe eines Schnupftabakladens einen Bergschotten aus, mit einer leeren Dose in der Hand, der, nachdem er anscheinend so viel Schnupftabak zu sich genommen hat, als er kann und so viel geniest hat, als er imstande ist, seine Freunde und Gönner höflich einladet, einzutreten und zu versuchen, was sie in derselben Richtung leisten können." Am 30. desselben Monats antwortete er auf den Toast zu Ehren der „Literatur", bei dem Festmahl in der Königlichen Akademie, und ich will meiner Hinweisung auf das, was er bei dieser Gelegenheit sagte, vorausschicken, was er mir den Tag vorher geschrieben hatte. Drei Tage früher war Daniel Maclise dahingeschieden. „Wie Du in Ely, so erlebte ich in Higham die Erschütterung, zuerst an einer Eisenbahnstation von dem Tode unsres lieben alten Freundes und Genossen zu lesen. Welch eine Erschütterung es für mich war, weißt Du nur zu gut. Nur mit großer Anstrengung und indem ich mich in Bezug auf die Sache dadurch härtete und stählte, daß ich zugleich daran dachte und sie auf eine seltsame Weise vermied, habe ich einige Herrschaft über sie und über mich selbst zu erlangen vermocht. Wenn ich fühle, daß ich der nötigen Fassung gewiß sein kann, werde ich morgen in der Akademie Bezug darauf nehmen. Du wirst wohl kaum dort sein."[113] Seine Bezugnahme darauf war höchst rührend und männlich. Er sagte denen, die ihm zuhörten: Seit er zuerst, als ein sehr junger Mann, in die Arena der Öffentlichkeit eingetreten, sei es sein beständiges Glück gewesen, unter seinen nächsten und liebsten Freunden Mitglieder der Akademie zu zählen, welche deren Stolz gewesen und die jetzt, einer nach dem andern, so an seiner

---

[113] Ich bewahre auch die Schlußworte des Briefes auf. „Es ist sehr seltsam – Du erinnerst Dich wohl daran? – daß Du, als wir zuletzt von ihm sprachen, sagtest, wir würden eines Tages hören, das wunderliche Leben, in welches er hineingeraten, sei vorüber und damit das Ende unsrer Kenntnis desselben gekommen." Die Wunderlichkeit, die bloß darin bestand, daß er sich letzthin zu sehr aus dem alten freundschaftlichen Verkehr zurückgezogen hatte, war in Wahrheit aus den Enttäuschungen hervorgegangen, welche das öffentliche Werk, woran er während jener späteren Jahre arbeitete und dem er jedes eigne Privatinteresse opferte, ihm bereitet hatte. Er teilte nur das Schicksal, das allen Engländern, die so beschäftigt sind, gemeinsam ist, und wenn einmal die wahre Geschichte der „Freskogemälde für die Parlamentshäuser" geschrieben wird, wird dieselbe unsren nationalen Mißgeschicken und Mängeln in allem, was mit der Kunst und ihren unglücklichen Jüngern zusammenhängt, ein neues Kapitel hinzufügen.

Seite hingesunken seien, daß er, wie der spanische Mönch, von dem Wilkie erzähle, anfange zu glauben, die einzigen ihn umgebenden Wirklichkeiten seien seine geliebten Bilder und das ganze bewegte Leben nur ein Schatten und ein Traum. „Während vieler Jahre war ich einer der zwei vertrautesten Freunde und beständigsten Gefährten von Maclise, auf dessen Tod der Prinz von Wales angespielt und der Präsident mit der Beredsamkeit eines tiefen Gefühls hingewiesen hat. Von seinem Genie in seiner Kunst will ich hier nicht unternehmen zu reden; aber von der Fruchtbarkeit seiner Phantasie und dem Reichtum seines Geistes kann ich zuversichtlich behaupten, daß sie ihn, wäre er so gewillt gewesen, mindestens zu einem ebenso großen Schriftsteller gemacht haben würden, wie er groß war als Maler. Der edelste und bescheidenste der Menschen, der eifrigste in seiner großmütigen Würdigung jüngerer Talente, und der offenste und weitherzigste im Verhältnis zu seinen ebenbürtigen Genossen, unfähig eines gemeinen oder unedlen Gedankens, mutig die wahre Würde seines Berufs aufrecht erhaltend, ohne jedes Körnchen von Eigennutz, von Anfang bis zu Ende von einer gesunden Natürlichkeit, ‚an Geist ein Mann, an Unschuld ein Kind'; – erkläre ich kühn, daß kein Künstler je zu seiner Ruhe ging, der ein von Schlacken reineres, goldenes Andenken hinterließ, oder sich mit wahrhaftigerer Ritterlichkeit der Kunstgöttin gewidmet hat, die er anbetete." Dies waren Dickens' letzte öffentliche Worte, und er hätte keine würdigeren sprechen können.

Auf sein Erscheinen bei dem Festmahl der Akademie waren mehrere Einladungen gefolgt, zu deren Annahme er sich verleiten ließ, sehr zu seinem Bedauern, wie er mir an dem Abend (7. Mai) sagte, als er uns die fünfte Nummer von *Edwin Drood* vorlas; denn er wünschte jetzt dringend, in die Ruhe von Gadshill zurückzukehren. Er dinierte bei Mr. Motley, dem amerikanischen Gesandten; hatte Disraeli bei einem Dîner bei Lord Stanhope getroffen, hatte bei Gladstone gefrühstückt und sollte am 17. mit seiner Tochter bei einem von der Königin gegebenen Balle zugegen sein. Aber sie mußte ohne ihn hingehen, denn am 16. erhielt ich die Anzeige von einem plötzlichen Krankheitsanfall. „Ich bedaure, Dir melden zu müssen, daß meinem alten widersinnigen Bemühen, zu widersinnigen Stunden und an widersinnigen Orten zu dinieren, durch einen scharfen Anfall in meinem Fuße Einhalt getan ist. Und es geschah mir ganz recht. Ich hoffe bald darüber hinwegzukommen; aber ich fürchte, ich darf nicht daran denken, am Freitag bei Dir zu dinieren. Ich habe sämtliche Einladungen zu Dîners für diese Woche ausgestrichen, und das ist eine sehr geringe Vorsicht, nach den entsetzlichen Schmerzen, die ich ausgestanden, und den Heilmitteln, die ich angewandt habe." Er mußte sich auch bei dem Festmahl des Allgemeinen Theaterfonds entschuldigen, wo der Prinz von Wales den Vorsitz führen sollte; aber eine Woche später wurde er so sehr gedrängt, zu einem andern Dîner, bei Lord Houghton, zu kommen, wo der König der Belgier und der Prinz zugegen waren, daß er, trotz seiner noch fortdauernden Leiden, hinging.

Wir trafen uns zum letztenmale am Sonntag, den 22. Mai, als ich bei ihm in Hyde-Park-Place dinierte. Der Tod Lemon's, von dem er an diesem Tage gehört, hatte seine Gedanken auf die Schar befreundeter Genossen in der Literatur und Kunst hingelenkt, die, seit wir zusammen Ben Jonson spielten, so aus den Reihen verschwunden waren, daß wir fast allein gelassen wurden. „Und keiner älter als sechzig Jahre," sagte er, „wenige sogar älter als fünfzig." – „Es nützt nichts, darüber zu reden," bemerkte ich. – „Wir werden deshalb nicht weniger daran denken," war seine Erwiderung, und wir hatten eine sehr eindringliche Erläuterung dazu in einem Vorfall, welcher in dieser Geschichte erwähnt zu werden verdient. Nicht viele Wochen vorher hatte ihm ein Korrespondent aus Liverpool geschrieben, der sich als einen selbstgemachten Mann schilderte, seine erfolgreiche Laufbahn dem zuschrieb, was Dickens ihm im Beginn derselben über die Weisheit der Güte und Sympathie gegen andre gelehrt hatte und ihn um Verzeihung bat für die Freiheit, die er sich nahm, zu hoffen, daß es ihm erlaubt sein möge, ein Zeichen der Dankbarkeit für das darzubringen, was ihn nicht bloß während seines ganzen Lebens ermutigt und angefeuert, sondern so viel zu dem Erfolge desselben beigetragen habe. Der Brief enthielt eine Einlage von 500 Pfd. St. Dickens wurde hierdurch sehr gerührt und erklärte dem Schreiber, indem er den Wechsel zurückschickte, er würde denselben jedenfalls angenommen haben, wäre er nicht selbst, obgleich kein reicher, doch ein wohlhabender Mann gewesen, aber der Brief und der Geist, in welchem das Anerbieten gemacht worden, habe ihn so gerührt, daß er, wenn der Schreiber ihm ein kleines Andenken in einer anderen Form schicken wolle, dasselbe mit Vergnügen annehmen werde. Das Andenken kam bald. Ein reich gearbeiteter silberner Korb, mit der Inschrift: „Von einem, der durch Dickens' Schriften ermutigt und angefeuert worden ist und den Verfasser unter seine ersten Erinnerungen zählte, als sein Wohlstand gegründet war," war begleitet von einem außerordentlich schönen, silbernen Tafelaufsatz, dessen Plan für Figuren der Jahreszeiten angelegt war. Aber es widerstrebte dem freundlichen Geber, den *Winter* an den zu schicken, den er gern nur mit helleren und milderen Tagen in Verbindung setzen wollte und er hatte die vierte Figur aus dem Plane ausgestrichen. „Ich sehe es nie an," sagte Dickens, „ohne daß ich am meisten an den Winter denke."

Eine Angelegenheit, welche er an jenem Tage mit Ouvry erörterte, wurde wieder kurz erwähnt in einem Briefe vom 29. Mai, dem letzten, den ich von ihm empfing, und der mich in Exeter erreichte und folgendermaßen schloß: „Du und ich können später einmal in Gadshill darüber sprechen. Fuß nicht schlimmer. Aber auch nicht besser." Sein altes Leiden quälte ihn wieder, als wir uns trennten, und dies muß so ziemlich der letzte Brief gewesen sein, den er schrieb, ehe er London verließ. Er war am 30. Mai in Gadshill und ich hörte nicht wieder von ihm, ehe mich das Telegramm vom Abend des 9. Juni in Launceston erreichte, welches mir sagte, daß jenes „später einmal" in dieser Welt nicht kommen werde.

Die wenigen Tage in Gadshill waren ganz der Arbeit an seinem Romane gewidmet gewesen. Hand und Fuß hatten ihm weniger Schmerzen gemacht und obgleich er an der obenerwähnten örtlichen Blutung stark litt, klagte er nicht über Krankheit. Aber man bemerkte einen sehr ungewöhnlichen Ausdruck von Ermüdung an ihm. „Er schien äußerst abgemattet." Er war zum letztenmale mit seinen Hunden aus am Montag, den 6. Juni, als er seine Briefe nach Rochester auf die Post brachte. Am Dienstag, den 7., als seine Tochter Mary auf einen Besuch zu ihrer Schwester Kate gereist war, fuhr er, da er sich keiner großen Anstrengung gewachsen fand, mit seiner Schwägerin nach dem Walde von Cobham, entließ dort den Wagen und ging zu Fuß um den Park herum und zurück. Er kehrte zu rechter Zeit zurück, um in seinem neuen Gewächshause einige am Nachmittage von London angekommene chinesische Laternen aufzuhängen, und während des ganzen Abends saß er mit Miss Hogarth in dem Esszimmer, um den Effekt zu sehen, als sie angezündet waren. Mehr als einmal äußerte er dann seine Befriedigung, daß er endgültig jeder Absicht, London mit Gadshill zu vertauschen, entsagt habe; und dasselbe hatte er noch eindringlicher einige Tage vorher getan. So lange er lebe, sagte er, sei es sein Wunsch, seinen Namen mehr und mehr mit diesem Orte zu verknüpfen, und wenn er gestorben sei, meinte er, möge er gern in dem kleinen Kirchhofe am Fuße der Schloßmauer ruhen, welcher der Kathedrale zugehöre.

Am 8. Juni brachte er den ganzen Tag mit Schreiben in dem Schweizerhäuschen zu. Er kam zum Gabelfrühstück herüber und kehrte dann, sehr gegen seine Gewohnheit, an sein Schreibpult zurück. Ein Teil der damals geschriebenen Sätze, der letzten seines langen literarischen Lebens, wurde auf einer früheren Seite in Faksimile mitgeteilt und der Leser wird darin mit schmerzlichem Interesse nicht bloß den Beweis sorgfältiger Arbeit in diesen, dem Ende seines Lebens so kurz vorhergehenden Stunden bemerken, sondern auch die Richtung, welche seine Gedanken genommen hatten. Er stellt sich einen so strahlenden Morgen vor, wie den, welcher an jenem achten Juni über der alten Stadt Rochester leuchtete. Er sieht in unvergleichlicher Schönheit, mit dem in der Sonne glänzenden üppigen Efeu und den in der balsamischen Luft wehenden grünen Bäumen, ihre Altertümer und ihre Ruinen, ihre Kathedrale und ihr Schloß. Aber seine Phantasie weilt nicht bei den ernsten, toten Formen, sondern bei dem, was die kalten Grabsteine der Jahrhunderte erwärmt und sie aufhellt mit einem Lichte, „das wie mit Flügeln darüber hin flattert". Für ihn war an jenem sonnigen Sommermorgen der Wechsel des glorreichen Lichts in den wehenden Zweigen, der Gesang der Vögel, der Duft der Gärten, Wälder und Felder in die Kathedrale eingedrungen, hatte ihren Erdgeruch überwunden und predigte die Auferstehung und das Leben.

Er verließ das Schweizerhäuschen spät; aber vor dem Dîner, das auf sechs Uhr bestellt war, da er nachher noch einen Spaziergang auf's Land machen wollte, schrieb er einige Briefe, darunter einen an seinen Freund Charles Kent, worin er eine Zusammenkunft mit diesem in London für den folgenden Tag verabredete; und das Dîner hatte bereits angefangen, als Miss Hogarth mit Bestürzung einen eigentümlichen Ausdruck von Unruhe und Schmerz auf seinem Gesichte sah. „Seit einer Stunde," sagte er ihr dann, „sei er sehr krank gewesen," aber er wünschte, daß das Dîner seinen Verlauf nehme. Dies waren die einzigen wirklich zusammenhängenden Worte, die er sprach. Es folgten ihnen einige Worte über ganz andre Dinge, die ihm unzusammenhängend entfielen: über eine bevorstehende Auktion in dem Hause eines Nachbars; darüber, ob Macready's Sohn bei seinem Vater in Cheltenham sei und über seine eigne Absicht, sofort nach London zu gehen; aber bei diesen letzten Worten war er aufgestanden und nur die Unterstützung seiner Schwägerin hinderte es, daß er da hinfiel, wo er stand. Sie bemühte sich dann, ihn nach dem Sofa zu führen, aber nach einem kurzen Kampfe sank er schwer auf seine linke Seite nieder. „Auf dem Boden," waren die letzten Worte, die er sprach. Es war jetzt etwas mehr als zehn Minuten nach sechs Uhr. Seine beiden Töchter kamen noch an demselben Abend mit Mr. Beard, an den man auch telegraphiert hatte und den sie an der Station trafen. Sein ältester Sohn traf in der Frühe des nächsten Morgens ein und am Abend folgte ihm (zu spät) sein jüngerer Sohn aus Cambridge. Alle mögliche ärztliche Hilfe war herbeigerufen worden. Der Arzt aus der Nachbarschaft war von Anfang an da, und außer Mr. Beard war noch ein anderer Arzt von London gekommen. Aber alle menschliche Hilfe war vergeblich. Es hatte ein Bluterguß auf das Gehirn stattgefunden und obgleich ein röchelndes Atmen noch die ganze Nacht hindurch und bis zehn Minuten nach sechs Uhr am Donnerstagabend, den 9. Juni, fortdauerte, war während der vierundzwanzig Stunden nie ein Hoffnungsstrahl aufgetaucht. Er hatte 58 Jahre und vier Monate gelebt.

Die Aufregung und der Schmerz bei seinem Tode sind noch in frischer Erinnerung. Ehe die Nachricht auch nur die abgelegeneren Teile Englands erreichte, war sie schon über Europa hingeblitzt, war sie bekannt in den fernen Kontinenten von Indien, Australien und Amerika, und hatte nicht bloß unter englisch redenden Völkern, sondern in jedem Lande der zivilisierten Erde Schmerz und Sympathie erweckt. In seinem eignen Vaterlande war es, als wäre ein jeder von einem persönlichen Verluste betroffen worden. Die Königin telegraphierte aus Balmoral „ihr tiefstes Bedauern über die traurige Nachricht von Charles Dickens' Tode", und dies war die Empfindung aller Klassen ihres Volkes. Es gab keine englische Zeitung, die ihr nicht einen rührenden und edeln Ausdruck verlieh und die *Times* war es, welche zuerst die Ansicht aussprach, daß die einzige passende Ruhestätte für die Reste eines von dem englischen Volke so geliebten Mannes, die Abtei sei, in welcher die berühmtesten Engländer bestattet sind.[114]

---

[114] Es ist eine Pflicht, diese beredten Worte anzuführen. „Staatsmänner, Männer der Wissenschaft, Philanthropen, die anerkannten Wohltäter ihres Geschlechts könnten dahinscheiden und doch keine solche Lücke hinterlassen, wie die, welche Charles Dickens' Tod verursachen wird. Sie mögen die Achtung der Menschheit errungen haben, ihre Tage mögen dahingeflossen sein in Macht, Ehre und Glück, sie mögen umringt gewesen sein von Scharen von Freunden, aber so hervorragend durch Rang, Fähigkeit und öffentliche Dienste sie auch waren, sie werden nicht, wie unser großer und genialer Novellist, die vertrauten Freunde gewesen sein eines jeden Haushalts. In der Tat wird eine solche Stellung nicht einmal von einem Menschen in jedem Zeitalter errungen. Es bedarf einer außerordentlichen Vereinigung geistiger und sittlicher Eigenschaften, ehe die Welt geneigt wird, einen Menschen so als ihren unangreifbaren und dauernden Liebling auf den Thron zu erheben. Das ist die Stellung, welche Dickens bei dem englischen und auch bei dem amerikanischen Publikum während des Dritteils eines Jahrhunderts eingenommen hat ... Die Westminster-Abtei ist die besondere Ruhestätte des literarischen Genies von England, und unter denen, deren heiliger Staub dort ruht, oder deren Namen an den Mauern eingegraben sind, gibt es wenige, die einer solchen Heimat würdiger sind als Charles Dickens. Noch wenigere, glauben wir, werden in dem ferneren Verlaufe der Zeit, wenn seine Größe uns immer fühlbarer werden wird, in höheren Ehren gehalten werden."

Der Dekan von Westminster verlor keine Zeit, dem auf diese Weise ausgesprochenen allgemeinen Wunsche ein bereitwilliges Gehör zu schenken und machte schon am Morgen des Tages, an welchem jener Artikel erschien, der Familie und deren Vertretern eine entsprechende Mitteilung. Die öffentliche Huldigung eines Begräbnisses in der Abtei mußte versöhnt werden mit Dickens' eignen Verordnungen, daß er still, ohne vorhergehende Ankündigung der Zeit und des Ortes und ohne Denkmal oder Erinnerungszeichen begraben werden wolle. Er hätte selbst am liebsten in dem kleinen Kirchhofe unter der Schloßmauer in Rochester geruht, oder in den kleinen Kirchen von Cobham oder Shorne; aber es fand sich, daß alle diese geschlossen seien, und man war schon auf den Wunsch des Dekans und des Kapitels von Rochester, ihn in ihrer Kathedrale zu bestatten, eingegangen, als die Bitte des Dekans von Westminster und die rücksichtsvolle Freundlichkeit seiner edeln Versicherung, daß kein andres Zeremoniell stattfinden solle, als ein solches, welches mit allen Erfordernissen eines Privatbegräbnisses im Einklang stehe, die Annahme dieses Anerbietens zu einer wohltuenden Pflicht machte. Die Stätte war bereits von dem Dekan ausgewählt worden und vor Mittag, am folgenden Morgen, Dienstag, den 14. Juni, war, unter dem ausschließlichen Mitwissen derjenigen, welche an dem Begräbnis teilnahmen, alles vollendet. Die Feierlichkeit hatte nichts verloren durch ihre Einfachheit. Nichts so Großartiges oder Ergreifendes hätte sie begleiten können als die Stille und das Schweigen der gewaltigen Kathedrale. Dann, später am Tage und den ganzen folgenden Tag, kamen freiwillige Leidtragende in solchen Scharen, daß der Dekan um Erlaubnis bitten mußte, das Grab bis Donnerstag offen zu halten; aber auch nachdem es geschlossen war, hörten sie nicht auf zu kommen, und „während des ganzen Tages," schrieb Doktor Stanley, „war ein beständiges Gedränge nach der Stätte hin und viele Blumen wurden von unbekannten Händen gestreut, viele Tränen von unbekannten Augen vergossen." Er bezog sich darauf in der ergreifenden Leichenrede, welche am Sonntag Morgen, dem 19. Juni, in der Abtei von ihm gehalten wurde, indem er hinwies auf die von neuem gestreuten frischen Blumen (wie sie noch immer gestreut werden in diesem vierten Jahre nach Dickens' Tode), und sagte, daß „diese Stätte hinfort eine heilige sein werde, in der Alten wie in der Neuen Welt, als die Ruhestätte des Repräsentanten der Literatur, nicht dieser Insel allein, sondern aller derer, welche die englische Zunge reden." Der darauf gelegte Stein trägt die Inschrift:

Charles Dickens

Geboren den siebenten Februar 1812. Gestorben den neunten Juni 1870.

Die höchsten Erinnerungen an die beiden Künste, welche er liebte, umgeben ihn, wo er ruht. Ihm zunächst ist *Richard Cumberland*. *Mrs. Pritchard's* Denkmal blickt auf ihn nieder und unmittelbar dahinter ist das *David Garrick's*. Auch ist die entzückende Kunst des Schauspielers nicht würdiger vertreten als das edlere Genie des Autors. Dem Grabe gegenüber und zu seiner Linken und Rechten sind die Denkmäler *Chaucer's*, *Shakespeare's* und *Dryden's*, der drei Unsterblichen, die am meisten getan haben, die Sprache zu schaffen und zu gestalten, welcher *Charles Dickens* einen andern unvergänglichen Namen gegeben hat.

Das Grab, nach einem Aquarellbild von S. L. Fildes, gestochen von J. Saddler

Anhang

I. Charles Dickens' Schriften.

1835

Skizzen von Boz. Bilder alltäglichen Lebens und alltäglicher Leute. (Die unter diesem Titel gesammelten Artikel wurden während dieses Jahres in den Seiten des Monthly Magazine und den Spalten des Morning und des Evening Chronicle veröffentlicht.)

1836

Skizzen von Boz. Bilder alltäglichen Lebens und alltäglicher Leute. Zwei Bände. Mit Illustrationen von George Cruikshank. (Die Vorrede ist datiert aus Furnival's Inn, Februar 1836.) John Macrone.

Die nachgelassenen Papiere des Pickwick Clubs. Herausgegeben von Boz. Mit Illustrationen von R. Seymour und Phiz (Hablot Browne). Neun Monats-Hefte erschienen vom April bis zum Dezember. Chapman und Hall.

Der Sonntag unter drei Gestalten. Wie er ist, wie die Sabbathgesetze ihn machen würden, wie er sein könnte. Von Timothy Sparks. Illustriert von H. K. B. (Hablot Browne). Gewidmet (Juni 1836) dem Bischof von London. Chapman und Hall.

Der fremde Herr. Eine Posse in zwei Akten. Von »Boz«. (Aufgeführt im St. James' Theater, 29. September 1836 und veröffentlicht unter dem Datum 1837.) Chapman und Hall.

Die Dorfcoquetten. Eine komische Oper in zwei Akten. Von Charles Dickens. In Musik gesetzt von John Hullah. (Die Widmung an Mr. Braham ist datiert aus Furnival's Inn, 15. Dezember 1836.) Richard Bentley.

Skizzen von Boz. Mit Illustrationen von George Cruikshank. Zweite Serie. Ein Band. (Die Vorrede ist datiert aus Furnival's Inn. 17. Dezember 1836.) John Macrone.

1837

Die nachgelassenen Papiere des Pickwick Clubs. Herausgegeben von Boz. (Elf Monats-Hefte, das letzte ein doppeltes Heft, vom Januar bis zum November. Eine vollständige Ausgabe des Ganzen in dem letztgenannten Monat, mit einer Widmung an Talfourd, datiert aus Doughty Street, 27. September, unter dem Titel: *Die nachgelassenen Papiere des Pickwick Clubs. Von Charles Dickens.*) Chapman und Hall.

Oliver Twist; oder des Gemeindeknaben Geschichte. Von Boz. Angefangen in Bentley's Miscellany, vom Januar und während des ganzen Jahres fortgesetzt. Richard Bentley.

1838

Oliver Twist. Von Charles Dickens, Verfasser der Pickwickier. Mit Illustrationen von George Cruikshank. Drei Bände. (War in monatlichen Abteilungen in den Nummern von Bentley's Miscellany für 1837 und 1838 erschienen, mit dem Titel: *Oliver Twist, oder des Gemeindeknaben Geschichte.* Von Boz. Illustriert von George Cruikshank. Die dritte Auflage, mit Vorrede, datiert aus Devonshire Terrace, März 1841, im Verlage von Chapman und Hall.) Richard Bentley.

Memoiren Joseph Grimaldi's. Herausgegeben von „Boz". Illustriert von George Cruikshank. Zwei Bände. (Über Dickens' geringen Anteil an der Abfassung dieses Werkes, dessen Vorrede aus Doughty Street, Februar 1838, datiert ist, s. I. 116–118.) Richard Bentley.

Skizzen von Jungen Herren. Illustriert von Phiz. Chapman und Hall.

Leben und Abenteuer Nicholas Nickleby's. Von Charles Dickens. Mit Illustrationen von Phiz (Hablot Browne). (Neun Monats-Hefte von April bis Dezember.) Chapman und Hall.

1839

Leben und Abenteuer Nicholas Nickleby's. (Elf Monats-Hefte, das letzte ein Doppelheft, von Januar bis Oktober. Eine vollständige Ausgabe des Ganzen in dem letztgenannten Monate, mit einer Widmung an William Charles Macready.) Chapman und Hall.

Skizzen von Boz. Bilder alltäglichen Lebens und alltäglicher Leute. Mit vierzig Illustrationen von George Cruikshank. (Die erste vollständige Ausgabe; erschien in Monats-Heften desselben Formats wie Pickwick und Nickleby, vom November 1837 bis Juni 1839, mit einer Vorrede vom 15. Mai 1839.) Chapman und Hall.

1840

Skizzen von Jungen Pärchen. Mit einer dringenden Warnung an die Herren von England, welche Junggesellen oder Witwer sind, in der gegenwärtigen beunruhigenden Krise. Von dem Verfasser der

Skizzen von Jungen Herren. Illustriert von Phiz. Chapman und Hall.

1840–41

Meister Humphrey's Wanduhr. Von Charles Dickens. Mit Illustrationen von George Cattermole und Hablot Browne. Drei Bände. (Erster und zweiter Band jeder 306 Seiten, dritter 426 Seiten.) Man vergleiche in Bezug auf dieses Werk, das in 88 Wochen-Heften veröffentlicht wurde, die sich über den größten Teil dieser beiden Jahre erstreckten, I. 164–176; 211, 254–55. Außer gelegentlichen einzelnen Artikeln und einer Reihe von Skizzen mit dem Titel: *Mr. Weller's Uhr*, die im Ganzen etwa 90 Seiten des ersten Bandes, 4 Seiten des zweiten und 5 Seiten des dritten füllten und die noch nicht in einer andern gesammelten Form erschienen sind, enthielt diese Wochenschrift die Romane: *Der Raritätenladen* und *Barnaby Rudge*. Jeder derselben wurde schließlich in einem einzigen Bande verkauft, aus welchem die Seiten der *Wanduhr* abgelöst waren. Chapman und Hall.

I. Der Raritätenladen (1840)

Begonnen auf S. 37 des ersten Bandes, wieder aufgenommen in Zwischenräumen bis zum Erscheinen des neunten Kapitels, vom neunten Kapitel auf S. 133 ohne Unterbrechung fortgesetzt bis zum Schlusse des Bandes (dann mit einer Widmung an Samuel Rogers und einer aus Devonshire Terrace, September 1840, datierten Vorrede veröffentlicht), wieder aufgenommen im zweiten Bande und bis zum Schlusse des Romans auf S. 223 fortgeführt.

II. Barnaby Rudge (1841)

Eingeleitet durch einen kleinen Artikel von Meister Humphrey (S. 224–28) und weiter geführt bis zu Ende des zwölften Kapitels auf den 78 Schlußseiten des zweiten Bandes, der mit einer Vorrede im März 1841 erschien. Das dreizehnte Kapitel eröffnete den dritten Band und der Roman schloß mit seinem 82. Kapitel auf Seite 420, ein Schlußartikel von Meister Humphrey (S. 421–26) brachte dann die Wanduhr zum Abschluß, deren letzter Band mit einer Vorrede vom November 1841 erschien.

1841

Die Picnic-Papiere von verschiedenen Verfassern. Herausgegeben von Charles Dickens. Mit Illustrationen von George Cruikshank, Phiz &c. Drei Bände. (Zu diesem Buche, welches zum Besten von Mrs. Macrone, der Witwe seines alten Verlegers, herausgegeben wurde, trug Dickens eine Vorrede und die erste Erzählung, *Der Lampenwärter*, bei.) Henry Colburn.

1842
Amerikanische Noten zu allgemeinem Umlauf. Von Charles Dickens. Zwei Bände. Chapman und Hall.

1843
Das Leben und die Abenteuer Martin Chuzzlewit's. Mit Illustrationen von Hablot Browne. (Angefangen im Januar und zwölf Monats-Hefte veröffentlicht bis zum Schlusse des Jahres.) Chapman und Hall.

Ein Weihnachtslied in Prosa. Eine Geistergeschichte vom Weihnachtsfest. Von Charles Dickens. Mit Illustrationen von John Leech. (Vorrede vom Dezember 1843.) Chapman und Hall.

1844
Das Leben und die Abenteuer Martin Chuzzlewit's. Mit Illustrationen von Hablot Browne. (Acht Monats-Hefte, das letzte ein Doppel-Heft, erschienen zwischen Januar und Juli, in welchem letzteren Monat das vollendete Werk veröffentlicht wurde, mit einer Widmung an Miss Burdett Coutts und Vorrede vom 25. Juni.) Chapman und Hall.

Abende eines Arbeiters. Von John Overs. Mit einer auf den Verfasser bezüglichen Vorrede von Charles Dickens. (Widmung an Dr. Elliotson und Vorrede vom Juni.) T. C. Newby.

Die Sylvesterglocken: eine Geistergeschichte von Glocken, die ein altes Jahr aus- und ein neues einläuteten. Von Charles Dickens. Mit Illustrationen von Maclise, Stanfield, Richard Doyle und John Leech. Chapman und Hall.

1845
Das Heimchen auf dem Herde. Ein häusliches Märchen. Von Charles Dickens. Mit Illustrationen von Maclise, Stanfield, Richard Doyle und John Leech. (Widmung an Lord Jeffrey vom Dezember 1845.) Bradbury und Evans. (Auf Kosten des Verfassers.)

1846
Bilder aus Italien. Von Charles Dickens. (Ursprünglich veröffentlicht in der Daily News von Januar bis März 1846, unter dem Titel:

„Reisebriefe, unterwegs geschrieben") Bradbury und Evans. (Auf Kosten des Verfassers.)

Geschäfte mit der Firma Dombey und Sohn, im Groß-, Klein- und Ausfuhrhandel. Von Charles Dickens. Mit Illustrationen von Hablot Browne. (Drei Monats-Hefte, veröffentlicht vom Oktober bis zum Ende des Jahres.) Bradbury und Evans. (Während dieses Jahres veröffentlichten Bradbury und Evans „Auf Kosten des Verfassers", zuerst in Monats-Heften und dann in einem einzelnen Bande: *Die Abenteuer Oliver Twist's, oder des Gemeindeknaben Geschichte.* Von Charles Dickens. Mit 24 Illustrationen von George Cruikshank. (Neue durchgesehene und verbesserte Ausgabe.)

Der Kampf des Lebens. Eine Liebesgeschichte. Von Charles Dickens. Illustriert von Maclise, Stanfield, Richard Doyle und John Leech. (Gewidmet seinen „Englischen Freunden in der Schweiz".) Bradbury und Evans. (Auf Kosten des Verfassers.)

1847

Geschäfte mit der Firma Dombey und Sohn. (Zwölf Monats-Hefte im Laufe dieses Jahres.) Bradbury und Evans.

Erste billige Ausgabe von Charles Dickens' Werken. Eine in doppelten Spalten gedruckte und in Wochen-Heften zu je anderthalb Pence veröffentlicht. Das erste Heft, welches den Anfang von *Pickwick* enthält, wurde im April 1847 ausgegeben und der jenes Werk enthaltende Band erschien, mit einer Vorrede vom September 1847, im Oktober. Neue Vorreden wurden zu fast allen Romanen hinzugefügt, und jeder Band hatte ein Titelbild. Die erste, von Chapman und Hall veröffentlichte Serie, die im September 1852 zum Abschluß kam, enthielt Pickwick, Nickleby, den Raritätenladen, Barnaby Rudge, Oliver Twist, die Amerikanischen Noten, Skizzen von Boz und die Weihnachtsbücher. Die zweite, von Bradbury und Evans veröffentlichte Serie, die 1861 zum Abschluß kam, enthielt Dombey und Sohn, David Copperfield, Bleak House und Klein Dorrit. Die dritte von Chapman und Hall veröffentlichte Serie hat seitdem umfaßt: Große Erwartungen (1863), die Geschichte zweier Städte (1864), Harte Zeiten und Bilder aus Italien (1865), der Ungeschäftliche Reisende (1865) und Unser gegenseitiger Freund (1867). Unter den Künstlern, welche die Titelbilder entwarfen, waren Leslie, Webster, Stanfield, George Cattermole, George Cruikshank, Frank Stone, John Leech, Marcus Stone und Hablot Browne.

1848
Geschäfte mit der Firma Dombey und Sohn, im Groß-, Klein- und Ausfuhrhandel. (Fünf Monats-Hefte, das letzte ein doppeltes Heft, vom Januar bis zum April, in welchem letzteren Monat das vollständige Werk mit einer Widmung an Lady Normanby und einer aus Devonshire Terrace datierten Vorrede vom 24. März veröffentlicht wurde.) Bradbury und Evans.
Der Besessene und der Pakt mit dem Geiste. Eine Weihnachtsphantasie. Von Charles Dickens. Illustriert von Stanfield, John Tenniel, Frank Stone und John Leech. Bradbury und Evans.

1849
Die persönliche Geschichte David Copperfield's. Von Charles Dickens. Mit Illustrationen von Hablot Browne. (Acht Monats-Hefte von Mai bis Dezember.) Bradbury und Evans.

1850
Die persönliche Geschichte David Copperfield's. Von Charles Dickens. Illustriert von Hablot Browne. (Zwölf Monats-Hefte, das letzte ein doppeltes, von Januar bis November, in welchem letzteren Monate das vollständige Werk erschien, mit einer Widmung an Mr. und Mrs. Watson von Rockingham und Vorrede vom Oktober. Bradbury und Evans.
Household Words. Am Sonnabend, den 30. März dieses Jahres, wurde die Wochenschrift *Household Words* angefangen und ununterbrochen fortgeführt bis zum 28. Mai 1859, als die noch jetzt unter dem Titel *All the Year Round* veröffentlichte Wochenschrift an deren Stelle trat.
Weihnachtsnummer von Household Words . *Weihnachten.* Hierzu trug Dickens den Artikel *Ein Weihnachtsbaum* bei.

1851
Weihnachtsnummer von *Household Words. Was Weihnachten ist.* Hierzu trug Dickens bei: *Was Weihnachten ist, indem wir älter werden.*

1852
Bleak House. Von Charles Dickens. Mit Illustrationen von Hablot Browne. (Zehn Monats-Hefte von März bis Dezember.) Bradbury und Evans.

Weihnachtsnummer von *Household Words. Geschichten für Weihnachten.* Hierzu trug Dickens Die *Geschichte des armen Verwandten* und *Die Geschichte des Kindes* bei.

1853
Bleak House. Von Charles Dickens. Illustriert von Hablot Browne. (Zehn Monats-Hefte, das letzte ein doppeltes Heft, von Januar bis September, in welchem letzteren Monate das vollständige Buch mit einer Widmung an seine „Genossen in der Gilde der Literatur und der Kunst" und einem Vorworte vom August desselben Jahres erschien.) Bradbury und Evans.
Geschichte von England für die Jugend. Von Charles Dickens. Drei Bände. Mit Titelbildern nach Zeichnungen von F. W. Topham. (Abgedruckt aus Household Words, wo sie zwischen dem 25. Januar 1851 und dem 10. Dezember 1853 erschien. Sie wurde zuerst vollständig veröffentlicht, mit einer Widmung an seine Kinder, im Jahre 1854.) Bradbury und Evans.
Weihnachtsnummer von *Household Words. Weihnachtsgeschichten.* Hierzu trug Dickens *Die Geschichte des Schulknaben* und *Niemandes Geschichte* bei.

1854
Harte Zeiten. Für unsre Zeit. Von Charles Dickens. Diese Erzählung erschien in wöchentlichen Abschnitten in *Household Words*, zwischen dem 1. April und dem 12. August 1854, in welchem letzteren Monat sie vollständig veröffentlicht wurde, mit einer Widmung an Thomas Carlyle. Bradbury und Evans.
Weihnachtsnummer von Household Words. *Die sieben armen Reisenden.* Hierzu trug Dickens drei Kapitel bei: 1) *In der alten Stadt Rochester*, 2) *Die Geschichte Richard Doubledick's*, 3) *Die Landstraße*.

1855
Klein Dorrit. Von Charles Dickens. Illustriert von Hablot Browne. (Das erste Monats-Heft erschien im Dezember.) Bradbury und Evans.
Weihnachtsnummer von *Household Words. Der Walddistelbaum.* Hierzu trug Dickens drei Zweige bei. 1) *Ich selbst*, 2) *Der Hausknecht*, 3) *Die Rechnung*.

1856
Klein Dorrit. Von Charles Dickens. Illustriert von Hablot Browne. (Zwölf Monatshefte zwischen Januar und Dezember.) Bradbury und Evans.
Weihnachtsnummer von *Household Words. Das Wrack der goldenen Marie.* Hierzu trug Dickens das einleitende Kapitel: *Das Wrack* bei.

1857
Klein Dorrit. Von Charles Dickens. Illustriert von Hablot Browne. (Sieben Monats-Hefte, das letzte ein doppeltes Heft, von Januar bis Juni, in welchem letzteren Monat der Roman, mit einer Vorrede und Widmung an Clarkson Stanfield vollständig veröffentlicht wurde.) Bradbury und Evans.
Die müßige Tour zweier müßigen Gesellen, in *Household Words* für Oktober. Zu dem ersten Teile dieser Artikel trug Dickens alles bei bis zum Anfang der zweiten Spalte auf Seite 316, zu dem zweiten Teile alles bis zu der weißen Linie in der zweiten Spalte von Seite 340, zu dem dritten Teile alles, außer den Reflexionen Mr. Idle's (363–365), und den ganzen vierten Teil. Alles Übrige war von Wilkie Collins.
Weihnachtsnummer von *Household Words. Die Gefahren gewisser englischen Gefangenen.* Hierzu trug Dickens die *Die Silberinsel* und *Die Flöße auf dem Fluß* betitelten Kapitel bei.
Die erste Bibliothekausgabe von Charles Dickens' Werken. Der erste Band, mit einer Widmung an John Forster, wurde im Dezember 1857 ausgegeben und die Bände erschienen monatlich bis zum 24., der im November 1859 herauskam. Die späteren Bücher und Schriften sind in nachfolgenden Bänden hinzugefügt worden und es ist auch eine Ausgabe mit den Illustrationen erschienen. Zu dem zweiten Bande des *Raritätenladens,* wie er in dieser Ausgabe erschien, wurden 31 „*Wieder abgedruckte Stücke*" hinzugefügt, eine Auswahl aus Dickens' Artikeln in *Household Words,* die seitdem auch in anderen Gesamtausgaben erschienen sind. Chapman und Hall.
Autorisierte französische Übersetzung von Dickens' Werken. Übersetzungen von Dickens existieren in allen europäischen Sprachen; aber die einzige Version seiner Schriften in einer fremden Sprache, welche von ihm autorisiert war und wofür er etwas empfing, wurde in Paris unternommen. Nickleby war der erste in dieser Übersetzung veröffentlichte Roman, und eine vom 17. Januar 1857 aus

Tavistock House datierte Ansprache von Dickens an das französische Publikum stand demselben voran. Hachette.

1858
Weihnachtsnummer von *Household Words. Ein Haus zu vermieten.* Hierzu trug Dickens das Kapitel über *Gesellschaftlichen Verkehr* bei.

1859
All the Year Round, die Wochenschrift, welche an die Stelle von *Household Words* trat. Am 30. April dieses Jahres begonnen, ging sie ununterbrochen fort bis zu Dickens' Tode, und erscheint noch jetzt unter der Redaktion seines Sohnes.
Eine Geschichte zweier Städte. Von Charles Dickens. Illustriert von Hablot Browne. Diese Erzählung wurde in wöchentlichen Abschnitten vom 30. April bis zum 26. November 1859 in *Household Words* veröffentlicht und erschien auch gleichzeitig in illustrierten Monats-Heften von Juni bis Dezember, als sie mit einer Widmung an Lord John Russell vollständig veröffentlicht wurde.
Weihnachtsnummer von *All the Year Round. Das Spuk-Haus.* Wozu Dickens zwei Kapitel beitrug. 1) *Die Sterblichen in dem Hause,* 2) *Das Gespenst in Master B's Zimmer.*

1860
Niedergejagt. Eine Geschichte in zwei Teilen. (Für eine amerikanische Zeitung geschrieben und wieder abgedruckt in den Nummern von *All the Year Round* vom 4. und 11. August.)
Der ungeschäftliche Reisende. Von Charles Dickens. (Siebenzehn Artikel, welche zwischen dem 28. Januar und dem 13. Oktober 1860 in *All the Year Round* unter diesem Titel erschienen, wurden am Ende des Jahres mit einem vom Dezember datierten Vorwort in einem Bande veröffentlicht. Ein späterer Abdruck erschien 1868, als ein Band der sogenannten „Charles-Dickens-Ausgabe", bei welcher Gelegenheit elf neue, in der Zwischenzeit geschriebene Artikel hinzugefügt und in einer vom Dezember 1868 datierten Vorrede die Absicht des Ungeschäftlichen Reisenden angekündigt wurde, „vor dem Beginn eines neuen Winters wieder auf die Wanderung zu gehen". Zwischen diesem Datum und dem Herbst 1869, als der letzte seiner verstreuten Artikel geschrieben wurde, erschienen in *All the Year Round* sieben „Neue Ungeschäftliche Proben", die noch nicht gesammelt sind. Ihre Titel waren. 1) An Bord eines Schiffes (womit

am 5. Dezember 1868 die neue Serie von *All the Year Round* eröffnet wurde); 2) Ein kleiner Stern im Osten; 3) Ein kleines Dîner in einer Stunde; 4) Mr. Barlow; 5) Auf einer freiwilligen Wacht; 6) Ein Vorlegeblatt in einem Leben; 7) Eine Verteidigung vollständiger Enthaltsamkeit. Das Datum des letzten Artikels war der 5. Juni 1869, und am 29. Juli erschien sein letzter Beitrag zu der Zeitschrift, die er so lange redigiert hatte, betitelt *Landor's Leben*.

Weihnachtsnummer von *All the Year Round*. *Eine Botschaft vom Meere*. Wozu Dickens fast das ganze erste und das ganze zweite und das letzte Kapitel: *Das Dorf, Das Geld* und *Die Wiederherstellung* beitrug, während die beiden dazwischen liegenden Kapitel, obgleich auch mit Einschaltungen von seiner Hand versehen, nicht von ihm waren.

Große Erwartungen. Von Charles Dickens. Angefangen in *All the Year Round* am 1. Dezember, und wöchentlich fortgesetzt bis zum Schlusse jenes Jahres.

1861

Große Erwartungen. Von Charles Dickens. Wieder aufgenommen am 5. Januar, und in wöchentlichen Abschnitten fortgesetzt bis zum 3. August, als der vollständige Roman in drei Bänden und mit einer Widmung an Chauncy Hare Townshend veröffentlicht wurde. Im folgenden Jahre erschien er in einem einzigen Bande, illustriert von Marcus Stone. Chapman und Hall.

Weihnachtsnummer von *All the Year Round*. *Tom Tiddler's Grund*. Wozu Dickens drei von den sieben Kapiteln beitrug. 1) *Auflesen von Ruß und Asche;* 2) *Auflesen von Miss Kimmeens;* 3) *Auflesen des Kesselflickers*.

1862

Weihnachtsnummer von *All the Year Round*. *Jemandes Gepäck*. Wozu Dickens vier Kapitel beitrug. 1) *Er läßt es bis auf weitere Nachfrage zurück;* 2) *Seine Stiefel;* 3) *Sein Packet in braunem Papier;* 4) *Sein wunderbares Ende*. Zu dem Kapitel *Sein Regenschirm* trug er auch einen Teil bei.

1863

Weihnachtsnummer von *All the Year Round*. *Mrs. Lirriper's Mietswohnung*. Wozu Dickens das erste und das letzte Kapitel beitrug: 1) *Wie Mrs. Lirriper das Geschäft führte;* 2) *Wie die Wohnstuben einige Worte hinzufügten*.

1864

Unser gegenseitiger Freund. Von Charles Dickens. Mit Illustrationen von Marcus Stone. Acht Monats-Hefte vom Mai bis zum Dezember. Chapman und Hall.

Weihnachtsnummer von *All the Year Round. Mrs. Lirriper's Vermächtnis.* Wozu Dickens das erste und das letzte Kapitel beitrug: 1) *Mrs. Lirriper erzählt, wie sie voranging und überging;* 2) *Mrs. Lirriper erzählt, wie Jemmy emporstieg.*

1865

Unser gegenseitiger Freund. Von Charles Dickens. Mit Illustrationen von Marcus Stone. In zwei Bänden. (Noch zwei Monats-Hefte erschienen im Januar und Februar, als der erste Band mit einer Widmung an Sir James Emerson Tennent veröffentlicht wurde. Die übrigen zehn Hefte, von denen das letzte ein doppeltes war, erschienen zwischen März und November, als das vollständige Werk in zwei Bänden veröffentlicht wurde.) Chapman und Hall.

Weihnachtsnummer von *All the Year Round. Marigold's Rezepte.* Hierzu trug Dickens drei Abschnitte bei: 1) *Sofort zu nehmen;* 2) *Für's Leben zu nehmen;* 3) *Mit einem Salzkorne zu nehmen.*

1866

Weihnachtsnummer von *All the Year Round. Die Eisenbahnstation in Mugby.* Hierzu trug Dickens vier Artikel bei: 1) *Gebrüder Barbox;* 2) *Gebrüder Barbox und Comp.;* 3) *Die Hauptbahn – der Junge in Mugby. IV. Nr. 1. Die Zweigbahn. – Der Signalist.*

1867

Die Charles Dickens Ausgabe. Diese Gesamtausgabe, die ursprünglich von der amerikanischen Firma Ticknor und Fields veranstaltet wurde, erschien in England von 1867–1870, mit einer Widmung an John Forster. Sie fing an mit *Pickwick* im Mai 1867 und schloß mit der Geschichte für die Jugend im Juli 1870. Die *Wieder abgedruckten Stücke* standen in einem Bande mit den *Amerikanischen Noten,* und die *Bilder aus Italien* schlossen den Band, welcher *Harte Zeiten* enthielt. Chapman und Hall.

Weihnachtsnummer von *All the Year Round. Keine Durchfahrt.* Hierzu trugen Dickens und Wilkie Collins in fast gleichen Teilen bei. Mit der neuen Serie von *All the Year Round,* welche am 5 Dezember 1868 anfing, hörte die Herausgabe von Weihnachtsnummern durch Dickens auf.

1868

Ein Ferienroman. George Silverman's Erklärung. Jenes für das Childs' Magazine, dieses für das Atlantic Monthly geschrieben und von Ticknor und Fields in Amerika veröffentlicht. Wieder veröffentlicht in *All the Year Round* am 25. Januar und am 1. und 8. Februar

1870

Das Geheimnis Edwin Drood's. Von Charles Dickens, mit zwölf Illustrationen von S. L. Fildes. (Sollte zwölf Monats-Hefte umfassen, wurde aber durch den Tod des Verfassers im Juni vorzeitig zum Abschluß gebracht.) Erschien in sechs Monats-Heften, vom April bis September. Chapman und Hall.

II. Charles Dickens' Testament

Ich, Charles Dickens, von Gadshill Place, in der Grafschaft Kent, widerrufe hiermit alle meine früheren Testamente und Kodizille[115] und erkläre dies für meinen letzten Willen. Ich vermache die Summe von 1 000 Pfd. St., frei von Erbschaftssteuer, an Miss Ellen Lawleß Ternan, von Houghton Place, Ampthill Square, in der Grafschaft Middlesex. Ich vermache die Summe von 19 Guineen an meine treue Dienerin Mrs. Anne Cornelius. Ich vermache die Summe von 19 Guineen an die Tochter und das einzige Kind besagter Mrs. Anne Cornelius. Ich vermache die Summe von 19 Guineen an einen jeden meiner männlichen und weiblichen Domestiken, die zur Zeit meines Abscheidens in meinem Dienste sind und nicht weniger als ein Jahr in meinem Dienste gewesen sind. Ich vermache die Summe von 1 000 Pfd. St., frei von Erbschaftssteuer, an meine Tochter Mary Dickens. Ich vermache meiner besagten Tochter ebenfalls eine jährliche Leibrente von 300 Pfd. St., auf Lebenszeit, wenn sie so lange unverheiratet bleibt. Wenn meine besagte Tochter Mary sich verheiratet, soll diese Leibrente aufhören, und in diesem Falle, aber nur in diesem Falle, soll meine besagte Tochter mit meinen andern Kindern an der in diesem Testament für sie gemachten Versorgung teilhaben. Ich vermache meiner lieben Schwägerin Georgina Hogarth die Summe von 8 000 Pfd. St., frei von Erbschaftssteuer. Ich vermache besagter Georgina Hogarth ebenfalls alle meine nicht später hierin erwähnten Schmucksachen und alle die kleinen wohlbekannten Gegenstände auf meinem Schreibtisch und in meinem Zimmer, und sie wird wissen, was sie mit diesen Sachen zu tun hat. Ich vermache besagter Georgina Hogarth ebenfalls alle meine Privatpapiere und ich hinterlasse ihr meinen dankbaren Segen, als der besten und treusten Freundin, welche ein Mensch je gehabt hat. Ich vermache meinem ältesten Sohne Charles meine Bibliothek gedruckter Bücher und meine Kupfer- und Stahlstiche, und ich vermache meinem Sohne Charles ebenfalls den silbernen Präsentierteller, der mir in Birmingham, und den silbernen Becher, der mir in Edinburgh zum Geschenk gemacht wurde, und meine Hemdknöpfe, Brustnadeln und Manschettenknöpfe. Und ich vermache an meinen besagten Sohn Charles und an meinen Sohn Henry Fielding Dickens die Summe von 8 000 Pfd. St. zur Verwaltung, damit sie

---

[115] Zusätze zu einem Testament.

dieselbe anlegen und von Zeit zu Zeit mit der Anlegung wechseln und den jährlichen Ertrag davon an meine Frau zahlen, so lange dieselbe lebt, und nach ihrem Tode soll besagte Summe von 8 000 Pfd. St. für diejenigen meiner Söhne, welche das einundzwanzigste Jahr erreicht haben oder erreichen, und für diejenigen meiner Töchter, welche das einundzwanzigste Jahr erreicht haben oder erreichen, oder sich schon vorher verheiratet haben, verwaltet und der Ertrag zu gleichen Teilen, wenn ihrer mehrere sind als eins, unter sie verteilt werden. Ich vermache meine Uhr (die goldene Repetieruhr, die mir in Coventry zum Geschenk gemacht wurde) und die Ketten und Siegel und alle Anhängsel, die ich daran getragen habe, meinem lieben und getreuen Freunde John Forster, von Palace Gate House, Kensington, in der Grafschaft Middlesex, und ich vermache besagtem John Forster ebenfalls sämtliche Manuskripte meiner veröffentlichten Werke, die bei meinem Abscheiden in meinem Besitze sind. Und ich übermache mein ganzes bewegliches und unbewegliches Vermögen (mit Ausnahme desjenigen, welches mir als Kurator und Hypothekar zukommt) der besagten Georgina Hogarth und dem besagten John Forster, ihren Erben, Exekutoren, Administratoren und Bevollmächtigten, zur Verwaltung, damit sie, besagte Georgina Hogarth und John Forster, oder der von ihnen Überlebende, oder die Exekutoren, oder Administratoren des Überlebenden, nach seinem oder ihrem unbeschränkten Gutdünken, entweder einen unverzüglichen Verkauf oder Umsetzung in Geld meines besagten beweglichen und unbeweglichen Vermögens (mit Einschluß meiner Verlagsrechte) vornehmen, oder den Verkauf, oder die Umsetzung in Geld nach seinem oder ihrem Gutdünken so lange aufschieben als ihm oder ihr angemessen scheint, und inzwischen besagtes bewegliche und unbewegliche Vermögen (mit Einschluß meiner Verlagsrechte) in jeder Beziehung gerade so verwalten, wie ich selbst tun könnte, wenn ich am Leben wäre und damit wirtschaftete, da es meine Absicht ist, daß die zeitweiligen Administratoren, oder der Administrator dieses meines Testaments die vollste Gewalt über besagtes bewegliches und unbewegliches Vermögen haben sollen, die ich ihnen, ihm oder ihr, geben kann. Und ich erkläre, daß, bis besagtes bewegliche und unbewegliche Vermögen verkauft oder in Geld umgesetzt sein wird, der jährliche Ertrag desselben der Person oder den Personen auf die Weise und zu den Zwecken ausgezahlt werden soll, an welche und für welche der jährliche Ertrag der Gelder, welche durch den Verkauf oder die Umsetzung in Geld realisiert werden sollen, nach diesem meinem Testament, zahlbar sein würden, wenn der Verkauf oder die Umsetzung in Geld stattfindet.

Und ich erkläre, daß mein unbewegliches Vermögen bei meinem Abscheiden für die Zwecke dieses meines Testaments als persönliches Vermögen betrachtet werden soll. Und ich erkläre, daß die besagten zeitweiligen Administratoren aus den Geldern, welche, kraft dieses meines Testaments und dessen Verwaltung in ihre Hände kommen werden, meine gerechten Schulden, Begräbnis- und Testamentskosten und Vermächtnisse bezahlen sollen. Und ich erkläre, daß die besagten Fonds oder so viel davon als nach Erledigung vorbesagter Zwecke davon übrig bleiben wird, und ihr jährlicher Ertrag, zum Besten aller meiner Kinder (aber unter Rücksicht auf den erwähnten Vorbehalt in Bezug auf meine Tochter Mary) verwaltet werden, und der Ertrag an die Söhne, welche das einundzwanzigste Jahr erreicht haben oder erreichen, und an die Töchter, welche das einundzwanzigste Jahr erreicht haben oder erreichen, oder sich schon vorher verheiratet haben, zu gleichen Teilen, wenn ihrer mehr sind als eins, verteilt werden soll. Immer vorausgesetzt, daß, in Bezug auf meine Verlagsrechte und den daraus gewonnenen Ertrag, meine besagte Tochter Mary, trotz des in Beziehung auf sie erwähnten Vorbehalts, gleichen Anteil haben soll wie meine übrigen Kinder, ob sie sich verheiratet oder nicht. Und ich vermache das Vermögen, welches mir bei meinem Abscheiden als Kurator oder Hypothekar zukommt, besagter Georgina Hogarth und besagtem John Forster, ihren Erben und Administratoren, zur Nutznießung. Und ich ernenne besagte Georgina Hogarth und besagten John Forster zur Vollstreckerin und zum Vollstrecker dieses meines Testaments und zu Vormündern meiner Kinder, während deren Minderjährigkeit. Und zuletzt, nachdem ich die Form der Worte niedergeschrieben habe, welche, wie meine Rechtsbeistände mich versichern, für die klaren Zwecke dieses meines Testaments notwendig ist, ermahne ich meine lieben Kinder feierlich, sich immer zu erinnern, wieviel sie der besagten Georgina Hogarth verdanken, und es nie an dankbarer und liebevoller Anhänglichkeit gegen sie fehlen zu lassen, denn sie wissen wohl, daß sie ihnen während aller Phasen ihres Wachstums und ihrer Entwicklung, eine immer fördernde, selbstverleugnende und hingebende Freundin gewesen ist. Und ich wünsche hier einfach die Tatsache zu verzeichnen, daß meine Frau, seit unserer freiwilligen Trennung, ein jährliches Einkommen von 600 Pfd. St. von mir bezogen hat, während die großen Ausgaben einer zahlreichen und kostspieligen Familie ganz von mir getragen wurden. Ich verordne ausdrücklich, daß ich auf eine billige, bescheidne und streng private Art begraben werde, daß keine öffentliche Ankündigung über Zeit oder Ort meines Begräbnisses gemacht wird, daß höchstens drei einfache Leichenwagen dabei zur Anwendung kommen, und daß die, welche an meinem Leichenbegängnis teilnehmen, keine Schärpen, Mäntel, schwarze Halstücher, lange Hutbänder oder andre solche abscheuliche Albernheiten tragen. Ich verordne, daß mein Name in einfachen englischen Buchstaben, ohne den Zusatz von „Mr." oder „Esquire", auf mein Grab geschrieben wird. Ich beschwöre meine Freunde, mich unter keinen Umständen zum Gegenstand irgendeines Denkmals, eines Erinnerungszeichens oder einer Stiftung zu machen. Ich gründe meine Ansprüche auf das Andenken meines Vaterlandes, auf meine veröffentlichten Werke und auf die Erinnerung meiner Freunde, in Gemäßheit mit der Erfahrung, die sie von mir haben. Ich befehle meine Seele der Gnade Gottes, durch unsern Herrn und Heiland Jesus Christus und ich ermahne meine lieben Kinder, demütig zu versuchen, sich durch die Lehren des Neuen Testaments in ihrem weitesten Sinne leiten zu lassen und keines Menschen Auslegung des Buchstabens hier und dort Glauben beizumessen. Zum Zeugnis dessen habe ich, Charles Dickens, der Testator, diesen meinen letzten Willen an diesem zwölften Tage des Mai im Jahre des Herrn 1869 eigenhändig unterzeichnet.

Unterzeichnet, veröffentlicht und erklärt durch den obengenannten Charles Dickens, den Testator, als und für seinen letzten Willen, in unsrer Gegenwart, die wir zur } selben Zeit zusammen gegenwärtig } Charles Dickens. waren und auf seinen Wunsch in } seiner Gegenwart und einer in Gegenwart des andern, hier als Zeugen unsere Namen unterzeichnet haben.

    G. Holsworth,
    26 Wellington Street,
    Strand.

    Henry Walker,
    26 Wellington Street,
    Strand.

Ich, Charles Dickens, von Gadshill Place bei Rochester, in der Grafschaft Kent, erkläre, daß dies ein Kodizill zu meinem letzten Willen und Testamente ist, welches Testament das Datum des 12. Mai 1869 trägt. Ich vermache meinem Sohne Charles Dickens dem Jüngeren meinen ganzen Anteil an der *All the Year Round* betitelten Wochenschrift, welche jetzt nach einem zwischen mir und William Henry Wills und dem besagten Charles Dickens dem Jüngeren gemachten Geschäfts-Kontrakt verwaltet wird, und meinen ganzen Anteil an dem Vorrat von Stereotypen und andern dem besagten Geschäft gehörenden Besitzstücken, während er meinen Anteil an alten Schulden und Verbindlichkeiten des besagten Geschäfts übernimmt, welche bei meinem Abscheiden noch unerledigt sind. Und in allen anderen Punkten bestätige ich mein besagtes Testament. Zum Zeugnis dessen habe ich dies am zweiten Tage des Juni im Jahre des Herrn 1870 eigenhändig unterzeichnet.

Unterzeichnet und erklärt durch den besagten Charles Dickens als und für ein Kodizill zu seinem Testament, in unsrer Gegenwart, die wir zur selben Zeit zusammen gegenwärtig waren und auf seinen Wunsch in seiner Gegenwart und einer in Gegenwart des andern hier als Zeugen unsre Namen unterzeichnet haben.   } Charles Dickens.

    G. Holsworth,
    26 Wellington Street,
    Strand.

    Henry Walker,
    26 Wellington Street,
    Strand.

*

Das unbewegliche und bewegliche Vermögen belief sich (wenn der durch das letzte Kodizill vermachte Besitz auf etwas weniger als einen zweijährigen Verkaufspreis veranschlagt wurde und natürlich vor Auszahlung der Vermächtnisse und der (unbedeutenden) Schulden und der testamentarischen und sonstigen Kosten) nach einer möglichst genauen Berechnung auf 93 000 Pfd. St.

Kapitel

David Copperfield und Bleak House 3
Häusliche Vorgänge und Harte Zeiten 24
Neuer Aufenthalt in der Schweiz und in Italien 41
Drei Sommer in Boulogne 55
Aufenthalt in Paris 73
Klein Dorrit und eine müßige Tour 95
Was sich um diese Zeit begab 110
Gadshill Place 127
Die ersten bezahlten Vorlesungen 142
All the Year Round und der Ungeschäftliche Reisende 153
Die zweite Reihe von Vorlesungen 163
Winke für geschriebene und ungeschriebene Bücher 177
Die dritte Reihe der Vorlesungen 194
Dickens als Novellist 213
Neuer Besuch in Amerika: November und Dezember 1867 259
Neuer Besuch in Amerika: Januar bis April 1868 273
Die letzten Vorlesungen 299
Das letzte Buch 311
Persönliche Charakterzüge 323
Das Ende 357
Anhang 373